读客外国小说文库

熊猫君激发个人成长

悲伤之镜

[法] 皮耶尔·勒迈特 著 余中先 译

文汇出版社

MIROIR DE NOS PEINES
PIERRE LEMAITRE

勒迈特作品

**PIERRE
LEMAITRE**

献给帕斯卡利娜

致以卡特琳娜和阿尔贝
我衷心的感谢与爱意

"世间发生之一切,有罪者必为他人。"
——威廉·麦克伊尔瓦尼,《莱德劳》[1]

"无论走到哪里,这男人总随身带着他的小说。"
——贝尼托·佩雷斯·加尔多斯,
《福尔图纳达和哈辛达》[2]

"要激发强烈的感情,场景中就必须有巨大的不快,有伤害和死亡。"
——高乃依,《贺拉斯之考》[3]

---

[1] 威廉·麦克伊尔瓦尼(William McIlvanney,1936—2015),苏格兰小说家和诗人。《莱德劳》(*Laidlaw*,1977)是他的犯罪小说,是其"黑色格子呢"系列的第一部。其中的主人公侦探就叫杰克·莱德劳(Jack Laidlaw)。——译者注(本书注释如无特别说明,均为译者注)

[2] 贝尼托·佩雷斯·加尔多斯(Benito Pérez Galdós,1843—1920),西班牙现实主义小说家。《福尔图纳达和哈辛达》(*Fortunata et Jacinta*)是他的著名长篇小说,现已被改编拍成电影,又译《两个女人的命运》。

[3] 皮埃尔·高乃依(Pierre Corneille,1606—1684),法国古典主义戏剧家,擅长悲剧创作,《熙德》和《贺拉斯》为他的名作。

目　录

一九四〇年四月六日　　　　　　　　　　001

一九四〇年六月六日　　　　　　　　　　215

一九四〇年六月十三日　　　　　　　　　315

尾　声　　　　　　　　　　　　　　　　459

鸣　谢　　　　　　　　　　　　　　　　466

一九四〇年

四月六日

1

  那些认为战争很快就将开始的人，很久以来就厌烦得有些疲倦了，儒勒先生便是其中的第一号人物。在国家总动员令发出六个月之后，"小放荡者"餐馆的这位老板早已丧失信心，停止了对它的一味相信。在整个开门营业接待食客期间，露易丝甚至听到他公开表示，说实际上，"从来就没有人真正相信过这场战争"。在他看来，这场冲突只不过是欧洲范围内一次巨大的外交商谈，带着种种爱国主义的激情演说，种种雷鸣般嘹亮的宣言，这是一盘大棋的一部分，而在其中，总动员仅仅是一种附带的产物罢了。当然，在这里那里，确实有过几个死人——"兴许，死的人会比他们对我们所说的更多！"——九月，在萨尔州[1]的骚乱就已无端夺走了两三百个好人儿的生命，但是，说到底，"一场战争，那可不是这么回事！"他一边这么说着，一边把脑袋伸进后厨间。秋天收到的防毒面具，如今被遗忘在食品柜的一角，彻底成了幽默漫画中的嘲讽话题。人们无可奈何地下到防空洞中去，像是为了满足一种徒劳的仪式，这就是一次次白白拉响的防空警报，根本就没有敌机过来，这就是一场拖得很长却没有战斗的战争。唯一明确的就是敌人，而且永远是同一个，人们承诺要在半个世纪的时间中进行第三次拼死搏杀的那一个，但是它，似乎也一样，也没有准备好要奋不顾身地投入到

---

[1] 萨尔州（Sarre）是德国的一个州，位于德国西部，北邻莱法州，西邻卢森堡国，西南与法国接壤。

斗殴中来。以至于,军队的总参谋部,在春天,还曾允许前线的士兵……(说到这里,儒勒先生把抹布从一只手换到另一只手上,伸出食指,指着天空,以强调情境的壮阔)……在那里垦荒开地种菜呢!"我向你担保……"他叹息道。

因此,尽管切切实实的敌对行为在北欧地区早已发生,在他看来却依然还隔得很远很远,这又让他重拾了努力奋斗的勇气。他对那些愿意听他说话的人大喊大叫,说是"随着盟国军队正在纳尔维克给希特勒一通狠揍[1],这战争不会持续太久的",而由于他认定这件事已经告终,他可以把更多的精力重新集中到他最喜爱的抱怨话题上来:通货膨胀、报刊审查制度、没有开胃酒的日子、特殊使用者的好差使[2]、森林消防队员的蛮横(尤其是德·弗罗贝尔威尔先生[3]那个老顽固)、宵禁的时间表、煤炭的价格,一切都不能博得他的好感,除了甘末林将军[4]的战略,他觉得这位将军是不可击败的。

"假如他们要过来,那就将经过比利时,这是意料之中的。而在那里,我可以告诉您,我们正等着他们呢!"

露易丝正端着盛有醋味沙司韭葱和羊蹄炖羊肚的盘子,发现了一位食客脸上露出疑虑的表情,嘴里喃喃地重复道:

"意料之中,意料之中……"

"敢情!"儒勒先生叫嚷起来,转身走回锌皮柜台,"说到底,你又想让他们从哪里过来呢?"

---

[1] 纳尔维克(Narvik)是挪威北方港口城市。1940年4月到6月期间,以英军为主力,再加上一部分的法国军队、波兰军队和当地的挪威军队,与德军展开了一场激烈的战争。最终盟军兵败撤退,所谓的"北方不冻港"纳尔维克遂为德国军队占领。
[2] "特殊使用者"(affectés spéciaux),应该指战事总动员中一些入伍人员的"好差使",他们名义上算是参军服役了,但并不正式进入作战部队,而是从事战争保障之类的一些差使,例如军工业生产、医疗服务机构等工作。
[3] 弗罗贝尔威尔(Froberville),下文第13章中有所交代,是儒勒先生同一街区中的一个"半吊子老兵"。
[4] 莫里斯·甘末林(Maurice Gamelin,1872—1958),法国将军,第二次世界大战开战后的法军陆军总司令,因1940年德军进攻法国后他所指挥的法军的彻底失败而被后人铭记。兵败后于1940年5月被撤职逮捕,1942年被交由贝当政府的法庭审判,1943年被遣送德国,关押在纳粹的集中营里,直到战争结束。

他用手一抓，把陈列在柜台上的几个煮鸡蛋拢到了一起。

"那边，你有阿登山脉：过不去的！"

他用他的那块湿抹布，在柜台上画出一道大大的圆弧。

"那边，你有马其诺防线：过不去的！那么，你想让他们从哪里过来呢？剩下的就只有比利时了！"

演示一结束，他就一边嘴里嘟嘟囔囔着，一边转身朝向后厨间。

"要明白这一点，不必非得成为一个将军，真是，他妈的……"

露易丝没有再听对话的下文，因为她操心的，并不是儒勒先生对战略上的指手画脚，而是那位大夫。

人们就是这样称呼他的，二十年来，人们都称他为"大夫"，他每个星期六都会过来，一来就坐到同一张桌子前，紧靠着橱窗。他跟露易丝打招呼时从来都不会有太多的话，永远都那么彬彬有礼，早上好，晚上好。他中午时分来到，带着一份报纸。他之所以选甜品时从来不选别的，只选当日推荐的那款，是因为露易丝以名誉担保过。他用一种平稳而柔和的嗓音点菜，"水果蛋糕，是的，"他说，"好极了。"

之后，他就读读报上的新闻，瞧瞧街上的光景，吃着他的午餐，喝空杯中的水，大约十四点钟，就在露易丝开始计点收银盒里的钱款时，他站起身来，叠起他那一直扔在桌子上的《巴黎晚报》，把他的小费放进小碟子，然后，打一声招呼，就离开了餐馆。即便在去年九月，当这家咖啡餐馆因为战争总动员而动荡不安之际（那一天，儒勒先生身体健康，完全符合征兵要求，人们都非常想把相关的战时动员规定告诉他），大夫也没有改变他的那一套礼节，一丝一毫都没有变。

而就在四个星期之前，当露易丝为他端上茴香味奶油焦皮蛋花的时候，突然，他冲她微微一笑，还特地朝她欠了欠身，提出了他的那个要求。

本来，他会向她要求来一个那个，露易丝则会放下菜盘，给他一记耳光，然后平静地继续她的服务，而儒勒先生，恐怕只会损失掉他最老的常客。但事情并非如此。这的确很有性挑逗的意味，是的，没错，但这个……

怎么说呢……

"看一眼您的裸体,"他十分平静地说,"只是一次。仅仅只瞧一下您,没别的。"

露易丝,很有些吃惊,不知道该怎么回答;她的脸顿时涨得通红,就仿佛自己做了什么坏事,她张开了嘴,但什么话都说不出来。而这时候,大夫早已转身又去看他的报纸了,露易丝不禁暗自问自己,到底是不是在做梦。

整个服务期间,她脑子没有想别的,只在想这一奇怪的建议,她已经从不太理解慢慢地转向了愤怒,但她隐约感到为时稍稍已晚,她本该立即安然挺立在餐桌前,双拳撑在腰上,提高嗓门,让顾客们全都作个见证,好好地羞辱羞辱他……她不由得怒气冲天。当手中的一只盘子滑落下来,在方砖地上摔了粉碎之时,她好像听到了发令枪的最终一响。她一阵风似的冲进了餐厅。

大夫已经走了。

他的报纸折叠着,还放在餐桌的边沿。

她狂怒地一把抓起报纸,随手就扔进了垃圾桶。"我说,露易丝,你这是怎么啦?"儒勒先生有些不满地说,他瞧了瞧大夫的那张《巴黎晚报》,还有像丰厚的战利品一样遗忘在那里的一把雨伞。

他把报纸又捡出来,用手掌抚平了折痕,同时朝露易丝瞥去一道困惑的目光。

当露易丝开始每星期六在儒勒先生经营并亲任主厨的这家小放荡者餐馆打工的时候,她还是个青春少女。儒勒先生是一个强有力的男子,动作缓慢,长了一个大鼻子,耳朵里有一丛毛,一个向后缩的下巴,一小撮如工兵围裙[1]模样的梯形花白小胡子。他整日里都穿着一双很旧的方格莫列顿呢便鞋,戴一顶又圆又黑的贝雷帽,脑门被紧紧地包裹住,没有人能够夸口说见过他的光脑袋。他为大约三十位食客做饭菜。"巴黎风格的烹调!"他竖

---

[1] 所谓的"工兵围裙"(tablier de sapeur),同时也是法国的一道地方特色菜,又叫"镶牛肚",把牛肚在白葡萄酒里腌渍一夜之后再煎熟,也可滚上面包屑再煎。

起食指说,他很看重这一点。只做唯一的一道菜,"就跟在自己家里一样,假如顾客想要选择别的,那他们只消穿过马路就成"。他的行为披上了某种神秘的光辉。没有人能弄明白,这么一个又笨重又迟缓的人,这么一个让人感觉总待在锌皮柜台后面的人,怎么就能够闷声不响地做出这么大数量同时又是这么优质的菜肴来。餐馆向来顾客盈门,他本来完全可以在晚上和星期日都开门营业,甚至还可以扩大经营范围,但是儒勒先生始终拒绝那样做。"当你把门开得太大时,你就永远无法知道谁会进来了,"他这么说,又补充道,"我可知道这里头的一些猫腻……"谜一般的句子一下子就悬在了半空中,恰似一种预卜。

当年,是儒勒先生提议让露易丝过来帮一下忙,替他照应一下餐厅的,那一年,他妻子跟着马尔卡代街上一个煤炭商的儿子跑了,而如今,再也没有人记得这个女人了。最开始,露易丝的帮忙只是街坊邻里之间的一种互帮互助而已,后来,当露易丝进入专门培养小学女教师的女子师范学校学习时,她依旧会去帮忙。再后来,她被任命在附近丹雷蒙街上的区小学当教师,但她过来帮忙的习惯却一点儿都没有改。儒勒先生当面用现金付她报酬,而且通常会四不舍五则入地凑成一个整数给她,他这样做时会低声咕哝一下,就仿佛她要求他这样支付,而他是违心地这样做了。

而那位大夫,她似乎觉得她一直就是认识他的。因此,说到底,他并不是那么想看到她的裸体,毕竟,这事情有些不太道德,他只不过是想看到她已经长大了这个事实罢了。在他提出的要求中,她发现了某种乱伦的意味。更何况,她还刚刚失去了她的母亲。人们难道可以向一个孤女建议这样一件事情吗?事实上,贝尔蒙太太的去世要追溯到七个月之前,而露易丝少说已经有半年时间不戴孝服丧了。感到了理由不足,她做出了一个鬼脸来。

她暗自问自己,一个像他那样的老男人脑子里究竟是如何想象的,竟会想到要看她的裸体。她在自己的房间里脱下衣服,站到落地镜的面前。她三十岁了,有一个平坦的腹部,一个浅栗色的温柔的三角洲。她侧转身子。她从来没有喜欢过她的乳房,她觉得它们太小,但是她很喜欢她的屁股。她长了一副很像她母亲的瓜子脸,颧骨很高,眼睛蓝得发亮,还有一张微微前突的漂亮嘴巴。然而,矛盾的是,她的嘴唇很厚,肉嘟嘟的,而当她既不微笑也不说话时,这会是人们最先看到的东西。问题是,她从来就不爱微笑,也不爱说话,即便是在孩童时期。在街区里,人们总是把她一脸严肃的神态归咎于她人生中所经历的多种考验,父亲死于1916年,叔叔死于一年之后,精神忧郁的母亲,呆呆地凝视着院子,生命中的大部分时间都在窗户后面度过。曾把一道漂亮的目光落到露易丝身上的第一个男人,是一个参加过世界大战的老兵,而他的半边脸被一块炮弹片给削掉了[1]。如此的一个童年,你倒是说一说吧。

露易丝是一个漂亮的姑娘,但她从不准备接受这一点。"有好几十个比我更漂亮的。"她暗自重复道。她跟小伙子们交往时有过成功,但是,"所有的姑娘都会成功,这么说等于什么都没有说"。作为小学教师,她就没有停止过拒绝同事与上司的调情(学生们的父亲偶尔也会来那么几下),他们在走廊中经过时总是试图把手放到她的臀部上,这一点儿也没什么不正常,到处都是这样的。她也从不缺少追求者。在他们中,就有阿尔芒。整整五年。都到了正式的谈婚论嫁阶段,小心啊!露易丝可不是随随便便就把自己的声誉丢弃给邻居的那种人。那些个定亲订婚,可都是一段绝妙的故事啊。贝尔蒙太太巧妙地让阿尔芒的母亲在那里忙里忙外,接待客人,倒酒倒茶,送上祝福,有六十多个来宾到场,儒勒先生还穿了一件燕尾服(露易丝后来才知道,那是他从一家戏剧布景和服装商店租来的,衣服处处都紧绷绷的,只有裤子松,需要他时不时地往上提,就像他平时走出餐馆后厨间时那样),脚蹬一双漆光皮鞋,那鞋子太小,卡得他的脚那叫一个难受啊,恰似古时缠了足的中国小脚女人。就这样,儒勒先生扮演了东道主的角色,借这一仪式,他关了餐馆的门,把场地用来办了订婚礼。露易丝对此却毫不在意,她跟阿尔芒匆匆地奔向了床,因为她急于想怀上一个孩子。可这孩子一

---

[1] 即作者所写的小说《天上再见》中的主人公爱德华。

直没有怀上。

这个故事拖得很长很长。在整个街区中,人们始终没有弄明白。人们最终拿一种斜睨的、猜疑的目光来看待这一对未婚夫妇,还有谁会在一起生活整整三年却不结婚的吗,这是不存在的。阿尔芒提出过结婚的要求,他曾坚持过,而露易丝则非得等到她的月经停来才肯答应,于是,就这样,一个月又一个月地拖延了下来。大多数的姑娘都会祈求上天,在结婚之前千万别怀孕,而露易丝却正好相反,没怀上孩子,她就不结婚。但是,那孩子始终没来。

露易丝几乎有些绝望,但还是不顾一切地做了最后的尝试。既然他们无法有孩子,那就干脆去孤儿院领养一个好了,天下总不缺少不幸的人儿。阿尔芒从中看出的是对他不育的一种侮辱。"为什么不收养一条在垃圾堆里找食的狗呢,它也一样,无依无靠!"他说。对话进程急转直下,又一次,他们像一对已婚夫妇那样争吵起来。就在谈到收养问题的当天,阿尔芒愤愤不满地回了自己的家,从此再也没有回来。

露易丝也轻松了下来,因为她觉得,那都是他的错。这一决裂,成了街区中好大的一桩新闻!"这么说来,"儒勒先生嚷嚷道,"这姑娘,她是很不开心啊!您难道还想逼着她嫁人吗?"话虽这么说,他还是把露易丝拉到一旁问她:"你也不想想,你今年都多大岁数啦,露易丝?你的阿尔芒,他这个人真的不错的,你还想要什么呢?"但是,这些话,他都是用一种很温和的、几乎还有些迟疑的嗓音说的,紧接着,他又补了一句:"一个孩子,一个孩子,这总是会有的啊!这种事情是需要时间的!"说着,他就转回到后厨间去了,"就差我没有做好我的奶油调味酱了……"

对阿尔芒,她感到最遗憾的,就是他没能给她带来一个孩子。到那时为止只是一种未满足的欲望,突然之间就变成了一种摆脱不掉的顽念。她开始想不计一切代价来怀上一个孩子了,无论这代价会有多大,哪怕会给她带来不幸。在大街上看到童车中的一个婴儿,会让她的心猛然揪得很紧很紧。她诅咒自己,憎恶自己,她会在深更半夜猛地惊醒,坚信自己听到了一个孩子在号叫，她会匆匆地离开睡床，撞到家具上，跑过走廊，打开房门，此时，她母亲便会说，"这是个梦，露易丝。"母亲会把她抱在怀中，陪她回到床前，就仿佛她依然还是个小姑娘。

家中笼罩了一片愁云，就像一个墓地一般。她先是锁上了卧室的门，她原本想把这个房间布置成婴儿房。然后，她就进去在那里头睡，就睡在地上，只盖了一条毯子，这一切，她全都瞒着她母亲，不过母亲并没有受骗。

贝尔蒙太太被女儿的疯狂举动弄得忧伤不已，常常把她紧紧搂在怀里，抚摩她的头发，连连说着她很理解，说是除了生孩子，还有别的办法可以取得成功的人生。这对她而言当然容易，因为她已经有了孩子。

"这很不公平，"让娜·贝尔蒙承认道，"但是……兴许，大自然首先是希望你为这个孩子找到一个父亲。"

这一表达法很是幼稚，"大自然母亲"，这曾在学校中令她感到厌烦的一团糟……

"是的，我知道，这让我恼火。我想说的是……做事情嘛，最好还是按照顺序一步一步地来，就这样。找到一个男人，然后……"

"我已经有了一个！"

"兴许那不是一个合适的人。"

于是，露易丝找起情人来了。偷偷地。东一处，西一处，她跟一些离她街区、离她学校都很远的男人睡觉。要是有一个年轻小伙子在公共汽车上冲她飞媚眼，她就会悄悄地给予适度的回应。两天之后，她就在床上闭着眼睛，心思集中在天花板的裂缝上，发出轻轻的叫声，而从第二天起，她就开始等着，看她的下一次月经会不会来。想到这个孩子，"他能让我做一切"，她重复道，就仿佛，对一种长期磨难的承诺会让他来得更容易。抓住了她身心的，是一种慢性病，她心中十分清楚，它牢牢地缠住她了。

她转去了教堂，点燃了几根蜡烛，忏悔了并不存在的罪过，只为能配得上救赎，她甚至还梦到了自己给孩子哺乳。当她的一个情人把她的一个乳头含在嘴里时，她竟开始哭了起来，她本该抽他们嘴巴的，所有人。她收养了一只小猫崽,并且庆幸它从来就没有干净过;她花费了很多时间来洗净它,擦干它,吹干它,这是一个很自私的畜生,立即就变得很肥胖,很挑剔,表现得恰到好处,足以让她补赎她想象因自己的不育而犯下的罪过。让娜·贝尔蒙说,这只小猫就是一场灾祸,但是,她只是嘴里这样说说而已,面对着它的到来,她什么都没做。

露易丝被这一番向前奔进折腾得疲惫不堪,决定去看医生。结果,一纸判决书下来,简直就是一记晴天霹雳,竟然是输卵管的一个问题,是反复发作的输卵管炎造成的结果,人们对此毫无良策。仿佛是出于偶然,那只猫当天晚上就被摔死在小放荡者餐馆的门前,"这一下可算是轻松了。"儒勒先生这样说道。

露易丝放弃了跟男人们的交易,变得暴躁易怒。夜里,她会拿脑袋往墙壁上撞,她开始憎恶起自己来。在镜子中,她看到自己的脸上时不时地会萌发出难以觉察的一丝丝抽搐,那种紧绷、神经质、焦躁、紧张的神态,通常会在那些因为没有生育过孩子而痛感失望的女人的脸上涌出。她周围的另一些女人,比如她的同事艾德萌妲,或者是开烟草杂货店的克洛瓦泽夫人,都因自己没能成为一个母亲而有过自我嘲讽。而露易丝,她,则感到自己被深深地凌辱了。

她那有所克制的愤怒让男人们害怕。即便是餐馆的顾客,以往通常肆无忌惮的那些人,现在也都不再敢在桌子间伸出手来摸她一把了。她显出一副冷冰冰的样子,高傲疏远。在学校里,人们在背后称她为"蒙娜丽莎",这可太不可爱了。她去剪了一头短发,用以惩罚她的女性特征,也让自己变得更难以接触。不过,悖论之坑倒是越挖越深了,因为,这一新的发型反而让她落得比以往更漂亮了。有时候,她甚至有些怕自己会有一大串孩子,会落到盖诺太太的地步,那个疯女人会把那些倔强的刺头男孩叫到黑板前,脱下他们的裤子,而在课间休息时,会惩罚那些不听话的女孩站在墙角,一直就那么站着,直到她们实在憋不住尿,尿在裤子里。

露易丝赤裸着身子,站在镜子前,心潮澎湃,思绪翻腾。兴许是因为,她跟男人们的关系从此就不再存在了,她突然就意识到,尽管大夫的建议是那么不合道德规范,它还是迎合了她的内心。

接下来的那个星期六,她已经完全放松了下来。而他,无疑也明白了,他也一样,明白到了自己提议的不妥,就没有重新再提他的要求。他很亲切地微微一笑,感谢她提供的服务,她端上的水杯,然后,就像平常那样一头扎入了他的那份《巴黎晚报》中。露易丝,从前从未正眼瞧过他一眼,这会儿便趁机细细地打量起他来。如果说,上个星期,她并没有马上就做出反应,那是因为她觉得,他本人并没有丝毫暧昧可疑,任何令人担忧之处。她看到,他有一张很有特点的脸,长长的,充满了倦意。她看他有七十岁的样子,不过她从来就不太擅长这方面的推测,她常常会弄错。很久很久以后,她恐怕还会记得,她在他身上发现了某种伊特鲁里亚人[1]的特点。这个词让她深为震惊,她还不是很习惯。她本来是想说很"罗马人",因为他的鼻子很大,还稍稍有些尖钩状。

已经有谣言传来,说的是,替共产党做宣传就够得上死罪,儒勒先生听闻之后便心有所动,还兴致勃勃地建议扩大争论("我嘛,即便是他们的律师,我也要把他们送上断头台……总之,真的就是这样,怎么着!")大夫起身准备走的时候,露易丝正忙着收拾旁边的一张桌子。

"我会给您钱的,这是肯定的,您就对我说您想要多少钱好了。我再说一遍,我只不过是要瞧您一眼,没什么别的,您完全用不着害怕。"

他扣上了外套的最后一粒纽扣,戴上了帽子,微微一笑,朝儒勒先生做了一个小小的手势,就平静地走出门去,而儒勒先生正说到莫里斯·多列士

---

[1] 伊特鲁里亚人(étrusque),又译"伊特拉斯坎人",是古代意大利西北部伊特鲁里亚地区古老的民族,公元前六世纪时,其都市文明达到发展的顶峰。伊特鲁里亚文化的许多特点,被后来统治意大利半岛的罗马人所吸收。

的逃亡[1]("应该就在莫斯科,这畜生!该枪毙,我要说,该枪毙!")。突然听到这句她以为不会再听到的话,露易丝差点儿松开手中的托盘。儒勒先生抬起了眼睛。

"你怎么啦,露易丝?"

接下来的整整一个星期里,她的愤怒有增无减,她将会对他说出她的想法,对这个老傻瓜。她怀着一种狂躁的不耐烦等待星期六的到来,但是,当她在星期六看到他走进餐馆时,她发现他是那么年老,那么衰弱……整个服务期间,她就在寻找一个恰当的词,寻找一个理由,她实在不明白,她心中的愤怒之火可以就这样重新减弱、回落了。那是因为他对他自己很确信。如果说,她被他的建议弄得六神无主,那么,他自己倒似乎从来就没有怀疑过。他微微一笑,点了当日的主菜,就读起报纸来,然后,慢悠悠地吃饭,不慌不忙地付账,在准备出门的那一刻,他问她说:

"您想好了吗?"他以一种柔和的口吻问道,"您想要多少?"

露易丝瞧了瞧儒勒先生,感觉到一种羞耻,自己居然就这样,在餐馆的大门口低声地跟那位老大夫说话。

"一万法郎。"她脱口而出,像是骂了一句脏话。

她脸红了。这笔钱数目太大了,不可能接受的。

他点了点头,像是在说,我明白。他扣好了外套的扣子,戴上了帽子。

"同意。"

然后,就出了门。

儒勒先生问她道:

"你跟大夫没什么问题吧?"

"没有,怎么啦?"

---

[1] 莫里斯·多列士(Maurice Thorez,1900—1964),法国政治家,多年里担任法国共产党的总书记(1937年起)。1939年九月,法国对德国宣战,多列士应征入伍。但他认为这场战争是帝国主义国家之间的非正义战争,便于十月离开部队,秘密逃出法国,因而被政府以"逃兵"罪名缺席判处死刑。离开法国后,多列士先到比利时,1940年到了苏联。整个第二次世界大战期间,他一直都逗留在苏联。

模糊的手势。不，没怎么。

这么大数目的钱让她颇有些害怕。午餐的服务结束之际，她尝试着列了一下单子，看看用一万法郎的钱究竟可以为她提供点什么。她明白，她将接受一个男人花钱买她脱衣裸身。她就是一个婊子。这一判定让她感到内心中有一丝宽慰。它跟她对自己的想法还是相一致的。若是在其他时刻，想要让自己心安理得，她会对自己说，拿裸体示人，这并不比去看医生更糟糕。她的一位女同事还给一所美术学院当过人体模特呢，看来，只不过有一些厌烦而已，她尤其担心的还是会着凉。

而一万法郎……不，这是不可能的，这不会仅仅只是脱光衣服的问题。他一定还想要别的。以这样的价格，他可能会……但是，对一个男人以这样的一笔钱为代价究竟会要求得到什么，露易丝实在是没有任何的概念。

兴许大夫也作了同样的思考，因为他再也没有说起过。一个星期六过去了。然后又是另一个星期六。接着是第三个。露易丝不禁问起了自己，她要的钱是不是太多了，他是不是去找另一个姑娘了，一个更好商量的姑娘？她因此不无懊恼。她惊讶地发现，自己为他上菜放盘子的时候，动作比平常粗暴多了，而当他对她说话的时候，她的喉咙中会发出一记小小的响声，总之，她变成了当她是顾客时也会觉得讨厌的侍者。

眼下，她已经结束了午餐服务，正忙着擦桌子呢。从这个角度望出去，能瞧得见她住的那栋小楼房的正面墙，就在佩尔斯死胡同中。在街角，她能看到医生，他就站在拐角上，悠然自得地抽着一支香烟，瞧他的那副样子，像是正不慌不忙地等着什么人呢。

她尽可能地拖延着时间，但是，无论她怎么慢腾腾地拖沓，一项任务总有一个终结的期限。终于，她穿上了外套，出了门。她隐隐约约地希望大夫已经厌倦此事了，但她知道他根本就没有。

她一直走到他跟前。他冲她亲切地微笑。她仿佛觉得他的个头比在餐馆中要矮得多。

"这个，您打算在哪里，露易丝？在您家吗？在我家吗？"

在他家，当然不行，太冒险了。

在她家也一样不行，那样一来，她会像什么样子？邻居们……她倒是几乎没什么邻居，但是，这可是一个原则问题。那样，绝不行。

他建议去旅馆。这样一来，就有一种妓院的味道了，她接受了。

他应该早就预料到她会这样回答了，因为他递给她一页他从本子上撕下来的纸。

"星期五，您看行吗？十八点左右吧？我以梯里翁的名义预订了一个房间，地址都写在这上面了。"

他把两只手又缩回到衣兜里。

"谢谢您的同意。"他又补了一句。

露易丝捏着那张纸，一动不动地待了好一会儿，然后，把它塞进手包里，回家去了。

她的这一星期就像一个耶稣受难周一般难熬。

她到底是去呢，还是不去，每个白天，她都会改十次主意，而每个夜晚，则会改二十次。俗话说得好，不怕一万，就怕万一，万一事情会变得很糟糕呢？纸上写的是旅馆的地址，在十四区，叫阿拉贡旅馆，她星期四就提前去了一趟，纯粹是为了瞧一眼。她刚刚走到旅馆的门前时，汽笛就呜呜地响了起来。原来是一通空袭警报。她便四下里打量，寻找哪里可以藏一下身。

"请过来……"

客人们鱼贯而行，走出了旅馆，他们步子沉重，有些趔趔趄趄，一个老妇人抓住了她的胳膊，"从这里走，走边门。"一段楼梯通向了地窖，有人点亮了蜡烛。没有人对她没戴防毒面罩表示惊讶，因为旅馆里每两个房客中就有一个不配备这种玩意儿。这应该是一种提供半膳食的旅馆，房客们都彼此认识。人们一开始还使劲地盯着露易丝看，但是，很快地，就有一个大腹便便撑得裤子都扣不上的男人掏出了一副纸牌，一对年轻的夫妇拿出了一副棋盘，此时，就再也没有人对她感兴趣了。除了旅馆老板娘，一个长了个鸟脑袋的看不出年龄来的女人，她裹着一条头巾，头发的颜色黑得令人生疑，仿佛就是一头假发。她的眼睛是铁灰色的，身子瘦削、纤弱——当她坐下来时，露易丝能猜想到，她的膝盖正尖尖地顶着裙子的布料呢——只有这位旅馆老板娘还在一个劲儿地盯着她瞧，看来，在这里，人们应该不经常看到新面孔。警报没有持续很长时间，人们重新返回地面。"女士先走。"那个胖男人说，人们感觉他每一次都在说同样的句子，如此一来，他应该觉得自己就是一个绅士了。没有人跟露易丝说过话。她谢过了旅馆老板娘，老板娘则瞧着她远去，露易丝能感到她的目光落在自己的背上，但是，当她转身过来一看时，她发现整个街道空空如也。

第二天，时针如发了疯似的转得飞快。她本来已经决定不去了，但是，从学校下班回来时，她还是换上了衣服。十七点三十分的时候，她离开了自己的家，恐惧揪得她的腹部一阵阵发紧。

在出门的一瞬间，她又转身返回，打开了厨房的抽屉，操起一把切肉刀，塞进了她的手包中。

到了那家旅馆的前台，旅店老板娘认出了她，表现出一丝惊异。

"梯里翁。"露易丝只说了这么一句。

老妇人递给她一把钥匙，给她指了指楼梯的位置。

"311房间。在三楼。"

露易丝觉得直恶心，几乎就要吐出来。

四下里静悄悄的，一点儿声息都没有。她从未踏入过任何一家旅馆一步，那可不是她这种人该去的地方，在贝尔蒙家的人看来，那是一个专为富人而留的地方，总之，那是为别的人，为那些来度假的人，或者靠空气为生的闲人而留的地方。"旅馆"是一个异国情调的词，是豪华宅邸的同义词，或者，假如可以用某一种口吻来说，是妓院的同义词，这两种地方，贝尔蒙家的任何人都是断然不会涉足的。而现在，露易丝居然来到了这里。走廊中的小地毯都已用旧了，但依然很干净。她上楼时走得有些上气不接下气，便在房间门口待了很长时间，寻找着敲门的勇气。周围什么地方好像传来了一记响动，她有些害怕，便抓住了门把手，拧了一下，开门进去了。

大夫已经在房间里了，穿着外套，坐在床上，就像是在一个等候大厅中。他很平静，露易丝发现他苍老得很，并且坚信，自己根本就用不着动刀子。

"晚上好，露易丝。"

他的嗓音很柔和。她无法回答，喉咙像是被什么东西给掐住了。

所谓的房间，只有一张床，一张小小的桌子，一把椅子，一个五斗柜，柜子顶上，她看到放有一个厚厚的信封。大夫只是让一丝仁慈的微笑浮现在他的嘴唇上，他微微地低下脑袋，像是为了宽慰她，但是她已经不再害怕了。

在前来的路上，她就已下定了决心。首先，她要对他说，她只做他们之间说定了的事，他不能动手摸她，假如他非要动手，那么她马上就走人；其次，她要数一下钱，她可不愿意被人……但是，眼下，在这个过分狭小的房间里，她明白到，她曾想象过的剧情是无法适用的，一切都将发生得很简单，很平静。

她简直有些不知所措，就像老话所说的，不知道该迈哪只脚开步跳舞了。由于什么都没有发生，她就朝柜子上的信封瞥去一眼，想从中寻觅一点勇气，她后退了一步，把她的外套挂在门后的挂衣钩上，接着就脱下了鞋子，在稍稍犹豫了一下之后，她又双臂交叉地伸过头顶，脱去了裙袍。

她本希望他能帮她一下，告诉她该做什么。房间里笼罩了一种模模糊糊的、嗡嗡作响的寂静。一时间里，她以为自己就要晕厥了。假如她撑不住的话，他是不是会趁机下手呢？

她站立着，而他则坐着，但是，这一姿势并没有给她带来任何优势。他的力量，属于他的那一份力量，正在于他的呆滞无力。

他满足于就那么瞧着她，他等待着。

当她脱得只剩下内衣时，反倒是他似乎感到了冷，他把双手插进外套的衣兜里。

为了安慰自己,她试图寻找这位顾客身上她所熟悉的特征,但是根本就找不到。

在感觉很漫长的一分钟还是两分钟的尴尬之后,因为必须做些什么事,她就双手交叉到了背后,解开了她的胸罩。

这男人的目光爬到了她的胸脯上,仿佛被一道光芒所吸引,而尽管他的面部线条一点儿都没有动,她还是相信她已经从他脸上辨识出了某种激动。她自己也瞧了瞧她的乳房,那玫瑰色的乳晕,隐约有点儿疼痛。

她真想彻底了结这一切。于是,她下定了决心,脱下了内裤,任它掉到了地上。由于不知道该拿她的那双手怎么办,她就把它们放到了背后。

老男人的眼睛慢慢地往下落下去,构成一种很温柔的抚摩,最终停在了她的下腹部。长长的几秒钟就这样过去了。根本无法想象他有什么样的感觉。只是在他的脸上,在他的整个人身上飘拂过了某种无法定义却又无限忧伤的东西。

她本能地明白到,她应该转过身去。兴许,她是想摆脱眼前某种程度上令人心碎的情境。

她以左脚为轴心,转身过去,一时间里,目光盯住了五斗柜上方墙上的那幅稍稍有些挂歪了的海景版画。她感觉到他的目光落在了她的屁股上。

一丝最后的顾忌荡漾在她的心头,生怕他会伸出手来,试图来摸她,她情不自禁地转过头来瞧了他一眼。

他刚刚从衣兜中掏出了一把手枪,朝自己的脑袋开了一枪。

人们发现露易丝赤裸着身子,半蹲半跪,几乎虚脱,还不时痉挛性地颤抖着,而老男人则倒在床上,侧身而卧,双脚离地面有几厘米,仿佛自我遗弃在了一段短暂的睡眠中。想必,他当时看到露易丝朝他转过脸来一定很惊讶,这让他不免有些慌张。除了这一点,他开枪的时候,枪口还稍稍往下偏低了一点点。他的半张脸都被打烂了,一摊血在床单上慢慢地洇开来。

人们赶紧报警。一位顾客，从隔壁的一个房间里冲出，匆匆赶过来。他发现年轻女郎全身赤裸裸的，就像一条肉虫子，他都不知道该从何处下手才能抓住她。从胳膊底下吗？抓她的双腿吗？小小的房间里笼罩着一种浓烈的火药味，但给他留下更深印象的，还是那些血，整个房间满是鲜血。

他试图不往床上瞧，只是在露易丝的身边蹲下来，把一只手放到她的肩膀上，发现她身上冰凉冰凉的，几乎就像是一块石头，但是她还在一跳一跳地颤动，仿佛是晾在风中的一件内衣。

他尽可能地抓紧她，从腋窝底下伸过了手去，终于让她站立起来，他使尽全力撑住她，不让她倒下。

"加把劲，"他说，"会好的……"

她低下眼睛，瞧了瞧倒在床上的老人。

只见他还在喘气。他的眼皮张开又闭上，张开又闭上，他盯住了天花板瞧，就仿佛听到了一种奇怪的声音，他在寻找这声音是从哪里传来的。

而在这一刻，露易丝已经疯了。她发出一声骇人的尖叫，像是一个不愿再跟一只疯猫关在同一个口袋中的女巫[1]，拼命挣脱开来。她一下子冲出了房间，快步奔下楼梯。

楼下，早已聚集了一大群人。房客们、邻居们听到枪响纷纷赶来，不料撞见了赤身裸体的露易丝，只见她一边高声叫嚷，一边推开众人。

然后，夺门而出。

没走几步，她就来到了蒙帕纳斯林荫大道，开始奔跑起来。

行人们发现的，简直就不是一个裸体女郎，而是一种幽灵般的幻象。她浑身是血，目光惊恐，左右摇晃，前后趔趄。人们不禁会问自己，她是不是会突然穿越马路，扑倒在你们的车轮底下。见此行状，车辆纷纷减速，公交车也都刹了车，一个乘客在车厢平台上吹了一记口哨，喇叭声从四处传来，此起彼伏，她却什么都没有听见，只顾忙着脚疾步行走，行人们跟她打照面

---

[1] 在中世纪，不少西方人认为黑猫是女巫的宠物，或是女巫的化身，或是魔鬼的使者。

时都惊得目瞪口呆。她不停地挥动着手臂,像是在驱赶一大群想象中的小昆虫,她沿着一条蜿蜒曲折的线路,在人行道上趔趄而行,一会儿擦着一家商店的橱窗,一会儿又绕过一个公共汽车站,她踉踉跄跄,人们都躲着她走,没有人知道该怎么办。

整条林荫大道早已乱成了一锅粥。这是谁啊,有人问道,一个女疯子,她应该是从什么地方逃出来的吧,必须把她抓起来……但是,露易丝早已走了过去,正在走向蒙帕纳斯十字路口呢。天气依然很冷,她的身体上开始一处一处地出现了蓝色的圆圈。她有一张精神错乱者的脸,人们恐怕会说,她的眼睛炯炯发亮,都快要从脑袋里跳出来了。

人行道上,一个额头上扎着头巾的清瘦老妇人,模样很像是个看门人,看到她来到跟前,立即想起了自己的侄孙女,她俩应该是同一年纪的女孩吧。

"她一下子就停住了脚步,看样子像是在辨认道路。我二话不说,立即脱下我的外套,给她披到肩膀上。她瞧了我一眼,然后身子一软就倒下了,这儿,就在我眼前,她瘫在地上像一摊泥,我不知道怎么才能扶她起来,幸亏,边上有人过来帮我忙。她浑身冰冷,这个可怜的姑娘……"

围观的人引来了警察,一个治安警员一下就把他的自行车扔在了人行道上,用胳膊肘拨开正指指点点、嘀嘀咕咕的人群,一直走到她跟前。

结果,他发现一个年轻女子蹲在地上,外套底下应该是赤裸裸的身子,她正用沾有血迹的手背擦着脸,并且大声地喘着气,活像个正在分娩的产妇。

露易丝抬起眼睛,首先看到了直筒筒的警帽,然后是警服。

她认定自己是一个犯罪的人,有人刚刚逮捕了她。

她恐惧不已,瞧了瞧身边。

一道闪电仿佛闪过她的脑际,她又听到了枪响声,闻到了火药的味道。一道血幕从天空降落,把她跟整个世界隔绝了开来。

她伸出胳膊,大叫一声。

接着,就昏了过去。

2

那些过滤器摆在那里，二十个一排，有好几排，显得像是一根根不锈钢的胖大柱子。它们那巨大牛奶罐一般宽厚敦实的模样远远没能让加布里埃尔放下心来。他在这些旨在毒气战中保护人员安全的过滤器中看到的，只是一个个惊慌失措、焦虑不安的哨兵。堂堂的马其诺防线[1]，由好几百个要塞和掩蔽所组成，号称足以用来对抗德国军队可能的侵犯，可是等你走到近处一看，它似乎根本就不堪一击，简直是可怕极了。而马延贝格要塞本身，作为这条防线中最重要的工程之一，却有着老年人一般的致命弱点：它里头的兵员虽能躲避枪林弹雨，却可能会统统死于缺氧窒息。

"啊，原来是你哪，头儿？"卫兵问道，口吻不免有些嘲讽。

加布里埃尔在裤子上擦了擦手心。他三十岁的年纪，褐色的头发，圆圆的眼睛，这让他的脸始终有一副吃惊的模样。

"我经过一下……"

"那是当然。"士兵说着，走远了。

在他每一次执勤时，他都看到年轻的中士长会在那里"经过一下"。

加布里埃尔总是会情不自禁地特地过来瞧一眼这些过滤器，证实一下它们确实就在那里。下士长兰德拉德曾经跟他解释过，检测碳氧化物和砷化氢

---

[1] 马其诺防线（la ligne Maginot）是法国在第一次世界大战后为防德军入侵而在其东北边境地区构筑的堡垒体系。它从1928年起开始建造，1940年才基本建成。

的操作系统是多么简单而又基本。

"实际上，一切都将取决于哨兵的嗅觉。必须寄希望于他们没有患感冒，鼻塞，如此而已。"

身为工兵部队的一员，拉乌尔·兰德拉德是个电力技术员。他总爱宣布种种坏消息，兜售种种有毒害的传言，而且往往带着一种不无宿命论痕迹的准确性。他清清楚楚地知道，一种化学武器的打击会让加布里埃尔惊惶到何等地步，但他依然毫不犹豫地把握住每一个机会，把他所了解的一切信息全都告诉对方。可以相信，他是故意这样做的。瞧瞧，这不是，昨天他又来了那么一下：

"他们预计，过滤器一旦饱和，就得随时随地地逐渐重新净化，但是我，我可以对你说一件事：人们不可能把它们重新更新得那么快，快得足以保护整个要塞……我敢担保。"

这位老兄，真的是一个特别滑稽的家伙，额头上总是耷拉着一绺头发，看上去就像一个金色的逗号，色调几乎有些偏棕色；他的嘴巴呢，嘴角往下耷拉，嘴唇很薄，像是一片剃刀，这副模样让加布里埃尔看了总有些害怕。四个月以来，他跟加布里埃尔一直是同一宿舍的战友，而他从他到达的第一天起，就已成功地具体体现为马延贝格要塞给加布里埃尔内心带来的恐惧。这一巨硕无比的地下堡垒在他眼中显得如同某种咄咄逼人的魔怪，正张开了血盆大口，准备囫囵吞下总参谋部打发给它作为牺牲品的所有一切。

有九百多名士兵待在那里头，不停地穿行在深藏于好几千立方米混凝土底下的数公里长的坑道中，就在发电机组无休无止的轰隆声中，在如同罪犯号叫声一般的铁板的咣当声中，在混杂有当地特有的潮湿气的浓烈的粗柴油气味中。当您走进马延贝格要塞时，日光就会在您眼前的几米处暗淡下来，一切马上就变得模模糊糊，让您猜想那是一条长长的黑暗走廊，那里头，在一种可怖的嘈杂声中，有列车在行驶，一直驶向一个个战斗方阵，而那些方阵随时准备着，要把一百四十五毫米的炮弹发射到方圆二十五公里以内的地方，而世代相仇的敌人则会不得不也表现一番，作为应对。而在等待期间，人们早就分拣派送了那些弹药箱，把它们一一摞起来，打开，分类，转移，检验，人们都不知道该做些什么事好了。这种列车，人们管它叫地下铁，除了用来发送加热菜汤用的挪威锅[1]，都不怎么使用了。人们还记得那些命令，要求部队"原地抵抗，不要有丝毫关于撤退的非分之想，即便被敌人团团包围，即便被彻底地阻断，毫无任何增援的希望，也要坚持到弹尽粮绝"，但是，自从那一刻起，就再也没有人会去想象，究竟是什么原因居然能迫使士兵们处在这样的一种绝境中。在等着为祖国而死的时候，人们实在是烦透了。

加布里埃尔并不害怕战争——再说了，在这里，也没有任何人会怕战争，马其诺防线以不可攻克而闻名于世——但是他很难忍受这样一种狭小的空间，这样一种不流通的空气，这一切，轮班值勤，沿着走廊一字儿排开的折叠小桌，逼仄的宿舍，储备的饮用水，很像是在一艘潜水艇中的情境。

他缺少光线。跟所有其他人一样，他每天只有三个小时待在露天的光照时间，这是训令中规定的。在外面，他们要浇铸混凝土，因为要塞的工程还没有彻底完成；或者，他们要去拉数公里之长的铁丝网，以求能减缓敌军坦克的逼近，除了在那些种有庄稼的地带，因为，要在那里设置铁丝网，就会妨碍农民的农活儿，就会侵犯农民的果园菜园（人们兴许可以想象，对农事活动的尊敬，或者对水果与蔬菜的兴趣，说不定就会引导着敌人绕过这些地带呢）。上级长官还让他们把铁轨用的枕木垂直地竖立在地面上。当唯一的那台挖掘机去别处作业了，或者，当那台所谓的挖掘机又一次出了故障时，他们就不得不求助于本来只能用来挖沙土的铁锹铁镐了。当他们在机器停转期间好不容易竖立起两根枕木时，那就已经算是撑到世界的尽头了。

假如有空余时间，他们就养鸡养兔子。一个小小的猪圈甚至还有幸在当地的报纸上赢得过一个版面。

对于加布里埃尔，难以忍受的事情尤其要数那一次次的返回了：复归于

---

[1] 所谓的挪威锅（marmites norvégiennes），或称无火炉、隔热炉，或自炊具，是指一种食物烹饪方法，就是把以传统方式做最基本的快速加热之后的食物放入一个隔热的容器中，让食物独立完成烹饪的最后过程，且无须进一步消耗能量，有点像如今的保温锅。

要塞的脏腑中，会引起他一阵阵剧烈的心跳。

一场化学进攻战的威胁时时萦绕在他的心头。芥子气能够穿透衣服与面罩，引起眼睛、皮肤、黏膜的烧灼。他向军医告知了自己心中这一持续不断的焦虑。那军医是一个面有倦容的人，脸色苍白得就如一个洗涤池，忧郁得就如一个掘墓人，他觉得一切都很正常。因为在这里，没有任何什么是彼此相像的，没有人知道，没完没了的等待是在等什么，在一种如此的环境中也没有什么生活可言，没有任何人会感觉良好。他不无疲倦地明言道，他分发着阿司匹林，"到时候请再来找我"，他说，他喜爱陪人说说话。每星期有两到三次，加布里埃尔会去他那里跟他下棋，把他在棋盘上捻得粉碎，但他对输赢却是一点儿都无所谓，他喜爱输棋。中士长在过去的那个夏季里早已习惯来跟大夫下上一盘棋了，那时候，他并没有病，却因生活条件而痛苦不堪，于是就来卫生所寻找一点点安慰。那个季节中，空气的湿度几乎接近于百分之百，加布里埃尔持续地处于呼吸困难的状态。要塞内的气温到了难以忍受的程度，人们几乎都不会出汗了，整个身子总是湿漉漉的，床单则是又湿又凉，衣服重重地贴在身上，根本无法把洗好的衣裳晾干，个人用的壁柜冒出一种发霉的味道。宿舍里的水汽密度将近于饱和。除此之外，还要加上送风机那持续不断的隆隆声，它每天早上四点钟就开始工作，而且，在风扇罩壳的作用下，这声响变得更大了。对于睡眠总是很轻的加布里埃尔，这样的要塞简直就是一个地狱。

人们苦熬着等待，人们磨着洋工，人们的眼睛懒懒地注视着那些专门用来缓和敌人炸弹可能产生的冲击波的门，由于纪律明显地松懈了下来，在两次值勤放哨之间，人们就在所谓的"士兵之家"度过一段时间（而军官们，则会对那一道整日整夜都开着的门睁一只眼闭一只眼，他们也不是那种不通情理的人）。大家都挺不容易的，大家都是远道而来的。那些属于离得有好几十公里远的英格兰或苏格兰军营的士兵，也会趁着夜色来到这里，当他们喝得醉醺醺时，就不得不叫救护车把他们送回去，这样的事情也并不罕见。

正是在这里，下士长拉乌尔·兰德拉德开始了他那郑重其事的公事公办。加布里埃尔无从得知，这位兰德拉德入伍之前当平民百姓时是怎么样的，但是，在这里，在马延贝格，兰德拉德很快就让人认可了他的大拿地位，他成了所有那些钩心斗角、尔虞我诈的活板门。这是他的本性所致。生活对于他就是一个活鱼舱，种种的阴谋诡计和花招勾当在其中取之不尽，用之不竭。

在马延贝格要塞，他正式开始了"三猜一"赌彩玩家的生涯。他只需要一只倒扣过来的货箱，两三个杯子，就可以随心所欲地让一个果核、一颗玻璃球、一粒石子出现或者消失，一切都是那么顺手。他具有一种如此的才华，能在您的心中启动一种盲目的坚信，让您很难抵抗住一种欲望，以为自己一定能指出该赢的是哪一张牌或者哪一只杯子。生活的无聊与苦闷早已为他引来了数量越来越多的爱好者。他的名声也越来越响，大名传到了外面的很多部队中，而那里的人则非常憎恶马延贝格要塞中的士兵，认为他们都是一些享受特殊条件的人。所有人都对这个下士长表示了一种热烈的欢迎，反正，他的精彩手法刺激了从上到下不同军衔的官兵。他玩三猜一时的那种灵敏还因为另外的一点而闻名遐迩，而且极端令人信服：他从来不赌大钱，就只赌一点点小钱，微不足道。人们下的赌注往往就是一个法郎，两个法郎，输了也只是一笑了之，按照这样的规模与节奏，拉乌尔就是一天赢上三百法郎也不算罕见。其余时间里，他就偷偷地跟一些人玩一些鬼把戏，跟附近的一些啤酒馆小餐厅的人，跟军需部门的一些军官，跟士兵之家的那些侍应生。他还追逐姑娘。有些人说，他在城里有一个女朋友，还有一些人声称，他是去妓院玩妓女。无论如何，当消失了一段时间之后，他总是会带着一丝大大的微笑返回，而让人们根本猜不透他到底是在为什么而笑。

另外，他还常常把他本来该在要塞电力中心做的值勤成功地转卖掉，他出钱让那些有需要的战友替他来值勤，上级看到了也是睁一只眼闭一只眼，根本就不管。就这样，他买到了很多空闲的时间，用来从事"士兵之家"物资供应的走私活动，从中，他实行了一种掺假而又含混的回扣制度，酒桶的发货送达，劳务费的结账转账，买进卖出中的小费分享，就凭借着这些，他发了他的财，因为马延贝格每天都有数量高达四百五十升的啤酒的消费。但是，他对所有的其他领域都很感兴趣。他就这样悄悄地对炊事房做了投资，并从中享受了好处，他还吹牛说，他几乎能够提供军需处所缺少的一切，其实，此话倒是不假。他为军官们带来难得一见的产品，给厌倦了一天吃两顿牛肉的士兵们带来了能改善日常生活的物品。随着军队日益安顿于规章的秩序中，随着队伍逐渐地陷入到烦闷的生活中，他源源不断地为他们提供吊床、柜箱、盘碟杯盏、床垫、毯子、画报、照相机，你们不是需要什么东西吗，那拉乌尔·兰德拉德就来为你们找到它。去年冬天，他就曾经提供了大批量工业化的取暖器，还有锯齿刀（这里的一切都被冻住了，葡萄酒也冻成了固体，得锯开来一条一条地来零售）。随后，他又建议提供一些防潮机器，其有效性几近于零，却卖得十分火热。还有各种甜品，果酱、巧克力、杏仁酱、酸味糖果等等，也都卖得很火，尤其是在那些士官中间。行政方面拨给部队的每个人员早餐时一份烈酒，每顿餐饭时还配给四分之一升葡萄酒。佐餐酒和烧酒大量地涌进了要塞中，库存量的更新达到了一种疯狂的节奏。依靠着一种秘密的虹吸系统，兰德拉德得到了十分可观的提取量，使他能以一种很低的价格转卖给附近的咖啡馆和餐厅，给那些种地的农民，给那些外国的季节工。假如战争还能持续一年时间，下士长兰德拉德估计就能够买下整个马延贝格要塞了。

　　加布里埃尔经过这里，只是为了证实一下，换岗交班得到了确切的执行。这位战前的数学教师，对"通信传输"很感兴趣，负责接收和传送来自外部的种种电令。战争，在这里，可以说已经简化成了关于外部工程的几条训令，成了休假外出的制度规定，而它的频率则已达到一个令人咋舌的高水平。加布里埃尔都计算过了，有一半以上的军官曾在同一个日期里都不在岗位上。假如德国人选择了那一时刻发动进攻，他们就将用两天时间彻底炸毁马延贝格，并在三个星期里攻到巴黎……

　　加布里埃尔回到了由四张高低床所构成的宿舍。他的床，是上铺，正好面对着下士长兰德拉德的铺位。他的下面，睡着昂布勒萨克，那是一个长着乱蓬蓬的浓眉毛的家伙，有一双种地人的大手，老爱跟人争论，嗓门十分粗。他的对面则是夏布利埃的铺位，此人细高瘦弱，生性爱动，瘦削的脸令人联想到鼬鼠。当您跟他说话时，他会死死地凝视着您，仿佛期待着您对他开出的一个玩笑作出回应。这一凝视会让人觉得十分别扭，大多数人最终都会不由自主地发出一丝尴尬的苦笑来。夏布利埃就此赢得了一个滑稽好笑的小伙子的名声，不过他却从来没有拿出过一种真凭实据来印证他的喜剧头衔。昂布勒萨克和夏布利埃都是拉乌尔·兰德拉德的同党。这个宿舍也就成了下士长的指挥部。由于加布里埃尔从未真正打算沉浸到他们所策划的阴谋诡计之中，通常情况下，每当他一进宿舍，其余几个也就闭嘴不语了，气氛实在有些别扭。这一有害的氛围，对编织成军营生活细节的那些小小新闻事件而言，有时会是其原因，有时又会是其结果。几个星期之前，曾经有一个士兵抱怨有人偷了他的戒指，还说那上面镌刻着他姓名的首字母。所有人听闻后都窃笑不已，因为此人名叫保尔·德莱斯特[1]，但是，每个人都隐约感觉到，这样的一种混住杂处是多么容易催发争执，导致过激言行，产生危害，本来就没有那么多的偷窃嘛，但是，一枚金戒指，毕竟，人们心里说，还是有点儿价值的，更不用说还有情感元素在那里头呢。

当加布里埃尔走进宿舍时，拉乌尔正坐在自己的铺位上，把几个数字写在纸上，排成了一列。

"你来得正好，"他说，"这是空气流量和体积的一笔运算，我实在弄不好……"

他试图确定一连串机器的最终效率。加布里埃尔拿起了铅笔。算出的结果是0.13。

"真是他妈的！"拉乌尔松了一口气。

他很惊讶。

"怎么回事？"

---

[1] 保尔·德莱斯特的法语为"Paul Delestre"，其姓名首字母"P. D."的读法很容易使人联想到"同性恋者"（pédé）一词。

"得了，我对即将用于过滤空气的发电机组有过一个疑问。你看看，要是我们遭受了瓦斯武器的打击呢？"

面对着加布里埃尔焦虑不安的沉默，他继续说：

"他们选择了二冲程发动机，这帮子傻瓜。因而，当它们压力不够的时候，还得给它们增压。而这就会给它……"

加布里埃尔感觉自己的脸色变得煞白。

他赶紧重做了一遍计算。结果依然是0.13。在遭受打击的情况下，由电力中心过滤的空气刚刚勉强够来净化……中心自身。因而，要塞的其他部分就将被浸没在毒气中。

拉乌尔以一个表示无可奈何的动作，把手中的纸叠了起来。

"好了，我们没能够，但是……"

加布里埃尔知道，已经不再有什么希望去改良装备了。无论会发生什么情况，就只有用二冲程的压缩机来投入战争了。

"那我们，我们到时候肯定就躲到工厂里头去了，"拉乌尔继续道，"但是您，在通信部门……"

所谓的工厂，就是电力中心。加布里埃尔顿时感到喉咙发干。这实在没什么道理可言。假如战争发生，没有什么能证明德国人会使用瓦斯来作为进攻武器。即便如此，加布里埃尔还是感觉这一前景是那般确定无疑。

"你可以来找我们的，假如遇到麻烦的话……"

加布里埃尔重又抬起头来。

"我们那里都有一个密码，能打开工厂的南门。假如你有密码，就有人给你开门。"

"密码是什么？"

拉乌尔的身子稍稍后缩了一下。

"这得有交换条件，来而无往非礼也，我的老兄。"

加布里埃尔实在看不出自己能有什么可提供给对方的。

"一些信息啊。在通信部门，你们一定很了解军需部门的所有活动进程，什么东西出去了，什么东西进了商店，马延贝格都购买了一些什么，从外面引进了一些什么。假如知道了这一切，我们就可以对付得更从容，你明白的……我们就可以提前有所准备了。"

拉乌尔明确地建议加布里埃尔参与到他们的活动中来，他说他能把一切都安排妥当，只要他能提供一纸情报，他们就能给他一个密码，那样的话，遇到敌人进攻时，他就能从工厂南门进去避一下难。

"我不能，那是……很机密的。那是秘密。"

他寻找着合适的词。

"那将是背叛。"

真是滑稽。拉乌尔哈哈大笑起来。

"罐头牛肉的供应，难道这也是国防秘密吗？这么说，总参谋部，它可真是不赖……"

他把加布里埃尔做过运算的那张折叠起来的纸捋平了，把它塞到他的手心中。

"拿着……当你来到工厂南门的时候，这会让你有东西可读……"

他走了出去，扔下加布里埃尔在那里焦虑不安。兰德拉德的身后总是跟随着某种扰人的波动，就像某些植物会留下一种令人不安的香味在周围飘荡。

这番对话让加布里埃尔心中别有一种难受。

三个星期后，在淋浴房里，他听到了昂布勒萨克和夏布利埃之间的一段对话，他们正谈论在战斗方阵的进气口施行的一次"火焰喷射器测试"。

"真是灾难……"昂布勒萨克肯定道。

"我知道，"夏布利埃赞同道，"看来，过滤器都被烟炱给堵塞了！一眨眼的工夫，阵地就被攻占了。"

加布里埃尔听了，情不自禁地微笑起来。这两个家伙真是好可恶的喜剧演员，他们间的交流实在也太假模假式了，其目的看来只是为了进一步加大他的恐惧心。但它恐怕只能带来相反的效果。

不过，当天晚上他跟军医下棋的时候，军医也向他证实了这些试验。加布里埃尔听闻后，呼吸顿时变得更为急促，他的心跳也不由得加速了。

"一些试验吗，这是怎么回事？"

医生的眼睛死盯着棋盘，嘴里喃喃地说着什么，像是在对自己说话。他谨慎地跳了一步马，嘟囔道：

"试验结果并不怎么令人信服，这是真的。不过，话又说回来，这只是一次操练。当然，这一次，属于同等规模的实战练习。从大范围衡量，它没能成功，但是，他们发誓说，一切都很好，整个体系都处在正确状态中。这之后，他们就算是组织一次追补弥撒，怕是也不会让我吃惊的，他们真的很需要那样。而我们也是。"

加布里埃尔目光迷惘，向前进了一步王后。

"将死……"他大声喘了一口气，宣布说。

大夫收起了棋盘；对结果非常满意。

加布里埃尔回到了宿舍，走得稍微有些摇摇晃晃。

日子一天天地过去了。下士长兰德拉德在走廊上来回地踱步，一副前所未有的操心样。

"你还是多想一想为好。"他偶尔也会突然冒出这么一句来。

加布里埃尔等待着指挥官发出命令实施操练，但一天又一天，什么事都没有发生，而后，突然间，四月二十七日那天，五点三十分，警笛开始尖锐地鸣响起来。

究竟是一次让部队虚惊一场的操练，还是德国人当真攻打了进来？

加布里埃尔从床上跳下来，紧张得如同一张拉开的弓。

一条条走廊中已经响起了杂乱的脚步声，几百名士兵正在迅速奔向自己的战斗岗位，口令声此起彼伏。拉乌尔·兰德拉德和他的同党也一边匆匆系好皮带,一边冲出了宿舍,加布里埃尔则扣好军装的扣子,紧随着他们的步子向前冲去。一些士兵突然在他面前冒出来,朝各个方向跑去,一些列车经过,迫使他将身子紧紧贴住地道的墙壁,让他的双手几乎巴在了岩石上,一些声音传来,汽笛的尖叫声,弹药箱的碰撞声,各种各样的叫嚷声,所有这一切,把他的感觉搅得一团糟,他怎么都无法摆脱一个念头,兴许是德国人真的打了进来。

加布里埃尔跟在他同宿舍的战友后面使劲跑,但还是被他们渐渐地拉开了距离,他跑得有些上气不接下气,他的腿脚开始颤抖,他一直没能扣好上衣的扣子,最终不得不弯下身子来扣。他看到了下士长兰德拉德就在前面十五米左右的地方向左拐去,他赶紧加快步伐,也跟着向左一拐,但立即就迎面遇上了一群一边高叫着一边倒退回来的人,为首的正是那位兰德拉德,所有这些人的身后,是一大团浓密的雾气,正朝他飘来,像是一股浪潮,迷雾中隐约露现出士兵们惊恐万状的脸,还有他们蹒跚而行的身影。

一时间,加布里埃尔不禁惊呆了。

德国人的瓦斯向来以肉眼看不见而闻名。从他脑子里的某个阴暗角落,突然升腾起一个念头,即这片白色的云雾应该是别的什么东西。那是一种人们还不熟悉的瓦斯吗?他根本就没有时间细想,就被白雾给包围了,烟雾的气味刺疼了他的肺。他咳嗽起来,有些昏头昏脑,不辨方向,转了好几圈身子,从面前跑过的士兵们似乎都只是一些模糊的身影,所有人都在叫喊。从这里走!出口在那边!不,北侧走廊!

在这片刺得眼睛生疼的迷雾中,加布里埃尔蹒跚着向前走去,身子摇摇晃晃,步子跌跌撞撞。由于这个地方的走廊比别处更为狭窄,仅仅只有两个人并肩的宽度,烟雾便也显得尤为浓密。到了两条隧道的交叉口,一股穿堂风吹来,突然就吹散了迷雾,一切重新变得清晰可见,尽管眼泪依然还在模糊着他的视线。

他得救了吗?

他转过身去,看到了下士长兰德拉德,就在他的身旁,靠在墙边,用手指着石壁上挖出的一个凹槽，他发现，这样的凹槽，每隔三十米都会有一个。它们绝大多数都是掩体，能让人在列车经过时临时躲避一下，但是，其中的一些已经开辟有小小的厅室，专门用来储存物资。眼前的这一个就是储物的小仓库，它配有一道铁门，门半开着。他们是不是就在电力工厂的附近了呢？加布里埃尔心想，自己可能就在工厂的对面……下士长兰德拉德用小臂捂住鼻子，眼睛里满是泪水，示意中士长走进去看看。加布里埃尔转过身来，白色的迷雾又向前滚滚而来，像是被一股突如其来的风推动着，迅速地灌进了隧道中。泪流满面的士兵成群地从中涌出，他们连声咳嗽，连声喊叫，弯着腰，寻找着一个出口。

"从那里走！"兰德拉德喊叫道。

他指了指半开半闭的铁门。加布里埃尔不假思索地就走了两步，进了门，里头相当昏暗。只有天花板上的一盏灯照亮着这个狭小的工具库。深重的铁门在他身后啪地关上了。

拉乌尔并没有跟随他进来，他把他关在了里头。

加布里埃尔赶紧奔向铁门，试图把它打开，但是，门把手在空转，他伸出拳头把铁门敲得咣咣直响，突然，他又停了下来。从门底下的缝隙中，从旁侧的铰链处，白色的烟雾开始钻了进来，像是被室内的什么东西所使劲吸引。

加布里埃尔号叫起来，连连用拳敲击着铁门。

那一层厚厚的呛人的迷雾以一种疯狂的速度钻入了室内，就像是洪水灌入。空气变得稀薄起来。

一阵猛烈的咳嗽搅得他的脏腑翻江倒海一般难受，把他从地上拽起来，让他弯腰，把身子折成了两截。加布里埃尔一下子又跪倒在地。

他的胸膛像是就要爆炸，他要窒息了，他似乎觉得自己的眼珠子要从眼眶中掉出来了。

他只能看清眼前的几厘米。就在先后的两次痉挛之间，他瞧了一眼自己那双展开在眼前的宽大的手，上面满是鲜血。

他吐血了。

3

"贝尔蒙，是姓这个吗？"勒普瓦特万法官问道。

在医院的这张病床上，露易丝显得很娇小，就像一个青春期的少女。

"您说她不是一个妓女……"

一整天，他都在用一块小小的岩羚羊皮擦他的眼镜。这个动作，对他的同事，他的合作者，还有对那些执达员，那些律师来说，都是一种真正的语言。而在眼下这确切的一刻，正不停抚摩着镜片的手，清清楚楚地道出了他对此事的怀疑。

"不管怎么说，没有查到她的记录。"警察回答道。

"一个偶尔卖淫的女人……"法官喃喃道，戴上了眼镜。

他要求他们拿一把直背椅子过来，他对椅子的造型有着一种十分苛刻的要求，近乎于吹毛求疵。他俯身下来，瞧了瞧那个熟睡中的女人。漂亮。短头发，但还是很漂亮。法官自信看年轻女郎不会看走眼，他在司法官的办公室里见她们见得多了，更不用说，他还会去圣薇克图娃街的妓院中随意摸弄她们呢。一个女护士在病房中做着整理。他被那些响动弄得有些心烦，便猛地朝她转过身来，向她射去一道枪击般的目光。她则只是轻蔑地瞥了他一眼，继续我行我素，仿佛他根本不存在似的。法官发出一声表示厌烦的叹息，啊，那些善良的女人啊！他又转向了露易丝，迟疑了一下，伸出手来，碰了碰她的肩膀。他的大拇指在她的皮肤上轻轻地滑动，热乎乎，柔和的皮肤。这姑娘真的不错呢。从这里开始，会发展到朝脑袋上开上一枪……他的大拇指在露易丝的肩膀上继续着一种缓慢而又重复的运动。

"您结束了吗？"

法官收回了他的手，仿佛刚刚被烫了一下。女护士怀中抱了一个病房用的便盆，就像抱着一个婴儿，居高临下地瞧着小个子的法官，他的脸色变白了。

是的，他结束了。他合上了他的卷宗。

在接下来的几天里，医生们一直在阻挡对她的进一步讯问。审讯只能在下一个星期中继续了。

这一次，露易丝真的醒来了。假如可以这样说的话。由于警察一直没有为他把那把直背椅子提前拿过来，他无法开始问话，法官便只能一边细细地拭擦他的眼镜片，一边凝视着露易丝；而她，现在已经在床上坐了起来，双臂小心翼翼地交叉在胸前，像是有些怕冷，眼睛朝着空无。她几乎都还没有怎么吃东西。

椅子终于拿来了，法官细细地检查了一番，同意坐上去，接着，就把卷宗在膝盖上打开，尽管那个女护士始终还待在那里，就像一条守卫在地狱门口的恶狗，让他感觉很不舒服，他还是投身到了一种井然有序的推理过程之中。司法警察则站到了墙边，背靠着墙壁，面对着露易丝的病床。

"您的姓名是苏珊娜，阿德里亚娜，露易丝·贝尔蒙。您诞生于……"

他不时地抬起眼睛朝向她，但她连眼睫毛都没有动一下，仿佛此情此景跟她没有一丁点儿关系。法官突然停下来，伸手在露易丝的脸前挥了挥，她没有丝毫反应。他又转过身来问女护士。

"您敢肯定，她明白我们在对她说什么吗？"

女护士在他的耳边嗫嚅道：

"到目前为止，她只说过短短几个词，而且相当不连贯。医生说她是精神紊乱，必须请一位专家过来诊断一下。"

"假如她真的是疯了的话，我们恐怕还没有走出旅馆呢[1]。"法官叹了一口气，重又埋头于他的卷宗之中。

"他死了吗？"

法官听了大吃一惊，瞧了一眼露易丝，只见她正直瞪瞪地盯着他，他不禁有些心动。

"大夫……梯里翁……嗯……当天就死掉了。"

他迟疑了一下，又加了一声："小姐。"

因为面对着这样一个姑娘而不得不有所让步，他感到有点儿恼火，便又继续用一种愤怒的口吻说道：

"其实，这样对他反而更好，我向您保证吧！在他的那种情况下……"

露易丝瞧了一眼司法警察，然后又瞧了一眼女护士，就宣布说，仿佛她一直就没有回过神来：

"他对我提议，要付钱看我的裸体。"

"这可是卖淫啊！"法官高声喊叫起来，仿佛他赢得了胜利。

他终于可以为这一事实定性了，他很高兴。他在他的卷宗里写下了几行字，字迹又细又密，书法漂亮，这很符合他的性格，然后，他又继续他的解读。露易丝不得不紧接着解释她是以什么方式认识梯里翁大夫的。

"我并不真的认识他……"

法官发出了一阵干笑。

"原来如此！那么，您面对随便一个什么样的人，都会脱衣服啰？"

他一边转身朝向警察，一边使劲地拍着他的大腿，真的是异乎寻常啊，您听到她说什么了吗？

露易丝说起了餐馆，说起了她星期六和星期天在那里的打工，说起了大夫的那些习惯。

---

[1] "还没有走出旅店"（On n'est pas sorti de l'auberge）是一句法国谚语，意思是"困难还远远没有解决呢"。

"我们会去跟餐馆主人核实这一切的。"

他又俯身到他的卷宗中,嘴里念念有词地说:

"我们倒要看一看,这家餐馆是不是还藏有其他的卖淫者……"

由于对这一方面再也没有什么好刨根问底的了,勒普瓦特万法官便开始问起了他真正感兴趣的那一连串问题:

"很好,这样,我再问一下,一走进那个房间后,您都干了些什么?"

在露易丝看来,事实是那么简单,那么清楚,她竟找不到词语来回答了。她脱衣服来的,仅此而已。

"您要钱了吗?"

"没有。钱早就放在那里了,在小衣柜上面……"

"因此,您已经数过了!不核实一下钱,您是不会为一个男人脱衣服的吧!总之,我就是这么猜的,是不是呢?我不知道……"

他来回来回地转身,装作一副正期待对方回答的样子,但他的脸已经因困窘而变红了。

"那么,紧接着呢!"

他变得越来越不耐烦了。

"我就脱衣服了,就这些。"

"得了吧!一个男人是不会只为瞧一瞧一个姑娘的裸体,就肯付出一万五千法郎的,这说不通。"

露易丝想起来,她记得他们当初说好的是一万法郎,而不是一万五千法郎,但是她已经不那么确信了。

"我想弄明白的正是这一点:对于一笔如此数目的钱,你们说妥了到底要您做什么?"

警察与护士实在是看不透法官究竟想要从中寻找什么,但是他的手指头在眼镜片上的动作,反映出了一种神经质,那很像是心情激动所致,这应该相当难受吧。

"因为,说到底……一笔这样的数目……人们肯定会有疑问!"

眼镜片上的动作频率越来越快了。一时间里,他瞧了瞧露易丝的胸脯,它正在睡衣里头猛烈地搏动呢。

"一万五千法郎,这可不是个小数!"

对话进入了一条死胡同。法官又沉浸到了他的卷宗之中。他偷偷地露出了一丝贪婪的微笑。如果说,各种迹象、脚印、指纹、尸体的位置、弹痕,一切的一切都证明,梯里翁大夫确实是自己朝自己的脑袋开了一枪,还是会留有一种指控让他开心:

"有伤风化罪!"

露易丝死死地盯住了他。

"哎,当然是的,小姐!假如您觉得,赤身裸体地在蒙帕纳斯林荫大道上散步是一件很自然的事,但愿您因此得福,但是您得知道,正直的人们,他们是绝不……"

"我可没有在那里散步!"

她几乎就是喊了出来,惊叹之声让她的肩膀都跟着颤抖起来。法官摆出了一副趾高气扬的姿态。

"哦,是吗?那么,您一丝不挂地在林荫大道上到底做什么?您在上街买东西吗?哈哈哈!"

他又一次转身朝向警察,然后朝向女护士,但是,那两个人始终板着脸,一副严肃的样子。没关系,他有些得意忘形,开始滔滔不绝地亮开了嗓门,音调高得有些尖厉,人们恐怕会说,他就要开始唱起歌来了:

"绝对罕见,一个年轻女子竟然会犯下有伤风化罪,迫切展示自己的……(他狂乱地抓起他的眼镜,差点儿失手掉在地上)……向所有人亮出自己的……(由于紧紧地抓着眼镜,他的手指头变得颜色有些发白)……公开暴露自己的……"

眼镜架一下子断裂了。

法官怜悯地瞧了瞧手中的两截眼镜,恰如一次成功的性交终结之时。他打开了他的眼镜盒,小心翼翼地它们装了进去,并带着一种梦幻者的口吻说：

"您在公共教育界的职业生涯结束了，小姐。作为惩罚，您将被解职！"

"梯里翁，是的，我记得的。"露易丝说。

这一中断是如此猛烈，以至于法官手中的眼镜盒都几乎要失手落到地上。

"是这样的。约瑟夫·欧仁·梯里翁，"他结结巴巴地说，"家住塞纳河畔讷伊镇奥贝尔容林荫大道67号。"

露易丝只是简短地点了一下头。法官有些茫然不知所措，其实他更希望她会哭。啊，假如这番审问在他的办公室里进行就好了……他不无遗憾地出了门。

处在露易丝的地位上，无论谁恐怕都会问，接下来会发生什么。她却连一个问题都没有问，法官有些失望，他没有跟任何人打招呼，便匆匆离去。

露易丝在医院里又待了三天，她几乎什么都没有吃。

就在她准备离开病房出院的那一刻，一个警察给她带来了司法部门的决定。自杀行为得到了证实，卖淫的动机被否决。

女护士当场就怔在了原地，脑袋稍稍有点儿歪斜，她定睛瞧着露易丝，嘴唇上显示出一丝痛苦的微笑。跟警察一样，她记得，这个年轻女子对有伤风化罪居然就停留在无动于衷的反应中，若是换作她早就不干了。这时候，无论是他，还是她，都不知道该说什么好了。

露易丝朝门口走了几步。她来到医院的时候是全裸着的。没有人知道，她留在阿拉贡旅馆的房间中的衣服应该是什么样的。不过，兴许警方和法院的档案部门是知道的。于是，女护士在她的同事中转了一圈，收集来几件杂七杂八的衣服，一条过长的毛料裙子，一件蓝色的衬衣，一件浅紫色的背心，一件带有仿动物皮毛领子的大衣。瞧露易丝的那副样子，仿佛是从旧货商人的店铺里走出来的。

"您可真是好心人!"她说,像是刚刚才有了一种突然的发现。

警察与护士瞧着她渐渐远去,那慵懒而又机械的姿态,真像是一个要去跳塞纳河的人。

她当然没有去跳塞纳河,而是前往佩尔斯死胡同的方向,走到街角处,看到小放荡者餐馆的门面时,她一时间似乎迟疑了一下,然后又低下了目光,加快了步子,回自己的家去了。

佩尔斯死胡同9号这栋房子建于1870年的普法战争之后,它散发出一种古老的资产者的富足气派,是一个食利者或一个已经从生意中抽身而退的商人为自己而建造的那类住宅。露易丝的父母亲结婚的那一年就搬到了这里来住,那是1908年的事了。贝尔蒙家人口不多,不能住满整整的一栋楼,但是阿德里安·贝尔蒙是一个大胆敢闯的男人,他打赌他会生下一大群孩子。不过命运跟他开了一个大大的玩笑:他只有一个孩子,那就是露易丝,有了露易丝之后,他于1916年被杀死在凡尔登的葡萄沟的东坡上[1]。

早先,在结婚之前,让娜·贝尔蒙,也就是露易丝的母亲,曾有过种种希望,她读完了高小,获得了小学毕业文凭,女孩子能读到这一程度,在那个年头还是很少见的。她的父母和她的老师希望她能成为女护士或者政府部门的女秘书,但是,在十七岁的时候,她突然选择离开了学校。她更愿意做家务,而不是进工厂,她做了一个女用人,一个会读书会写字的,但是拿着鸡毛掸子搞清洁卫生的女用人,就像在奥克塔夫·米尔博[2]的书页中描写的那样。她的丈夫不同意让妻子出去工作,而是让她在家中养尊处优。他死后,让娜不得不再去给人家做女用人,希望能以此为他们的女儿露易丝保留下佩尔斯死胡同里的这栋房子,这已经是不多的仍旧属于她们的财产了。

---

[1] 凡尔登战役是第一次世界大战中法国与德国之间最为血腥的战役之一,葡萄沟(ravin des Vignes)是法国凡尔登的一个地方,1916年,那里发生过多次激战。
[2] 奥克塔夫·米尔博(Octave Mirbeau,1848—1917),法国作家,写小说、剧本、艺术评论。他曾写过一篇很精彩的短篇小说,就叫《女用人》。

战后，让娜·贝尔蒙沉湎于一种抑郁中，就像沉潜在了流沙里。她的健康状况似乎总是追随着房屋的轨迹而变，因为缺少维修，房屋的状况一年比一年糟糕。她停止了她的家政服务工作，此后再也没有重操旧业。谈到她时，家庭医生说到了更年期、贫血，然后又说是神经衰弱，他的看法变得很快，就跟换衬衣那样随便。贝尔蒙太太生命中的绝大多数时间，都用来待在自家的窗户前眺望。她给女儿露易丝做吃的（常常是老花样），操心她的学习，然后又是她的文凭，然后又是她的职业，然后就什么都不操心了，因为那时候她女儿已经成了小学教师，再也不需要她什么了。让娜的体重渐渐减轻，到后来竟然瘦到渐趋脱相。她的健康在1939年春天突然恶化。露易丝从学校回来时，常常发现她躺在床上。露易丝连外套都来不及脱，就赶紧坐到她的身边，抓起她的手。"有什么不对劲的吗？""可能是疲劳的缘故吧。"贝尔蒙太太回答道，脸上露出一丝苦笑。露易丝就为她做一碗蔬菜汤。

六月的某一天，露易丝走进她的房间，发现她死了。她活了五十二岁。母亲和女儿彼此都没有道一声再见。

从此，在露易丝的生活中，一切都在不知不觉地，悄无声息地向下滑落。她孤独一人，她的青春就像一块冰糕那样融化了，贝尔蒙太太消失了，房屋本身只成了它早先所曾是的那个家的一个虚幻的影子。随着岁月的消逝，它早已变得如此破烂不堪，以至于早先的房客离开之后，就没有新的房客搬来这里住下。露易丝下决心要把它卖掉，她心里暗暗想道，卖房所得的钱好歹也能让她在别处重新开始生活，但是，公证人在跟她结算遗产款项的时候，给了她十万法郎，他说，这笔钱来自早年间她家的两个房客，在她还是个小孩子的时候，他们曾经十分疼爱她，并希望能为她的未来提供一笔资金，在这笔钱之外，她还多得了两万四千法郎，相当于这笔钱在二十年期间的利息收入，而在这些年里，贝尔蒙太太从来没有对她说起过这一切，她只是通过一些幸运的投资，努力使得它产生出丰厚的收益。当然啦，这并没有让露易丝成为一个很富的女人，但它毕竟让她有能力保留了那栋小楼房，并且把它修葺一新。

于是，她叫来了一个工头，跟他一步一步地商谈了工程预算。最终，她跟他敲定了约会，等一天晚上从学校回来之后，就彻底地了结这件事。但是，就在那一天下午，丹雷蒙街上的报贩们开始高声叫嚷着："战争爆发了。"国家发布了总动员令。泥瓦工就不过来了，房屋的整修计划就只能等到以后的日子了。

从医院出院回家之后，露易丝在院子里待了很长一段时间，目不转睛地瞧着眼前这一栋早先被她父亲用来当作货栈的小楼房，贝尔蒙太太只能以微不足道的价格出租它，她也无法要求更多，因为它确实毫无舒适性可言。在她刚刚经历的事情中，有着某种强有力的、令人惊诧的东西，把她拉回到了当年那个时代，那时，此地曾居住着两个男人，而后来，他们走了，但馈赠给了她一笔财产。从此，这地方一直就没有人再居住。每隔两三年，最多就三年，露易丝会鼓足勇气过来这里打扫一下，开窗通一通风，扔掉一些她上一次过来时还舍不得扔的东西。在楼上的那个天花板很低而窗户却很宽大的大房间里，剩下的就只有一个煤炉子，一道布料紧绷的屏风，屏风上画着一群绵羊，还有几个手捏纺毛杆的牧羊女，还有一张很滑稽的土耳其长沙发，其风格隐约是督政府时期[1]的，整体的镀金描红，花彩浓重，它的扶手——这可是一件专为左撇子而设计的家具——则模仿了一只挺着胸膛的天鹅的脖子，露易丝曾经执意要把它重新修复，而谁也不知道这究竟是为了什么，但是，她后来又把它丢弃在了这里，就像是抛弃在了一个阁楼上。

通过眺望外侧的单坡屋顶、硬土地的院子和房屋，她就像是有新发现似的，在这一背景中，看到了对她生活的一种隐喻，她感觉泪水顿时涌上了眼眶。她的喉咙抽紧了，她的腿脚没有了劲，她赶紧挪动几步，坐在了已被虫子蛀蚀的通向外屋的木头台阶上，这地方，谁踩上一步都不免会提心吊胆，生怕会坍塌。梯里翁大大的脑袋的可怕幻象，跟那位曾经与其战友一起隐居

---

[1] 督政府时期（Directoire），指法国大革命之后的1795年到1799年间。

在这里的复员老兵的脑袋重叠在了一起。

那个年轻人,爱德华·佩里顾,戴着面具,用以遮蔽他的真实面貌,因为他的下半边脸早已被一块炮弹皮给炸飞了。露易丝那时候只有十岁。当时,她养成了一个习惯,每每放学回家时,就会上楼来找他,来帮他制作面具:搅拌纸浆,粘珍珠和彩带,描画脸谱。那时候,这里的墙上总是挂着几十个面具,每一个都代表了一种心灵状态。在那个年代,露易丝的话就已经很少了,她听着爱德华那带有嘶哑声的气喘吁吁的呼吸,她喜欢他把双手搭在她瘦骨嶙峋的肩膀上,他有着人们所能想象的最美丽的目光,露易丝再也没见过如此美的目光。因为,这一切会发生在一些完全相异的人之间,而就在这个二十五岁的伤残老战士和这个没有了父亲的孤儿小姑娘之间,诞生了一种宁静和确定的爱。

大夫的自杀重新揭开了露易丝本以为早已闭合的一道伤口。曾有过那么一天,爱德华把她给抛弃了。

跟他的同伴阿尔贝·马亚尔一起,他投身于售卖虚假的死难者纪念碑之中,从中捞到了一大笔钱。

那是一桩何等的大丑闻啊……

他不得不决定溜之大吉。露易丝朝爱德华转过身去,伸出食指,像第一天见到他时一样,梦幻般地绕圈抚摩着他脸上的巨大伤口。那一片片翻转过来的红兮兮的肌肤,活像是一层暴露在外的黏膜……

"你会回来对我说再见吗?"她问道。

爱德华点了点头,回答:"是的,当然。"这就是说,不会的。

第二天,阿尔贝,他的那个同伴,以前的一个会计,她总是见他像一片叶子那样哆嗦不已,总是把湿漉漉的双手在裤子上擦的那家伙,居然带着一个年轻的女用人成功地逃跑了,随身还带走了一笔巨额现金。

爱德华,却没有走,他留了下来,并且飞身冲到了一辆汽车的轮子底下。

对于他,假死难者纪念碑的售卖从来只是幕间小插曲。

露易丝后来才得知,这个可怜的年轻人的生存艰难到了何等复杂的程度。

她认识到，从此以后，她的生活既没有前进一寸，也没有后退一寸。她只是在变老，现在，她三十岁了。她的眼泪加倍地哗哗直流。

她在她的信箱中看到了学校寄来的一封信，问她为什么一直没有露面。她回了信，没有提供解释的理由，只是说她过几天就会去继续工作的。这短短的一页回信，让她累得精疲力竭，她躺倒在床，连续不间断地睡了十六个小时。

在把食品柜里已经腐烂的那些食品扔了之之后，她不得不出门去购物。为避免在小放荡者餐馆门前引起不必要的误会，她就一直等着公共汽车从那里经过，正好遮挡住铺面的那一刻，赶紧走上几步，立即钻入其中。

她已经有一个多星期没有读报，没有听广播了，根本不知道现在有什么重大新闻。看到巴黎人都各自忙于各自的事务，人们就能猜想到，在前线并没有什么大事发生。人们从报纸上了解到的不多的消息，往往是令人心安的。德国人遭遇了重重困难，被挡在了挪威，并且被在莱旺厄尔[1]地区的盟军打得后退了一百二十公里。他们在北海"面对着法国海军的鱼雷艇遭受了三重挫折"，看来，真的没有什么可担忧的了。儒勒先生站在柜台后面，应该高声地赞扬着甘末林将军的辉煌战略行动，并预测德国人彻底无疑的失败，假如他们还想"朝我们进军"的话。

露易丝操心于对时事新闻的关注，但她之所以如此，更多的是为了摆脱那个始终纠缠着她头脑的画面，因为，一旦没有别的事可做时，梯里翁大夫被打飞了一半的脑袋的模样便会萦绕在她的脑海中，挥之不去。

司法部门一直就弄不明白，他为什么就选择了她为对象，来做这样的一件事，实际上，他完全可以去任何一家妓院的嘛，又不是什么难事。这一问题经常会在半夜里把她折腾醒。她竭力尝试着把星期六那位顾客的脸跟梯里翁这个姓氏联系到一起去，却怎么也做不到。法官曾说过，他家住在讷伊。他怎么会有这么滑稽的想法，每星期六都走那么远的路，到十八区来吃一顿

---

[1] 莱旺厄尔（Levanger），是挪威一地，位于特隆赫姆峡湾的东岸，在莱旺塞尔瓦河的河口。

饭[1]——难道他家那边就没有餐馆了吗？儒勒先生曾说过，大夫是"一位二十年的老顾客"，这一点，在她的头脑中，可不是一种恭维。人们很容易接受这样一种假定，即有的人会在同一家餐馆的后厨间里做三十来年的烹调，但是，要说是有人会在几乎同样漫长的时间里，习惯来这里吃饭，这可就大大地超乎了她的理解力。让她惊诧不已的，并不是这位顾客的忠诚，而是他不爱交谈。

"他们可能都会像他一样，人们同样也会好好地为西多会教派的那些苦修士做饭菜的……"实际上，儒勒先生从来就没有喜欢过他。

连续好几个小时，露易丝蜷缩在客厅的扶手椅中，苦苦地寻找着睡意而不得，于是，她把她所知道的关于大夫的不多情况想过来又想过去，度过了一个不眠之夜。

她储备的食物眼看着就将化为乌有，紧接着的下一天，她便又出门去了。这个五月初，天气还真的是不赖，她心里说。多日不曾露面的一轮羞涩的太阳抚摩着她的脸颊，她感觉心情不那么沉重了。她生怕遭到邻居们、商人们的探问，就离开她的街区，去远处购买食品，而这一通步行让她的精神为之一振。

这一大好晴日和心境放松并没有持续太长时间。她回来时，一封信正在信箱中等着她。法官勒普瓦特万召她五月九日星期四的十四点钟去谈话，为那桩"跟她有关的案件"。

她一下子又愣住了，于是，就寻找起了当时警方在她出院之际给她的那份文件，文件早就明明白白地宣布，案件已经归档，再也没有任何罪名会加到她的头上。在这个原本就已相当荒诞的案件中，这一次传唤根本就是没有意义的。露易丝来不及脱下外衣，就一屁股倒坐在了客厅的扶手椅中，呼吸顿时急促起来。

---

[1] 从巴黎近郊的讷伊镇到巴黎市内的十八区，要经过布洛涅森林的一段，以及整个的巴黎十七区。

4

　　新的一阵痉挛让加布里埃尔痛苦地把身子弯曲成两截，但他的胃里早就空空如也，什么东西也不剩了。现在，迷雾是那么浓烈，一米之外的地方，就什么都辨别不清了。他会死在这里吗，就在这四堵围墙之间？他的呼吸很像哮喘，不断进入的烟雾淹没了他的脸，他抬起头来，只见那道门半开半掩着。

　　一股穿堂风钻进了掩体中，激起了一团气流的旋涡……

　　透过泪眼望出去，加布里埃尔发现，在靠近地面的地方，有一层空气更为透明。他毫不犹疑地就趴下来，匍匐前行，移动在一大摊呕吐物中，连连打滑不已，艰难对付着，终于来到了走廊中。一些急迫的脚步声超越了他，有些人甚至冲撞到了他，却丝毫没有停步。

　　加布里埃尔已经筋疲力尽，游荡了很长一段时间，却始终找不到正确的道路。最终，他好不容易才认出了卫生所，便敲了敲门，不等回应，随即就走了进去。五张病床上都躺了人。在拥挤中，发生了摔倒踩踏现象。

　　"您的状态也很好……"军医说，面色苍白得比以往任何时候都更像鬼魂。

　　"我当时被关在了一个库房里，在那边的隧道中……"

　　他的嗓音透出了心底的惧怕。医生不由得皱起了眉头。

　　"有人推了我……"

大夫让他进来,让他脱下衣服裸着上身,给他听诊。

"怎么回事,您说有人推了您?"

加布里埃尔没有回答,军医明白,他的解释恐怕就此打住了。

"哮喘!"

诊断进行得十分顺利,也就是说,结果非常明确。加布里埃尔只要确认一下,医生就可以把他列入退伍人员的后备名单中,他就能回家去了。

"不。"

军医疑虑重重,全神贯注地听着他的听诊器。

"一切都很好,军医……我是说,一切都会变好。"加布里埃尔一把抓起他的衬衣,赶紧穿上,他很疲惫,感到一阵恶心,他的脸上早已没有半点血色,他的手指头在扣子上一个劲儿地哆嗦。

军医盯了他一会儿,然后,点了一下头,同意了。

对于加布里埃尔,被打发回家的机会刚刚消失了。原因何在?他既不是空想理论家,也不是什么积极分子,更不是什么英雄人物。那么,他有什么样强大的理由,不去好好地利用一个如此的好机会?要知道,很少有士兵会任由这样的机会溜走的。他时常读报。他从来就没有相信过希特勒的种种和平主义声明。《慕尼黑协定》[1]在他看来就是一种疯狂,从意大利吹来的风让他害怕。他对战争总动员令表示过反对,那并不是因为他想到必须跟它作对。这一场跟什么都不太相像的奇怪的战争[2],让不止一个人丧失了勇气,而他也确实很多次地问过自己,假如他在多勒的中学里继续教他的数学课是不是会更有用。但是,生活把他放置在了那里,他就得留在那里。对挪威的入侵,巴尔干地区的紧张局势,纳粹对瑞典的"警告"……最新的那些消息让他想到,他的

---

[1] 《慕尼黑协定》(*Accords de Munich*),是1938年九月英国、法国、德国、意大利四国首脑在慕尼黑会议上签订的条约。英、法两国为避免战争大规模爆发,不惜牺牲捷克斯洛伐克的利益,将苏台德地区割让给纳粹德国。

[2] "奇怪的战争"(*Drôle de Guerre*),指的是二战全面爆发初期英法在西线对德国"宣而不战"的状态。法国人称之为"奇怪的战争",德国人称它为"静坐战",英国人称它为"假战争"。时间从1939年九月英法对德宣战之日起,到1940年五月十日德军向西线进攻为止。

在场兴许不会总是没有用的。事实上，加布里埃尔是一个胆怯的小伙子，不太倾向于做一些勇敢的行动，但是，他面对着危险也很少会退却，而且，也会在最让他害怕的种种情境中找到一些说不清道不明的满足感。

军医留下他作了两天的观察，在这两天期间，加布里埃尔有时间对发生在他身上的事情好好做一番思索。

医生对这位年轻的中士长当时何以会被关在一个库房中百思不得其解，其中的前因后果始终显得那么神秘。

"您应该写一份报告……"军医尝试着建议他道。

但是加布里埃尔不愿意那样。

"那样的故事，总归是不好的，中士。在一个像我们这样，那么封闭不流通的地方，人们都是抬头不见低头见。人们都知道那是怎么开始的，但是……"

对这份报告，他一定是念念不忘的，因为就在加布里埃尔离开卫生所准备返回原岗位的那一天，医生递给他一份传唤书，说是马延贝格要塞的指挥官让他去那里走一趟。立即到达。很显然，军医对此事是知根知底的，但他表现出的样子却既不伤心，也不尴尬，整个一副不卑不亢的样子，但是，加布里埃尔在他身上却觉察出一种僵硬，那种实际上凭着自己的想法在自由行动，却以为是在履行自己职责的人才有的僵硬，还稍稍带了一点滑稽的意味。他其实是很想发怒的，但那样做除了于事无补之外，还得费老大一番口舌，想想就让人实在提不起劲儿来。

加布里埃尔坐在走廊中，满足于思考一下自身的处境，同时等待着指挥官的屈尊召见。

终于叫到他了，他立即站成立正姿势，准备抵抗种种问题，当然，这没有必要。医生早已打过一个报告了。军医的说法从指挥官的嘴里透露了出来，说是"有健康方面的小小麻烦，我知道那是什么"。

"入伍之前，是数学教师，是不是这样啊？"

加布里埃尔根本没时间表示一下认可，就被命名为军需部门的士官。

"达拉斯少尉将要缺席三个月，就由您来代替他了。"

加布里埃尔因为惊喜而大口地喘气，他的心激动得怦怦直跳，永别了，马延贝格要塞中的地下生活，他的白天就要在外面过了，去蒂翁维尔来回走动，充沛的空气，还有阳光！

"您了解一下您的职责。您可以带上三个手下，您来决定补全配齐军需处的订货，您来负责现金付款方面的消费。您位于我的领导之下。就是说，万一出了什么问题，您该来找的人就是我。明白了吧，还有什么问题？"

加布里埃尔真想拥抱他一下。不过他没有这样做，而是伸出手来，一把接过他的委任状，并敬了一个军礼。

军需处的任务就是为马延贝格要塞提供物资，包括肉类、咖啡、面包、朗姆酒、易储存的蔬菜等等，它们往往是整卡车整卡车地送到，或者由火车运来。其余的物资，新鲜蔬菜、家禽、奶制品，则属于"零星军需"，如今，加布里埃尔就在负责这一块，外加"现金消费"那一部分，而现金付款非常有助于军方跟那些目前尚未有账务来往的商人打交道。正是通过零星军需部门，军人们能订购那些在城市中不可能买到的东西，尽管，最近几个月，由下士长兰德拉德所提议的那些竞争性的服务已经大大地减慢了这一类活动。

加布里埃尔的呼吸变得自由通畅了。他特地转到了军医那里，去表示一下感谢，而军医则眼睛瞧着别处，以一个很含蓄的动作作为回答，这就说明了一切。然后，加布里埃尔便一路奔跑着，去收拾行装了。从此，加布里埃尔就将住到外面去了，就在军需处的那些商店附近。白天里，他可以尽情地呼吸乡下的新鲜空气，而夜晚，则可以漫步到户外来看星星。

"哦，是吗？军需处的士官！"拉乌尔·兰德拉德不无艳羡地惊叹道。

加布里埃尔只顾着赶紧收拾好自己的行李，根本没想到要跟其他人打一个招呼，道一声再见，就匆匆出了门，经过走廊，走向了自由。

在行李装备的重压下，他走路不免有些蹒跚，便到通信处作了一番歇脚，同时也为了在那里转交一下调令，在交接单上签字。三个月之后，等到那位军官正式返回岗位，他还得再回到这里来继续工作，不过，现在，他可不愿意去想这个问题，毕竟，每一天都是崭新的一天。随后，他就走出了马延贝格要塞。

宽敞的大平台上停放了很多车辆，还有一些士兵在那里忙着架设铁丝网，几个小队在各处来回巡逻。加布里埃尔贪婪地大口呼吸着，活像一个刚刚被释放的囚徒，一路走向军需处。

十七点左右，他拥有了自己的宿舍，那是一个很小很小的房间，不过是一个单间，里头冷得像个冰库，但有一扇窗户，窗户朝向那个大平台，还有平台之外的一片片树林。

他刚刚把随身带来的行李放到地上，就听到门外一派喧闹，从隔壁紧挨着的属于他未来那个小组人员的房间里，传来了一阵脚步声，还有一阵大嗓门的招呼声。他打开了房门。原来是下士长兰德拉德，以及夏布利埃和昂布勒萨克，他们刚刚占领了这个地方。

"嘿，嘿！怎么回事？"加布里埃尔高声嚷嚷道。

三个士兵朝向他转过身来，像是很吃惊的样子。

拉乌尔·兰德拉德微笑着走上前来。

"我们想，在你的新岗位上，你一定需要一些有经验的人……"

加布里埃尔顿时僵在了原地。

"想都不要想！"

拉乌尔显得有些懊恼。

"你总归不会拒绝有人来帮你一下吧！"

加布里埃尔凑近过来。他咬紧了牙关，心中的那股怒火实在有些抑制不住，从他的喃喃细声中，分明就能感觉这股无名火在噌噌地往上蹿：

"听着，你们仨，你们立马给我从这里滚蛋。马上就滚。"

拉乌尔由懊恼转为生气。他低下了脑袋，在衣兜里掏了好长一段时间，掏出一块带蓝条纹的手帕,慢慢地把它展开。加布里埃尔顿时感觉有些透不过气来。在拉乌尔的手心中,是那个标记有"P. D."字样的暗金的戒指,它躺在那里,活像是一个吓人的大昆虫,这就是在几个月之前失踪的戒指,对此,人们曾经说过那么多冷嘲热讽的话。

"我们看到你把它偷偷藏在你的挎包里了,我的老兄。"

说着,他就转过身去冲着那三个人。

"哎,我说,哥儿们,你们全都看到了它,是吧?"

昂布勒萨克和夏布利埃立马大声嚷嚷着,说是都看见了,他们的神态十分真诚。

一瞬间里,加布里埃尔看到了这一威胁的种种结果在他的眼前掠过,他们会告发他偷窃,而面对着三个咄咄逼人的证人,他根本就不可能证明自己的清白。除了他刚刚进入的那个临时天堂会得而复失——这已经就算是一次糟糕的打击了——之外,击垮他心理的还有这样一个事实,即他被如此不公正地指控了。

拉乌尔不慌不忙地把那枚戒指重新放回到他的手帕中,然后,又塞进衣兜里。

5

戴西雷·米戈大人在七点三十分整离开了商业旅馆,买了一些早上的报纸,就跟平常那样,站到了公共汽车站等车。在踏上车尾的平台时,他毫不惊讶地发现,"瓦伦蒂娜·布瓦西埃的诉讼案"占据了所有报纸的头版。一年以来,人们总是管那个女子叫作"普瓦萨的小糕点师",因为她父亲在那里开了一家面包铺,她被指控杀害了她的前情人,以及他的情妇。公共汽车把戴西雷放在离鲁昂的法院大厦有三百米的地方,他用一种缓慢而又稳妥的步伐走去,而这种步伐,跟一个他这年纪(肯定不到三十岁)的男人颇有些不太协调,而且跟他的体质也不太吻合,他长得清瘦、细高,属于精力充沛的那一类。

戴西雷·米戈大人登上了大楼前的台阶,这时候,对这一诉讼案感兴趣的人群也开始陆陆续续到来,其中当然也包括不少当地的记者。他无疑在思考那份可怕的起诉状,它兴许会把他的当事人匆匆打发去上断头台,而它是建立在两个证据确凿的基本点之上的:蓄谋已久,并且试图藏匿尸体。如果说年轻的瓦伦蒂娜这一次的情境实在是凶多吉少,那恐怕还说得有些轻了。"可以说是彻底完蛋!"一个记者这样解释道,他的证据是,尽管诉讼案辩护人,那个专门从事法律援助的法庭指派律师,几天前不幸出事被一辆冷冻货车压死了,诉讼还是被保留下来了。"如果人们并没有取消诉讼,那是因为案件得到了定性……"

米戈大人以敬重的态度跟他的同事们打过招呼后，就换下了自家的衣服，穿上他那有三十三粒纽扣、并带有领圈和毛皮带饰的黑色衣袍，就在这期间，他发觉了鲁昂的那些辩护律师投来的一道道疑问的或怀疑的目光，他们应该注意到了这位从巴黎过来才一个月的卓越年轻人。他因为家里的一点小事，去了一趟诺曼底（他的老母亲一直就住在那里，身体情况相当不好，这一点，大家都是明白的），这才刚刚转回来，仓促之中，他毫不犹豫地就接手了这个没有人愿意接的"肮脏的案件"。此举给人以深刻的印象。

女性被告人一脚刚刚踏入法庭，她的魅力顿时就吸引了所有人的目光。这是一个身材瘦削的女子，一张表情严肃的漂亮的脸，颧骨分明，眼睛是绿色的。尽管她的衣着规规矩矩，人们还是无法忽略她从头到脚闪耀着的光鲜魅力。

没有人知道，这样一种诱人的外表是不是会对审判官们产生一种积极的影响。漂亮女人受到的惩罚可能会比其他人要更重，这样的情况也并不罕见。

米戈大人热情地跟她握了握手，低声跟她说了几句话，然后就很平静地坐到了她面前的位子上，准备见证一桩曾显得了无生气的诉讼案的庭审进展。

检察官弗兰克托心里很有底，一方面，他觉得针对被告的种种证据分量都很足；另一方面，他认为被告的辩护人缺乏经验。因此，他只是在前一天才简单地捋了一遍事实经过，并且，在一种惯常的奔放感情中，召唤着"社会应该具有严肃精神"，等等。这是一个很懒的人。人们感觉他是个随心所欲的人。鲁昂的听众曾经见识过一些辉煌的时刻，人们在问，他们这一次倾巢出动，是不是就为前来见证一次惩罚，它既不归功于公共检察部的雷厉风行，也不归功于它的灵活敏捷。

代理检察长第一个白天的时间都在用两个问题打发那些证人，与此同时，米戈律师则低着脑袋，不耐烦地翻阅检查着他的卷宗，显然一副很低调的样子，其中的奥妙每个人都会明白，显而易见，情境使然嘛。法官们都带着不无痛苦的怜悯心观察着他，而这种怜悯之心，通常都是会给那些偷苹果的小毛贼和戴绿帽子的可怜丈夫的。

上午过到一半时，鲁昂的法庭上，人们就已很厌烦了。

因此，前一天真是萎靡不振的一个白天，而这第二天的上午，诉讼就要了结。检方的公诉状大约在十一点半就要出台。一般来说，它不会持续太长时间的。假如被告的律师还那么迷茫的话，那么他的辩护词就会是一个空摆设，到上午结束时，审判团就会集中商议。原则上，到十二点整，人们就该回家吃饭了。

大约在九点三十分，代理检察长对最后一个证人提问的时候，米戈律师大人突然就从他的卷宗中挣脱了出来，以神思恍惚者的那种目光，瞧了一眼趴在证人席上的那个男人，并用一种从来没有人听到过的嗓音发问道：

"请告诉我，费埃布瓦先生，您说您在三月十七日早上看到或者遇到过我的当事人，是吗？"

回答如激流喷发：

"没错！（这是一个老兵，现在是个看门人。）当时，我甚至还自言自语了一句：啊，她还真是起得早啊，这个小女子，真是一个勇敢的人……"

大厅里发出了一阵乱糟糟的说话声，审判长抓起了他的法槌，但是米戈律师大人站了起来。

"那您为什么没有对警察说起过呢？"

"瞧您说的，没有人问过我这个问题呀……"

人语声变成了一团糟。刚才仅仅还是听众当中的惊愕，很快就变成了对代理检察长的折磨。米戈律师果然一个接一个地重唤所有的证人上来。

人们很快就明白到，此前的法庭调查做得实在太草率了。

这位年轻律师对卷宗表现出的惊人熟悉程度，不仅让一些证人改变了主意，而且还让另一些证人哑口无言，窘迫无奈。法庭又活跃了起来，审判官又来了精神，甚至连再过几个星期就将退休的主法官，也找回了某种青春活力。

趁着此时此刻这位年轻的辩护人步步紧逼，死死地缠住调查人的弱点、证人的谎言与大概，以及预审过程的仓促，一通穷追猛打，趁着他在那里使劲地挖掘被遗忘的法律判例,并具体分析刑事诉讼法的一些条目时,就让我们先来尝试着弄明白,这位正在扭转陪审团意见的卓越的年轻律师究竟何许人也。

戴西雷·米戈并非始终都是米戈大人。

这一诉讼之前的那年,他曾经在整整三个月期间是"米尼翁先生",是里瓦雷-昂-普萨依小学唯一一个班级的教师,在那里,他曾施行了一些极其具有革新意味的教育法。课堂中的课桌椅子被搬走,被改造成了音乐堂,整整第一个学期全被用来写作一篇"为了建立一个理想社会"的作文。而就在学区督学到达的前一天,米尼翁先生突然消失得无影无踪,但他在学生们的心中留下了一段经久不变的回忆(以及在家长的心目中,那也是一种回忆,不过其理由则是截然相反)。

几个月之后,人们发现他已经改称戴西雷·米尼亚尔,并摇身一变而成了埃弗勒航空俱乐部的飞行员。他从未登上过一架飞机,但他出示了一本飞行手册,还有几个加盖了钢印的证件。他那颇有感染力的热情,帮助他为诺曼底和巴黎地区的某些富人客户组织准备一次精彩卓绝的远航,乘坐一架道格拉斯DC-3飞机,从巴黎飞往加尔各答,途经伊斯坦布尔、德黑兰和卡拉奇,他则保证为之提供专业的驾驶(这其实是他的第一次驾驶,显然,没有人会想到这一点)。二十一名乘客的记忆里长久地保留了那精彩绝伦的一刻,戴西雷身穿全套飞行服,在他的机械师的见证下,让马达隆隆地轰鸣,机械师的目光充满了焦虑,因为觉得他的动作不太正统,不太规范,然后,戴西雷突然有些担心,解释说,他需要再作一次最后的确认,说着就下了飞机,远远地跑向了机库,带着航空俱乐部的钱箱,永远地消失了。

他那(算是)青春生涯的顶点,则是曾经当过两个多月的戴西雷·米夏尔大夫,索恩河畔伊弗农地方圣路易医院的外科医生。他差点儿就要对一个病人实施一种大胆的肺动脉环扎法,而那个病人实际上只表现出了轻微的室间隔缺损,根本就没有什么痛苦。幸好,在手术前的最后一秒钟,戴西雷摁住了麻醉师的手,离开了手术室,然后,带着医疗总务处的钱箱离开了医院。病人只是受到了一些惊吓，而医院的高层则不免让人狠狠嘲讽了一番。不过，这件事很快就偃旗息鼓，不了了之。

从来就没有人能搞明白，这位戴西雷·米戈究竟何许人也。唯有一点是确切的，即他诞生于圣农-拉-布勒戴什，并在那里度过了童年，人们能找到他在小学和中学的踪迹，而这之后，便是踪影全无。

那些曾经遇见过他的人对他的评论，就跟他的生活本身一样花样繁多。

曾经认识飞行员戴西雷·米尼亚尔的那些航空俱乐部的成员画出了一个冒冒失失、胆大妄为的领航员的肖像画（"一个带领人们前进的人！"有人这样说），戴西雷·米夏尔大夫的病人则回想起了一个认真、严肃、聚精会神的外科医生（"不苟言笑。要想从他的嘴里掏出一句话来，那可难啦……"），而戴西雷·米尼翁老师教过课的那些学生的家长，则纷纷说到了一个谦逊、腼腆的小伙子（"简直就像一个大姑娘……我感觉他有点儿自卑。"）。

就在我们的话题再度回到法庭诉讼中的这一刻，代理检察长气喘吁吁地结束了一番含混其词，缺乏确实证据，所依据的原则也根本无法说服任何人的指控。

于是，戴西雷·米戈就开始了他的辩护：

"谢谢你们，诸位法官先生，感谢你们首先认定这一诉讼案非同一般。因为，说到底，站在你们面前的通常又是什么人呢？在最近几个月期间，你们审判的又是什么人呢？一个醉鬼，用一口生铁锅生生地砸碎了自己儿子的脑袋；一个拉皮条的母亲，竟然连刺十七刀，疯狂杀害了一位顽强反抗的嫖客；一个后来成了窝主的前宪兵，把他的一个供货人绑在了巴黎到勒阿弗尔的铁路轨道上，让隆隆驶过的火车把他碾为三截。法官先生们，你们应该很容易同意我的说法，我的当事人，善良的天主教徒，一位受人尊敬的面包师的正直女儿，圣索菲学校中一个优秀而又谦虚的女学生，她根本就不是杀人犯，她跟那些通常会坐在这个审判大厅的被告席上的谋财害命者根本不可相提并论。"

这位年轻的律师，人们一开始见他还有些唯唯诺诺，甚至迷迷糊糊，随后就在问话期间显得挺拔而又坚定，现在则以一种清晰而又动听的嗓音，滔滔不绝地说着。他具有一种完美的风雅，表达时伴有精确、到位而又传神的动作，并且轻盈而又稳当地来回走动着。他越来越讨人喜欢了。

"诸位法官先生，这位检察官先生的任务其实是既不困难，也不复杂的，只要你们可以同意让这一案件提前审理。"

他又走回到他的座席前，一把抓起几份早报，把其中的头版亮给审判团看。

"《诺曼底快报》：'瓦伦蒂娜·布瓦西埃在鲁昂法庭上搏命。'《林地日报》：'小糕点师离断头台仅两步之遥。'《鲁昂晨报》：'瓦伦蒂娜·布瓦西埃有没有无期徒刑的希望？'"

他停下脚步，亮出一丝长长的微笑，然后补充道：

"很少有人民呼声和检察官都向审判团强加民意的情况发生。他们恐怕再也无法把司法错误推向更明显，或者不妨说，更丑闻化的地步了！"

这句肯定的话引来了一阵凝重的沉默。

于是，又开始了一轮针对女被告的所有罪名的质疑，米戈律师大人把它们一一放到他奇怪地称之为"推理之理性"的批评性光芒底下，这样的一种表达法，其隐晦性本身就让陪审团对他的尊敬倍增。

"诸位法官先生，"他总结道，"这番诉讼可以停止了：我们这里有（他一边说着，一边就挥舞起了厚厚的一沓资料）一切由要求撤销诉讼，它在形式上的缺陷漏洞实在是不计其数。从某种方式上说，当诉讼被报刊定论之后，它现在同样也被它自己所定论了。但是，我们更希望能坚持到底，因为我的当事人并不接受仅仅靠着诉讼技巧来重获自由。"

全场震惊。

戴西雷的女当事人几乎要昏过去了。

"她要求我们尊重事实。她希望诸位的判决要立足于事情真相的基础。她请求你们，在宣读你们的判词时，能够瞧着她的眼睛。她恳求你们弄明白，她的行为是自发性和自卫性的。因为，诸位法官先生，确实如此，你们面对的是一桩在合法自卫中犯下的罪过！"

法庭大厅中嘈杂声四起，主审法官做了一个审慎的鬼脸。

"可不是嘛，合法自卫！"戴西雷·米戈重复道，"因为死者实际上就是真正的刽子手，而所谓的杀人犯才是牺牲者。"

他花了很长的一段时间，来回顾他的女当事人不得不忍受的那些刁难、暴力、残忍、侮辱，她最终实在受不了那个人的施暴，才一枪打死了他。这些可怕罪孽的概述，让审判团和听众全都听得心惊肉跳。男人们低下了脑袋，女人们咬着自己的拳头。

为什么她从来没有讲过这些事情，既没有对警察讲，也没有对预审法官讲，而人们直到今天才明白这一切呢？

"出于情理，诸位法官先生！纯粹的克己精神！瓦伦蒂娜·布瓦西埃宁可自己死去，也不愿意伤害一个她那么爱的人的名誉啊！"

随后，戴西雷就解释了，瓦伦蒂娜之所以埋葬了她的两个牺牲者，根本就不是为了让他们彻底消失，而是为了确保他们能有一种"因其放荡的风俗而很可能被宗教戒律所剥夺的体面的埋葬"。

这一辩护词的最亮之点显然就是那一时刻，戴西雷提及了她的折磨者给她留下的可怖伤口，说着，他转身朝向他的当事人，轻声地吩咐她脱下衣服，一直到裸露出腰部，把伤疤亮给大家看。大厅里有人惊叫起来，主法官赶紧高声让被告什么都不要做，而惊愕不已的瓦伦蒂娜皮肤上的那种极端的红颜色（实际上，她那十分可爱的乳房，就跟少女的一样洁白），被人看作是出于腼腆的效果。大厅中嘈杂之声经久不息。戴西雷·米戈身子绷得硬硬的，如同荣誉勋位获得者的雕像，他朝主法官的方向做了一个动作：非常完美，我就不再坚持什么了。

就这样，他成功地竖立起了"瓦伦蒂娜的刽子手"的肖像，那是森林妖魔、撒旦化的恶人和堕落的拷问者的某种巧妙混合，并且，他以一个针对陪审员的大幅度演讲动作，结束了他的辩护词：

"你们在这里,是为了呼求正义公理,为了分辨真与假,为了抵抗大众的盲目要求惩罚的声音。你们在这里,是为了承认勇敢精神,赞同慷慨情怀,肯定纯洁无辜。我毫不怀疑,你们的怜悯话语将会让你们变得高大,而我说,靠你们的努力跟你们一起高大起来的,将是我们国家的司法,你们今天就是它的具体体现。"

在法官们商议讨论期间,戴西雷被一群记者,甚至是同行团团围住,他们纷纷过来,勉强地向他表示祝贺。此时,律师公会会长从人群中挤出一条路来,上前一把揽住年轻律师的双肩,把他拖到一旁。

"请您告诉我,大人,在巴黎的律师行会中,我们并没有找到您的任何律师资格证明材料的痕迹。"

戴西雷显示出了惊讶的表情。

"这倒真的很令人惊讶嘛!"

"我也觉得很惊讶。假如在法官商议结束之后,您可以过来找我一下,我会很愿意……"

他的话还没说完,就被宣布复庭的铃声打断了。戴西雷·米戈只来得及匆匆跑向卫生间。

很难说清,究竟是这一番辩护词把人们给说服了,还是因为人们在外省都待得腻烦了,这篇辩护词让法官们郁闷的心情得到了缓解,并且为他们提供了表现得美德满满的机会。总而言之,瓦伦蒂娜·布瓦西埃,其可减轻罪行的情节证据都得到了认可,最终只被判处了三年徒刑,并缓刑两年,而全靠减刑的游戏,及其拘禁日子的复核计算,她当场就自由地离开了法庭。

至于她的辩护人,人们再也没有见过他的面。对审判的争论大概会让人承认,整个的司法链条环节出现了差错,让一个假律师得以从容地逍遥法外,人们再也不谈论它了。

6

  露易丝翻来覆去地一读再读法官勒普瓦特万的传唤书，同时，千遍万遍地思量，质疑与掂量这一"与您相关的案件"。没有任何结果。夜里头，不安的情绪悄悄地爬上了她的脚，一直向上爬，爬到了她的喉咙口。假如事情真的如法官所认定的那样，涉及有伤风化罪，那他为什么还要传唤她呢？现在，它难道不就已经是法庭审判的一桩案件了吗？她不禁想象到，自己正面对着一大群高级法官，他们全都神经质地抚弄着手中的眼镜，直到把它们折断，他们还准备把她送上断头台，而刑场上的刽子手长了一副跟勒普瓦特万一样的嘴脸，用一种尖厉的嗓音高声叫喊道："啊，我们要显露一下她的……还有她的……"她赤身裸体，法官瞧着她的胯间，凝定的目光实在令人不安，她猛地惊醒过来，大汗淋漓。

  星期四，她七点就准备停当，早早地穿上了外套，到得实在太早，她要到十点钟才被传唤到场呢。她重新去沏咖啡，手有些发抖。时间终于到了。总之，快到了，活该就这样了，早到就早到吧，她洗干净了咖啡杯，正在这时，门铃响了起来。

  她小心地走向窗户那里，发现小放荡者餐馆的老板正一边在人行道上跺着脚，一边直瞪瞪地盯着街墙。她不想给他开门，跟他争论。在这件不幸的事情上，儒勒先生什么责任都没有，也什么关系都没有。露易丝的行事方式就像古代的那些市政官员，他们会无端地杀死那些带来坏消息的人，但是，您又想怎么样呢，她把餐馆跟这一番倒霉的经历密切联系在了一起，总需要找到一些罪人吧，仿佛儒勒先生没有负起好好保护她的使命。实在是太奇怪了，要来敲露易丝家的门，他只消穿过街道就行，但是，他穿戴得就像是要去参加什么隆重的典礼，紧身的上装，锃亮的皮鞋，要是再配上一束花就更像了。他那模样很像一个前来求婚的男子，但他一脸忍辱负重的神色又很像一个注定要失败的恋人。

早在好几天之前，要被露易丝用来作为保护的公共汽车来晚了，她不得不直愣愣地冲过去。正当她快步走过餐馆门前的时候，她发现儒勒先生正端着盘子忙活呢。这是一个悲怆动人的场景，她很少有机会听人说到它，因为，那些时候，往往都是她没能够来餐馆帮忙招呼客人的时候。对待伺候客人，传菜上酒，就如同对待一场场对话那样，儒勒先生什么都听不进去。他会弄错桌子，弄错点的菜，他会穿越餐厅再取一个小小的匙子，他会忘记端上面包，菜肴上桌时往往都已经快要凉了，等账单会等上整整一刻钟，人们会等得实在不耐烦，而儒勒先生也会发起怒来，那你们就上别处去吃好了，顾客们放下餐巾，很好，很好，我们会那样做的，常客们便重重地喘上一口气。露易丝少有的几次不到场，总是危害到了这家餐馆的声望，还有它的营业额。正因为如此，儒勒先生从来就没打算过找人代替她，他更愿意自己在后厨间与堂食大厅之间应付，宁可丢失一些顾客，但是要招聘别的人来接手，想都别想！

露易丝朝挂钟瞥去一眼，时针在转动，她应该下定决心打开家门了。

儒勒先生，双手背在背后，瞧着她向前走来，一直走到门口。

"你本该过来一下的啊……因为，我们都有些担心的！"

这一声"我们"，在他的头脑中，指的是餐馆的顾客，是众邻居，并推而广之，是整个大地，这很像是一种尊称复数[1]，只是，他觉得这么说还真有些笨笨的。

---

1 所谓的"尊称复数"（pluriel de majesté）是法语中的一种语法现象，以第一人称复数"我们"（nous）的语气来代替单数第一人称的"我"（je），以表示对对方的尊重。

"我是想说……"

但是他说不下去了。他打量着露易丝。

她本应该打开花园的栅栏门,但她什么都没有做。他们就这样面对面地站着,透过大门上细细的横挡瞧着对方。就好像儒勒先生来到了一个叫露易丝·贝尔蒙的接待窗口前。她不知道,人们对她的缺席还有她的回归都说了些什么。反正她都无所谓。

"你应该还好吧?"儒勒先生问道。

"还好……"

"你这是要出门去吧……"

"不。哦,对了,是的。"

他点了点头,像是明白了什么,突然,他用两手紧紧地抓住了大门上的横挡,就像一个囚徒那样。

"你会回来的,是吧?"

露易丝看到他那胖胖的脸凑近过来,他的贝雷帽都被挤到了栅栏,并向后倒在了后脑勺上,这让他的模样显得稍稍有些滑稽。而他并没有意识到这一点,因为这个问题紧紧地揪着他的心,它占据了他的整个脑子。

露易丝耸了耸肩膀。

"不,我想不会的。"

她的心中有某种东西碎了。不仅是因为梯里翁大夫的自杀,因为要去一个预审法官那里走一趟,因为那个有伤风化罪,甚至是战争的宣布,这个决定将她推到一种新的生活里,这让她害怕。

对儒勒先生也是一样,他在打击之下连连后退,眼睛里满是泪水。他试图装出一丝笑脸来,但最终还是放弃了。

"是的,那是当然。"

露易丝心里明白,她把他给抛弃了,她因此心中很是沉重,并不是因为她后悔就这样一走了之了,而是因为她很爱他,他已经成了她生活中的一部分,而这部分的生活,刚刚已经告一个段落了。

儒勒先生，身穿求婚者一般的上装，歪戴着贝雷帽，两只脚来回倒腾着，简直不知道该怎么站了。

"这个，那好吧，我也该走了……"

她不知道该说什么才好，她就那么瞧着他渐渐走远，他那肥大的臀部一颠一颠地晃荡着，那件上装对于他实在是过于紧巴，而裤腿则掉到了脚后跟上，连衣服背上的缝线似乎也快要断气了。

露易丝没有出门，而是走上了台阶，她掏出一块手绢，从窗户中往外瞟了一眼，而就在这一瞬间，儒勒先生走进了小放荡者餐馆，在身后关上了门。就在这一刻，她才意识到，方才，他还没有问她任何的问题呢。对于已经发生的事，他都知道了一些什么？他又是怎么知道其中一些事的呢？他肯定注意到了大夫的缺席（这是几十年以来的第一次），但是，他又如何会把这件事跟她自己的缺席联系在一起的呢？这一桩社会新闻是不是已经刊登在了《巴黎晚报》上？这是不是就帮助他联想到了露易丝？

她很快就又出了门，而这一次，她根本就没有遮遮掩掩，她从餐馆面前大摇大摆地经过，走向公共汽车站。她的脑子被与儒勒先生的这次简短会面所震撼，好不容易才把心思集中到正等待着她的那一场听证会上来。她从她的包里掏出了那张"跟您有关的案件"的传唤书。

"确实，这件事跟您有很大很大的关系！"勒普瓦特万法官说道。

他不再戴着眼镜，它们应该是送去修了。代替眼镜在手中摆弄的，是一杆羽毛修成长方形的蘸水笔，对他的那双小手来说，这杆羽笔相当大。他眯起眼睛，瞧着露易丝。

"您……"

能感觉到他很失望。上一次，这个年轻姑娘是那么疲惫，那么迷惘，躺坐在医院的病床上，在他眼中反倒显得很诱人——他是很喜欢她在马路上时像珂赛特[1]的那一面——而现在,到了他的办公室,她却显得很平庸,很狭隘,毫不足道。人们简直会说,这是一个嫁了人的已婚女子。法官松开了手中的蘸水笔,把鼻子埋到了他的卷宗堆里。

"说到有伤风化罪……"露易丝开口说,她那种坚定口吻让她自己都觉得惊讶。

"呸,说到这个嘛……"

从他不无失望的疲倦口吻中,露易丝明白到,甚至就连这一条罪行的指控也会被丢弃掉。

"在这种情况下,你有权利重新审讯我吗?"

她本来可以使用任何一套其他词汇,那样的话,法官都是要回答的。但是,这一次,她说到了"权利",也就是说司法,而这则是他的地盘,于是,他就发作了。正在做记录的年轻的书记员应该早就习以为常了。他交叉起胳膊,望着窗外。

"怎么会这样,居然问我是不是有'权利'?"勒普瓦特万叫嚷起来,"您现在面对的是公正的'司法'[2],小姐(人们感觉到他给所有的词都加重了语气)。您应该回答'它',回答'司法'!"

露易丝依然保持着平静。

"我看不出来,我在这方面做了什么……"

"那是因为,地球上并不是只有您!"

露易丝并不明白法官的这句话影射的义是什么。

"就是这样……"他补充道。

对于露易丝似乎是坏消息的东西,对他来说就是一个好消息。

他对年轻的书记员做了一个手势,只见书记员叹了一口气,离开了办公室,几秒钟之后,又返回来,带过来一个六十来岁的女人,她穿着一身黑色

---

1 珂赛特(Cosette)是大文豪维克多·雨果著名小说《悲惨世界》中的人物,一个命运曲折的纯情姑娘。
2 这里的"权利"一词,法语用的是"droit",它同时也有"法律""法学"的意思,故而有人物这样的说法。

的衣裙，很显优雅，脸上和目光中透出一种忧伤。由于没有什么别的办法，她就在露易丝的边上坐了下来，露易丝立即就闻到了她身上散发出浓烈的香水味，时髦而又神秘，属于她从来都没有为自己提供过的东西。

"梯里翁夫人，我很不好意思让您受累……"

他指了指露易丝，露易丝则满面涨得通红。

梯里翁夫人直愣愣地瞧着眼前。

"当然啦，涉及……您丈夫的去世……的那件事都已经过去了。"

他沉默了很长一段时间，像是专门为了既强调一下这一评定的后果，同时也强调一下这一新传唤的神秘。露易丝不禁心中咯噔了一下，立即不安起来。她现在又会冒什么危险呢……既然事情都已经过去了？

"那是因为还有别的事！"法官一字一顿地说道，像是一步不落地紧随着她的想法。指控卖淫的罪以及有伤风化罪都已经丢弃了，但是还有……

这种善于制造某一悬念的方式，在一种公正客观的司法的常用手段中是那么少见，其中真是具有某种怪诞的、淫邪的、但同时也很可怕的带有威胁性的东西。它散发着一种自由决定权的司法味道。

"完全是敲诈勒索！因为，假如'小姐'没有'出卖'色相，那么，这样的一笔金钱是用来做什么的呢？那就是一种要挟，确定无误！"

露易丝惊得张大了嘴巴。她又能对梯里翁大夫敲诈什么呢，真是荒唐至极。

"多亏了您的申诉，夫人，我们将能够调查并证实这里头存在着敲诈勒索，甚至抢劫！"

他转身朝向露易丝。

"至于您，等待您的将是三年监禁，外加十万法郎的罚金！"

他用蘸水笔使劲敲打着桌子，以此表明他的演绎已告结束。

露易丝感到天在塌，地在陷。她刚刚摆脱了一种罪名，却不料又落到了另一个罪名的威胁中……三年的徒刑！她正准备放开嗓子号啕大哭呢，这时候,她突然感觉到,而不是真的看到,梯里翁夫人做了一个小小的动作。

她轻轻地摇了摇头。

"我请您再好好想一想,夫人。您已经遭受了一种巨大的损失。那便是失去一个德高望重的丈夫,他可不是一个'爱找姑娘'的男人。他把钱给了'小姐',其中一定是有原因的,真是活见鬼啊!"

露易丝感觉梯里翁夫人的身体在发僵。她看到她打开了手包,掏出她的手绢来,擦了擦眼睛。很显然,法官勒普瓦特万已经不是第一次鼓动大夫的妻子来申冤了,他的努力直到那时为止还没有效果,但他还是在始终不放弃地说服她。

"这笔过分的钱额是从夫妻共同的家庭开支中抽取的!我们可以发现这里头的原因,并且惩罚那个女罪人!"

他爆发出一阵神经质的、戏剧性的大笑。露易丝很想插嘴说些什么,但这个寡妇的在场,以及她悄悄擤鼻涕的动作,让她身上一阵阵地发冷。

"没有什么能表明,小姐没有向您的丈夫骗取得更多!这肯定不是第一次啦!这个尤物已经对您故世的丈夫敲诈了多少钱啊!还有对您本人!"

面对着如此有利的证据,他的脸顿时放出了光亮。

"因为这笔钱本来是您的,夫人!这是您的女儿昂丽艾特该得的遗产!如果没有您的控告,就没有警方的调查,而如果没有警方的调查,也就没有真相的披露!而假如您作了指控,我们就可能把这一切全都揭示得一清二楚。"

露易丝准备要插话,她不想让别人认为她对这笔钱有所图谋……想当初,她甚至都没有动手去拿它,那个信封始终就留在房间里的那个五斗柜上……她被那些证据弄得难以喘息,她被法官止住了。

梯里翁夫人摇了摇头。

"哎呀!"法官高叫道,"书记员!"

他很不耐烦地挥了挥他的小手,一切都来得如此迅速,尤其是那个书记员,只见他深深地叹了一大口气,从一个搁架上取下了别人并没有看清楚的某件东西，然后转身，走向了法官的办公桌。

"而这个，梯里翁夫人，毕竟不是空摆设！"

他指着一把厨用刀，那是露易丝当时带在身上的，他们应该是在她的衣服里找到的。现在，有一个土黄色的小标签贴在它上面，标签上写有贝尔蒙这一姓氏，以及一个编号，这样看上去，这一平庸的厨房工具就显现出了一种危险的凶相。可以很容易想象它被握在一个杀人凶手的手中。

"一个衣兜里藏着它到处漫步的'姑娘'，会有什么天真纯洁的意图吗，我倒要问一问您啦！"

但是，人们实在不知道，法官是在向谁提问题。眼下的情况让他陷入了这样一种尴尬境地中，让他顿时就火冒三丈。他想狠狠地惩罚她，啊，这姑娘真的激怒了他！

"夫人，您倒是指控啊！"

他猛地抓住了那把刀，简直让人以为他就要去刺杀某个人，要不，就是去刺杀这个如果没被指控就得被释放的邪恶女郎；要不，就是去刺杀那个拒绝为他提供手段好让他去惩罚恶人的寡妇。

但是，不就是不，梯里翁夫人从左向右地转动着脑袋，她不愿意，她无疑是想一劳永逸地了结此事。她突然离开了办公室，走得是那么快，弄得年轻的书记员措手不及。法官也一样，措手不及。他沮丧至极。

对于露易丝，案件则是第二次告终。

她也站了起来，走向了门口，担心一个嗓音会响起，下达命令，让她重新坐下，但是，什么事都没发生。她离开了司法宫，一身轻松。这一次，事情真的结束了，但是那个寡妇的出现还是给了她狠狠的一击，她感觉到胸口压上了一份重量。

就在她从连拱廊底下走过的那一时刻，她很惊讶地看到梯里翁夫人站在一根立柱边上，正跟另一个女人交谈着什么，那女人的风姿比她要略微逊色一些，兴许那是她女儿，从她们的样子看来，两人隐约像是一家人。见她走过来，两个人都注视着她。露易丝使劲地克制着自己，不让脚步变得更快。

她穿越了大平台，目光一直盯着地面，她很羞愧。

整整一天或是两天，她就在家里打转转，从一个房间转悠到另一个房间，然后，她写信给学校的校长，说她下个星期一会接着去上班。

之后，她就去了墓地，就像她感到无聊的时候常常做的那样。

她一直来到家族的坟墓前，往水盆里倒上水，然后把带去的一束花插在盆里。她父亲和母亲的照片依然并排牢牢地贴在大理石墓碑上，但已经像鱼鳞一样斑斑驳驳了。它们似乎并不属于同一个年代，同一个世界。这兴许是因为，她父亲死于1916年，而她母亲在他死后又活了二十三年。

露易丝对自己的父亲早已没有了任何记忆，他只是一张过了时的照片，而一切都把这张照片跟她的母亲联系在一起。她母亲曾经是那么和蔼可亲，但是，抑郁症把她给彻底击垮了，把她变成了一个幽灵。

露易丝童年生活的一大部分，都在忙着照顾一位生不如死的母亲，母亲整天死气沉沉的，但她感觉到她跟她很亲近。因为她们彼此很相像。露易丝从来都不知道这到底是不是一件好事。凝定在她眼前的这一张脸，是跟她一模一样的脸，同样的一张嘴，尤其是，同样的一双罕见地闪闪发光的眼睛。

这是让娜去世之后的第一次，露易丝特别渴望跟她说说话，她很遗憾在当初时间还来得及的时候没能够那样做。

而现在，她的丧期已经过去，而正是这一点让她感觉忧伤：后悔不再能够跟一个她曾如此爱过的，但实际上已经不再为她而哭的女人说说话了。

7

  通过兼并加布里埃尔的领地,拉乌尔·兰德拉德终于拥有了一片跟自己的勃勃野心相匹配的领地。第一天,当他安坐到大卡车的驾驶盘面前,为蒂翁维尔的各家商行和军需处的商店之间保障商贸联系时,他整个人都在散发出一种自信,那是一个有责任要担负的人的自信,他觉得自己就是专门为这样的一种责任而生的。

  在他的身后,是昂布勒萨克和夏布利埃,这两人就像看家狗一样,无动于衷地瞧着道路。

  "我说,他到底叫什么名字来着,那个果蔬商?"拉乌尔问道。

  这个问题立即就在加布里埃尔的脑子里拉响了警报。

  "姓弗鲁塔尔,名让-米歇尔。"

  拉乌尔点了点头,但颇有些疑虑。影响力之战才刚刚开了一个头,事先就告失败了。每当加布里埃尔离开那些商店,来检查卡车的装载情况时,他总能看到拉乌尔正躲在幕后跟那些商人嘀嘀咕咕。而这之后,他通常会消失一个钟头,有时候时间还会更长,仿佛他只是一个来访者,只关心他自己的事情。到了下午开始时,人们就该在卡车边上等上他一个钟头。

  "肯定是去逛窑子了。"夏布利埃说,他倒是很达观。

  "或者,是去某一条小巷子里赌三牌猜一了,"昂布勒萨克补充了一句,"就是为了赢几包香烟,不会太晚的。"

拉乌尔终于露面了，推着一辆独轮小推车，车上装着几个麻袋布的包包，还有一些盖着盖的小箱子。加布里埃尔尽可能威严地提醒他注意服从命令。

"我们走吧，头儿，我们走吧！"拉乌尔嬉皮笑脸地回答道。

他们上了路。时间已经是十七点钟了，这是第一天，而卡车还从来没有这么晚才回马延贝格的。

第二天，刚刚进入蒂翁维尔，拉乌尔直接就把车子开向了新的供货商那边。加布里埃尔则一声不吭。这一默默无语的接受，无能为力的承认，立即激励了拉乌尔贪财的欲望。不到一个星期之后，他就把他的关系网撒向了四面八方。

通常，卡车出发时几乎总是空的，回来时才满载了货物。而从第二个星期起，它离开马延贝格要塞时就已经装载了一些硬纸箱、货箱、口袋，把车厢装了个半满。加布里埃尔登上车斗，掀开一层雨布要察看。但他的动作立即就被拉乌尔止住了。

"这都是一些个人用品……"

在拉乌尔的嗓音中，震颤着一种不温不火的威胁，他试图用那么一种微笑来平息，于是，他薄薄的嘴唇仿佛描绘出了某种介乎于挑衅与刺激之间的口吻。

"都是替战友们帮帮忙啦，你看。"他一边说，一边小心翼翼地盖上了货箱的盖子。

然后，他又挺起身来，把脸转向加布里埃尔。

"假如你愿意的话，我们可以对他们说，他们将会受到检查，但我们不会对他们动一根手指头的，就随你的便好啦。"

他们早就名声在外，他们是一小撮享有特权者，满可以在大白天里大摇大摆地走在镇上，而其他人则只能待在马延贝格要塞的脏腑中，越来越糟，当他们不必在大雨底下浇铸混凝土时，人们就很容易猜想到他们会是一种什么反应了。加布里埃尔从车斗上下来，重新坐到副驾驶的位子上。

出发之后，才刚刚行驶了几公里，卡车就开始在坑坑洼洼的路面上颠簸了，只听见一记玻璃的破裂声，没有人动弹一下，又过了一会儿，只闻到一股朗姆酒的气味在驾驶舱中弥散开来。

"我们得在这里停一下，"拉乌尔说，"不过是一个战友的一件小事。"

加布里埃尔还没时间表示抗议，夏布利埃就把几个货箱递给了早已站在人行道上的昂布勒萨克，他就站在体育啤酒餐馆的面前，而拉乌尔则早就溜进了餐馆。他应该是抽取了军需处仓库中的烧酒与咖啡，倒卖给了那些饮料零售商……

"喏，"拉乌尔说着，重新占据了他在方向盘前的位子，"算不上什么大事，但这样一来……"

他递过来三张皱巴巴的钞票。

"这样做可是无法长远持续下去的，兰德拉德……"加布里埃尔终于开口说道。

他已经气得脸色发白。

"哦，是吗？那么，你将做什么呢？去跟司令部解释你一个星期以来你所纵容的这一切吗？同时，你还会对他们说，你自己拿了多少好处，这会让他们开心的。"

"我可是什么好处都没有拿过！"

"当然有了，你拿过的，我们全都看到过，是不是呢，哥们儿几位？"

昂布勒萨克和夏布利埃都很严肃地表示赞同。拉乌尔抓住了加布里埃尔的肩膀。

"来吧，老兄，拿着这钱！再过三个月，你的代理期就将结束。到那时候，所有人可全都无所谓了……"

加布里埃尔推开了拉乌尔的胳膊，后者却立即就抓住了他：

"你爱怎么着就怎么着吧。来吧，哥们儿，我们赶紧吧，我们要干活儿啦。"

第三个星期，拉乌尔从军队洗衣店那里开辟了一桩新的买卖。人们看到运过来很多的箱子，满满的装的都是短裤、大衣、毯子，甚至还有鞋子，拉乌尔把它们转卖给附近的农民，这些农民构成了一个源源不绝的庞大的顾客群体。

　　下士长兰德拉德真的是才华横溢。而从要塞中流出去的军服与物资也是源源不断，不但速度很快，而且方式很隐蔽，以至于加布里埃尔有时候不禁要问，自己是不是看花眼了。在入口处，种种违禁的商品跟来路正当的物资全都混杂在一起，没有人能看出其中的猫腻来。

　　每个星期五都是大规模补给供应的日子，人们要派出四辆汽车，准备运回分量重而又体积大的食品来，干菜、罐头，还有成吨的葡萄酒、咖啡等等。这些货物一来到要塞，人们就把它们全部装上小火车的车厢，通过隧道中的铁轨，直接运送到军需处的商店以及各处的食堂。突然，灯光一下子熄灭了，隧道沉入一片漆黑之中。士兵们发出阵阵尖叫，好一个见鬼的魔窟！必须打电话给电力中心，一个戴着矿灯帽的技术人员匆匆赶来，跑得上气不接下气，马上就好，马上就好，于是，灯光又来亮起来了。加布里埃尔只来得及看到，沿着岩壁，一个库房的门突然关上了。而就在前面的一节车厢中，一半的食品早已不见了踪影。就在一个小时之后，人们才又看到拉乌尔和他的同伙，一副得意扬扬的样子，对这一天的收获颇为满意。

　　接下来的那个星期二，拉乌尔找了个机会一把抓住加布里埃尔的胳膊，把他拉到一旁。

　　"咱们来稍稍放松一下，你觉得怎样？"

　　他在他的衣兜里掏了一阵，掏出来一张小小的票子，上面很奇怪地加盖了印戳，写着一个数字，还有几个字母。

　　"假如你愿意的话，我们可以把你放在这里，我们自己去转上一圈，然后，我们返回时再来把你按走，而事情也就搞定了……"

　　原来，兰德拉德刚刚发明了一种"妓院票"。这里的妓院有两家，一家离要塞有三十公里，另一家则有六十公里。要去这两家的话，都得坐火车。

那些短期休假的士兵，光是凭这一番逍遥之游，就确保了铁路线的盈利。拉乌尔显现出一副鼓励性的表情。他捏着票子的手一直就那么伸着。

"不了，谢谢！"加布里埃尔回答得斩钉截铁。

拉乌尔只得把他的票又塞回到衣兜里。他跟那些妓院的老鸨子订立过什么样的协定呢？商定的都是什么样的价格？能获得什么样的补助？加布里埃尔什么都不想知道，但他开始看到这些票据的流通，它们是可以通过"三牌猜一"的赌博游戏赢得的，而且它们也很快就用来交换各种各样的食品物资。短短几天之后，它们就成了下士长兰德拉德所发动起来的马延贝格要塞黑市经济中的流通货币。

事态发展到了令人担忧的规模。

短短三个星期时间，"兰德拉德系统"就已经开始全速运作起来。加布里埃尔实在有些应付不了事情发展的迅猛速度，以及它所覆盖的大面积区域，同时也实在对付不了拉乌尔的讹诈威胁，于是产生了一种数学教授应有的条件反射：他每一次都会记下笔记。由于无法一一注明物资流通的确切数量，或者兰德拉德所接触人员的具体名字，在回到自己的房间之后，他会在一个笔记本上记录下他对其来源与归宿有所怀疑的食品种类，还记下日期和具体时间。他假装没有看到兰德拉德在一旁偷偷地与人进行交易，跟一个肉店老板娘，一个杂货店老板，一个葡萄酒酿造人，但是他会一一记录下来。回到马延贝格要塞后，卡车会带回一条条香烟，一包包烟草，一盒盒雪茄，它们全都不出现在货物清单上，加布里埃尔则记下它们的在场。

日子就这样一天天地过去。继那种因摆脱了笼罩着马延贝格的焦虑氛围而产生的轻松感之后，随之而来的却是一种渴望，加布里埃尔实际上特别想重新回到那里去看一看，去体验一下避免了一种肮脏生意的局外人的感觉，回头再看到这种生意赢得了相当可观的规模，并或早或晚会把它的组织者打发去接受军事法庭的审判，他的内心可就踏实多了。等待期间，他只是在数字上作作弊，在数量上做做手脚，对种种令人尴尬的细节来一点点隐瞒。

但是，很快地，突然就发生了一件事，然后，又是另一件，还没等明白究竟是怎么回事,加布里埃尔就一下被卷入了他那个时代的一个大旋涡中,他的生活将发生翻天覆地的改变,再也回不到过去的情境中去了。

如同早先那些复杂多变的交易往往就在短短的一秒钟期间完成那样,下士长兰德拉德的商贸活动一下子便垮掉了,而且就在短短的一天时间里。

一切都是从一个倒霉的动作开始的。

在卡车的车斗中,加布里埃尔发现,两个空空的货箱之间,夹藏有四个手提油箱的柴油。

"这实在不算什么,"兰德拉德说,"对于我们,这根本就改变不了任何东西,但是,你倒是替那些可怜的农夫想一想啊,在商品定量供应的情况下,他们可是几乎什么都干不成啊!"

这些燃料来源于储存在马延贝格的那四百立方米的柴油里,本来是用来保障过滤装置的通风运行的,以往,加布里埃尔曾经常常去检查确认。

对他来说,偷窃柴油,那可不是一件贪点儿小便宜的小事,而是一种严重的犯罪行为,在敌人发动瓦斯进攻战的情况下,它很有可能导致整个要塞中的人员因通风不畅而缺氧窒息。这是一种严重的叛变行为。

对这些手提油箱的简单一瞥,就让他紧张得喘不过气来,仿佛缺氧。

他转过身来,满脸煞白。

"我不想再看到你那小小走私活动了,兰德拉德,一切都结束了!"

他跳下了卡车。

"哎哎,这又是怎么啦。"拉乌尔嚷嚷着,一路追在他后面跑。

他的两个同伙也匆匆地赶了过来,在加布里埃尔跟前构成了一道屏障。

"你听到了没有,一切都结束了!"

眼下,加布里埃尔大声号叫着,士兵们从四周纷纷聚拢过来。他掏出来那个硬面的小本子,里头记的都是他的笔记。

"我全都记在这里头了!你的那些歪门邪道,钩心斗角,日期啦,时间啦，你就自己去向司令官报告好啦！"

拉乌尔可是个反应敏捷的家伙，迅速判断了一番形势的严重性，便立即看清了后果。第一次，加布里埃尔在他的目光中分辨出了一丝恐慌的情绪。兰德拉德从眼角的余光中看到，士兵们正纷纷围拢过来。他一记猛拳出击，打在加布里埃尔的胸口，就把他打弯了腰，然后，他一把拽住他，把他拉离了众人的视线，一路上，加布里埃尔始终把那个小本子捂在自己的心口。当昂布勒萨克抓住他的小臂时，拉乌尔打算趁机把本子从他的手中夺下来，但加布里埃尔死死地捏住了它，像是抓着一个罪犯不肯松手。三个人加快了步伐。他们匆匆打开了房间的门，室内被顶灯勉强照亮，刚一进门，加布里埃尔的肋部就挨了重重的一记拳击，紧接着，一通老拳。

"快把它交给我，你这蠢货！"拉乌尔说完，又紧紧咬住了嘴唇。

加布里埃尔已经倒在了地上，他滚了一下，俯卧在地，打算竭力抵抗。拉乌尔的同党试图把他拽起来，但没能成功。昂布勒萨克，这个做事情总是很少留分寸的家伙，竟朝加布里埃尔的裆部狠狠地来了一脚，用的是他那半筒靴的尖头。加布里埃尔立即就哇地呕吐了，痛苦让他的肠子翻江倒海地沸腾起来。

"停一下！"兰德拉德叫道，拉住了还想回过来继续动手的昂布勒萨克。

然后，他朝加布里埃尔俯下身来。

"来吧，快把那个本子给我，然后，赶紧起来，一切都还好说……"

加布里埃尔还在满地打滚，像是一个蜗牛，但他紧紧抱着他的记事本，死命地保护着它，就仿佛自己的生命全都维系在那上面了。

突然，人们听到了警报器呜呜地鸣响了。

战斗准备。

人们打开了库房的门，几十名士兵从走廊中跑过。

拉乌尔拉住了一个二等兵，此人的脚踩到了他的装备。

"这一通乱糟糟的，到底怎么回事？"

年轻的士兵被加布里埃尔表演的这一场戏给吸引住了，直愣愣地瞧着他在地上爬着,朝出口爬去。

拉乌尔又摇了摇那士兵的肩,重复了一遍他的问题。

"战争打响了。"这一脸迷茫的小伙子终于回答道。

加布里埃尔抬起了头。

"德国人……他们入侵了比利时!"

8

当露易丝星期一那天来到学校时,同事们全都过来漫不经心地跟她打招呼,不太像是对待某个曾经得病后刚刚痊愈的人,没有人问她最近情况如何。没错,所有人都很忙。1939年时没有被征去当兵的男教师,现在都接到动员的通知,要准备入伍。这不,有的人甚至都已经出发了。总之,教师队伍奇怪地变得稀稀拉拉了,而难民的孩子则大量到来,现在是什么都缺,缺桌子、缺椅子。唯独不缺的就只有咒骂了。很多法国孩子重复着他们在家里听到的说法,把那些比利时小孩叫作"北方的德国佬",他们带着嘲笑模仿着卢森堡人的口音,当然,还有庇卡底人、里尔人的口音,战争,通过渗透,早已占领了学校中课间活动的操场。

各家报纸在报道两天之前德国人开始发动的突然进攻时,采用了各种各样的标题。"德国让我们进入一种殊死的搏斗中。"甘末林将军这样宣称道。这很威武,因此也就令人心安。如果说,总体来看,一切发生得都还算如人们所料,这一突如其来的进攻还是把法国人打了一个措手不及,让人十分震惊。那些曾经认为战争只是停留在外交范围内的人,如今都觉得自己比常人矮了三寸。报纸肯定地认为,总参谋部依然是十拿九稳,成竹在胸。一家报纸的标题是:"荷兰与比利时对德意志帝国的乌合之众作了拼命的抵抗";另外一家报纸则宣告,"德国人在比利时防线面前停步啦!"没什么可以担心的。就在今天早上,报刊上还担保,在比利时,法国和比利时联军

"击垮"了敌军的推进,侵略者的残暴冲击遭遇到联军的"大规模强劲阻击",而且,法兰西军队的来到甚至还"大大鼓舞了士气"。

所有这一切看来真是再好不过了,但人们还是在心里问,这到底是不是符合实际情况。从头一年的九月起,人们就一直在大呼小叫地反复强调,说战争的决定性武器是信息。需要担心的是,报刊都投入到了专门用来在法国人当中激励胜利者精气神的广泛战役中。报道的还有被击落的敌人飞机的数量。这都是学校操场中人们谈话的话题,而正当老师们交谈的时候,男孩子们则在校园里玩着打仗游戏。

"每天都有十架呢,我这么跟您说吧!"盖诺夫人一字一顿地强调道。

"在广播中,他们谈到有三十来架呢。"有人这样回答说。

"而这,这意味着什么呢?"拉弗格先生问道,同时亮了亮他手中的那张《绝不妥协报》,那上面宣布有五十架。

没有人回答。

"Num nos adsentiri huic qui postremus locutus est decet?[1]"校长问道,带着一丝会意的微笑,但是谁都没有听明白。

发现露易丝也过来了,众人的圈子便散了开去,但这一动作似乎并不是为了给她让一个位子,倒更像是要离她远去。

"我嘛,对此实在是一窍不通,"盖诺夫人说,"反正战争嘛,那是男人们的事……"

她的嗓音显得颇有些不自然,不太正常,她那有些斜睨的目光也似乎在说,她正准备要释放出构成她性格基础的那么一丝卑劣来。

"而男人们的事情只跟某一些女人有关……"

有两三个同事转身朝向了露易丝。此时,铃声响起,每个人都朝教室走去。

食堂里,午餐的气氛显得跟课间活动一样压抑,而到了近傍晚时分,

---

[1] 拉丁语,意思为:"我们是不是可以同意说,这才是最后的说法呢?"

露易丝决定前去问一下校长，他是一个上了年纪的公共教育典型，早在八年前，人们就以为他已经到了退休年龄，而那时候，露易丝才刚刚来到学校里就职。他有时候会给孩子们上语文课和拉丁语课，会使用一种辞藻华丽的语言，全都是拐弯抹角的委婉说法，没完没了，而且常常还很难懂。他个儿偏矮小，跟你说话的时候总爱痉挛性地踮脚尖向上蹬，让你感觉就如同是在跟一个不倒翁讨论什么。

"贝尔蒙小姐，"他回答露易丝说，"您瞧我真是太不好意思了。我从来就不习惯竖起耳朵，去听人家说闲话，这您是知道的……"

露易丝的注意力一下子就被唤醒了。近来一段时间里确实有很多的流言，其中的一段就很她有关。看到年轻的女郎两只手互相较劲地拧巴着，校长便神气活现起来了：

"这跟我并没有多大关系，我向您保证，无论是谁都会把帽子扔到风车上去的！¹"

"到底出了什么事？"露易丝问道。

问题的简单利落给校长来了一个措手不及，他下巴上的白胡子随着下嘴唇一起哆嗦起来。他很害怕女人。长长地喘了一口气之后，他前去打开了办公桌的抽屉，从中拿出一份《巴黎晚报》，放到露易丝的眼前，让她看上面的一篇文章，报纸已经皱皱巴巴了，看来早就经过了不少人的手了：

在十四区一家旅馆中的自杀悲剧

一个偶尔卖淫的小学女教师，
被发现赤裸地出现在出事现场。

文章无疑写于事发的当天晚上，包含很多不明确的地方。任何人的名字

---

1 "把帽子扔在风车上"是法语中的一个传统表达法，原文为"jeter son bonnet par-dessus les moulins"，意思是"感到自己实在无能为力"，或者"因为不知道下文而说不下去了"。

都没有被提及,很可能被露易丝用来推说不知道,但是,她确实陷入到了一片糊涂中,她的手指头在颤抖。

"报纸上的一点点小事情都会让大众津津乐道不已的。贝尔蒙小姐,这件事您不会不知道的吧。Sic transit gloria mundi.[1]"

露易丝直瞪瞪地盯着他的眼睛。她感到他在软弱下来。他的样子很像是一个小学生,脾气暴躁地返回到他的抽屉前。他又递过来一叠报纸,第二篇文章,口吻始终如一,但逻辑更为分明:

十四区的自杀案:神秘的面纱逐步揭开

当着小学女教师的面,
已出资买春的梯里翁大夫自杀。

"假如您想追问我的意见,那么,我会说:'Ne istam rem flocci feceris…[2]'"

第二天露易丝又来到学校时,像个受气的小女生。教音乐的女同事低下脑袋,企图让人相信她是在瞧着别处。盖诺夫人在走廊中低声嘲笑着。露易丝被彻底孤立了,甚至连小个子校长都不再敢瞧她。当同事们在走廊中看到她时,他们就低下头瞧着自己的鞋子。这里也如同在法官那里一样,人们把她看作一个婊子了。

晚上,她索性自己动手,把头发剪得比平常更短,第二天来学校的时候甚至还化了妆,这可是从来没有过的事。课间休息时,她还点燃了一支香烟。

很显然,与女人们的斥责相反,男人们朝她投来的更多的是兴趣。此时,一种想法突然揪住了露易丝的心,就让学校里所有的男性来卜她好了。

---

[1] 拉丁语,意思是:"因此,世界的荣耀在传播。"
[2] 拉丁语,意思为:"任何情况下,都不要做这样的事……"

在校园里，她抽着香烟，叉着胳膊，数起他们的人数来，有十二三个人吧，一切皆有可能。她盯住了一个学监，想象着他在她教室的办公桌上从后面上她。实在不知道他都明白了什么，反正他脸红了，低下了头。

那个小个子校长的反应，证实了她的妆容——嘴唇上的两道红色，睫毛膏上的强烈一点——在一群成人中产生的种种毁坏性的效果，便深深叹了一口气道：

"Quam humanum est! Quam tristitiam! [1]"

对于露易丝，假装妓女的样子，实在是一种简单的乐趣。首先，她感觉到的，是自己的孤独、陌异、羞耻，她一下子就扔掉了香烟盒。

军事形势的进展激起了人们的另一种兴趣，也分散了人们的注意力。

一种隐约却又烦扰的怀疑抓住了全校教工的心，同样也抓住了整个巴黎居民的心。如果说，敌人在比利时的闯入证实了军事统领们的直觉，那么，他们在阿登山脉一带的出现则稍稍有些出乎人们的意料。各家报纸以不同的口气谈论着德国人的这一轮新的进攻，反映出一种普遍性的不确定心理。《绝不妥协报》发表了题为"德国人的打击被压制"的文章，但人们的心里丝毫没有底，《小巴黎人》则承认，德国人"在纳穆尔和梅济耶尔之间接近了默兹河"。该相信谁的话好呢？

学校的门房，一个脸色蜡黄、疑心很重的男人，用一种迫切的口吻问道：

"那么，他们到底是从比利时过来，还是从阿登山脉过来？这总该弄个明白吧！"

接下来的几天，一直没有带来人们所希望的明确消息。人们在某处读到这一说法："敌军无法打破我们基本防御阵线的任何一个点。"而在别处，又能读到另一说法："入侵者持续推进。"一方面，是战局的进展扑朔迷离，另一方面，关于露易丝的种种秘密所激起的疑虑也日益浓重（在这方面，性的因素又增加了一种邪恶、困惑、禁忌的甜美气味），学校中的生活

---

[1] 拉丁语，意思为："何等的人性！何等的悲哀！"

变得越来越艰难。

露易丝问自己,她还在这里做什么呢?再也没有人想看到她在这里,她也不再打算留在这里了。是不是该趁机改变一下生活了呢?但是,又怎么改变呢?儒勒先生没有办法付钱雇一个全职的餐厅侍者,而她,除了教孩子们读书,除了能为食客端上酸辣味小牛脑袋之类的菜肴,别的她是什么都不会呀。她跟所有人都处在同样的情境中:她期待着一种奇迹的发生。

星期五晚上,当她筋疲力尽地回到家里,把包放到厨房的桌子上之后,她就走到窗户前,透过玻璃窗,瞧着小放荡者餐馆的门面。而正是在眼下这样一个时刻,儒勒先生的来访会显得十分有用。一瞬间里,露易丝尽情地想象着,此时此刻,儒勒先生本来应该就同德国人打仗的话题,跟他的顾客添油加醋地大侃特侃,但他实在是笨嘴拙舌,说什么都不到位,想到这里,她情不自禁地微微一笑,这才发现,自己竟然还没有脱下外套,就已经开始吃起晚餐来了。她的生活是真的出了问题。梯里翁大夫的这一记枪响,其中的意义远远超乎了她的想象,会没完没了地给她带来各种各样的损害。

9

"可是……"

部门的主任是一个六十来岁的男子。他那玩具娃娃似的脸，还有他赌气一般噘着的嘴唇，都给人一种印象，好像他马上就要哭出来。这无疑是疲惫的结果，责任太重啊。他领导着国家的信息部，更不用说还有整个审查部门，五百人马，其中很大一部分是高等师范毕业的、有大学或中学教师资格的教师，以及军官、外交人员，这可不是一件小事情。只要一走进大陆饭店，这个蚁穴般热闹的场所，你就能够明白，他眼睛下面厚厚的一层黑眼圈不是因为一个稍稍偏晚的晚会造成的，也不是因为有一个脾气暴躁的妻子的缘故。

"柯艾戴斯先生嘛，"他若有所思地说，"我跟他见过一两次面……一个很值得钦佩的人！"

坐在他面前的，是一个年轻男子，乖乖地把双手放在膝盖上，显出一副毕恭毕敬的样子。在他那厚厚的圆眼镜片后面，透出了那类心不在焉的人才有的一道奇怪得有些模糊的目光，这种疑虑而又亢奋的神态，主任常常能在那些知识分子的脸上观察到。他们往往被一门尖端学科的艰难工作所折磨，东方语言。此时此刻，主任正捏着一封来自法兰西远东学校的信，上面有乔治·柯艾戴斯的签名，此人向他热烈推荐自己的学生，说这个学生很认真，很执着，很有责任感。

"您会说越南语、高棉语……"

戴西雷严肃地给予肯定。

"我同样还有，"他补充道，"泰语和嘉莱语[1]的优良成绩。"

"很好，很好……"

但是，主任有点儿失望。他又懒洋洋地把那封信放下，放在他的办公桌上。人们感觉他是一个被命运所压垮的官员。

"年轻人，我的问题，不是东方国家，在那一方面，我们拥有了相当有能力的人才。一个东方语言的教授已经带了他的三个弟子一起过来了。在这个领域中，我们已经满岗了，对您来说真的是可惜啊。"

戴西雷使劲地眨巴了一阵眼睛，他明白了。

"不，"主任继续说，"我的问题，您要知道，那是土耳其。我们只有唯一一个会土耳其语的专家，可是工业和商贸部又从我们这里把他给挖走了。"

戴西雷的脸一下子就亮堂了起来。

"我兴许会有用的……"

主任睁大了眼睛。

"我的父亲，"年轻人不慌不忙地解释说，"曾做过土耳其公使馆的秘书，我的整个童年都是在伊兹密尔[2]度过的。"

"您……您能说土耳其语吗？"

戴西雷抑制住一阵假谦虚的窃笑，从容回答道：

"我当然不会翻译穆罕默德·艾芬迪·佩赫利万的作品[3]，肯定不会的，但是，要是让我来对付伊斯坦布尔和安卡拉的报刊，那么，我敢保

---

1 嘉莱族是越南的少数民族，生活在越南的中央高地一带，说嘉莱语（jaraï）。
2 伊兹密尔（Izmir），旧称士麦那（Smyrna），土耳其第三大城市，第二大港，位于爱琴海伊兹密尔湾东南角。
3 穆罕默德·艾芬迪·佩赫利万（Mehmet Efendi Pehlivan），应该是一个虚构的人物。但历史上有叫穆罕默德·艾芬迪（Mehmet Effendi）的人，他是奥斯曼帝国驻巴黎的大使，著有《不信教者的天堂》一书。"Pehlivan"一词在土耳其语中指"英雄、高贵者、冠军"，这里应该被作者用来做了外号。

证……"

"好极了！"

对戴西雷刚刚虚构的土耳其诗人，主任一定很难找到其痕迹，但是，他是那么高兴，因为，上天有眼，把这么一个年轻人给他送上门来了，他盼望这样的事已经不是一天两天了。

戴西雷在一个接待人员的带领下，走上了一条迷宫一般的路，穿越位于斯克里布街的这家豪华大饭店的一条又一条走廊，要知道，就在这家大饭店的四百个房间中，隐藏了一支支以掌控信息为使命的队伍。

"您的复员是因为？"主任随口问道，他站起身，准备送他出门。

戴西雷痛苦不堪地指了指他的眼镜。

在这家被政府征用的豪华大饭店中，你会碰到一大群人，一群烦躁不安的、杂七杂八的人，有穿正装的男士，穿军装的军人，忙忙碌碌的大学生，拿着卷宗的秘书，上流社会的女子，你很难弄得明白他们都是何许人也，在此地有何公干。在这里，议员们尖声地叫嚷，记者们到处寻找某个负责人，法学家们彼此打招呼，司法执达员们一路走过大饭店，还把他们镀金的链子弄得叮当直响，教授们结队而行，讨论理论，人们还看到一个戏剧演员直挺挺地站立在大厅中，要人家对一个问题作出回答，但没有人听清楚他的问题，于是，他就只好悻悻然地消失，哪里来还回哪里去。找推荐走后门的人和良家子弟的注意力是惊人的，因为所有人都希望能融入这一军人与共和派人士的云集之地，而早先，假如可以这样说的话，它是由一位著名的剧作家领导的，如今，几乎已经没有人还记得那位剧作家都说过些什么话了，他早已被一个来自国家图书馆的历史学教授所代替，而这整个地方也处在一个早年是审查制度攻击者而如今晋升为信息部部长的家伙的严格控制之下，所有这一切具有一种市井生活的乱七八糟的模样，并且对那些知识分子、女人、藏匿者、大学生有一种巨大的吸引力，包括对历险家们。戴西雷立即感觉到了一种如鱼得水的自在。

"有了土耳其的报刊，您就有了可做的事。"主任总结道，说着，他伸出一只手,拍了拍年轻人的肩膀,"您会发现消息有些滞后……"

"请您放心,我将尽我的所能来消除它,主任先生。"

执达员把他带到一道房门前,那房间的逼仄充分表明了政府部门对土耳其的相当不重视。位于房间中央的桌子上,堆放了一些报纸和杂志,戴西雷甚至都读不出它们的名称来,在他看来,这些似乎没有任何重要性可言。

在把这些报刊打开、翻看、揉皱、随意地剪贴、堆积之后,他就前往档案室去了,找来最近几个星期的几份报纸,据此顺手撰写了一连串的简讯,充当选自于土耳其报刊的关于法国与盟军的一般性消息。

他坚信,没有人会想到把他的工作去跟大使馆的照会或公报作对照,毕竟事情只关涉到地球上的一个小小角落,所有人对此全都毫不在乎,而在从一本1896年出版的《法土词典》中钓到一些入门技巧之后,他就投入到了充满热情的总结中,在总结中,他解释说,土耳其的中立政策,是伊斯坦布尔政府中一场内部斗争的结果,斗争的一派是梅尔凯兹土地运动,是由一个名叫努里·威赫菲克的新领袖领导的,另一派则是亲西方的Ilımlısağ[1]派。很显然,我们是很难弄明白,戴西雷凭空编造出来的这一内部斗争的主要人物,到底真的希望得到什么,但是,报告写得很能抚慰人心,它总结道:"土耳其作为东方世界和西方世界之间的门厅,假如投入欧洲的冲突中来的话,会令人十分担心。但是,正如对土耳其报刊的认真阅读所能揭示的那样,法兰西在其中始终令人艳羡地散发出光芒,这两个派别尽管互相作对,却都对我们国家都有着一种强烈的爱好,因此,无论如何,法兰西都将在穆赫伊-伊·古尔塞尼[2]和穆斯塔法·凯末尔[3]的祖国,找到一个真诚、确切、稳固的盟友。"

---

1 土耳其语,意思为"中间偏右派"。
2 穆赫伊-伊·古尔塞尼(Muhyi-i Gülşeni, 1528—1604),土耳其历史上一位著名的托钵僧,因发明人工的语言巴莱巴兰语"Balaibalan"而闻名。
3 穆斯塔法·凯末尔(Mustafa Kemal, 1881—1938),土耳其革命家、改革家,土耳其共和国的缔造者,后被尊为阿塔图尔克(Atatürk),意为"国父"。

"好极了。"

主任很高兴。他通常只有时间读一下报告的结论部分,而这一结论让他备感宽慰。

由于土耳其的报刊只能不定期地来到巴黎,戴西雷的一个个白天往往会在走廊中度过。人们对此都习以为常了,反正,人们总能在高大的玫瑰色大理石柱子之间,在一道道楼梯上,一个个柱廊中,看到这个性情腼腆而又精力集中的高个子年轻人无所事事地转悠,见他神经质地眨巴着眼睛跟人打招呼。他总是显出那么一副笨拙的样子……男人们见了他总会来一点嘲讽,女人们见了他则会温情脉脉地微笑。

"是您啊,您来得正巧!"

主任越来越像一个大厨了,总是被一大群不知从哪里突然涌出来的顾客围在身边。现如今,审查的范围涵盖了一切:广播、电影、广告、戏剧、摄影、出版、歌曲、博士论文、无名企业的报告,总是有那么多的事情要做,他简直感到分身无术,有些无从下手了。

"我得有一个人来帮我监听电话,请跟我过来。"

电话监听审查处就在最高那层楼的一个套间里办公,面对着一系列的耳机和插件,一些合作者正忙着监听或打断种种电话,包括那些住在兵营中的士兵跟家属之间的通话,还有那些外派记者与编辑部之间的通话,往更广里说,甚至还包括所有可能承载涉及国家内部与外部信息联络的语音交换形式,也就是说,几乎所有的一切,人们往往不再知道自己究竟追踪到了什么程度,反正必须控制,必须审查,没有人真正知道该做什么才好,这一任务确实繁重不堪,浩瀚如海。

他们给了戴西雷一个厚得像条胳膊一样的文件夹,里面汇总了他们这个部门需要确保其监控的所有话题。从甘末林将军的行动踪迹,到每天的气象消息,从食品价格的信息,到和平主义者的各种言论,从工薪阶层提出的种种要求,到军队食堂的每日菜单,一切可能对敌人有用的情报,或者兴许会伤害到法国人精神世界的东西,都应该受到严格的审查。

当他插上第一个耳机插头时,他正好碰上了在维特利-勒-弗朗索瓦服役的一个二等兵跟他的女朋友之间的通话。

"你还好吗,亲爱的?"她问道。

"嘶嘶嘶,"戴西雷打断了他们,"请不要提到部队的士气。"

能感觉到那个姑娘无言以对。她在犹豫,然后说:

"至少,天气还好吧?"

"嘶嘶嘶,"戴西雷说,"不要提任何关于气象的消息。"

接着而来的,是一阵长久的沉默。

"亲爱的……"

士兵等着有人来中断他们的通话,结果却什么都没发生,他便接着说:

"告诉我,葡萄的收成……"

"嘶嘶嘶,法国的葡萄酒属于一种战略要素。"

年轻的士兵开始发怒了。真的没有办法讨论了。他决定就到这里停止了。

"好的,听我说,宝贝……"

"嘶嘶嘶。禁止谈论法兰西银行的任何事务[1]。"

一阵沉默。

年轻姑娘终于说了一句:

"那么,我就先挂了……[2]"

"嘶嘶嘶,不得有失败主义言论!"

戴西雷的行为是很合规矩的。

整整两天时间里,他亮出了自己最好的一面,并且为他临时替代的那位同事的返回而感到遗憾,但是,由于他那涉及土耳其的情报工作费不了他

---

[1] 这里有文字游戏,法语中,"宝贝"为"trésor",它也可理解为"国库""财富"等意思。
[2] 这里还是有文字游戏,动词laisser在这里的确切意思是"挂上电话",但动词本身,还有"丢下""抛弃""不管""不过问"的意思。

太多的时间,他为领导还时不时地派他去审查信件而感到开心。那时候,他就会积极投身于种种技术发明之中,反正,那会让领导产生一种由衷的钦佩之情。

他打开了士兵们写给自己父母的信,认为他必须优先打击句法的心脏,他便删掉了所有的动词。这样一来,收信人就会收到这样一类的信件:

"On ferme, tu . On d'une corvée à l'autre sans vraiment ce qu'on là. Les copains souvent, tout le monde ." [1]

每天早上,该部门都会收到种种新的指令,而戴西雷则会立即带着热情去不折不扣地执行。比方说吧,假如上级要求严格审查并严禁透露关于MAS 38冲锋枪的任何信息,那么,除了删除动词,戴西雷还会彻底涂抹掉所有的字母"M""A"和"S"。这样一来,原本的信件,就会变成如下的模样:"On fer e, tu . On d'une corvée l' utre n vr i ent ce qu'on l . Le cop in ouvent, tout le onde ."

这被判定很有效。随后,戴西雷利用了主任日益增加的信任,做了好些日子的报刊审查。每天早上,他都要走进大陆饭店那金碧辉煌的节庆厅,那里装饰有雄伟壮丽的科林斯风格的柱子,画有一个个天使的天花板,天使们长着漂亮的臀部,在空中稳稳当当地飞来飞去。一进到大厅后,他便会在大桌子前坐下,桌上堆放了一摞摞待付印的样报,在删除了所禁内容之后就要发送回报社。那里,有四十来个合作者在一起工作,他们心中充满了一种崇高的爱国精神,掌握着当日的禁词禁语(它们跟前几天的禁词禁语合并在一起,眼下,那个登记簿差不多就快有一千页厚了),担负起了一项繁重的删节任务。

当达尼埃尔餐吧的女侍者过来分发温吞吞的啤酒和湿渍渍的三明治时,有关当天的禁令的各色各样的讨论就如奔流四溢,这之后,每个人都带着满

---

[1] 由于删除了所有动词,这封信变得无法卒读。试译如下,以求让读者一见残貌:"我们坚定地……,你……。我们……一次次的苦役,没有真正……在那里……。战友们常常……,所有人都……。"

满的矛盾和差别,分别以各自方式投入到自己的清洗行动中去。这些禁令往往会产生出种种荒诞来,这样的情境实际上也并不少见。而广大的读者对此早已习惯了,没有人会皱一皱眉头,即便他们读到了如下的句子,说到某种食品,"上个月价格……法郎,如今却值……!"

戴西雷很快就在军备领域中赢得了一个漂亮的名声。人们很钦佩他的逻辑,而照此逻辑,报刊审查应该在其"广泛的接受"中得到理解。

"归纳,推断:敌人是很精明的!"他明言道,神经质地眨巴着眼睛。

他十分精彩地做着演绎,带着那种谦虚的口吻,这就给他的解释披上了显然性的外衣,并具有了各种证据之间的整整一根链条,能把"武器"连到"毁坏",然后又连到"损害""牺牲""无辜",因而又指向"童年",而对家庭组织细胞的任何指涉都具有一种隐藏的战略要素,并且,有鉴于此,必须遭到禁止。就这样,父亲、母亲、叔叔、姑姑、兄弟、姐妹等等,这些词,遭到了无情的围猎。于是,一个推广契诃夫某出戏剧的广告,就变成了《三……》[1],而屠格涅夫一部小说的题目则成了《……与……》[2],人们甚至还能看到"我们在天的……啊"[3],"荷……的《奥德赛》"[4]。全靠了戴西雷,报刊审查甚至还上升到了美术的高度,而安娜丝塔西娅则只差一点儿就成为了第八位缪斯女神[5]。

---

1 指俄国作家契诃夫的剧本《三姐妹》。
2 指俄国作家屠格涅夫的小说《父与子》。
3 当指天主教徒最常吟诵的《天主经》,因其经文的第一句为"我们在天的父啊……"。
4 法语中,荷马为"Homère",其中含有字母"mère"(意为"母亲")。
5 希腊神话的九大缪斯女神中并无安娜丝塔西娅(Anastasie)。在法语的流行成语中,"安娜丝塔西娅的剪刀"则是"报刊审查"(censure)的同义词。在出版业,"安娜丝塔西娅夫人"(即书报审查官)一词出现于十九世纪下半期。

10

"有人对我说,是在色当那边。"一个士兵含糊其词地回答说,不过,刚才是谁问的问题,加布里埃尔并没有怎么听清。

假如人们好好地想一想,上级接二连三地发布的命令和反命令就如华尔兹舞曲一样前后不一,变化多端,那么,最终目的地的这一不确切性也就没有什么稀奇的了。而当他们必须步行出发的那一刻,他们早已等待了足足一个多小时,结果就是被引向火车站,而在这之后,在司令部的命令下,他们又一次有秩序地撤退到马延贝格要塞,但是,刚刚到达那里,人们又折向了火车站,在那里,他们最终爬上了运载牲口的车厢。德国人在比利时的这次进攻是在意料之中的,但是,敌军在阿登山脉的出现把所有人都打了个措手不及,长官们实在很难下决心来上一番反击。

夏布利埃也好,昂布勒萨克也好,都没有参加这一转移行动。他们被派往了别处。下士长兰德拉德立即就忘记了曾是他忠心耿耿的同党的那一帮人,甚至连短短一会儿的伤感都没有。在车厢的一个角落,他跟那些还没有被他盘剥过的战友玩起了"三牌猜一"游戏,某些曾经玩输过的人也回头来跟他玩,反正到处总是有一些不知改悔的人。他已经赢了四十多法郎,一切全都对他有利。无论他走到哪里,哪里就都是这样,在那一分钟里,他就是所有人的朋友。有时候,他也会面带一丝微笑转向加布里埃尔,就仿佛他们曾经经历过的一切,现在都已过时不计了,兴许,他也还真的是这样想的呢。

而对加布里埃尔,情况可就完全不同了,他感觉到两腿之间剧烈的疼痛,昂布勒萨克曾经飞起一脚,死命地踢在了那里。他觉得,他的命根子从此肿得比原先大了一倍,他自己看了都有点儿恶心。

说到整个部队,笼罩着一切的,则是一种轻松的心态。

"我们要狠狠地扇他们的耳光,这些傻瓜蛋!"一个年轻的士兵热情地高叫道。

在没完没了地等待这场大大消耗着能量的奇怪战争之后,人们匆匆地争论开了。人们听到了《马赛曲》,接着,就是那一类饭后合唱的喝酒歌[1],因为停顿得越来越长久了。

大约在二十点钟,人们开始唱起了警卫队的歌。

该下车了,他们已经到色当了。

军营中人头攒动。人们不得不聚集在已经改造成宿舍的食堂中。安顿过程伴随着巨大的喧闹声。人们争要着毯子,但气氛还是友好的,此刻的部队很像一个因几个月没怎么活动而有些僵硬并且迟钝的巨大躯体,如今终于可以伸伸胳膊踢踢腿,活动活动筋骨了,因而有些过度开心。

一个小时之后,人们就听到了一阵阵欢乐的尖叫声,兰德拉德已在众人的欢呼中赢走了新来者兜里的军饷。

一到达军营后,加布里埃尔便直奔茅房,去检查自身的伤害。他的裆部十分敏感,肿胀而又疼痛,但他的命根子倒是还没有肿到如他担心的那种程度。当他从茅房返回后,兰德拉德朝他飞去一眼,扑哧一声笑了出来,并赶紧用手挡在嘴巴前,就仿佛,他并不是当初狠狠一靴子踢到对方睾丸的始作俑者,而只是在娱乐时间里跟他玩了个恶作剧。

加布里埃尔瞧了瞧堆积在那里的好几十个人。这一巨大的集群体令人赞叹地体现出混搭的原则,这一规则被法国军队视为很具有现代性,它坚持

---

[1] 所谓"喝酒歌"(chanson à boire),指的是餐饭结束时唱的歌,为的是助助酒兴,而且往往是集体合唱,为军队食堂中的特色娱乐。

拆散一个个部队单位,然后再按照一种超出所有人想象的更高级的逻辑,把它们重新构建起来。这里有四个连的士兵,分别来自属于三个不同团的三个营。谁都不认识谁,或者几乎不认识,唯一可能会让你联想到什么东西的那颗脑袋,便是刚好位于你上头的士官。军官们都有些茫然无措,人们希望当头儿的知道他们正在做什么。

吃的饭是一份热腾腾的菜汤,但对那些曾经有运气得到白铁皮罐装的四分之一升葡萄酒的人来说,寡淡得犹如山岩中的泉水。其他人只能光啃面包,人们互相传递着肉肠,谁也不知道那都是从哪里搞来的,不过谁都不客气。

一个二十来岁的胖小子在队伍中来回走着,问道:

"你们谁有鞋带?"

拉乌尔·兰德拉德反应最快,递过去一对黑颜色的鞋带。

"喏。三法郎。"

小胖子张大了嘴巴,像一条鱼。加布里埃尔在自己的背包中翻腾了一阵。

"喏,拿着我的吧。"他说。

从他的动作中,人们听明白了,这鞋带是白送的。拉乌尔·兰德拉德把他的那对鞋带放回到自己的包里,脸上露出一种听天由命的鬼脸,随您的便吧。

那小伙子放松了下来,一屁股在加布里埃尔的身边坐下。

"你可是救了我一命啊……"

加布里埃尔瞧了瞧兰德拉德的身影,看到了他那鸟儿一般的尖嘴,他那薄薄的嘴唇,但他早已转而去关注别的什么去了。他刚刚把几包香烟卖给了缺烟抽的战友。当拉乌尔转过身来面朝着他,嘴角上露出一丝淡淡的微笑时,加布里埃尔实在很难猜想到,假如情境需要并许可的话,这个人居然能朝他的鸡巴蛋死命地来上一脚。

"我是最后一拨才赶到服装仓库的,"那个年轻的士兵一边继续说,一边解开了上衣的扣子,"那里剩下的鞋子不是太大,就是太小。显然,我更喜欢大一些的鞋,但是,这样一来,我就需要鞋带了,可那里就是没有鞋带了。"

这个故事说得大家都笑了。它又引来了另一个故事。于是,人们便一个接一个地讲起了此类的故事。这时候,一个身材高大的家伙猛地站立起来,引起了哄堂大笑:原来,他实在找不到合他身材的军装,这会儿依然还穿着平头老百姓的长裤呢。军营中这样的倒霉事不但没有让人们感到不自在,反而一点儿都不玷污必胜之师的精气神。一个军官走了过来,立即就被士兵们团团围住了。

"我说,我的上尉,我们是不是应该给他们来几个大耳光呢?"

"噢,"他应了一声,带着一种不无遗憾的口气,"看来,我们尤其得来装一装样子,跑一跑龙套了。在这里,一时半会儿,将不会有什么进攻。而且,假如会有进攻的话,那才好呢!德国佬若是从阿登山脉那边过来,那将只会是一些小部队。"

"我们还是要去迎接一下的!"有人欢呼道。

还是有几声喊叫响起,就仿佛,部队的战斗能量跟它所分摊任务的低等程度恰成比例。

上尉微微一笑,离开了宿舍。

第二天早上大约七点钟,加布里埃尔碰上了同一位军官。他的电台通信设备接收到了一些新消息,跟头一天认定的平静态势互相矛盾。德国军队的种种大规模运动发生在色当的东北方。

警报已经上报给了司令官,然后,也给了将军,而后者高高在上地挥一挥手,把情报一扫了之:

"视觉差的结果。阿登山脉,那就是一座森林,你们明白吗?你们在那里放上三支摩托化小部队试试,你们立即会感到,那简直就是一个军。"

他走了几步,来到墙上的地图前,地图上,五颜六色的图钉沿着比利时的边境线勾勒出了一个巨大的新月形。他感到痛苦，自己现在还待在这里，晃着胳膊，扮演着无足轻重的角色，而与此同时，在那里，真正的战争正打得激烈。一想到这些，他的英雄气概顿时就一落千丈。

"好吧，"他不无遗憾地长叹了一口气，然后说，"我们将派一些增援部队去那里。"

这一让步让他付出了沉重的代价。假如可能的话，他就会回自己家去了。

正是如此，一个有二百人的连队被指定待命，在一旦需要的情况下，就立即前往三十公里之外，支援负责坚守默兹河关口阵地的第55步兵师。

要前往那个地方，没有铁道线能通火车。加布里埃尔的部队，四十来个步兵，只得步行走公路，而指挥他们的，则是一个名叫吉贝尔格的五十来岁的预备役上尉，入伍前是夏多鲁地方的药剂师，这位军官足以大吹特吹自己在上一次战争中的辉煌战功。

从大上午的时刻起，阳光就开始暴晒下来，把人们头一天的充足热情都给晒得融化了。即便是受到加布里埃尔斜眼监视的兰德拉德，也显得困难重重。在他身上，疲倦就是愤怒的前兆。他那线条开朗的脸丝毫没有任何预示光明的迹象。

昨天还在嘲笑自己老百姓裤子的那个高个子，早已经失去了笑容，而那个讨要鞋带的胖子士兵则后悔自己当初没有要稍稍紧一点儿的鞋子，因为他的鞋子实在过于大，把他的脚生生地磨出了几个水疱。通常，他们小队应该是八个人，但是已经有四个人被派去增援别处了。

"都去哪里啦？"加布里埃尔问道。

"我没有听明白。我想，大概去了北面……"

随着越来越往前，人们看到远处的天空被橙黄色的微光划出了一道道条纹，人们还隐约分辨出一股股升腾的浓烟，根本说不上来距离有多远——十公里？二十公里？还是更远？连上尉本人也一点儿都不知道。

对这一次出征行军,加布里埃尔总觉得它令人不安。这种种的迟疑,种种的不明确,让他实在说不上是什么好苗头,所有这一切都将爆炸开来。前面是战争,后面是兰德拉德,他有些心神不定。

现在,他们的腿变得越来越沉了。全副装备的行军已经走了二十公里,而前面,还有几乎同样距离的路要走,要带着这过于大的背包,还有这个傻傻地系在皮带上,每走一步都会拍打你大腿的水壶……加布里埃尔的两个肩膀都快要被一条勒得过紧的皮带给勒断了,他实在无法把带子放到合适的松紧度,因为那上面的种种机械都被卡得死死的,没有什么还能自由滑动。他的整个身体都被各种各样的酸痛所折磨。枪也变得很沉很沉。他摇摇晃晃的,差点儿倒下,还是兰德拉德伸手把他给扶住了。从马延贝格要塞出发以来,他们彼此就一直没有说过话。

"你就把这个给我吧。"下士长说着,一把拉住他背包的帆布带。

加布里埃尔本想抵抗一下,但根本就没有时间作出反应,他刚要表示一下感谢,拉乌尔早已走在了前头,把他落下足有三步远,他把加布里埃尔的背包叠在了自己的背包之上,似乎早已经把他这个人给忘了。

几架飞机从高空中飞过。是法国人的?还是德国人的?太远,看不太出来。

"法国人的。"上尉说,他手搭凉棚朝天望去,像是一个印第安人。

这就让人放心了。同样让人放心的,还有比利时人和卢森堡人的逃难人流,他们中的大多数都坐着车,很开心地看到有部队开上去,去迎面抗击敌人。相反,更为暧昧的是这一地区的法国人,他们的鼓励竟然一成不变地采取了上一次战争的标语口号形式("我们将拿下他们!"然后就是一个紧握的拳头)[1]。二十年之后,这一莫名的雷同让人实在别扭得很。

---

[1] "我们将拿下他们!"(On les aura!)这是第一次世界大战中法军统帅贝当元帅最有名的战斗口号之一。

小伙子们开始喘息，停下来作了一次休息，从一大早起，大家伙全都肚里空空地走了二十三公里，现在该是时候，放下装备，吃上一口，填一下肚子了。

分享面包与佐餐酒的同时，他们就讲起了一个个军营小故事和战争小故事。其中最滑稽的就数某个叫布凯的将军的传闻了，他曾经对手下人解释说，对付德国人坦克最有效的工具就是……一条床单了。只需要用四个人，每个人拽住床单的一个角，就像人们铺桌布那样，然后，用一个协调一致的动作，一起扑向坦克，一下子罩住它的回转炮塔。这样一来，坦克中的驾驶者和炮手就被蒙住了眼睛，无能为力，没有办法，只能投降了。小伙子们彼此交换了一阵尴尬的笑声。加布里埃尔不知道应该给予这一传闻故事什么样的信任，是应该严肃对待，还是一笑了之；无论如何，这两种情况都会给人一种别扭的感觉。"这话真的是一位将军说的吗？"有人问道，不太相信，但没有人等着听什么回答，因为，他们该站起来，继续赶路了，来吧，小伙子们，士官们加油道，再最后努力一把，我们就能到默兹河去洗澡啦，哈哈哈。

"谢谢了。"加布里埃尔说，从拉乌尔手中取回了自己的背包。

兰德拉德带着一丝微笑，把手举到太阳穴上，对他敬了一个礼。

"为您效劳，我的中士长！"

行程的第二阶段跟第一阶段很相似，但其中的差别在于，现在他们遇上的流亡的难民远不如以前的那些来得善谈，兴许因为这些人都是步行过来的，怀里还抱着孩子。士兵们明白，他们都是躲避德国军队的逃难者，但是，他们中没有人能提供有用的战略信息。他们一见到法国兵，便纷纷躲藏起来，这是他们给士兵留下的印象最深的地方。

这个白天里，他们第二次走过一栋水泥建筑物，它孤零零地位于这片森林中。

"真他妈该死……"

加布里埃尔惊跳起来。兰德拉德凑近过来。

"要我说,法兰西国防部的枪头花饰还真的是很漂亮啊!"

他们所发现的碉堡和掩体都还没有建造完成,给人一种荒凉凄惨的感觉。跟他们曾居住的马延贝格要塞相比,似乎并不属于同一个防御计划。看来,它们全都处在被遗弃状态,没有人员,也没有装备,只见枯枝遍地,野藤缠绕,早已像是一片废墟,而且说实话,它们也正在一天天地成为废墟。兰德拉德往地上吐了一口痰,然后打趣似的偏了偏脑袋,目光瞥向加布里埃尔的裆部,说:

"等我们回家的时候,它就该完结了,走吧,这点小事,就别介意啦。"

加布里埃尔本来很想回答他一声的,但他早已没有了力气,没有了精力。

最终,他们还是跟在河流沿岸宿营的部队取得了接触。但在那里,所有人都很失望,无论是这一边加布里埃尔那个连队的战士也好,还是那一边第五十五师的士兵也好,全都很失望。前者,是因为被这一番四十公里的长途行军累得筋疲力尽,而且感觉到达后没有受到很好的接待,而后者,则是因为他们本来期待一支更具实力的援军。

"您让我们拿你们这二百名大兵做什么好呢!"一位中校吼叫道,"我需要的是三倍以上的兵力啊!"

飞机不再从这里飞过,没有人能看清楚还有什么理由要求得到一种更有力的支援。炮击声相当遥远,没有任何新的消息传过来,除了一点,即默兹河的另一边"出现了大量的敌人军队",对此,他们是知道应该作何推测的:不是什么别的,就是一种视觉差效果。

"我可是有二十公里长的河岸要守卫!"那军官大叫大嚷道,"有十二个支撑点要巩固!这简直就不是一条战线,而是一块格鲁耶尔干酪,到处都是漏洞。"

只有在德国人大量地并装备精锐地来到的情况下,才会令人惊慌,而这似乎是不太可能的，既然，从根本上说，他们是从比利时那边打进来的。

"那么，你们听到的，又是什么呢？是小猫的喵喵叫吗？"

所有人都认真地听了一会儿。是的，确实，在西北方向，有炮击的声音。那个药剂师上尉问道：

"侦察机都发现了一些什么呢？"

"飞机，那是没有的！确实没有的！"

中尉早就被一整天的行军累得筋疲力尽，只能紧紧地闭上眼睛，他本来应该好好地休息一阵，但是实际上根本就做不到，他的上级已经下令，召集所有的军官去开会，并摊开了他的那张大地图。

"我们要派一些兵过去，看看默兹河对岸的德国人到底在干什么。我需要一些人马，来掩护大部队的撤退。这样的话，你们，你们将让你们的小队死死地钉在这里。你们，这里，你们，那里……"

他粗大的食指沿着地图上默兹河蜿蜒曲折的线移动着。他特地为吉贝尔格上尉指了指一个地方，那是特雷基耶尔河，是默兹河的一段支流，它描画出了某种反向的U字形，像是一个拱门。

"你们去这里。行动吧。"

小分队立即把各种装备都装上了一辆卡车：弹药箱、金属箱、干粮，还把一门37型加农炮挂到了车上，车子摇摇晃晃地驶上了森林中的卵石路。

所有人都感到，生命中的一页刚刚翻了过去。

连队现在缩减成了二十来人的小队，他们必须深入树林中去，这时候，太阳光渐渐弱了下来，营造出一种不甚安全的气氛。北边的天空中，覆盖了层层的浓云。逃难者的人潮突然就干涸了下来，兴许，他们走的是另外的一条路，在河边的更远处。倒是没有人公开地这样表达过，但或许，我们就是在这边等着敌人了，而我们就是看不明白，一个装备如此薄弱的小分队，尽管有炮兵的支持，怎么足以阻止敌军的进攻呢，又或许，事情本来就没有什么好害怕的，我们还没怎么弄明白在那里到底要做什么呢……

加布里埃尔来到了吉贝尔格上尉的身边，只听到他在喃喃自语："就差没有下雨了……"而几分钟之后,天还当真就下起雨来了,就在他们从森林中出来,赶上了卡车的那一刻。

特雷基耶尔河上的桥是上个世纪建造的那种水泥小桥,属于过时的田园牧歌风格,宽倒是足够宽,能让一辆载重卡车通行,但是,各种车辆必须互相礼让着交替通过。

中尉下令扯开雨布,把武器弹药、37型加农炮、机关枪(崭新的FM 24/29轻机枪)都盖起来,免遭越来越大的雨淋湿。人们不得不冒着大雨,拖泥带水地拉出雨布来,最头里的六名士兵被指定赶去守在桥的两端,去那里站岗,他们尽管不高兴,还是嘟嘟囔囔地赶了过去。

拉乌尔·兰德拉德好赖应付着,如同惯常的那样,在那里磨洋工。他本来被指派去监守武器弹药。但他凭着他的下士长军衔,就坐在卡车的驾驶舱里,一边微笑,一边悠然地瞧着雨水从车窗玻璃上流下,而战友们则在大雨中奔跑。

吉贝尔格上尉过去问加布里埃尔情况如何,只见他已经把他的通信设备安全地安置在了雨布的底下。

"请告诉我,中士长,您是不是已经跟炮兵联系上了?"

炮兵部队的阵地位于几公里之外。在受到敌军攻击的情况下,人们往往会请求炮兵炮击一通河对岸,以求把敌军压制在一定距离之外。

"您知道得很清楚,我的上尉,"加布里埃尔回答道,"我们没有权利通过无线电来联系炮兵部队……"

上尉摸了摸自己的下巴,有些茫然。司令部对无线电通信总是心存芥蒂,因为它往往很容易被敌人截获。按照规定,要求炮击支援只能通过放烟火信号来表达。然而,中尉恰恰在这一点上遇到了一个小小的问题:

"我们装备有崭新的自动烟火发射器,但是,在我们小队里,没有人知道怎么使用,也没有找到使用说明书。"

远处,树林的尖梢再一次点染出炮火的红光来,而大雨则让它们的回声显得更为低沉。

"兴许,那是我们的法国军队在干扰德国佬。"中尉说。

加布里埃尔,也不知道是为什么,突然就回想起了甘末林将军的名言"勇气,能量,信仰"[1]。

"兴许是……"他回答道,"只能是这样……"

---

[1] 第二次世界大战初期的一段时间里,甘末林将军曾经把"勇气,能量,信仰"(courage, énergie, confiance)当作法军以及盟军的行动口令。

11

尽管大陆饭店的巨大客厅早就挤得满满当当，像是一个随时都可能涨破的蛋，各色各样的男人和女人还是源源不断地继续涌来。从大门口起，每个人会抓过一杯香槟酒，而这一漫不经心的动作，则透露出好几十年的经验，然后，他们会在栽种有绿色植物的大桶边上认出某一个身影来，便喊出一个尽人皆知的名字，一边穿过大厅，一边保护着那杯香槟，就像是在一个刮大风的日子。

实际上，四十八个小时以来吹过的风，混杂了不安与轻松，眩晕与信任，最大限度地刺激起了人们的感官。终于，它到来了。战争，真正的战争。人们迫切地想知道得更多。所有人都冲向了大陆饭店，这里才是信息部怦怦地跳动不已的心脏。外交家们被求见，军人们被攻占，记者们被围困，种种消息从这一帮人传到另一帮人，英国的皇家空军轰炸了莱茵河地区，比利时人表现得令人敬佩，一位将军捻碎了他手中的香烟，失望地叹息道："可惜战争已经结束。"这一番肯定给人留下深刻印象，它广泛传播开来，从一个院士到一个大学教授，从一个上流社会女子到一个银行家，一直传到戴西雷这里，而他的反应则受到十几道贪婪的目光的探测。两天来，他担负着任务，高声地朗读为各家报刊提供的官方公报，人们都认定，再没有人比他还更消息灵通了。

"当然啦，"他说，带着一种稳稳当当的语调，"法国以及盟国很好地掌握着形势，但是，最终，若是要说到一场'已结束的战争'，则未免稍稍心急了一些。"

那位上流社会的女子哈哈大笑起来，这是她的调性，其他人则只是莞尔一笑，并等待着下文。不过，他们可算是白费了工夫，因为，有一个人上来，分拨开人群，打断了他们：

"棒极了，我的老兄！这……多么让人安心啊！"

戴西雷低下了他那双近视的眼睛，作为谦虚的信号，因为他看得很清楚，在场的人明显地分成了两大阵营，一派是羡慕者，一派是嫉妒者。而在第一派中的女人数量更是大大地加强了嫉妒者阵营的密度，这位高级公务员（他在殖民地事务部中可算是鼎鼎有名的头号大人物）出人意料的支持得到了人们特别的欢迎。戴西雷在大陆饭店几乎呈直线状的飞黄腾达，更是煽动起了评论的火焰，还有种种问题。有人知道他是从哪里来的吗，这个小伙子？人们会这样问，但是，关于戴西雷的消息跟关于战争的消息一样反照出某些规律，人们相信他们自己愿意相信的东西，而在眼前，这个简单的小伙子，混杂了腼腆、魅力与坚强的小伙子，就是大陆饭店的大红人。他的地位只在报刊信息处副主任之下，而那一位，则是一个神经质的、狂热的、精力充沛得犹如一节电池那样的人。

"对这些人，我们知道我们希望的是什么，"他在他们第一次见面时就对戴西雷说，"但是，对那位创建了宣传部的雷翁·勃鲁姆[1]，我要说：向您致敬。我不会说'这是一个什么人哪！'他是犹太人不错，但毕竟，那是个多好的想法啊！"

在他们第一次见面时，这位副主任在办公室里踱着方步，胳膊叉在背后。

"现在，我这么问你，年轻人，我们的使命是什么？"

"告知信息……"

---

[1] 雷翁·勃鲁姆（Léon Blum, 1872—1950），法国左派政治家、社会党人。他在1936年成为人民阵线联合政府的领袖，担任总理。二战中，由于坚定地反对亲德的维希政府而在1940年遭到逮捕，1943年转移到德国集中营，到1945年五月才获释。

他被问得有些措手不及，这是很久以来他一直都没有好好想过的一个问题。

"是的，但是请您说……为什么要告知呢？"

戴西雷绞尽脑汁，瞧着四周，然后突然说：

"为了让人们放心！"

"这就对了嘛！"副主任高声嚷嚷道，"法国军队负责打仗，就算是这样吧。但是，假如操作它们的人没有一种必胜的信心，我们再怎么让大炮摆好阵势都没有用。而要做到这一点，这些士兵就应该感觉到自己得到了所有人的支持，他们需要得到我们的信任！全体法兰西人民都应该相信这一胜利，您明白吧！相信它！全体法兰西人民！"

他直挺挺地站在戴西雷的面前，而对方的个头则高过了他一个脑袋。

"正是为了这个，我们才在这里。在战时，一条确切的消息远不如一条鼓舞人心的消息更为重要。真实并不是我们的主题。我们有一个更高、更远大、更雄心勃勃的使命。我们，我们承载着法兰西人民的精神。"

"我明白。"戴西雷说。

副主任观察着他。人们总是跟他提起这个戴着厚厚眼镜片却思维敏捷的小伙子。人们都说他很谦逊，这很明显，但他会很卓越的，这一点很有可能。

"那么，年轻人，您对您在这一部门中的工作是怎么看的呢？"

"A，E，I，O，U，"戴西雷回答道。

副主任是了解这些字母的，他仅仅瞥去疑问的一眼。戴西雷接着说：

"A是Analyser，即分析；E是Enregistrer，即录制；I是Influencer，即影响；O是Observer，即观察；U是Utiliser，即利用。先后顺序是：我观察，我录制，我分析，我利用，以便影响。影响法国人的士气。让它变得更加高昂。"

副主任立即就明白到，他已经领悟到了精华中的精华。

从五月十日起，当德国人对比利时发动了大举进攻时，当他们必须对报刊严密控制信息时，戴西雷·米戈这一姓名可就开始如雷贯耳了。

每天的一早一晚，记者和通信员将会前来探听前线的最新消息。戴西雷便用一种严肃的语调朗读必须在半天时间里记住且跟人们的希望最为合拍的消息，比如这样的消息："法国军队向入侵者展开了一番激烈的抵抗。"又如："敌军方面并没有实现明显的进展。"在戴西雷平静地唱诵的这些诗篇之上，还要加上一些精确的表达（例如"紧靠阿尔贝运河和默兹河的地方""在萨尔地区，在孚日山区的西部"），用以加强它们的真实性，却并不揭示出可能会对敌人有用的种种细节。因为，操作的难度就在这里：要安慰，要告知信息，但又要停留在某种模糊上，因为德国佬在毫不松懈地偷听，在窥伺，在监视，在探测。什么都不要说，上级一再这样强调。到处，人们都张贴标语，提醒人们提高警惕，说的是祸从口出，我们所说的一切，都可能会被德国人所利用，对于战局，一条或真或假的消息可能比一支坦克部队还更具有决定意义，真正的战争部，其实是信息部，而戴西雷，则是它的传令官。

他们这个部请来了全巴黎的要人。这是战争，这是节庆。

整个晚会上，都会有人过来拉戴西雷的袖子，探问某个确切消息，过来了解某个秘密。这会儿，《晨报》的一个记者就悄悄地把他拉到了一旁：

"请您告诉我，亲爱的戴西雷，关于那些伞兵，您是不是还有更多的消息？"

众所周知，在法国盟国的领土上，德国人几乎到处都安置了一些训练有素的武装间谍，让他们混迹在老百姓当中，一旦条件成熟，就为侵略者的部队提供一种决定性的支持。这些特务被人们称作第五纵队，他们可以是德国人，但也有同情第三帝国的比利时人、荷兰人，甚至还有法国人，很显然，他们是从那些卖国贼当中发展起来的。自从三个化装成修女的德国伞兵被人识破之后，人们现在到处都会看到间谍。戴西雷悄悄地往他的右肩瞥去一眼，然后喃喃道：

"十二个化装的小矮人……"

"不!"

"完全没错。十二个小矮人,全都是德国军队的士兵,上个月底跳伞下来的,伪装成在万森森林[1]中野营的少年。幸亏我们及时地抓获了他们。"

记者惊讶万分。

"全副武装吗?"

"还带着化学品,很危险,正准备要污染巴黎的饮用水系统呢。攻击的目标还有各学校的食堂,然后,天知道还有什么呢……"

"那……我是不是可以……?"

"就一条小新闻,没有再多的啦。现在,我们正在审问他们呢,您明白的……但是,一旦可以把他们拿到桌面上亮相时,信息可就完全属于你们了。"

大厅的另一角,副主任带着一种充满父爱的柔情,观察着他那个年轻的新成员,只见他在一群群人中间穿行,并有条不紊、游刃有余地回答着一个个问题。戴西雷正允许一个记者记录下他关于德国大兵的士气的要点:

"希特勒最终还是决定发动进攻,因为,在他们那里,饥荒威胁着人们,除了发动战争,就没有别的出路。法国军队完全可以通过散发传单,来发起一场大规模的信息战:任何一个投降的德国士兵将有权吃到两顿热饭热菜。总参谋部犹豫再三,因为那样一来,就可能会有二三百万德国士兵的拖累,而要给所有这些人吃的,你们倒是想象一下!"

几米远的地方,副主任微微一笑,多么美好的晚会啊。

"他是东方语言学院的学生,是吗?"一个高级官员指了指戴西雷,突然问道。

这消息让他很惊讶,他曾在河内待过一年半。

"没错没错,"副主任说,"这个小小的奇才确实是从法兰西远东学校到我们这里来的。他掌握了好多的亚洲语言呢,简直神奇透了!"

---

[1] 万森森林就在巴黎城东的近郊。

"这一下,他就找到说话的对象啦……来吧,戴西雷……"

戴西雷转过身来。他面对着一个五十来岁的亚洲人,此人正咧开大嘴冲他笑呢。

"我给您介绍一下童先生,土著劳动力处的秘书。他是从金边来的。"

"Angtuk phtaeh phoh kento siekvan,"戴西雷说着,跟他握了握手。"Kourphenti chiahkng yuordai."[1]

面对着这一大堆很不协调的音素,童先生实在是连一个高棉语的词都没听出来,不由得迟疑了一下。既然这个年轻人在这里一个劲地自我炫耀,显摆他能令人惊叹地说他的语言,要戳穿他恐怕也不太合适了。于是,童先生仅仅是微微一笑,表示一种谢意。

"Salanh ktei sramei."戴西雷一边补充了一句,一边走远了。

"他很了不起,不是吗?"副主任说。

"是的,确实了不起……"

"德国空军在法国领空继续展开军事行动,其后果不可小觑……"

戴西雷,为了这方面的话题,早就选择了三层楼上一个光线充足的套间,这里,可以挤得下六十来个记者。

"……我们的空军部队同样也采取了报复行动,对一些具有头等重要性的军事目标进行了猛烈的轰炸。有三十六架敌机被击落。仅仅我们的一个歼击机群,就在一天时间内一举击落了十一架敌机,更不用说在摩泽尔河和瑞士之间的地区发生的战斗了。"

第一批政府公告的内容围绕着两个概念展开。首先,是德国人的进攻全都在我们的意料之中,甚至是在我们的期待之中;其次,我们的军队完美地控制着局势。

---

[1] 这一段是人物戴西雷所虚构的一段高棉语,谁都听不出是什么意思。下文中的一段也是如此。

"我们的部队继续在比利时中部地区正常挺进。"

派往当地的通讯记者向各自的编辑部发来了种种消息（还有照片），它们透露出战斗的激烈程度，戴西雷从第二天起就选定了他称之为一种"有控制的戏剧化"的说法：

"德军的进攻以一种不断增强的暴烈程度展开，但是，到处，我们的部队以及盟军都在英勇地战斗，跟敌人展开殊死的搏斗。"

从这一新闻简报中脱身出来后，戴西雷亲自待在门口，给每个与会者分发他曾经读过的宣言书文本。

"我就这样把握着法兰西的脉搏，"他曾对副主任如此解释说，"我平息着不安情绪，我散播出信仰，我巩固着信心。就此，我施加着影响。"

德军进攻开始的三天之后，一个记者天真地问他：

"假如我们的军队和盟军都像人们所说的那么有效，为什么德国佬还能继续挺进呢？"

"他们没有挺进，"戴西雷反驳道，"他们只是做了向前的运动，这两者是有很大区别的。"

到了第四天，解释起来就更难了，既然从阿登山脉那边进军被认定是不可能的，那么，为什么敌人刚刚还是突进到了纳穆尔以南的默兹河沿岸，并在色当一带发动了进攻呢？

"德国人，"戴西雷宣称道，"试图从多处渡过默兹河来。我们的军队则发动了强有力的阻击。我们的空军也以十分有效的方式参与了行动。德国空军遭受了惨重的损失。"

副主任感到深深的遗憾，因为战争并没有按照那些公报所描画的弧线进行。德军在默兹河和色当的进攻，就人们所知的那些消息来看（总参谋部只提供了很少的具体消息），已经让法国军队处在了十分尴尬的境地。因此，戴西雷建议，不妨把他们的策略从"有控制的戏剧化"改为"战略上的节制"：

"战役行动的最高利益，要求我们不能就当前的军事行动提供什么确切的消息。"

"您认为，那些报纸会满足于这些吗？"副主任问道，他很为事态的动向而担心。

"当然不会，"戴西雷微笑着回答道，"但是，我们有其他的方式可以让它们乖乖安静下来。"

对那些因军事形势方面实际内容的缺乏而深感失望的记者，戴西雷来了一次大规模的报告会，好好地讲了一讲盟军的实际状态与运作情况：

"到处，我们都只看到决心、勇气、信任、确信。我们的将士以一种空前一致的热情，履行着保卫祖国的职责。法军的参谋部平静而又坚决地继续执行着长远计划。我们的军队不仅拥有强有力的物资装备，而且还拥有一种无懈可击的组织性。"

12

十几个士兵守定在桥头。在堵住了通道的那辆雷诺卡车的车斗中,仅有一挺机关枪来阻挡敌人的进攻。真的是一番相当危险的景象,简直可说就是一道警察的路障。稍稍远一点的地方,37型加农炮的炮口对准了北方。大约五十米之外,在一辆小小的拖车上,架起了第二挺机关枪,旁边备足了弹药箱,其中的一些已经打开了盖。

吉贝尔格上尉不停地来回走着,走在通信兵("你们有什么新消息吗?")和特雷基耶尔河上的那座桥("一切都很正常,小伙子们,不用担心……")之间,直到上午过了一半的时候,终于过来了一支侦察小分队,他们过来看一眼德国人都作了一些什么准备,小分队一共二十来个人,配备了短兵器,有两辆摩托车,由一个军官指挥,此人显然很高兴能前去跟敌人遭遇。他两腿大大地分开,一只手放在背后,一眼望去就清扫了一遍现场,通信设备、吉贝尔格上尉(在此人身上,他只看到一个正在服后备役的药剂师)、37型加农炮、守卫在桥头的士兵……他叹了一口气。

"把你们的地图拿给我看看。"

"但是,这……"

"我们这里有一个小小的差错,我的地图上标记的是687号地带,而实际上应该是768号。"

加布里埃尔看到他的上尉在犹豫。像他一样,他也有一种痛苦的感觉,好像他不得不与人分享一件救命的工具。

"要想坚守住这座桥,地图不是非要不可的。"杜洛克上尉解释说。

吉贝尔格赶紧后撤,作了让步。

几分钟之后,侦察小分队就消失在了森林中。

夜里头,雨停了。现在,已经放晴了的天空中,能看到炮火的微光,炮击的回声渐渐传到近处。吉贝尔格上尉扫视着树木的尖梢。

"假如飞机能够从那个地带的上空飞过,并告诉我们那里究竟发生了什么,那就好了。"

最要命的就是这一点,等待,却不知道等待的是什么。

上午时,炮火渐渐地密集起来。进攻的炮响一分钟一分钟地逼近。可以触摸到人们的不安情绪。

天空中到处都是一片红色的光,前前后后,左左右右,但除了这火光,人们始终没有接到任何命令;联络显然已经中断,司令部没有回答。然后,在他们的头顶上却有飞机飞过,但那是德国人的飞机。飞得不高也不低。

"是一些侦察机……"

加布里埃尔转过身来。原来是拉乌尔·兰德拉德在说话,只见他昂首挺胸,后仰起身子,死死地盯着天上看。他已经放弃了他在卡车驾驶室中的舒适位子,露出一张充满了关注神态的脸。一种不适顿时攫住了加布里埃尔。他赶紧迈了一步,来到了小分队中间,只见众人一下子变得沉默无语。对话没有持续下去。

吉贝尔格上尉过来找他,必须给司令部发一条消息过去。

"敌人正在作准备,"他说,"未来的几小时里,会有一次进攻。必须派出战斗机进行干涉。"

他激动得有些上气不接下气。加布里埃尔赶紧操作起来。兴许是因为心中有些害怕,他仿佛觉得,敌人的炮火变得更密了,而且在渐渐逼近。司令部的回复迟迟没来。吉贝尔格上尉又派出六名士兵去增援桥头。

突然,一切都加快了速度。

传来了马达的轰鸣声,密集的枪炮声,还有叫喊声。士兵们低下了肩膀,握紧了枪把,机关枪的枪口瞄准了桥头。突然过来的不是一支敌军部队,而是侦察小分队的那两辆摩托车,车上趴着好几个惊惶不安的法军士兵。大家一下子没有听明白他们说的是什么,因为他们喘得实在太厉害。他们在吉贝尔格上尉面前稍稍停顿了一会儿。

"赶紧跑吧,小伙子们,现在,已经没什么可做的了!"

"什么,什么?"吉贝尔格结结巴巴地问道,"怎么回事,什么没什么可做的了?"

"德国佬!他们的坦克来了!"那士兵叫喊道,加大了油门,"赶紧滚吧!"

小分队的其他人也随之出现了。那军官,杜洛克上尉,早先是那么灵活敏捷,眼下一下子苍老了十岁。

"把这一切都给我撤了!"

人们简直会说,他这是要手背一挥,把整个的局势抹他个干干净净。吉贝尔格坚持想知道那是为什么。

"为什么?"上尉喊叫道,"为什么?"

他伸出胳膊,指向森林和大桥的另一侧。

"您面前已经过来了一千辆坦克,马上就要开到这里了,到底还要有多少辆才能让您明白呢?"

"一千辆……"

他的嗓音中断了。

"我们被出卖了。我的老兄……他们……"

他找不到词了。

"你们得赶紧逃走,没什么可做的了。他们人太多了!"

此时此刻，所谓的军衔制便很好地给人们呈现了一个法国军队的整体形象。杜洛克上尉断然决定，首先必须毁坏他这支法国部队的武器，好让它不至于落到敌人手中，然后让他的部下撤往南方，好在那里再与大部队会合。

但是，吉贝尔格上尉对这一举动甚为不满。离开这一阵地就意味着放弃抵抗。无论是对他，还是对他的部下，这绝对不行，决不能这样不经一番战斗就撒腿逃跑！

这两个人并没有正面冲突。

他和他，全都怒气冲天，他们各自站在各自的立场上，作着完全相反的准备，根本就不朝对方瞧上一眼。杜洛克下达了开动的命令，这在吉贝尔格的眼中，就意味着作一次撤退，而吉贝尔格，他则把想拼死一搏的人都召唤到他那里。面对着指挥的突然空缺，所有人全都义愤填膺。

小分队中的其他士兵都已经聚集过来了，现在，他们先是焦虑地瞧着大桥，然后又瞧着他们的上尉。

"我们最好还是跟上他们一起走，是不是啊？"一个士兵说。

令所有人大为惊讶的是，吉贝尔格上尉从枪套中拔出了他的手枪，谁都想象不到的是，他竟然还会使枪。

"我们被派到这里来，就是为了守卫大桥，战士们，我们就得把它给好好守住！谁要是想逃走，我就先给他来一颗子弹尝尝。"

人们永远无法知道，假如士兵们选择了逃跑的话，实际将会发生什么，因为，就在这一时候，空袭开始了，其激烈的程度前所未有。德国飞机把地面炸成了等距相隔的一个个深坑，随后的那一批飞机则烧毁了一大片森林，一切都处在了地狱般的轰隆声中，炸弹落下，爆炸响起，火焰腾飞，大地震撼。好些趴在地上的士兵被炸得飞起来，有的胸膛开了腔，有的被炸飞了一条胳膊。很快地，什么都没有了，只剩下一片火海，一片余烬，一个个巨大弹坑的周围，只剩下几个躺着的法国兵，带着两挺机关枪，看样子还在守卫着他们国家的入口，另外还有一门老得掉了牙的炮，在浓烟与烈焰之中，它的身影都不太看得分明了。

稍后,法国的炮兵似乎也从死一般的麻木之中挣脱了出来,突然发出了一阵炮弹雨,覆盖了桥那边的森林地带。

加布里埃尔的分队被紧紧地钳制在了一支德军先锋部队和法军的炮兵阵地之间,那支德军先头部队应该拥有上千辆坦克(这有可能是真的吗,大家可是什么都没有看到啊……),而法国的炮兵则试图从河的那边一阵阵地发射炮弹,把德军的先锋部队阻止在远距离之外。

用不了再来更多的轰炸,绝大多数的士兵早就忍受不了,一把抓住他们的背包,撒腿就跑进了森林中,他们一边跑,一边还尖声高叫。

而那些留在原地的士兵,则瞧着他们的战友奔跑在被德国飞机的空袭所撕烂和烧坏的树林中。他们互相瞧了瞧。他们还瞧了一眼桥。那边,有两个兵,已经躺倒在地上。一挺机关枪被炸成了两截,早已没有了原本的样子,只是一团烧焦了的铁疙瘩。

"小伙子们,在撤退之前,我们必须炸掉这座桥。"

吉贝尔格上尉的军帽不知道丢到哪里去了,头顶上稀稀拉拉的几根头发全都竖了起来,好像是被吓得做起了体操,他的脸色变得煞白,像是一块裹尸布。

他们一共只有十来个人,已经被头顶上隆隆的炮击声震得几近于麻痹。他们中有加布里埃尔、拉乌尔·兰德拉德,以及那个讨要鞋带的胖子兵。

"你们知道我们还有什么玩意儿吗?"兰德拉德尖叫道。

"还有麦宁炸药[1]!"那个胖子大喊着回答道,"还有炸药包呢,就在那边下面!"

四个人急忙冲向架在离桥较远处的那挺机关枪,准备把它拿过来。兰德拉德跑向了卡车,身后紧跟着加布里埃尔和那个胖子。他爬上车,匆匆地掀开雨布,在里头翻腾着,把所有落到他手边的东西全都扒拉开,最后找出一箱子炸药,他咧嘴微笑,做出胜利的手势,就仿佛他刚刚用赌牌游戏一举扫

---

[1] 麦宁炸药(mélinite)是一种苦味酸与火棉的混合炸药,于1887年被法国政府正式命名并投入军事运用。

荡了整个分队。

加布里埃尔抓住了兰德拉德从卡车的挡板上一一递过来的弹药筒,把它们堆放在汽车的底盘底下。足足有十公斤的量,足够把大桥炸飞了。

"真他妈的臭狗屎!"兰德拉德喊叫道,"没有东西可以用来引爆,这些可恶的弹药筒……"

他背靠着卡车轮子坐在地上。那个要鞋带的胖子钻到了汽车底盘下,然后又爬了出来。加布里埃尔把一个引信紧紧地夹在膝盖之间。

"很好,"兰德拉德说,"我们既然没有什么电子设备,那就用一种安全慢引信好了。你去给我找绳索来,把这一切都绑紧了,好吗?"

说完,他早已经又爬上了车斗。加布里埃尔则弯着腰,弓着背,奔向了扎营地,几分钟之后,他就带着六条雨布带子回来了,兰德拉德接过带子,把那些麦宁炸药的药筒一个个绑到了一起。

加布里埃尔从拉乌尔的肩膀上方望过去,瞧着那座原本根本不值一提的桥,还瞧着炸弹四下里爆炸时发出的微光,只见一颗颗炸弹就在前后左右爆炸,发出一阵阵剧烈的声响,周围的森林也被炸毁了好几处树木。他还瞧着兰德拉德本人。

这真的是一个他弄不太明白的人。

如果有那么一个士兵是他要痛骂的,他断定准会第一批逃命的家伙,那这个人就应该是拉乌尔。然而,眼下,拉乌尔却留在了这里,只见他使劲地拽着雨布的带子,一边恶狠狠地瞧着那座桥,一边喃喃地说着什么,好像是在自言自语:

"我们要在它的裙子底下狠狠地干它一家伙,这座混账的桥,不能再拖延了……"

他们一起站立起来,兰德拉德和加布里埃尔扛上了主炸药包,胖子兵则气喘吁吁、摇摇晃晃地搬运着辅炸药包,他的鞋子真的是太大了,实在不跟脚。一行三个人一路上一直低着脑袋,躲着始终没有减弱丝毫的炮火,走着之字形,一直来到河边。当他们来到桥墩前时,兰德拉德分发了命令:

"我嘛，我去放置主炸药包。你们呢，去放置其他的，一个放在右边，一个放到左边，然后，我来负责中间传爆器，最后，嘭！"

法国人的炮弹在河岸上落得越来越近了，这说明敌军正在步步逼近。

看到这个三人组的意外到来，聚集在最后那一挺机关枪周围的士兵，这些正提心吊胆、茫然不知所措的士兵，终于发出了一记轻松的叫声。再也不会有什么大桥，再也不会有什么守卫任务。他们根本就不是第一拨像兔子一样撒腿就跑的人，而是很高兴还能够一直坚持到眼下这一刻，现在，总算有一个小组下了决定，准备把这座桥发送到天堂的艺术作品中去。

加布里埃尔从右侧出发，带上了重达十公斤的炸药，把它塞到水泥桥墩上。他瞧了瞧另一侧。那个胖子兵也同样行动，把炸药放到桥墩对称的那一侧，然后，他举起手来，大拇指冲天。正在这一时刻，一颗炮弹落下来，落到十五六米远的水中，胖子兵一下子就被一块弹片击倒，倒在了河流中。加布里埃尔大吃一惊。这时候，兰德拉德已经拉着导火索，来到了他的身边。

"你看到了吗？"加布里埃尔问道，指了指他们的战友刚刚倒下的那个地方。

兰德拉德抬起了脑袋，发现那个胖子兵已经俯卧着漂在水面上了。

"真他妈笨蛋，"他说，"真的是白瞎了一副新鞋带。"

他一边嘴里说着，一边手上早已接好了导火索，并吹了一记口哨，就开始割断安全引信的一端。

"快点儿，现在，你先赶紧跑吧，"他说，"我把这些个都点燃，然后马上就跑掉。"

看到加布里埃尔停在那里一动不动，呆呆地看着战友的尸体在水中越漂越远，在一个个漩涡中打转转，他又喊了一声：

"快点儿，听到没有？赶紧跑啊！"

加布里埃尔赶紧就往营地跑，吉凡尔格上尉正在那里等着他们呢。

"干得好，小伙子们！"他说。

现在，小分队的其他所有人都消失在了树林中。还有三个人等在营地上，他们瞪大了眼睛，看到兰德拉德像个疯子似的正朝他们这边跑来，仿佛正被他自己刚刚点燃了引信的炸药一路追踪。刚跑到跟前，他就一下子瘫坐在地上，早已喘不过气来了。

等到一缓过神来，他立马就转身，眯缝起眼睛，死盯着远处的大桥。

"混账王八蛋，我放了一根短引信，那个浑蛋，它是怎么搞的？……"

人们明白他的愤怒。炸药是不是被打湿了，中间传爆器是不是失效了？二十秒，三十秒，一分钟过去了。既然到现在为止，还什么都没有发生，他们确信，他们白白地冒了一次生命危险。

像是作为对他们沮丧之情的一种回音，也像是为了证实德国人的战无不胜，敌军朝特雷基耶尔河的对岸这一边发射了一通烟幕弹。这一次真的是失败了。在白色烟雾之幕的后面，他们隐约看到了一些人影，正准备把几条橡皮艇推到水里去。大地又开始颤抖起来，这是一个信号，表明德国人的坦克纵队正在逼近河岸。

"必须开溜了！"兰德拉德叫喊道，重又站立起来。

吉贝尔格上尉表示赞同，伸出一只手拍了拍加布里埃尔的肩膀，快点儿吧。我的老兄，我们已经尽力啦……

加布里埃尔的头脑中发生了一些什么，这实在很难说清楚。他并没有什么英雄气概，但他是有顾虑，有迟疑的，他有的是一颗踌躇不安的心。他在这里是要干些什么的，而他没有干。

丝毫没有考虑危险不危险，他就跑向了大桥，卧倒在地，趴在了那挺机关枪的后面。

一来到确切的位置上，他就一动也不动了。该做什么呢？他早已经看到了，那些炸药包就在那里，但是太远。他把一只手放到枪管上长方形的子弹夹上，透过慢慢变稀的白色烟幕，橡皮艇的影子变得越来越清晰。加布里埃尔紧紧地握住了枪托，把枪口对准了敌人，同时咬紧了牙关，他身上的所有肌肉全都绷得紧紧的，只为了减轻射击后坐力带来的振动，要知道，这挺机关枪一分钟里就能打出450发子弹呢。

他紧压着扳机。一发子弹射了出去,仅仅只有一发。一颗可怜兮兮的子弹,就像是嘉年华会的射击摊上的一次打靶。

在他的眼前,事情发展得极其迅速,真是令人要疯了。当他跟他的机关枪较着劲,想找到办法把枪夹中的子弹一下子全打出去时,大地低沉地战栗起来,那是德军载重汽车的轮子开始在桥面上滚动了。

"嘿,我说,大傻帽,你在干什么呢?"

拉乌尔·兰德拉德来到了跟前,咧嘴笑着,在他的身边趴下。

拉乌尔的突然来到让加布里埃尔心中一阵震动,他赶紧双手扶定了机枪,一梭子连发立即射出,两个人瞧了一眼枪管,就仿佛它刚刚告诉了他们某件令人震惊的事。

"真他娘该死的上帝啊!"拉乌尔说,心中一阵欣快。

加布里埃尔刚刚才弄明白,必须扣两下扳机,才能射出连发。他瞄准了大桥。拉乌尔站了起来,给他拉过来满满的一箱子子弹匣,在一边给他打下手,在他射击的同时,把子弹匣一个接一个地滑入进弹槽,而加布里埃尔则一边大声吼叫着,一边把一梭梭枪弹射出去,浇灌到整个地带。

说实话,射击的精确性实在是差得远呢。一颗颗子弹盲目地落到树干上、灌木丛中,其中的少数,还落到了水中,大多数都落到了泥土中,距离目标还差好几十米远呢。

加布里埃尔意识到了误差,尝试着矫正他的弹道线,但总是不准,不是过高,就是过低,从来就没有打准过。

"哈哈哈!快点儿!"拉乌尔高叫道,笑得简直就合不拢嘴来,"给这帮子笨蛋来一个大巴掌!"

兴许,神明的身上当真具有某些爱开玩笑、不加思考的本性,而这部分天性一下子就被加布里埃尔的行为和拉乌尔的笑声给逗乐了,因为,第一辆德军坦克刚刚驶上特雷基耶尔河上的这座桥,加布里埃尔的机枪子弹就击中了绑在桥墩上的炸药包,炸药一下子就爆炸了。

大桥坍塌了,把坦克带入了河流中。

加布里埃尔和拉乌尔惊得目瞪口呆。

　　桥梁的垮塌创造出了另一侧河岸上的好一通骚乱。人们听到了德语的命令声，坦克纵队停止不动了。加布里埃尔瘫在了那里，冲着天使微笑。拉乌尔捅了他一肘子，让他清醒过来。

　　"我们现在大概不能在此地久留了……"

　　一瞬间，两个人都站了起来，开始向森林中飞奔而去，一路上爆发出欢快的叫声。

13

露易丝从学校回来后,就跟往常那样感到一种萎靡不振,当她焦虑不安地拍打着自己的肚子,当她计算着自己的月经周期却发现什么都没有发生时,她就再也没有精力起床了,只得在下午时分打电话叫了皮普洛大夫,他过来给她拔了火罐,并开了一纸病假条。

星期六就这样过去了。然后是星期日。她感觉自己身子很重,很空。两次空袭警报,她一直都不为所动。"我可能真想死掉算了。"她对自己这么说,却又并不真正相信自己的想法。汽笛在巴黎上空呜呜地鸣响,她却赖在床上,穿着一件永不离身的根本不成形的套头衫。

星期一,她有课,但是她实在太累了。她本来应该去一趟皮普洛大夫那里,或者请他过来一趟,但是,一想到还要穿上衣服,穿过马路,跑去电话亭打电话,就让她感到吃不消了。

上午早些时候,她立在窗户前,一边瞧着房屋的院子,一边喝着温吞吞的咖啡,大门的门铃响了。她没有丝毫犹豫,就过去开了门,一点儿都不惊讶地发现,来者正是双手插在衣兜里的儒勒先生。

这一次,他不再是衣冠楚楚的盛装打扮——"若是为了它给我带来的成功,那就谢谢啦"——而只穿着他平时在餐馆后厨中忙活时的那条长裤,趿拉着他的那双方格莫列顿呢便鞋。

露易丝停留在门槛上。十来米的距离把他们分隔开。

她倚在门框上，两只手端着她的咖啡碗。儒勒先生想说话，但又改变了主意，刚要张开的嘴又闭上了。这个短头发的年轻女子，一脸严肃的神态，一道忧伤的目光，真的有一种令人暗暗称奇的美。

"我来这里，为的是空袭警报！"他终于开口说。

他说话时带着那种懒得重复的人的易怒口吻。露易丝点了点头，喝了一口咖啡。距离迫使儒勒先生大声地说话，而对于一个气短的男人，这样是很不舒适的。

"平时里，你爱怎么样就怎么样好了，露易丝，但是，每当有空袭警报时，你得跟其他人一样，你得去防空洞！"

若是在纸面上时，这句子似乎是独断专横的，但是，当它开始以他要采用的毋庸置疑的语气说出来，好来解释法国高射炮部队的英勇事迹时，它可就自行萎缩在了半途，最终变成了一种喃喃自语，一种恳请，一种祈求。

如若不是那么疲劳的话，露易丝本来是会以微微一笑作为回应的。毕竟是空袭警报嘛。没能被命名为消防队员恐怕是儒勒先生生活中的一大悲剧。他除了他的那家餐馆，还在离两个门牌号远的地方拥有一栋小楼房。而且，他还很慷慨地把楼房的地窖提供给了街区，改造成了一个防空洞，而作为某种交换，他认定，消防队员的角色会"自然而然地"落到他的头上。可惜啊，经过一段充满悬念与冲突的剧情之后，最后是德·弗罗贝尔威尔先生，按照儒勒先生不无轻蔑的说法，"一个半吊子军人"，得到了区政府的指派。从此，这两个男人之间就展开了一场充满了反复曲折的暗中较量。露易丝当然明白，要说她的缺席减弱了餐馆老板这一阵营的力量，那也不是他今天登门拜访的理由。

她终于走下了四级台阶，穿过了小花园。

儒勒先生清了清嗓子。

"没有了你，这餐馆，它就不一样啦……"

他强装出一丝微笑来。

"我们都等着你回来呢，你是知道的！他们都跟我打听你的消息呢……"

"他们那些人，都不读报纸的吗？"

"他们根本就不在乎什么报纸不报纸的！这里的所有人全都爱你……"

这番坦白让她低下了脑袋，就如一个孩子犯错时被抓了个现行。露易丝激动得热泪盈眶。

"每当有空袭警报时，还是得下到防空洞里去，露易丝……即便是德·弗罗贝尔威尔那个老笨蛋，也在为你担忧呢。"

露易丝做了一个小小的动作，儒勒先生希望能从中看出一种同意来。

"很好，很好……"

她喝完了她那碗咖啡。儒勒先生发现她有一种"艺术家的范儿"。他就是这样称呼那些给画家当模特的年轻姑娘，一些生性放荡的姑娘，发型乱糟糟，一派嘲讽世界的样子，有一种野性的魅力，一种疯狂的肉欲。这一街区中就有那么一两个，她们就爱站在大街上抽香烟。在这一点上，露易丝跟她们很相像，只因为她那大理石一般的美貌，她那肉嘟嘟的嘴唇，还有那道目光……

"但是，我还没有问你呢……你还好吗，露易丝？"

"为什么呢，我这样子难道不像是很好吗？"

他轻轻拍了拍他的衣兜。

"好的，那么……"

露易丝又上楼回了家。她的时间，都贡献给了什么呢？再晚些时候，她恐怕就再也回想不起来了。留下的，是一个形象，对于任何人都天真无辜，但对她自己残忍得可怕。大下午的时候，她就明白到了，她将一连好几个钟头都待在同一个地方，趴在窗户前，面朝着院子，就跟让娜当年在丈夫去世之后是一样的姿势，一粘到那里就再也不离开了。

露易丝也一样，也将很快变得疯疯癫癫了吗？

她的结局将跟她的母亲一样吗？

她害怕了。

房屋中的气氛让她感到压抑。她烧热了水，梳妆打扮了一番，换上衣服，出了门，从小放荡者餐馆门前走过，连头都没有回一下。发现自己跟让娜竟然奇特地相似，这让她几近于崩溃。

去哪里好呢，她根本就没有目的。

她一直走上了大街，停在了公交车站前，等着。在路边的字纸篓里，有一张报纸，她伸出手去，她边上的女人转过头来看她，只有流浪汉才会做这样的事情。就仿佛丢弃了自己的自尊心似的，露易丝拿起了那张报纸，把它展开。战争正在进展，人们宣称，敌人遭受了惨重的损失，他们的飞机已经被击落了数百架。

在第二版上，她看到了一张照片，照片上的人都彼此紧紧地挤在一起，目光迷惘。"比利时难民大量涌入火车北站，并给我们讲述了他们的逃难经历。"照片的前景中有一个孩子，但看不出是一个男孩还是一个女孩，有点儿难以分辨。

一条小新闻吸引了她的注意力：

巴黎的小学教师接收难民

> 小学教员全国联合工会呼吁
> 其所有成员立即行动起来，
> 协助当局接待可能来自比利时
> 以及边境各省的难民。
> 难民将得到有组织的持续接收
> 地点：第十区水塔堡街3号。

露易丝并没有加入工会。若不是几分钟之前，在她身边的那个女人跟另一个女人之间的谈话被她无意中听到，事情很可能就会朝另一个方向发展了。当时，那女人这样说：

"您敢肯定还有车吗？"

"肯定？根本就没法儿肯定……"另外那个女人犹豫道，"我知道，65路公交车被取消了……"

"42路也一样！"有个人说，"说是为了去帮助转移难民。"

"我对他们这些人没有任何意见，但假如是因为这个调用我们的公共汽车，那，我可是不同意的！我们已经大大地受限制了，今天没有肉，明天又没有糖……这些难民，如果说，连我们自己都还不能得到满足，那他们还想让我们怎么来养活他们呢？"

露易丝继续读她的报。公共汽车来了，她上了车，继续聚精会神地读她的报："飞机飞得离屋顶非常近，它们投下成批成批的炸弹，集中起来准备撤退的孩子们被炸得血肉横飞。"

她把报纸折叠好，瞧了一眼城市。这里有巴黎人，他们或是前去工作，或是下班回家，或者出外采买，这里还有军队的卡车，有一队队的难民，每一队大约三十人，都由童子军陪伴着，还有一些是红十字会的救护车，一些警卫人员还斜挎着枪，在那里……

她很容易就找到了那个地方。就在劳工联合会会堂的面前，那里有很多人，她走了进去。

那里笼罩着一种蜂巢般的热烈气氛，一些人搬着硬纸箱子进来，一些人则出去，所有人都彼此大声招呼着。

露易丝小心翼翼地向前走去，就仿佛生怕会打扰到别人。从大厅的门口起，在巨大的玻璃天棚底下，她发现了一百来个面有倦色的人，都是一家家的，待在长椅子上，有的坐着，有的躺着，那些长椅子都是人们临时放在那里，供他们当作一种睡床来休息的，除了椅子，还有一些桌子，分散摆放着。整个大厅持续地发出一种嗡嗡的声响。在一群群人中间，来回行走着一个女士，她穿着外套，手里拿着一张照片。露易丝只听见她在说，"玛丽艾特，五岁的小女孩……我把她给弄丢了……"她的脸绷得紧紧的。一个人怎么会弄丢自己五岁的女儿的呢？露易丝在心中不解地自问。

"在火车北站。"一个嗓音说。

在她身边，是一个红十字会的女护士，六十来岁的样子，她也一样，瞧着大厅。

"他们人数是那么多，我们不得不把他们引导到地下层，卡车会前去那里接他们。这真的是一派乱糟糟的景象啊，您根本就想象不到……您一松开孩子的手，您只要往一个方向迈出一步，而他往另一方向走出一步，然后您再转身回去，他就不见了，任您再喊破嗓子都没有用，没有人能告诉您他在哪里。"

露易丝瞧着那女子在人丛中继续着她的苦路，手里紧紧地捏着那张照片。她感到热泪正在从她自己的眼眶中涌出。

"请问您是？"女护士问她。

"我是小学教师，我……"

"您得绕大厅转上大半圈，问问组织者，看看他们还缺什么。至于组织部门，在那里……"

她指了指一道打开了的双扉门。露易丝正想跟她再说些什么，但女护士已经走远了。

几只大箱子充当了桌子，几把长椅代替了床，几条毯子胡乱一铺就成了床垫。有人在分发面包、干点心，一些男人和女人匆匆地吃着，女人都疲惫不堪，怀中抱着同样疲倦的孩子，还有小婴儿在哭叫……

露易丝迷失在了这群人中间，不知道该做什么才好。在一个通道中，有人把几根扫帚柄连接在一起，在上面晾起了衣物，主要还是尿布。离那里一米远，一个年轻女子席地而坐，脑袋耷拉在膝盖上，在哭泣。露易丝听到了婴儿的啼哭声，她的耳朵对这些东西总是十分敏感。

"我能够帮您做点儿什么吗？"

那个年轻女子把一张因极其疲倦而变了容的脸抬向她。在她的衣裙中，睡着一个小婴儿，屁股上包了一条围巾。

"他多大了？"露易丝问道。

"四个月。"

她的嗓音低沉，嘶哑。

"他的爸爸呢？"

"他把我们送上了火车，他却不愿意就这样把一切都丢弃了……您明白，我们家里还有奶牛……"

"我能够为您做点儿什么呢？"

"我没有带够尿布……"

她瞧了一眼临时搭起来的晾衣绳，就在她的右边。

"另外，在这里，我也不知道为什么，总是晾不干。"

露易丝轻松了下来。提供尿布，那是她能做到的事情，她一下子就感到了自己有用。

她很坚定地握了握年轻母亲的手，就前往组织者的办公室去了，她得知，儿童的衣服和用品才是最紧缺的东西。

"我们这里断货已经有整整三天了，"她方才遇上的那个女护士告诉她说，"每一天，人们都对我们承诺，但是……"

露易丝瞧了一眼门口。

"假如您能弄到一些的话，"女护士继续道，"那可就是帮了好多人的大忙啦。"

露易丝赶紧转身朝向年轻女子。

"我这就去找你们所需要的。我这就回来。"

她差点儿就再补上一句"等着我"，但这样说就很愚蠢。

她出了门，心里很有底，身上都是力量，她担负着一种使命。

当她来到佩尔斯死胡同时，已经是十八点钟了。她上得楼来，打开了贝尔蒙太太房间的门。

自从母亲去世之后，露易丝的脚就再也没有踏入过这里一步。殡仪馆的人刚把尸体抬走,她就把床单、毯子全都撤掉,还把床头柜上的东西全部清走。然后,她打开了大衣柜,而几分钟之后,那里头就只剩下了一条长裙,一件马甲,一双长筒袜,除此之外,就什么都没有了。此时,贝尔蒙太太才刚刚咽气,还没有下葬呢。第二天,当露易丝出门,前往小放荡者餐馆去时,她看到,放在门口的四大包内衣在夜里就已经不翼而飞了。

房间里冷冰冰的,发出一种闷闷的霉味,她赶紧把窗户打开。

大衣柜里满是麻布的床单被单,都是她母亲细心地叠好了的,堆放得整整齐齐,还有她从来都没有拿出来过的桌布与餐巾。当时,露易丝立即就想到了这些布单,把它们剪开后,就能做成好几十块结结实实的尿布啦。

她都已经忘记了……这些床单被单是多么厚啊!她从中取出五六条来,掂了掂分量,差不多行了,她还可以再拿上一两条。她摸到了一个人造革的大夹子,那是贝尔蒙太太用来存放家中纪念品的,什么明信片、信件等等。这个皮夹子露易丝很久没有看到它了。她把它打开,发现了她父亲的一张照片,她父母婚礼上的照片,还有一些书信,应该是战争期间的信。她把这一切都放到床垫上,把一半的床单被单拿下楼去,然后又带着一个黄麻布的包上楼来,把剩下的另一半全都装进包里,拿下楼去。稍稍犹豫了一阵之后,她一把卷走了小小的照片与信件夹,出得门去,并很神奇地就在胡同口叫住了一辆出租车,直奔劳工联合会会堂而去。

夜幕降临。司机一路痛骂着时运不济,汽油限制供应,等等。露易丝有些疲惫,更愿意打开那个皮夹子,有一搭无一搭地翻阅着其中的内容。

"说到那些难民,"司机说,"真是叫人难以相信!我倒要问问,我们得把他们打发到哪里去才好。"

没错,到处都是人,全都带着行李,大包小包的。当她低下眼睛时,她的目光落在了一些发黄的照片上,还有一些明信片,那上面的图案都是海滨浴场的景象,以及一些乡村的小广场,明信片上的署名是勒内叔叔,他是她父亲的兄弟,是在1917年死的,他写得一手龙飞凤舞的漂亮字。她还看到了她父母的信件,全都写于1914年到1916年间。

"我亲爱的让娜,"她父亲写道,"这里的天冷得可怕,就连葡萄酒也冻上了。"

或者:"我的战友维克托脚上受了伤,但是,医生说,那没事的,他才放下心来。"他签名写的是:"你的阿德里安。"

而贝尔蒙太太,她用"亲爱的阿德里安"来开始她的信,写的都是日常生活的小事:"露易丝在学校里很用功,这里的物价一个劲地往上涨,莱德林格太太生了双胞胎。"她签名:"思念你的人,让娜。"

在露易丝的内心中,对并非她自己故事的那个故事的无意闯入,让她感到有些后悔,但她对自己的隐约责备并没有持续太久,她心中占据主要地位的,是惊讶。她仿佛又看到了她的母亲,俯身在她的窗户前,整天整天地瞧着空无。而突然,露易丝不仅没有找到弄得贝尔蒙太太神经衰弱的失落的爱情的痕迹,反而发现了一些平淡无奇得如同人行道的信件,什么事都没有提到,什么人也没有提到,只是一些散发出平头夫妻气味的普通家信,当家中男的去当兵打仗,女的守候在家里时,夫妻俩就会写的那一类平安之愿、思念之情。

露易丝从出租车的车窗中望出去,瞧着巴黎的街景,若有所思。真的是太惊人了。没有丝毫温柔的滋味,仅仅是一些亲切的东西而已。她实在很难把写出这些没什么太大意思的书信的一对夫妇,跟听闻其丈夫之死便伤感不已的贝尔蒙太太联系到一起去。

露易丝合上了那个文件夹,而正在这一时刻,一张卡片滑落到了车内的地板上。

她停顿了一下。

尽管这张卡片是反面朝上,露易丝还是一下子就读出了卡片上的名称:阿拉贡旅馆,位于康帕涅-普利米艾街。

劳工联合会会堂的大厅空空如也。

下午将尽的那一刻,难民们都被送往了里摩日[1]附近的一个集散中心,大家都明白,谁也不知道它确切在哪里。

露易丝把床单被单放在了地上,没有跟任何人打招呼,就离开了大楼,她叫了一辆出租车,手里拿着旅馆的名片,从她发现这张卡片的那一刻起,它就一直占据着她的心。

出租车驶上了蒙帕纳斯林荫大道。

"请停在那里。"露易丝说。

最后这一段路,她要步行过去。

她又重走了几个星期之前走过的那段路线,只是方向正好相反,那时候,她是赤身裸体,血迹斑斑,彻底昏了头,全然不顾身后汽车的喇叭声,还有行人们惊恐不安的目光……

旅馆前台大厅空荡荡的,没有人。

她一直走到柜台前,那里立着一个专为顾客而设的带有阿拉贡旅馆店招的布告牌。店招上的图案不再是名片上的那个样子,带有笔走龙蛇的线条,像是在写西班牙语,现在的图案更为现代。

这一个是从什么日子开始的呢?

那个老年妇女的到来让她感觉有些措手不及。老太太始终还是那么清瘦,摇摇晃晃,紧绷着脸,一副严肃的样子,她肩上披着纱巾,透过纱巾,能清楚地看出,她穿了一件带珍珠纽扣的黑色长衣裙。她的假发戴得稍稍有些歪。

露易丝艰难地吞咽着口水,听到对方说:

"晚上好,贝尔蒙小姐……"

她投来一道不太善良的目光,她的浑身上下都透着一种怨恨。

她以一个干巴巴的动作,指了指连接着前台的小客厅,补充了一句:

"要谈什么事,我们最好还是坐到那边去……"

---

[1] 里摩日(Limoges)是法国中部的一个城市。

14

大桥刚刚坍塌，加布里埃尔和兰德拉德就开始撒腿奔跑。他们身后枪炮的连发声早已变得越来越密集。他们追上了跑得比较慢的几个战友，又超过了一辆起火燃烧的卡车。四周，几乎所有的树木都被砍掉了顶梢，在齐人高的地方被折断，林间小路上满是一个又一个的弹坑，一眼都望不到头。

他们来到了第55师的兵力曾经部署的那个地方，当初，他们就是被派来增援这里的，而后来，也正是从这里，他们被派到特雷基耶尔河上的那座桥去执行守桥任务。

这里已然不再有一个人影了。

再也没有了那个中校的踪影，而不久前，他还因部队编制不足而大发雷霆呢，也没有了他的参谋部，更没有了那些部队。仅仅几个小时之前，他们还扎营在这里，而眼下，什么都没有了，只剩下几顶倒塌的帐篷，几个破了口子的大货箱，一些被丢弃的背包，一些随风飘散的文件，一些坏了的机关枪，破损的零件都陷入了污泥中。一辆载有一门炮的卡车在燃烧，浓烟直呛人的嗓子，这一片军事荒漠散发出一种弃绝的臭气。

加布里埃尔匆匆扑到原先的通信设备上。两台无线电收发报机早就被毁，剩下的只有已烧成渣渣样的机器壳，与大部队的联络早被切断，唯独这一支小分队还独自留在世界上。加布里埃尔擦了擦脑门，上面湿漉漉的全是汗。

所有人全都转过身去，他们看到了，就在五百米远的地方，最初的一批德国装甲部队正在阿登山脉打开一条通道，伴随而来的有很多履带式车辆。

军事纵队从森林中冲出来，像是一个怪物的嘴脸，它行动慢腾腾的，却充满怒气和杀气，正准备一口吞噬手到擒来的那一切。

这是个信号。所有人都跳进了路边的深沟中，尽可能迅速地翻越沟对面的岩壁，奔跑着钻进灌木林。就在几百米远的地方，他们在一条小路上又碰上了另一支德国人的坦克纵队，只见德国兵正在迅速挺进，一下子就堵住了通道。四面八方，敌兵正在同时涌来。

他们倒退着回来，弯着腰弓着背，距离老远地就蜷缩起来，躲藏在某些矮林中，久久地等待着，坦克纵队没完了地经过，完全无视法国炮兵的炮击，因为法国炮兵缺少一支空中侦察机部队为他们提供精确的炮击目标，只是盲目地往大致地带乱轰一阵，结果炮弹不是打得偏右，就是偏左，再不就是打得过远，整整半个小时里，只有两发炮弹击中了目标。德国坦克纵队根本感觉不到痛苦，他们只损失了三辆坦克，冒着浓烟的坦克残骸立即就被大部队绕了过去。

加布里埃尔本来已经开始点起敌人的车辆数，眼下却又忘了数字。兴许有不止二百辆坦克吧，另外还有一些装甲车，一些摩托车……整整一支入侵的军队，就这样耀武扬威地在他们这一小撮法国兵的眼前走过，而他们，却被击垮了，疲惫不堪，丧失了斗志，被孤零零地丢弃在那里，真是可怕至极。

"我们被出卖了……"有人喃喃道。

加布里埃尔瞧了他一眼。究竟是谁出卖了谁啊，他连一点儿概念都没有，但是，"出卖"这个词，他隐约觉得，真是说到了他的心坎上。

拉乌尔·兰德拉德，点燃了一支香烟，然后，挥了挥手，赶走了一点烟。他唱歌似的，从牙缝里挤出了一句话：

"我们将获得胜利，因为我们是最强大的！"[1]

---

[1] 这本来是保尔·雷诺1939年九月十日广播讲话中的一句。保尔·雷诺（Paul Reynaud，1878—1966）是法国政治家，1938—1940年任财政部长，1940年三月二十二日到六月十六日，任了两个多月的总理兼外交部长。二战初期，他主张法国抵抗纳粹德国。德国入侵后，雷诺宁愿辞职而不愿休战，因而被捕，一直遭拘禁到大战结束。

法国炮兵到底是被歼灭了,还是被俘虏了,谁都说不上来。

突然,法军的炮击就停止了,德国军队便轻松地一路经过,在身后留下一片乱糟糟的景象,森林被扫荡得惨不忍睹,深深的车辙就像躺了死人一般,一个个弹坑全都有一个卡车轮子那么深。

士兵们站立起来,他们的目光从这片荒芜的景象之上掠过,他们觉得自己的心境就跟眼前的景色一样凄惨。

谁都不知道该做什么才好。

车辆和坦克的辙痕清晰地表明,德国军队是朝西而去的。现在,加布里埃尔成了队伍中仅剩的一名士官。

"我建议我们向东走……"他说,其实他心中也没有底。

兰德拉德第一个站了起来,来了一个立正的姿势,他烟卷叼在了嘴角,腰身一弓,以一个大幅度的滑稽的敬礼回答道:

"听从你的命令,我的中士长!"

他们走了一个小时,分享着幸免于战火之难的两壶水,大家都不怎么说话。这种垂头丧气的倒霉样,在头一天是根本不可想象的。简直就是被击倒的拳击手。兰德拉德走在队伍的末尾,抽着烟,像是一个对周遭环境饶有兴趣的闲逛者。

好长一段时间以来,树林之间透出的光亮就在让他们猜测,他们已经终于到达了森林的尽头。于是,他们不由得加快了脚步。他们到底是在什么地方呢,这谁也说不上来,而且,这也没什么太要紧的,反正他们的头脑早就不怎么转了。这些转身回头的士兵显示出一张张充满焦虑的脸,他们感觉自己被人追踪,敌人就紧紧地跟在屁股后头,必须向前向前再向前。逃跑。西边方向,几公里之外,战役正打得激烈呢,炮击的光晕在天空中映照出了一片橘红色的微光。

他们碰上了另外一些被打散了的士兵,这些人到处转悠之后,跟他们会合到了一起。三个步兵，一个炮兵，一个军需部门的家伙，另外还有两个人来自辎重队……他们又怎么会聚集在这个地方的呢，这还真的是一个谜。

"你们是从哪里来的呢？"一个留着一撮金色小胡子的高个子年轻人问道，他就走在加布里埃尔的身边。

"特雷基耶尔河上的桥。"

那士兵撇了撇嘴，表示疑惑，他不知道那河上的桥是怎么一回事，谢天谢地，没有人会对此感兴趣的，这一点，加布里埃尔正是求之不得呢。

"那你呢？"

但是，那个士兵没有听到他的问题。在他的思绪中继续沉浸了好一会儿之后，那个士兵一时间里放慢了脚步，用来强调他的惊诧：

"有一些穿法国军装的德国兵，你意识到了吗？"

加布里埃尔用眼光质疑他。

"就是德国人假装成了法国军官下达的撤退命令！"

他又加快了步子，用带了一种颤音的嗓音说话，好像心中十分激动。

在加布里埃尔看来，这种肯定的说法似乎很不适当，这应该立即就挂在了他的脸上，因为那个年轻士兵紧接着就慷慨激昂地说了起来：

"绝对如此！他们就是一些间谍，但他们跟你我一样满口说的是法语！是他们下达了撤退的命令，所有人居然还都相信了！他们带有司令部的文件，当然，那是一些假文件！"

这时，加布里埃尔才回想起来，当时，的确有一帮乌合之众从阿登森林中钻了出来……

"你看到它们了吗，那些文件？"他问道。

"我没有，但我们的上尉，他看到过！"

但是，那位上尉去哪里了，谁都不知道。

队伍到达了森林的边缘，看到前面不远处有一条小路，小路上突然出现了几个逃难者，也不知道是从哪里冒出来的，他们正推着手推车，紧赶慢赶地走着，时不时地，还被一辆汽车和几个骑自行车的人超越，几个骑车者一边超越,一边还高声喝道:"赶紧的,快点儿!别拖拖拉拉的!"

这一行动松散,步调不一的长长队列,其前进速度可以分为三种,开汽车的消失得比较快,骑自行车的相对要慢一些,而步行者则以一种机械而又缓慢的速度行进,如同走在一支送葬的队伍中。

加布里埃尔正准备走上这条小路,而就在此刻,他的注意力突然被停在路边的一小群人吸引住了,只见三个军人正围着一辆侧翻的摩托车,一张地图就摊在这辆摩托车的车轮上,车子标有第66步兵团的徽号,但人们从来没有看到过这个团的任何士兵。实际上,是两个军官围绕着第三个,而后者正俯身在地图上。加布里埃尔凑近过去,想看看他的军衔。原来是一位将军。这是一个完全纹丝不动的场景,如同某种风俗画。三位军人一动不动,像是三支蜡烛。最动人的,是将军的侧影,他惊愕的、迷惘的神色,是一个被彻底陌异的景象所惊呆的人。加布里埃尔瞧了瞧自己的周围,最终毫不费力地就把这位将军的形象跟那一队士兵的形象配上了一个绝妙的对子,眼前的这个将军,正费劲地寻找一种办法,要解决一个疑难重重的棘手问题,而周围的这队士兵,却衣衫褴褛,混乱不堪,开始随着大流撤退,随同着那些农民、那些大车、那些牛……

根据声音来判断,他们身后的战役似乎正在朝西面渐渐远去。加布里埃尔被这位将军查看地图的忧伤景象耽误了一小会儿,不得不加快步伐赶回去,以免跟他自己的队伍相脱节,但是,实际上,说到队伍,它早已不再有了,它被扯长在了路上,它被溶解了。

兰德拉德的突然出现令他十分惊诧,这老兄就像一个魔鬼一样,从他的盒子中猛地钻了出来,笑吟吟地面对着周遭的一派混乱。

"真他妈的乱,哼!快到这里来!"

兰德拉德拉住他的衣袖,一直把他拉到一辆汽车跟前,这是一辆浅黄色的诺瓦卡特轿车,正停在路沟边上,车罩打开着。

"我找来了人!"兰德拉德得意扬扬地说,指了指加布里埃尔。

开车的,一个褐色头发的男子,肩膀很宽,正等在那里,身边陪伴着一

个年轻的女子,肯定是他的妻子。他朝加布里埃尔伸出手来,说:

"我叫菲利普。"

年轻女郎个子很矮,褐色的头发,很谦逊的样子,相当漂亮。难道是因为这个,拉乌尔才肯帮的他们?男子露出了笑容,认可了别人带给他的帮助。

"他们车子的发动机出了一点故障,"拉乌尔对加布里埃尔说,"我们来帮他们推一下车子。"

不等人回答,他又补充道:

"我到方向盘前去。你,你去旁边推,他们去后面推。都快点儿,干活儿吧!"

他俯身朝向加布里埃尔,很开心地喃喃低语道:"这是一些外国阔佬。"说着,他就打开了车门,一把抓住了方向盘。车上装满了硬纸箱和旅行箱。

"都加把劲儿啊!"他高喊道。

加布里埃尔也跟着抓住了副驾驶座边上的车身,然后回过头来瞧。只见那对年轻的夫妇留在车后,双手搭在车壳上,面目狰狞地推着车子,车子慢慢地从路沟边动了起来。

这时候,他们被一辆快速行驶的汽车超了过去,加布里埃尔认了出来,车子中坐着的那个将军,就是刚才他看到在路边琢磨作战地图的那一位。

稍稍更远一点,公路稍稍有些侧斜,是缓缓的下坡,车子不知不觉地加了速,发动机抽抽搭搭地响了几下,加布里埃尔加倍地使劲推,然后,一下子,在一记类似号啕大哭一般的声响中,车子就发动起来了。

"跳上来!"兰德拉德突然冲他喊道。

前面的车门是打开的,加布里埃尔连想都没想,一抬脚就登上了踏脚板,然后一屁股就坐到了兰德拉德边上,兰德拉德猛地就是一加速。

"你在干什么啊?"他转过身来嚷嚷道。

兰德拉德拼命地按着喇叭,逼迫那些大车给他让道。加布里埃尔看到,在他们后面，远远地，那一对年轻夫妇眼睁睁地瞧着自己的车子就这样逃跑了。男人挥舞着手臂，加布里埃尔由此感觉到一种可怕的难堪，但是，他的怒气要胜过他的难堪，他一把抓住兰德拉德的胳膊肘，想迫使他停下来。回答加布里埃尔的，却是结结实实的一拳，正打在他的嘴角上，他的脑袋也狠狠地撞到了车子的立框上，他立即就用手捂住了脸腮。

他昏昏迷迷的，根本无法控制自己的头脑，他想跳下车去，但身子沉沉的，已经太晚了，逃难者的队列在这一段路上已经变得稀稀朗朗了，汽车开到了时速五十公里。

兰德拉德开始吹起了口哨。

加布里埃尔在身边翻找着，想寻找什么东西止住从下巴上一直流到脖子上的血。

15

"我们很骄傲地向你们证实,面对德军在默兹河前线进攻战中所施行的前所未有的暴力,英勇无比的法兰西军队给予了一种勇敢的阻击。而且是胜利的阻击!到处,法国军队以及盟军的反击,在德军队伍中播撒下了混乱与怀疑的种子。"

从他最初的那些新闻发布会起,戴西雷就把指责的矛头对准了那些怀疑论者,那些动摇派,那些死活不肯相信公开消息的死硬派。正是对准了他们,他才在一些关键阶段把身体转了过来,把脸扭转过来,正是冲着他们,他的目光才透过厚厚的眼镜片,发出最具有爱国情调的光。

"德国人发动了猖狂的进攻,但是法国的统帅部门成功地设置了坚固的屏障,它将有效地抵抗住侵略者的进犯。无论在哪一点上,敌人都始终没能打破我们最基本的防线。"

听众中传来一阵嘻哈喧哗之声。戴西雷·米戈毋庸置辩的肯定让所有人的心里感觉很舒服。

"请告诉我,米戈先生……"

他假装寻找发问者在哪里,啊,那里,在右边:"请问,您想说什么呢?"

"德国人应该从比利时那边进攻,但是,他们同样也正在从默兹河这边进攻……"

戴西雷严肃地点点头，表示同意。

"确实。德国的军事战略家曾经想象，我们的军队会被他们在东线上的一种佯攻弄得迷失方向，对于这套天真的把戏，我们总参谋部的英明决策者是看得一清二楚的。"

这样的表达套式在会场上激起了很有节制的几记小小的笑声。

正当那位记者准备继续他的问话时，戴西雷笔直地举起一根食指，打断了他的冲动。

"质疑当然是应该的。只要这些问题不至于在法国人中间引起不信任甚至是怀疑就好，在关键性战役的时刻，这种不信任和怀疑就是反民族的，反爱国主义的情绪。"

于是，记者默默吞下了他要提的问题。

戴西雷总是会以一种总结概括性的简短台词，来结束他的新闻发布会，其中的每一句话，都是为了——假如有此需要的话——巩固人们对法兰西军队的信任，并由此，拐弯抹角地，肯定一番部里发布的政府公报。

"我们的统帅，福煦[1]和凯勒曼[2]的后继者，具有堪与前辈比肩的才华与神经，我们的空军拥有一种无人能超越的价值，我们的战车远比德国的坦克要高级得多，我们的步兵有着一种举世无双的勇敢……有那么多无可争辩的因素确保了我们的这一光荣：斗争将继续下去，直到法兰西的最终胜利。"

可惜的是，现实却老是要跟法国军队的热切渴望作对，要跟戴西雷的大肆许诺过不去。

仿佛就跟战争在北部和东部地区逐步升级的惨烈程度一样，前线的消息

---

[1] 费迪南·福煦（Ferdinand Foch，1851—1929），法国军队统帅。第一次世界大战中曾率部队协助霞飞将军赢得马恩河战役胜利。后任法军总参谋长，战争后期任协约国联军总司令。1918年七月至八月间指挥协约国军发动攻势，给德军以沉重打击。八月六日获元帅军衔。同年十一月十一日代表协约国与德国代表在巴黎远郊的贡比涅森林的火车上（史称"福煦车厢"）签订停战协定。

[2] 弗朗索瓦·克里斯托夫·凯勒曼（François Christophe Kellermann，1735—1820），法国军队统帅，拿破仑时期的法军元帅。

越是令人焦虑，戴西雷大言不惭的肯定就越是不容置疑。

一天早上，他问副主任是不是认为他们这个部就是影响法国人士气的最有效的喉舌。

副主任的身子在扶手椅中往后缩了缩。他晃了晃食指："请继续说。"

"尽管确切无误，这些公报毕竟还是一种'官方话语'，因而，它们在公众的心中就永远提醒着某种疑惑。假如，我敢说……"

"当然敢说啦，我的老兄，有什么不敢的，你就痛痛快快地说吧！"

"那么，我就会说，从直觉上来说，人们相信一条官方消息，往往还不如更愿意相信一条……一条从酒吧中听来的传闻呢。"

"您是想在酒吧中召开您的新闻发布会吗？"

戴西雷发出一记干涩而又神经质的小小笑声，而副主任则把它看作了某种高级精灵。

"当然不是的啦，先生！我想到了无线电广播。"

"这也太庸常了吧！"副主任立即就嚷嚷起来，"我们总不至于降低到……斯图加特广播电台[1]的水平上吧！降低到那个叛徒卖国贼菲尔多奈[2]的水平上吧！"

人们从来不叫保尔·菲尔多奈的全名，而只把他唤作"卖国贼菲尔多奈"。作为斯图加特广播电台的组织者和大人物，作为德国人的帮凶，他在三月份就被巴黎的第三军事法庭缺席判处了死刑，他为打击法国人的士气而拼命兜售的那些假消息——他甚至还唆使他们放下武器——也被视作明显的

---

[1] 斯图加特广播电台（Radio-Stuttgart），当时是纳粹德国的一家电台，其法语广播旨在向法国听众宣传纳粹主义思想，并使法国军队（尤其是驻扎在马其诺防线的法军官兵）士气低落，其特色之一就是广播虚假的"法国士兵采访节目"。
[2] 菲尔多奈（Paul Ferdonnet, 1901—1945），法国记者，极右派。很早就出于个人职业原因逃亡德国，后为第三帝国的宣传工作服务。他在第二次世界大战初期进入纳粹德国的斯图加特广播电台工作，担任法语翻译。在1939年至1940年期间，他一度以"斯图加特的叛徒"之名而成为"著名间谍"，是所谓"第五纵队"的象征。战后被法国判处死刑，枪决。

卖国行为。这家伙不仅背信弃义，而且阴险毒辣，他的某些口号也确实是一针见血，一枪中的："英国提供了武器，而法国提供了胸膛""枪炮永远都打不到将军们的办公桌""当你们被动员去前线打仗时，那些留在工厂中的特殊服役者却在跟你们的老婆睡觉"……戴西雷觉得这些话很有效果，他想到，这里头确实有些值得思考的东西，兴许还有些经验可以挖掘，有些榜样可以借鉴。

"我倒是问过自己，一个每日专栏的节目会带来什么样的影响，在一个小时的高峰收听时段里，一个公务员，打着匿名者的旗号，能够说出……行政方面无法说的那一切。"

戴西雷发挥了这样一个想法，照他看来，什么都比不上一种非官方的话语更为可信，而法国人总是倾向于相信一个权威人物对他们所说的话，只要此人说话时披着别样的外衣。

"法国人跟他们的无线电收音机维持了一种亲密的、几近于肉体上的关系。他们会从心底里觉得，广播员就是在跟他说话，而且仅仅是在跟他一个人说。要想维护人们对国家的信任，就再也没有比广播电台更合适的东西了。"

副主任的脸上露出一副不太相信的神态，但是，这种表情，在他身上，却是用来掩饰心中的热情的。

"我们应该让斯图加特电台好好看一看，"戴西雷继续道，"我们也一样，我们了解我们的敌人，我们甚至还非常了解他们！"

就这样，在巴黎广播电台覆盖了整个法兰西领土的波段上，诞生了《杜邦先生的专栏节目》，它一开始就是一段引子，永远是同一段，以匿名的口吻宣称说，有一个法国行政系统中的卓越成员，因为身居高位而消息极其灵通，他将在节目中回答听众通过信件发来的问题。

"双重的获益！"戴西雷确保道，"听众会从心中觉得，人们感兴趣的正是他的问题，人们会判定他相当成熟，能够分享一些战略信息。"

"各位听众，晚上好。居住在土伦的S.先生（戴西雷坚持要明确听众的地理位置，因为在他看来，'仅是这一点就让问题扎根在了一种拓扑学的真实性之中'，对这一表达法，他的上司认为十分精彩）问我，'出于什么理由，德国在长达一年时间的静止不动之后，突然决定发动进攻'。（在这里，戴西雷插入了一段很短的音乐，用来强调问题的质量，并增强答复的重要性。）那么，我会说：德国别无他择。这是一个在经济上和道德上濒于毁灭的国家，在那里，一切全都短缺，在那里，人们在几乎空空如也的商店门前排起了长队。为了避免爆发一次革命，希特勒迫不得已发动了进攻，创造了一种牵制，以求阻挡德国人民面对纳粹主义而产生深刻的不满。我们必须意识到，今天，这是一个什么样的国家，我要说，这是一个贫血的民族，物资紧缺，意志失落。德军的进攻不是什么别的，只是纳粹政权的一种绝望行为，企图重新给予德国一种前景，一种希望。为的是赢得时间。"

戴西雷并没有弄错。从节目的第一次播出起，巴黎电台就收到了几百封听众来信，对那位杜邦先生提出了各种各样的问题。这一专栏节目是一次毋庸置疑的成功，副主任很高兴能在高层把它作为一个个人的创举来介绍。

"各位听众，晚上好。居住在科隆布的一位女听众B.夫人请我明确一下，我在此节目中说过的话，'在德国，一切全都短缺'，究竟是什么意思。"——音乐声起——"我们拥有千万个例子，能说明人们在德国究竟短缺什么。比如说，煤炭的紧缺，这一点就能明显地感受到。人们看到一些母亲带着孩子去墓地，为的是让孩子们能在焚尸炉前稍稍暖和一下手。由于毛皮衣服都作为军用物资专为军队所留，女人们只得穿上用鱼皮制成的皮衣，以求能够稍稍抵御一下寒冷。说到饮食，女人们再也买不到土豆了，土豆成了军需品，她们也见不到黄油，因为黄油全都用来擦拭武器了。一年多以来，没有一家的灶锅里见过一粒米、一滴奶，每星期只有一天，人们才能吃上一块面包。显然，在那些最虚弱的人身上，这些短缺造成了最严重的损害。营养不良的年轻母亲生下瘦弱的婴儿。百分之六十以上的德国儿童都是佝偻病患者。食品的紧缩定量供应，无疑解释了结核病的可怕传播何以威胁到了全德国各地。数百万的德国小学生每天都脏兮兮地前去学校，因为缺少肥皂，他们根本无法洗干净脸和手。"

随着专栏节目的一天天播出，戴西雷也让一些关于法国人自己的信息点点滴滴地穿成珍珠，目的就是让他们放下心来。

"有一种说法是完全错误的，"一天晚上他在节目中这样解释说，"说是法国人缺咖啡喝。咖啡并不缺乏，既然人们能找到它。但是，法国人太喜欢咖啡了，他们永远都不会有个够的。所以，既然他们不能总是找到他们希望的所有咖啡，人们也就感到了一种短缺（显然，这种感觉是虚假的）。"

戴西雷·米戈的逻辑推论引来了大陆饭店中一多半人的赞赏，也在另一半人那里加剧了哑默的敌意和莫名的嫉妒。在走廊中，人们频频嘲笑，尤其因为在高层，人们宣称对法国人在信息领域中的这一猛烈的阻击战颇为满意，毕竟，在这一方面，德国人长年以来始终显现出特别有效和充满危险。

德·瓦朗蓬先生充当了暗中反戴西雷活动的领头人。这是一个各方面都长度超群的男人，两腿很长，句子也很长，就连思维也有相当的长度，也正是这一点救了他的命。当抓住了一个想法时，他就死死地咬住不松口，并以一种超人的信念，一种几近于动物般的固执，来耕种这片田地。正是他当初狡猾地想把土著劳动力处的秘书童先生推荐给戴西雷做手下，不过没能成功。他不无惊讶地发现，在米戈来到大陆饭店之前，根本就没有任何人曾听说过有他这么一个人。

听闻此言，副主任顿时睁大了眼睛。

"因为，法兰西远东学院的院长柯艾戴斯先生的推荐，对您来说等于零！"

德·瓦朗蓬先生随即改变航向，围绕着各部门转了一圈。结果，他证实，除了这里谁都没有见过面的那位柯艾戴斯先生，任何人都从来没有跟戴西雷·米戈打过交道，或近或远的任何交道都没有过。

"请告诉我，年轻人……"

戴西雷转过身来，并用一个很匆忙的动作，往上推了推鼻梁上的眼镜。

"请问先生有何贵干？"

"请问，在大陆饭店之前，在河内之前，您是在哪里呢？"

"在土耳其，先生，基本是在伊兹密尔。"

"那么……您是不是认识一个叫博尔特芬的人？"

戴西雷眯缝起了眼睛，他寻思着……

"总之，叫博尔特芬！"德·瓦朗蓬重复道，"他在土耳其可是个举足轻重的人物啊！"

"这个名字我不熟悉……他到底是做什么的？"

德·瓦朗蓬先生做了一个表示恼火的动作，"算了算了。"他又转身过来，回头大步走上了走廊。他的陷阱并没有奏效，然而，就像他每次要抹掉一次失败那样，他会从中汲取新的力量。他将会继续他的调查。

至于戴西雷这边，他又重新上了路。他完全了解这一股小小的风，它总是会出现在重大披露时刻之前的，他这一生中，这样的事情见得多了去了，现在该是考虑一种战略退却的时候了。

生平中的第一次，离开一个角色还真的要让他费点劲儿呢。实在是过早了一点儿。他十分赞赏自己把这场战争变成了这副样子。真是遗憾呢！

16

旅店老板娘叉起了两手放在膝盖上,嘴一噘,脸一沉,一副懊恼的样子。她那双灰色的眼睛盯住了露易丝,就像一只露出凶兆的鸟儿似的。而露易丝,很害怕她将听到的话,也不知道对方会从哪里说起。她们俩全都封闭在了各自的沉默中,年轻女郎低着脑袋瞧着地毯上的图案,而女店主呢,则盯住了她的猎物,一脸挑战的神气……

露易丝终于努力缓和了一下她的手劲,松了松压在她手包带子上的手指头,并使劲控制住嗓门,嗓音颤巍巍地说了一句:

"夫人……"

"我姓特隆贝尔,叫阿德里安娜。"

这话说得像是刮过来一记耳光。对话的开始方式其实并不重要,不管是从这件事,还是从那件事,全都不要紧。老板娘正巴不得有人先开口呢,她急忙说:

"您,因为您觉得这样的行为还是做得出来的吧,来别人家这儿自杀一把?"

换作您,又该怎么回答这个问题呢?露易丝仿佛又看到了那个房间,老男人的尸体……她并没有从这一角度考虑过这件事,她感觉自己有罪。

"因为最终就是如此!"老板娘继续道,"在这里,他难道没有得到好好的招待吗,这个大夫?跟他的小女人?他难道不能到别的地方去干这个吗？难道一个当母亲的对他还不够，他还要那个女儿吗？"

露易丝感到胃里一阵难受，使劲抑制住，才没有哇地一口吐出来。

老板娘咬紧了嘴唇。她其实早就忍不住了，这可是她从一开始就渴望的话，好几天以来，她就已经在心里头重复上了许多遍，而它，在她的接待过程中，似乎就算得上最理想的套式，最完满的表达，足以用来表示她的怨恨，但是，真正听到从自己口中这样高声大嗓地说出来，她还是觉得总归有些异样。

现在，轮到她低头看地毯的图案了，她有些遗憾，她并没有什么坏心眼，只是有些愤怒而已。

"这都是因为，所有那些手段……"

她再也做不到直面地正视露易丝，一时间里，她便神经质地转动起指头上的戒指来，左转转，右转转。

"您想象一下……连警察都来啦！"

她重又抬起头来。

"我们从来就没出过什么问题！我这里，开的是一家正正经经的旅馆，不是一家……"

那个词悬停在了她的嘴边，没有说出口来。但是，总算是让人听明白了，这是一件"妓院"的事，一桩婊子的事。

"那个……事故之后，顾客们就威胁着要离开，小姐啊！他们再也不愿意住在这里了，那都是一些常客，在这里住了好几年的老客……"

她可是被发生在她店里的这一事件的后果给毁了，她的店算是完了，顾客没有了，生意也泡汤了。

"当然啦，这之后，没有一个姑娘敢进到那个房间里头，去打扫清洁，您明白吗？都是我自己亲自来……"

露易丝一直如在五里雾中，"母亲和女儿"这一说法让她困惑不已，她深深地沉浸在其中，根本无法脱出身来。她当然明白这事情应该跟她有关，不管怎么说，她的做法让人看来毕竟有些像是娼妓，但是她母亲……

"那血，流得到处都是啊，一直流到了楼梯上。那个气味哟……在我这个年龄，您觉得这个正常吗？"

"我准备好了要付……"

露易丝有些积蓄，她本来应该想到的，带些钱过来……这个提议让人欣慰，这一点马上就看出来了。

"您能这样真是好呀，但是，在这一点上，他们做得很到位，我是说，大夫的家庭。他们派了某个人过来，一个公证人，或是某个类似的角色，他们没有讨价还价，他们结清了损失赔偿。"

这事情在转好，人们已经谈到了金钱，提到了顾客们的困难，她说出了在心中转悠了差不多整整一个月的那个句子，然而，即便这一表达法并没有产生跟她内心深处同样的效果，她也由此轻松了下来，她叹了一口气。

第一次，她认真地瞧了露易丝一眼，当然不是把她看作曾给她带来很多麻烦的天仙般的尤物，但对方还算得上是真正的年轻女郎，茫然而又焦躁地坐在对面的扶手椅中。

"您跟您的母亲真的很像……她现在怎么样呢？"

"她死了。"

"哦……"

年份的计数器在露易丝的脑子飞快地转动着。那大夫会是她的父亲吗？

"我的母亲，您跟她认识……是在什么时候？"

旅馆老板娘抿起了嘴唇。

"我想想……1905年吧。是的，没错，就在1905年年初。"

露易丝生于1909年。

威胁着要强加于她的那一切，让她有些喘不过气来。想象她自己曾赤裸裸地面对着……真的是不可能啊。

"您敢肯定，是我母亲她……？"

"啊，这个，我的小人儿，没有丝毫可怀疑的。真的是您的母亲让娜，您不相信吗？"

露易丝感到喉咙一阵阵地发紧。她母亲经常光顾各家旅馆，这实在令她难以想象。做她的客户吗？十七岁的时候？仿佛她自己就成了被告本人，露易丝不由得发起了进攻：

"她还是未成年人呢……"

旅馆老板娘突然变得很开心，拍了拍她的手。

"这恰恰就是我对我那可——怜——的——灵——魂——安——息——的——丈——夫说的，我对他说：'勒内，我们的店，那可不是接待一对对男女的地方，像这样，按一天一天来计算！为什么不按钟点来计算呢，趁着你还在！'但是他，您明白的，他跟大夫是发小，他们是一起上的学，他坚持，一再坚持，这就算是一个例外吧，我就说，那好吧，你又能怎么办，当人们结了婚，那就该搞出一些怀孕来……"

这可没有让露易丝笑出来。

"此外，"旅店老板娘继续道，"一切发生得很得体，我也不可能接受别的样子！他们每个星期要来一到两次，常常是两次。他们往往会在中午之前到，大夫付房费，他们待到下午不久就走。很得体，没什么可说的。您的母亲总是要多待一会儿，她很敏感的。"

要想逃避真相是没有用的，露易丝急忙又问：

"他们来这里前后有多长时间？"

"一年，我想大概是……对，直到1906年，快年底的时候，我记得，正好赶上我丈夫的表兄弟结婚，亲戚朋友的都来了，所有人都来自外省，我们这里都没有空余的房间了。我心里暗忖，假如他们也赶在这个星期来，那他们就倒霉了，他们只有去别的地方找房间了。也巧了，他们还真的没有过来。而且，从此之后，我们就没有再见过他们。"

他们是不是换了约会的旅馆呢？老板娘似乎明白了这个问题。

"他们不再见面了。大夫对我丈夫说过这话。按照我当时的理解，这给他，给大夫带来了难堪。"

这话让她轻松下来。他们的关系停止在了她出生的三年前。她不是大夫的女儿。

"正是因为这样,当他们再次回来的时候,我才没有大惊小怪。那是在1912年。"

露易丝脸色变得煞白。那一年,她母亲已经结婚五年了。

"您想要一杯茶吗?或者咖啡?哦不,对不起,我想我这里只有茶了,咖啡也实在太难……"

露易丝打断了他:

"您是说,1912年?"

"是的。他们又回来了,如同以前那样,但比早先更频繁了。大夫呢,一如既往地得体,他总是会给打扫房间的清洁女工留下一点小费,而您母亲,也并非放荡淫乱之辈,我这么说,您尽可以放心。我们感觉,这是一个……浪漫的故事,假如可以这样说的话。"

露易丝那时候三岁了,那是另一回事。那已经不再是一种年轻人的激情了,而是一种私通。

"说来,我还是想要一杯茶。"

"费尔南妲!"

这很像是一记动物的叫声,孔雀叫,或者什么禽鸟的叫声。话音未落,从里面走出来一个相当壮实的年轻女子,系着围裙,脸色阴沉沉的。

"夫人有什么吩咐?"

旅馆老板娘立即吩咐下去,说完还补了一声"我的小费尔南妲",就如同她在顾客面前总是会说的那样。

露易丝试图捋清自己的思绪。

"这么看来,您母亲什么都没有跟您说吗?"

露易丝犹豫了一下。回答她,就等于把一块石头扔向空中,无论旅馆老板娘是开放还是封闭,那都是一种挑战,她豁了出去:

"没有。我只是想弄明白……"

错路一条,旅馆老板娘刚刚又把自己封闭了起来,她瞧着自己的手指甲。

"我母亲临死的时候,躺在床上对我说:'我要把一切都告诉你,我希望你能明白……'但是,她根本就没有时间说了,她就那样死去了。"

靠了这一篇谎话,露易丝刚刚重新追回了一点点不利。旅馆老板娘又张开了嘴。这样的一个故事,讲述临死的女人是如何渴望把自己的激情秘密偷偷地告诉自己的女儿,这让她弥补了她最严重的那些缺憾,因为她嫁给了一个无能的退役宪兵,她从来没有勇气去找情人,而且,因为没有一只充满同情心的耳朵,她也从来没有把它讲给任何人听过。

"我可怜的小人儿。"她说着,深深地为她自己而哀叹。

露易丝难为情地低下了眼睛,但并没有迷失方向:

"您是说,他们在1912年又回来了,是不是?"

"又是整整两年。之后,战争来了,人们就去想别的事情,而不是男男女女的风流韵事了。这是个怎样的时代啊……"

茶来了,温吞吞的,平淡无味。

"拉响空袭警报的那一天,当您来到我这里时,我瞧着您,我对自己说,真是令人难以相信啊,她跟那个小让娜长得有多像哪,这是多么奇怪的偶遇啊(我就是这样称呼她的,'小让娜',由于她的年龄,这您是明白的)。两天之后,当我看到大夫过来时,我就对自己说,哦啦啦,岩石底下真有针[1]。他可真的是老多了……几乎都快认不出来了。想当年,他可真的是一个美男子哟,我可以这样告诉您,但是事情就是这样的,我那可——怜——的——灵——魂——安——息——的——丈——夫,他当年也是一个漂亮小伙子,但是到最后,他什么全都变成了双份,下巴、肚子、大腿,总之,就那样……我说到哪里啦?哦对了,大夫来了,他要311房间,就像以前那样,他把钱放到柜台上,我当时是那么震惊,我给他钥匙的时候,竟然没说一句话。'有人会来找我的。'他就这么说了一句。我立马就想到了小

---

[1] 这里有文字游戏。"岩石底下真有针"的法语原文为"il y a aiguille sous roche"。法语中本来有谚语曰"il y a anguille sous roche"(直译为"岩石底下有鳝鱼"),意思是"有东西隐藏在我们的眼皮底下""事情不在明处""事出有因""有一种阴谋在酝酿"等等。

让娜。但是，当我看到您过来的时候，我就对自己说，我的天啊，这难道有可能吗，显然不可能啊，这不应该是她呀，但是，她跟二十五年前确确实实就是同一个人啊，我的直接反应就是：母亲之后，现在则是女儿。"

旅馆老板娘喝着她那味道很糟糕的茶，小手指头冲天跷着，从茶杯的上方瞧着露易丝。她毕竟把她的句子按部就班地又放了一遍。她很高兴。

露易丝重读了战争时期的那些明信片。现在，一切都获得了一种新鲜生动的立体感。新鲜的，同时又是忧伤的。贝尔蒙太太跟梯里翁大夫经历过一段充满激情的爱情历程。她到底有没有爱过她丈夫呢？兴许，阿德里安本人也没有真的爱过她呢，这倒要好好地看一看了，可他们俩的信件透出的是一种如此的平庸。

露易丝受到了伤害，因为她是一段平淡无奇的、拘于常理的庸俗故事的结果，但同时也因为，她从来就没有想象过她母亲还会有恋情，这似乎让她觉得很不体面。就仿佛，那是两个根本不相干的女人。现在她猜测到了，贝尔蒙太太的抑郁症底下掩藏的是一片怎样的大陆。一个谜团留了下来。然而，她刚刚了解到的事并不能解释医生在二十五年之后的行为，他竟然会在他老情人的女儿面前自杀。更何况……

露易丝凝滞不动了，深深地吸了一口气。有没有可能……

她放下了明信片，穿上了外套，离开了家，迈着一种坚定的步子，走进了小放荡者餐馆。但是，她并没有直接走向儒勒先生正在擦酒杯的酒吧，她转向了左边，坐在了大夫经常坐的那张桌子前。

从那个位置，透过玻璃窗，能看见露易丝家的墙面。

让娜·贝尔蒙的家。

儒勒先生叹了一口气，用湿抹布擦了一下锌皮柜台面，十六点了，餐厅中没有人，他有的是闲工夫。

露易丝，坐在那里，紧缩在她的外套中，一动不动。儒勒先生一直走到门口,把门打开,瞥了一眼外边,仿佛突然很好奇地要看一看街上、邻居,觉得这一切很值得观察一番,然后,他又关上了门,把那个告示牌上写有"营业"的一面翻过去,翻到写有"关门"的另一面,接着,他拖着步子,走过来,坐到了露易丝的对面。

"好吧……我们该来谈一谈了,这就是你想要的吧?"

露易丝没有回答。儒勒先生东瞧瞧,西瞧瞧,空荡荡的餐厅、柜台……

"你要来问我……好的,你要来问我什么呢?"

她本想给他一巴掌的。

"从一开始,您就全都知道,而您从来就没有对我说过……"

"我全都知道,我全都知道……我只知道一两件事,不会再多了,露易丝!"

"那么,您就开始把这一切全都讲给我听吧。"

儒勒先生穿过餐厅。从柜台那里,他问道:

"你要来点儿什么吗?"

见露易丝依然没有回答,他又返回到桌前,坐到她的对面,手里拿着那杯他给自己倒的葡萄酒,小心翼翼地,像是捧着一件宝贝。

"当年大夫过来安坐在这里(他扬了扬眉头,指着桌子),那还是什么时候呢……21年?22年?你那时候十三岁!你看我能这样对你说吗:'我的小露易丝,你看到坐在那里的先生,每个星期六都来的,那是你母亲的老情人!'说实在的……"

露易丝没有动,连眼睛都没有眨巴一下,只是冷冷地直视着儒勒先生,完全是一副什么都不原谅的派头。他咕咚一下,喝了一大口酒。

"然后……时光荏苒,你长大了,他则继续每星期都来这里,太晚了。"

他发出一种狗熊一样的呼噜声,就仿佛光是这一声"太晚了"就简单地归纳了他自己的一生。

"你母亲和大夫,你瞧,那已经是一个老故事啦。它要追溯到当年,人们还很年轻的时候，十六岁，十七岁……"

儒勒先生始终就生活在本街区，他的父母当年就居住在奥尔德奈街。让娜·贝尔蒙和他上的是同一个学校。儒勒先生应该比她要高两三个年级。

"哦啦啦，你的母亲，那真叫一个美人儿啊……瞧，你现在也一样！只是更加爱笑，仅此而已。梯里翁大夫在柯兰库尔街的下端开了他的诊所，整个街区的人都找他瞧病。他们就是因为这样才认识的。所有人都对此感到惊讶。你母亲有了小学文凭，但她并没有像人们认为她该做的那样去上护士学校，这不是吗？她成了什么活儿都干的用人，进入了大夫的家中帮佣！好了，当我得知他们俩之间的事情后，我可就明白过来了。一开始，我以为大夫只不过就想把事情做得跟其他人那样，要知道，跟女用人睡觉，这种事情，也实在太常见了。但是，事情并非如此，他爱上她了。总而言之，她是这么声称的。他比她要大二十五岁，或差不多是那样。我对你母亲说：'但是，让娜，你现在出于爱而当了用人，你跟这么一个男人又能有什么样的未来呢？'但她根本就是油盐不进，没什么好劝的，她也同样，是铁了心爱上他了，反正她就是这么认为的。你的母亲，真是个浪漫派，你明白吗？她读过一些小说，而那样的小说，总归不是什么好东西，会搞坏脑子的。"

他又喝了一口葡萄酒，摇了摇脑袋，那样子像是在说，这都是什么乌七八糟的玩意儿啊。露易丝回想起了她母亲的藏书，一些读了又读的书，《简·爱》《安娜·卡列尼娜》，都是保尔·布尔热[1]、皮埃尔·洛蒂[2]……之类的东西。

"就这些？"她问道。

"'就这些？'真亏你还问得出口。你还想知道别的更多的吗？他们彼此相爱，他们在一起睡觉，这事情，干得有多么漂亮啊！"

---

[1] 保尔·布尔热（Paul Bourget，1852—1935），法国小说家、诗人和评论家，法兰西学士院院士，曾五次获得诺贝尔文学奖的提名。
[2] 皮埃尔·洛蒂（Pierre Loti，1850—1923），法国小说家、海军军官，本名朱利安·维奥，著有《冰岛渔夫》《菊子夫人》小说。他的作品极富异国情调，在当时很受欢迎。在海军服役时，曾到过近东和远东，这些经验，为他的作品提供了丰富的资源。

儒勒先生开始发起火来，他没有想起来，露易丝原本是那些最了解他的人当中的一个。他通常招待顾客吃饭时做出的那些表情动作都意味着什么，她可是知道得一清二楚的。

"我最想要知道的是，"她不慌不忙地说，"他们为什么在两年之后就分了手。还有，为什么在五年后他们又走在了一起。我想弄明白，在所有那些年里，他为什么每个星期六都会来这里，来坐在这张桌子前吃饭。您跟我说的那些，我已经全都知道了，而我感兴趣的，却是另外那些。"

儒勒先生挠了挠他的贝雷帽。

"说到他来到这里吃饭的习惯，我可从来没有要他告诉过我，你可以想象……但是，好吧（他们转身朝向了玻璃窗，两个人都从那里瞧了一眼贝尔蒙家的墙面），我们可以猜测。无疑，那是为了能看到她，兴许，他甚至是在窥伺她。由于她从来都不出门，由于她整天都在窗前瞧着院子，只不过那是另一侧的窗户……"

这一形象顿时揪住了露易丝的心。想象一下这样的两个人，整整二十五年里，彼此相隔只有两百米距离，两个人瞧着不同的方向，却想着同样的事，仅仅这样想象一下，就让她觉得眼晕，就让她陷入一种无比的忧伤之中。

儒勒先生清了清嗓子，继续装出一副什么都没有觉察到的样子：

"当他重新回到我的餐馆里，坐到这张桌子前时，离他的诊所搬走已经有很多年了。我早已经根本不再想他了，我甚至费了好长一会儿工夫才算认出他来，但是我，你是了解我的，从来就不会一惊一乍的，对我来说，他就是一个顾客，那么，就应该落落大方，不卑不亢。"

他一口就嘬干了杯中剩的那一点点葡萄酒。

"我还老是问自己，他来这里干什么呢？但是，由于他每次来都会坐在那张桌子前，唯一能允许他看到她家房子的那张桌子，总之，看到让娜的家，看到你母亲的家……我就对自己说，他来是为了窥伺她的。"

"那您就没有想过要对她说，大夫来这里了，来您的餐馆了，说他……"

"当然想过啦,我说,你把我当作什么人啦?"

这一次,他的愤怒可就不是商业姿态了。但是,对当时情景的回忆立即就让他变得闷闷不乐了,就仿佛他对自己很生气似的。

"我已经前去对她说了,说是大夫星期六会过来。'你又想让我怎么样呢?'她就这样回答我说,就那样,简直是针尖对麦芒,针锋相对。反倒是我落得个傻瓜一样!我真的是吃力不讨好啊……"

露易丝的初领圣体比正常的人晚了一年,那是她十三岁的时候,正是在那一年,她母亲开始每天都把自己安顿到了窗户前,然后就几乎一动不动地待在了那里。就在儒勒先生告诉她大夫去他餐馆的那一刻。从她安顿自己的那个窗户跟前,她把背脊转向小放荡者餐馆。

大夫并不是来瞧那栋房屋的,而是来等待让娜的。

"因为她不会过去看他,我就想,到最后,他一定会灰心丧气的,但是,我算是白费劲了!一个又一个的星期六,他全都是那样度过的,总是坐在这里,带着他的报纸。一开始,这让我好不忧伤,然后,久而久之,我也就习惯了,我就再也不去想它了。直到最后,他跟你说上了话。当时,我是看得很清楚的,一定是发生了什么事,但是,由于你什么都不肯对我说……到底是什么……"

一阵停顿。随后,由于这一问题从一开始起就在苦苦地折磨着他,他就问:

"他到底问了你什么呢,这个大夫?我是想说……在旅馆里,到底发生了什么事?……"

他并没有什么可疑的意图,他只不过是想知道,露易丝究竟痛苦到了何等程度。于是,她便讲述起来,他的建议,她的接受,金钱,房间,开枪。

"我的天哪,"儒勒先生说,"多么不幸啊!他想再看到的可不是你啊,而是你的母亲,当然,但毕竟……"

他把自己的手放到露易丝的手上。

"对你做出一件这样的事情来,那可是够狠毒的啊……假如我能抓到他！"

"关于他们在一起的那段时光,我妈妈,她都对您说过一些什么呢？"

"哼,她对我说了一个女人会对随便哪一个男人说的那一切,只要跟她睡觉的不是这个男人！"

露易丝不由自主地微微一笑。

"那么您,儒勒先生,您跟她睡过觉没有呢？"

"没有,但是,这真的是因为她不想……"

他拍了拍他的衣兜。

"您并没有把一切都告诉我,儒勒先生,这我没猜错吧？"

"什么,什么,我还没有把一切都告诉你吗？我当然全都告诉你了呀,我所知道的一切！"

露易丝靠近了他。她喜爱他,这个男人,因为他有着一颗高尚的心,一颗简朴的心。他做不到对她撒谎,他尝试了,但他不会那样做。她不想给他带来痛苦,她抓住了他的手,把它放到她的脖子上,像是为了给她取暖。

儒勒先生不知道该怎么办才好。也许是考虑到他要对她显示的事实,因为他还会给她带来困苦,或者,他会给她透露一个并不属于她的秘密,他因而心情沉重。但他只是使劲地吸了一口气,弄得鼻子嘶嘶直响。

她用目光鼓励他,就像在课堂上,她鼓励腼腆的学生踊跃发言。

"露易丝……你母亲……她跟大夫有过一个孩子。"

17

"快停车,我的老天!"

拉乌尔不无愤怒地刹住了车子。汽车停在了公路正中央。加布里埃尔回过头来。那对葡萄牙夫妇早就被远远地抛在了身后,消失了很长一段时间。

"好的,好的,这就停住!"拉乌尔说,"现在,你打算做什么呢,嗯?"

在他们的周围,风景很平淡、阴沉。

"你难道还没有走够你的破路吗?你还想步行再走上二十公里吗?"

加布里埃尔拿手帕紧紧地按住了脸,瞧着一望无际的农田。他们的车现在停在一段二级公路上。能看到一些大农庄越来越远地消失在广袤无边的田间。几片散布其间的树林更是为景色增添了一种荒凉感。

"你瞧瞧那些人……"兰德拉德说着,指了指那些坐在大车上的、骑着自行车的,还有靠两条腿走的难民,"现在,大难临头了,只能各自顾各自了。假如你不懂得这一点,那你可就走不远,你就只能傻傻地坐在公路边,等着德国佬来要你的命。"

拉乌尔早已发动了汽车。

"快点儿吧,"他说着就大笑起来,"没那么严重,中士长,你不会没完没了地找我们的麻烦吧!"

"我们居然偷了他们的汽车!我们本来可以请他们带上我们的嘛!可你

非来了这么一招。"

拉乌尔哈哈大笑起来，点了点头，示意了一下后排座位，上面堆满了旅行箱和硬纸箱。加布里埃尔脸红了，而为了显出一种泰然自若的样子，他转动了一下后视镜，以求看清楚脸上的血肿。只见他的下嘴唇已经肿了起来。

公路上的交通流量变得很稀，这让人不禁产生了错误的感觉，还认为走错了路呢。在汽车的手套盒里，有一张地图，加布里埃尔便辨认起方向来，认定他们现在正朝东行驶呢。

"你想去哪里？"拉乌尔问道。

"返回马延贝格……"

"你在开玩笑吧？很长时间之前，德国鬼子早已经从那上头过去了。"

加布里埃尔又想起了他那个分队的溃退。当初，他们试图用自己微不足道的力量，来阻挡一支德国的超武装纵队。现在在他看来，那无疑就是一种疯狂的自杀行为，是半点儿用处都没有的。他有没有多拖住德国人一个钟头呢？他们的举动改变了什么吗？他仿佛又看到了那个讨要鞋带的胖子兵的尸体在河面上漂浮，随后，他又偷偷地观察了一下正全神贯注地开着车的兰德拉德的侧脸。尽管是个骗子，又爱撒谎，又爱作弊，可他当时也曾想过拼死战斗……

所有这一切怎么会是可能的呢？

难道法国军队准备得如此糟糕，竟然遭遇了这一切吗？

"人们对我们再三重复说，德国人是不会从那里过来的，说那是不可能的……"

"什么？"

一个词来到了加布里埃尔的头脑中：

"我们现在这样算不算是逃兵？"

这是一个可怕的词，从中他都快认不出自己是谁了。兰德拉德也一下子没有了他那惯有的刺耳而又响亮的笑。他抚摸着自己的下巴，若有所思。

"我认为，我们部队的相当一部分人都落在了同样的处境中。"

"但是，毕竟还是有很多人在抵抗，不是吗？"

他是想说，有些人就像我们那样，像我们在特雷基耶尔河的桥上那样，但那谈不上是一个具有启示作用的榜样，因为他们现在就坐在一辆偷来的汽车里，正在逃跑的路上，尽可能逃得离敌人远远的，而不是像他们声称的那样与敌人做着殊死搏斗。他很羞愧。兰德拉德本人也没有了骄傲的神气。

"到底出了什么事啦？"加布里埃尔问道。

"我们被人出卖了，出的就是这样一件事！第五纵队，共产党。"

"出卖，怎么回事？"加布里埃尔很想问，但他没有开口。他又想到了那个长了金色小胡子的士兵曾经肯定的话，化装成了法国军官的德国人下达了撤退的命令……难道只需要那么一点点东西，就足以让我们的整个军队兵败如山倒吗？这也太难以叫人相信了。加布里埃尔所曾看到的，就是一些装备极糟的士兵，而统领他们的军官也是那么毫无准备，久久地等待一个总参谋部的命令，却奇怪地始终等不到。

"看来，还是得回到巴黎去。听从总参谋部的调动。"

拉乌尔显得有些吞吞吐吐：

"参谋部，是的，很好，我们走着瞧吧。无论如何，巴黎倒是很适合我。话虽这么说，可我们走的不是这条路啊……"

在他们的左侧方向，战役的种种嘈杂喧闹声正渐渐地远去。加布里埃尔察看了一下地图。

"假如德国佬是朝西边而去的，那我们也该能走得更远一点，然后再拐上前去巴黎的公路。"

拉乌尔沉默了很长一阵子，然后，点燃了一支香烟，瞧了一眼低低的天空，那道落下的光线，好一派忧郁的风景。

"他们该是有多么无聊……"

"谁呢？"

"那些人……总之，对他们来说，战争，就是一种消遣……"

他装出一副真的就是这么想的样子。

第一次停下来休息时,他就开始检查起了车子。加布里埃尔跑到远处去撒尿。当他回转来时,看到那些旅行箱都已经被打开过了,硬纸箱也开了封……他们看不清什么具体细节,因为眼下夜色已经降临,但是,在路边,在深沟中,到处都散见着一些衣物、毯子,还有各种各样的日常用品,反正,都是一些人们到处都可能见到的、乱七八糟的小玩意儿。尽管在最近的两天中,比这糟糕一千倍的东西加布里埃尔也都见过了,可一看到这些私人物品被扔得遍地都是,他的心还是揪得很紧很紧。

"这里面没有什么值得留下的。"拉乌尔一边低声埋怨道,一边把掏空了的旅行箱往车下扔。

加布里埃尔则任由他在那里扔,疲惫早已把他攥住,他的腿脚再也站不稳了,他回来坐到汽车里。拉乌尔扶定了方向盘。

"你,我的小宝贝,你该好好地睡上一觉啦……亏你还是个中士长,我看你的身体弱得还不如一个小姑娘呢。"

他尽情地开着玩笑。这家伙实在是经折腾啊。

他们又行驶了很长一段时间,加布里埃尔沉醉在了汽车发动机的隆隆声中。他心中暗暗感觉到对兰德拉德的一丝谢意,感谢他为他们俩开车,为他们俩向前奔,他自己根本就做不到这一点。

"真他妈的乱!"

加布里埃尔猛地从他的昏昏沉沉中摆脱了出来。汽车已经停了下来。拉乌尔挂了倒挡,汽车慢慢地后退到一段很窄的小路上,路边上是成片成片的杨树林。

"很好闻,你没觉得吗?"

加布里埃尔眯缝起了眼睛,他没有看出来,这条远远地消失在夜色中的柏油路的诱惑竟然是如此令人鼓舞。凭着他那大路盗贼般万无一失的直觉,拉乌尔早已敏感地觉察到了此中大有油水可捞。这里有一处住所,大概是贵族的家,相当浮夸矫饰,自命不凡,还有一个遍布巨大树木的林园,小径尽头,微微显露出一栋巨大的建筑,而透过两扇宽大的铸铁大门,隐约能分辨出它那庞大的身影。他们把汽车停到了那两扇大门前,这里头似乎荒无人烟。

"我想我们已经中大彩了,我的老伙计。"

拉乌尔拿出了他的工具箱,夹子、改锥、老虎钳、锤子,这都是加布里埃尔不怎么会使的家伙。他拍了拍,拧了拧这些铁家伙,它们发出了一种可怕的声响。

"我们先来确定一下方位,"加布里埃尔说,打量着周围,"但是,赶上今天这么个黑夜,三米之外,可就什么都看不清了。"

一刻钟之后,大门被打开,伴随有一记胜利的叫喊声:

"我已经拿下了,这个混账玩意儿!来吧,上车,西蒙娜[1]!"

车灯很快就照亮了建筑物的正面墙,砂砾在车轮底下嘎嘎作响,楼台的石头台阶简直就可以用来拍摄婚礼照片。所有的窗户全都关闭着,暗色的木头窗板显出一副沉甸甸的样子。

等到加布里埃尔的眼睛看清了墙面上攀缘直上二层楼的忍冬和玫瑰时,拉乌尔早已又一次打开了工具箱,正绞尽脑汁地想办法破门而入呢,他嘴里还骂骂咧咧地唠叨个没完,那些个咒骂,全都冲着门锁、门扇、房屋、业主而去,说得更广泛一些,则是冲着抵抗着他并让他心中生出无明业火的那一切而去的。

锁终于打开了。

进门的大厅沉浸在一片昏暗中。拉乌尔一点儿都不带犹豫,像是在自己家里一样,大摇大摆地走在了走廊中,能听到他在左侧乱翻腾,然后,屋子里一下子就亮了,他用了不到两分钟就找到了电表。

这是一处家居的大房子,静悄悄的像是在熟睡,正等着主人的回归,扶手椅和长沙发上都覆盖着白色的单子,这给了家具一个个神秘而又令人不安的形状,地毯卷了起来堆在墙根的踢脚板前,像是睡熟了的昆虫。拉乌尔站

---

1 "上车,西蒙娜"的法语原文为"en voiture Simone"。这里的西蒙娜指西蒙娜·露易丝·戴·福雷斯特(Simone Louise des Forest,1910—2004),她是法国的一个著名赛车手,十九岁时就获得了驾照,这在当时是极其罕见的现象。后来,法国的一些汽车驾校就以"西蒙娜"这一名字来命名。

到了一幅画跟前，只见画上有一个大腹便便的男人，站立着，一副威严的派头，胡须很密，吃掉了一大部分的脸颊，他一只手搭在一个坐着的女子的肩上，那女子的表情则高傲而又顺从。

"你就死死地咬定老祖宗好了！他一定是榨干了好几代长年农工和季节工的血汗，才建造起了一座如此残破的房子，这浑蛋……"

他抓住了画的下摆，猛地一扯，画框就在他的上方翻转下来。他抓着它就像抓着一大块桌布，打算把它盖在客厅的长桌子上面，然后，他又把画在椅背上狠狠地砸了四五下，直到把画布撕破，把画框砸碎，最后还把框架子往食品柜的棱角上狠狠砸去，加布里埃尔在一边直看得目瞪口呆。

"你，这是为什么……"

"好了，"拉乌尔说着，搓了搓双手，"这还不是一切，我们去看看，有什么吃的东西，我实在是饿坏了。"

几分钟之后，看到他用在食品柜里找到的腊肉、肉罐头、洋葱、分葱、白葡萄酒，匆匆做了一顿饭，加布里埃尔心里说，这个拉乌尔·兰德拉德，还真的是一个远比他更能适应战争的家伙（至少是这一场战争，这场跟任何其他战争都不相像的战争）。若是只有他一个人，那他整个晚上恐怕就会在那里啃着烟熏的腊肉，而有拉乌尔在，他就能摆开一桌真正的盛宴，有里摩日的瓷器[1]，有水晶的酒杯。

"去看看，给我们找几根蜡烛来吧，我想，应该去那边……"

真的就是在那边。当加布里埃尔带着他找到的那些蜡烛回来时，拉乌尔已经开了一瓶陈酿葡萄酒，并倒在了一个长颈大肚的玻璃瓶里（"该让它好好地透透气，醒一醒啦，你明白的！"），他坐下来，满脸笑容，说道：

"我的中士长，你现在像一个王子一样得到了伺候，我真的不敢相信我的眼睛啊。"

不知道是因为什么，兴许是蜡烛的光亮，兴许是这栋资产者房屋中的气

---

[1] 里摩日（Limoges）是法国中部的城市，为法国著名的瓷都，出产的瓷器闻名全欧洲。

氛，兴许是他们所经历的那几个钟头里积攒起来的疲惫，兴许还有那样一种愚蠢的、机械的团结一致，那是人们在面对共同分享某一历险的他人时能感觉到的情感，兴许，是所有这一切都叠加在了一起，总之，拉乌尔·兰德拉德已经不再像他原来的自己了。加布里埃尔也变得前所未有地贪得无厌，尽管他的下嘴唇很疼，他瞧着这个拉乌尔，觉得他不再是自己所熟悉的那个赌牌游戏的作弊者，黑市买卖的走私者，暴躁而又手脚灵活的士兵。眼下的这一位，正大口大口地狼吞虎咽着，并且像一个孩子一般地笑容满面。

"'命令你们保卫我们的阵地，不得有后退的念头！'[1]"他说，手臂前伸，眼睛不无羡慕地瞧着他的那个酒杯。

加布里埃尔没有微笑，但他任由对方给他倒酒。当他想站起来时，拉乌尔就说"你别动，我来吧……"并跑去寻找咖啡磨和布质滤袋了。

"那么，你是巴黎人啰？"拉乌尔问道。

"我的工作职位在多勒。"

拉乌尔微微地噘了一下嘴，他从来没有听说过那个地方。

"那是在弗朗什孔泰地区。"

"啊……"

他还是不知道那到底是什么地方。

"那你呢？"

"哦，我嘛，我过着漂泊冒险的生活，待过不少地方……"

他眨巴了一下眼睛，他的脸又变了表情，很像是他在马延贝格要塞见过的那一个，那时候，每当敲诈完一个屠夫或一个餐馆老板，坐着卡车返回营地的时候，他就是这个样子，那时候，他会说："我们狠狠地宰了他一下，这家伙也一样……"

时间很晚了，拉乌尔打了一个响嗝，加布里埃尔站起来打算离开。

"你别烦恼。"兰德拉德说。

---

1 这是1940年六月五日法国的魏刚将军发布的战斗命令中的一段话。

他把整套里摩日瓷器餐具使劲地扔到砂岩质地的宽大的洗涤池中。玻璃杯和菜盘砸碎了,发出一种瘆人的声响。加布里埃尔做了一个动作,想阻止他,但还是晚了一步,拉乌尔已经说了一句:

"既然我们已经酒足饭饱了,我们就来参观一下吧。快点儿,来吧。"

到了楼上,看到一条走廊,边上有五六个房间,还有一个带浴缸的卫生间。兰德拉德把那些房间的门一道一道地全都打开。

"这个,是老家伙们的卧室。"

这话说得,完全是一种记恨的口气。他在室内很平静地走了几步,但简直可以说,他是处在一种压力下,随时都会弄碎一切。他立即又转回到走廊中。

"哦,我的天哪!"他说。

加布里埃尔跟在他身后走进了一个女孩子的闺房,里面是一片玫瑰红的色调,有一张带有顶帐的床,一张桌子,一把椅子,一个满是情感小说的书柜,一些趣味天真的版画。

兰德拉德打开了画有图案的小衣柜的那些抽屉,掏出来一些女人的内衣,在手里翻来翻去地看。他还伸出手臂去,估量着一个胸罩的尺寸。

"这个,这才是我喜欢的尺码……"

加布里埃尔又走上了走廊,看到一间客房,没脱衣服就倒在了床上。睡意把他给击垮了。

但是,没有睡太长时间。

"起来吧,来,从这里走,明天,我们将会很忙的。"

加布里埃尔已经失去了时间和空间的概念,他仿佛从一个沉沉的睡梦中挣脱出来,机械地跟随着下士长走在走廊中,然后,又进入了另一个房间,那无疑就是业主的卧室,里头有几个很大的衣柜。

"喏,"兰德拉德说,"你过来试一试这个。"

面对着加布里埃尔疑惑的目光,他补充道:

"瞧你,这是怎么啦?你难道还想穿着军装继续到处溜达吗?假如那些德国鬼子遇上了你……我可不知道他们会怎么对待俘虏呢。我觉得,他们更喜欢枪毙我们,而不是把我们养起来……"

那是显而易见的,但是,对加布里埃尔,这个弯实在很难一下子转过来。他们确实是偷了一辆车子,但他们完全可以摆脱掉它。相反,一旦穿上了平头百姓的衣服,就等于真心实意地丢弃了士兵的身份,并切换到了偷偷摸摸的逃兵的身份,转而要隐藏起来,试图从渔网中逃出去,而不管结果会是如何。兰德拉德,倒是没有过丝毫犹豫。

"这衣服很合我身,不是吗?"

他穿上了一件暗色的上装,袖子稍稍过短了一点,但是给人一种想入非非的幻觉。

加布里埃尔也跟着拿出一条裤子来,还有一件格子衬衫,一件套头衫,都穿上试了试,心头很是沉重。他在镜子中照了照,几乎有些认不出自己来了。回头一看,发现兰德拉德早已不在跟前了。

他看到他站在主卧的门口,正在往床上撒尿呢。

18

梯里翁大夫在讷伊的家，本属于那样的一类：四四方方的大房子，面朝着一条僻静的小街，这样的房子确实是一大笔财富，从十九世纪以来，那些资产者就愿意让它们变得有模有样，显山显水的。露易丝第一次从这样的门前经过，看到了大门口的台阶、窗户上的帘布，还有从屋顶上方支棱出来的高大树木的梢尖，林园应该就在屋后，好一派鲜亮的表面啊。她不禁想象着，那里头会有一个开满了兰花的温室，一个水池子，一处喷泉，还有一些石头的雕像，诸如此类的东西……

她一直走到十字路口，然后又折身返回。

看来，这个街区平素不太有人光顾，她还没有待上很长时间，似乎就已引起了当地人的格外注意，一个在这里的街上来回游荡的女人，会立即成为人们好奇的对象。于是，她停步在了铸铁的栅栏前，那里有一根小链条，一个小把手，她抓住把手，尖厉的铃声就响了起来，像是学校里下课时打响的铃声。

"孩子生下来就死了。"儒勒先生曾经说过的。

露易丝当时惊讶得目瞪口呆。这消息让她实在有些喘不过气来。

儒勒先生又坐了下来，抚摩着下巴。诉说隐情就如抚摩一条珍珠项链，当线抽掉时,珍珠就都散了串。

"我对她说:'可说到底,让娜,你就应该把他养大呀,这孩子!你想象过你将来的生活吗?还有他的将来?'她答应了,但是,你又想怎样呢,她才十九岁呢,她都迷茫了,她母亲老是跟她吵得不可开交,邻居们都会说什么呢……但是,她并不想让他来遭罪。"

儒勒先生被一段不堪回首的往事的回忆弄得心力交瘁,嗓音都低了下来。

"他们把她打发去了她的姨妈家,就是她妈妈的妹妹塞莱丝特那里。"

露易丝模模糊糊地回想起了一个小个子女人,干瘦干瘦的,很神经质,成天穿着蓝色的工作衫干活儿,只有去教堂望弥撒时才会脱下那身衣服,露易丝还记得,她就住在普雷-圣-热尔凡某个工人街区的一栋矮房子里。塞莱丝特死于战争末期,没有丈夫,没有孩子,完全就是那类只为生存而生存的典范本身,从未在任何人的记忆中留下过丝毫痕迹。

"那是什么时候?"

"1907年,在春天。"

女用人下得台阶来,一直走到栅栏前。

让娜·贝尔蒙,当她还是个年轻姑娘的时候,是不是也曾穿过那种半月形的白色围裙,穿过那种不带鞋跟的黑色皮鞋,有过这种轻歌剧演员般的打扮?她是不是也曾怀着同样的疑心打量过外来的陌生人?

"请问您找谁?"

当年,她有没有过这样金属般的嗓音,矫揉造作的、带着某种优越感的嗓音?

"我想见一下梯里翁夫人。"

"请问您是……"

露易丝自报了家门。

"我去通报一下……"

当年，她是不是也曾迈着同样缓慢的甚至还有些摇晃的步子走掉呢？这一类仆人都快把自己视同主人家了。

露易丝等在栅栏前，在阳光底下，像是一个雇员，天气很热，她满头大汗。

"夫人没有空。"

女用人并没有从这一声通报中感受到愉悦，但她还是做得坚定不移，毕竟是奉命而为。

"我什么时候可以再来呢？"

"我们不知道。"

这一声"我们"，说得是那么冷漠，强调了一种等级关系，这等级会从她开始，然后，从她主人那里继续向上，并最终上升到上帝，或者阶级斗争的天堂，不过，究竟是这个还是那个，就完全得依照人们看待世界的方式来定了。

露易丝乖乖地原路撤退，重又走上了林荫大道，心里却因没有知道更多的内情而轻松下来，她从儒勒先生那里得知的事就已经足够忧伤的了。是的，这一回，她反倒轻松了下来。她永远都不会知道得比儒勒先生和旅店老板娘对她所说的更多了，这就已经足够了。

公共汽车的运行完全是一团糟，而地铁又离得很远，她只得在公交车站等候。

她观察了一会儿大街，在普通车辆的车流中，那些小轿车装的旅行箱和大箱子都已经摞到了车顶上，人们看了简直会说，大半个巴黎城都在忙着搬家呢。想等公共汽车的人来到站台，等得厌烦了，又走掉了，只有露易丝始终留在那里，外套搭在胳膊上，既没有计划，也不厌倦，脑子里只想到她那个给人家当用人的母亲。在自己情人的家中帮佣，这样的事情倒是挺奇怪的。那难道是大夫提出的一种要求吗？她想象她的母亲，十九岁的年纪，知道自己怀孕了。失去了一个孩子的她，到底是怎样经历这一阶段的呢？而她的女儿，在同样的年龄段，因为没能够有孩子而变得疯疯癫癫。露易丝搜索枯肠地想找到她母亲曾经对她说过的那些安慰话，但她的记忆混沌一团，甚至连她母亲的脸都在消失，她当初所曾认识的那个女人，跟她当时所看到的那个女人没有任何关系。

最终，公共汽车还是没有来，该轮到她放弃等待了，她眼看着就要步行回家去了，但是，不，她猛一下停住了脚步，因为她看到，梯里翁夫人走出了自己的家门。

她们俩都很惊讶地发现彼此面对面地碰上了，相隔仅仅几米远。

梯里翁夫人反应更快。她重新昂起头，很快地从公交车站前面走过，但是，为时已晚，两人的不期而遇已经发生，露易丝连想都没有想，就一步跨入了对方的轨迹之中。她们就这样前后走了好一会儿，一边走还一边彼此窥伺。到后来，梯里翁夫人终于忍不住了，便转过身来。

"我的丈夫都已经自杀了，这对您来说难道还不够吗？"

她立即就明白自己的反应有多么愚蠢，便继续走她的路，但是，她的心思早已不在她的路上头了。她心有忧惧，这从她不那么坚定的脚步就可明显看出来，她的心中有什么东西在沉陷，在走向溃败。

露易丝只是跟在她后面走，她既不明白究竟为什么要这样做，也不知道这情境到底会怎样转向。一桩丑闻吗？在这里，大街上，离这个女人的家只有三百米的地方？

"您到底想要怎么着？"梯里翁夫人说着，又一次转过身来。

这个问题问得很好，露易丝一点儿都不知道该怎么回答。

面对着这个年轻女子的沉默无语，梯里翁夫人又迈开脚步继续走，但没走几步又停了下来。她无法想象自己还能继续这一游戏，要忍受一种如此可笑的情境，是她力所不能及的。当然，她们也不能够这样争论下去，在一段人行道上，像两个看门女人那样……

"来吧。"她说，用的是一种权威般的口气。

她们走进了稍远处的一家茶馆。

梯里翁夫人身子僵硬，神态严肃，勉强同意跟露易丝谈上一谈，但她固执地表现出，这样做实际上是何等草率。

"一壶茶，要加一点点奶。"

她点茶时使用的口吻，是她吩咐用人时经常使用的那一种。在这张棱角分明的瘦脸上，在这双目光敏锐的眼睛中，露易丝寻找着一丝回忆，那是她在勒普瓦特万法官的办公室里遇到这个哭哭啼啼的女人时给她留下的印象。但她早已找不到当时那个形象的任何痕迹了。

"我也一样。"露易丝说。

"好吧，"梯里翁夫人说，"实际上，这也没有多不好。碰巧，我也一样，正好有问题要问您呢。"

还没等对方问她什么，露易丝就讲述起了一切，讲得很简单，很稳当，就如同在转述一桩跟她本人没有什么关系的社会新闻。她描绘了旅馆，房间，但是，从她的意识深处浮上来的，却是让娜·贝尔蒙的形象，是一个十七岁的年轻姑娘，就像她自己那样，来到一个旅馆，为的是跟同一个男人，一个有大约三十岁年龄差的男人来一桩性交易。

梯里翁夫人给自己倒了茶，却并没有对露易丝作什么谦让。她们各自私有领地之间的分界线从桌子的中央划过。

"我丈夫遇到让娜的时候已经四十多岁了。"

她也一样，并没有等到露易丝开口问她，就开始讲起了她自己的故事。

"怎么能允许一件这样的事发生呢？"

她双手交叉着放在身前，目光凝定在她的茶杯上，这已经既不再是法官办公室里那个哭哭啼啼的寡妇，也不是刚才同意坐下来谈一谈的那个高傲的资产者女子了，而是一个受到她丈夫行为伤害的女人，一个妻子。

"我接受不了这一通奸，但我能理解它。我们的婚姻很久以来就笼罩在了一片阴影中，我们从来就没有彼此相爱过，实际上，他的行为也没有让我太吃惊……"

说到这里，她无可奈何地耸了耸肩。

"我倒更希望是当时这样,而不是荒唐地看到我丈夫去跟我的女友们睡觉。但是,我很快就发现,这不是简简单单的一件睡睡觉的事,这个,我早就习以为常了。但是……充当一个看客,看到一段激情的表演,这让人更为痛苦,也让人更感觉受辱。我始终很害怕会在什么地方撞见他们,在一个房间里,或者在别处,谁知道会在什么地方,我可不愿意让我女儿见证一件如此的丑事。我决定把让娜辞退,于是,他们就只能去旅馆见面了。天知道是在哪一家旅馆呢,我根本就不想听人说起。"

她用眼光一扫,寻找着女侍者,从膝盖上拿起了自己的手包。

"最后的那一段时间里,我丈夫衰老得很快,一下子就变得老态龙钟了。前一天,他还是一个退休的医生,热衷于历史、文学、植物学,到第二天,他突然就成了一个老人,他的举手投足顿时缓慢下来,对自己的仪表不那么注意了,他丢三落四,还唠唠叨叨。他从来就没有对我说起过,但是我知道,他已经意识到他状态的下滑。他想摆脱这一情况,他保留了他所有的尊严。他拒绝给人一种他遭难了的景象,他选择了去死。我没有想到他会决定那样做……我很能够想象,这样做对于您是多么艰难……因此,我拒绝提起申诉。"

她瞧着柜台的方向,想叫女侍者过来。

"他是不想给您带来痛苦的,这一点我可以肯定。"

真是出人意料,听到她如此为这样一个男人辩解,她从来就没有爱过他,而他欺骗了她,还违背她的意愿把她带到了一个预审法官的跟前。

女侍者带着账单过来了,梯里翁夫人掏出她的钱包来。露易丝开口,止住了她的动作:

"那个孩子呢?"

梯里翁夫人的动作悬在了半空中。她本以为自己跟这一隐情已经两清了,看来还是不够啊。

"喏。"她说着,递上一张钞票,就把女侍者打发走了。

她闭上了眼睛,寻找着一点点勇气,然后又睁开眼睛,低下了脑袋。

"我丈夫没想到会有孩子,尽管他自己就是医生。让娜拒绝做……总之,她打算留住孩子。这一次,实在有些过分了。我让我丈夫作出抉择来,要么是她,要么是我。"

露易丝似乎也感受到了眼前这个人当年的愤怒的决定,面对着它,大夫不得不让了步。

从谈话的一开始起,她就在说"让娜",仿佛她所面对着的这位年轻女郎不是让娜的女儿,而只是她的一个邻居,一个熟人。

"她别无选择。她还不到二十岁,没有任何地位。她紧紧地把握住那次怀孕的契机,试图让我的丈夫屈服……"

她的目光变得坚硬了。

"我可以对您说,她简直就是不遗余力!但是,她还是达不到目的。"

无疑,她重又找到了她在那时候曾表现出的某种坚定不移,毫不妥协,她摇了摇头表示否定。接着便是一阵沉默。

应该有很多东西都在这确切的一刻表现了出来。

假如露易丝坚持问,那个孩子是怎么死去的,而不是用一张尽可能无动于衷的脸来怒对梯里翁夫人,那么,这个故事又会变得如何呢?梯里翁夫人说不定会即兴编出一个故事来,而露易丝也一定会相信这一答复的。谁的周围不曾有过一个生下来就死掉的孩子呢?更不用说是一个城里医生的妻子了,这个完全可以用来做例子的。梯里翁夫人本可以列数种种的常识,她很开心能够如此顺当地逃脱困境。

但是,在这一欺骗游戏中,露易丝赢得了一种痛苦的胜利。

她任由一段漫长而又沉重的静默就此流过,到后来,梯里翁夫人不得不作了让步:

"孩子刚出生就被丢弃了。我丈夫见证了整个过程,我坚持让他把他的诊所都卖掉了,我们搬到这里安顿了下来,从此,我就再也没有听到过让娜的消息,我也不再打听过。"

"丢弃……"

"是的,在孤儿院。"

"是一个女孩,还是一个男孩?"

"一个男孩。我想。"

她站了起来。

"您所曾经历的事,无疑是很艰难的,小姐,但是,您是为了钱而去做的。我,我什么都没有要求过,我只是想保护我的家庭。而您却迫使我回忆那些不堪回首的往事。我希望不再见到您了。"

不等对方回答,她已经离开了茶馆。

露易丝在茶馆里留了好一会儿,她碰都没有碰她的茶。她母亲跟大夫生下的孩子还活着,活在这一世界的什么地方。

19

"法兰西终于放下心来了……"

这是再公正不过的事了！自从戴西雷·米戈以他那能把抽屉里的钱一扫而光的才干，通过把微不足道的小消息变成一种充满乐观主义的重大信息，从而赢得了整个大陆饭店的一片赞赏之后，现在，他也该得到一条毋庸置疑的令人鼓舞的信息作为奖赏了。他本来满可以装腔作势地自吹自擂，但这不是他风格。再说，词语于他就足够了。

他又用食指推了推眼镜，把它推到鼻根上。

"……因为，在贝当元帅[1]进入政府，先后担任国务部部长和政府副总理之后，就轮到魏刚将军[2]成为国防部总参谋部的统帅了，他被任命为整个军事领域中的总司令。凡尔登的胜利者和福煦的弟子[3]，今天都到了统帅岗位上。法兰西得到了喘息：在前者威严的镇定与刚强的力量之上，从此又加上了后者判断的坚决与天生的统领才干。现在，没有人会怀疑，那个在1918年

---

[1] 亨利·菲利浦·贝当（Henri Philippe Pétain，1856—1951），法国军事家、政治家、元帅，维希政府的头脑，是集"民族英雄"和"叛徒"于一身的坎坷人物。第一次世界大战中领导法国军队取得了凡尔登战役的胜利。后任法军总司令。第二次世界大战初期，先后任副总理、总理，主张对德投降，退出战争。1940年法国败降后，任维希政府元首。
[2] 马克西姆·魏刚（Maxime Weygand，1867—1965），法国将军。一战时曾给福煦元帅当过参谋长，二战初期任法军参谋总长和总司令，建议对德军作有条件的投降，被接受。一度任维希政府的国防部长。
[3] "凡尔登的胜利者和福煦的弟子"分别当指贝当元帅和魏刚将军。

的十一月曾经以强迫的停战条件给了德国人以教训的人，现在，将在几个星期后重新扮演早先的角色了。"

德·瓦朗蓬先生，直挺挺地站立在大厅的深处，像是一尊统帅的雕像，每天两次观察着戴西雷作出的表演，试图识破这个从天而降的年轻人的奥秘，因为他实在难以找到这家伙的传记资料。

在详细阅读了法兰西军队在所谓德国人"到处都被拖住"的前线各个地方的位置之后，每个人都有了机会再次赞赏戴西雷·米戈的精彩绝技，这时候，居然有一个记者胆敢质疑他，不是怀疑魏刚将军的任命一事，而是怀疑他的前任甘末林将军的被排除，因为现在，已经再也没有人谈到他了。

"确定无疑的胜利火炬从一只手传递到了另一只手中，先生，仅此而已。甘末林将军已经把法国军队变成了面对德国人攻势的一道不可逾越的城墙，而魏刚将军则要负责让这道铜墙铁壁一步一步地、一米一米地推进，直到敌人陷入绝境，走投无路，被彻底摧垮。这两位，全都是民族英雄，分享着同一个意愿，并且具有一个军事统帅不可缺少的三种品质：善于统领，有预见，有组织能力。'任何一支部队，凡不能前进者，则应该原地战死，而决不能放弃一寸祖国的土地给敌寇。'[1] 甘末林将军的这道命令将会得到他继任者的承继。我们一定会让德国人知道，奇迹是怎样实现的"。

德·瓦朗蓬先生，跟所有人一样，对此十分赞赏，但是在他心中，对他人的看重总是会转化为一种怨恨。他先是死死地纠缠那位副主任，拿涉及他年轻的受保护人的种种问题对他来一通的狂轰滥炸，但是，鉴于军事形势在渐渐恶化，必须找到一些鼓舞士气的词语，毕竟，在如今这样一个阶段，糟糕的消息连续不断地传来，如同落在格拉夫洛特的枪弹之雨[2]，戴西雷这样

---

1 这是1940年五月十七日甘末林将军下达给法国军队的命令中的一段话。这一句让人回想起第一次世界大战中凡尔登战役时法军的一道命令。
2 "落在格拉夫洛特的枪弹之雨"原文为"tomber comme à Gravelotte"，是一个法国成语，意思是"如倾盆大雨一般落下"，典出于普法战争，1870年的八月十六日到十八日，在洛林地区的格拉夫洛特发生了一次大规模战役，普法双方均损失惨重。

的人物还真的是不可或缺，而且，从此，还变得不可碰触了。

可惜的是，贝当和魏刚的任命产生的效果只不过是昙花一现。如果说，所有人都不怀疑法国士兵正在抛头颅洒热血地保卫祖国的领土，那么，所有人却都证实，德国人还在继续挺进，而且他们的发展战略，就是逐步地抢光全部的赌注。

他们先是在比利时开辟了一条战线，然后，利用了法国军队急于把他们钳制在那里的打算，他们从阿登山脉越境而过，通过一种足以进入军事年鉴的声东击西的战术，步步紧逼，威胁着要把法军与盟军逼入绝境，只能背靠敦刻尔克那一侧的英吉利海峡。

鉴于这一切，要赶紧鼓舞起法国人的士气……

再怎么反复唠叨"盟军顽强地挺住了"都无济于事，所有的观察家都明白，看到德国人凶猛地扑向亚眠，扑向阿拉斯，实在是叫人丧气。必须具有一种戴西雷·米戈那样的才华，才能够为历史性的一败涂地提供一种灿烂辉煌的假象。而正是为此，他在巴黎广播电台中的《杜邦先生的专栏节目》才变成了每日一播。

"各位听众，晚上好。居住在波尔多的V.夫人问我，'究竟是出于什么理由，法军在阻击德国侵略者的时候遭遇了比预料更多一点点的敌军。'"——音乐声——"造成法军困难的真正原因，是敌人的第五纵队，也就是说，是埋伏在我们队伍中的间谍，他们的任务就是破坏我们法国军队的行动。你们知道吗？德国人最近在法国的北部地区空降了五十来个年轻姑娘（比起男人来，她们似乎不那么显眼），她们的任务就是通过照镜子，为德国军队传递信号，不光通过照镜子，还通过点烟雾，就像印第安人那样，给德国人标明法军阵地的位置。她们都已经被抓了起来，但是，坏事已经做下。另外，我们已经有了证据，一些农民被潜伏特务所利用，赶着他们的牛走在田地中，准备为德国军队领路。一些法国军官很惊讶地发现，有些卖国贼竟然训练出了一些狗，能用莫尔斯电码来吠叫，向敌人发出信号！不到一个星期前，曾经有一架德国飞机被击落，飞机上满是蚂蚱的卵，那是他们准备投放到我们的农田里去危害庄稼的!但是,这一第五纵队同样也由共产党人来组成,他们渗透到了我们的各个部门,比如说,就在邮局里中,通过干扰邮件,来打击法国人的士气。在工厂中的破坏活动,更是不计其数。不是别的,就是第五纵队。V.夫人,他们就是我们法兰西的主要敌人。"

人们真不知道,在重整法国人士气方面,这一专栏节目是不是成了一种有效的排忧解闷方式,但人们至少感觉是做了点儿什么,人们感谢戴西雷作出了爱国主义的努力。

德·瓦朗蓬先生,则用整天的时间来尝试着证实有关戴西雷的资料中的每一条线索,而他所掌握的唯一文件只是戴西雷的简明履历,那还是这个年轻人在进入大陆饭店时自己交给副主任的呢。

"瞧瞧!这里写得明明白白:'1933年在弗洛里那中学(瓦兹省)学习。'您不觉得奇怪吗,这个年轻人曾是一个法国中学的学生,而那里的档案却在1937年被烧毁了?"

"您猜测就是他放的火吗?"

"当然不是啦!但是这样一来,事情真相就变得无法证实了,您明白吗?"

"假如是无法证实的话,那并不意味着就是假的呀!"

"喏,您好好看一下这个:'自然科学院院士多尔桑先生的私人秘书',多尔桑先生去年已经去世,他的全家都生活在美国,我不知道他的种种文件现在都在哪里!"

副主任并不认为,由种种不在场的信息构成的这一大堆因素能有什么说服力。

"但是,说到底,您又能拿他怎么的!"

德·瓦朗蓬反而被这些障碍激励起来,就跟好多的强迫症患者那样,他多少有些忽视了他之所以追寻的理由。

"我们会找到……"他回答道,又开始对付起他那些缺少关键零件的厚厚材料来,答应很快就回来详细说明这一点。

副主任再怎么觉得那位德·瓦朗蓬太恼人也是白搭,一种轻微的怀疑早已攫住了他,他更愿意自己心里落得个明白。于是,他让米戈到他的办公室来一趟。

"告诉我,戴西雷,你给他当过秘书的那位多尔桑先生,这是怎么回事?"

"这是一位很可爱的人,但可惜的是,病太重,"戴西雷回答道,"我在他身边只工作了短短的四个月。"

"那么……您的工作内容到底是什么呢?"

"我负责收集关于一个量子力学问题的文献资料。不可切换量的可测性的限制。"

"您……如此说来,您还是个数学家吗?"

副主任大为惊讶。戴西雷在他厚厚的眼镜片底下神经质地眨了眨眼睛。

"不完全是,但干起来还是相当有趣的。实际上,海森堡[1]的互易定律预见到……"

"好,好,好,很有趣,但是,现在不是时候。"

戴西雷做了一个手势,"为您效劳。"并递上一张纸,纸上写有他下一次要发表的公报的文本:"德国人在弗兰德地区损失惨重,我国军队在索姆河一带行动出色。"等等。

这个年轻人知道,尽管他准备得几乎天衣无缝,他的大学学历与职业经

---

[1] 维尔纳·海森堡(Werner Karl Heisenberg, 1901—1976),德国物理学家,量子力学的创始人之一,"哥本哈根学派"的代表性人物。海森伯因为"创立量子力学以及由此导致的氢的同素异形体的发现"而获得1932年度的诺贝尔物理学奖。他对物理学的主要贡献是给出了量子力学的矩阵形式,提出了"测不准定理"和"S矩阵理论"等。

历不会永远站得住脚的，德·瓦朗蓬先生的固执追踪最终一定会取得成果。但是，他一点儿都不惊慌。他起誓一定要坚守岗位，直到法兰西军队的彻底惨败，而且，这也为期不远了。

一日又一日，第三帝国的军队不断地挺进，担任防守的法军和盟军士兵的英雄主义，则在两大阵营的战略地位中遇到了它的界限。或早或晚，他们就会面对德国人而背靠大海。其后果，不是大屠杀，就是大溃退，兴许两者都不可免，那时候，就没有什么可以阻止敌人侵入法国的其他地方，几天之后，希特勒就将来到巴黎。戴西雷就将跟战争告别。而在等待期间，他仍在努力工作。

"各位听众，晚上好。居住在格勒诺布尔的R.先生问我，我们'对德意志帝国领袖们的现实状态'都知道些什么。"——音乐声——"假如我们可以相信斯图加特电台的广播的话，希特勒兴许正得意扬扬呢。我们的间谍部门和反间谍部门，他们为我们提供了一些消息，那是一些对德意志帝国来说尤为头疼的消息。首先，希特勒本人病得很严重。他患了梅毒，这并没有什么可惊奇的。尽管他竭力掩盖真相，我们却都知道，希特勒是个同性恋，他把相当数量的年轻男子招到他身边，以求满足他的种种幻觉，从来没有任何人知道他们的点滴消息。他只拥有一个睾丸，并且为一种不可逆转的性无能而痛苦不堪，这让他几乎成了个疯子。他咬地毯，撕窗帘，整整几个钟头地沮丧至虚脱。至于他的总参谋部，情况也好不到哪里去。里宾特洛甫[1]已经失宠，带着纳粹帝国的财宝仓皇出逃。戈培尔[2]很快就将因背叛罪而遭审判。因

---

[1] 乌利希·弗里德里希·威廉·约阿希姆·冯·里宾特洛甫（Ulrich Friedrich Wilhelm Joachim von Ribbentrop，1893—1946），纳粹德国政治家。他曾任德国希特勒政府驻英国大使和外交部长等职务，对促成德国、日本、意大利三国同盟起过重要的作用，此外，里宾特洛甫直接参与了闪击波兰、入侵捷克和苏联的战争。二战后被纽伦堡国际军事法庭判处绞刑。
[2] 保罗·约瑟夫·戈培尔（Paul Joseph Goebbels，1897—1945），纳粹德国的政治家、演说家。曾担任纳粹德国的国民教育与宣传部部长，被称为"宣传的天才""纳粹喉舌"。1945年，希特勒自杀不久后，戈培尔也紧跟着于五月一日自杀。

为缺少头脑清晰、思维健康的统领，德国军队注定要做下唯一一件不需要思考的事：一味地向前冲锋。这一点，我们的首领是完全明白的，我们会任由德军在这一疯狂的冲动中白白地耗尽自己，一旦他们再也扛不住，我们就能止住他们，而这一天的到来，已经不远了。"

20

尽管战场上的喧闹与嘈杂之声在夜空中渐渐逼近,加布里埃尔还是睡得很香,像一根树桩那样稳。屋里只有冷水,但他最终还是在主人家那砂岩与陶瓷的浴室中彻底清洁了一番自身,赢得了一种稍稍的安慰。然后,他换上衣服,下了楼。拉乌尔尝试了在室内来一番抢劫。

"你倒是说说,他们逃走时把所有值钱的全都带走了,这些狗日的……"

彼此看到对方都是这般模样,一个穿着布裤子,另一个的上装太紧,加布里埃尔的心中又荡漾起了不安的波澜。

"这一次,我们可真的就是逃兵啦……"

"咱们是穿成平民模样的士兵,我的中士长。"

拉乌尔指了指一个硬纸板的行李箱。

"这里头有我们的军装。假如咱们找到了一支法国部队,准备好要打上一架,并至少有一个称职的头儿,咱们就再把衣服给换上,咱们就跟那些傻瓜狠狠地干上一架。至于眼下,等待期间嘛……"

他走出了屋子,坐到汽车里,预热发动机。还有别的事情要做吗?

加布里埃尔想到,他们现在就要走上去巴黎的路了,便安下心来。兰德拉德会做他想做的事,他会听命于参谋部的调遣。

他们查看了一下地图。他们并不了解自己的确切位置,也不知道外头都发生了什么,他们只是隐约发现,在那边,大约三十到四十公里远的地方,有战火的红光映照在天际。人们能听到飞机的呼啸声,但根本无法知道,那到底是侵略者的飞机,还是盟军的飞机。

出了林园之后,他们遇到了一些逃难者,比头一天数量要多得多了,他们靠着各种各样的交通工具,朝大约的西南方向排成了长长的一条行进队伍。战场上传来的隆隆回音是不是意味着德国人的强力挺进?他们一直要挺进到哪里呢?人们是不是要去自投罗网,羊入虎口呢?跟随着逃难者的总体方向走,应该是合情合理的,但是,如此盲目地行进,让加布里埃尔变得越来越神经质。

"咱们还是去打听一下消息吧。"拉乌尔说,刹住了车。

加布里埃尔立即就明白了,他为什么只在这里才停了下来,而不是早在一公里之前。远远的,只见路上有两个女人正骑着自行车向这里赶来呢。

一等她们停下来,他就看到拉乌尔大失所望,原来,她们长得不太漂亮。她们来自武济耶,要去兰斯那边。而她们兜售的消息不仅很糟糕,而且很模糊。她们说,德国人曾在"色当大肆杀戮",现在正在开往拉昂方向,要不就是前往圣康坦,再不就是往努瓦永那边而去,实在不太清楚究竟是个什么情况。他们毁灭一切,"他们武力扫荡整个整个的村庄,连妇女儿童也不放过",那里有很多飞机,"还有上千辆坦克",人们都看到了伞兵从天而降,就在勒泰勒附近,有好几百人哪……这两个女人就是那附近地区的人,借助于她们所给的信息,他们得以在地图上确定自己的方位,发现自己原来是在莫南维尔附近。

"好的,"拉乌尔说,"咱们赶紧溜走吧。"

半个小时之后,拉乌尔的脸就板了起来。并不是什么消息让他焦虑不安,而是汽油。

"咱们走不了太远啦,这部老爷车,它耗油耗得简直都快疯了!假如汽油耗尽的话,咱们就会落得个前不着村后不着店,找不到东西充饥,我可是饿极了,我能吃下整整一匹马。"

车开得越来越慢了。地图上标明,再有十九公里的距离,就能拐上去巴黎的国道了。假如他们非得出什么故障不可的话,那宁可在一条大道上,而不是在无名之地的中央。

油量表已经到了最低位,拉乌尔稳稳地刹了车,停了下来。

"你看,这是一头骆驼吗?"他问道,有些茫然。

"是一头单峰驼,不是吗?"加布里埃尔回答道。

在他们前面,有一个高头大马般的动物,正迈着一种痛苦的大步子,穿越公路,嘴里还慢慢地咀嚼着什么,脑袋连转都不转动一下。他们看到它越过路沟,慢慢地远去,像是消失在了一个梦境中,看得他们不禁面面相觑。在他们的左侧,有几丛小灌木挡住了一大片田地。拉乌尔关上汽车的发动机,两个人都下了车。

篱笆的后面,伸展开一大片光秃秃的地,那里停放着三辆大篷车,其中的一辆带有高高的栅栏。这动物肯定就是从那辆车里跑出来的。而在第二辆的板壁上,贴着一张海报,海报上画有一个快活的小丑,黄黄的头发,红红的嘴唇。拉乌尔立即就变得非常热情。

"我特喜欢马戏团,你不喜欢吗?"

不等对方回答,他就登上了第一辆车的那四级阶梯,握住了门把手一拧,那门就毫不费劲地自己开了。

"里头兴许有吃的东西。"拉乌尔说。

加布里埃尔立即跟上了他,谨慎而又焦虑。大篷车里气味浓烈。是一种他并不熟悉的气味,带有些许野性。里头有四张床,都用铁链子挂定在板壁上,床上堆放着海报、口袋、包包、餐具,一切全都乱糟糟的,像是人们临走之前匆匆扔弃的。要不,就是遭人抢劫了一番。壁柜的门和大箱子的门都被打开了。衣服丢得满地都是。眼前的景象似乎跟马戏团并没有任何共同之处,人们还会以为,这是进入了一个流浪汉的巢穴中。一个个抽屉里,什么都没有,一切都被扫荡一空。他们正要出来的时候,发觉左侧有一阵轻微的运动。拉乌尔向前伸出手臂,一把扯下一条苏格兰毛毯,不禁哈哈大笑起来。

"一个侏儒!我还从来没有这么近地看到过一个侏儒呢!"

这是一个男子，长了一个大大的脑袋，一副小小的肩膀，像个球那样圆滚滚的，一张嘴张得很大很大，眼睛里泪水汪汪的，他挥舞着一条胳膊，一只手像扇子一样挡在脸前，想要自卫。拉乌尔开始笑得越发厉害了。

"放开他……"加布里埃尔说着，拉住了兰德拉德的衣袖。

没有用，兰德拉德早已被这一发现深深地吸引住了。

"他应该有多大岁数了呢？"

他转身朝向加布里埃尔，十分诧异。

"他们的年纪，咱们是无法知道的，嗯？"

他把他夹在胳肢窝底下，想把他拉起来。

"看着他奔跑，一定非常滑稽吧……"

加布里埃尔胳膊一使劲收缩，但拉乌尔已经凝滞不动了。那个侏儒早就被吓瘫了，用一条胳膊紧紧贴住身子，他掩藏了什么东西。拉乌尔突然一把抓住了他。

"婊子养的，"他一边说，一边笑，"这傻瓜蛋，他还真有劲啊！"

加布里埃尔一直还在拉他，不断重复道："放开他，放开他。"但是，一点儿用处都没有。拉乌尔已经把他从隐蔽处拽了出来，然后一下子松开了他。

"他妈的，你看到了这个了吗？"

原来是一只猴子，很小很小，一脸恐惧的模样，浑身上下像一张薄纸那样瑟瑟发抖，他们猜想它热得像一个羊角面包，因为带着一身很柔很柔的毛，它的耳朵很大很大，眼睛睁得圆圆的，快速地眨巴着。拉乌尔看得几乎回不过神来。惊奇之余，他把它抱过来，不无赞叹地瞧着它那细小的手。

"它真瘦，"他说，"但也许这很正常，狗也是这样的，即便喂养得很好，你还是能看到它们的肋骨一条条地显露出来。"

拉乌尔从大篷车的阶梯上走下来，小猴子畏缩在他的怀中，躲避着太阳光，当阳光照得它有些晃眼时，它就紧紧地揪住他不放。拉乌尔把它藏在自己的衬衣底下，这下子，它就不再乱动了。

加布里埃尔两手空空地晃荡着,该做点儿什么呢?他转身朝向那个侏儒,侏儒赶紧把脸捂上了。

"我要……您需要……"他开始说,但没有说完。

他惊慌万分,晕头转向地匆匆地走出了大篷车。

兰德拉德早已没了踪影。

加布里埃尔听到自己在喊,嗓音中带有某种不安:

"拉乌尔!"

他一直走向停在那里的汽车,车里没有人,他又转向一边,然后另一边。他是不是将独自一人离开这里呢……他可不会开汽车呢,他将会困死在这里。再者说,汽车已经没有汽油了。焦虑一下子就掐住了他的喉咙。

"嘿,中士长!"兰德拉德突然叫喊起来,真是一个欢乐至极的兰德拉德。

只见他骑坐在一辆马戏团的自行车上,那是一辆没有装备的双座自行车,只有车把、踏脚,他向后一踩踏脚,突然刹住车,车子就倒下了。拉乌尔继续哈哈大笑。

"真他妈的,你来看看,不好骑,还真的没人们想象中那么简单呢!"

加布里埃尔摇了摇头,不,不,这样不行啊。

"我向你担保,这就是最好的啦。那辆汽车开不上十公里就会把我们丢弃在路上的,那我们怎么办呢,走路吗?"

天气很热。在汽车里的时候,由于所有的窗全都开着,他并没有意识到热,但是,现在他们可就在这片光秃秃的地上,他发现太阳光实在太毒辣了。对于那只小猴子,这天气倒是很适合,但是,对于他们俩……小猴子在拉乌尔的衬衣底下形成了一个鼓包。这时候,拉乌尔已经把自行车从地上扶了起来。

"你难道更喜欢在火炉底下步行吗?"

"那我们的军装怎么办呢?"

小猴子露了一下它那惊恐万状的脑袋,好像是给出了一个回答。

183

"它可真逗啊,嗯!"

"得把他的猴子还给他。"加布里埃尔开始说,指了指大篷车的方向,但拉乌尔又骑上了自行车。

"我说,你还等着干什么呢?"

加布里埃尔左右来回地转动着脑袋,不得不也跟着骑上了车。拉乌尔把前面的位子留给了他。车子的踏脚曲柄很短,踩踏起来很别扭。兰德拉德笑得跟在驯马场中似的。自行车颠簸不已,但好赖对付着还是开始加起了速度,似乎赢得了平衡。他们超越了那辆汽车,来到了省级公路上,并开始骑得稍稍更快了一些,也更平稳了一些。

兰德拉德吹起了口哨,他是在度假。

"'愿我们对祖国的热爱之情在我们心中启迪起一种不可动摇的决心!'[1]"他高喊着,快乐至极。

而加布里埃尔,根本不敢回过头去看,但他坚信拉乌尔并没有在用力踩踏脚,而是在搭白车,这时候,也不知道是怎么回事,小猴子突然害怕起来。

"哎哟!"拉乌尔叫嚷起来,引来车子好一阵摇晃,"它咬我,这笨蛋!"

他一把揪住小猴子的脑袋,像扔垃圾似的,把它一下子扔得远远的。加布里埃尔看到那小小的身影飞在半空中,然后掉到了路边的沟里。他立即停车,把双人车放倒。拉乌尔瞧了瞧自己的手,把它送到嘴边。

"这可恶的丑八怪!"

加布里埃尔跑进沟里。他在沟里小心翼翼地向前走去,他不想把它踩死,但是公路的边沿好久没有维修了,野草长得很高,荆棘丛妨碍了他的前行。没有什么东西在动,他跨了一步,明白到自己的努力全都是白费。他转

---

[1] 这本来也是魏刚将军发布的命令中的一句。魏刚在1940年六月五日发出的命令中是这样说的:"愿我们对被侵略者伤害的祖国的热爱之情,在我们心中启迪起一种不可动摇的决心,激励我们坚守在原地!"

身朝向公路，拉乌尔已经推着自行车走远了，他远远地落在了后面。加布里埃尔又瞧了瞧路沟，无可奈何，他意识到，就在眼下的这一刻，他真的很想痛痛快快地哭上一顿，只为这个只有二百克重量的小猴子，一想到此，他便悲从中来，长吁短叹。他又回到待在公路中央的兰德拉德身边，他们已经处在了国道的岔口处。

这就仿佛是，猛地一下子，幕布升起，露出了一个新的戏剧场景。鲜明的对照把他们牢牢地钉在了原地。

这里有着好几百个人，男女老少都有，全都朝着同一个方向走去，一眼望不到头的长长队伍，所有人全都紧绷着脸，沮丧，恐惧。十分机械地，加布里埃尔紧紧地把住自行车，他们就这样也跟着向前走去，融入了运动的洪流中。

"该死的母牛！"拉乌尔骂了一声，向前伸长了脖子，带着一种欣赏的神态，就像是面对着一场精彩的体育比赛。

他们很偶然地走在了一辆马拉的大车旁边，边上行走着整整的一家人，他们中有一个年轻姑娘，一头短短的褐发，一脸疲惫的神色。

"您是从哪里来的呢？"拉乌尔微笑着问她。

当母亲的一脸不高兴的样子，对她女儿说：

"别告诉他，到这里来！"

拉乌尔举起了双手，随您的便好了，这不会坏了他的好脾气的。

他们一路走去。超过了一辆抛了锚被推到沟里去的军用救护车，还有两个孤零零的步兵，他们正坐在路边的界石上歇脚，一脸丧气的样子。

这一洪流由各色各样的车子和各色各样的人所组成，有小轿车，有牛拉的翻斗车，有人推的小推车，有神思恍惚的老人，有拄着拐杖却又走得飞快的伤残者，有成伙成群的孩子，简直可以说是整个班级的孩子都集中在了一起，尽管他们的年龄有大有小，甚至还让人以为是整个学校全都出动了呢。教师或是校长不停地叫嚷着，让孩子们互相照应着一点，全都别掉队，只听得老师的嗓音不免有些发颤，真不知道到底是谁更为害怕，是孩子们，还是他；一些推自行车的人把行李箱绑在车后的架子上，带孩子的女人们更辛苦，有的怀中抱着一个孩子，还有的甚至一抱就是两个。混乱的人群组成的这一股股连续不断的涌浪你拥我挤，你追我赶，于是，有人互相斥骂，偶尔，也有人会互相帮助一下，但只是一个动作而已，因为随之，人们又重新想到自己，于是也就彼此推推搡搡起来。一个男人停下脚步，帮一个农民扶起侧斜翻倒的手推车，等到起身之后，他却狂乱地一通叫喊："奥黛特！奥黛特！"并前后左右地转来转去寻找，他声嘶力竭的嗓音透出了心中的绝望。

　　最能让加布里埃尔心动的，是在构成这整个人群的各不相称的组别中散发出的那种重负感。一些散兵游勇的在场，给逃难队伍的整体提供了一副遭了大难又灰心丧气地放弃的模样，他们孤立，惊慌，顺从，无力抵抗，衣冠不整，步履拖沓。在遭受德军攻击而被丢弃在路途中的平民大众那一派无望的惊恐之上，又增添了他们自己军队越来越明确无疑的溃败景象。

　　人潮突然碰上了一个四面都有通路的十字路口，像是被这瓶颈卡住了脖子似的，一拨又一拨的不同群体在这里汇聚，靠拢，被撞得粉碎，而后面的队伍还在源源不断地涌来，在一望无际的公路上，形成一根断断续续的线条，他们像昆虫那样，始终不渝地迈着沉重的、机械的、固执的步伐。在这一牲口集市般的氛围中，处处爆发出嘈杂纷乱的叫唤声。没有人能找到任何人，没有军官出来指挥，也没有宪警出来保护；一个小小的下士在那里手舞足蹈地指指点点，但毫无用处，他的命令被隆隆的马达声、被哞哞的牛叫声遮盖住了，人们根本就听不到他的命令，只看到那些牛拉着装满了家具、孩子、床垫的套车，死死地挡在那里。在这一大片乱糟糟的噪声中，加布里埃尔都不知道该听谁的才好。一个摩托车手使劲摁着喇叭，身后跟随一辆雪铁龙小轿车，在人群中挤出一条通道来。人们纷纷躲让开。在车窗玻璃后，加布里埃尔瞥见一件笔挺的军装，上面缀有高级军官的肩章。

　　谢天谢地，好不容易，总算通过了十字路口，逃难者的队列现在像手风琴那样越拉越长了，这一条轨迹一眼望不到头，消失在了远方。

　　拉乌尔在这条公路上的感觉，就跟在一次节日大集市上一样轻松自如，他开心地跟一拨又一拨的人打着招呼。所有人都在逃避德国纵队的进攻，而德军正在向法国的内地步步逼近，他们到处扫荡村庄，播撒恐怖，听说还杀人放火呢。拉乌尔问人家要吃的，东要一个水果，西讨一块面包，但还是远远不够吃。人们明显地感觉到疲惫，还有干渴，然而，水很难找到，每个人都只有很少的备用量，而在烈日酷晒之下，没有人会愿意跟人分享那一点点水。而在这条又长又荒凉的路上，竟然没有一个村庄。

"我们去那里碰碰运气吧。"拉乌尔说着，指了指一块标明阿南库尔字样的牌子。

加布里埃尔迟疑不定。

"快点儿，快点儿。"拉乌尔坚持道。

他们骑上了自行车，左拐右拐了一会儿，然后，保持了一种平稳的速度。

只有一辆军用卡车超过了他们，后面的车斗上有七八个身穿军装的士兵。

他们花费了大约二十分钟时间才来到了阿南库尔，这是一个小村庄，低矮的房屋，全都大门紧闭，房屋主人肯定都逃走了，一家家店铺也都铁将军把门，门板窗板全都关得死死的。这两个士兵就走在这一世界末日般的背景中，相信他们就是这场灾难的唯一幸存者。

"啊，这帮法国人，他们干得可是真漂亮啊！"拉乌尔说。

他的欢呼声让加布里埃尔惊诧万分。

"我们也一样，我们也在逃跑……"

拉乌尔一下子就在荒凉街道的中央停住了。

"根本不是！那是完全不同的。我的小老爹。老百姓是在逃难，而军人，他们，是在撤退，这就是区别！"

他们行走在马路正当中。在他们经过的时候，有几家的窗帘微微晃动了一下。一个女人擦着墙跑过去，像个老鼠一样，然后，走进一栋房屋，啪的一下关上了门。一个男人骑着自行车刚在街上露面，猛地一下又马上消失了。逃难的人流在远处经过，这里也一样，一大部分的居民都已经逃走了。

村子的出口已经遥遥在望，只剩下几百米了，就仿佛省级公路只是不小心之中才穿越阿南库尔的,而且匆匆忙忙地要从它那里走掉。他们在教堂尖顶的指引下,一会儿走上左边的一条街,一会儿又拐进右边的一条街,不久就来到一个很小很小的广场,广场前空空如也,只有一个教堂耸立在那里。而教堂的正面,如果说面包铺兼食品店依然毫发无损的话,那么,咖啡店兼烟草杂货铺的铁帘门则已经有些变形,它卷曲着,有些地方已经被掀开了,破了一个洞。

"别去那里,我们快走吧!"加布里埃尔恳求道,但是,拉乌尔已经弯下了腰身,闯了进去。

加布里埃尔大叹了一口气,一屁股坐在了教堂前的石头台阶上。疲劳揪住了他的心。他的脑袋稳稳地靠在教堂大门上。太阳晒得他身上热乎乎的,一阵困意袭来,他一下子就睡了过去。

一阵振动惊醒了他。他都睡了多长时间啦?一辆重型汽车驶近了。他面前,广场的另一侧,铁帘门半开半合着。发动机的声响渐渐逼近,他站起身来,紧跑几步,一弯腰就钻进了那家处在昏暗中的店铺。在小小的柜台上,躺着一些开了封的盒子与纸箱子。室内飘浮着一种葡萄酒的浓烈气味。

加布里埃尔猛地一回头。他立即明白到,大卡车已经开进了广场。他向前走去,身子颤抖着。

"啊,你来了,我的老兄……"拉乌尔说,嗓音有些嘶哑。

只见他躺在地上,就躺在大敞着的地窖门的边上,醉得迷迷糊糊,嘴唇红红的,眼睛眯缝着,几根雪茄从他那塞满了好几盒香烟的衣兜中露了出来。

加布里埃尔俯下身去,"你赶紧起来吧,可不能待在这里,"但是,卡车已经停下来了,"主人呢?"

左侧传来了动静,那是一阵金属的响声,就好像有一排脚手架坍塌了下来。

原来是铁帘门刚刚被人强行拉了起来,发出了一种撕裂声,三个法国士兵冲了进来,推搡着加布里埃尔,拉起了拉乌尔,让他们俩都紧紧地贴着墙壁站着，并用手掐住了他们的脖子。

"强盗！别人都在战场上作战的时候，你们干的原来是这个！浑蛋！"

"等一下……"加布里埃尔开口道。

他的太阳穴上立即挨了一记打，一时间里，眼前什么东西都看不清了。

"把这些败类给我带到车上去……"一个军官命令道。

士兵们没等长官说第二遍，就赶紧动手，把这两位往门口推去。他们脚步趔趄地像是要倒下，便招来一通猛烈的脚踢，要倒下还没倒下之际，又被强行拉起来。拉乌尔踉踉跄跄，摇摇晃晃，加布里埃尔则抬起胳膊保护着自己的脑袋。

他们就这样被那些士兵一直拖到人行道上，接着，又被推上了卡车的车斗，真不知道挨了几枪托，三个士兵拿着枪，枪口对准了他们，其他的士兵则用靴子连连踢着他们。

"这就行了，小伙子们，"那军官说，但心里并没有真这样以为，"赶紧的，我们上路。"

当卡车隆隆启动时，士兵们分别站定在两排挡板边上，继续作弄着这两个倒霉鬼，而他们俩，只得用手护住了后脖子，龟缩成一团。

21

露易丝很惊讶，自己竟然那么快就习惯了这样一个事实，即她母亲在结婚之前有过一个孩子。关于大姑娘未婚先孕并偷偷打胎的故事到处都有流传，人们在家族内外听说过不少，都是在有亲人逝世，有遗产继承的情况下听到的，她当然也不认为贝尔蒙家的人就能免此俗套。不，让她揪心揪得难以释怀的，是那孩子生下来后竟然被遗弃了。一大团焦虑的情绪在压迫着她，跟她对孩子的渴望紧密相连。她母亲竟然能有如此的行为，这让她的心为之而动，但是她很快就意识到，萦绕在她脑子里挥之久久不去的形象，其实不是贝尔蒙夫人的那张脸，而更是寡妇梯里翁夫人的脸。三天之后，她那灰色的、高傲的、锐利的眼光总是不停地落到她的头脑中。她也不断地重新回想起那次对话，却不敢去搅动让她烦恼不已的话题。

"哦，是吗？"儒勒先生得知了事情真相时曾经这样说，"被遗弃了吗？"

正是在那一刻，露易丝明白了真相，因为，跟梯里翁夫人正好相反，儒勒先生是完全真诚的。大夫的妻子跟她保证说，那孩子是被遗弃了。露易丝则坚信，这个句子并没有说出所有的内情。

她跑去了区公所。

整个城市处在狂乱中，焦虑中。大白天的，一家家商店都畏葸不前地蜷缩在它们的铁帘门后面，就像是有人宣布了要有一次示威游行。露易丝又看到有行人戴上了防毒面具，在街上匆匆地奔跑而过。有一个沿街叫卖的报贩叫喊道:"德国人在北方发动了猛烈进攻!"一个果蔬商在自己的小卡车上装载了行李箱。

在这一时刻,区公所本来应该开门的,但是它却关着门。

露易丝走进了一家咖啡店,要了一本电话号码簿,查阅了一下,然后出了门,进了地铁站。现在是十五点钟,地铁车厢里挤满了人,列车突然停在了两个车站之间,灯火熄灭,只听见传来了女人的尖叫声,还有男人的嗓音,在劝人平静下来。灯光又恢复了,照亮了一张张惨白的、紧张的脸,人们死死地盯住灯泡看,只见灯光一闪一闪的,亮了又暗,暗了又亮,一种喃喃声在车厢中升腾起来,所有人都嗫嚅着,像是在一个教堂中那样,巴黎这个夏天的热度似乎全都涌进了车厢中,每个人都在寻找着多一点点的空间。"我的嫂子犹豫着不肯走,因为她的大孩子还得参加考试。"一个女人对另一个女人这样悄悄说,后者回答她说:"我丈夫说了,应该等到周末,但今天已经是星期四了……"列车又启动了,不过并没有给乘客带来轻松,它就那样满载着焦虑不安从一个车站驶向另一个车站。

儿童救济院位于地狱街100号,人们有时候不禁会问,行政机构那些人的脑子里究竟是怎么想的……

这是一栋呈马蹄铁形的庞大建筑。它拥有自己的内院,一扇扇窗户全都一模一样,排列成一条直线,一道道门全都那么沉重,很像是一个巨大的学校。两个搬运工正在把一些密封的纸箱子装上一辆篷布罩顶的卡车,值班的门房室关着门窗,整个建筑给人一种空荡荡的奇怪感觉。露易丝前行在如大教堂一般高深的大厅中,听到工作人员清脆而又凄凉的脚步声在楼梯中响起,读到一些上面满是毋庸置疑的箭头与说明文字的信息告示,碰上了一个女护士,还有几个修女。其中有一个修女为她指了指档案办公室,就在大楼的南翼,那一侧是专为行政办公而留的。

"我不知道那里是不是还有人在……"

由于露易丝抬起眼睛,瞧了瞧建筑物三角楣上的那座大钟,大钟显示的时间才下午刚开始不久,她又补了一句:

"很多的公务员都申请休假了。"她微微一笑，露出一种表示理解的神情，"甚至有相当数量的人没有申请就走了。"

露易丝走上了一个很宽的楼梯的阶梯，脚下的地板发出清脆的响声，她没有碰上任何人。到了四层楼，因为正好位于楼顶下，热得有些让人喘不过气，尽管所有的窗户全都敞开着。她敲了敲门，没听到回答，就推开了门，走了进去。工作人员一下子转过身来，很惊讶地面向着她。

"这里禁止公众进入！"

在一瞬间，露易丝就测定了眼前的情景，做了她所讨厌做的事。她微微一笑以求取悦对方。对方是一个男子，二十几岁的样子，脸上明显地带有一种没完没了的青春期留下的瘢痕。他属于那样一类小伙子，个头一下子蹿了起来，动作却很笨拙，人们尽可以相信，他很像他的母亲，尽管人们不认识他母亲。露易丝的微笑让他的脸上飞起了玫瑰色的红晕。这一充满活力的微笑，随着它的释放，在这一处坍塌于灰尘、纸张与厌烦之下的阴暗背景中，描画出了一个闪亮的光点，仿佛是一片忧伤大海中的光亮之点。

"假如您愿意帮助我的话，只需要花费两分钟时间。"露易丝说。

不等他回答，她就走过来，闻到了他身上的一股汗水味，把一只手放到了柜台上，紧紧地盯住他，在微笑之上又加上了一种恳请与感谢的意味，它足以穿透其他很多人的心了。年轻人向四周寻求着一种援助，但是找不到。

"我想查询一下1907年七月的遗弃儿童登记册。"

"不可能，这是严厉禁止的！"

回答让年轻人轻松下来，为了说明对话已经终结，他开始摘下他那副亮泽斜纹的布袖套。

"禁止，这是怎么回事？"

"这是法令的规定！没有人可以看到它们，没有任何人！您尽可以向部里递交一份书面申请，但它仍然会拒绝的，无一例外。"

露易丝脸色变得煞白。她的慌乱让年轻的档案管理员感觉很受用，这对曾把他紧紧攫住的内心窘迫来说，是一种令人愉快的报复。但是，就在他本应该要为露易丝指明房门的当儿，他却机械地用手掌的边刃捋了捋他那已经放到了木头柜台上的袖套，晃了晃脑袋，就像一只被淋湿了的鹦鹉；他的嘴唇慢慢地嚅动着，像是在重复："这是法令的规定，这是法令的规定……"露易丝连忙向前伸出手来。这些带有美妙隆起的指甲的女人手指头，正慢慢地向灰色的布袖套靠拢，而这一残忍的靠近，着实震撼了小伙子的心。

"又有谁会知道呢？"露易丝十分温柔地说，"您的大部分同事都已经逃离了他们的行政工作！"

"这根本就不行，我会被解雇的！"

论据非常确定。他又喘起气来。没有人可以求他做这样一件事，这有可能会让他丢了饭碗，丢了他的职业，他的前程，他的未来，他的生活。

"你说得没错！"露易丝立即惊叹起来。

档案员从轻松转向了快乐，很快乐自己得到了这位年轻女士的理解，他现在可以不慌不忙地仔细端详她了，既然他处在了隐蔽的地位。何等的美貌，何等的魅力，这张小嘴，这双眼睛，还有这丝微笑……因为她继续朝他微笑着！他朝她凑近过去，啊，他是多么渴望能亲吻她啊……或者，碰触她，喏，就这样来一下，把一根手指头放在她的嘴唇上，这嘴唇本身就是整整的一个世界，他情不自禁地想要哭。

"公众当然没有权利，"露易丝说，"但是您……它对您却并不禁止啊，对您本人。"

小伙子惊诧万分，不由得张大了嘴，从他嘴里发出的叹息像是一声嘶哑的咳喘。

"您去查阅登记簿，您大声地读出来！毕竟，法令并不禁止您开口啊！"

露易丝完全明白这小伙子的脑子里在转着什么念头。当初，大夫开口求她的时候，在她脑子里转悠的几乎就是同样的东西，那是逻辑推理、自认无能和渴望违规的混合体。

"只要1907年的，"露易丝说，用的是一种说悄悄话的嗓音，"七月份的。"

她始终就知道，他是会让步的，但是，真正看到他低着脑袋走远，她又感到了一种难为情，觉得自己胜之不武，实在不太光彩。为了查阅这个登记簿，她会一直走得多远呢？听到这个年轻人在档案架那边来回走动时传来的拖拖拉拉的脚步声，她不禁浑身战栗起来。几分钟之后，他带着一本巨大的书回来了，书的封面上写有"1907"的字样，是用符合行政管理要求的美术体大写字母写的，他以一种潜水员般的缓慢动作，把那本书慢慢地打开，亮出了分栏编排的书页。年轻人没有再说一个字。他翻阅着，他的那副样子并没有显出，他已经明白了他应该做什么或说什么。

"'登记号'这一栏，是什么来着？"

当露易丝这么提问的时候，他的职业本能便跳将出来帮了他的忙：

"登记号能帮助我们找到完整的材料。"

他突然显得很高兴，就像是得到了一种启示。

"而它们并不在这里！"

这倒是个实实在在的胜利。

"它们在公共救济事业局的那栋楼里！"

他用食指指了指一个方向，在窗户那边。胜利就变成了自豪感。

露易丝的注意力全都集中在了登记簿上。

"七月份，有三个。"档案员说，顺着他的目光。

他想起来，他曾经答应了要高声念出来，他就开始用一种破锣般的嗓音说：

"'七月一日——姓阿贝拉尔，名弗兰茜娜。'"

"我要找的是一个男孩……"

男孩只有一个。

那就是他了，就是露易丝正在寻找的那一个了：

"'七月八日——姓兰德拉德，名拉乌尔。登记号177063。'"

然后，他又合上了登记簿。

一个崭新的世界刚刚展现在了露易丝的面前。她对自己重复了一遍拉乌尔这个名字，她从来就没有喜欢过这名字，但它突然就披上了一种非同一般的色彩。这应该是一个三十三岁的男子。他都变成什么样的人了呢？他现在兴许已经死了……这一想法像是一种不公正，它打击了她。她经历过了一个孤独的童年，遗憾自己既没有兄弟，也没有姐妹，甚至连表兄弟姐妹都没有。而这个几乎跟她年纪一样大并跟她有着同一个母亲的小伙子，一直隐藏于她的不知情之中。假如他死了，那么她就永远都无法认识他了。

"您刚才说了，是在公共救济事业局的那栋楼里吧？"

"那里关门了。"

他并不真的相信会那样，他在挣扎。露易丝甚至根本就不需要回答，他低下了脑袋，头脑混沌一片。

"我有钥匙，"他承认道，嗓音低微得几乎听不见，"不过，卷宗是不能带出办公室的，您明白。"

"我完全明白，先生。但是并不禁止您去那里，而且，没有任何一条守则明确规定禁止您在别人陪同下……"

可怜的年轻人全然没有了勇气。

"本单位之外的任何外人都不能……"

"但是，我并不是一个'外人'……"露易丝急忙说，伸手握住了他的手，"我们已经是朋友了，您和我，不是吗？"

沿着行政楼长得无穷无尽的空荡荡走廊，年轻的档案员的脚步沉重得如同走向屠宰场的动物。

他们根本无须经过内院，他对这个地方熟悉得很，几乎可以说是了如指掌，这里转一下弯，那里再拐一下，推开一些门，避开一些走廊，借道于一座楼梯。钥匙拧上两圈，门就打开了。一面墙壁，整墙都是一个个抽屉。年轻人示意让露易丝过去，露易丝就迈着坚定的步子向前走去。标有"Labi-Lape"字母顺序的抽屉[1]。她打开来。按照工作规定，他应该替她来

---

[1] 兰德拉德的法语拼写为"Landrade"。

阅读，但是，在一路走来之后，这规定早已经土崩瓦解了。年轻人留在门槛上，背靠着门框，像是为了防止一群想象中的人进入其中。与此同时，露易丝则从抽屉中拿出一份不太厚的卷宗来，在一张桌子上展开。

卷宗的一开始便是"关于一名儿童送达本处的升堂笔录"：

兹证明，公元一九〇七年　七月八日上午十点钟，一位性别　男性　人士来到公共救济事业局本办公室我等一众面前，是为放弃一名儿童之事宜。按有关规定……

梯里翁大夫的确是亲自前来这里遗弃孩子的。在这一点上，她的遗孀没有撒谎。

1. 这孩子姓什么，名什么？
姓兰德拉德，名拉乌尔。
2. 他的出生日期？
一九〇七年七月八日。
3. 他的出生地点？
巴黎。
4. 情况说明：
把孩子交予我手中的那人自称是个医生，但拒绝透露其姓名。他向我保证，孩子并未在市政府办理出生证明手续，也没有经过洗礼。是我，按照法律之相关规定，为他取的姓名。

露易丝瞧了一眼墙上的年历本。七月七日是圣徒拉乌尔之日，而次日则是圣女兰德拉德之日[1]，公务员当初办事时寻找得并不太远，人们不禁会问，

---

[1] 按照西方人的宗教传统习，一年三百六十五天，每一天都是一位圣徒的纪念日，习惯称为"本名日"。

假如一天里有两个遭遗弃的孩子同时送过来的话,他又该怎么办才好。

笔录写得很明确:"孩子裹着一件针织的白颜色毛绒长袖内衣。他身上没有任何特别特征,看来身体健康。"

露易丝看到文件的末尾:

> 兹依据一九〇四年六月二十七日之法令,
> 依据同年七月十五日之部级通告,
> 依据一九〇四年九月三十日之省政府规定,
> 认定上述笔录中的孩子兰德拉德·拉乌尔[1]符合归类于遗弃儿童的所有条件。

在这份卷宗中,只剩下一份行政文件,题为:"关于交付一名国家抚养之孤儿予一个家庭收养的笔录"。

露易丝感觉到全身的肌肉顿时紧张起来。

小拉乌尔,并没有托付给一家孤儿院,而是于1907年十一月十七日被一户人家所收养。

> "按照塞纳省省长先生之命令并依据相关法令之第32条……"

露易丝翻过一页:

> "兰德拉德·拉乌尔,国家抚养之孤儿,被托付予姓梯里翁之家,家庭住址为讷伊镇奥贝尔容林荫大道67号……"

---

[1] 法国人的姓名一般是名在前,姓在后,如"拉乌尔·兰德拉德","拉乌尔"为名字,"兰德拉德"为姓氏,只有在一些司法场合或正式登记中,才会出现先念姓氏后念名字的情况,如这里的"兰德拉德·拉乌尔"。

露易丝简直不能相信她刚刚读到的内容。

她又读了一遍,第二遍,合上了卷宗,整个人彻底崩溃。梯里翁大夫,在以让娜的名义抛弃了孩子之后,又收养了他。而且,无疑,还把他养大成人了。

露易丝还没有明白过来这究竟是如何一回事,就开始哭了起来。她衡量着谎言的程度。她曾经对她母亲心生出一种怨恨,因为她遗弃了她自己的婴儿:当人们有了一个孩子时,是不会把他遗弃给孤儿院的。但是,她突然就明白了那种可怕的不公正,而可怜的让娜则是它的牺牲品而已。整整一生中,她一直以为她的孩子被丢弃了,而实际上,孩子是被人收养了,并且还养大了,不是被别人,而是被孩子的父亲。

还有他的妻子。

她合上了卷宗,走向门口,年轻人为她打开门。看到这年轻女人在哭,他也不由得有些晕头转向。

露易丝在走廊中迈了一步,然后又掉转身子,她想感谢他,他为她所做的事是极其重要的。而她能够对他说的话是微不足道的。她抓起她的手帕,擦了擦眼睛,回头走向他,踮起了脚尖,在他干涩的嘴唇上投下了匆匆的一吻,给他送去一丝微笑,然后就跳出了他的生活。

儒勒先生松开了手中的抹布。以一种谁都不会想到的敏捷,迅速绕过他的柜台,一把就把露易丝抱在了怀里。

"你这是怎么了,"他说,"出了什么事了,我的小心肝?"

他对露易丝说了"我的小心肝"。

她伸出双臂来,想看清他。

这张皱纹深深的大脸震撼了她,她热泪盈眶。

生平当中第一次,她站在了她母亲的位子上。

生平第一次,她为她感到痛苦。

22

很久以来，戴西雷就像是一种悖论出现在很多人面前。这么一个年轻人，迈着一种快速而又神经质的步子，身子擦着墙壁，走在大陆饭店的走廊中，当您跟他打招呼时，他就对您眨巴眨巴眼睛，您一定很难想象，他竟然会在每一天，对着所有那些不明不白的人，用一种平静、稳当的嗓音，那么完美无缺地解释着形势，并且显得那么惊人地消息灵通。

然而，在大陆饭店，军事形势的进展早已让人们转移了兴趣中心，曾被所有人毫无例外地看作信息源一大台柱的戴西雷·米戈，如今却不再是任何人的关注对象了，唯一的例外是德·瓦朗蓬先生，只有他还在以猎狐梗犬的顽强继续行进在自己的轨道上。但这已经不让任何人感到惊讶了，任何人也都不再听他了。德·瓦朗蓬先生，就是大陆饭店的卡珊德拉[1]。

所有人的目光都对准了国家的最北部，在那里，德国人大举进攻，而法国军队与盟军则在重压之下节节败退，德国人因在阿登山脉一带的成功而欢欣鼓舞，他们迅速挺进，一路扫荡着法国军队，法军本来是一支英勇顽强的队伍，但眼下时运不济，仓促应战，任何一位将领都没有想到会遭遇如此的厄运。现在，在新闻媒体中，人们是越来越难以平静地解释战争形势了。

---

[1] 在希腊神话中，卡珊德拉（Cassandre）是特洛伊国王普里阿摩斯和王后赫卡柏的女儿，她还是太阳神阿波罗的女祭司，具有神奇的预言能力，但往往无人相信她的预言。于是，她在世人的眼中就成了一个狂言的疯子。

前线的记者大吹大擂，为法兰西军队高唱赞歌，但是他们无法掩饰色当的溃败，更近的，则是在弗兰德地区的失败，还有如今的朝敦刻尔克方向的"后撤运动"（这是戴西雷的原话），在敦刻尔克，法军正英勇地保护着盟军的撤退，以避免让这一整个小世界被赶落下海。戴西雷继续无所畏惧地保证说，"盟军正令人惊叹地战斗着"，"抑制着德军的进攻"，或者"我们的师团拼死对抗，不畏敌兵的强力"。然而，人们却确切地了解到，有三十多万士兵处于危急状态之中，他们即将被纳粹军队彻底歼灭，或者葬身于英吉利海峡的海底。

戴西雷有了一次新的机会，得以展现他思维的极其清醒与有效，那是在五月二十八日，人们听说，比利时国王利奥波德三世放弃了抵抗，选择了向德国军队投降[1]。

"何等的灾难啊！"副主任厉声喊叫道，双手把脑袋紧紧抱住。

他的亲自出场本身就体现为对形势的一个永恒的暗喻。只需要副主任早间的一番陈词滥调，就足以代替戴西雷继续用一种坚定而又有效的嗓音来确保的新闻发布会。

"正相反，我觉得这是我们的一个好机会。"他回答道。

副主任抬起了脑袋。

"要证实我们军队在德军进攻面前的后撤，我们还缺一个言之有理的解释。而实际上，这个解释就是：我们被我们的一个盟友给出卖了。"

副主任被这一分析的显然性给震撼了。这一招简单极了，就像说一声"你好"那样简单，也漂亮极了，就像古物一样的美，无可抵挡。从傍晚时分起，戴西雷就在阐发他的理论，面对着他所熟悉的那一大帮记者与通讯员，他滔滔不绝：

"光荣的法兰西军队原本处于极佳的地位，能够完全彻底地扭转形势，深入德军的阵线，并把侵略者一举赶出东部边界。可惜的是，比利时的可耻

---

[1] 1940年五月二十八日凌晨，比利时国王利奥波德三世宣布对纳粹德国投降，为期十八天的"比利时战役"就此结束。

背叛把优势归还给了侵略者,幸亏这种优势十分短暂,只有几个小时。"

新闻发布会的听众犹豫着,不知道该不该赞同这样的解释。

"如此说来,比利时军队具有一种如此关键的作用,以至于他们的溃败彻底扭转了整个战局的形势吗?"一个外省报刊的记者问道。

戴西雷眨了眨眼睛,点了一下头,那架势,好像一个因为不得不重复讲解而深感失望的教授:

"先生,任何的军事局势,都保有它的平衡点。您只要把它给打破了,无论是在什么地方,那么,一切就会改变。"

正是在这样的时刻,即便是德·瓦朗蓬先生也不得不表示赞叹。

戴西雷不等对方再开口,马上就连接上一些技术性信息,它们足以让最焦虑不安的人也感到心安:

"先生们,这可能会让你们觉得有些悖论,但是,我们可以自问一下,我们是不是有很大的兴趣看到德国军队把我们的部队一直击退到英吉利海峡。"

台下立即乱成了一团,戴西雷不得不用一个柔和而又优雅的动作,让大家平静下来。

"我们的盟军的确有办法把对方这一显而易见的胜利变成一次惨重的失败。我们的盟友英国人启用了一种海底管道系统,可以把石油洒到广阔的海面上,一有需要便点火燃烧起来,从而,顷刻之间就能把这一大片空间变成烈焰熊熊的火海。让德国人的军舰在英吉利海峡历险去吧,他们的舰队将立即被烧毁沉没!从此,法兰西海军只要把我们在地面上的部队带走就成,就能完成海上运兵的任务,要知道,那时候,德国军队就将被彻底歼灭。"

"喏!"德·瓦朗蓬叫嚷道。

他昂首挺胸,腰杆挺得笔直,肚子鼓得圆圆的,一副胜利者的高傲架势。他递过去一份资料,副主任则伸出一只苍白的手接过来,这位副主任看来身材十分瘦削，几乎一口气就能吹倒的样子。这是一份名单。他翻阅起来。经过了九个不眠之夜，他不再提问题了，他只等待着回答。而这一答案也确实没有让他等太久，不过，德·瓦朗蓬，他早已有些迫不及待了。

"东方语言学校1937年的毕业生名单。根本就没有您的那位戴西雷·米戈在册。为了避免出现差错，我又补充查阅了1935年到1939年的获奖学生名单：一共五十四人，没有一个叫戴西雷·米戈的！"

他那兴高采烈的程度，唯有他的自豪与他的愚蠢才能与之相比。

戴西雷被叫到上司的办公室，发出了一种尖厉的冷笑，像是某种鸟儿的鸣叫，或者像是开门关门的吱扭声，反正，是某种让人听了很不舒服的怪声，幸亏他平时很少笑。

"布尔尼耶。"

"对不起，您说什么来着？"

戴西雷伸出手去，用一根笔直如同正义一般的食指，指着1937年毕业那一栏中"布尔尼耶"这一姓氏。

"我随我母亲那一系姓布尔尼耶，而同时又随我父亲那一系姓米戈。我的姓氏全称为布尔尼耶-米戈，但那样叫又太过学究气了，您难道不觉得吗？"

副主任大叹了一口气。这已经是第三次德·瓦朗蓬差点儿又要在他面前剥夺戴西雷的确实存在了，真的是他荒诞顽念的自然结果啊。他实在是有些厌倦了。

他让他的受保护人重新回到走廊中。

戴西雷感觉很有趣，这一通游戏玩得好开心啊。要想找到那位真正的布尔尼耶的踪迹，那位1937年的历史教师资格获得者，次年去世的倒霉鬼，一定会让我们的德·瓦朗蓬花费不老少时间的。他为揭露戴西雷的面目而作的努力受到了长久的阻挠，因为目前形势很乱，而法国的行政管理系统正一天比一天地更加混乱。信件很难通行。电话呢，就更别提了。德·瓦朗蓬已经赢得了一些微不足道的成功，但还远远不足以把戴西雷在大陆饭店中的地位置于危险之中。

戴西雷倒是一点儿都不担心，反而感觉到脊椎骨上的一种小小的刺痒，对此，他也实在说不出什么词语能够来形容它。兴许是大陆饭店中的气氛所致吧，他心里这么想。

在六月头三天，这家大饭店变得惊人的空空荡荡，就像是一家宣告破产的企业。没有了大楼梯上的纷纷攘攘，没有了宽敞大厅中的喧闹骚动，没有了那些招呼、叫喊、盼咐、欢呼，替代它们的，则是私下里的喃喃低语，是压低了嗓门的对话，是令人不安的表情，是含糊不清的目光，人们行走在走廊中，就如走在一艘注定要遭海难的轮船的舱间通道中。甚至，连出席新闻发布会的实际人数都在减少。

1940年六月三日，德国国防军空军轰炸了雷诺和雪铁龙汽车厂。巴黎的郊区跟市中心一样，都遭受了攻击。二百多个牺牲者中，大多数都是工人，空袭伤害了人们的精神世界。德国空军的轰炸机已不是第一次在法国首都的上空散开，但是，在人们听闻了关于阿登山脉、弗兰德地区、比利时、索姆河、敦刻尔克的一条又一条的糟糕消息之后，这一次，人们真正感觉到，他们已经被包围了。

敌人对准的目标再也不是其他人，而就是你自己了。

这是一阵麻雀的惊飞，大难临头，各飞各的。好几百、好几千的巴黎人走上了南下的道路。

副主任觉得，他的队伍越是变得稀疏，戴西雷对于他就越是不可或缺。

一个令人好奇的事件发生在同一时刻，假如可以这么说的话，它算是了结了戴西雷的这件事。

通常，戴西雷每天很早就会赶去大陆饭店，不过，这一次，却在离饭店好几十米的地方，被他一开始称之为一种舞蹈的场景拦住了脚。中央，是一只鸽子，四周，则是一些小嘴乌鸦，这些羽毛又黑又亮的鸟儿，人们有时候会把它们跟大嘴乌鸦搞混淆。戴西雷很快就明白了，实际上，这是对猎物的一番争夺：那些小嘴乌鸦蹦蹦跳跳地用角喙啄着一只已经受伤的鸽子，鸽子跛行着，试图躲避。在它周围，有着一群结结实实的追猎者，其中还有一个领头的。处在最佳位置的那只小嘴乌鸦冲向前去，给了那只鸽子狠狠的一啄，然后，就闪到一边，把位子留给了下一个。搏斗是如此不平等，明显就是一番谋杀，看得戴西雷气不打一处来，便伸出脚去，几下子就把小嘴乌鸦给轰散了。它们小心翼翼地走远了一点。但是，一等到戴西雷朝大陆饭店的方向迈出一步，它们就马上回头来围住了猎物。他再一次把它们驱散，它们则再一次返回，鸽子没有出路，它一瘸一拐地，伸长了脖子，抖动着羽毛，乌鸦们的一次次攻击早让它有些晕头转向，它慢慢地绕着它自己转圈，仿佛它希望就这样沉没在人行道的沥青路面底下。

这时候，戴西雷明白到，他再怎么干涉这场搏斗都无济于事了。一切都已完结了。鸽子必将完蛋，乌鸦们已经赢了。

这本来是一个微不足道的小事件，然而却以令人压抑的方式让戴西雷感到灰心丧气。这一场群鸟的围猎在他的精神世界中具有了一种超乎想象的重要意义。他既没有力量来反对，也没有力量来见证这一场处死的仪式。他的心口揪得紧紧的，他瞧了一眼面前的饭店大门，向前走去，但是，就在他准备向右一拐进入大陆饭店的那一瞬间，猛地向左一拐，走向了地铁站。

从此，人们就再也没有见到过他。

副主任被他的这一临阵逃脱惊呆了。对于他，战争刚刚已经结束了，输在了一次令人蒙羞的失败上。

23

她很容易就找到了她,有时候,运气还真是来得快。大夫的女儿一直没有变更过原姓,她的姓名出现在电话簿上。只有她这么一个叫昂丽艾特·梯里翁的,就住在墨西拿大道上。

一切都很简单,露易丝进了大楼,问了门房昂丽艾特住在哪一层,然后,上楼,摁门铃,昂丽艾特来开了门,认出了露易丝,闭上了眼睛。那不像在她母亲的家里,那不是一种恼火或者不耐烦的反应,而是面对一种可疑任务时大难终于临头的感觉,是一种重负在身实难释怀的本能反应。

"请进……"

这是一声带着倦意的嗓音。公寓的面积并不大,面朝着蒙梭公园,但距离稍稍有些远。客厅几乎被一架小型的三角钢琴所独占,钢琴上堆满了一摞摞乐谱,差不多要被淹没了。在客厅的一角,放着一张独脚小圆桌,边上是两把扶手椅,椅子上盖有印花装饰布。

"请把您的外套给我……请坐,我去沏点茶。"

露易丝一直就站在那里。她听到水壶烧水的声音,茶杯放到一个托盘上的响声。过了很长很长的一段时间,昂丽艾特终于重新露面了,坐到了平时她习惯坐的位子上,于是,露易丝就坐在了她的对面。

"说到您的父亲……"她开口道。

"您对法官说了实话吗,贝尔蒙小姐?"

"完全是实话！我……"

"那么，您就别再拼命解释了。我读过了您的声明。假如它们说的都是真话，那它们对我就足够了。"

她面带微笑，一副很想宽慰人的样子。这是一个五十来岁的女人，并不怎么在意自己的发型，已经有几绺白头发赢得了地盘。她脸上的皱纹很厚重，眼睛阴沉无光，一双钢琴家的手，很宽，"很男性化"。这个词很让露易丝吃惊。无法解释的是，它令她感到很不幸。

"我去看望了您的母亲。"

昂丽艾特痛苦地微微一笑。

"啊，母后大人……我就不来问您事情进展得如何了，要不然，您也不会来这里的。"

"您的母亲对我撒了谎。"

露易丝并不想表现得咄咄逼人，她尝试着改口重来，昂丽艾特睁大了眼睛，目瞪口呆。露易丝明白到，这一装出来的惊讶就是她的幽默形式。她微微一笑。

"对于我母亲，撒谎并不是撒谎。您来一点茶吗？"

她的行为举止显得很自信，很平静，精确无误。这女人有条不紊到了几乎刻板僵硬的程度，对此，露易丝稍稍有些害怕。这应该就是她个性的一种平常效果，因为她不停地微笑着，像是为了向她的对话者保证，没什么可害怕的，表象都是骗人的。

"让我们来看一看，贝尔蒙小姐，您对这整个故事都知道了一点什么呢？"

露易丝便讲述起来。昂丽艾特饶有兴趣地听着她的叙述，仿佛在追随一桩重又流传开来的社会新闻。听到档案管理员的那段插曲时，她猛地打断道：

"好的，说白了，您是诱惑了他。"

露易丝脸红了。

梯里翁小姐又给自己倒了一点茶，很慢很慢，却并没有建议对方也来一点，她没想起来。轮到她说话的时候，她就放下茶杯，叉起双手放在膝盖上，人们简直就会说，她是在等待着一段音乐奏响，萦绕在室内，好开始催眠。

"我很清楚地记得您的母亲。人们一定常常对您说起过，您跟她长得非常相像。我不敢确信，这样的话听起来会叫人很舒服；我自己，假如有人对我说起这样的话……看到一个新的女用人来到家中，这本没有什么不寻常的。令人惊讶的是，这个女用人是那么年轻，毫无经验，尤其是，她竟然还留了下来。我母亲解雇起用人来，就如她雇用时那么快速，这让人相当难堪。她来之后不久，我母亲就不再跟她说话了，就仿佛这个人并不存在似的。而我，则不一样。我当时十三或十四岁，让娜十八岁，我们俩彼此的差别并不很大。当然，除了一点，即她是我父亲的情妇，而这，人们是不可能不知道的，他们俩的关系切切实实地笼罩了整个家。这一定让我的母后大人感到相当尴尬。一阵偷偷的激情之风吹拂而过，就仿佛有人在走廊中留下了一颗炸弹。说实话，我母亲没什么太多理由可抱怨，向来，她就是一个人分房单睡的。一旦她完成了为人妻为人母的任务，把我生下来，她就认为她不欠夫妻义务方面的什么债了。我母亲认定，性事就是男人们野蛮本性的表达。她不明白，这种事也会让女人感兴趣（有很多事情，我母亲都弄不明白）。她总是对她自己的忠诚而不是对她的丈夫更感兴趣。她无法抱怨我父亲有一段奸情，但这事情发生在婚姻生活中，毕竟让人颇感惊诧。我不知道，究竟是出于什么更深层的理由，我父亲造成了这一情境。兴许，我的父母亲彼此憎恨到了比我想象中还更厉害的程度……实际上，我对您的母亲倒是很赞叹的。必须要有一种非寻常的性格力量，才能够日复一日、月复一月地忍受如此一种伤害到所有人的错误情境。在家庭圈子之外，没有任何人知道此事。我父亲也好（他只为他那医疗诊所的声誉而担忧），我母亲也好（她始终把她的好名声看作王冠上的一颗珍珠），全都对此事的公开传播不感兴趣。事情一直就这样持续着，然后，过了两年，有一天，让娜突然就失踪了。当时,离1906年年底的节日没有几天了,我记得很清楚,我们家来了客人,让娜不见了,是另一个女用人过来服侍的。在我母亲的严格控制下,仆人们每月一次的芭蕾舞会重新开始,如同在最美好的日子里那样。很久以来都没有像这样了,我的父母凑在一起,话说得很多,低着嗓音,嗫嚅之声,喃喃细语,能闻到暧昧的决定和小小计谋的味道。我当时十五岁了,躲在门后偷听,但是我不明白发生了什么事。几个月之后,我父亲对我们宣布说,他已经卖掉了他的诊所,我们将搬到讷伊去住。但是,在讷伊,我们家不再是三个人,而是四个人。还有一个小婴儿,是个男孩,叫拉乌尔。在街区里,看到大夫家里接纳了一个小孤儿,所有人都欢欣鼓舞。我母亲维护了一个十分成功的传说。'既然我们比别人的运气更好,您又能怎么着,那我们就试图在我们周围稍稍行一点善事吧。'她这样说,带着一种圣母般的谦逊微笑,让人恨不得扇她几个耳光。她从中得到了深深的满足。我父亲的诊所曾经门庭若市,居民们很看重他的医德。但奇怪的是,对于我,人们什么解释都没有。'你年纪还小,还不能明白……'每当我提出疑问来时,我母亲总是这样回答我。然后有一天,我也不知道是怎么了,我把让娜的失踪跟那孩子的来到这两件事扯到了一起。'嘿,嘿,嘿,你还在想什么呢?'我父亲满脸通红地回答我。实际上,拉乌尔,那是您的自家兄弟啊……"

一时间里,她两眼朝天,不知道在看什么。

"一开始,我父亲还像模像样地照看着他,但他是一个很忙的男人。几个月之后,他的意愿便在他妻子的意愿面前有所让步。他把孩子扔给了她。我很快就明白了,我母亲当初并不同意接纳这个孩子,而是不得已才接受了他。并不是出于道德责任,而是因为她恨他。而要让他遭受不幸,就再没有人比她更适合了。收养这孩子有助于她惩罚所有人。首先,惩罚了我父亲,让他看到他已经失去的一段爱情的结果就在自己眼前;其次,惩罚了您母亲,她不得不抛弃了自己的孩子,而且,根本不知情地,把他交到了她曾羞辱过的那个女人的手上;最后,也惩罚了拉乌尔,他本人成了牺牲者,就跟人们强加到所有那些私生子头上的结果一样,不为别的,只为惩罚他们的存在于世。"

谈话过程中，本来就已很微弱的天光，现在更为明显地阴暗下来。公寓深处沉浸在了傍晚时分的一片昏暗之中，给露易丝留下了深刻印象。钢琴隐约让人联想到一座断头台，堆在那上面的一摞摞乐谱，则好比引人向上爬去的阶梯。在那上面，突出来的烟囱道就像是要通向断头台上一把看不见的大铡刀。

"我们什么都看不清了，"昂丽艾特说，"我去开灯。"

她带走了托盘。

另外的一些灯，一盏接一盏，照亮了客厅，驱散了露易丝以为觉察到的那些咄咄逼人的阴影。

昂丽艾特返回来，带来了一瓶酒，两只小玻璃杯，她把酒倒上。

"这是水果烧酒，"她说着，把其中的一杯递给了露易丝，"您来给我讲一讲新消息吧。"

第一口刚刚喝下，露易丝立即就来了一阵咳嗽，便连忙放下酒杯，用手扶住了胸。

昂丽艾特已经又给自己倒了一杯，慢慢地喝着。目光一片茫然。

"我那时候十六岁。一个婴儿来到家里，您倒是想象一下！"

露易丝很能想象。她感觉到手指头里像是有蚂蚁在爬，便一把举起酒杯，费了好大的劲儿，才控制住自己没有一口喝干。

她刚把酒杯一放下，昂丽艾特就又为她倒上酒，同时趁机也给自己的酒杯倒满。

"这是一个很漂亮的小男孩，总是笑呵呵的。负责带孩子的那个奶妈是个浑蛋，动不动就过来让我去帮她照看一下孩子，自己倒有一半的时间跑到花园里去，一边抽烟，一边读报纸。她总是不愿意给孩子换尿布，因为这要费她的时间和精力，他学走路的时候也就带着一块重得像铁块一样的尿布。到了晚上，我还得给他抹爽身粉，并且久久地抚摩他，才能让他睡觉。我玩洋娃娃，当然，但同时，我也是这个家里头唯一一个真正爱着他的人，这样的事情，婴儿们的心里是很明白的。拉乌尔一旦学会了走路，情况也就变了。母后大人便走下了她的奥林匹斯山[1]，前来'亲自照看'他了。她辞退了奶妈，就像她对待所有那些仆人一样，每个月都要换掉他们中的一批人。而对一个小孩子来说，再也没有比如此连续不断地更换仆人更糟糕的事了，他很快就丢失了他的方位标，他根本就无法习惯她们。照看他的是那些保姆，而我母亲，则负责他的教育。她兴味盎然地投入这一任务当中。她终于扮演了一个跟她本身很匹配的角色，表面上装出一副一个辛勤教育孩子的母亲形象，而实际上要偷偷地把他给彻底毁掉。她从来不让他有任何暂缓喘息的机会。在各个领域中全都如此。她以食品卫生为借口，强迫他接受一种他根本不喜爱的饮食，她以教育方面的卫生为借口，禁止他玩他喜爱的游戏。是的，对于我母亲，一切都是卫生的事情，是她的事情。强加到孩子头上的，则是对她来说的好东西，是能让她轻松的东西。看到这个哈尔比亚[2]在那里猛烈地追击这个孩子，实在是对我生活的巨大考验。拉乌尔是个乖孩子，这个您知道。但是，各种各样权利的剥夺，花样繁多的禁忌，疼爱的缺失，权威的不断教训，愉悦的充公，不同名目的纠正，长时间的罚站，关在小黑屋中吓得直哭，没完没了的作业，一遍又一遍的惩罚，种种侮辱，最受压抑的寄宿生活，更不用说还有种种的轻视、蔑视、鄙视，这一切，在他身上留下了深刻的烙印。他本身并没有一种很坏的本质。我也曾偷偷地加以干涉，我在幕后悄悄地为他灼焦伤疤，这都是非常考验人的。这里头是不是有我父亲的什么事呢，他都做了一些什么呢？要说他是一个懦弱的男人，那可不是在咒骂他。就跟所有的懦夫那样，他也会有突如其来的勇气，也会有一时兴起的反抗，但是，到头来他总是会为了自己的名誉而在威胁面前屈服，那是对他职业路途上种种威胁，是我母亲的百般要挟……他跟让娜彻底断绝了一切关系。他本来应该老老实实地对让娜承认，承认他动用了他的种种关系和手

---

[1] 在希腊神话中，奥林匹斯山是神的山，"奥林匹斯"（Olympe）的原意是"光之处"的意思。在希腊神话中它的地位相当于天堂，众神、巨人和他们的仆人都居住在这里。
[2] 哈尔比亚（Harpie）是希腊神话中专司暴风的女怪。其脸及身躯似女人，却长着鸟的翅膀、爪子和尾巴，生性残忍贪婪。

段，终于接回了那个孩子，然后把他养大，并且根本就没有告诉她相关的一切，因为，说到底，若是要他承受她肯定会给他造成的丑闻，则实在有些叫他勉为其难了。总之，是我母亲赢了。拉乌尔一开始就是那么难对付，然后就完全变得无法无天了。他成了撒谎者、作弊者、偷窃者，他从所有的寄宿学校出走，跟所有的教师都闹得不可开交。我母亲说：'瞧瞧他的样子！就是一个坏种，没别的！'整个街区都在抱怨他。"

一时间里，昂丽艾特陷入了沉默。

"一开始，我并没有马上意识到……直到有一天，我发现我父亲已经走向了衰弱。这是一个被他自己的故事打败了的男人。渐渐地，他把自己封闭在了他的那个世界中，他变得无法接近了……"

露易丝的心一下子就揪得紧紧的。

"那么，您自己，从来就没有把真相告诉给拉乌尔吗？……"

"在梯里翁的家里，勇气可不是我们的强项。"

"他后来怎样了？"

"他一到年纪，就去服了兵役。服完役，带回来一纸电工的证书。这是一个很聪明的小伙子，心灵手巧。去年，他又应征入了伍，现在，他正在军队里当兵呢。"

暮色降临。昂丽艾特又给小酒杯倒上了酒，两个人又慢慢地喝了起来。露易丝总在担心她不得不起身告别的那一刻，她没有喝烈酒的习惯，她是不是会醉得步履踉跄呢？

"您有没有他的照片啊？"

她的脑子里突然产生出这个想法，她特别想看他一眼——他到底会是一副什么样子呢？再后来，她会问她自己，她是不是期待发现他跟她自己的一种相似性，即便只有一点点的相似也好啊，她不知道自己是不是期待着发现一个兄弟……一个双胞胎。人们总是会把一切都带回到他们自己。

"有的，我应该有他的照片。"

露易丝的心跳得像敲鼓一般。

"喏……"

昂丽艾特递给她一张边上带有齿纹的有些泛黄的照片。露易丝瞧了瞧他。昂丽艾特面带微笑,有些激动。这是一张十个月到十二个月大的婴儿的照片,他跟世界上所有的婴儿都很相像。昂丽艾特在这一形象中看到了她曾爱过的那个婴儿,而露易丝,则从中只看到一个跟其他婴儿一样的婴儿。

"谢谢。"露易丝说。

"您可以留着它。"

昂丽艾特又转回去坐下,陷入了某种深思中。这张照片的放弃到底是帮她摆脱了一个沉重的负担呢,还是正好相反,让她感受了一种遗憾?

夜色中,公寓显现出另外一种样子。那不再是一个围绕着她的钢琴而生活的女人的洞穴,而是一个蜷缩在自己身上的孤独生命体的庇护所。

露易丝谢过了昂丽艾特,昂丽艾特一边送她出来,一边又对她悄悄说:

"拉乌尔只在需要我的时候才会给我写信。我不会因此而生气的,他向来就是这样的,这是他唯利是图的一面……即便成了士兵,他依然忠诚于他原先的本性,一个混混。而我,我是很喜欢他的,但是……在他最近的一封信中,他又问我要钱了,而且他还告诉我说,他现在进了寻南街的军事监狱。他向我保证说,那只是一次司法上的差错,完全是他的一贯风格。他应该是骗取了将军的那些勋章,把它们当作废铜烂铁给卖掉了,我再也不去关心他的事了。到明天,说不定又会出什么岔子呢。"

两个女人彼此握了握手。

"哦,对了,"昂丽艾特说,"请您稍等片刻……"

她消失了一会儿,回来时带上了一个用细绳拴住的盒子。

"这些是您母亲写给我父亲的信,我是在他的书房中找到的。"

她把盒子给了她。

走下楼梯时,露易丝感到身子很重很重。

知道了她母亲的儿子原来是一个小小的骗子,这对她来说真是一种失望,但是,还有事情比这更为残忍。

让娜·贝尔蒙从来都不曾知道她儿子存在的真相,也不曾知道他那苦难的童年。

拉乌尔·兰德拉德从来都不曾知道,谁是他的母亲,也不曾知道他自己是一个什么样故事的悲剧性后果。他是什么样谎言的牺牲品。

他是不是知道,那个收养了他的男人就是他的亲生父亲?

她把那个盒子塞进她的包里。

然后,转回去,在儒勒先生的怀抱中哭了个痛快。

一九四〇年

六月六日

24

这条街曾经见识过一个个喧闹的夜晚,那些国庆节、婚礼、带薪假期的开始,但是这一次,没有快乐,没有欢腾……忙忙碌碌的父亲们往汽车上装东西,而母亲们则一路跑来,把婴儿紧紧地抱在怀中,人们带下来床垫、箱子、椅子,就仿佛整整一条街早已决定,要在这深更半夜里搬家。

费尔南趴在他家餐室的窗户前,抽着一支烟,一边观看着这一热闹的场景,一边反刍似的再三考虑着迫在眉睫的出发问题。

他只是那一次在巴黎圣母院望大弥撒之后,才严肃地考虑了这一问题,那是在三个星期之前,一段令人吃惊的插曲。

当时,他的机动卫队大队被召集过去保障教堂前大广场上的秩序维护。那里聚集了一大群神情严肃的人,密密麻麻地拥挤在一起,一直延展到塞纳河上的一座座桥上,仿佛在等待着救世主弥赛亚的降临。人们并没有看到救世主的到来,取而代之的是巴黎教区的代理主教,只见他身披金色的教袍,头戴主教帽,手握权杖,来迎接政府总理、各国使节、各部部长,以及达拉第先生[1]。看到这些要人云集,费尔南早已不胜惊讶,这些人士中有众多的政

---

[1] 爱德华·达拉第(Edouard Daladier,1884—1970),法国政治家,激进社会党领袖,曾任共和国总理(1933—1934,1938—1940)。1938年代表法国和希特勒签署《慕尼黑协定》。1940年二月被迫下台辞去总理职务,但仍任国防部长,同年五月辞去国防部长之职,改任外交部长。他因一贯支持甘末林将军的作战计划而于不久之后被维希政府逮捕,1942年受审。1945年释放后任国民议会议员(1946—1958)。

治家、激进派、社会党人、共济会人士，他们全都派出代表前来巴黎圣母院祈祷一位他们并不相信的天主，但是，对于他，最让人担心的莫过于一大帮身穿军装的头脑人物的在场。看到军队总参谋部的精英名流几乎全都到场，贝当元帅、德·卡斯特尔诺将军[1]、古劳德将军[2]等等，他的心中不禁暗自嘀咕，在国家遭受世代宿敌侵犯的关键时刻，这些人是不是没有什么别的更好的事情可做了，只能前来此地参加一下大弥撒仪式。

当置于大广场上的那些高音喇叭向忧伤哀怨的人群播放出《降临吧，造物主圣灵》[3]（"临望你那忠诚者的灵魂……"）的曲调，然后，又是博萨尔主教大人[4]的讲道（"来吧，圣米迦勒[5]，你这战胜了恶魔的圣徒……"）的声调，而最后，高扬起总本堂神父布罗特先生的嗓音（"圣母啊，为我们祈祷吧！"）时，有一点似乎是显而易见的，政府高官与军人首脑之所以都已经到达了这样一种极端的境界，是因为他们早已不知道应该求拜哪一个圣徒好了。

弥撒长得没完没了。费尔南心中自问：就在这一时刻，古德里安将军[6]的那些装甲师已经突破了我们多少公里的防线？

巴黎圣母院钟楼上的大钟纷纷敲响，钟声激越，回荡在虔诚的人群的头顶上。看到教会人士与政府成员以缓慢的步子离开了圣母院，人们不禁会从

---

1 爱德华·德·卡斯特尔诺（Édouard de Castelnau, 1851—1944），法国将军。第一次世界大战期间十分有名，在军中为好战的天主教派代表，后领导了法国的"全国天主教联合会"这一短暂的运动。二战中，反对贝当为首的维希政府，支持抵抗运动。
2 亨利·约瑟夫·欧仁·古劳德（Henri Joseph Eugène Gouraud, 1867—1946），法国将军，一战时以领导法国第四军而闻名。
3 《降临吧，造物主圣灵》（*Veni Creator*）这是天主教教会中传播最广泛的赞美诗之一，篇首两句即为"降临吧，造物主圣灵。临望你那忠诚者的灵魂"。
4 博萨尔（Henri Roger Marie Beaussart, 1879—1952），法国天主教神父，1935年到1945年间任巴黎教区的助理主教。
5 圣米迦勒（Saint Michel）在《旧约》中为天使；而在基督教文化中，米迦勒是天使长，具有凡人所没有的勇气与无可比拟的威力，还有最英俊的外表。他性情勇猛果敢，好战，同时充满慈悲心，是"绝对正义"的化身。
6 古德里安（Heinz Wilhelm Guderian, 1888—1954），德国将军。他是第二次世界大战爆发前提倡坦克与机械化部队使用的现代化战争的重要推动者，他为德国建立了一支最具效率的装甲部队，并于二战初期以新型的"闪击战"的形式屡屡击败敌军。

心底里坚信，天主刚刚被任命为军队总参谋部的统帅。

费尔南那时候认为，所有那些人脚底抹油远走高飞，大概需要两到三个星期的时间。出发的消息传得沸沸扬扬。仅仅在他的那个旅团中，早就已经有不少士兵蒸发得无影无踪，甚至还包括一些军官，他们全都借口说，没有人会具有那样的心胸胆魄，能做到过细地检查。

尽管如此，回到自己家里后，费尔南还是痛下了决心，无论如何，要让妻子爱丽丝走掉，而不管她的健康状况如何糟糕，或者还不如说，正因为她的健康状况如此糟糕。爱丽丝抓住了他的手，用那样一种让他听了会颤抖不已的嗓音，回答他说：

"我亲爱的，没有你在一起，我是绝不会走的。"

但是，她立即就被一阵强烈的心悸所揪住，它要求有相反的解决办法。

这样的插曲总是会把费尔南掷入无可奈何的绝望之中，因为他没有别的事可做，而只有苦苦等待。他把一只手放在他妻子的心口上，被这一走向灾祸的迅速节奏所击垮。

"绝不能没有你……"她重复道。

她的嗓音在颤抖。

"好的，"费尔南赞同道，"好的。"

他指责自己的软弱，他本该坚持的，下定决定。这兴许是战争的一个结果，爱丽丝的健康最近几个月来大大地衰退了。她的心悸变得更为频繁，更为剧烈，医生们都说，她需要休息。

既然她不愿意没有他陪伴就走，那么，是不是就应该考虑跟她一起走呢？他是不是应该像他周围的其他一些人那样，坐火车到乡下去呢？他的姐姐就住在卢瓦尔河畔的维尔纳夫，在那里经营着一家小小的杂货店。她曾经给他写信说："你就来我家住上一段日子吧，战争并不那么需要你，你还以为你是不可缺少的吗？"

不是不可缺少的，当然不是的啦，但是，敌人越是逼近，他就越是感觉自己有责任等着他们来到。假如需要保卫巴黎，那么他，当了二十二年的机动卫队[1]队员,他难道有权像一只兔子那样撒腿逃跑,跑去躲在他姐姐的家里头吗?他一直尽忠尽职到了六月十日,他的生日那天。这显然很荒诞,但人们实在看不出,出于什么理由,在他四十三岁生日那天实施的逃亡,会比早一天或者晚一天有更多的合法性可言,不过,这个时代本身就是荒诞的。

让他改变主意的,是运送垃圾的卡车。

不是那种在早上五点钟驶上街头,把人行道上的一个个锌皮垃圾桶倒空的垃圾车,而是在六月五日八点钟左右开进伊西-雷-穆里诺[2]垃圾焚化工厂院子的那一种,那时候,他作为那一排的排长,被派到那里去执行一次监督。监督什么呢?没错,一切尽在其中。他并不习惯派遣十个机动队队员来看押一辆装满垃圾的卡车的来到。

通常,在这个现代化的工厂中,官方人士的走访视察基本上都属于礼节性的,会是竞选中的国民议会议员前来跟工人们握个手,会是参议员来让人参观"他的"工厂,就仿佛此地是他的常设选民接待处的一个分处,但是,四个衣冠楚楚、领带紧系的巡视官朝所有人投来怀疑的目光,这样的阵势,费尔南可是还从来没有见识过。

人们不知道他们代表的是什么人,他们也什么都没有说。而来到征服之地后,他们还是表现出了一种轻微的犹豫,因为他们发现了一艘如此的巨轮,带有它那四个巨硕的焚化炉,它那带动了一列地狱列车的传送带,这整个由机械跳板和阶梯构成的复杂系统。

工人们从一个公务员面前鱼贯而过,此人专门负责检查他们的身份,并让他们在一份登记册上签字。"这是政府的命令!"一个视察官开口说,松开了脖子上的领带,这一下,讽刺地,倒让他的叫喊声显得更为可信。所有的人都签了字。

费尔南赶紧布置他的手下人把守好那一道道门,那一条条传送带,那一

---

1 机动卫队(la garde mobile),也译成"国民别动队",是法国于1868年成立的辅助部队,通常担任要塞的守卫以及维护当地秩序等武装任务。
2 伊西-雷-穆里诺(Issy-les-Moulineaux)在巴黎的西南近郊。

个个焚化炉，布置妥当之后，那道沉重的大铁门就打开了，让一辆卡车开了进来。工人们接到命令给卡车卸货，并把卸下来的东西全部烧毁。

那都是一些纸张。一些表格、用过的记事本、票据、各种各样的声明、签收单、各类通知书、过了时的证书及其副本，整整的一大堆无用的废纸，人们实在看不出为什么要如此着急地把它们给毁掉，瞧这阵势，整个工厂中如临大敌，危险万分，就仿佛这些检察官来这里是在冒着一种职业生涯的大险。

那些清洁工人整个上午都在忙着推那些手推车，车上装载着那些盖有BdF[1]印戳的沉重包袱，一直推到阶梯的底下，车子一路上就吱扭吱扭地响个不停，因为每一部推车上载的内容实在是重得跟一头死驴似的。

这次行动的几个负责人，带着他们的记事本，还有他们的表，不断地测量着，控制着，记录着，解释着，瞧着工人们在那里费劲卖力，这足以让那些公务员恨死他们了。他们不断地改变着组织方式；很明显，没有人知道如何在一个合理的期限内烧毁那么多的纸张。

费尔南牢牢地守定在传送带的开端，看着传送带把那些装纸张的大包一个接一个地送往焚烧炉。他点了一下头，算是跟一个四十来岁的工人打过了招呼，那工人是一个腿有些短的家伙，挺了一个将军肚，腰上的皮带都有些系不住，但他有着一种取之不尽用之不竭的力气，整个上午都在那里忙着开包，并把包里的内容倒到输料的槽管中，干得像是很轻松，全然一副毫不费力的样子。

从卡车的车口一出来，人们就计数起了包裹的数量，每转移一个地方就标记出它们的号码，还相应地在登记本上打钩钩。上午即将结束时，公务员们一边走掉，一边还在争论着种种相关的问题，什么必要工作人员的数量，有待改进的组织工作，他们所掌握的时间，等等，就这样，他们转身走出了工厂，没有对任何人说再见。

---

[1] BdF是"法兰西银行"的字母缩写标志。

回到自己家里后，费尔南便给自己的犹豫不定画上了终止号。爱丽丝将会尽早地离开巴黎，但她会独自一个人走，因为他在伊西-雷-穆里诺那边还有工作。

"什么工作呢？"

"就是工作，爱丽丝，工作嘛！"

费尔南说出这个词时的语调是那么严肃，爱丽丝听到的似乎不是"工作"，而是"职责"。而她实在是看不透，在目前这一混乱阶段，究竟什么方面的职责还能阻止费尔南把她带走，远远地离开巴黎。

"你还要留在这里很长时间吗？"她问道，有些担忧。

他不知道。一天，两天，或者更长时间，根本就没法说清楚。她像是已经看出了他的决心，便不再坚持。

于是，费尔南下楼去，去找到了基耶弗先生。

这个星期开始时，他听基耶弗先生提到了纳韦尔，他计划去一个居住在这个城市中的表兄弟家躲避一阵，如此说来，他肯定会经过卢瓦尔河畔的维尔纳夫。

费尔南发现他就在过道上，怀里抱了一个纸箱子。

基耶弗先生低着脑袋，点燃了一支玉米色的茨冈女人牌香烟。费尔南从他的目光看出来，对方正在思考，正在犹豫。

"您只有您妻子一个人跟您一起走，"他坚持道，"您的车里还应该稍稍有些宽裕的地方吧，对不对？"

基耶弗先生是邮局的检察官，有很好的社会地位，他有个当兵的儿子，还有一辆402汽车，当然，是一辆二手货，但毕竟相当宽敞，当人们坐在这些汽车的后排时，尽可以伸长了腿脚，就像在火车的餐车上那样自如。

"嗯，倒是还有些地方……"基耶弗先生说，"不过也没有太多，别太相信！"

这可不是一句坚定的否认，倒更像是一声有条件的肯定。

基耶弗先生，他也一样，久久地想到了爱丽丝，听说这个女人是病了，但她有着一对漂亮的奶子，还有一个真应该好好瞧一瞧不知道怎样的屁股。

"说到种种条件，"费尔南继续道，"我是说，食物啦，汽油啦，所有这一切，当然，您就只管实话告诉我好了……"

他腼腆地提起了这一切，仿佛那只是一种潜在的可能性，就连他自己也不怎么会真正相信的。这两个男人之间的关系向来有些不平衡，因为，基耶弗认定自己的生活成功，总是带着优越感和嫉妒心来看这位机动卫队的人员，对方唯一稍稍有些特别的地方，就是娶了整栋楼里最标致的女人。基耶弗先生的目光潜沉到了空无之中。费尔南的请求对他很有诱惑性，带上那么一个女人……更何况，还有人会为他付汽油钱呢。

"这个嘛……这可是一个重得要命的责任。"

"我想付您四百法郎。"费尔南提议道。

这可不是期待中的，这一点马上就看出来了。基耶弗久久地摇晃了一阵脑袋，猛吸了一口香烟，若有所思，一阵波动的沉默落在了他们俩之间。

"您知道……"他终于又开口道，"这是很费精力的，一趟这样的旅行，人们根本想象不到……"

"那么，我们就说定了，六百法郎。"费尔南又建议道，他一想到，这笔钱几乎相当于他目前尚能动用的一切，他的心里就有些犯嘀咕……

"这都是因为我们是邻居嘛，嗯！明天出发，正上午时，怎么样，可以吧？"

他们彼此握了握手，但并没有对视一下，各自都有各自的理由。

当费尔南把他跟基耶弗先生之间达成协议一事告诉爱丽丝时，爱丽丝没有作任何回答。这个邻居，当他们在楼梯上打照面时，总是朝她投来色眯眯的目光，当他侧身让她过去时，他总是会故意蹭一下她的身子，仿佛是无意碰到的那样，但是爱丽丝心中早已有了主意。假如，每次有一个男人不怀好意地打量您，或者伸出一只手偷偷摸您身上什么地方，您都要抱怨的话，那么，可就没有一个完了。而她知道，费尔南的脾气就像一锅牛奶汤，说热就热，说凉就凉，于是，她从来就不提这方面的话题，尤其还因为，她觉得自己完全有能力对付那一切。

费尔南拿出一张法国地图，他们仔细地瞧着要去卢瓦尔河畔的维尔纳夫的话汽车必然经过的线路。即便在目前的情况下，也只需要走两天就行，用不着更长时间了。他们没有提到爱丽丝的健康状况，但是，两天的旅行，毕竟还是一桩大事。

"你为什么不跟我一起走？"

爱丽丝就是这样，她从来就不缴械投降。

费尔南，知道他的决定是正确的，但其中的真相又是不能透露的。假如他现在就提到波斯国，提到《一千零一夜》，爱丽丝又会怎么想呢？那将会显得滑稽可笑。然而……

他们结婚已经有近二十年了。爱丽丝病恹恹的健康状况迫使她留在家中，还不能生孩子，但这都没有什么要紧的，她从来就没有一颗充满母爱的心。此外，也没有一颗家庭生活的心，她违心地做着家务事，以读小说来打发时间。不，能让她开心的，并不是跟一个机动卫队队员过的家庭生活，而是旅行。

埃及、尼罗河，这就是她特别渴望看到的。

还有波斯呢。是的，现在，应该称之为伊朗了，但怎么叫都一样，都是一回事，《一千零一夜》，那就是波斯。那些故事总是让她想入非非。费尔南每每看到他妻子半躺在客厅的长沙发上读书时，总觉得她具有一种东方公主的派头。每当她提到土耳其式长沙发、镶金和镶象牙的家具、五颜六色的地毯、沁人心脾的香水味、驴奶浴，他总会发笑，但他是在苦笑，因为他的薪饷只能允许他们享受去卢瓦尔河畔的维尔纳夫休假。爱丽丝总是说，这一点儿都不要紧，当然，这话无疑也是真的，但对费尔南来说，事情正好相反，时间越是过去，这一计划就越是显得要紧。去波斯的旅行已经成了他心中的一种内疚，眼睁睁地看着他所爱之人的计划日复一日、月复一月地成为泡影，却无能为力，他觉得这就是他的一种罪孽。

第二天，当爱丽丝安坐到基耶弗先生的汽车的后排上，位于两个纸箱子和一个行李箱之间时,费尔南给了她一个亲吻。

"时间不会太长的,我的心肝,最晚你明天就能到那里,你就能好好休息了。"

爱丽丝紧紧地握了一下他的手,朝他咧嘴一笑。费尔南再也不知道该做什么好了,"我会很快过来的,"他说,"我们在弗兰西娜家再相聚。"话没说完,汽车的发动机就隆隆地响了起来,最后的一番嘱咐,费尔南绕汽车走了一圈,对基耶弗先生说,"我就把她托付给您了,拜托了。"基耶弗则答以一丝足够的微笑。

汽车刚刚启动,费尔南就在马路上举起了手。他所看到的爱丽丝的最后一个形象,就是她从车门上伸出来的那条漂亮胳膊,它似乎在对他说,不久见,我爱你。

他重新上了楼,疲惫得筋疲力尽,感到前所未有地焦虑,心中满是问题与顾忌——他这样做到底对不对?他是不是抛弃了爱丽丝?这是不是一个很好的选择?公寓在他眼中显得很虚空,就像是从一张海报上脱落下来的一出戏剧的布景。他几乎没有睡着觉。

第二天早上,透过窗户,他瞧着另一些即将出发的汽车。

五点钟了,晨曦很快就将浮现在巴黎的上空,街道似乎更加宽阔了,有几辆汽车应该早在夜间就已经出发,消失在了远方。

他猛地抖了抖身体,穿上了军装,下楼来到了后院,在那里,他挖掘出几个麻布的包,包的深底还铺着一层泥土,早先,这些包里曾经装过土豆。

然后,他骑上了他的自行车。

他的得救现在全都取决于一个清洁工了。

25

　　寻南街的军事监狱是一个介乎于感化院与军营之间的地方。要说前者，它拥有麻风病人一般的单人囚室，逼仄狭小的庭院，还有一种贫乏而又令人沮丧的饮食。要说后者，它有一批迟钝而又僵硬甚至于固执的监管人员，有一套钢铁一般的纪律，以及极其紧密的组织机构。这在平常的时间里就已经显得很过分了，而如今的这一段时间，恰恰没有丝毫的平常之处。前景每一天都比前一天更明显地显露出一种巨大而又无望的崩溃，这越来越沉重地压在囚徒们的身上，而这些囚禁者，在看守者的眼中，具体体现为导致了人们称之为失败的各种罪孽。

　　置身于寻南街监狱中的，是整整一大批的政治犯和违抗军令者。前者主要来自那些无政府主义者，中间也杂七杂八地夹有一些真正的破坏者、所谓的间谍以及假定的卖国贼。至于违抗军令者，则从临阵脱逃者到不服从命令者都有，甚至还有那些故意拒绝服兵役者。而在所有这一切之中，还包括那些犯了普通刑事罪的军人、窃贼、抢劫犯、杀人犯，五花八门的都有。由于早先曾有过几次短期坐牢的经历，拉乌尔比起加布里埃尔来，倒是能更容易地融入监狱生活中，但是，这里的条件要比别处糟糕得多了。他就躺在连狗熊都不愿意躺的草褥子上，整夜辗转反侧，无法入眠。

　　监狱的气氛绝非只用可怕一词就能形容。随着敌军的渐渐迫近，寻南街军事监狱的看守们对那些囚犯滋生出一种憎恶,而这一憎恶最后必定会走向仇恨。战争的脉搏一直跳动到了这家监狱的走廊中。寻南街监狱几乎成了法兰西军队遭受的种种挫折的一个共鸣箱。法军不是在色当遭到了失败吗?加莱不是已经被敌军占领了吗?于是,这里的惩罚措施也就变得更为严厉,棍棒之击就会纷纷落下;法军不是在敦刻尔克成功保护了盟军的撤退了吗?那么,去院子里放风的时间则又变得几乎正常了。

拉乌尔和加布里埃尔有过两次分开,又有过两次重逢。而每一次,加布里埃尔都会死死地纠缠他,想让对方证明自己的清白。

"你别担心,一定会得到解决的,"拉乌尔回答他说,"再过一个月,我们就全都出去了。"

再没有什么比这更不靠谱的了。法国军队可以昧着良心同意让它的士兵一批一批地派出去送死,却无法忍受他们中的一员是个罪犯。这会让它,让这军队恼火的,它会感觉自己受了玷污。

拉乌尔的乐观主义全都建立在一个事实之上,即他向来总能化险为夷。始终都能。尽管有时候会很难很难,而且要付出一些牺牲的代价,但他想到,凭着他从小到大所经历的那一切,他不难做到死里逃生,若是换作别人,恐怕早就死去好几回了,而他却活得好好的,"始终屹立不倒"。

拉乌尔甚至还在监狱的食堂里吃了好几天的集体饭。人们对猜牌赌博的兴趣是到处都一样的,因为它的基础就是要证明,我们的感觉是值得自豪的。而加布里埃尔,尽管总是禁止自己去参与赌牌,却很是羡慕这家伙身上屡屡被证明的那股子机灵劲。就这样,从进监狱之日起,拉乌尔已经从一个看守那里赢得了一个保证,要为他传递一封信,不经过上级审查就寄走。"那只是写给我的姐姐的。"他这样解释说。看守倒也是光明磊落,他反正是赌输了,愿赌服输,也就乐得送了他一个人情。

拉乌尔同样也尝试着说服加布里埃尔,让他好歹也明白明白道理。

"我要求见一个律师!"加布里埃尔当时正对着一个开始同意见他的军官这样说。

"您是说要求……"

"我是想说……"

他根本没时间补充一个词,一记枪托就落到了他的肚子上,让他乖乖闭上了嘴。

"你就平静平静吧,我的老兄!"拉乌尔始终这样劝告他说。

"你的事,很不好呢……"一个士兵对他说,此人是因为喝酒的时候捅了一个战友一刀被抓进来的,"掠夺罪,他们可是很不喜欢的。我也不知道那是为什么,兴许这样做很没有一个军人样吧……"

加布里埃尔有些被吓住了,于是在拉乌尔的座位上重新坐下。

"以后,当被召见的时候,你就得说实话!"加布里埃尔不断地对他重复道。

而拉乌尔每次回答这一条训令时,都会开玩笑似的答以种种各不一样的论据,加布里埃尔真不知道他心里到底在想什么。

"什么,要说实话吗?"拉乌尔说,"我不能够说你当时不在场,因为你当时被抓了个现行。"

"现行吗?"加布里埃尔嚷嚷起来,"什么现行啊!"

对此,拉乌尔则报以一丝大大的微笑,以及背后的一记拍打:

"我是在开玩笑呢,中士长,我开玩笑呢!"

实际上,拉乌尔很喜欢加布里埃尔,在特雷基耶尔河的桥上,他表现得很勇敢。他自己是个暴躁鬼,炸一座桥是很对他脾气的事,整个的童年期间,他都不得不与暴力作抗争,打架斗殴对于他就是家常便饭。但是,从这个小个子数学教师的角度来说,那样做可就是非同寻常的了,拉乌尔觉得他实在很好。

恰如各家监狱常常会有的情况那样,寻南街上的这座监狱是全巴黎消息最灵通的地方之一。来访者是各色人等,三教九流都有,信息面自然也十分广阔。而在六月的最初几天里，在此处流传的种种信息则糟糕得简直不能更糟了。

敦刻尔克的种种事件早已动摇了那些最坚定者的信念。这一可怕的阶段中，法军与盟军抵抗德国入侵的英勇行为也对囚徒们也产生了深重的影响。正是在这一时刻，法国的行政机关（也就是说，是法国政府）考虑并质疑了种种军事监狱的命运，而寻南街这里恰好是监狱系统的最佳体现。

自从跟德国军队的最初冲突以来，行政方面已经接到了一些指令，说是要转移重要的东西到安全地带，以防遭受意外的打击。他们就加快速度地装箱子，装口袋，装纸箱，转运走了决不能丢弃给侵略者的那些东西。人们津津有味地谈论到那些故事，说是那几个部门的人已经在大量地烧毁文件资料，或者已经连夜把一些东西装车运走。政府本身也很严肃地考虑了撤离巴黎的问题。人们实在不愿意冒险，让自己突然就被敌人抓住，在受侮辱的基础上再添加一种滑稽可笑。

如何处理寻南街监狱囚徒，这个问题就此提了出来。

作为众所周知的国家监狱，它所关押的大都是恐怖分子，按照所有不是恐怖分子的那些人的想法，他们可都算得上是纳粹的帮凶，因此，问题也就提了出来，假如局势转向糟糕，而这也恰恰是目前正在发生的情况，那么，监狱的命运又该如何？在高层，人们想象，这些囚徒中绝大多数人都是第五纵队的成员，一旦机会来临，他们就会得到那些在巴黎尚能自由行动的恐怖分子的释放，并将为德国军队效劳，帮助他们来更好地完成占领首都并控制居民的任务。

这一威胁苦苦地折磨着看守与囚犯。德国人越是逼近，气氛就越是凝重，看守们也就越是具有威胁性，因为他们也不愿意被敌人抓起来，他们实在不想被人视为法兰西之敌的看守人员。

六月七日，一份由看守带进来并四下传看的《小报》声称："我们的军队英勇地迎头痛击蜂拥而来的德军。"军队总司令部的官方公报也证实："我们军队的士气十分高涨。"第二天，报刊承认，法国空军不得不"以一当十地战斗"。六月九日："在奥马勒与努瓦永[1]之间，德军施加的压力陡然增强。"

而突然，就在六月十日，十一点钟的那顿饭之后不久，一阵奇特的沉寂产生了。没有任何人知道发生了什么事。种种传闻开始不胫而走。一些人说，"德国佬将到达巴黎"。另一些人则打包票地说，"政府已经逃亡了"。囚徒们询问看守，而看守则突然变成了大理石面具，一言不发，看来大事不妙。

两个钟头的沉默之后，所有人都明显感到，有什么事情正在酝酿之中。

在一个牢房中，有人终于说出了萦绕在每个囚徒头脑中的那个词：

"他们要枪毙我们了。"

加布里埃尔几乎感觉到了疼痛。他的呼吸变得急促，他缺氧。

"啊，不，"拉乌尔说，"你不能连连咳嗽着去挨枪毙，这会有失尊严。"

他只穿着贴身的内衣，躺在他破烂的铺位上，机械地捏弄着羊拐骨，那是他跟另一个囚徒交换来的。这游戏，实际上，被他用来当念珠玩。他也一样，被局势弄得忧心忡忡，但他习惯于掩饰自己的内心焦急。

没有任何人出面来辟谣，这些流言就继续着它们混乱的传播路线，从一个牢房传到另一个牢房。有一个囚徒说："他们不能够在这里，在院子里，枪毙好几百囚犯，不然，他们该拿那么多尸体怎么办呢？"另一人则回答道："他们要是把我们装上卡车去，那就是说，他们会在别的地方干掉我们。"

突然，只听见有人高声吼叫道：

"统统出来，带上你们所有的用品！"

这是一通可怕的乱哄哄的骚动，看守们挥动着手中的棍棒，啪啪啪地敲打着铁栏杆，猛地打开牢房门，粗暴地催促着囚徒们赶紧出去。

---

[1] 奥马勒（Aumale），是法国诺曼底地区的塞纳滨海省的一个市镇，在巴黎的西北方向。努瓦永（Noyon）是瓦兹省的一个历史悠久的市镇，离贡比涅不远，在巴黎的远北郊。

"假如我们得拿上自己的用品,那就是说,他们要把我们转移走。"加布里埃尔说,心里一阵轻松,他想到,被枪毙的前景正在渐渐离他们远去。

"或者,他们不愿意在他们身后留下任何东西。"拉乌尔一边回答道,一边匆匆地胡乱收拢起他自己的物品,梳子、肥皂、牙刷、饼干,还有几件内衣。

一个看守已经在用枪托推他们出牢房了。

短短几分钟之后,所有人都站到了院子里。在囚犯中间,种种问题在流传,却没有人知道是怎么回事。

到了街上,只见有几十个摩洛哥士兵以及机动卫队队员把守着,他们全都端着枪,团团围住了盖有雨篷的军用卡车。一个军官高声喊道:

"任何有意逃跑者,都将被处死!我们将不会警告,而是直接开枪!"

他们把囚徒们赶上车。

拉乌尔被猛地推到了卡车中,正好位于加布里埃尔的身边。他脸色煞白,像是一张白纸,嘴角挂着一丝苦笑。

"这一回,我的中士长,我觉得我们的末日到了。"

26

在一个大晌午的时刻，地铁里并没有太多人，巴黎已经走空了近一半。费尔南坐在一个木头的弹簧折叠椅座上，军用背包放在双膝之间，他意识到它在这一阶段应该起到的奇特效果：一个穿军服的机动卫队队员带着一个背包，准备出发去旅行……但是，它却不会让任何人感到惊讶。他根本不知道他被召唤去寻南街监狱到底是要执行什么任务，他在问自己，要看住这个包是不是很容易，因为，现在，它让他觉得颇有些难为情。

爱丽丝出发已经有四天了，在此期间，发生了各种各样的很多事，使他实在无暇去细细回想，当初，究竟是什么样的精神状态，是什么样的热情希望，引导着他同意让她坐上那个蠢货基耶弗的汽车去旅行的。从第二天起，他就后悔地咬起了自己的手指头。他所等待的结果并没有来到。上级派他和他的部队一起去了奥斯特里茨火车站[1]，在那里，成千上万期待出发的人争抢着为数不多的几列火车的车票，而并没有人真正知道那些列车到底走不走得成。一节人满为患的车厢最终留在了站台上；另外一节车厢，停在对面的月台上，却突然开动了，但没有人说得出它要去哪里，有个人说，那是去第戎的；另一个则声称，根本不对，是去雷恩的。费尔南召集起他的队伍，并派出一个人去车站值班站长那里打听情况，但还是没有人知道究竟是谁在负

---

[1] 奥斯特里茨火车站是巴黎市内的一个火车站。

责,那个卫兵嘟嘟囔囔地返回,却怎么找也找不到他的部队了,直找了一个昏天黑地,两眼翻白,因为,费尔南当时不得不紧急带队跑去了车站的另一头,那里,发生了一起斗殴事件,比利时难民与想赶往奥尔良[1]的旅行者之间打了起来。

费尔南目睹了这一派乱象。成千上万的人传播着从无线电广播里听来的消息:"听说,在杜邦先生的专栏节目中,他说过,德国佬都赌咒发誓了,要砍断他们在巴黎大街上碰上的所有孩子的右手。"这消息早已传得沸沸扬扬了。费尔南听到还有人在说,实际上,德国人不会去砍孩子们的手,而是要去砍掉他们母亲的脑袋。这都他妈的什么世道啊,他心里想。

他所等待着的,他在那上面建立起一切来的基础,爱丽丝的出发,还有他自己那被一再推迟的出发,全都没有成功。他已经成了一种幻景、一种盲目希望的牺牲者,他简直就是个白痴。

星期五那天,他终于给卢瓦尔河畔的维尔纳夫那边打了电话。他姐姐的杂货店有一台电话,是给街区所有人使用的,而这些天来,除了火车,就没有任何东西比电话运作得更糟糕了。

真像是奇迹一般,他竟然拨通了电话。不过,费尔南却从一种担心走向了另一种担心。爱丽丝确实早就到达了,她只用了一整个白天的工夫,就从巴黎来到了那里,但是,她立即就又出发了。

"又出发了……去哪里了呢?"

"我得中断你们的通话了。"电话接线员已经这样说道。

"总之……又出发了……我是说,并非真正地又出发,她是前去寻找……"

还没有等他的姐姐把话说完,通话就被切断了。总之,不管是打电话,还是别的,她总是一开始就有很多话要讲,而且从来都讲不完。

后来,他接到了前往伊西-雷-穆里诺执行任务的命令。他有理由稍稍地

---

[1] 奥尔良(Orléans),法国中部城市,为卢瓦尔省的省会,在巴黎以南,距巴黎大约一百二十公里。

相信天主。他本来是会原地跳舞的。

那一天，费尔南来到伊西-雷-穆里诺的时候，正是八点钟，官员们已经在那里了，但人数比上一次少了很多。兴许，被征调来监控这次行动的临时人员觉得，更为要紧的事情，是要看一看奥尔良那边，还有卢瓦尔河沿岸一带天气如何，人们都说六月时多为大好晴天。这些幸运躲过了意外的旅行影响的人，面色苍白，互相对视，神经质地彼此分摊着角色。工人们（人们把他们叫作道路清洁工）在工头的安排下排列成行，静静地等待着接下来要做的事。整个现场笼罩着一种奇怪的气氛，没有人明白为什么他们会在一个星期天来到这里干活儿。

他们让工人们在登记册上一一签字，还验证了那些机动卫队队员的身份。直到卡车驶入的那一刻，一切都进行得很顺利，除了那些街道清洁工有点儿士气不高，他们明白，这整整的一天，他们都会干得很辛苦，因为一眼瞥去，那一大堆需要拖曳拉扯和焚烧的装满纸张的口袋足有八到十吨……但是，最精彩的节目马上就要上演了。它就发生在一个小时之后，当各个出口和入口全都布满了检查人员，当人数众多的检查人员盯住了卡车的卸货，看住了升降机的底部和顶部，还有送料管的通道口、入料口、漏斗口时，人们终于运过来了第一批口袋。

口袋里头装的，不是没有了用途的表格单据，而是不同面值的崭新钞票，五十法郎的，一百法郎的，二百法郎的，五百法郎的，一千法郎的，所有人全都看得有些晕头转向。

费尔南跟那个矮个子工人交换了一个小小的手势，就是他两天之前见到过的那个腿很短，还长了一个将军肚，轻轻松松地就把大包大包的票据扔上传送带的工人。他也被眼前的情景吓坏了。仅仅一张一千法郎的钞票就抵得上他差不多一个月的工资了，而他应该扔到输送带上去的第一个大包，重量有大约四十公斤，他用不着是一个数学很好的人，也能一眼估计出，整整一天里，他们大概能毁掉三十亿到四十亿法郎的钞票。德国人在逼近，而政府，作出了一个悲怆的抵抗行为，决定要在敌人赶到之前就把战利品烧毁。

监视者每隔十米站一个，清点着包包的数量。

那些干活儿的家伙，平日里习惯于分拣罐头盒、自行车的打气筒、装橙子的木箱，今天却在这里搬运着足够买下整个工厂并付足全厂人员五代人生活费的财富。但是，人们会习惯一切的。于是，一开始，清洁工们还把嗓子揪得紧紧的，贪婪地斜睨着这一袋袋象征着几乎难以想象的财富的钞票，而到了晌午时分，他们为你们搅动着一锹锹的现钞，就像是在搅拌着墙纸糊。无疑，他们就那样眼巴巴地瞧着国家的资本顷刻之间化为了烟灰，反正，它们从来都不是属于他们的。

费尔南肯定是唯一一个感觉到满足的人，他的本能并没有欺骗他，上一次的装卸工作仅仅只是一次排练预演。

人们终于快要完成任务了。

负责清点的雇员高喊了一声，说是数目对不上了，少了一袋。

总数近两百袋中，独独少了一袋，这又有什么大不了的呢，清洁工们似乎在这样说，但是，官员们有着一种完全不同的看法，他们给人这样的一种感觉，即一袋的价值远远不止一袋，那是一种象征，假如它消失了，那是因为它被偷走了，偷窃，这个词被明明白白地说了出来。

两个检察官、费尔南，以及另外两个机动卫队队员在工厂中到处搜索，想找到这一口袋该死的钞票，人们数了一遍，然后又数了一遍，最后，人们找到了它。只见它掉到了传送带的底下。一只空口袋掉在这个地方，说明它的内容已经被烧毁了，人们弄明白了事情如何会这样发生，而时间也几乎快到傍晚了。几乎快了，但还没有完全到。街道清洁工们早被白天的工作给累垮了，正准备离去，突然，他们又被叫了回来，喂，你们，都到那里去，一根手指头弯了弯，一道小学教师般的目光……费尔南召集起了他的人马，然后，就跟那些检察官来了一通长时间的交头接耳，完了之后，一声命令下达，明确无误．所有人全都脱衣服。

这当然是根据一种更为行政化的方式提出来的，但这里头毕竟具有一种寓意。

一个道路清洁工开始抱怨起来,另一个也跟着他一起抱怨,然后则是第三个,我们不能就这样脱衣服吧,在这里,我们只不过是工人……当权威人士要求费尔南提供支援时,所有人都傻眼了。事态变得很严峻。

面对着这一天快结束之际突发的出人意料的结局,费尔南不禁皱起了眉头。

他笔挺地站到一个工人前面,平静地劝他脱下上衣。乖乖服从。那工人用自己滚圆而又无表情的眼睛盯了他一会儿,那副样子活像一只苍鹭。然后,他开始解开纽扣,解开皮带,解开裤裆。所有人,一个接一个,或前或后,只剩下一个高个子蠢人,他开始哀叫道,不行,他可不是拿钱来干这个的。等他尽情地发泄完一通抱怨之后,所有人都已脱下衣服接受了检查,只剩下他一个人还穿着衣服。

在一个检察官的要求下,所有人都得转过身去,举起双臂。他们曾经都服过兵役,战友之间日常生活的混杂相处本身并不是一种别扭的感觉,但是,在这里,在这工厂中,脱得只剩下裤头,同时又面对着穿戴得整整齐齐的官员,那可就是另一回事了……

当他们得到允许可以重新穿上衣服时,那个高个子蠢人还在那里换着脚地蹦跳,但他已经不再叫喊了。他应该下定了决心,解开了纽扣。所有的目光一起转向了他,除了他的几个同伴,因为那几位正集中精力,忙着重新穿上衣服,像是专心致志的孩子那样。那家伙浑身大汗。他褪下裤子时,发出了一记痛苦的叹息。从他的内裤中,鼓出来厚厚的一大把面额为五十法郎的钞票。

"把他押到车上去!"头领立即高声喝道。

人们本来还期待会有一声集体性的抗议,但是什么都没有发生。命令落下来,恰似一块石头落到了一片普遍的惊愕中。

费尔南向前走了一步,用一种温柔的口吻,要求那个工人把短裤里的东西都收集到一起,然后穿上衣服。一位官员赶紧过来,用手指头捏着钞票,点数了一遍,一共是十一张五十法郎。

当那个工人重新穿好衣服后，他的同事不无怜悯地瞧着他，看着费尔南的那一队卫队队员把这灰溜溜的违禁者押上了车子。政府的惯例早已明明白白地告知了每个人，即便是最贫困的人犯了事，也不能允许得到哪怕只比对最富有者多千分之一的原谅，话虽如此，这家伙看起来还是蛮可怜的。

于是，某一件奇怪的事情就这样发生了，在每个人的记忆里都保存了很久。法兰西银行的几个高级雇员过来，跟排队站在通道底下的清洁工们握了握手。这一小小的仪式，一旦起了个头，也就无法结束了，所有的高级雇员也就跟所有的人都握了手。这一创举无疑出自一种善良的情感，但是，这致意的队列搞得就像是葬礼一般。感恩的国民感谢清洁工，并向他们表达慰问。

那个鼓着将军肚的工人对费尔南做了最后的一个手势，表示了一下友好之意，然后就消失了。一个工头前来关闭了工厂大门。

正当手下的两个队员坐车押送着那个贪财的清洁工前往警察分局时，费尔南走出了办公室，对同事们说了一声晚安，就骑上了他的自行车，来了一个大转弯，返回到工厂，他沿着那一段围墙骑行了好一阵，一直来到一个技术操作间的门前。他打开了门，在那里找到了那辆小拖车，那是他头一天就停放在那里的，当时，他匆匆忙忙地把那个一度失踪的袋包中的东西倾倒在了那里头，是厚厚的一大堆一百法郎面值的钞票。

费尔南把那一堆钱分成两个小口袋，把第一个口袋，最鼓的那一个，留在了一个角落里，那个大肚子工人会在当天夜里过来寻找的，他把另一个口袋装到了他自行车的拖斗中，然后就寻路回巴黎去了。

来到自己家之后，他发现有一份通知正等着他，让他第二天下午十四点钟时去一趟寻南街的监狱。通知上还附有一道命令，说的是"目的：不明"，另外说明，必须装备"执行短期外出任务的必需品"。

他一边在心里想着，那究竟会是一个什么样的任务，一边把那个口袋拿上楼，却没有点数一下。里头有好几百万法郎，足够让他的妻子用来去好好地发现一番她的波斯了。

一想到爱丽丝，他的心顿时就软了下来。他承诺第二天一定再给她打个电话。

桌子上，那份任务书仿佛就是对他的一种责备。他应该假装不知地出发走掉吗？既然现在他有了这么一笔钱，那么，就像其他那么多人一样，他自己也紧跟着悄悄走掉，去找他的爱丽丝，那不是更合理的做法吗？

若不是有任务在身，费尔南会感到自己是完全自由的，完全可以离开巴黎，去维尔纳夫跟妻子会合。但是他无法严肃地想象自己可以无视一份正式的任务令，他知道，他将会去他的上级派他去的地方，那是他的脾性使然。

他决定装满一背包的钱。他把剩下的战利品统统塞进一个旅行箱，然后下到地窖，把它藏到了两个木头箱子之间。

现在，他坐上了地铁，把他那个塞满了钱的背包放在两腿之间。

他又拿出来那份通知书，又读了一遍他那项任务的地点。它并不能给他任何有用的信息。

27

当露易丝来到寻南街的监狱门前时，道路已被路障封锁，让人无法靠近进出的大门。有几个女人待在那里，神经紧张，惶惶不安。

"他们中止了家属的探访，"一个女人说，"从中午起，我就一直等在这里了……"

能从她的嗓音中感觉到一丝焦虑。

那一边，人们能看到有些穿制服的人来来往往，一副很忙碌的样子。很偶然地，等待中的女人提高了嗓门，召唤着那些军人。"几点钟才能探视呢？"她们嚷嚷着，"我说，今天到底还行不行啊，还是要等到明天？""我们可是从外省远道而来的啊！"甚至，还有一个人说："我们是有权利的！"但是，话音就像一块石头落到了井里头。

这些叫喊声被十分精彩地抹去了，但是，聚集在寻南街街头的这一小群女人还是想让人听到她们的呼声。露易丝明确感受到，那些宪警颇有些焦虑不安（或者，那是一些机动卫队队员，他们身上的制服彼此都很像，她实在分不太清楚……），他们的目光总是时不时地飘向这些女人。他们是不是在担心，怕她们会冒险推翻路障呢？他们是不是应该把她们驱散了事呢？在直筒形的军帽底下，一双双眼睛在诉说着他们的尴尬处境，他们难道要用武力来驱赶手无寸铁的女人吗？

其他的机动卫队队员也纷纷赶来，有的是单独过来，有的是成组成队地,他们走出了地铁站,随身只带了一个小包,一个公文包,或者几乎什么都没带。当他们来到跟前时,那些女人便围住了他们,训斥起他们,询问起他们来:"你们知道发生了什么事吗?""为什么探视被中止了?"但是,穿制服的人还在陆续来到,有些人低下了脑袋,像是要躲避飞来的小石子,另一些人则身体僵直,神情威严,目光直视,表现出一种傲然不屈的样子。最年轻的那些人张开了嘴巴正要说话,最年长的那一些则用手势让他们闭嘴,所有人都越过了路障,分头走开,走向监狱门口,去跟他们的同事会合。大多数人已经走进了监狱,另一些,在进去之前,赶紧地抽着最后一支香烟,背朝着那一群女性探视者,以强调他们的无动于衷。

"军士长!"一个女人喊道,她明显分辨得出各种军衔,"您能不能告诉我们一下,这里到底发生了什么事,我们可是什么都不知道啊!"

那个军士长背上背了个小包包,很明显,这是一个准备去旅行的人;假如他是这般装备,那么他一定知道一些什么。

女人一再追问,费尔南不得不停下了脚步。

"你们要把他们带走吗?"她问道。

她说的都是一些谁啊?

"我们有权利知道!"另一个女人说。

无疑是指囚犯们。费尔南远远地瞧了一眼他的同事们,只见他们也正在交头接耳,并好奇地盯着他看。

"我也不比你们知道得更多,我很抱歉。"

他的遗憾似乎是很真诚的。露易丝看到他用肩头轻轻地顶过去,挤出一条通道,然后,就消失了。

"假如,连他们都一无所知,那么……"一个人这样说。

但是,没有人来得及回应,因为,从马路的另一端,突然出现了一辆辆公共汽车,慢慢地行驶着,一辆接着一辆。车子的发动机声震响了街道的砌石,让路面微微震颤,车速慢得令人惊讶。所有等在那里的女人全都以一个相同的动作,乖乖地向后退去,让出了通道,仿佛过来的是一位贵宾。

这些全都是巴黎公交公司的车辆，但是车窗全都涂抹了深蓝色的颜料，这就给了它们一种魔幻的吓人模样。车子一共有十几辆，一直开到监狱的大门口，然后就等在那里，后车的前保险杠顶着前车的后保险杠。所有到那时为止还待在大门外的军人，全都迅速地进了门。留在门外的只有那些巴士，静静的，稳稳的，恰如一只只猛禽。

还有一小撮女人在瞧着它们。

28

杀死所有人的，是等待。它杀死那些害怕的人，也杀死那些让人害怕的人。差不多三百名囚徒从他们的监牢中被提出来，在院子里焦虑不安地哆嗦着。在他们的周围，则是六十来个机动卫队队员，以及两个小队的摩洛哥士兵，他们手里握着枪，踱着方步，他们也一样，也对迟迟不来或者来得不完全的指令十分担心。

郝思勒上尉——这是一个高个子男人，但跟游荡骑士[1]一样瘦削，举止动作中不带丝毫的天真幼稚，他脸上的线条凝定，体现出一种天生的军人美德——拒绝回答，即便对自己的手下人，也拒绝回答。

费尔南早已集合好了他的队伍。他们应该有六个人，但是实际来到的只有五个人，杜洛奇埃前一天就说了，他要走掉，他的妻子已经怀孕八个月了，他必须带她去避难。其实，费尔南倒是更希望，缺席的人会是他的下士长伯尔尼埃，那个蠢货。这个世界上，有的酒鬼，其恶习会让他们发胖，而有的嗜酒者，其恶习会让他们变得干瘦。伯尔尼埃就属于后者，他骨瘦如柴，前胸几乎贴到了后背上，不过却拥有一种疯狂的精力，真不知道他是从哪里汲取的能量，兴许正是因为如此，他才从来不会显得醉醺醺的；他应该随时随地都在燃烧着卡路里，因为他总是在那样地跑来跑去，他向来就是个

---

[1] 游荡骑士（Chevalier errant）这个词也可以用来指一种美洲黄足鹬。

待不住的人。他是那样的一类酒鬼,人们会看到他们在舞会上拿了一瓶啤酒独自跳舞,在乐队面前矫揉造作地扭来扭去。就那样,鼻子尖尖的,神志迟钝的,随时准备要燃烧。在监狱的这个内院中,难以置信地,他的神情看来比平时还更加激昂。

郝思勒上尉开始点名,把六个不同年龄的男人圈禁在院子里的一个角落中,而看守他们的士兵人数则要多出一倍。

"这都是一些死刑犯。"拉乌尔在加布里埃尔的耳边轻声嘀咕道。

费尔南那支队伍的任务是监视一堆刑事犯,大约有五十人。当即,伯尔尼埃下士长就在三个一排三个一排的囚犯面前不停地来回走动,而不是当着他们的面平静地摆出神气活现的架势来,他神经质地拍着他的枪,尖锐而又充满怀疑的目光四下里乱寻一气,这一招更是加重了囚犯们的不安情绪,他们开始互相嘀嘀咕咕起来。

"安静!"伯尔尼埃下令道,对他,没有人问过任何问题。

一等到他走远,喃喃声便又复起。

人们说,达拉第打算疏散军事监狱,而这究竟意味着什么呢?"这就是说要转移,"有人窃窃私语道,"转移"这个词流传得最广,因为它能慰藉人。另一个词是"枪毙"。没有人会去相信,但是,它的火力是这样地瞄准了人的神经……"那都是由于迟迟未下达的命令吗?或者,是由于他们必须做的事,朝我们开枪吗?"有人想到了万森林园中的深沟[1]。加布里埃尔相信自己快要晕掉了。从他来到寻南街监狱的那一天起,他已经有十次申诉自己的冤情,但是,谁又不是这样做的呢?在这家监狱中,关押着的只有无辜者,除了那些共产党人,而他们,所有人都觉得他们才是有罪的。

此外,问题的关键,恰恰就是他们,就像郝思勒上尉对聚集在他身边的那些士官低声解释的那样:

---

[1] 万森林园在巴黎的东郊,里面的最著名建筑就是万森城堡,在历史上,曾经长期充当过监狱,而万森城堡边上的深沟,曾经是著名的行刑之地。很多死刑犯人,包括一些历史名人,都是在那里被执行枪决的,例如王室成员路易·安托万·德·波旁(1804)。1972年,法国曾经拍摄过一部电视剧,其剧名就叫《万森的深沟》。

"人们都确切知道,共产党人计划盗窃军械库,夺取库存的武器,分发给那些暴力活动分子。昨天晚上,命令本来可能就已下达,并且已开始得到执行。这里,共产党人计划要暴动,要带领无政府主义者、破坏分子跟他们一起行动……在这里,有的只是法兰西的敌人。"

费尔南瞧了一眼院子里。眼下,法兰西的敌人们全都垂头丧气,双手颤抖,十分焦虑地观察着那些穿军装的人。这一切预示了一切都将很不妙。

"嗯,我们拿他们怎么办呢?"费尔南问道。

郝思勒上尉身子发僵。

"等适当的时候,会跟你们说的。"

他强调要再点一次名。

费尔南把他的包包靠着墙放好,让自己能够观察到它,然后就开始点名:"阿尔贝·钱拉,奥杜甘·马克……"每个人应该高喊一声"到",然后,一个机动卫队队员会为他指定一个位置,他就走过去,费尔南则在花名册相应的格子上画上一个十字。

加布里埃尔面色白得如一张白纸,站到了拉乌尔·兰德拉德后面的第二排,他同样也是提心吊胆的。

当街上传来汽车的发动机声响时,所有人突然都变得身体发僵了。

内燃机的隆隆声一下子打断了人们的种种推测,流言蜚语全都当场凝固住了,一个家伙竟然尿了裤子,双膝一软,瘫倒在地。摩洛哥士兵立即过来,从胳肢窝底下抓住他,突然就把他拖向死刑犯所在的方向,但是,他们还没到达那里就松开了他,他便留在了那边,躺在地上,微微呻吟着。

"成两列纵队!"上尉喊道。

"成两列纵队!"伯尔尼埃下士长重复了一遍这道命令,用了一个更高的嗓门,紧张得像是一把拉开的弓。费尔南走近他,想让他静静地等待命令,但是他根本就来不及做,时间已经到了。囚徒的队伍颤动起来,监狱大门一道一道地打开,最前面的几辆汽车已经开了进来。这些窗玻璃涂成蓝颜色的公共汽车就像是一辆辆巨大的灵车。

"任何逃跑的尝试都将受到死亡的惩罚！"上尉宣布说，"我们将不加警告，直接开枪！"

伯尔尼埃正要张开嘴说什么，但眼下的情境让他立即又乖乖地闭上了嘴。

死刑犯的小队用不着上车。人们让他们留在原地，围成一个圆圈，双膝跪地，双手抱住脑袋，一杆杆枪全都瞄准了一个个伸长了的后脖子。

费尔南抓住了背包带，把背包背上了肩，跟同事们一样，举枪瞄准着。在摩洛哥士兵构成的双重包围圈的中央，囚徒们开始向前挪动，一个接一个地被推进了公共汽车。

"到达目的地之前不得停车，无论发生什么情况，不得违令。"

加布里埃尔实实在在地挨了枪托的狠狠一击，趔趄了一下，倒在地上，然后又迅速爬起来，跑过去，在车里坐下。他看到拉乌尔·兰德拉德位于车厢的另一端。没有人说话，所有人的手都有些痉挛，后脖颈硬硬的，喉咙堵塞得紧紧的。

囚徒们排队上车的景象，让那些本来过来探监的女人惊讶得喘不过气来，她们始终还待在路障的后面。

所有的女人都伸长了脖子，巡视着寻找熟悉的身影，只见那些人刚一露面就被塞进封闭的公共汽车里。她们听到了军人的叫喊声，却分辨不太清楚，他们的枪托毫不留情地砸到囚犯的腰上、背上、肩上。

"他们要走了！"一个女人喊叫起来。

露易丝在那些探监的女人中占据了一个小小的位置。她是唯一一个不知道应该去瞧谁的人。远处，每一个进入公共汽车中的身影，都可能会是她正寻找着的那个人，会是她那个陌生的兄弟。到底是哪一个呢？一切都进展得那么迅速，一切都发生在那么远的地方。刚刚有时间瞅一眼这一支囚犯的队伍，一切就已结束了。她什么都没有看清楚。

第一辆公共汽车刚刚已经启动了，缓缓地朝她们的方向行驶而来，两个穿军装的人迈着运动员的步伐走在它的前头。到他们走近时，女人们试图拥到马路上来，但是路障突然被推向了人行道一侧，汽车加快了速度，必须后退，让出路来。人们无法看清车内的任何东西。然后，第二辆车子开了过来，那些来探监的女人挥舞着胳膊，看到载有囚犯的汽车就这样一辆接一辆地驶了过去。她们的无能为力让人看了心里实在难受。再也没有人叫喊，即便叫喊，她们的嗓音也会被汽车发动机的隆隆声所盖住。

大街一下子变得空空荡荡。

女人们你看着我，我看着你，目瞪口呆。

每个女人都把自己的包包紧紧地抱在胸前，全都在那里猜测着，结果都想到了同一个烦扰人的问题："他们要被带往哪里去呢？"

一些假设像火星一样迸发了出来，但很快就熄灭了，答案在每个人的脑子里打转转。

"他们总归不会把他们拉去枪毙吧？"一个五十来岁的女人最终冒了这么一句，她早已经眼泪汪汪了。

"太怪异了，这些公共汽车……"

露易丝想到，这样做就保证了行动的秘密性，但她嘴里什么都没有说。大街上空了下来，监狱的那一道道门都关上了，再也没有什么可干的了。女人们甚至都没有彼此说上几句话，就迈开沉重的步子走了，走向了大街的拐角。此时，一声叫喊响起，让她们全都回过头来。

她们中的一个人刚刚看到，监狱大门上附带的那道小门打开了，走出来一个穿全套制服的男人。

"这是一个看守。"一个女人说，"我认识他！"

所有女人全都朝他冲了过去。露易丝也加快了步子，紧跟上她们。当这个男人看到那一帮坚定的女人朝他拥来时，便不由得凝定在了那里。在一股股浪潮般的提问与斥骂的猛攻下，他很快就松口道：

"一次转移……"

众人沉寂下来。

"转移到哪里去？"

他一无所知，他的真诚让任何人都不再有疑问。刚才冲他蜂拥而去的这一群咄咄逼人的女人，现在成了一个小小的集合体，大家都是惊弓之鸟一般的妻子、母亲、姐妹、女友。那看守自己也有五个女儿，这会儿显然也被感动了。

"我听说是往南去，"他补充了一句，"但具体去哪里，这就……"

想象他们会被枪毙，这已经令她们万分担忧了，而现在，在这份担心之上，又加上了失去见面机会的那种担忧。奥尔良这个地名挂在了所有人的嘴边。每天都有成千上万的巴黎人在设法摆脱被围的困境，他们只有一个方向可以选择，那就是卢瓦尔河流域。人们都认定，德国军队过了博让西[1]之后，就会被打败，或者被拖垮。或者被耗竭。或者，是更好的情况，法国军队会成功地组织起一道抵抗防线，又或者，为什么不呢，会发起一次反攻，紧接着噩梦的，兴许就是魔法呢。这一切实在有些荒谬，但是，这一想法，因为有它的实用性，还是大行其道，得到了广泛的普及，新的耶路撒冷，就是奥尔良。

露易丝是这些女人中最早一个走去坐地铁的。拉乌尔·兰德拉德，自从她得知了这个姓名以来，她就在自己脑子里构想出了一种存在，即便算不上实实在在的存在（她不知道他如今会是什么样子），至少也具有某种厚度，某种紧密度。她应该放弃去找他吗？她是不是应该等待更好的时机，更好的日子，等待不那么艰难的时光来临呢？

"更好的日子？"

儒勒先生做了个明显的鬼脸，是他为表现自己的怀疑而经常对顾客做出的那一种。

"好的，同意，而这个小伙子，他又是谁呢？"

"是我母亲的儿子。"

---

1 博让西（Beaugency）是法国卢瓦尔省的一个城镇，离奥尔良不远。

对于她的反应，人们会起誓说，儒勒先生从来就没有想到过。他抬起眼睛瞧着天花板。

"就算是吧。你为什么非要找到他呢？在你的生命中，他又算是什么呢，嗯？什么都不是！更何况，他现在还是一个军事监狱的囚犯，可以马上明白那是个狡猾的家伙！他到底干了什么坏事才进的牢房？他杀死了他的将军吗？他跟德国佬互相勾结了吗？"

当儒勒先生有一块骨头可啃的时候，什么都阻挡不了他去那样做。绝大多数的顾客都会乖乖地封闭舱口，等待暴风雨快快过去。但露易丝不这样。

"我有话要对他说！"

"哦，原来如此啊！有话要说，什么话啊，既然你对这件事什么都不知道，只知道梯里翁的遗孀对你说的那些！他应该比你知道得更多吧！"

"那么，就将会是他来告诉我一切。"

"我很抱歉，我的小露易丝，但是，你这是彻底疯了！"

他扳着手指头数了起来。他喜欢反复推敲着他的证据。在他看来，那是击垮对手的最为有效的战略。他首先挥动起了他的手指头，不是大拇指，而是食指，他认为这样才更为明确：

"首先，你并不知道这个小伙子是不是一种危险分子！既然他进了监牢，人们就有权提出这个问题。假如他最终要上断头台，你还会声明要他的脑袋来做标本吗？其次（说到这里，他竖起了食指和中指，构成为表示不可避免的辩证胜利的V字形），你不知道他们都出发去了哪里！奥尔良，这是一个推测，但是，又为什么不是去波尔多，去里昂，去格勒诺布尔呢？这，这是个秘密。第三（他伸出三根手指头对准对手，就像是路西法[1]手中的三叉戟），你又该怎么去找呢？你打算给自己买一辆自行车，并且在天黑之前赶上一个军事纵队吗？第四……"

---

1 路西法（Lucifer）是传说中的宗教人物。原先出现于《旧约·以赛亚书》第十四章第十二节，意思为"明亮之星"，用来影射古巴比伦的王尼布甲尼撒。经过后世传播，成了基督教传说中的堕落天使。

儒勒先生总是在这一点上卡壳,"第四"是最难找到的一点。于是,他把伸开的手指头都收了回来,举起的手也重新落了下来,在身体的一侧晃荡着,那架势,就像一个人看到自己拥有的论据数量太多,干脆就选择了放弃——来列数。

"好的,"露易丝说,"谢谢儒勒先生。"

店老板搂住了她的肩膀。

"我不会让你干这样的蠢事的,我的小宝贝!你都不知道你是在蹚什么样的浑水呢!公路上,现在有着千千万万逃难的百姓和溃败的士兵哪!"

"您更愿意什么呢?等着德国人来到巴黎吗?希特勒说过,他将在十五日那天来到巴黎!"

"我才不管他来不来呢,我跟他又没有定约会!你不能走,我就这么一句话。"

露易丝轻轻地摇晃着脑袋,他这个人啊,实在是烦死人啦。她慢慢地摆脱掉他的控制,穿过大厅,出了餐馆的门。

她应该带上一些什么东西呢?

当她乱七八糟地把几件衣服塞进一个旅行箱里时,儒勒先生提出的反对理由渐渐地灌输进了她的脑子里。她摘下墙上的日历牌,瞧了瞧法国地图,卢瓦尔河的线条,她对如何赶往那里去是一点儿概念都没有。火车被排除在计划之外,所有人都说,火车站已经被逃难者大军攻占了。她久久地观察了一番通往奥尔良的国道的曲折路线。她应该不是唯一一个正在找车子的人,大多数的巴黎人都没有汽车,但他们中的大部分毕竟还是成功地离开了巴黎!我倒要去看一看,她心里说,但是,儒勒先生的那些论据在她坚定的决心上狠狠地咬了一口。

她继续往旅行箱中乱塞着衣服,而她的心中已经明白,她将会留下来不走。

而即便她最终能够找到他，那么，突然站到他的面前时，她又能对他说什么呢？难道就说一句"您好，我是您母亲的女儿"吗？这未免也太滑稽可笑了。

她突然在脑子里想到一个身穿苦役犯号服的男人，就像在连载小说中那样，长了一副凶神恶煞般的面目。

她顿时勇气丧尽，一屁股坐在了行李箱边上。她就那样待了很长一阵，灰心丧气，不堪重负，无可奈何。

她去点亮了灯，下楼看了一眼时间，在窗户跟前经过，而就在那里，她猛地停住了脚步。

然后，她又重新上楼，脚步快得不能再快，一把抓住她的旅行箱，把扔在床罩上的所有东西一股脑儿地往箱子里头塞，然后，拎起箱子，噔噔噔地跑下楼梯，拿起外套，打开了家门。

家门口，站立着儒勒先生，身穿正装，脚上一双擦得锃亮的皮鞋，正细心抚摩着他那辆尊贵的标致90S汽车的车罩，这汽车已经有差不多十年时间没有离开他的车库了。

"好的，看来还得找个地方让轮胎鼓足气……"

实际上，它似乎已经准备好了直接就在轮辋上滚动了。汽车的外壳，早先是蓝色的，如今已经变得灰蒙蒙的，就像一面哀悼之镜。

当他们从铁帘门已经放下来的小放荡者餐馆面前经过时，露易丝看到了一块告示牌挂在了大门上："因家庭事务而关门。"

29

在他身边,一个干瘦的年轻人浑身筛糠似的哆嗦不止,看那样子,他的健康好像大有问题,拉乌尔认定他的未来很不乐观。这种人时时刻刻都会突然就逃走,然后背上中一颗子弹。

机动卫队的队员守定在公共汽车的中间走道上,每隔三米布一个岗,手里紧握着枪,队长则站在上下车的平台处,从那里监视着全车。

最初的几分钟,气氛十分可怖。囚徒们瞧着卫队队员,心里直犯嘀咕,就怕这些人会在半个小时之后把他们统统枪毙,根本不经过什么审判。

时间在慢慢地流逝。

车窗玻璃上刷了一层颜料,但是,拉乌尔还是成功地——并没有过于明显地扭动身体——通过一段当初奇迹般地躲过了颜料刷子的细小空间,看到了窗外的景象。他认出来那是当菲尔广场,汽车在那里停了一小会儿,有一个报贩子在叫卖:"《巴黎晚报》!德国人占领了努瓦永!请看《巴黎晚报》!"

他已经记不太清楚努瓦永的地理位置了,它应该是在庇卡底大区,离巴黎还有一百公里,兴许是一百五十公里。敌人很快就要赶到法兰西首都的大门口了。这一点,跟他们匆匆离开寻南街的监狱一定有着密切的关联。

由于交通流量很密集,车子常常开得跟走路一样缓慢。机动卫队队员站在那里很快就感觉到了疲惫。于是,费尔南准许他们在弹簧折叠座椅上坐下来。

拉乌尔基本上就在一边斜眼偷看着那个监视着走道的下士长的身体。此人脸上的那种敌意对他而言并没有威慑力,看起来,他很像是专门对付这类噩梦的理想人物,心狠手辣。拉乌尔在部队的时候,曾经很了解这一类士兵,那都是一些容易激动的人,一碰就炸的直性子,没有丝毫的冷静可言,属于爱记恨的性格,他们最终往往会把自己的一身军装混同于一种破格优待。"伯尔尼埃",就是这个名字,他听人这么叫他。他提防着他,就如提防着鼠疫。

他的头领,那位军士长,则是一个五十来岁的男子,形体笨重,但是身体结实,有一张很严肃的脸,脑门很高,略略谢顶,浓密的小胡子,跟海豹一样,鬓角的风格完全是老派的,过时已久。他是所有人中间显得最平静的那个。拉乌尔牢牢地记住所有这些信号,看守们的姿势,这些人和那些人的动作,所有这一切,有朝一日,都会显示出它的用处来。这可非同小可。

人们正在离开巴黎这一假设已然成形。原本,众人的情绪一直就留在紧张之中,但随着时间分分秒秒的消逝,万森深沟的可怖前景已然渐渐远去,对一种致命的悲剧结果的想象也被最终放弃,人们的内心已经不那么焦灼了。气氛轻松了一点点。拉乌尔甚至还能够猛然转身朝向加布里埃尔,冲他投去简短的一瞥。但是,这个监视他们的机动卫队队员过来就给了他的座椅靠背狠狠的一枪托,让他恢复了原先的姿势。更多的是害怕,而不是难受。这辆公共汽车就跟监狱一样,受到了相同规章制度的管理。拉乌尔弓起了背,等待着看守的注意力转移到别处,然后他壮起胆子,朝上下车的厢外平台瞥了一眼。

费尔南试图表现出一副平静的样子,但实际上他的内心一点儿都不平静。自从上尉给了他囚犯的名单以来,他就在一直问自己:假如必须枪毙他们,这些"法兰西的敌人",那他又该怎么办?他不至于干了半辈子的机动卫队差事,最终却以负责指挥了一项行刑任务来收场吧。假如他拒绝的话,那又会发生什么事情?他会被指控犯下背叛罪吗?那样一来,他本人会被枪毙吗？

同样让费尔南操心的，还有那个该死的包包里所装的内容。当下的情境迫使他不得不将它随身携带，因为他不知道自己还会不会再返回巴黎，如果能回，谁又知道会在什么时候回，而如果把它留在巴黎，他是不是还能找回藏在那里的东西，他不得不把它带在身上，他不断地对自己重复这一点，你没有别的办法了。

同样，他也听到了报贩子在叫喊德军一路挺进的消息。一旦敌军入侵巴黎，所有的公寓都将会被征用，他隐藏的钱财就会消失得无影无踪。一想到德国佬发现他家地窖里藏了一个装满钞票的旅行箱，他不由得微笑了一下。那会是一个严守纪律的模范德国兵，会把他查到的一切统统交给他的上司？还会是一个机灵鬼，会随机应变，见风使舵？反正就这样了，由它去吧。他已经把他的包包放了在囚徒头顶上方的行李架上。他本来想用他的军大衣把包包给包上，后来改变了主意，因为那样做无异于在它的上面放置一块告示牌，写上"包里有贵重物品，请勿靠近！"的字样，那是再傻不过的蠢举。他只能在几种糟糕的办法之间作出选择。总之，他是那个随身物品带得最少的人，因为钞票本身就占了内衣本该占据的位置，他甚至都没有带上他的命令单上要求带的"执行一次短期外出任务的必需品"。

模模糊糊地，这辆公共汽车在所有乘车人的眼中似乎成了当下情境的一种暗喻。在整个国家像条漏船一样到处进水期间，这一盲目的交通工具朝着一个陌生的目标一路前进，而没有一个人确信还能够回来，它就那样，在所有那些慌乱地跑向同一方向的巴黎人的队伍中，艰难地开辟出一条通道，一路向前向前再向前……

公共汽车总算加快了速度，谢天谢地。所有人，囚犯和看守，全都松了一口气，以为逃离了最糟的困境，摆脱了系统性的枪毙，残忍的暴行。每个人都在返回到生活中。

费尔南想到了爱丽丝。假如她心脏病发作的话，他的姐姐弗兰西娜知道自己应该做些什么吗？在维尔纳夫，还有没有尚未撤离的称职的医生呢？

费尔南和爱丽丝是在二十年之前认识的。兴许，正是因为他们俩都是原先家中的独生子，或者，因为到那时为止，彼此都还没有遇到让他们心满意足的爱情，他们俩才彼此像藤缠树似的牢牢地缠在一起，又因为没有孩子，这种爱情更是得到了加强，无论对于他，还是对于她，全都一样。爱丽丝是费尔南永远无法超越的地平线。费尔南是爱丽丝的最爱。

一天早上——那是在1928年——爱丽丝突然感到一阵难受，某种沉重而又隐晦的东西紧紧地揪住了她的胸膛，如同一种焦虑的情绪在她的体内扩散，让她脸色发白，手脚冰凉；她瞧着费尔南却看不清他的样子。他死死地盯住她瞧，只见她轰然倒在他的脚下。就在这一刻，他们的生活从头到脚彻底破裂了，就像一个挺立的花瓶，却是一个永远的、要提心吊胆的照料对象。从此，他们的生活就一直围绕着威胁、疾病、消亡在转动，而不是围绕着担心彼此分离的那种焦虑。

费尔南是个教徒，但从来就没有怎么参加过宗教礼拜仪式。他没有告诉爱丽丝，自己偷偷地跑去了教堂。在他的意识里，要把这一点跟她说，是有失地位的，是表现了一种软弱。当他带她去望弥撒时，他会独自留在平台上继续抽烟，他还会自己悄悄地走上把他引向营房的那条路。对天主拜见是他夫妻间的谎言。

他需要让自己定定心，便又瞧了一眼行李架上的那个包包，随后，则瞧了瞧车厢的中间过道，尽管车子总是在颠簸，他的人马依然守定在那里，清醒，平稳。最终，他瞧了瞧囚犯们。他查阅了一下他手中的名单，那上面有囚犯的姓名，他们的入狱日期，他们的司法状况以及他们的囚禁原因。五十个人。他数了数，只有六个共产党人，其余的都是一些盗窃犯、强奸犯、抢劫犯，反正，都是刑事犯罪者。在他看来，是一帮子真正的社会渣滓。

通过他车窗的缝隙，拉乌尔发现了路边上一块写有"王后镇"的路牌。街道变得越来越拥挤，越来越阻塞，汽车不得不不停地鸣响喇叭，以便打开一条通道。在一座座小楼前，人们正往自家汽车的顶上装包袱，在街道上，警察正在十字路口抡着胳膊做手势，指挥着交通，无奈，所有的人流车流全都朝一个方向涌去，堵塞有增无减。费尔南允许打开车窗，这样，人们终于透上了一口气。而他们对窗外的声响也听得更真切了，行人不耐烦的叫喊声，隆隆的发动机声，叭叭的汽车喇叭声。

当夜幕开始将临时，众人也明显感受到了饥饿与干渴。但是，很明显没有人敢明目张胆地表达。相反的是，有些人表示实在憋不住了，想撒尿，拉乌尔的邻座首先提出来，这个年轻人已经停止了从头到脚的颤抖，但脸色变得煞白，眉头皱得连脸上的线条都变了样。他像在学校里那样举起了手指头。爱酗酒的那个小个子机动卫队队员，本来在隆隆的发动机声的催眠下已经昏昏欲睡，一下子就站立起来，握紧了手中的枪。

"你想干什么，啊？"

军士长也跟着立即站起来，他伸出双手，示意他们安静下来。

"我得撒一泡尿……"那囚徒说。

对这一点，事先没有任何准备。人们总是可以对囚徒们要求忍耐一下，但是，没有人知道，到底什么时候才有可能让人放松。命令是铁定的：途中不得停车。

费尔南掉转脑袋去看，他们已经离开了巴黎，现在已经到了郊区，公路上现在比刚才空阔得多了……他对手下人低声下达了命令。于是，想撒尿的囚徒开始排着队，轮流走到车厢后部的平台上，往路面上撒尿，而他们的后腰则被枪口紧顶着。

这段插曲分散了大家的注意力。

囚徒们开始喃喃低语起来。看到费尔南作出了一个沉着冷静的动作，看守们放弃了干涉。那个年轻人撒完尿，回到座位上后，就俯身朝向拉乌尔。

"你是因为什么到这里来的？"

"不为什么！"

这话脱口而出，恰如最基本的事实。

"那么,你呢?"

"散发传单,企图重组已瓦解的组织。"

这是囚禁共产党人的基本理由。他把它平静地展示出来,嗓音中还带着一种自豪感。

"你是一个真正的蠢货……"拉乌尔说道,冷冷窃笑。

现在,公共汽车熄灯行驶,夜色慢慢地笼罩了四周。过了埃唐普之后,车就开得更快了,他们超越了一队队逃难的人。

大约十九点钟,因为饥饿感开始不断地袭来,费尔南不由得担忧起了吃饭的问题。上尉什么话都没说。这次匆匆忙忙的出发,这些含含糊糊的命令,这种即兴处理的感觉,宣告了一项相当复杂的使命。他实在看不明白,其中的理由究竟立足在哪一点之上,在一个充满危机的国家,这次行动兴许是唯一一个事先有所适当准备、并以相当不错的方式展开的行动。

人们终于赶到了奥尔良,时间已经是二十点了。

公共汽车停在了中央监狱的停车场上,然后就被丢弃给了机动卫队来监守。郝思勒上尉召集齐了所有的士官。

"我们现在到地方了,"他用一种明显透出些许轻松的嗓音宣布说,"组织我们的囚犯转移到监狱内部去,还将需要一点点时间。这是出于安全方面的考虑。在等待新的指令之前,你们要监视好你们的汽车,保证一切顺利进行。执行吧。"

他前往监狱大门,摁响了门铃,就像一个临时过来的普通探视者那样。门上的探测孔打开了,他跟大门内侧站岗的看守开始了对话,看来,里头的人不知道他的到来。感觉到手下人异样的目光之后,他转身过来,神情有些愤怒。

"快点儿,快点儿,没听见我对你们说的话吗?"

费尔南回到了他的车上。他立即感觉到了,就在他不在场的短短几分钟里，不稳定的因素有所增强。众囚犯一下子全都转身朝向了他，动作整齐划一。这次停车惊呆了所有的人。

下士长伯尔尼埃朝他投来一道狂热的目光。

"准备转移！"费尔南对众人下令道。

然后，他去对手下的每一个人吩咐道：

"兴许还会稍稍持续一段时间，我们千万别懈怠下来。"

不安情绪稍稍得到了平息，他又下了车，背靠着厢外平台的梯脚，在那里点燃一支烟，抽了起来。其他汽车上下来的几个同事也有同样的渴望，很快地，就有五个人聚集在一起，一边静静地抽烟，一边监视着始终顽固地关闭不开的监狱大门。伯尔尼埃不久也凑到他们那边去了。由于酗酒已经成了他基本的活动内容，他是不吸烟的。真应该了解一下，他究竟是耍了什么花招，成功地做到了在整个执行任务期间一直坚持喝酒，而又不被别人撞见。他是不是随身带着好几瓶酒呢？费尔南心里想。他本人这次不就带上了总值约一百万法郎的大面额钞票吗？这年头，一切都变得皆有可能。

"这他妈的到底怎么回事啊？"伯尔尼埃问道。

他总是那么气冲冲的，费尔南不记得有听他平心静气地、稳稳当当地说过话。在他本来就不多的几个句子中，总是存在着某种咄咄逼人的、强求索赔的东西，仿佛他不断地要求为他所蒙受的不公正待遇获得赔偿。

"这时间，也实在有些太长了吧。"一个同事不禁抱怨起来。

"您倒是看看，他们居然就让我们在这里干等着，干陪着我们的这一大帮社会渣滓！"伯尔尼埃说。

所有人全都转过身去，朝向沉浸在苍茫暮色中的监狱大楼那个庞大的、不怀好意的身影。

"我要给你把这一切统统枪毙掉，我……"

让人吃惊的是，竟然没有人来反驳他。没有人真的想枪毙任何人，但是在这个奇怪的夜晚，这一次从巴黎的逃亡，这些密不透风的汽车，这道顽固地不肯打开的大门，对种种后续事件的不确信，所有这一切，把每一个人全都打发到了一种根本无法解释的厌烦之中。

"那是什么呢？"

一个同事指了指从费尔南的衣兜中支棱出来的那本书。

"这没什么，这……"

"你还有时间读书啊？"伯尔尼埃惊讶地问道。

在他这整个句子的深底，隐藏了一种指责。

"我说，那到底是什么书啊？"那个同事坚持问道。

费尔南违心地从衣兜中抽出来那一册小开本的书，《一千零一夜》。谁都没想到会是它。

"还是第三卷呢，这就是说，你已经读过前面那两卷了？"

费尔南稍稍有些难堪，捻碎了他的香烟。

"我这就是随手拿了一本过来的，只是为了帮我能睡好觉……"

伯尔尼埃正张开了嘴巴要说什么，忽然听见他们的汽车中传来了喧闹声。下士长赶紧准备跑过去，但是费尔南叫住了他：

"伯尔尼埃，你留在这里！"

费尔南一把抓住他的肩膀，就像他平时总是要做上那么一次两次似的，并且扔给他一句一成不变的老话：

"你在这里等着命令！"

就像一架随时随地积攒着能量的机器那样，过了一刻钟又是一刻钟，囚禁在车上的人又一次喷发出可怕的愤怒之火，此时，引发爆炸的导火索不是别的，竟是一个疲惫至极的机动卫队看守，他从自己的包包里掏出一根香肠，还有一片面包，当众吃了起来。从来没有过什么香肠会如此本能地引发众人的纷争。

费尔南三步两步地就冲到了他的面前。

"赶紧把这个给我收起来！"他命令道，牙齿咬得咯咯响。

"那么，我们怎么办？我们什么时候才能吃上东西？"

众人赶紧回过头来看，但还是晚了，你根本就不知道这一声叫喊来自谁的嘴，你只知道，它立即得到了众人的回应。一阵集体性的颤动掠过一个个座位，给人一种印象，似乎一场骚动即将发生。紧接着，机动卫队人员迅速登上汽车，举起枪，枪口对准了那些囚犯。他们的那位同事，则脸涨得通红，赶紧把他的三明治塞回到自己的包包里。

六个小时以来，谁都没有喝过一口水，也没有吃过任何东西。在这一切之上还要加上，身体也应该累得很僵硬，很迟钝，可以说是精疲力竭。反正，费尔南觉得自己很难受。

"不会更迟了！"他叫喊道，"在等待期间，我们会给您水喝的。"

武器碰触时发出的哐当声打破了寂静。费尔南下了车。

"什么地方有水吗？"

没有人知道。

"旁边就是卢瓦尔河，"伯尔尼埃说，"假如你想把他们都淹死，那就再简单不过了，只要把公共汽车从桥上开下去就行。"

"是的，真应该让他们都去喝点水了，"一个同事插嘴道，"我的嗓子都已经开始哑了，不应该让这一切变得更糟呀……"

费尔南向前走去，一直来到监狱大门前，摁响了门铃，等着，探测孔打开了，一张脸出现在了昏暗中。

"您可知道，还要让我们等多长时间吗？"

"依我看来，不会太长时间的，应该不会的。"

"啊！这样最好，"费尔南回答道，"因为……"

他竭力挤出一丝苦笑来，为的是稍稍缓和一下气氛。

"这是因为，那边……我们的人渴得厉害！"

"这个嘛，还没有好呢……"

就像是要证明他的话说得有道理，大门打开了，郝思勒上尉从里头走了出来。六位士官瞧着他，有些忐忑不安。

"这个，情况并不完全如同我们预料的那样……"

他迟疑着。

"预料的是怎么个情况？"费尔南壮胆问道。

通常，郝思勒上尉算得上是一个对自己很自信的人，他读过军事学院，他不是那种爱疑虑的人。而这一次，环境让他有所动摇。他早就注意到，好几个星期以来，事态的发展只是部分地符合总参谋部的看法。今天晚上，一个外省的普普通通的监狱竟然拒绝接收由它的上级部门送过来的囚犯，这件事终于让迄今为止一直稳居在他心中的那种确信感产生了裂缝。

"这个嘛，没什么，真的，"他不得不忏悔道，"我接到命令把他们转移到这里，但是，看来这里没有位子了。"

"那么，食物呢？"有人问道。

"这事情归战区来管，"上尉说，很庆幸猜到了回答，"他们应该今晚就提供……"

人们立即就听明白了，食物提供的问题，就跟囚犯转移到奥尔良监狱的事情一样，一切都不像是在预料之中。

上尉看了一下他的表，二十一点了。

大门上的窥视孔在他们的背上啪嗒一声响起。

"有一份电报给郝思勒上尉！"一个嗓音高喊着，在监狱里头响起。

上尉连忙过去。士官们面面相觑。

"我嘛，"伯尔尼埃说着，指了指公共汽车，"我实在看不出来人们为什么要支支吾吾地推三推四。最终，我还是会把他们统统枪毙掉的。看来，就只须我……"

费尔南本打算回答，但是上尉已经跑回来了，手里捏着那份电报，终于现出一副胜利者的满意表情。

"命令我们撤退到砾石坑的营地。"

没有人知道那到底是一个什么地方。

"离这里远吗？"

没等上尉开口回答，另外一个人问道：

"那么食物提供方面呢？"

"一切全在预期之中！来吧，快点儿，上路！"上尉命令道。

"我们还是可以给他们弄点儿水喝吧。"费尔南还在提醒道。

"您啊，就别在这里废话了！砾石坑，只有十五公里的路，他们最多只需要再等上一刻钟！"

这一次，即便是对他的下级，军士长也没有再做什么解释，他的那副样子，像是身体有些不舒服。人们见他又上了汽车，先是点了点头，示意司机发动汽车，然后就坐了下来。人们重新出发了，但是，那样一种没完没了的犹豫不决却一直沉甸甸地压在每个人的神经上。

"你想我们会去哪里？"那个年轻的共产党人低声问道。

拉乌尔没有任何概念。

半个小时之后，公共汽车开始减速，拉乌尔透过车窗的缝隙，瞥见一大片田野沉睡在一种相当明亮的夜色中，凭着一个个阴影，可以猜测出那些农庄、乡间小路。经过一个大幅度的拐弯之后，汽车面朝着一些拒马障和铁丝网，停了下来。

军士长第一个跳下车来。在把他的包包塞到公共汽车的底盘底下后，他下达了指令。

囚徒们一个接一个地下了车，同时报上自己的姓名以及编号，一个机动卫队队员在他的名册上打钩钩。

拉乌尔下车之后，发现自己跟加布里埃尔靠得很近。

两个人瞧了一眼在边上排成两排的越南人士兵，他们像是在夹道欢迎，却端着枪瞄准了囚徒们。那边，队列的尽头，大门口，则排列着另一排全副武装的士兵，那是法国士兵。

他们让囚徒们排成三路纵队，然后命令他们齐步向前走。一个人最先趔趄了一下，马上就招来刺刀在大腿上的一捅，另外两个人正想扶住摇晃着身子的同伴，则遭到了枪托的打击，同时有一记记喊声传来："浑蛋，狗屎，肮脏的德国佬……"

拉乌尔本来还想利用这一机会讨一口水喝，这会儿却不再作非分之想了。

"'我们光荣的往昔为我们显现了道路！'"他脱口而出。

但他并没有笑，不像往常那样，每每重复说出总参谋部的战斗口号时，都会情不自禁地笑出声来。这一次没有。

在他面前，一排排的窝棚让人联想起军人墓地中那一排排的坟墓。

30

自从出发以来,露易丝就一直在问自己,假如步行的话,他们是不是会走得更快。汽车开始在圣旺大道[1]上颠簸,活像是在打嗝和抽噎。

"这都是火花塞的问题,"儒勒先生说,"它们得好好地去一去污了。"

这辆标致汽车是1929年的一款式样,双门的,他一共开出去过四次,第一次是把车子从车行中开回来,结果在第一个十字路口就撞上了一辆运牛奶的卡车,于是,人们也就把开回到车行去的那一趟,看成为它的第二次出车。他再次开它出来已经是第二年的事了,为的是去参加一个居住在热讷维利耶[2]的远房表姐妹的婚礼。如今,则是它的第四次出车。尽管,随着岁月的流逝,车身的油漆颜色已经发暗,但是,每隔两个星期,儒勒先生总会好好地擦洗它一回。而出于某个很晦涩的理由,他总是让车子的油箱和水箱保持着充满的状态,总要检查备用轮胎的状态。

从儒勒先生的动作中,人们感觉到他缺少驾驶实践。从一出发起,他就

---

[1] 圣旺大街(Avenue de Saint-Ouen)是巴黎第十七区和第十八区的一条街道,一直通往巴黎城外属塞纳-圣但尼省管辖的圣旺镇。下文中的奥尔良大道(Avenue d'Orléans),则是巴黎第十四区的一条南北向交通干道,北起丹费尔-罗什洛广场,南到奥尔良门。1948年起改名为勒克莱尔将军大街,以纪念菲利普·勒克莱尔将军在1944年八月二十四日率领第二装甲师由此进入首都,彻底解放了巴黎。
[2] 热讷维利耶(Gennevilliers)是巴黎北面的近郊城镇。

换掉了他那双擦得油亮的皮鞋，换上了方格莫列顿呢的便鞋，这兴许并没有让事情变得更为便利。

露易丝本来都想放弃了，但餐馆老板的双手紧紧握住方向盘，驾驶着这辆汽车如同开着一辆农用拖拉机，瞧他的那副样子，看来就差等着故障或者事故的到来了，而这，倒是也不会来得太晚。

在一番没完没了的等待之后，他们终于让人重新给轮胎打足了气。于是，他们走上了奔向巴黎南出口的道路，交通流量很密，汽车行驶得很慢，就像乌龟爬似的。

"我们幸亏还带上了一桶油，这么做很对，嗯，是不是？"

汽车里满是一股汽油味。

从奥尔良大道那段路起，车流人流就只是朝一个方向而去了，一路朝南，一辆辆车子中满是人，还有行李箱、硬纸盒，有的车顶上还绑有床垫子。

"他们对你说'一路朝南'，是这样的吧？"儒勒先生问道。

这已经是他第十次问这样的问题了，而在露易丝的回答之后，他第十次地重复道：

"要找到他们，可不是容易的事。"

这一次，他还补充了一句：

"我们，车子开得像乌龟爬，而他们，他们应该像兔子那样奔跑！你倒是说说看，一长溜这样的车子，是不会在堵车队伍中被卡死的。"

露易丝越来越意识到，这一举动注定要走向失败。儒勒先生说得有道理。他们不仅被卷入一股越走越慢的车流之中挪动，而且，他们还对目的地没有丝毫的概念。

"南面，假如不是奥尔良，那又会是什么呢？"露易丝问道。

在这样一个军事战略家身上，发生此类的事情就有些奇怪了，毕竟，儒勒先生的种种地理概念和定义也都是模糊的。他只是频频摇头，带着一种满是怀疑的鬼脸，那就等于在表示，他并没有想得更少。他刚刚点燃了一支香烟，结果，汽车的左翼就剐蹭到了一个水泥支柱上。

跟在寻南街监狱的囚犯后面，在公路上一路追踪，这一计划根本没什么道理可讲，但你只要瞧一眼路上占据了三条车道的车流，就能明白，现在，要想回头，几乎就是不可能的事情。

大多数时间里，他们的车都挂着二挡行驶，有时候甚至只挂一挡。一辆辆汽车全都开始遭罪。大约二十点钟时，长长的车队发生了偏向，然后就停了下来。露易丝趁此机会下了车。几乎所有的女性旅行者都在寻找一个能避开他人目光的角落，连最小的小树丛都成了公共厕所，面前会有一大群女人排着队耐心等候，她们还会时不时地往自己的汽车那边瞄上一眼，生怕汽车会突然启动，好在，这样的情况始终没有发生。

露易丝利用了这一段等待期，四处打听着消息。是不是有人看到过一长溜公交公司的汽车，车窗上涂抹了深蓝色的颜料？这问题提得好不突兀。人们实在很难想象，本来在首都城内跑着短途来回的公共汽车，为什么现在会在国道上行驶，还有蓝色窗玻璃的这个故事……露易丝到处都碰壁，人们纷纷投来惊讶的目光，都说不知道，没有人见到过任何的类似情况。她并没有就此丧失勇气，不仅没有回来上车，反而沿着车流，继续问着那些开车的人，还有那些坐车的人，但是，得到的都是同样的否定回答。

她不得不原路返回，就在车流准备重新启程的那一刻，她找到了自己的那辆汽车。

"我都有些担心了！"儒勒先生冲她说。

她上了车，把一条胳膊搭在车门框上。

"是您在找巴黎公交公司的那些车队吗？"跟他们正并排行驶的车子上的一个女人问道，"他们在白天早些时候就超越了我们。那时候，我们还在勒克雷姆兰-比塞特尔[1]那一带呢。应该有多长时间了，三个小时了吧。哦，是的，是往奥尔良方向走的。"

---

[1] 勒克雷姆兰-比塞特尔（le Kremlin-Bicêtre）是巴黎南面近郊的一个市镇。

265

现在已经过了二十一点了。一道指令，从一辆车接着一辆车地传达过来，人们担心会遭到敌机的轰炸，让所有的汽车关掉车灯行驶。长长的车队便像一条彩灯那样，一辆接一辆地全都熄灭了车灯。由于不习惯黑灯瞎火地行驶，儒勒先生的车子的前保险杠撞上了一辆带自动装卸车斗的卡车，那车上运载了整整四个家庭的人和他们的家具。

囚犯们的车队早在六个小时之前就过去了，而按照眼下的这个速度，就是开上两天车，恐怕也到不了奥尔良……

儒勒先生把车子停在公路边上，下车来打开了大箱子。他回到露易丝身边时，带上了满满一柳条筐的食物，有肉肠、一瓶葡萄酒、面包。跨过路边的斜坡，他在已经有些返潮的草地上铺开了一条厚厚的、白颜色的台布。露易丝微微一笑。

在这整整一个小时期间，逃离巴黎的过程很像是一次夜晚的野餐。

31

要知道,在他们中间,不仅有机动卫队成员、正规军士兵,还有越南和摩洛哥殖民军团的土著士兵,每一支部队此时此地的在场都像是具有一种特殊的理由。而他们之间的一个共同点,则是烦躁不安。费尔南从他的那辆公共汽车上一下来,就感觉到了这种紧张程度。士兵们紧握手中的枪,在营地门口排成两排,这便给人一种很不舒服的感觉,好像来到这里的整个车队都是不受欢迎的人,无论是囚徒,还是机动卫队队员。

近傍晚时分,他们已经在天上看到了德国空军中队的飞机。一想到自己可能会被敌人的部队追上,会在那样的一个地方,毫无防卫能力地被敌人用机枪射死,看守们的心中就不由得一阵阵地紧张,他们可是还肩负着押送囚犯的艰巨任务呢,他们可不愿意就这样白白地为这帮渣滓丢了性命。

郝思勒上尉,身子一直就那么僵硬,恰如死硬的军事司法一般,正跟他的那位同级别同行商量着囚犯们的接收事宜,此人专门负责收容一批来自巴黎桑岱监狱以及附属监狱的囚徒,交谈之后,郝思勒上尉明白到,因为到得最晚,他们的这一拨就只能凑合对付着捡别人挑剩下的了:六座不带厕所的棚窝,还被铁丝网给包围着。这些棚窝的窗户都很小,透光不好,很像是一些碉堡。郝思勒打听了一下营地中现有囚犯的人数。

"算上你们这一拨人,我们现在可就有一千多人了。"

当费尔南得知这一情况时,他简直吓傻了。

一千个囚犯,要看守到什么时候呢?

上尉重新进行了一番点名,同时,加以一番搜身,由那些越南士兵来执行。这都是上级司令部的命令。

搜身之后,囚犯们一个接一个地进入了棚屋中。只有最早到的二十五个人拥有了一个铺位,所有其他人则只有睡草包的份,就连草包,数量也是不足的。拉乌尔和加布里埃尔决定,就地清理出一个角落,在那里睡觉。那个年轻的共产党人有些怕冷,躺在了离他们有一米的地方。他一个劲地打哆嗦。加布里埃尔就把自己的军大衣给了他。

"我说,小家伙,"拉乌尔问道,"斯大林没有发给您毯子褥子吗?"

营养不良?疲惫?得病了?年轻人的状态真的很糟糕。

费尔南下令去找几桶水来。伯尔尼埃只带回来四桶,这立即就导致了争抢。经验提醒费尔南,他最好还是不要干涉,事实也证明,这样做是有道理的。一个高个子家伙呼吁所有人都冷静一下,即便不能团结一致,至少也应该有组织纪律。他不敢坚信,在喝水问题上拥有的掌控,是不是在吃饭问题上也管用。

"是不是该由战区方面负责提供食物?"费尔南跑来问了。

郝思勒用手掌拍了一下脑门,啊,对了,还有这个问题呢。他赶紧去向当地跟他对口衔接的同行打听消息,回来时却垂头丧气,希望彻底落空了,没有人知道该怎么办。最后的一次配给供应是头一天到的,对于七百人的囚徒来说,本身就已经很不够了,守卫们只得朝天开枪,才好不容易避免了一场骚乱……

拉乌尔·兰德拉德始终忠于他的习惯,便利用这次搬迁的机会,出去跟其他人商讨去了,就像他所说的那样,"认识人"去了。这充分表明,事情正在朝坏的方面发展,三牌猜一的赌博都没有人感兴趣了。饥饿和疲惫占据了一切,而拉乌尔之类的闲人到处都不受欢迎。

这是一个新的因素,它并没有逃过费尔南的火眼金睛,对于他,囚徒们聚集在一起的这一混处方式是令人忧虑不安的另一原因。共产党人藐视无政府主义者，无政府主义者仇视所谓的间谍，而间谍，则又唾弃咒骂那些违抗军令者，而在这一切之上，还得加上那些破坏捣乱者、逃避兵役者、鼓吹失败主义者、假定的卖国贼，而他们全部，则又都痛恨那些刑事犯，而即便在刑事犯中间，他们自己也严格地区分开谁是小偷，谁是诈骗犯，谁是抢劫者，谁是杀人犯，而所有这些刑事犯，又都不愿意跟强奸犯掺和在一起。

啊，对了，这里还有几个极右派的典型，被所有人叫作"卡古拉党徒"[1]，他们人数不多，一共四人，其中有一个积极鼓吹法德友好的记者，一个姓多尔热维尔名奥古斯特的人，他是该小集团的头头，因为他比另外的三个成员要年长二十岁。

费尔南和他的手下人占据了一个跟大宿舍相邻的房间，条件比囚徒们的宿舍稍稍舒适那么一点儿。至少，每个看守都有自己的一块草褥子。费尔南把他的包包塞到他的床架底下。时间快到二十三点了，谁都没有吃晚饭，看来，今天晚上没有希望得到什么了。费尔南拟定了一份宿舍值班名单，让自己去站第一班岗，这样，也好让其他人先好好休息一下。

饥饿开始作怪，折磨起他来。必须坚持到第二天早上，那时候，才能保证有一份食物提供，但是，在等待期间，超越了种种社会和政治层面的，以及种种图腾禁忌的，则是拉屎撒尿的问题。当他抽完晚上的那支烟回到睡觉的地方时，费尔南惊讶地发现，有一个囚犯透过半开的窗户，正在把一大把干草往外扔，那一股特别的臭味让他对这一动作的起因没有丝毫的怀疑。必须立即找到一个解决办法，不然的话，囚禁地点的空气将很快就变得污浊不堪，根本无法呼吸了……

"我们来安排一个轮番上厕所的计划。"他对他的手下人说。

"我不希望那样。"伯尔尼埃回应说。

"这事情跟你没关系，它跟囚犯们有关！"

---

[1] "卡古拉党"（La Cagoule）法国的一个政治组织，正式名称为"革命行动秘密委员会"（Comité secret d'action révolutionnaire），是法国法西斯主义和反共产主义的恐怖主义组织，从1935年到1941年期间，使用暴力来推进其活动。

"我依然还是不希望那样!"

"然而,你就得那样去做。"

结果,囚徒们被允许,在一名机动卫队队员的监视下,三人一组地前去厕所,这对所有人来说,都是很艰难的情境。茅厕里灯光昏暗,还是四天前用水冲过一次,如地狱一般的臭气熏天,第一批如厕者出来时全都脸色苍白,其他人则更愿意憋着不去。从第二天起,费尔南就会组织一种轮番清扫工作。"要找到实际的解决办法。"他暗自在心中记下,名单在渐渐地拉长。他准许囚犯们冲着围墙撒尿。"至于其他,要不就去茅坑,要不就给我憋着!"

加布里埃尔满足于去墙根解决。拉乌尔则前往茅厕,回来时脸色变得苍白。这之后,机动卫队队员就检查了一遍门窗处的安全。从里头,只看到窗板被关闭了,只听到横杠咣咣地锁上了。

加布里埃尔开始喘息。

"嘿,我说,我的中士长,"拉乌尔说道,"你该不会让我们遭受一番攻击[1]吧,嗯,我们这里可不是在马延贝格!"

他的笑声回响在宿舍里,此时,费尔南正好走了进来,喝令保持安静,笑声便戛然而止。

"没有得到准许,任何人都不得起床,谁都不准说话!"

大多数人都开始昏昏欲睡。军士长安坐在一把椅子上,枪放在膝盖上,假装没有听到不时地从四处响起的嚅嗫声。

"你睡着了吗?"加布里埃尔问道。

"我在思索。"拉乌尔回答道。

"思索什么?"

茅坑,稍稍比地面高出一点点,提供了一个观察整个营地的全景视角。拉乌尔刚才跑去了那里,并且憋着一口气,在里头待了一小会儿,目的只是

---

[1] 此处原文为attaquer,也表示疾病的发作。

为了观察一下这个地方，士兵们的巡逻，他们所经过的路线，沐浴在月光下的周围地形。这地方不仅广阔，而且复杂。他仔细观察并点数了一个个的出口、入口，然后悻悻地回来。显然，这是一个远不如监狱来得密封的地方，但是武装士兵的人数要多得多，这让他不禁陷入了沉思中。

"逃跑"这个词像一股电流，让加布里埃尔的神魂不禁一激灵。

"你疯啦！"

拉乌尔凑近过来。尽管压低了声音，还是能感觉到他的愤怒。

"你真的是彻彻底底的傻掉啦！你不明白正在发生的是什么事情吗？什么都没有组织好，没有吃的，没有指令，连看守我们的人都不知道该拿我们怎么办。依你看来，当德国佬跑到这里来时，会发生什么情况呢？"

这个问题显然折磨得加布里埃尔很痛苦，恰如所有其他的那些囚徒。

"他们会把我们送交给德国佬，当作一份见面礼吗？"

这个看起来不那么有可能。

"而假如他们真的就那么做了呢？"拉乌尔接着说，"那么，德国佬会拿我们怎么办呢？会为我们在光荣的帝国军队中提供一个位子吗？"

这就更加不可能了。然而，加布里埃尔始终还是疑虑重重：

"那怎么逃跑呢？没有证件，又没有钱，你怎么逃跑？"

"假如你不迅速逃跑，你倒是会有个选择，我的老哥儿们，或者肚子上挨一颗枪子，或者背上挨上一枪……"

像是对他的焦虑作出的回答，加布里埃尔听到他边上那位年轻的共产党人在他借给他的那件军大衣底下嘎嘎嘎地咬响了牙齿。

"到头来，都是会死的。"拉乌尔总结道，把脸侧过去，对准了墙壁。

嘎嚓声逐渐逐渐地消失了。

费尔南瞧了一眼他的表，他还需要再坚持大约一个小时，才能轮到有人来替班。为了不引起什么注意，他把他的那个包包留在了床底下，尽管无法想象会有一个人来掏他的包，他的心里还是忐忑不安。这都是心理作祟，他心里想。当犯罪感萦绕在他心头时，他就竭力把心思全都集中到爱丽丝的身上。他一直都没有可能给维尔纳夫那边打电话。他真的很想听到她的声音，哪怕仅仅一秒钟，他只需要短短的一瞬间就能够明白一切，她到底是好还是不好，她到底是焦虑，是不安，还是幸福，安宁，她的一声语调就够了，他就能知道一切，而现在的处境，真的叫人抓狂啊！

他又想到了他装钞票的包包，想到了他留在自家地窖中的旅行箱，他该如何对爱丽丝解释这一切呢，她是那么正直，那么……

他所屈从的欲望，在他眼中如此具有诱惑力的前往波斯旅游这样一个前景，所有这一切全都出现了，恰似一片巨大的混沌。他成了一个盗贼，只是为了实现爱丽丝并不会跟他分享的幻景，因为，实际上，他生来就不是要去转向现实的，他只配用来支持她对抗疾病……通过偷得这一笔钱，通过隐藏起他的一部分战利品，通过随身携带剩下的那部分钱，费尔南已经成了爱丽丝并不会愿意嫁的那样一种人。

"安静！不要逼迫我过来干涉！"

猛地那么吼上一嗓子，这让他觉得好受了一些。再坚守三十分钟，他就要去睡觉了。他将会侧身卧睡，就像他在家里跟爱丽丝一起睡的时候那样，那时，他会紧紧地抱住她，身子弯曲，像一把小小的勺子。

第二天，一到六点钟，郝思勒上尉就召集起他的那些军官、士官，以及手下的四小拨人马，早先寻南街监狱的囚徒如今转移到了这里，他的人马也就负责起了在新的监舍里看守他们的任务。

"我要提醒那些看守们，他们现在是处在我所率领的机动卫队成员的命令之下。禁止跟囚犯们说话！假如你们想站到栅栏的另一侧去，那你们就走着瞧好了。"

在上司发表这一通刚强有力的训令期间，费尔南一直睁大眼睛仔细瞧着这些"看守者"，这些从前线调回来的步兵，全都是岁数最大的兵，那是一些明显没有什么战斗力的兵，他们自己也意识到，他们将要在这里完成他们当兵时的最后使命,然后就将成为那些失败者的标准样品,因为他们将在人类历史上最短的一次战争中被人彻底打败。

不到一个小时,面对着这群从头一天起就没有吃到任何东西的吵闹不已的人,这些看守人员就表现出了无能为力。

伯尔尼埃像一个疯狂的复仇女神一样,冲进了棚窝。

"假如你们不满意的话,我这里有的是机关枪!……"他吼叫道。

伯尔尼埃的长处,就是他的真诚。他一下就镇住了那些囚徒,镇住的即便不是他们的辘辘饥肠,至少也是他们的亢奋情绪。看到他在那里扯着嗓门大喊大叫,甚至都准备要朝人群开火了,拉乌尔不禁庆幸起自己在这方面的判断来:此人是个危险人物。

费尔南派人安排了轮流的外出大小便,命令他的手下人密切监视,小心提防,并互相配合行动,以避免那些已经有些神经质的家伙之间打架斗殴。

上午时,一些人用撕碎的纸片,成功地制作了跳棋或多米诺牌戏。拉乌尔凭借着三猜一的纸牌局,赢得了一个铺位。

郝思勒上尉很着急。他不断地跑去通信班催问有没有新的命令来到,再三要求立即发食物下来,但是,在电话中,他不是找不到人,就是碰上个一问三不知的人,说是去打听打听,然后就没有了回音。

轮到他们走出棚窝去外边放松放松麻木的腿脚时,加布里埃尔便做起了拉伸运动。拉乌尔则装作一副无拘无束的样子走了开去,并且若无其事地跟一个士兵聊上了天,聊着聊着,便得知那个士兵对上尉的指令抱着一种满不在乎的态度。

"德国佬都已经到了巴黎的西边了,"那士兵说,"他们已经渡过了塞纳河……"

假如德国人攻占了巴黎,那就是法国人的失败。彻底的失败。那么,负责这一千个囚徒的官兵又会做什么呢?

仿佛是为了佐证一下这一番疑问,警笛声开始鸣叫起来,囚徒们与军人们便全都卧倒在地。几分钟时间过去了,拉乌尔一直就躺在门边上。最终,一个德国空军中队从他们的头顶飞过,人们等待着一番轰炸,但什么都没有发生,寂静复归。最后,他们听到了法国飞机的隆隆声。

"他们总是来个马后炮,这些个……"伯尔尼埃开口道。

稍稍过了一会儿,拉乌尔凑到了加布里埃尔跟前。

"要想逃走,就该选择这样的时机:一次空袭警报。所有人都卧倒在地,等着炸弹落下来,没有人会注意到我们的。"

"你打算以什么样的方式离开营地呢?"

拉乌尔没有回答。他顺着自己的思路在想,开始用一种新的方式来观察营地。把它放置在了一种新的前景之中。

"等到下一次空袭警报时,假如可以的话,我们就逃走。"

从这一刻起,拉乌尔便不停地东张西望,四下搜索起来。每一次放风时,他都会默数从一个地点到另一个地点的步子数,寻找着最佳的逃离路线,比较衡量着各种办法的优劣。

终于,大约在十四点钟,军需处的卡车进入了营地中,暂时结束了费尔南内心中的那一番慌乱。有一块一公斤半重的大面包,一罐二十五人份的肉酱,还有一块五十人份的卡芒贝尔干酪。

费尔南主持了分配,囚徒们你争我夺,争先恐后地来寻找自己的份额,无奈之下,费尔南不得不动用了枪托。

"我们都快要饿死了。"一个囚徒说。

"你莫不是更喜欢吃一颗枪子,你这浑蛋?"

说这话的是伯尔尼埃,一副暴脾气的模样。他是不是喝空了库存的葡萄酒呢?

"嗯?"他说,靠近了囚徒,"你想要的莫非是这个吗?"

他把枪口顶在了囚徒的肚子上,后者一失手,那一份食物便落在了满是尘土的地上,但他不顾一切地把它们匆匆捡了起来。

费尔南过来干涉了:

"行了,你给我闭嘴,安静!"

他拍了拍对方的肩膀，就仿佛两个人是亲密的战友。不过，这总归还是无用，伯尔尼埃决心把他的优越感推向极致：

"能给你们吃的，这就已经蛮不错的啦，你们这一群蟑螂！"

面对着这一景象，加布里埃尔不由得皱起了眉头。拉乌尔的预言得到了证实。

"我看谁敢第一个顶嘴……"伯尔尼埃依然在吼叫。

他都来不及把他的威胁话说完，费尔南就把他推向了棚窝那边，同时示意另一个士兵继续分配食物。

到最后，人们发现，烟草也开始短缺了。

下午时，一个囚徒在小小的垃圾堆附近转悠，发现有士兵在那里遗弃了一些咖啡渣。他便用这些咖啡渣，自己制作了一种寡淡无味的饮料。

在下达了返回棚窝里头的命令之后，费尔南派士兵和机动卫队队员守定了所有的出口。

32

"你别担心,露易丝,我会在底下搭个窝儿的。"

儒勒先生过于自信了,以为自己能够钻到汽车底下,就像要去排水沟做一次清污工作那样。鉴于他肥胖的身材,那可是一项实在难以完成的任务。当他野心勃勃地尝试着在底下忙活时,露易丝能感觉到汽车底盘在一阵阵地乱颤乱动。出于某种仁慈心,她没有去探听消息,但是,过了不多一会儿,她就听到他的鼾声在公路的侧边呼呼地响了起来,经过一番竭尽全力的尝试后,他最终还是在路边找到了酣睡之地,躺在了一块毯子上面。

俯身望去,透过车玻璃,她看到儒勒先生仰卧在那里的庞大身躯,他肚子隆起,双手交叉地放在下腹部。短短一瞬间里,她还以为他已经死了呢。三秒钟之后,他的脸颊又颤巍巍地鼓动起来,他呼呼的鼾声又如鼓声擂响,把她从幻景中拉了出来,但是,那短短的一瞬间就足以再一次提醒她,他在她的生活中占有一个很重要的地位。

至于她,她整个夜晚都半躺在车子后排的座位上,座位不够宽,她勉强控制着姿势,以免从座位上滑落下来。就这样,她做了一连串的噩梦,梦到的都是杂技一般艰难的攀登运动。这还没有算上,夜里总是有汽车从这条路上驶过,不断传来行车的响动声,而这条公路,他们并不愿意离开,就仿佛一旦离开了,他们的位子就会被别人占据,或者,整个车队会利用他们不在场的机会,偷偷地把他们甩掉而自行逃跑掉。

简单地吃过野餐之后，当儒勒先生忙着要钻到汽车底下准备睡觉时，露易丝打开了昂丽艾特·梯里翁转交给她的那个用细绳捆扎好的卷宗。她一开始还坚信自己带上了那个小婴儿的照片，但她后来突然想起来，就在匆忙离开的那一刻，她把那照片留在了厨房的桌子上……

利用仅剩的一点点光亮，她读了读她母亲那些信件的最开头部分，信件共有三十来封，全都写得很简短。

第一封信写于1905年的四月五日：

我亲爱的：

　　我曾经承诺过，永远都不给您写信，永远都不来打扰您，而现在，我既给您写了信，又打扰了您。您有理由讨厌我。

　　我之所以给您写信，是因为我还没有回答您的问题，您当初曾问过我沉默的原因，您用的是我的"缄默"这个词。您还在继续让我惊讶，这就是事情的真相。当然，我并不害怕您（我是绝不会爱上一个我所害怕的人的），但是，您所说的一切都让我感兴趣，那一切对于我都是新的，我实在看不出来，除了听您的话，我还有什么更好的事情可做。我只是享受这些时光，享受您的存在，因为我从中出来时，能体验到自己比任何时候都更有生命力。

　　昨天，在离开您的时候，我几乎是趔趔趄趄的……这都不是一些该说出来的事情，更不应该写下来，因此，请允许我就此搁笔。

　　但是，在我一切一切的沉默中，请您相信，"我爱您"。

让娜

让娜那时候才十七岁。就像任何一个女孩子会做的那样，她春心荡漾地爱上了一个更为年长的男人。而对干他，要让人欣赏他，其实也，应该并不太难。让娜并不太傻，她能读会写，她通过了她的高级文凭，而且，恰如儒勒先生所说的那样，"读过一些小说"，这从她的表达中就能感觉出来。如此的一番情感表白，对一个已经有四十多岁的男人又能产生什么样的效果呢？他是不是冲着她的浪漫主义绽开了笑颜呢？

露易丝很惊讶于她的母亲曾是一个充满了激情的年轻姑娘，她本人则从来不曾那样过。混乱无序的爱情对于她就是一片陌生的大陆。她不会从中感受到嫉妒，相反，她很欣赏，一个姑娘能够陷于一种如此的冒险之中，因为从理性的角度来看，她实在无法期待有什么好结果。露易丝不曾有过这样的运气，或者不如说，当这样的运气来临的时候，她不曾牢牢地抓住过它；她也曾爱过，但从来就没有爱得激情澎湃，她也做过爱，但从来就没有见识过如此的沸腾，如此的热烈。让娜写过一些情书，而露易丝，则从来没有。哦，那是一些如同人们到处都能读到的那种情书。但是，即便如此，在读的时候，爱的奉献程度，它的真诚度，它那一爱到底的力度，有时还是会深深地打动她。在1905年的六月，让娜这样给大夫写道：

我亲爱的：

您就成为自私者好了。

索取吧，继续索取，永远索取。

在我的一声声叹息中，您会听到"我爱您"。

让娜

光线暗淡了下来。露易丝把信件折叠起来，用细绳重新捆扎上，并打了一个结。

让娜对大夫以"您"相称。他对她则以"你"相称。露易丝从中既看不到什么怪异，也看不出什么做作，故事就应该是这样开始的，随后就会自行发展，事情从来就是如此，对此谁也无能为力。

她一边昏昏地沉睡过去，一边还在心里问自己，那大夫，他怎么就爱上了她呢？

在逃难的公路上，露易丝和儒勒先生并不是唯一累得疲惫不堪的人。头一天，整整一大批人全都精疲力竭地被困在了一段堵车地带，那可是说得上既令人泄气，又令人不安。人们时不时地抬头望天，生怕德国飞机会来空袭，每个人的神经都绷得不能再紧。

一早起来，很多女人出去寻找一点点水，所有人都觉得自己很脏。最近的农庄接待了一批批难民，献上自家的井水，为他们提供救济。就公路上的这一条车流之队来说，这恐怕也是最后的一个沙龙，人们得以在里头议论纷纷。

"意大利对法国宣战了。"一个女人说。

"混账王八蛋……"另一个女人喃喃道。

人们并不知道她是在说谁。接下来的沉默像是一种威胁，沉甸甸地压在人们心中。远处，只听到传来了飞机声，但从天空中什么都看不见。

"意大利，那是致命的一击，"终于有人开口说，"就仿佛人们需要这样来一下。"

有必要来一番匆匆的洗漱，还得带一些水回去给留在公路上的家人，而这样一来，对话也就渐渐地转向了另外的话题。而剩下来的事，就只有忍受，一切一切的都得忍受。有谁知道前面的道路是不是会马上疏通？哪里能找到汽油？还有鸡蛋？还有面包？有一个女人还需要鞋子。"我现在穿的这一双，根本就不是用来走路的。"她说，"说到鞋子，真的是麻烦死了。"另一个女人也呼应道，所有人听得都笑了，甚至连那个抱怨的女人自己也笑了。

当露易丝回到儒勒先生身边的时候，她发现，巴黎人的逃难队伍在不断地变得越来越庞大。自出发以来，他们还没有走上四十公里，而剩下的还有两倍于此的路程。假如车流和人流继续密集下去的话，那他们得花费多长时间才能到达奥尔良呢？两天吗，还是三天？

"我知道。"露易丝说。

"你知道什么？"

"您一定迫不及待地想对我说,您早先的想法是对的,出发上路是一个很愚蠢的行为。"

"我说这个了吗?"

"没有,但您一直就是那样想的,我只是替您说出来了而已……"

儒勒先生举起双手伸向天空,然后又啪啪地拍了拍自己的双腿,但他并没有回答。他知道露易丝正在冲着她自己生气,冲着种种事件,冲着生活,而不是冲着他。

"必须找到什么地方,加一些汽油了……"

所有的驾车人应该全都在想这个问题,但没有人知道该怎么办。

人们重新启动。大卡车、带篷的运货车、拖斗车、三轮货车、牛拉的大车、大客车、送货的小卡车、双人自行车、灵车、救护车……行驶在这条国道上的各种各样的汽车,像是橱窗中展示的一长列法兰西的精灵。在这之上还要加上所有这些车辆所负载的五花八门的物件,旅行箱、帽子盒、水盆、灯具、鸭绒床罩、鸟笼、厨房用具、衣物架、玩具娃娃、木头箱子、铁皮大箱子、狗窝。整个国家刚刚敞开了它历史上最大旧货店的大门。

"这毕竟也太奇怪了,"儒勒先生脱口道,"所有这些床垫,绑在了汽车顶上……"

确实,这样的车顶上的床垫有很多很多。莫不是为了减缓一下飞机上射来的子弹?或是为了方便在路上露宿睡觉?

步行者和骑自行车者走得比汽车更快,而汽车则一冲一冲地向前,让传动轮、散热器、离合器全都那么痛苦不堪。时不时,人们还会看到有一些宪警、一些士兵,甚至是一些志愿者过来,试图稍稍疏通一下交通,但是,面对着由千百辆车子构成的这一条奇长无比的毛毛虫,他们到最后都无可奈何地垂下了胳膊,这条迟钝却又固执的长龙决意已定,不管付出多大代价,都要一步一步地向前挺进。

汽车的每一次拱动,都能向前挪上二十米距离,而在两次拱动之间,露易丝都会解开细绳的结头,重新翻开让娜的信件来。

"你母亲的字迹……"儒勒先生说。

露易丝听了很惊讶。

"能写得一手这样漂亮字的女人,真的是不太多啊,你知道。而更为聪明的女人,也同样不多啊。"

他一脸伤心的神色,露易丝任由他滑下他的斜坡。

"一个什么活儿都得干的女用人,你倒是想象一下吧……"

他关上了发动机,打算等到必要的情况下再重新启动;只要有可能,人们就会让机器休息一下。

1905年的七月,让娜这样写给大夫:

> 我亲爱的:
> 　　我应该是一个肮脏的人……任何一个得体的年轻姑娘都不会经历我毫不脸红地经历的事:去旅馆约会一个已婚的男人!……而我,恰恰相反,这是我的全部快乐,就仿佛再也没有什么比罪孽让我更享受了。真是一桩甜美的背德之行啊。

"那么,"儒勒先生问道,被不断地刹车弄得有些疲惫,"她为自己是个女仆而感到自豪吗?"

露易丝朝他飞去一眼。这一类表达,尤其是涉及让娜的话题,可不是他的习惯方式啊。

"我还没有看到这一步呢。"她回答道。

"那么,你到了哪一步了呢?"

露易丝本来尽可以把那封信递给他,让他自己来读,但是,有什么东西扯住了她的手,大概是羞耻感或者难为情之类的想法,她也不知道那到底是什么。她更愿意继续她自己的阅读:

> 我这里早已经不再有什么还不是您的,然而,每一次,我都

感觉到我在为您奉献上更多,这又怎么可能呢?

  我真的很渴望死去,这您知道,我这么对您说,可不是开玩笑,您并不喜欢听到这个,我能明白;简单说了,这就是真的。但这并不是一种忧伤的渴望,正相反,这是出发的欲望,要带上生命将会赋予我的最美好的东西。

  当我对您说出这一切时,您就把您的手放到了我的嘴上。我至今仍然感觉到它,您的手,就在我的嘴唇上,就如我感觉到您就在我的心中,每一处,每时每刻。

让娜

  这一强烈的激情让露易丝有些喘不过气来。

  "这很忧伤吗?"儒勒先生问道。

  "这是爱。"

  她不知道不这样回答还能怎样回答。

  "啊,是爱情……"

  这很刺激神经,让感官不适,这一永恒的怀疑主义,那般地嘲弄人,并且最终还有些侮辱人。她没有回答。

  下午时,有军车车队经过,耀武扬威,在前头清出道路,制造出一种令人向往的效果,似乎这样一来就将促进整个车流的行进速度。整整几个小时期间,交通的密度虽然没减少,却倒是通畅得多了。人们会在一个十字路口超车或相遇,在路边看到一车人,早在头一天还在一起休息过一个钟头,于是,人们挥挥手,道一声"你好",人们互相说上几句话,然后,车队洪流的蠕动再一次把你们吸收,并把你们抛掷到更远的地方,靠近另一些相邻者,同时又在另一些旅行者的后头。

  眼看着离奥尔良只有三十公里左右的路了,突然,一切全都停顿下来,车队的长龙似乎想停下来睡觉了。儒勒先生则担心汽油会不够,便往右一拐,驶入了一条村间小道,他们看到了一家农庄。

从头一天以来就一直持续着的某种东西改变了。

人们让你无偿汲取井水的那样一段时间已成了过去（仅仅是头一天发生过的事）。那户农家要人们付二十五法郎。因为这是在冒险，他说，却并没有明确说明要冒什么险。

33

大约在早上七点钟送到的第一批食物，只够编制内的相关人员吃的。

囚徒们从棚屋的窗户中看到，那些越南兵正在卸载由战区派来的那辆小卡车。费尔南生怕会激起反抗，便下令手下人躲到一边去吃，而为了创造出一种让人分散注意力的钳制，还组织了一次卫生服务，拿来好几大桶的热水，供囚徒们擦洗，只是，很可惜，热水桶不可能更换使用，因为没有足够的材料。最初的几个人使用之后，剩下的人就只有眼睁睁地瞧着变得脏兮兮的水，而拒绝再使用。

"我们更希望能吃上一口东西。"其中一人嘟嘟囔囔地抱怨道。

费尔南便扭转头去，假装没有听见。

两个钟头之后，一辆卡车终于来到。计算很快就做完：每一个大圆面包，由二十五人分吃，另外，每人一勺子大米，又凉又黏牙，应该是头一天煮熟后又凉的。

"我也无能为力了，军士长，这就是战争带给所有人的！"

费尔南根本不来不及回答上尉气恼的惊叹，只听得，在他的身后，伯尔尼埃刚刚大喊了一声：

"你，我说你，你不是早已经领过了吗，你这个坏蛋！"

那个想揩油的家伙顿时表现出慌乱的神情，也正是这些慌乱的信号暴露了他的欺骗行为。他就是那个记者多尔热维尔，他那下垂的脸颊开始颤抖起来。很快地,一些囚徒蜂拥而上,把他掀翻在地上,开始对他拳打脚踢。另一些人则匆匆赶来营救,而那些无政府主义者也随之突然出现了。

费尔南赶紧上前制止,但是这群人也实在太多了,根本就无法控制住,他没有别的办法,只能掏出手枪,朝天开了一枪。

这还远远不够。还必须让士兵们一起上前,用枪筒顶着他们的肋骨,用枪托猛击他们的后脖子,把他们一一分开,鲜血溅到了尘土中。一小撮尤其激动的囚犯突然仰脸冲着士兵们,准备要跟他们打架,即便他们全都赤手空拳,这也就是说,他们已经饿得不要命了……

"枪上刺刀!"费尔南喊出了命令。

士兵们,尽管自身也有些慌乱,还是本能地反应过来,排成了一排,枪口统统朝前。

短短几秒钟期间,人们还以为囚徒们会朝士兵冲过来。费尔南厉声发出了强调。

"囚犯们,都给我排成两排!"他叫喊道,"开步走!"

囚犯们,一个接一个地,松开了手,排成了弯弯扭扭的队,那个记者多尔热维尔好不容易从地上爬起来,双手还紧紧捂着他的肋部,三个同伴赶紧过来把他搀扶起来,拉走了。所有人全都转身,拖着步子走向了棚屋。

费尔南一把抓住了伯尔尼埃的衣领。

"我对你发誓,"他咬着牙齿说,"你要是再给我来这么一下,我就把你给砸烂了!马上给我站岗去!"

威胁纯粹是虚幻的。人们很难想象,费尔南会以什么方式采取一种如此的措施。但是,伯尔尼埃经过二十三年的服役,并付出了超于常人的努力的代价,已经晋升到了下士长的军衔。这一头衔构成了他从现在开始直到他军事生涯结束所可能希望得到的一切,再也没有比一失足成千古恨的前景更能有效地吓唬他的了,他这个人天不怕地不怕,就怕会失去晋升机会,就怕会从他好不容易才爬上去的本来就不高的台阶上重新滑下去,重新回去当一个值勤的士兵,没心没肺地在一个部门的大门口站岗。

费尔南走远了，吸着一支烟，而这是一支爱丽丝始终拒绝让他抽的烟，"绝不在中午之前抽烟"，这是他的规矩。他瞧着囚犯们慢慢地走回监舍里去。然后，他的决心已下定，他就转身去找上尉，向他报告自己准备实施的计划去了。

"我可不想知道些什么，军士长！"

这就是说，他同意了。

于是，费尔南召集起他的小队，指定由其中最有经验最有办法的一个人来负责，他名叫弗雷库尔，那是一个三十来岁的好小伙，头脑很灵活，费尔南让他带上两个机动卫队的队员，外加四个士兵。

从窗户里头，拉乌尔和加布里埃尔看到这一小队人马离开了营地。

"他们是去找食物的吗？"加布里埃尔问道。

拉乌尔没有听见，他观察着北面的围墙，还用食指指了指给加布里埃尔看。

"我们可以从这里逃走。"

加布里埃尔眯起了眼睛去看。

"必须跑得很快很快，但是，假如空袭警报能让我们有足够时间的话，我们就可以避开众人的目光，从早先的那栋军需部门的老楼后面跑掉。"

那是一栋已经改作他用的老楼，窗玻璃都破碎了，门也破了，有不少洞洞，其唯一的好处就是遮挡住了一部分的拒马障和铁丝网，而营地的这个地方就是由拒马障和铁丝网围住的。

"一旦到了这个地方之后呢？"加布里埃尔问道。

拉乌尔做了一个鬼脸。

"我们将会在那里留下一些肉，但是，我看不出还有什么别的办法……"

在他刚刚亲眼所见证的那一番短暂的叛乱之后，加布里埃尔已经饿得有些头晕，脑子都快转不动了，他首先抗拒着这一逃跑的想法，他必须承认，在这里，种种事情正变得越来越糟。管理人员越来越怒气冲冲，囚犯之间开始了原始的打架斗殴，饥饿折磨着所有人，并让他们变得有些古怪，还有，德军开到巴黎西面的消息已被证实……一个小时之前，他还曾问过一个看守是不是请一个医生来给那个年轻的共产党人看一下病，因为自从来到这里后，他就一直牙齿咬得咯咯响。没等到对方来得及答复，下士长伯尔尼埃就急匆匆地嚷嚷起来了。

"一个大夫？随后，还会有什么，真他妈的见鬼！就算是一个兽医，他们也不会给您派来的！"

他挥舞了一下刺刀，然后，又补充道：

"相反，假如你想在屁股上打一针的话……"

加布里埃尔没有再问其他。

他并没有明确地接受拉乌尔的逃跑计划，但是他的理性精神已经权衡过了成功的概率。必须在准确的时间，出现在准确的地点。那样才有机会。而要通过铁丝网，就得有互相帮助的精神。若是一个人要逃跑，那是根本无法想象的。

费尔南派出去执行任务的小队刚刚出发不一会儿，有两个士兵前来找他，两个都是老兵。

"德国人逼近了，我的军士长。"第一个士兵说。

这已经不是什么新闻了。

"假如情况转向糟糕，恐怕连我们自己也将成为囚犯……跟我们的囚犯同时成为德国人的囚徒。假如德国佬把我们跟他们关在一起，那我们就会有很多事情要担心的了……"

"我们还没有到这一地步。"费尔南驳斥道，但是，他的语调缺乏一种坚信。

"我们没有炮兵，我的军士长，也没有空军。谁会来保护我们呢，假如德国佬一直打到这里来的话？"

费尔南对他的话回报以一张大理石一般坚硬的脸。

"我们等待命令。"

其实,他自己的心里也并不比他们更相信什么,但是,他又能说什么呢?郝思勒上尉始终就被拴在电话机旁,耳朵不离开听筒,一有什么人过去向他提出一个问题,他就挥挥手让人赶紧走掉,就像是在驱赶一只苍蝇:滚蛋,让我安静一下!

为了让囚犯们平静下来,费尔南组织了几番散步。当轮到拉乌尔和加布里埃尔去散步时,他们就慢慢地朝北边围墙的方向走得很远,但很快就被一个士兵给拽了回来。

"你们在那里干什么呢?"他一边喊叫道,一边举枪瞄准了他们。

这是一个又矮又胖的,满脸红彤彤的男人,他已经被炎热折腾得疲惫不堪了。他的嗓音颤巍巍的,同样也透露出了他内心的焦虑不安,很明显,他并不是一个能经得起一种如此考验的士兵。拉乌尔在几秒钟时间里迅速衡量了一番这一切,然后掏出一支香烟来,递给了他。

"我们得稍稍往远处躲避一下,"他简明扼要地解释道,"我们不想卷入打架斗殴中去。那边的气氛还真有些热啊……"

加布里埃尔感到颇有些窘迫。当然是因为这种随机应变的需要,其次也是因为感到很奇怪,他实在没有想到,在所有人全都断了烟卷的情况下,拉乌尔竟然还拥有一些香烟,真是了不得啊。

那士兵摇了摇脑袋,那个样子是在说,他实在不便于接受烟卷,但是,看起来,在营地的管理人员那里,也应该不再有太多的烟草供应了,因为,在匆匆朝自己的身后瞥去一眼后,他赶紧凑过身来,欣然接受了那支香烟。

"不是我要拒绝……"

他把它塞进军装的胸前衣兜里。

"我要把它留到晚上再抽……"

拉乌尔做了一个手势,表示很能理解,同时点燃了自己的那支烟。

"你知不知道将会发生什么?"他问道。

"我会说，咱们被人死死地牵制住了，卡在了这里。德国佬正在大踏步地逼近，咱们却再也接不到命令啦……"

就像是要证实一下他的尴尬境地似的，这时候，高空中正飞过一架侦察机，三个人赶紧抬头观望。

"是啊，是啊，"拉乌尔说，"听起来确实不太好。"

那个看守的沉默体现出一种认可的价值。

"现在，应该回到棚舍那边去了，小子们，你们可不要逼我……"

拉乌尔和加布里埃尔举起了双手，手掌向前，没有问题。

派出去执行任务的小队，在下午刚开始的时候回来了。

年轻的弗雷库尔俯身朝向费尔南，正低声对他作着汇报。

军士长则频频点着头。

然后，他迈着一种坚定的步子，回到了木棚屋中，穿过屋子，打开了士官们所住房间的门，抓起他的那个水手包，又出了屋，指定了一队人，其中就包括伯尔尼埃（费尔南不愿意单独留下他而不加监视）以及那个小弗雷库尔，调用了营地中唯一的一辆带拖斗的卡车，然后就乘车出发，朝着附近第一个农庄的方向奔去，那是一个叫圣雅克十字架的地方，正是在那个地方，他们将开始行动。

一路上，费尔南绞尽脑汁地思考着，想弄明白他会采用什么样的方法。

卡车停在了一个农庄大院里头，而直到那一时刻，他还始终没有找到一个可行的办法。

34

儒勒先生本不是一个天性耐心的人，餐馆的顾客们常常为弄明白这一点而付出过重大的代价。他已经有两个夜晚没有睡在自己的床上了，其中一夜还是躺在草堆上的，但这样做下来，还是没有把事情处理好。那个留宿了他们的农民算是弄明白了他，当时，那农人要求露易丝付他两法郎的钱，因为她要了一桶水，打算用来洗洗涮涮。这时候，他们立即看到，儒勒先生开始步履沉重地走了过来，他脚上的那双方格莫列顿呢便鞋掀起了一阵阵尘土，只见他走路时像大象那般迟钝，那般笨重，一路上磕磕绊绊地把一切全都碰倒，就像是在电影的慢镜头里那样，这里所谓的一切，包括了院子里头的人，农夫的儿子，看家护院的狗，还有那个本以为挥动一把铁叉的样子很帅却在赶牛的时候挨了一记顶撞的牛倌。儒勒先生很随便地一个动作出手，就揪住了农夫的衣领，用两根手指头，大拇指和食指，就准确无误地摁住了对方的喉结，并令人惊讶地把对方摁得双膝跪地，满脸绯红，气喘吁吁，眼珠子暴突。

"再把你的价格说一遍，我的小老爹，我刚才没有听清楚。"

农夫挥动着两条胳膊，像是在驱赶着空气。

"我没听见……"儒勒先生一边说，一边做着鬼脸，"你说多少钱来着？"

露易丝赶紧跑了过来，平静地把自己的手放到儒勒先生的手上，这就如同啪嗒一声切断了开关,农夫顿时倒在了地上。儒勒先生瞪着眼,恶狠狠的样子,打量着左右——"您还想要我的照片吗?"[1]每个听到这句话的人都觉得,还是赶紧转身躲开吧,万事小心为妙。

"把你的那桶水拿走吧,露易丝,我想,现在价格应该是可行的了。"

正当她在牲口棚的一个角落用冷水洗漱时,儒勒先生为她守在外头,露易丝询问着自己,小放荡者餐馆的老板做事情何以会有这样奇怪的方式。生平第一次,儒勒先生有点儿不太像儒勒先生了。

当她洗漱完毕,从谷仓中走出来时,他早已不在门口了。她发现他待在一个大棚子底下,一台拖拉机的边上,于是,她就径直走了过去。

"我不可能再给您更多了,"农夫道歉道,他已经把手提油箱加满了油,"这之后,说实话,我们自己也没有油来干活儿了。"

儒勒先生的眼睛只盯着那个油箱,"再来一点儿吧,那边,一点儿……好!"他盖上盖子,手提了他的战利品,没有说一句感谢的话,便朝露易丝走去。

"我想,我们可以一直坚持到奥尔良了,甚至,到时候,还会有一点点剩余。"

确实,还剩下了一点儿。

那辆标致90S汽车喝油就像个无底洞,但是,令人好奇的是,在整整一到两个小时期间,公路上的车流变得稀少了。车流的变量往往是一阵一阵的,真正说得上是此一时彼一时,有些时候确实要比其他时候更有利一些,但人们永远都无法知道事情究竟会怎么转变。

一上路,露易丝就重新打开了她的信件盒。

"又是让娜的信啊。"儒勒先生证实道。

刚顾得上朝露易丝瞥去一眼,他的车头就蹭到了一辆大车的车轮上,前挡泥板开始跳动起来,像是一只被打得快要死去的昆虫的翅膀那样。儒勒先

---

[1] "您还想要我的照片吗?"(Vous voulez ma photo?),这是法语中的一种说法,意思是:"你还在盯着瞧什么呢?"

生不再停车，不再道歉，"打仗时就要像打仗那样[1]。"他说。自从出发离开巴黎，他的标致汽车一路上就像鸟儿一样脱落下了不少羽毛，一条后保险杠留在了巴黎的出城口，一个前车灯在埃唐普的入口处，右侧的转向指示灯在之后的二十公里处，这还没有算上在整段旅程中车壳上的无数凹陷、隆起、刮擦。经过的人看见后，会立即明白，这辆汽车的确是经历过战争的。

我亲爱的：

为什么要这样，一直等到最后的一分钟才对我说？您是想惩罚我吗？用什么来惩罚呢？短短一秒钟，我就成了您的寡妇与孤儿，一当就是整整两个星期，您对我说了那个，然后您就走了……我倒是更愿意给自己来上一刀呢。是的，当然，您拥吻了我，把我紧紧地抱在怀里，但是，这并不像您平常做的那样，是一种强化您在我身上的痕迹的方式，不是的，这是……您的一种道歉方式！但为什么而道歉？我什么都不强求您，我的爱人，您完全可以一走了之，既然您什么都能做到！但是，若是这样对我说，那就是两次抛弃我。这种残酷未免有些徒劳无益，我究竟对您做了什么呢，我还缺少点儿什么呢？借口说这次走掉是突然决定的，头一天……就仿佛您说不定哪一天就会关闭您的诊所，而不事先跟任何人打招呼……您为什么要对我撒谎，我又不是您的妻子！

实际上，您已经推迟了对我说出这一切的时刻，因为您知道这会给我造成苦难，是不是啊？请对我发誓说吧，情况就是这样的，仅仅是出于爱，您才让我遭受了这一番苦，这一茬儿难！

1905年十二月十八日

"哎哟喂，瞧你说的，"儒勒先生打断了她，"我不知道她是不是真的

---

[1] "打仗时就要像打仗那样"（à la guerre comme à la guerre）是法语中的一个谚语，意思是：危急时刻，为达到目的就不能讲究方式方法。另一意思是：听天由命，随遇而安。

爱他,她的那位大夫,但是,她喜爱给他写信。"

露易丝抬起了眼睛。儒勒先生稳稳地开着车,一脸固执的神情。

"是的,她爱他。"

儒勒先生做了一个小小的鬼脸。露易丝颇为惊讶。

"不,没什么,"他补充道,"假如你愿意的话,就说那就是爱情。而我,我想说的则是……"

  当您远去的时候,我计数着一天又一天,一个小时又一个小时,这已经让我够难承受的了,但是,整整两个星期都没有您在!您让我该怎么办,我拿这些日子怎么办?

  没有您在场的时间,在我看来就如一片荒漠展开在我的眼前,我转圈,我旋转,我不再知道该做什么才好,我是一片空虚。

  我真想去刨院子里的雪,挖它一个洞,钻进去冬眠,直到您的回归,就在您重新回到这里,睡在我身上那一个确切时刻醒来。我应该会躲藏起来哭泣。

  我所有的眼泪都是为您而流。

让娜

当他们到达时,十点钟的钟声在圣帕泰纳大教堂的钟楼上敲响了。

奥尔良很像一个到处都遍布大集市的城市。放眼望去,看到的都只是疲惫与绝望,一个个精疲力竭的家庭,像老鼠一样匆匆跑过的修女,乱作一团却无能为力的行政管理系统。笼罩着那里的,是一种狂热而又绝望的气氛,人们到处寻找着吃的东西,睡觉的地方,可去的地点,到处全都一样。

"好家伙,"儒勒先生说,"我们是要在这里再聚齐吗?"

露易丝根本没来得及回答他,他就已经走进了最近的一家餐吧。

她四下里只顾打听,是不是有人曾经"看到过玻璃漆成蓝色的巴黎公交公司的公共汽车",她本来还以为,这么打听似乎会显得非常唐突,但是,实际上，没有人对此表示惊讶。人们也都是在寻找着什么，找一个煤气罐，一辆带篷的童车，一个能埋葬死狗的地方，一个挎着鸟笼子的女人，寻找着邮票、雷诺汽车的机械零件、自行车轮胎、一台能用的电话、一趟去波尔多的列车……在远离首都有一百公里的地方寻找巴黎的公共汽车，一点儿都无损问同大潮中的和谐氛围。但是，露易丝没有获得任何的答案，既没有在监狱的门口，因为那里一个人都没有，也没有在任何一个街心广场，既没有在沿河的街道上，也没有在城市的入口与出口，哪儿都没有。没有一个人见到过那些该死的公共汽车。

大下午时分，她又转回到儒勒先生的身边，他正坐在汽车里，捏着一枚针，忙着缝补他那双已经破了口的便鞋。

"幸亏我带上了我的针线盒，要不然……"他嗫嚅道，一不小心在大拇指上扎了一下，"他妈的！"

"把它给我吧，我来帮您补。"露易丝说着，从他手中抢过了活儿来。

疲劳开始在她那张漂亮的脸蛋上刻写下了线条和皱纹，而这个，在年轻女郎的身上，分明就是一种不公正，但它更加强调了她嘴巴的滑腻，她眼睛的明亮，并让人产生更强烈的欲望，想把她紧紧抱在怀里。她一边缝补着便鞋，一边给他讲述了她在城里四处奔波寻觅的大致情况。

"这里的人，"她总结道，"总是心里惦记着别的东西，而不是四下里看风景，他们眼里头只看到跟他们有关的一些事情。"

儒勒先生发出了一记长长的叹息，表现出一种豁达的明理。露易丝一时间里停止了缝补。

"我不知道人们在等待什么。现在，既然我们来到了卢瓦尔河畔……难道我们就不应该……"

她不知道该如何结束她的问题。这几十万离开了巴黎的逃难大军，他们都在期待什么呢？卢瓦尔河将会是一道新的马其诺防线吗？他们真正的希望，显然是能够在这里找到一支重整旗鼓的法国军队，准备好了要奋勇抵抗，甚至还可能收复失地，但是，人们在这里看到的，只是一些散兵游勇，一些被丢弃的卡车,法国军队早已经像蒸汽一样消散无形了。在最近的两次空袭警报期间,没有一架法国飞机在空中展翅飞过。卢瓦尔河本不是什么别的,就是这个惶恐不安的国家走在溃败道路上的一个补充阶段而已。

在这一继续翻滚不已的流亡人潮的中心,要想找到巴黎公交公司的汽车,找到拉乌尔·兰德拉德,实际上根本就不可能。而一趟返回巴黎的旅行,也是无法想象的。

"根据我的理解,"儒勒先生一边说,一边瞧着露易丝在那里缝补便鞋,"难民的来到,以及德国佬的逼近,开始给整座城市带来了恐慌。难民是从北面进的城,而奥尔良人则开始从南面逃出城去……"

露易丝已经补好了便鞋。

"您打算穿着这双便鞋走很远吗?"

"一直到砾石坑营地吧。"

露易丝瞧了他一眼,露出了很惊讶的表情。

"当然是这样的啦,我又不像一个酒鬼那样爱泡酒吧!那么做是出于一种责任感!我已经一连泡了五家酒吧。假如我们还不能很快找到你那个狡猾的家伙,那么,我恐怕就将死于肝硬化了!"

"您是说,砾石坑?"

"离这里有大约十五公里的路,他们兴许就在那里。前天到达的,在夜里。"

"那您为什么不告诉我呢?"

"怎么着!假如我没有便鞋穿,不能开汽车,我们又怎么能去那里呢?"

砾石坑营地并没有标明在地图上,儒勒先生不得不先后三次停下车子,走进路边的咖啡馆去打听,而当他终于驶上一段没有柏油路面的宽阔大道时,他已经喝得醉醺醺的了,进入这段路的岔口时,他突然刹住了汽车,因为他看到有一根链条拦在路口,边上还竖着一块牌子,上面写着"军事营地"。

"对不起。"他对露易丝说，她的额头差点儿就撞上了挡风玻璃。

"这一次真的是时候了，我们到了。"她简明地说道。

"真的是好一番打听啊，可把我给累坏了……"

"那我们还等什么呢？"露易丝问道，指了指道路。

"我们等着弄明白眼下的情况再说吧！假如我们就这样拉开链条，这样贸然闯入一个军事营地，你知道，这将意味着什么吗？"

他说得对。假如贸然闯将进去，那他们就会来到一个由军人把守着的营地，她想象着那些瞭望台、观察哨、铁丝网，还有那些穿军装的人，这会让他们面对什么样的情况呢？

"我想我们会跟一个士兵争辩，一个看守……"她斗胆说了一句。

"假如你想让自己因为在一个军事营地门口跟看守拉拉扯扯而被抓起来，这恐怕就是最好的办法。"

"或者，我们找一个从里头出来的士兵，跟他聊一聊。"

"依据我的理解，那里头应该聚集了上千个家伙，假如你撞上一个士兵，你难道还希望他能认识所有的人……"

露易丝思索了一阵子，然后干脆地说：

"那我们还是稍稍等一会儿。假如我们不进入营地，那就没有人能告诉我们什么。我们等一下，一定会出来个什么人的……"

儒勒先生低声咕哝着什么话，它应该是表示了同意吧。

露易丝拿出了让娜的信件。每一次她拿起它来，一开始都会先解开细绳的结头，到最后读完后，又把结头给再打上。

1906年五月。让娜十八岁。那一年，她刚刚进了大夫家里当用人。

露易丝一开始读她母亲的那些信，儒勒先生就从汽车里下来，用一块羚羊皮拭擦起了他的标致车。这很有些荒唐，就像是为注定要扔弃的一件垃圾用品重刷一遍油漆。兴许，他有些想念小放荡者餐馆的柜台的维护工作了。他就那样干着活，动作很大，很夸张，几乎像是带着脾气。

我亲爱的：

对不起，对不起，对不起，您将永远都不会原谅我的，这我知道，这对我真的是报应。现在，既然我做下了这一卑贱的、平庸的、耻辱的行为，您当然有权利憎恨我，但假如您能知道，我有多么地责怪我自己……

一旦我面对着您的妻子时，我就明白到了这一点。我常常想象过她（我不认识她，却憎恨她，因为您整个儿都是她的，却一点儿都不是我的），尽管我心存怨恨，我还是祈求她能把我扔到门外。但是，上帝却以我卑鄙之名义把我抛弃给了她，既然，您的妻子不但并没有驱赶我，反而还雇用了我。

哦，当您一走进我正在倒茶的客厅，您的目光……我真的希望能够求求你们，请求你们俩的原谅，是的，甚至还有她，因为我是那样不幸。

儒勒先生始终就在车门边上转悠，他的在场打断了她，扰乱了她的心。他已经从车身擦到了车玻璃，工作得就像一个消防队员那样认真。

他从什么时候起就在那里转悠了，在她的旁边？

他是不是偷偷地读到了她手里的信？

为了装出一种举止从容的模样，他张开了嘴巴，往玻璃上哈了一口哈气，然后就是使劲地一阵擦，一副很专注的样子，甚至还用手指甲在玻璃上刮呀抠呀的。对于某个开车每开上十公里就一定会碰撞一下后视镜，或者撞翻一头母牛的人来说，这般细致地干活儿实在有些令人惊讶，而对此，露易丝因为一心一意地忙于读信，不想停下来旁观。假如他想读的话，那就让他夫读好了。

您将会撕掉我的信，或早或迟，会喊出事情的真相来，让人把我撵走，这是很正常的，因为我是一个自私自利的怪物：我进入您的家里，为的是伤害您，为的是让您蒙受耻辱，而所有的耻辱却反过来落到我的头上。

但是，因为，您看，您就是我整个的生命。我傻傻地想到，当我前来打乱您生活的秩序时，您就将不得不选择我，并且保护我。这当然很不好，我知道的。但您明白，我就只有您了。

我现在很担心会在您自己的家里遇到您，而我本来还以为能在那里躲开您的……

赶紧把我赶走吧，我会继续地爱您，超过爱我自己。

让娜

儒勒先生绕到远处去了。她现在能看到他的脊背，他低着头，仿佛是在观察着脚底下的一只昆虫，或者在寻找一把掉在地上的钥匙。在他的行为方式中，有着某种沮丧的、消沉的东西，它在走调，而他那低垂的肩膀底下，分明隐藏着一种被人抛弃的伤感……

她感到很好奇，便离开了汽车，走到了他的跟前。

"您这是怎么啦，儒勒先生？"

"是灰尘落进了眼睛里。"他说着，转过了身子来。

他用袖子擦着眼睛。

"这灰尘，真他妈的讨厌。"

他在他的衣兜里掏了一阵，又转过身去，像是要避开人们的目光，到一旁去擤鼻涕。露易丝不知道该干什么好了。在这里，在森林的这一角落，并不比在小放荡者餐馆有更多的灰尘啊……那么，到底出了什么事？

"哦，该死的圣母啊！"他突然高声嚷嚷起来。

刚刚，路上，突然出现了一辆军用卡车，直接冲他们疾驰而来。

"对不起……"他一边对露易丝说，一边就匆匆扑向方向盘。

光是找到离合器的手挡就花了一点时间，这之后，儒勒先生又忙着挂倒挡，卡车刹住了车，鸣响了喇叭，能感觉到对方的着急，只见一个士兵从车

子上跳下来,一边拉开链条,一边高声喊道:

"赶紧把车开走,这里是军事营地,赶紧给我离得远远的!"

倒退时,标致车撞上了一棵树,车子猛地震了一下,但是,总算还是让出了道路。

那士兵重新把链条放回到原先的位置上,又高声喊叫了一通:

"把车开走,这里是军事营地!"

卡车怒吼一声,从他们身边驶过。

"跟上它!"

儒勒先生一下子没有听明白。啊,在眼下这一刻,露易丝真愿意自己就会开车啊!

"保持一点距离,但是,一定要跟上这辆卡车。"

他们的汽车重新上了路,然后,经过一个又一个的拐弯处,当他们远远地瞥见了前面军用卡车的车尾时,露易丝就解释说:

"继续向前,那个士官,我看清了他的军衔,是个军士长。我在寻南街监狱那里见到过他押送囚犯上车。我要想办法跟他说几句话。"

35

那农民是一个很自豪的人，自豪他的肚子，他挺括的上装，他的牲畜，他老婆的顺从，还有那种种的确信不疑，好歹，那也是祖上四代人承续下来的丝毫不变的遗产，自从六十年之前传承给他以来就一点都没有变过。

正是在看到他的那一刻，费尔南最终明白他应该做什么了。

"你们这些人，全都在那边等着我……"他说，然后，一把抓起他的水手包，从卡车上跳下来，同时高喊了一声，"征调！"

他大步走过了他俩之间的最后三十来米距离，但那个农夫的脸还是有完全的时间变样。从他腰身的僵硬上，从他拳头伸进衣兜的动作上，从他脑袋缩进脖腔的方式上，费尔南明白，他这一次算是选对了方法。他直挺挺地站到农夫的面前，又一次高声喊道：

"征调！"

他转过身去，背向着卡车，他那个小队中谁都没有看到，他正在咧嘴大笑，并且用一种更为节制的稳重语调补充道：

"当然，毫无疑问，我们所征用的一切，全都会照价付钱……"

对于那个农夫，消息倒是好消息，但还不够好。他们将要征调什么？他们会为拿走的东西付多少钱呢？

"我需要一百来个鸡蛋，二十五只鸡，一百公斤土豆，还要一些生菜、西红柿、水果，诸如此类的东西……"

"首先,所有这一切,我并不是全都有!"

"那您有什么我就要什么好啦。"

"这个么……我得去看一下……"

"好的,听我说,我不会在这里过夜的。我是来征调的,我付钱,我装车,然后,完事。我这么说,听清楚了吗?"

"明白,明白,明白!"

"那么鸡蛋,多少钱一个?"

"这个嘛,五法郎吧。"

比市价要贵五倍。

"同意,我要它一百个。"

农夫算着数。我的天呢,五百法郎就这样来到了他的手边上。

"我应该只有二十到三十个,没有更多的了……"

他的遗憾是发自内心的。

"我都要了。母鸡呢,有多少?"

尽管由于没能达到对方要求的数量而内心忧伤不已,那农夫还是经历了他整个农夫生涯的最辉煌时刻。他把他家的家禽卖出了高于市场价八倍的天价,生菜的价格高了十倍,西红柿是二十倍,土豆则是三十倍。对每一种产品,他都给出了充分的论据来提价,什么品种稀有啦,雨水丰沛啦,阳光充足啦,不过,这位长官也是个真正的大傻瓜,他这一辈子恐怕只会碰上一次,那是一个十足的白痴,始终盲目地轻信一切,从不讨价还价。

这时候,一丝疑问掠过了他的脑际:

"请您告诉我,这桩生意,该怎么付款呢?我这里可是不允许赊账的!"

费尔南一门心思地瞧着士兵们往卡车上装货,甚至都没有转过头来。

"现款交易。付现钱。"

那农夫明显注意到了:法兰西军队,它干得也实在太漂亮了,我是不会把我的钱包托付给它的。

"请到这边来一下……"

他们来到稍远的地方，消失在了牲口棚的一角，费尔南从他的马桶包里掏出来厚厚一叠面值为一百法郎的钞票，跟阉鸡的腿一般厚，看得农夫简直傻了眼。

"拿着。"

费尔南又一次走开了。但是，当他转过身来的那一刻，他恰好看到，他的对话者正忙着把刚拿到的钱塞到裤兜中去。

"哦，对了，我想对您说，德国佬离这里只有三十公里啦。假如您还留在这里的话，您将会度过一段糟糕的时光！"

农夫的脸色顿时变得煞白。三十公里……这可能吗？就在前一天，他们甚至还没有到达巴黎呢！警察局里，有人就是这么说的！

"那你们，你们步兵部队那边，或者我不知道的什么部队，你们又在什么地方？"

"我们，我们刚刚到达砾石坑营地，前来保卫这一带的村庄，还有农庄。"

"啊，原来是这样啊。"农夫说，稍稍有些安心。

"但是不包括您。您，您将不得不自己独自保卫自己。"

"那么，你们为什么不也来保卫我们呢？"

"您卖给了我们您的产品，那么现在，对于我们，您就不再是一户农庄，而是一个供货人，两者是完全不一样的，不可同日而语。请注意，嗯，那些德国佬，他们是不会来征调的。他们只会占领，他们只会享用，临走的时候，他们会点上一把火，烧毁一切。那是一些野蛮人，您走着瞧好了……好吧，您就加把油，鼓点劲吧。"

费尔南本该为这一番谎话而羞耻，但是，这个农夫焦虑不安地等待着敌人来到的未来前景让他感到略略的宽慰，无论如何，那样的一种敌人总归是会来到的。

他们经过了两家合作社、三家面包铺和四家农庄，在那里，他们又扫荡了一些土豆、包心菜、萝卜、苹果、梨、火腿、奶酪。为了他的部队，费尔南到处大声吼叫："征调！"然后，便悄悄地把东家拉到一旁，打开他的水手包，掏出一叠面值一百法郎的钞票。

他利用了他的手下人忙于往车上装货的这一机会，买下了可以奖励给他自己人的东西，那是一些小玩意儿，他瞒住了其他人的眼睛，偷偷藏了起来。

对附近地区的那些农人，这场战争体现为一种罕见的意外收获，他们把自己的产品卖得很贵，有时是非常贵，甚至是贵得离谱。费尔南并不计算，他拿下一切无须太多准备便可入口吃的食品。

当他们经过梅西库尔小镇时，他高喊一声"停车"，卡车上装载的货物在车斗中滑动，士兵们则彼此撞了一个正欢，费尔南却早已跳下了车，"在这里等我一下。"说话间，他就走进了邮电所，真是一个奇迹，邮电所居然还开着门。

第二个奇迹紧接着发生了。里头有一位女邮务员在工作。

"能打电话吗？"

"这要看什么时候了，完全凭运气。我已经整整两天没有碰上话务员了……"

这是一个瘦瘦的女人，瞧她那副架势，简直就是一个脾气不好的女管家。

"我们还是试一试运气吧。"费尔南说着，把他姐姐在卢瓦尔河畔维尔纳夫的那个电话号码给了她。

他从玻璃窗中看到，他的手下人正一边抽着烟，一边带着怀疑的神态往这边瞧，瞧着杳无一人的人行道，以及空荡荡的街道，他们似乎很纳闷，一个机动卫队的小小军士长竟然有那么大的能耐，一下子就征调了那么多的食品，而且，还是那么轻而易举，而与此同时，战区指挥部方面根本无法提供一块能让三十人食用的卡芒贝尔干酪。

"中继站不回答。"

"您能再催催他们吗？"

趁着女邮务员在那里重新尝试之际，费尔南凑近了柜台。

"您还没有走掉吗？"

303

"瞧您说的，那么，谁来守着邮局呢？"

费尔南微微一笑，女邮务员突然低下了脑袋。

"你是姬奈特吗？这里是莫妮克！那么你是回来了吗？"

那位姬奈特开始了一番长久的解释，梅西库尔的邮务员报以嗯嗯啊啊的回答，最后，她们终于接通了维尔纳夫。她伸出一根食指，为费尔南指了指电话间。

"啊，是你啊，我的小家伙！"

并不是他有多么迫不及待，也不是他没想到要问候一句他的姐姐，只是他实在是等不及了：

"告诉我，爱丽丝她怎么样了呢？"

"我真不知道该怎么对你说呢……"

费尔南突然感觉一阵寒冷，就仿佛他被抽干了鲜血。

"她一直就待在贝罗礼拜堂……"

他姐姐的嗓音显得很严肃，几乎有些灾难性。费尔南一开始没有听出来这里头的……但是，他并没有耽搁太久就明白了。他很熟悉它，那个贝罗礼拜堂，处在偏僻的乡间，是一个很古老的小建筑，早已废弃不用，掩藏在枯枝老藤之中，四周是一片墓地，而那些坟茔也全都坍塌败坏了。他甚至在心里问自己，它的一部分屋顶是不是已经倒塌。

"我的小家伙，首先，那里很远的！"

这一定义还是相对的，他姐姐从来没有去过比蒙塔日更远的地方。在费尔南的记忆中，这个礼拜堂位于离维尔纳夫几公里的地方。

"正是因为那样，她才去睡在那里！"

实在叫人很难弄明白。爱丽丝恰好在这个阶段增强了她的虔诚与崇敬，这件事原本没什么可惊讶的，她坚信，她应该把她依然还活在世上这一点归功于她热烈的虔诚之心。但是，难道为此竟至于非要去睡在离杂货店有好几公里远的一个偏僻的礼拜堂里吗？费尔南很快就听明白了，那古老的礼拜堂眼下已经被用来作为难民的收留中心了。

"她说，他们一共有几百人，人们又不能抛弃他们，我的话倒是很愿意，但是，假如她在那里丢了健康……"

"你有没有对她说，那样做是不合理的呀？"

"她什么都不想听！无论如何，自从她去了那里后，就一直没有回过维尔纳夫，因此，要跟她说话……"

一想到爱丽丝目前的情况，费尔南就不免有些慌乱不安，爱丽丝怀着一颗像他那样的心，随时准备一下子就努力拧松螺丝，作为一个志愿者，日日夜夜就在那样一个破败的礼拜堂里度过，在那样一个混乱的临时收留中心工作，她会睡在什么地方呢？人们会派给她很重很累的活儿吗？费尔南敢肯定，爱丽丝不会对任何人提到自己的健康情况的……

他一边听他姐姐在电话中唠叨，一边透过窗户瞧着外边。开上卡车，冲向那个见鬼的礼拜堂，只需要在公路上行驶几个小时就成，找到爱丽丝，把她隐藏起来……要不就那样疯狂地来一下，要不就还是去给囚犯们送吃的。一时间里，他感觉自己简直就变成了伯尔尼埃，对那些囚犯不禁恨之入骨。兴许正是跟那位下士长的这一点相似，这一点令人实在有些恼火的相像，在迫使他寻求一种智慧的形式。

"我很快就会去那里的……"

他的姐姐，因为自己实在没办法看住爱丽丝，不禁哭了起来，那么，还是快去吧，在这样的条件底下继续你的工作吧……

从邮电所中出来时，他首先看到的，是他那些士兵们的目光，一双双睁得大大的眼睛，他随着那些目光的轨迹转过去，只见有一个漂亮的女郎正站在他的面前，蓝色的眼睛，疲惫的表情。

"军士长先生？"

露易丝实在不知道该如何跟军队中那些军衔高的人打交道，她也不记得了，当初，在巴黎，当这个男人背着他的水手包，出现在街角上，准备走向寻南街监狱的时候，那个囚犯的妻子或女儿是以什么方式来称呼他的。

费尔南在她面前僵住了。他已经被他与姐姐之间的那番简短的通话给震惊了，被他刚刚得知的爱丽丝的消息给吓坏了，被他带领机动卫队队员的责任与他想去寻找爱丽丝的欲望切割得四分五裂。这个年轻女郎的突然出现一下子就粉碎了他的心，只见她朝他递过一封信来。

"我是为了找一个叫拉乌尔·兰德拉德的囚犯……"

她有着筋疲力尽的女人的那种嘶哑的嗓音。

兰德拉德，兰德拉德，他在脑海中苦苦搜索着……

年轻女子的手开始颤抖起来。就在她的身边，停了一辆苟延残喘的老牌标致车，方向盘前，端坐了一位戴着贝雷帽的男人，他长了一张大脸，那应该是她的父亲吧。

兰德拉德。这个姓氏浮上了他的脑海。

"是不是名叫拉乌尔？"

露易丝的脸顿时放出了异样的光彩，她那漂亮的嘴上勾勒出了一丝微笑，那是一种跟爱丽丝一模一样的微笑，为了这一微笑，费尔南早已死心塌地地忍受了痛苦，并且还将继续死心塌地地忍受痛苦。

"是的，就是拉乌尔·兰德拉德。假如您能够……"露易丝说。

费尔南伸出了手，接过信封。这并不符合规矩，当然了，但是，眼前这样一个阶段，违例早已经是家常便饭了。他在几家农庄以及几处合作社的那一通游历，他撒下的那些谎言，还有他准备撒的那些谎，所有这一切，难道都是"符合规矩"的吗？

"他到底犯了什么罪？"露易丝问道。

不，费尔南心里想，他不能走向那一步，泄露军事法庭的指控原因，他做不到。

只不过，在这一时刻，他刚刚从邮电所中出来，满脑子滚动着爱丽丝的那些令人吃惊的消息，他在年轻女子的那张焦虑不安的脸上看到的，其实就是他自己的形象。此刻，两人一样地因爱迷惘，彼此满心渴望得到慰藉。

"抢劫……"

这个词刚说出口，他立即就后悔起来，露易丝明白了，她低下了眼睛，就好像他并没有回答似的。

他把那封信塞进自己的衣兜，从原则上，他只能这么说：

"我什么都不能承诺……"

但这实际上已经是一种承诺。

郝思勒上尉立即就有些惊慌失措：

"假如只有你们的小队得到食物，那么，我们的背上就会有九百五十个闹事者，这绝不可能！"

"所有的人都会得到一些东西的，我的上尉。尽管不太多，但我们还是能坚持他一天两天的。足以平息一下情绪，然后……"

这对上尉来说本应是一个好消息，但在他眼中，却首先是一个扑朔迷离的奥秘。

"您是如何获得这一切的呢？"

"征调的，我的上尉。"

难道就是如此简单吗？

"军队在农民中间开了一个账户。假如我们赢得战争的话……"

"您这是在嘲笑我吗？"

"那么，继承这笔债务的就将是德国人啦。"

郝思勒情不自禁地微笑起来。

人们在大盆中煮土豆，把火腿切成小块，再倒入已经煮好的鸡肉浓菜汤，每个人几乎都分得了一个水果，得不到水果的人，则会分到奶酪。人们还抽取了几个囚犯来当厨师，一切都在士兵们的监视底下，而士兵们的肚子其实早就跟囚犯们一样饿了。

费尔南把他小队的人员都拉到一旁，给他们分发他所谓的"一份奖品"，那是在众人分享之外的一小份东西。

一些人收到了肉肠，另一些人则收到了一个肉罐头，伯尔尼埃得到的是一瓶烧酒。抓住酒瓶的时候,他的下嘴唇不禁颤抖起来,他的眼睛也是热泪盈眶。费尔南不禁在心里问自己,这份奖品会让他那咄咄逼人的热情平静多长时间,而对于这一问题,他实在是不太乐观。

从精神层面上说,一批军需物资的来到应该会带来一些好处,但是热烈的冲动却被一次空袭警报给打断了。

一下子,所有人全都卧倒在地。德国飞机这一次并不是高高地飞在空中,而是在低空俯冲。一次空中侦察任务。对所有的人来说,它很明显预示着一轮进攻,一番轰炸。

两个空军中队前后飞来,一会儿冲一个方向飞,一会儿又转换了一个方向,而且飞得越来越低。从飞机上看过来,几百个人俯卧在地应该给人一种强烈的印象,仿佛那是一批垂死的人,就差让他们来逮捕,或者来扫射了。

如果说德国人是得到了准确情报的(人们清楚地知道,他们也确实是如此,德国人已然熟知,这里头关押着的满是支持他们事业的同情分子),那么,人们却看到,他们对这一地方的轰炸却炸得很差劲,很无效。没有人知道这里头到底有什么缘故。

从警报一开始拉响,拉乌尔就赶紧瞄准机会,偷偷拿上了三个苹果,拔腿就走,加布里埃尔紧跟在他后面,低下身子紧贴着地面跑过,他们匆匆赶往一个地方,准备卧倒,从那里,他们能看到早先的那个军需处。

"非常好……"

拉乌尔很高兴,他的直觉并没有欺骗他。一个障碍物已被排除掉,但还存在着另一个。他猜想,他们能够一直来到那栋几乎倒塌的楼房前,但问题是,接下来如何穿越铁丝网呢?

"梯子……"

这一次,轮到加布里埃尔了。

利用德国飞机又一次飞过营地上空,而所有人全都把脸紧紧捂在肘弯里的时机,这两个男人匍匐前进了几米。

拉乌尔突然一把抓住了加布里埃尔的手腕，以此来表示对他的祝贺。仁慈的上帝，这是多么明智的想法啊！他们俩肩并肩地趴在被德国飞机震得直颤抖的地面上，彼此瞧了一会儿。在楼房的左侧，地上躺着一把木头梯子，是油漆匠们用来刷墙的，兴许还是屋面工用来铺瓦片的。办法就那么映入眼帘。他们可以把梯子的一面放在铁丝网上，然后爬到那上面去，然后，再把梯子搬过去，从梯子上爬下……直到围墙的尽头。

当德国飞机彻底结束了它们在砾石坑上空的长途航行，所有人都从地上爬了起来，被这一空中威胁所震撼，但菜汤已经煮好了。而且，还有面包吃。

他们开始点名了。每天都有四次点名，这还没有算上那些预料之外的临时点名，而这一类点名，完全是由各个棚屋自行决定的。随着德国飞机的频繁空袭而来的，是犯人的不时出逃，它成了看守人员另一件伤脑筋的大事。不过，餐饭终于还是等来了。

为了避免打架斗殴。人们安排了轮流前往食堂，于是，那些被安排在最后去的人就抱怨了，他们担心，到时候就不剩下什么好吃的了。所以从不解除武装的伯尔尼埃会跑去警告他们。

"吵什么吵！你是愿意乖乖等着，还是想马上就吃我一刺刀？"

他的那把刺刀的故事总是在那里一说再说，反复无数次，人们听了总感觉心神不宁，根本就不会去碰第二次壁。两个对一切都生倦意的同事，一把抓住了他的肩膀，拉他走开了。这一宿命论的动作更是增添了费尔南心中的焦虑。假如这一阶段永远地持续下去，所有人就会全都拖得疲惫不堪，那么，就不会再有任何人来平息下士长伯尔尼埃的心境了。

费尔南建议他那负责其他棚屋的同事们，允许那些囚犯先在外面散步半个小时，然后才让他们回到宿舍。反正，饭已经吃完了，警报也都过去了，就任由他们在院子里行走一番吧。

"囚徒兰德拉德！"

拉乌尔停住了脚步，心中一惊。难道是他们做事不谨慎，露了什么马脚？莫不是他们的逃亡计划走漏了风声？他慢腾腾地转过身来，没有动地方。反倒是军士长大踏步地朝他走来。

"搜身。"他宣布道。

苹果。他偷了三个苹果。

"你们其他人,全都在那边待好了。"军士长对他的三个手下人叫嚷道,他们本来已经朝他靠近,准备来对他施以援手了。

拉乌尔略略有些不安,但还是乖乖地服从,岔开了双脚,把双手举起,放在后脖子上,感觉到这军官搜得很仔细,搜遍了规则和实践告诉他一个人身上可能暗藏了武器的所有地方。他在发抖,感觉到军官的双手停在了一个苹果上,然后又是第二个苹果上……他闭上了眼睛,准备接受一顿老拳的暴揍。加布里埃尔就待在离他只有几米远的地方,身子凝定,瞧着眼前的场景……但是,什么事都没有发生,军士长的手继续着它们那缓慢而又系统的旅程,然后,只听得一声:

"好了。继续走吧!"

拉乌尔大为惊讶,忐忑不安地来到了早已等在房屋拐角边上的加布里埃尔身旁。加布里埃尔不动声色,只拿一道怀疑的眼光询问着他。拉乌尔正要回答他什么,这时候,他的手在裤子的屁股兜里突然碰到了一张纸,那是早先并不在裤兜里的。

"例行检查。"他告诉加布里埃尔说。

但是,加布里埃尔的注意力刚刚已经被唤向了别的地方。一个囚徒传播了一条爆炸性的消息:"巴黎已经宣布打开城门了。"

这消息传播得就如野火燎原一般迅速。趁着这一切造成的动乱,拉乌尔赶紧跑远了去,来到了由两个士兵把守的那个地方,也就是白天期间他能被允许去撒尿的那个地方。士兵们也跟囚犯们一样,对刚刚听闻的消息议论纷纷,但对拉乌尔并没有加以太大的注意。拉乌尔一下子就捏住了那张纸。原来是一个信封,他从信封中抽出信纸来,迅速地读了起来,就像一个渴坏了的人,见到一碗水就咕咚咕咚地喝了起来:

亲爱的拉乌尔先生：

您应该不认识我，我叫露易丝·贝尔蒙。由于我担心您会把这封信给扔掉，我接下来就给您提供种种有力的证据，我希望，它们将会向您证明，证明我并不是个疯子。

您于1907年七月八日被抛弃，然后又在同一年的十一月十七日送给了一家人收养。民事登记的法定人为您取名为拉乌尔·兰德拉德，分别取自七月七日与八日的本名日圣徒的名字。您在居住于讷伊镇奥贝尔容林荫大道67号的梯里翁大夫的家中被养大成人。

我实际上是您的姐妹，我们有着同一个母亲。

我有很重要的信息要通知予您，是关于您的出生以及您的童年生活的环境。

我克服了很多的困难才找到的您，但是目前的情况对我们的重逢非常不利。因此，假如我始终都无法在什么地方找到您的话，那么，您得牢牢地记住，我住在巴黎第十八区的佩尔斯死胡同。假如我一时间不在那里的话，您可以从儒勒先生那里打听到我的消息，他是附近位于街角的小放荡者餐馆的老板。

假如你允许的话，我就冒昧地在此向您致以亲切的问候。

露易丝

而在此期间，囚徒们聊天正聊得火热：

"'打开城门'，"那个年轻的共产党人问加布里埃尔，"这到底是什么意思？"

从他来到此地后，就一直没有离开过那件军大衣，他浑身的痉挛也只是在得到食物之后才稍稍平息那么一会儿，但他的脸永远都是苍白的，他的眼圈永远都是黑黑的，这一切全都预示着不好的苗头。

"德国人进了巴黎城啦，"加布里埃尔解释道，"人们本来可以保卫城市的，但那样一来，德国人就会轰炸它，抢劫它，短短几天时间里就会把它变成一堆废墟。通过宣布它'打开城门',法国政府就是在对他们说,用不着毁灭它了。它已经为他们把它盛到盘子里送上桌来了。"

这样的后果是可怕的。政府已经把首都作为礼物拱手送给了敌人,它也就应该赶紧溜之大吉,免得成为俘虏。而砾石坑营地中上千个甚至无法喂饱饭的囚徒的命运则悬在了那里,全都取决于总参谋部的决定了。而在这样一个遇难的国家中,军队的参谋部也早就不知道该到哪里去找了。

"这么说来,我们就得在这里乖乖地待着,直到被德国鬼子抓住了?"伯尔尼埃问道。

费尔南,他也一样,不知道该如何回答了。

他的疲惫是从腰身那里发作的,他感到深受压迫,就仿佛他背负了一身沉重的甲壳。

他走过去,坐在了一块石头上。弯腰的时候,裤子兜开了一个大口,露出来了他的那本书,于是,他就顺手把书拿了出来。在《一千零一夜》的封面上,是一个万分迷人的山鲁佐德[1],她裹着一块红色的披巾,但它只遮住了她的胸脯以及下腹部,她跟他的爱丽丝一样,有一头黑色的头发,那美丽的秀发在她的额头上勾勒出一种倒过来的心形图案。

费尔南顿时热泪盈眶。

她正在干什么呢,我的老天,在那个贝罗礼拜堂里?

他有些迷失了方向,他寻求着找出他在其中苦苦挣扎的那个混乱情境的一种暗中意义。他惊讶地发现自己原来在做祈祷。除了从他们夫妻俩当中偷得的几次弥撒之外,他还从来没有这样独自一人地做过祈祷。他静下心来,瞧了一眼四周,这可不是一个士官在诸如此类的情况下应该做出的举动……为了给自己一个台阶下,他又合上了书,瞧了瞧边上那个正偷偷藏起来读信的那个囚犯。

立即,他就感受到了羞耻。他为什么让自己降低到了如此的一个层次,

---

[1] 山鲁佐德是《一千零一夜》中的主要人物,是串联起全书中一个个故事的女说书人。

干出了这样的一件事？是因为打给他姐姐的那个电话对他产生了一种缓和剂的效果吗？而这，难道配得上他的军衔，还有他的职责吗？假如有另外一个士官做出了像他那样的行为，他又会怎么想呢？他因为自己违反了规矩而感到羞愧。

这时候，一个问题就对他提了出来：假如那个送信的姑娘是一个间谍呢？

而假如这封来信是一个信号呢？在巴黎即将被占领的消息与这封书信的到达之间，是不是存在有一种必然联系呢？

费尔南突然就相信，自己已经被那个年轻女子愚弄了，这女人通过展示自身的女性魅力，通过利用他在此时此刻的特有的敏感性，真正地把他给骗了。他突然决定，要向那个囚徒追究责任。

他大踏步地朝他走去，心中充满了一种愤怒，而这愤怒更因其虚荣心受到了伤害而倍增。

整个营地的人立即全都转向了这一边，人们全都瞧着这位军士长，那么魁梧，那么笨重，但同时又是那么惊人地勇猛，只见他脑袋缩在脖腔中，一头冲向了那个囚徒，而那囚徒，则眯缝着眼睛，仰头瞧着云彩，仿佛他根本就不相信他所看到的一切。

费尔南永远都走不完他的这一段路了。

他还没有走完一半的路，就听见一阵低沉的轰隆声震动了营地的上空，震得空气直颤动，并以一种令人担忧的速度加大了音量，成倍增强的音量，于是，所有人的脸全都转向了天上。

费尔南一下子就停在了半道上。

一批德军轰炸机中队呼啸着飞来，往地面投下了它们那密集而又游移不定的影子。军士长一下子忘记了他刚才赶过来的原因，因为飞机已经投掷下一大批炸弹，落在了不到五百米距离的火车站上。方圆几公里的大地全都震颤起来，营地里所有的人全都被震呆了，不知所措。这之后，紧接着是一阵惊慌的运动。所有的囚徒全都趴倒在地，同时抱住了自己的脑袋。

拉乌尔瞧了一眼加布里埃尔，这正是他们期待已久的时刻。

一九四〇年

六月十三日

36

跟费尔南的记忆正好相反，贝罗礼拜堂的屋顶并没有坍塌，只是东一处西一处地有些破漏而已。与食物供应以及卫生保障这样令人烦扰的大问题比起来，保护好自己不挨雨淋就只是一种很次要的忧虑了。

爱丽丝早就数过一遍了，一共有五十七个难民，每一天都有新来的人。"您别担心，"神父说道，始终面带着微笑，"他们的到来，是因为天主为他们展示了这条道路。"似乎任何什么都不能动摇他。当初，当爱丽丝第一次进入礼拜堂时，他就笑着迎接她说：

"志愿者吗？但是并没有什么志愿者呀，我的孩子。天主总会在什么地方补偿我们的！"

正是那始终不变的好脾气，让他显得那么平易近人。其次，还有他的毅力，他的机智，他的斗志……他无处不在，他会毫不犹豫地，就像他自己说的那样，"把手伸到污油之中"[1]。

"耶稣根本不会在意，朝他伸过来的手是干净还是肮脏。"[2]

这个星期四的上午，他在礼拜堂所依傍着的那条河流的一段回湾中工作，准备造一个厕所，以缓和一下因为没有茅厕带来的恶劣卫生状况的威胁。

---

1 "把手伸到污油之中"（mettre les mains dans le cambouis）是一个法语俗语，意思是："插手一件吃力不讨好的事"，或者"屈尊干一件麻烦事"。
2 戴西雷"神父"这一人物总是喜欢说一些根本没有确切出处或者没有典故的圣人之言，用以假充自己有所谓的宗教修养。下文中还有很多类似的例子。

爱丽丝走下了那个小小的缓坡地带。

在那里，在随着神父每迈一大步便会随风飘舞的长袍周围，已经有七八个逃难者在忙着干活儿。他从没对任何人提过要求，但人们自觉自愿地跟着他。他刚刚拿起一把锤子，或是一把铁锹，男人女人就纷纷随之紧跟而来了。

"我们可以来帮您吗，神父先生？说真的……"

这一请求总是会让他哈哈大笑起来，但其实一切都会让他放声大笑，兴许正是因为这一点，孩子们才那么喜欢他，他们时时刻刻都围绕在他身边，拉着他的长袍，而他也会为他们组织几次球赛，玩几回藏猫猫，然后又会一下子说："不能沉迷于这个，我可爱的孩子们，要知道，仁慈的天主是不会帮你做完所有事的！"于是，他又动身前去礼拜堂干他的活儿了，不是去照料伤员和病人，就是用油脂和草木灰制作肥皂，再或者，就是择蔬菜，准备做汤。

他一天的工作开始于清晨五点，念完颂赞经后就开始忙活起来，到正午念中午经的时候，会稍稍中断一下，而晚上，则要到十七点左右才会去做晚祷。

"是的，我知道，"他说，"账目还是不对头，但是我敢肯定，天主会免了我们的日课和晚课。"

实际上，他贡献给天主的时间还远远不止这些。当收留中心的必要事务迫使爱丽丝不得不前来小祭台找他，要跟他商量时，她总是会看到他跪在一条跪凳上，手拿念珠，正在一心祈祷。他在小祭台那里辟出了一个专门的小间，用来像修道院的修士那样严格地做祈祷。

而在白天中那三次短短的被他叫作"耶稣之歇"的功课之间，人们总能见到他在不停地忙碌，解决了一个问题之后就赶紧奔向另一个问题，一会儿忙于寻求食品供应，寻找器皿、工具、材料，一会儿又忙于堵在省政府机关中依然还在办公的部门，始终面带微笑，就好像，生活就是由一个开心而又善于保护人们的天主谋划的巨大玩笑。

这天早上，他计划要建造一个厕所，配备有一个手动水泵，至于那玩意儿，还是从一个被遗弃的农庄中捡回来的呢。它能够把水压上来，然后，一下子冲干净便池，让厕所又可以再使用。

爱丽丝找到了他，只见他蹲在淤泥中，长袍高高地撩了起来，正唱着劳动号子，协调众人一起发力，把引水的管道从下往上抬，一直抬到厕所的高度。每数到三，所有人都得一起猛地发力，构成一股漂亮的整体合力。

"耶——稣，玛——利亚，约——瑟！"他叫喊道，"耶——稣，玛——利亚，约——瑟！"

每喊到"约——瑟"，管道就向前推进一米的距离。

爱丽丝看到了他的侧影，像平常那样，他衣袍胸口处的洞总是吸引了她的注意力。所有人都注意到他长袍上的这个洞，圆圆的，很明确，很清楚，是被一颗子弹打穿的。那是在一次空袭轰炸期间，在巴黎到此地之间的什么地方留下的。

"那是我的《圣经》，"他对愿意听的人解释说，"我总是把它放在心口。"

他把那本书拿出来展示，书的封面已经烧坏了，恰好被一颗子弹射穿，幸运的是，子弹最终停在了书页的中间，现在，他把这颗子弹穿起来，当作项链戴在胸前，他每做一个运动，那子弹就会碰到他的十字架上，发出叮当叮当的响声。"这就跟一个小铃铛似的，"他说，"而我，就是救世主的一只羔羊。"他继续使用着这本《圣经》，他不想换书。阅读被枪弹吞噬了一半文本内容的那些书页，对他来说也没有丝毫障碍。

"啊，爱丽丝嬷嬷！"他在发力之中高声叫道。

他从第一天起就是这样叫唤她的，而她，也欣然接受了这一叫法。

她走下坡，来到他的跟前，只见他一副很忙碌的样子。管道的铺设工作基本就算完成了。两个男子正在忙着把它跟手泵连接到一起。

"继续干，试一下吧。"他说。

人们听到一阵低沉的隆隆声，咕噜咕噜的，一个男子胳膊一使劲，连连摇动手把。神父带着疑虑的神色，死死地盯着管道看，什么东西都没有出来。

紧接着，有了那么一刻的不确定，这期间，他把双手做成水盆的形状，放到出水管的尽头。仿佛天主就期待着这一动作来事奉自己，最终，那管子回流出了数量相当惊人的粪便来。

"哈，哈，哈！"他大叫着笑起来，开心到了极点，朝天空伸出两只沾满了臭屎的手，"感谢我的天主，给了我们这份厚礼，哈，哈，哈！"

他一直哈哈大笑着，赶紧跑到河边去洗手，然后才回到爱丽丝的身边，而她则竭力避免接触这一相当污秽的情景。

当他一直来到她跟前时，她才开口说：

"新来了四个人……"她一边说，一边在语气中尽可能地加强了斥责的意味。

"原来是这样啊，好吧，可是你干吗要有这样一副嘴脸呢？"

这是他们之间的一套仪式。爱丽丝说，照着眼下这个节奏，天天都会有新的难民过来，那么，再过几天，礼拜堂就将住满，如此，人满为患的问题就将成为他们最该操心的大事。对此，他的回答是，若是要拒绝人们，那可就不是"天主之家的精神"了。

他们又爬上缓坡，走向礼拜堂。他的教士袍被高高地撩起，露出两只满是淤泥的旧鞋。

"尽情地享受吧，我的好嬷嬷！假如天主为我们送来新的心灵，那就是说，他对我们很信任。难道我们不应该感到满足吗？"

爱丽丝算的是一笔更为物质主义的账。他们实在很难养活所有的人，而即便绝大多数的难民能满怀旺盛的热情，彻底抛弃失败主义的情绪，积极参与在整个地区中的食品搜寻，礼拜堂的能力则总还是很有限的。中殿和耳堂早已经住满了人，就差要坍塌了，接下来就得让人睡到外面去了，而且，他们还缺少人手，缺少药品，缺少尿布，先不说别的，单单需要晾晒的衣物就占据了老墓地中的一大片地方，要知道，那里可是安息着已故的三十任修道院长啊。神父已经把墓地的其余部分改造成了食堂，而那些墓碑，则被重新扶立起来，充当吃饭用的桌子。

"那难道不是稍稍有点儿……"爱丽丝鼓足勇气开口说。

"有点儿什么？"

"亵渎神圣吗？……"

"你是在说亵渎神圣吗？可是，爱丽丝，这些善良的僧侣，早就把他们的肉体躯壳丢弃在了这里，早就用自己的尸骨滋养了大地，你怎么可能想象他们会拒绝给那些饥饿的人提供一张吃饭的桌子？圣书上不是说了吗：'以你的目光，你造出光明，以你的心，你造出希望，以你的肉体，你造出救世主的花园！'"

爱丽丝记不清楚这几行诗的出处了。

"这都是在……"

"在《以西结书》[1]中。"

说到墓地，她当初确实是让步了，但是，这一次，爱丽丝下定了决心，要让他听听她的道理。由于缺乏护士，她已经负担起了医护和卫生方面的工作。比较幸运的是，病人中没有处境困难的婴儿，也没有奄奄一息的老人，但是，这里的所有人，健康状况都不是很好，疲惫损害了肌体和器官，营养上的不足也是普遍情况。

她正准备要返回去投入工作，却不得不停下来，因为她的心一下子就狂跳得厉害，她感到很难受。

她几乎就要倒下，于是，她赶紧低下脑袋，假装只是有些喘不过气来，以求稍稍掩饰一下自己难看的外表。她实在是羞于抱怨。面对着那些背井离乡的家庭，面对着战争的百般折磨，又眼看着这位神父为所有人而忙于大量繁重的工作，是的，她确确实实羞于再抱怨什么，羞于宣称自己是个病人，就仿佛吸引他人的注意力也是一件很不光彩的事。

在这一阵阵的震颤时刻，当一种新的威胁让她不寒而栗时，她就会想到

---

[1] 《以西结书》是希伯来人《旧约》中的一篇。上文中的诗行并不见载于该书中，应该是作者故意让这位"神父"信口这样"虚构"的，以至于迷惑得对方还以为自己"记不清楚诗行的出处"了。下文中有几处也是同样的情况。

费尔南,她实在是太想念他了,一想到自己有可能就那样死去,而再也见不到他的面,她便觉得心中似乎有一把小刀在割,这种痛苦,远比那颗狂跳不已的心还更让她难受。

她停在那里,等着几秒钟时间过去,等到难受劲儿稍稍过去了一点儿,她就继续缓步朝神父那里走去。

"我的神父,这是没有道理的!再接收新的难民,就等于让收留中心的存在处于危险中,而……"

"好了,好了,好了!首先,这里没有难民,这里只有处在危险中的人。而且,这个礼拜堂也不是一个'收留中心',那是一个'天主之家',这两者毕竟很不一样!在这里,我们并不作选择。拣选,那是救世主的工作。而我们,我们只是张开臂膀迎接。"

"戴西雷神父!您的那些'天主之子'大多都是病人,身虚体弱,缺乏营养!好几个星期以来就没有见过一点点荤腥!不仅您无法保证能救活他们,而且,如果收留新的难民的话,会严重危害已经在这里的那些人的生命!难道,救世主想要的就是这个吗?"

戴西雷神父停了下来,整了整自己的鞋子,一下子陷入了一种严肃的思考中。他再也没有了她所熟悉并且热爱的那个热情洋溢的年轻神父的样子,而是突然变成了一个面色苍白的人,从他紧张的面容中,她分明看到了一丝慌乱。

"我知道,爱丽丝。您说得有道理……"

他的嗓音在颤抖,爱丽丝担心他会哭出来,她真的不知道该怎么办好了。

"其实,我也曾经常常问我自己的,"他继续道,"为什么天主要把好几百万人就这样扔到公路上?我们到底犯了什么罪过,值得经受一种如此严峻的考验?救世主引导的道路从来没有像现在这样让我觉得难以进入……而随着我不断地祈祷,光明来到了。瞧一瞧您的周围,爱丽丝嬷嬷,您都看到了什么呢?在我们很多人的心中,这场土崩瓦解般的溃败唤醒了最低微的直觉天性，最黑暗的自私自利，最贪婪的熏心利欲。但是，在另一些人的心中，它也唤醒了助人为乐的渴望，爱人如己的意愿，它赋予了团结一致的责任。而这，就是救世主对我们说的话：请选择你们的阵营吧。或者，您就去选择自我封闭的阵营，把自家的大门和自己的心扉紧紧关闭起来，不让那些贫困无助的人走向您，或者，您将会敞开您的怀抱去迎接他人，并不是不顾困难，而恰恰是全靠了困难。面对着自私自利，面对着担心物资匮乏，面对着只想到自身的条件反射，我们唯一的力量，我们真正的尊严，就是站在一起，您能明白吗？一起待在天主之家中！"

在爱丽丝心中，激动之情常常压倒坚信之念。她点了点头，表示同意，"我明白。"

"那您应该还记得这样的一段吧：'既不要计算耕作，也不要点数困难，因为天主之家是个庇护所，心灵在其中只懂得奉献。'"

对于神圣诗篇的虚构，戴西雷并不总是那么顺手，但总体来说，他对他那小小的把戏也还算满意。每一天，他的人物都在精炼，都在成长。假如战争持久地进行下去，那么，两个月之后，他就将成为教廷册封圣徒的候选人了。

他抓住了爱丽丝的手，两个人重新向坡上走去，步子更加缓慢了。爱丽丝本想找个什么话题来说，但一句话都说不出口。

他们停下脚步，放眼望去，看到了眼前的一片景色：礼拜堂、墓地、花园、毗邻的牧场，只见一个个尖桩上晾晒着各种各样的布单与衣物，有两个烧烤架正在不远处转动着，而在一个石头灶台（那还是由一个会做泥瓦匠活儿的农业工人搭建起来的）上，一个难民，从布鲁塞尔过来的面包师，正在忙碌着，烤制着小麦饼，还有各种各样的蔬菜馅饼。转眼到另一边，右侧的一个角落，露出来一块搭着篷布的地方，它被戴西雷神父用来做他的"办公室"，从中伸出一根铁丝，长约十五米，拴在了几个电线杆上：那就是矿石收音机的天线，而戴西雷正是用这样的一台收音机来收听战争的最新消息，保持对外界的信息接收。

戴西雷神父说得对，爱丽丝心里想。当她看到他的所作所为时，她就坚信，没有一个对手会比他更厉害。在短短半个月时间里，她就看到了，这个年仅二十五岁的神父拥有一种感染力极强的信仰，没有任何东西，也没有任何人能抵抗得了他的这一信仰。

"那么，"戴西雷神父说，他又找回了他的好脸色，还有他那慷慨的微笑，"那我们就做不到了吗？"

爱丽丝表示赞同。跟他在一起，你就根本别想提出什么强有力的论据来，他到头来总是会不可避免地把你说服。

他们穿过了院子，进入礼拜堂内。

为了缓和被褥铺盖的短缺，戴西雷说服了罗利斯一家工厂的经理为他们提供了好几卷的黄麻布，它们本来是准备用来生产麻袋的，现在，他们在这样的布套里填塞了麦秸，于是就得到了某种形式的麻布包，可以在一夜或者两夜时间里充当一下很像样的床垫。

戴西雷神父一出现，所有人就都涌向了他，几个当母亲的甚至还想抓住他的手亲吻（他大笑着欢呼道："哦，这，多么温柔，把这个留给教皇吧！"），几个男子十分崇敬地连连画着十字。所有这些难民，全都是听说了一个传闻才来到这里的，那传闻说，这里有着"一个贝罗礼拜堂里的圣人"，他是一个大救星。所有人都把他看成闪耀着灿烂光辉的伟人。"拯救你们的不是我，而是救世主！你们应该感激的是他！"大多数人来到时已经疲惫至极，焦虑至极，他给他们吃的，消解他们的焦虑，重新给予他们希望，而现在，他们全都相信了上天。

恰如人们所见，戴西雷确实如鱼得水，从容不迫地做着他的事。他的创造性不断地受到挑战，他的想象力给了他充分的办法。他从来就不曾相信过天主，却醉心于这一拯救者的角色。一个和平的阶段就会把他变成一个非常合适的精神领袖。而一段战争的时光则为他提供了一袭教士袍，在这袍子上，他即便没有看到一种符号，至少也看到了一种邀请。

这一身袍子，它原本属于一个在阿尔讷维尔附近的某条小路上被一颗子弹打死的神父。

发现这位神父的尸体时，戴西雷曾十分激动。黑色的教袍让他回想起了巴黎的大陆饭店门前人行道上的那些小嘴乌鸦的场景。他突然逃离巴黎是不是因为一种遗憾，遗憾没能够积极地参与那一番波澜壮阔的撒谎与歪曲真相的运动呢？他是不是曾经有过这样的感觉，感觉到这次的"变身"，在他生命中第一次没能给他的周围人带来益处？他那天生的慷慨大方到底是不是他如此酷爱的欺世盗名之举的牺牲品？这些，我们可能永远都不得而知了。当时，戴西雷毫不犹豫地就把神父的尸体拖进了深沟中，自己换上了他的那身衣服，把自己的上装变成了教士的教袍。

他开始走在了路上。他迈开的每一步，都在让他进入他的人物之中，都在让他钻入圣召的天职之中。他还没有走出一公里，就已经成了神父。

他尤其为自己找到了那一本《圣经》而感到自豪。这一想法是在他跟一个士气低落的士兵争论的时候产生的，当时，他看到这个士兵坐在路边的一个界桩上，满脸丧气的样子，而为了给自己的新角色练练手，他便为这倒霉的士兵鼓了鼓劲，打了打气。他利用了这一次近距离的接触，偷走了对方的手枪，这一下，也使得他得以圆满完成了所谓被一颗子弹打穿的《圣经》的神奇传说。这一虚构，是对物理学的种种定律的真正挑战，它没有让任何人感到吃惊，因为所有人都特别渴望相信它。

戴西雷纯粹是出于偶然才来到贝罗礼拜堂的，当时，他只是为了找水喝才走了进去。那里头住着两家卢森堡人，他们确确实实因为长途的行走累垮了，才在里头避难，当初，为躲避德国军队的进攻，他们离开自己的村庄，背井离乡，一路上，他们丢失了他们带出来的少有的财物，包括他们最后的幻想。在他们停下来的所有地方，他们都被人当作外国佬。而随着德国军队的步步逼近，随着整个法兰西国家被撕得四分五裂，法国人之间的团结精神也迅速地瓦解，人与人之间的关系变得甚为微妙，个体的特殊利益被大大地唤醒，人们变得前所未有地敏锐，自私自利与短视行为彻底占了上风，没有什么人会比外国人更透彻地体验到那样一种痛苦的经验。当一个比利时人问当地人要水喝的时候，往往会听到人们这样回答他："快去恳求海军舰队吧。"[1]

戴西雷来到礼拜堂的时候，那两家人都把他弄错了，还以为这位赶来这里的神父是负责当地教区事务的教士。戴西雷则将错就错，将计就计，微笑地坦然冒名顶替了。

"欢迎你们来到天主之家，"他说着，伸开了双臂，"你们在这里就是在自己家里。"

就这样，他又摇身一变，从普通神父变成了本堂神父。

日复一日地，每时每刻地，又有一些新的家庭前来这里寻求躲避，大都还是外国人，因为法国家庭更喜欢避开这样的地方，因为他们认为，这个地方有些像是隔离聚居区。团队的人数越是众多，各种需要越是致命，戴西雷就越是喜爱他的新角色。对于一个篡权者，还有什么比一个本堂神父的角色更漂亮的角色了吗？

他只是在一星期之前，才刚刚把各种工作具体落到实处，也正好在那个时候，爱丽丝出现在了礼拜堂的入口，面对着在这里发生的奇迹，她几乎是泪流满面，而她一来到维尔纳夫，就已经听人说起了这里的情况。

当他走近她的身边，她无法抵抗，膝盖一软就跪倒了，低下了眼睛。他把他的一只手放到她的头顶上，一只轻盈的、温热的、几乎是柔和的手。

"我的孩子，谢谢你的来到。"

他朝她伸出手臂去，她一把拉住，让自己重又站立了起来。

"天主指引着您的脚步走向我们，因为我们需要您的到来、您的爱意与您的热情。"

他们将来到新来者的跟前，对他们，戴西雷神父早已经微笑着表示了欢迎。但是，他先是稍稍停顿了一下，然后才朝爱丽丝俯下身子来，很温柔地对她说：

"我的孩子，您的心中充满了对耶稣的爱，这很好，但是这颗心，您一定要注意，千万不要问它要求得太多……"

---

[1] 比利时为内陆国，根本就没有海军。故而有此玩笑话。

37

落到火车站上的炸弹,让砾石坑营地的地面都震颤不停。

那一刻真是千载难逢,所有人全都会卧倒在地,脸冲地面,拉乌尔和加布里埃尔瞅准了这一好时机,正准备偷偷跑向原先军需处的方向,不料听见站立在院子中央的军士长的大声喊叫:

"都回棚屋去!"

炸弹在整个这一片地带密密麻麻地投掷下来,士兵们和机动卫队的队员们集中到了一起,举枪对准了那些犯人,并且大踏步地朝他们走去,把他们直往棚屋里头赶。

一想到炸弹会把房屋炸得粉碎,棚屋会坍塌下来把他们统统压死,囚犯们的心中便顿时生出一种恐慌。他们仿佛感到,有人正在把他们往一个深坑里头推,而他们再也无法从这无底洞中生还了。那些臭气冲天的宿舍即将成为埋葬他们的棺材。

当枪弹在他们的头顶上呼啸着穿越天空,当飞机投下的炸弹越来越靠近营地爆炸,他们一个个全都抬起头来,正眼瞧着士兵们。费尔南明白了,情境将超出他的预料,超出他的控制,拉乌尔所分析过的情况也同样,将彻彻底底地超出他的控制。

军士长是不是预感到了,兰德拉德准备溜之大吉?

在看守与囚徒全都无一例外地陷入惊慌状态之中,兰德拉德是不是看到了一次最后的机会，得以把考虑已久的计划付诸实施？

这两个人，一时间里，在一团混乱之上彼此死死地对视了一下。

惊恐之波滚滚地推动着那一队队人。

伯尔尼埃掏出他的手枪，朝天开了一枪。

飞机的呼啸声震响了整片天空。这一颗枪弹，尽管远不如在附近几百米处炸开的炸弹那么喧嚣不已，那么杀气腾腾，却以一种惊人的清晰回响在空中，因为，在囚徒们看来，它是专门冲他们而来的。德国人的攻击已经退居到了远景中。真正的敌人，就是这些想置他们于死地的士兵。他们聚集起来，起而抗拒。这已经是囚犯们第二次低声埋怨着骚乱开了，不过，这一次，它几乎是在敌军的轰炸底下突如其来地发生的。生死搏斗即将展开，所有人全都准备好了。拉乌尔和加布里埃尔意识到，集体性的恐惧症恰好是他们逃跑计划中的最佳同盟军，便随同众人向前涌去。

伯尔尼埃的手枪口对准了这群向前冲上来的人。

费尔南赶紧过来插手，意欲避免最糟糕的情况发生，但是，为时已晚。

伯尔尼埃低下了枪口，连开两枪，两个人应声倒下。

第一个是奥古斯特·多尔热维尔，那个所谓的卡古拉党徒。

第二个，则是加布里埃尔。

囚徒们一下子惊呆了，全都瞠目结舌。这就已经够了。一瞬间里，士兵们已经扑向了他们，枪口直抵着他们的身体，所有人连连后退，一颗炸弹就在营地附近爆炸，一种惧怕的本能让他们纷纷躲避。已经都回到了棚屋内部。一切就此结束了。三个伙伴抓着那个记者的脚，把他拖走。而拉乌尔，则伸出两臂，夹住了加布里埃尔的胳肢窝，拖着他走。

"这样总行了吧。"他一边叫嚷道，一边偷眼瞧着法国士兵那颇带威胁的刺刀。

一道道门全都锁了起来，一扇扇窗板也都关上了。

囚徒们就这样被驱赶进了棚屋，陷入了困境中，他们既愤怒，又恐慌，用拳头拼命敲打着窗户。

加布里埃尔微微地摇晃着脑袋。拉乌尔匆匆撕开他受伤的那条腿上的裤子，只见鲜血还在流，泅出的那暗色的一大摊血在他的身子底下慢慢地扩展，并且渗到了彼此衔接得很差的地板之间的槽缝中。

子弹穿透了大腿，但是，幸好没有伤到股动脉。

"必须绑上止血带。"那个年轻的共产党人说道，语调中透着一种激动。

"这个嘛，"拉乌尔一边说着，一边匆匆翻腾着他自己的用品，"有像你这样的大夫在，他是不会走远的，最高苏维埃……"

他顺手拉过来一件衬衫，把它拧成一团，结结实实地绑在了伤口上。

"与其神神叨叨地说一些蠢话，"他打开了话头，"真还不如给他找一点什么喝的东西来呢。"

那个年轻人赶紧转开去寻找。他是那么瘦削……看到他走路的样子，人们简直会说他就是在跳舞。

加布里埃尔苏醒了过来。

"你把我弄疼了……"

"现在，必须做一个固定处理，我的大个子，必须止住出血。"

加布里埃尔的脑袋垂向地面，他的脸色苍白，毫无血色。

"很好，我的中士长，一切都会好的，你就别担心啦。"

仿佛是为了表示，故事就在这一情节中翻过了一页，德国人的空中打击在门锁与门闩的咔吧咔吧声之后不久停止了。

轰炸过后，火车站什么都没有留存下来，人们看到，在树林之上，升腾起了蓝色和橙黄色的火焰，应该有个燃油库被击中，一股又黑又呛人的浓烟直往天空中上升。

在室外，费尔南十分震惊地凝视并估量着由尘土中的一摊血所体现的损害。囚徒们的嘈杂声已经消停下来。他们似乎也从一个噩梦中醒转，毕竟，德国人的飞机突然就飞远了，梦也就该醒了。

下士长伯尔尼埃把手枪又插回到枪套中。他的双手在颤抖。他实在无法说出，他到底是拯救了局势，还是正相反，把形势引向了危急之中……这一点，谁都说不清楚。

而费尔南并不忙于寻求弄清楚究竟是谁的责任。他还停留在一阵惊愕之中，他所能证实的是，当时，他们确实朝他们的囚徒开了枪。

在棚屋的门后，有两个人受了伤，兴许还伤得很严重，这一件事弄得不好就会转变成一次屠杀。

其他的棚屋也都全关上了。听闻刚刚发生的情况，看守们、机动卫队队员们、士兵们、越南兵们，雇佣军团的摩洛哥士兵们全都迅速赶到，分兵把守在四处，构成了一个个错落有致的小分队。

郝思勒上尉双手反背在后腰上，在院子里来回踱着步。他的内心透露出一种侥幸和满足的心理反应，无论如何，营地并没有遭到德军的直接袭击，他的部队还控制住了众人慌乱的情绪，一切都在转向最好的状况。但是，无论是哪一个观察家——在眼前情况下，我们也就局限于那一位前来找他的费尔南吧——应该都会从他紧锁的眉头上，从他嘴唇的微微抽搐上，看出一种沉默无语的焦虑不安，它跟所有其他的士兵所体现的，是同一种焦虑不安。

法国的炮兵都到哪里去了？

法国的空军都到哪里去了？法兰西的天空现在难道已经属于了敌人的军队？

人们难道就将走向一种彻底的崩溃？

投向营地中那些门窗紧闭的棚屋的简单一瞥，为士兵们指明了亟待他们去完成的任务的范围，以及他们任务的不明朗。

他们即将冲向空无，没有人说得出，所有这一切又将如何收场。

38

露易丝的心里其实一点儿的底都没有,她不知道那位军士长会不会把信件交给拉乌尔·兰德拉德。

"他兴许只是为了摆脱掉我的纠缠,才答应下来的……"

"我倒是感到很惊讶,"儒勒先生说,"他本来完全可以拒绝的呀。依据我对那些正人君子的了解,我觉得他若是不想帮你的话,他完全有可能断然说'不'的。"

既然信已经发出了,军用卡车也走远了,那么,还应该做点儿什么呢?德国军队正在如浪潮一般滚滚涌来,掉头返回就等于白白地把肥羊肉送到狼口,只有死路一条。那么,留在这里又如何呢?在这里等待,同样也是死路一条,到头来,那恶狼也会张开血口,毫不留情地把你生生地活吞了。于是,剩下的就只有一个办法了,那便是目前已经有几十万逃难的人正在采用的办法,一直往南方逃去,逃得越远越好。一直要逃到哪里才是个头呢?没有人会知道。人们根本就不去想别的,就只有一个念头,逃跑。

"我们可以在这里吃晚餐,"儒勒先生说,"但是,就不应该留下来睡觉了,这里很荒凉,很危险。"

"晚餐……"露易丝回答说,很有些疑惑。

他们已经不再剩下什么可吃的东西了。儒勒先生只能朝汽车的后备箱伸出一条胳膊去,找出来一个纸口袋,从中,他掏出来四块三明治。另外,还有一瓶葡萄酒。

"就算是要去一家家酒吧餐厅找你的那家伙,我不是也应该趁机补充一下我们的食品嘛。"

在一个买到一杯水都算得上是辉煌战果的阶段,儒勒先生是如何想办法弄到那四块三明治的呢,这还真的是一个神奇的秘密。露易丝没有做别的,只是伸出双臂搂住了他的脖子。

"好了,行啦,行啦……更何况你将看到……"

他指了指打开了的三明治。那一片火腿,薄得就像是一张圣经纸。他拿起他的开瓶器,打开了那瓶葡萄酒,然后,两人开始咀嚼起了早已变硬的面包。

露易丝拿出了让娜的信笺。

儒勒先生目光凝定在了汽车的挡风玻璃上,以一种令人不安的节奏啜饮着大杯的葡萄酒。

"我也想喝一点。"露易丝说。

儒勒先生从他的麻木迟钝中警醒过来。

"哦,对不起,我的美人儿,很抱歉……"

他颤巍巍地为她倒上酒,她不得不自己伸手抓住酒瓶的瓶颈,好让酒不洒到杯子外面。对一个酒吧餐馆的老板来说……

"您还行吗,儒勒先生?"

"为什么这么问,我看着不行吗?"

这是一种咄咄逼人的腔调。露易丝叹了一口气,他就是这样的,粗暴有余,理性不足,没治了,这可不是一次世界大战就能让他改变得了的。

她更愿意回到她的阅读中去。

这一封信写于1906年六月,那时候,让娜·贝尔蒙已经受雇到梯里翁大夫的家中当了女用人。

我亲爱的：

我造成了一种局面，却根本没有料想到它所产生的结果。

露易丝感到，儒勒先生正在朝她俯下身来，他从她的肩膀上瞥来一道目光，在偷看信件。

如果说，她很想让这一阅读变成一种纯粹隐私的行为，她却并不想就在这辆汽车里当着儒勒先生的面那样做。于是，她就装作仿佛没有发现他在一旁偷窥的样子，而是继续一个人读着。这是一封很长的信。让娜在信中表达了她受雇于大夫家的别有所图，但她的心情也十分矛盾，因为她拥有——她是这么写的——"无论何时何地都能感觉到您在跟前的那种幸福。眼下这一刻，我就享受着这一窃取的地位，僭越的权利，因为是它构成了我的生命。"

当她把手中的信放下来时，她看到，儒勒先生在一旁早已是热泪盈眶。这是一个心情沉重的五大三粗的男人的粗大泪珠。

露易丝颇有些窘迫难堪，只得把一只手搭在他的胳膊上，但他依然久久不能释怀。他的鼻涕都流了下来。露易丝寻找着她的手帕，掏出来替他去擦，就像是给一个孩子擦泪擦鼻涕。

"好啦，"她说，"好啦……"

"正是这一文字，你明白吗？"

露易丝不明白，她等待着，手里拿着手帕。儒勒先生瞧着眼前。

"好的，我可不是大夫，我，兴许正是因为这样……"

这话若是出自无论哪个人的嘴，都会显得很滑稽。但是，它从儒勒先生的嘴里说出来，就一点儿都不滑稽了。露易丝明白了自己的那种盲目糊涂，明白了她曾强加给这个男人的那种残忍。

"除了你的母亲，我从来就没有爱过任何人，你明白吗？"

终于，这话就这样说出了口。

"没有任何人……"

他接受了露易丝的手帕。

阀门已经打开,水哗哗地直流。

"我就那样眼睁睁地看着她进入了这个故事里……我又能做什么呢,嗯?她可是谁的话都不听的啊。"

他一边凝视着他的空杯子,一边揉捏着那块手帕。突然,像是得到什么灵感似的,他转身朝向露易丝。

"我是个胖子,你明白。而胖子们,是很特别的种类。人们很喜欢跟他们说悄悄话,吐露心声,但人们从来不会爱上他们。"

儒勒先生应该感觉到,一种滑稽的情感死死地守定了他,他不由得挠了一下自己的喉咙。

"于是,我就结婚了,娶了……仁慈的天主啊,我甚至都记不得那个女人的名字了。哦对了,热尔曼娜!是这个名字,热尔曼娜……她后来跟一个邻居跑了,她跑得确实很有道理。跟着我,她一定会活得很不幸的,因为,在我的生活中,除了你的母亲,从来就没有别的女人。"

黄昏的景色,如同寻常日子里频繁见到的那样,赋予了眼下这一刻一种令人伤心的肃杀气氛。

"我所爱的从来就只有她……"他重复道。

这一番坦言,他应该对自己说了已经有成千上万遍,这会儿就像涌浪一样把他自己也都全部淹没了。热泪又一次涌上了眼眶,而露易丝则把它们一一擦干,她心中有一种奇怪的直觉,认定自己还是跟儒勒先生处在同样的地位中。两个人全都希望得到一个女人的爱,而这女人的激情却明明投放到了别处。这一番坦言紧紧地揪住了露易丝的喉咙。在这辆标致汽车里,这两个紧紧倚靠在一起的人设置了挑战,他们很自然地做到了这一点。

"我来给您读信的下文吧,您愿不愿意?"

"假如你愿意的话……"

"这是在1906年。"

"啊……让娜怀孕了,是这样吗?……"

"我相信是的……"

最开始的几个词是最有价值的,"我亲爱的"。这样写既痛苦,又简单,还很必要。

我亲爱的:

您不会抛弃我的,不是吗?我把我的整个生命都给了您,您是不能够在我目前的情况下离开我的。

我等着您的答复,我现在只是因为您才活着,假如我将失去您的话,我将会变成什么样子呢?

请尽快回复我。

让娜

"他是怎么答复的?"儒勒先生问道。

"我这里没有他的信,我只有我妈妈的信。"

她最后一次想到母亲而从嘴里说出"妈妈"一词时,是多久之前的事情呢?

"哦,反正别管了……她后面是怎么说来着?"

我亲爱的:

我马上就要走了。我听从了您的说理。我赞同了您的允诺。

我只能现在才告诉您,因为什么都无法再改变了。我很害怕。知道了我怀上的是您的孩子,而我不得不把他丢弃,这让我心如刀割。

请不要再抛弃我,我求求您了。

让娜

1906年十二月四日

儒勒先生什么都没有说。他把潮湿的手帕紧紧捏在手中，皱起了眉头。他的脑袋在肩膀上轻轻地晃动，像是被风儿吹动了一般。

露易丝继续念道：

我亲爱的：

我的信将会很短，我为我只能如此而痛心疾首。

我从来不曾想象过这一时刻会来到：我不能再见到您了。不是因为我不再爱您了，那是不可能的。而是因为我心中的某些东西已经破碎。我已经不再是我自己。也许在未来，对于您，我还会继续意味着什么。哦，假如您能看到他那张小小的脸……我只见过他一眼。人们团团地围住了我，不让我看到他，这实在有点儿太残忍了，于是，我不管心中的痛苦，站了起来，我飞快地穿越了房间，没有人能够阻止我，我一直跑到把他抱在怀中的护士那里，一把扯下裹着他的襁褓。

哦，这婴儿的小脸！

它将永远留在我的脑海中。

我昏了过去。当我又醒来时，一切已经太晚，这就是人们对我说的，他们说，一切已经太晚，你已无能为力。

我终日以泪洗面。

尽管这一切给我带来悲痛，我还是在继续爱着您，但是，要想看到您，在目前，却是我力所不能及。

我爱您，我离开您。

让娜
1907年七月十日

儒勒先生恢复了镇定。

"她告诉我说，孩子是个死胎，你明白吗？她为什么不对我说实话？假如连对我都不能说,她又能对谁去说呢,嗯?对谁?"

让娜分娩了,也看到了她的婴儿,但就在那一刻,人们把孩子从她怀中夺走了。仅仅是这个形象本身,就证明了露易丝一心想找到拉乌尔的意愿是多么合乎常情。

现在,她已经不是为了他在行动,而是为了让娜,为了这位应该受了那么多苦的母亲。

"1912年九月八日。"露易丝又读了起来。

儒勒先生和她都感到心头一震。这个通过几封信件在他们眼皮底下讲述的爱情故事突然有了另一种走向。

让娜跟阿德里安·贝尔蒙是在1908年结的婚。

露易丝是在次年诞生的。

分别五年之后,让娜又跟大夫恢复了联系,那是在她的婚姻之外。

是谁主动寻求了这一重叙旧好?是让娜:"这是多么幸福的事啊,您没有把我忘记,您同意再跟我见面……"

她只是很简单地提出了要求:"我不再强求。我远离着您,但是您始终就在我的心里,于是,我下定了决心。只要能投入您的怀抱中,就算要付出受惩罚的代价……"

露易丝不禁浑身猛一激灵。

"你莫不是有些冷吗?"儒勒先生问道。

露易丝没有回答,久久地瞧着窗外,看着夕阳的光芒,那光彩几乎是金黄色的,似乎就从树木丛中落下来。

"对不起,您说什么?哦不,我不冷……"

假如露易丝对自己父亲的了解更多一些,让娜信件的这一部分兴许就会引起她的悲痛来。但是,父亲只是以一张照片的形式在她的生活中存在过,而且还是一张很平庸的照片,那实在太微不足道,无法激起什么痛苦来。

"您想不想听到后文?"

"假如这不让你太为难的话……"

我亲爱的：

为什么要做下一件这样的事？难道这场战争有那么需要再多一个死人，您竟然会选择在没有义务参加的情况下出发参战？

您为了离开我竟然到了如此的地步？

我每一天都在祈祷，祈求能让我的小露易丝留住她的爸爸。难道还需要我整夜整夜地哭泣，祈求这场战争留住我唯一的爱？

您对我保证了您的爱，但是，这样的一种爱，您喜爱战争更甚于喜爱它，这样一种爱，它又是什么？

您会回来的，不是吗？

回来寻找我吧。把我留住吧。

您的让娜

1914年十一月

梯里翁大夫的参战是令人相当惊讶的一件事。他的年龄本来已超过了五十岁（人们不会拒绝任何一个人参战，尤其不会拒绝一个医生，所有人都可以找到事情做），但是，他选择的是冒险到前线去作战。

让娜向他提出的问题，如今同样也挂在了露易丝的嘴唇上：为什么要这样？出于信念吗？那是可能的。

突然，在露易丝的脑海里，闪现出了对那两个参战老兵的回忆，那是她母亲在战后招来的房客。在他们之前，让娜从来没有同意过把她家的那栋小小的披屋租出去。她是不是在他们身上看到了某种东西，是她早先爱过的两个参过战的男人身上也曾有过的？

"我想象不出他也参过战，这个小子。"儒勒先生松口说了一句。

露易丝也觉得，这种爱国主义中存在着某种跟这名称不太相符的东西。她从来就没有像现在这样，深深地为没能得到大夫写的信件而感到遗憾。弄明白这个爱情故事，可不是一件容易的事，但只发现其中的一半……可以确定的是，大夫作出了牺牲。他参战是为了保卫祖国。或者，是为了他自己的爱情。

我丈夫于七月十一日战死。

J.

1916年八月九日

这封信写在从一个学生练习本上撕下来的一张纸上。

这一次，父亲的死亡紧紧地揪住了露易丝的心。

这一桩婚姻，是一团多么糟糕的乱麻啊。她本人，作为孩子，一点儿忙都没有帮上。她擤了一下鼻涕。

"好啦，好啦。"儒勒先生一边说着，一边把她拥在了怀里。

还只剩下一封信了。

这一次，是儒勒先生主动过来读的。他用的是一种颤颤巍巍的低沉嗓音，每个词念出来时，都好像会随时咳嗽。

我亲爱的：

给您写我最后的一封信，我的心里很激动，这让我回想起了我们的第一次见面。我的心跳得就跟当时一样激烈。

唯一的区别，就是希望，既然您把它给剥夺了。既然您拒绝再跟我会见，跟我生活在一起，而现在，这事情却是可能的。

您知道，您这是在杀死我，而您还是这样做了。

我能给予自己的安慰，就是相信我生活在我所怀着的对您的爱情中。我应该感谢我的小露易丝，不像您抛弃了我，我不愿意抛弃她。若是没有她，我会马上就死去，不带遗憾。

我只爱过您一个人。

让娜

1919年十月

这跟儒勒先生一个小时之前说的是同样的词。爱情到处都是彼此相像的。

因此，现在，成了寡妇的她本来完全可以跟他一起重叙旧情了，但这一次，是大夫拒绝了她。

"真是浑蛋一个。"儒勒先生说。

露易丝摇了摇头。

"他同意把让娜的孩子拉乌尔养大，却从来没有对她说过这件事。现在，一切都已太晚了。他成了这一桩机密的囚徒，假如他跟让娜一起出走，那么，梯里翁夫人就会把一切都讲述给她听……无论如何，这是他们那个故事的终结。大夫早已经被束缚住了手脚，他已经什么事都做不了了。"

他们就这样在那里待了好一阵子，正视着这个故事的一派乱象。

儒勒先生独自啜饮着那瓶葡萄酒。而她的那杯酒，则还是半满的。出于一种心照不宣的默契，两个人最后都喷了一下鼻息。露易丝把她杯中的剩酒倒出车窗外。儒勒先生则下车去，摇动着发动机的手柄，好让汽车点火启动。

他们离开了树林，彼此都没有说话。

这之后，傍晚的金色彩霞也消散了，他们也回到了奥尔良出口附近的大路上，只见有很多大车，装载着家具杂物，从田间走过，干渴的马儿在那里频频地跳过栅栏，跑向田野。富人们的出走在几天之前就结束了，现在，艰难地走在大路上的则是其他人了，跟他们混杂在一起的，有穿军装的人，还有农民、平民、伤残者，整整一大批民众，全都走在公路上，一大帮子寄宿者乱七八糟地挤在一辆市政汽车中，还有一个牧羊人带着三只绵羊。

汽车慢慢地颠簸在逃亡者的人流中，而这人流不是别的，就是这个被撕裂、被抛弃的国家的真实写照。到处，都是一张张脸，除了一张张脸，还是一张张脸。一长列无头无尾的葬礼队伍，露易丝想到，这变成了一面确凿的映照出我们的苦难与失败的镜子。

在以步行一般的速度行驶了二十来公里之后，标致车停在了卢瓦尔河畔圣雷米公路上的一场大堵塞中。

边上,有一个女人也停了下来,她正推着一辆手推车,车上装满了衣服包。

"请问你们还有水吗?"

儒勒先生回答说他们还有一瓶水,应该就在后备箱里的什么地方。他是用努嘴表明这意思的,可以明显看出,他这样做是很违心的。露易丝赶紧去找,把那瓶水递给了女人。

"我们不是不想给您……"

这时候,露易丝方才看清楚了,原来,在她手推车上的,不是一包包的衣服,而是孩子。一共三个孩子,全都熟睡着。

"两个大一点的,有十八个月了,"那女人说,"那个小女孩,还没有九个月大呢……"

原来,她是幼儿园的女教师,她说了她那个城市的名字,但露易丝没有听明白。他们的市长下令立即撤离。家长们就匆匆地赶来幼儿园接自己的孩子。

"只剩下三个孩子没人接,我也不知道是为什么……"

自从出发以来,这一句"为什么",她一定反复唠叨了不知道有多少遍。

"那两个大孩子的父母,都是很好的人家,他们一定是被什么事情给耽误了……而那个小女孩,我们都不知道她母亲是谁,她不久前才刚刚入园,您明白吗?"

她一个劲地颤抖,是因为害怕,也是因为疲竭。

"她可真是遭罪啊,这小女孩,她都还没有断奶呢……您又能怎么的,她都还不怎么会吃东西呢,她只会喝奶……"

女人把水瓶子还回来。

"您就留着它吧。"露易丝说。

儒勒先生摁了一记喇叭。当车流继续向前挪动时,人们永远不知道它到底会向前走一米,还是走一公里,正是这样,人们迷失在了这一座活地狱中。露易丝紧紧抓住了让娜的书信,并不是因为想再去读它,而是出于一种下意识的机械动作,那透出了她内心的百般焦虑。

她刚刚把书信捏在手里,一种不幸便突然降临,恰如一阵暴风雨满头满脸地倾泻下来,就像以前的每一次那样,毫无预警。瞧,就在他们头顶上几十米的空中,出现了一架飞机,它如同一条展翅飞翔的羽齿龙,发出了一种超强的吼叫声,擦着人们的头顶,嗖的一下就飞了过去,它飞得是那么低,简直可以说,它伸出的利爪能一下抓走柏油路面、路边的树木、行驶的车辆,还有逃难的人群,但它没有那样做,而是朝公路上扫射了足足一百米长的距离,然后就怒吼着升上高空。所有逃难的人全都卧倒在地,被这一突然出场的暴力所粉碎、石化、消灭,所有人都恨不得能遁迹于地下。

儒勒先生一看到敌机,就急忙扑到车门边上的地上,卧倒在地。露易丝则留在了汽车里,仿佛瘫痪了一般,根本来不及出来。汽车前部的一记震动让她猛地惊跳起来,她的脸一下子就贴到了挡风玻璃上,强劲的警报呼叫声从四面八方穿透她的全身,密集的枪弹发出的清脆的、平淡的、重复的声响,钻进了她的内心,没有人会知道自己是不是受伤了,因为这时候,谁的脑子都已经不转了。

这之后,那条羽齿龙的同类便迫不及待地参与到这场饕餮大餐中,只盼望能分得一杯羹,它们接二连三地出场,两架、三架、四架,来播洒恐惧,每一架都携带了同样精确的愤怒,有条不紊,杀气腾腾,让它们耶利哥的号角[1]激昂地吹响,摧毁着人的意志,旋转着钻入人的整个躯体,它穿透着耳膜,搜索着胸膛,充满着肚腹,淹没着脑子,直至骨髓。机枪的枪弹如断了线的珍珠,一路扫过,便撕毁了一切。露易丝被惊得几近于麻木,双手紧紧地捂住耳朵,不再知道自己到底是死是活。她躺在弹跳不已的汽车的车座上,早被断断续续的炸弹爆炸与机枪扫射吓得蒙了头,什么感觉都没有了。

---

[1] 圣经《旧约》中记载,耶利哥(Jéricho)古城是守卫迦南的门户,城墙高厚,堡垒坚固,守军高大壮健,以色列人渡过约旦河后要攻打它。他们一边围城行走,一边吹号,到第七天,神以神迹震毁城墙,使以色列人的军队轻易攻入耶利哥。

她的头脑,如同她的躯体,都已经被融化掉了。

突然间,它们又匆匆飞走了,留下的是一片令人揪心的寂静。

露易丝的双手从脑袋上松开。

儒勒先生在哪里?

她用肩膀推开车门,发现汽车的前部已经破碎,正在冒烟,露易丝颤巍巍地绕着汽车走了一圈,看到儒勒先生就躺在公路上,肚子贴地,他那硕大的屁股占据了很大一个空间。她弯下腰来,碰了碰他的肩膀,他这才慢慢地朝她转过了脑袋来。

"你怎么样啊,露易丝?"他问道,嗓音有些低沉。

他慢慢地站起身来,轻轻拍打了几下自己的双膝,瞧着汽车,这一下,旅行算是彻底终结了,已经再也没有汽车了。此外,什么也都不再有了。放眼望去,所见之处,那一辆辆车全都开膛破肚,那一个个人全都躺在地上,到处传来一阵阵呻吟声,却没有人能上前帮忙。

露易丝向前走了几步,轰然倒下。

几米远的地方,她认出来幼儿园女教师的那件蓝色长裙,那女人就躺在地上,眼睛睁得大大的,一颗枪弹穿过了她的喉咙。

小推车上,三个小孩子哇哇大哭。

"看来,我将要留在这里了。"儒勒先生说,他过来找到她。

她瞧着他,不明白。他低下了眼睛,抬脚展示了一下他的方格子莫列顿呢便鞋。

"步行,我可是走不了太长的路的……"

他又指了指三个被吓坏了的孩子。

"你得把他们给带上,露易丝,他们不能留在这个地方。"

儒勒先生第一个觉察到有隆隆的声音在天空中响起。他抬起了脑袋。

"他们又回来了,露易丝,我们得赶紧走!"

他推了她一下,抓住了推车的车把,把它们递给她,"快点儿,赶紧逃命去吧……"

"可是，您怎么办……"

儒勒先生根本没有时间来回答。

第一架歼击机，在那边，已经开始往公路上扫射。露易丝一把抓住了手推车，推了起来，它实在重得惊人，必须使出全部的力气，它才能最终滚动起来，前进一步。

"快点儿！"儒勒先生叫嚷道，"快点儿，赶紧逃走啊！"

露易丝转过身来。

他留给她的最后形象，是一个站立在自己那辆标致汽车残骸旁边脚穿那双便鞋的大胖子，他，冷眼斜对呼啸着朝他飞速俯冲而来并一路疯狂扫射的飞机，正在挥手示意她赶紧远离，赶紧走掉，走掉。

露易丝，被恐惧所刺激，一抬腿，迈过那个穿蓝色长裙的、喉咙处还在汩汩流血的女人的尸体，把她留在了路边。

孩子们号叫着，飞机在迫近。

推着手推车的露易丝已经奔跑在了田野上……

39

"Credo um disea pater desirum, pater factorum, terra sinenare coelis et terrae dominum batesteri peccatum morto ventua maria et filii..."[1]

啊,他是多么喜爱这个啊!

对拉丁语,戴西雷连一点儿的入门基础知识都没有,却兴致勃勃地投身于这种祈祷仪式之中。而由于早先也很少去教堂,他对一个神父究竟该怎么做弥撒的概念也没有多少。因此,他就即兴发挥,以自己特有的方式来主持弥撒,并且用一种稍微带那么一丁点儿拉丁语外表的语言(尽管两者的差距何止十万八千里)来念诵,最终,还以他唯一掌握的一句拉丁语来标志出祷告唱和中应有的节奏:In nomine patri et filii et spiritus sancti[2],对此,那些信徒很高兴终于能找到一个标志,于是也就众口一词地回答以一声:"阿门!"

爱丽丝是第一个对此提出疑问的人:

"这种弥撒,我的神父,实在也太……令人费解了吧。"

戴西雷神父小心翼翼地摘下从早先那个教士的旅行箱里找到的祭披,而那个教士应该早就换上了戴西雷·米戈的衣服,被永远地埋葬到了泥土中。

---

[1] 这是一段错误百出的拉丁语,大致的意思是:"我相信欲望之父,事实之父,天与地的种子,主的大地,出自于海风的罪孽与孩子……"
[2] 拉丁语,意思是"以圣父圣子及圣灵之名"。

这会儿，戴雷西回答道：

"是的，这是依纳爵教派[1]的礼拜仪式……"

爱丽丝谦卑地承认，这对于她是完全陌生的领域。

"还有这拉丁语……"她斗胆补充了一句。

戴西雷神父为她送上了一丝仁慈的微笑，并且解释说，它来自圣依纳爵修会的传统，而作为一种宗教礼拜形式，它早在"君士但丁堡的第二次主教会议[2]之前"就已经相当流行了。

"我们的拉丁语，假如可以这样说的话，才是最原始的。它更接近根源，更接近天主！"

而后，看到爱丽丝告诉了他她心中的惶恐（"我们都不知道该怎么办才好了，我的神父，不知道什么时候坐下，什么时候站起来，什么时候又跪下，不知道该怎么回答，怎么歌唱……"），他便表现得很能安慰人：

"这是一种很简单、很朴实的礼拜仪式，我的孩子，不加雕琢，不加修饰。当我把手举成这个样子，信徒们就站起来。摆成这个样子，他们就坐下来。在依纳爵教派的礼拜仪式中，信徒们是不歌唱的，由神父替他们来歌唱。"

爱丽丝便把这个意思转告了众人，于是，再也没有人对礼拜仪式说什么闲话了。

"... Quid separam homines decidum salute medicare sacrum foram sanctus et proper nostram salutem virgine..."[3]

在短短几天的时间里，很多逃难者来到了这里。造成的结果是，小小教堂内的祭坛本身也被侵占了，弥撒不得不改到半圆形后殿和侧殿那边去做，

---

1 依纳爵（Ignatius），天主教的历史上，叫依纳爵的圣徒就有不少，这里，应该是戴西雷在信口胡说。

2 基督教会的第二次主教会议（又称大公教会主教团会议），于公元381年在君士但丁堡举行。而第一次主教会议，则是公元325年在尼西亚举行的。

3 这一段也为"洋泾浜"式的拉丁语，意思大致如下："……愿我所分离之人得救，神圣仪式保佑我们得救，因此得救，我们孩子的健康也将得到拯救……"

每次仪式，都是人满为患，戴西雷取得了一种近乎疯狂的成功，并不是所有人全都能挤进去的。结果，一些信徒只得留在墓地中，通过破损的花窗玻璃留下的豁口，远远地听着弥撒。

白天期间，一旦天气条件允许，戴西雷就会在露天布道。孩童们你争我夺地争当辅祭，为主持弥撒的神父递个圣水，捧个酒什么的，在弥撒进展的间隙，他会突然朝他们转过身来，给他们使个滑稽的眼色，就仿佛他也成了他们中的一员，他只是在模仿一个神父的样子，跟他们一起玩着表演主持弥撒。

"Confiteor baptismum in prosopatis vitam seculi nostrum et remissionem peccare in expecto silentium. Amen." [1]

"阿门！"

戴西雷的一大悲观失落在于，他为让他的那些教徒继续存活下去，早已忙得手忙脚乱了，纵使有三头六臂也难以应付眼前的千百项任务，他根本无法再尽可能地抽出那么多时间，来扮演他最喜爱的角色，来听取信徒们的忏悔。而实际上，他不无兴趣地发现，这些人竟然有那么多的罪孽，说实在的，他们可全都只是命运的牺牲品啊。由于戴西雷掌握着轻易的、慷慨的赦罪权，所有人都愿意前来向他作告解。

"我的神父……"

来者名叫菲利普，是一个身材魁梧的比利时人，却有着一种姑娘般的嗓门，人们怀疑他犯有重婚之罪，因为他跟一对实在难以分辨区别的双胞胎姐妹一起旅行。战前，他当过电工，也全靠了他，神父的那一台矿石收音机得以完美无缺地工作，让这个偏僻的礼拜堂能够跟军队总参谋部一样消息灵通。

---

[1] 这一段所谓拉丁语的大致意思是："我们承认，我们沉浸在世俗生活的罪孽中，我们在沉默的缓解中寻求罪孽的宽恕。阿门。"

"刚才最后一响,是七点钟……"

戴西雷神父从他的缝纫工作中重新抬起头来(他正在为新来的人缝制睡觉用的被褥袋,一边工作,一边收听着广播,一个播音员正在宣布,德国军队已经占领了马恩河畔夏龙和圣瓦莱里-昂-科)。

"好的,我们这就去吧!"

每星期两到三次,他动身前往蒙塔日的专区政府,他坐的是在附近几公里处找到的一辆军用卡车,它因为耗尽了汽油被抛弃在那里。戴西雷神父想办法弄到了燃料,让卡车得到了复活,他掀去了罩在车上的雨布,在车斗上紧贴着驾驶舱的地方,高高竖起了一个很大的耶稣受难十字架,还是因为早先的一次暴风雨而从礼拜堂的一道墙上冲刷下来的呢。这个接近两米高的十字架总是面朝着汽车前进的方向。

"耶稣由此为我们开辟了前进的道路。"戴西雷这么说。

由于这辆"天主之车"行驶时一直会排放一大团又浓又厚的白色烟雾,绑在十字架上的耶稣一路朝你奔来时,身后就会卷起成团成团的珍珠色云彩,人们便会说,那是一群天使跟随其后。见到卡车进入了蒙塔日,过路的人便纷纷画起了十字。

听到响动,专区区长卢瓦索就知道他要接待戴西雷神父的来访了,而对方,确实,也会很快地不经通报就走进他的办公室,其实,也确实不需要什么通报,因为还在这一行政机构中坚持工作的人已经寥寥无几,除了我们的这位乔治·卢瓦索。这是一个平静而又果断的男人,他决定留在他的岗位上,直到侵略者来到,把他赶下台去。

"我知道,我的神父,我知道!"

"那么,好吧,我的孩子,既然您都知道了,那您在做什么呢?"

戴西雷神父强烈要求见一个官员,这在当前阶段实在是一个罕见的过分要求。他希望有人能来清点并统计一下贝罗礼拜堂那里的逃难者,好让他们得到应有的权利,他希望行政方面能为他发放一些补助,希望它可以拿出一些具体的确实措施,来解决这些人的睡觉、吃饭、医疗问题,他想要一个医生或者一个护士。

"我的神父,可我这里已经没有人了……"

"不是还有您吗!您就亲自来吧。耶稣将会感激您的。"

"因为耶稣他本人也到了您那里了吗?"

是的,专区区长很愿意跟戴西雷神父开玩笑,这也是他特有的自我超脱的方式,能帮助他一时从一项十分折腾人的任务中超脱出来,他总是会对手下的人指手画脚地发号施令,会寻求种种帮助,提供给来到他这个专区的逃难者,会动用宪警、社会援助机构、医院,这真是让人累得要死的事。

戴西雷微微一笑。

"我有个主意。"

"老天啊!"

"您这么说可就对了!"

"我听着呢。"

"既然您只是在绝望的情况下才会过来亲自关照,那您就永远都不要来我们那里了,因为,我们几乎就要成功地摆脱困境了,假如我就让,这么说吧,让十几个逃难者就那样活活饿死,您觉得怎么样?"

"十几个,还真不多嘛……"

"应该死上多少人,才能让您动手关照一下呢,专区区长先生?"

"坦率地说,我的神父,在少于二十个人时,我是很难迈开脚去走动的。"

"那么,我是不是应该首先选择妇女与儿童呢?"

"从您这方面来看,还真的是个棘手的问题呢。"

这两个男人对视一笑。他们干的是实际上是同一个职业。两个人都在花时间堵上被战争打开的缺口。这一类的交流是礼仪性的,此后,人们会转入严肃的具体事情上来。反正,戴西雷是从来不会空着手走出这间办公室的。有一次,他获得了好几桶的汽油,靠着它们,他让"天主之卡车"的轮子又滚动了起来(并且前来碰破了专区区长的脚),另外又有一次,他获得准许，使得一个学校食堂的物资收归国有。

"我所缺少的，是人员到位，您明白吗？能负责健康的工作人员的到位。"

卢瓦索对神父始终隐瞒了一点，即他依然还拥有着数量不多的一小撮护士，但是，贝罗礼拜堂那边的形势让他心中的担忧日益增加。到目前为止，他依然还没有办法亲自去走一趟，而这一临时收留中心日益变得庞大的吓人方式，则刺激着他要到实地去走一趟，仔仔细细地看它一个究竟。

"我给您派一个女护士去吧。"

"不。"

"怎么不呢？"

"您就别说是把她派来给我，我这下直接把她带走就是了。"

"好极了。但是，由于您绝不会再把她还给我了，到时候，我就自己去找她好了。说好了，星期二。十点钟啊。"

"您将过来做一番统计清点吗？"

"我们到时候走着瞧吧……"

"您将过来做一番统计清点吗？"

区长有些疲惫。他让步了。

"是的。"

"哈里路亚！单为这一漂亮的行动，您就值得一次弥撒。一次弥撒，您觉得如何？"

"那就到时候让我们来它一次弥撒吧……"

他是真的很疲惫。

派过来的女护士是仁爱修女会的一个修女，很年轻，长了一张苍白的脸，面部线条很坚毅。

她把一只又白又长的手伸给了菲利普。

"我是塞茜尔嬷嬷。"

那个比利时人,一时间里哑口无言,恭恭敬敬地跟她打了个招呼,然后,扛起那个年轻修女随身带来的几个硬纸箱和一个旅行箱,就往车斗上放。

从蒙塔日返回的时候,卡车走的是一条蜿蜒弯曲的复杂线路,这就有助于戴西雷神父细细扫荡了附近的几个农庄,得到了他所能得到的供礼拜堂里的人吃的东西。他还走访了几个蔬菜园("那边我看到的莫不是西红柿吗?"),勘探了几处地窖("你们有足够的土豆,完全可以扛得住敌人的一次围困,你们应该可以把其中的一半奉献给天主的事业,不是吗?")。

"简直就是抢夺!"爱丽丝早就这样说过,那还是在她第一次参加他们巡行的时候。

"根本就不是,您看到没有,他们在给予的时候,内心是多么幸福啊!"

今天,当他们经过瓦尔-列-罗日的时候,戴西雷神父伸手跟西普里安·普万雷打了个招呼,那人正在田里干活儿,离他不远的地方,有一头小牛被人捆住了四脚。

"往右拐!"戴西雷神父高声喊道。

比利时人菲利普停下车来,并不是为了满足戴西雷神父的要求,而是因为前面的路被一长列军事车队给堵死了。

"假如那是法国军队,"戴西雷神父信口道,"我倒要问一问他们是不是走对了方向……德国人,应该是在那一边,对不对?"说着,他指了指相反的方向。

年轻的修女微微一笑。整整一个上午,在区长卢瓦索的办公室,人们谈论的就只有这个:法军第七军在卢瓦尔河一线全面撤退,而他们现在看到的车队无疑正是最早一批渡过了卢瓦尔河的……

"但是,他们到底要去哪里?"戴西雷问道。

"我倒是要说一句了,瞧这样子,他们恐怕是要去蒙西埃纳呢,"修女回答道,"不过,我并不太确信……"

等到长得一眼望不到头的军车纵队走过之后,天主之卡车终于开上了一条长长的土路,它一直通向普万雷家的农庄,这地方只矗立着两栋房屋。刚才在路边看到的在田野中干活儿的西普里安就住在这里,他是一个性格孤僻、不太合群的农民,跟他门对门生活在对面房屋中的则是他的母亲,雷翁蒂娜,母子俩经常拌嘴。似乎是一场远古的战争让母亲与儿子成了死敌。从此,他们彼此不再说话,每个人分别占据着两栋面对面的房屋中的一栋。就这样,他们能够透过窗户瞧着对方,并且暗暗地诅咒着对方,而用不着挪动一步。

天主之卡车停在了院子里,戴西雷神父跳下车子,以一副满足的神气凝望着两栋房子。陪同他一起过去的修女,几乎是跟普瓦雷老妈同一时间来到房屋跟前的。

"你好啊,我的孩子。"这位教士说。

雷翁蒂娜点了点头。身穿一袭黑色长袍的神父的到场,加上有着一身白衣的修女的陪同,给她留下了深刻印象,就仿佛救世主向她派来了一个使团。

"我是来拿拖车的木板的,您能告诉我它们在哪里吗?"

"拖车的木板……那是做什么用的,我的神父?"

"用来把小牛装上卡车。"

雷翁蒂娜的脸顿时变得煞白。这时候,戴西雷便解释说,西普里安刚刚把那头小牛当礼物送给了贝罗礼拜堂。

"那头小牛可是我的。"雷翁蒂娜抗议道。

"可是,西普里安说那是他的……"

"也许他说过那样的话,但那头小牛确实是我的!"

"好吧,"戴西雷神父说,一副很随和、好通融的样子,"西普里安把它献给了天主,而您又要把它给要回来……那您就自己看着办好啦。"

他掉转脚跟,返身朝卡车走去。

"等一等,我的神父!"

雷翁蒂娜伸出胳膊，指了指栅栏围起来的一块地。

"假如他把小牛给了您，那么，我，我就可以把这个鸡窝里的鸡给您。"

在回去的路上，西普里安看到卡车上装上了他家的鸡，不禁惊讶得目瞪口呆，然后，他便痛痛快快地奉送上了本属于他母亲的小牛。他根本就不需要那块木板，自己一使劲，就把那头小牛送上了车斗。

40

加布里埃尔的身边有五六个囚犯,正透过一扇窗户的缝隙向外察看,看院子里发生了什么情况。因为整整一夜没睡觉,他们中的多数人已经精疲力竭。那个卡古拉党徒多尔热维尔一直躺在那里哼哼唧唧的,没有间断;正当人们刚刚蒙蒙眬眬地入睡之际,痛苦却迫使他喊出了声来,真是要了人的老命啊。"快死吧,你这行尸走肉!"无政府主义者们嚷嚷起来,有时候,那些共产党人也跟着凑着起哄。

还不到早晨六点钟,但是,可以看到室外已经有士兵和机动卫队队员在做日常的早间活动了。他们紧束在一身军装中,互相递着一支烟卷抽,行走在蓬蓬的尘土中,他们观察着他们的军官,而军官则板着脸,在高个子上尉的身边团团围成了一圈。

"出了什么事情啦?"年轻的共产党人问道,他站起身来,有些摇摇晃晃。

"昨天的轰炸让他们害怕了,"一个囚徒回答道,眼睛死死地贴在窗户的缝隙上,"他们正在作决定呢……看这阵势,这事恐怕并不简单。"

如同每次整个集体感觉到威胁时那样,一眨眼间,消息就会在棚屋中四下流传开来,这一下,顿时就有十五六个囚徒急忙挤到窗户旁:"出了什么事啦。""让我看一眼吧。"

"我不知道他们在偷偷地策划什么,但是……看来,军士长似乎并不同意上尉的意见……"

加布里埃尔把一只手搭在年轻人的肩上,这年轻人始终还是没有恢复自己的体力,他常常会莫名地颤抖不已。

"你应该好好地休息一下……"

然后,他又回头去观察外面的场景。现在,是军士长在发表意见。上尉那浮夸、造作、威风凛凛的架势则证实,空气中笼罩着一种明显的分歧……

加布里埃尔为自己描画的那幅费尔南军士长的肖像,始终都在不断地改变。他跟伯尔尼埃下士长完全就是两类人,说到伯尔尼埃,他无疑是受到了烈酒短缺的影响,脾气频频发作,自然而然地遭到了囚徒们的仇视,头一天,他就暴露出了他的率真性情,瞎说胡说了一通。而这位伯尔尼埃下士长越是显得脾气暴躁,头脑发热,那位费尔南军士长就越是显得冷静果断,遇事不慌。看起来,他似乎拒绝任由自己沉没在这样一种集体性的海难中而毫无作为,他不甘心眼睁睁地看着所有的人,包括囚犯和看守,就这样束手就擒,坐以待毙。加布里埃尔早就明白到,大家伙昨天晚上能稍稍像样地吃上一顿,应该全都归功于费尔南军士长的出手。不过,恐怕没有人在内心中问过,他究竟是如何做到这一点的,为一个有差不多一千个饿鬼的营地提供了食物,尽管食物数量有限……人们实在是饿慌了,顾不得去想这些问题。

昨天晚上偏晚些时候,当军士长过来看望伤员时,拉乌尔便要求多给一些水,还有干净的内衣。后来,他自己又亲自跑去一趟,带来了他所能找到的不多的那些东西,跟加布里埃尔以及多尔热维尔分享,加布里埃尔为他那被子弹打穿的大腿而痛苦,他很需要止痛药。而多尔热维尔,他的脚已经肿得粗了一半,子弹应该嵌在了里头,需要一个外科医生来处理,军士长答应,他来负责协调这件事。

实际上,加布里埃尔的伤口远没有人们担心的那样复杂。子弹只是斜向地穿透了大腿,创伤是痛苦的,也是骇人的,但是,并不那么令人不安。拉乌尔安慰他说:

"只不过是伤到了肌肉,我的中士长,没别的!再过几天,你就能跑得跟兔子一样快了。"

然后，深夜来到，这难熬的一夜，众人被多尔热维尔的苦苦呻吟弄得几乎无法入睡。

拉乌尔处在一种前所未有的焦虑中，他仰面而躺，双手久久地捏着露易丝的那封信，信中的好几行字早已经深深地镌刻在他的脑海中了。对于他，贝尔芒或者贝尔蒙这个姓氏跟什么都挂不上钩，但是，这个女人一定是知晓内情的。他的出生日期精确无误，恰如他家在讷伊镇的地址……而对这奥贝尔容林荫大道的回忆，就像一道深深的伤口那样令他痛苦。他从来就没有比在那栋宽阔的房屋里更为不幸的时光了，那时候，他就是那个疯狂的女人，那个伪善者热尔曼娜·梯里翁的猎物……

"我是您的姐妹，"信中这样写道，"我们有着同一个母亲。"她应该有多大年纪了？她到底是比他年长，还是比他年幼呢，一切皆有可能，有一些女人可以在二十年长的时间段里生孩子。但是，一再回到他脑海的那个最顽固句子是："我有很重要的信息要通知予您，关于您的出生以及您的童年生活的环境。"

她知道得比他要多得多了。他自己就不知道他被送到梯里翁家收养的那个日期。

"你睡不着觉吗？"加布里埃尔问道。

"还行，有点儿……那你呢？你难受吗，我的中士长？"

"它在发作，我担心它会感染……"

"别担心，伤口很干净，应该会自己变好的，它还会让你难受一阵子，但也就如此了。"

他们低声低语地说着，彼此脑袋挨得很近，只有几厘米。

"我可以问你一个问题吗？"

"什么呢？"

"这封信……它是怎么来的呢？"

倾心诉说并非拉乌尔的自然本性，而提及这封信，就等于说起它的内容。他可不愿意这样做。有一些孩子，由于童年期受到残暴与不幸的打击，就渐渐地变得胆怯，然后又变得懦弱。但是，在拉乌尔的身上，情况正好相反，这些打击让他变得更为坚强，让他成了一个勇于反抗，甚至于勇于挑战的人，自觉自愿地抵抗种种的拖延与倾诉。但是，这一封信，仿佛从天而降的神迹，在他心中创造出了某种化学反应一般的沉淀，让他的心灵为之震动，这一神奇的效果震撼了他，种种隐情正在什么地方等待着他，关于他的母亲，他的生身母亲，这正是他毫无心理准备却必须去对付的什么事。他从小就没有母亲，他早已经习惯了，更何况，那个替代了他母亲的女人恰是他憎恨的对象。但是，他总是禁止自己去想念那另一个，那个真正的母亲，那个曾经把他……依据不同的阶段，依据不同的年龄段，他会说……"抛弃"的人，是她把他给"抛弃"或者"丢失"或者"保护"或者"出卖"了，总之，对此的说法是很多的。

"你并不是非说不可……"

"是军士长，"拉乌尔松口说，"是他在搜身的时候把那封信塞到我的裤兜里的。"

对加布里埃尔来说，这实在是一个谜。拉乌尔是不是以前就认识军士长呢？为什么这位军官要扮演一个邮递员的角色，为他所看管的一个囚犯亲自送信呢？

"这是我的姐妹写来的一封信……说到底，也不一定……"

情况变得复杂起来。他总是把昂丽艾特看作自己的一个姐姐，尽管他心中明明白白地知道，根本就不是那么一回事。那么，现在，他是不是就应该把一个他从来都没有见过面的女人看作他真正的姐妹呢？而兴许，他还将永远都无法见到她，哪怕仅仅一面呢！他没能从这个营地中逃脱，现在，既然连加布里埃尔都已经受了伤，一次新的越狱尝试就更不可能了。看准一个好机会，逃出营地，去找到那个女人，这样的一个希望变得十分渺茫。

很多事情都让他担忧。就像这个日期，1907年十一月十七日，他在那一天被梯里翁家收养。

"一个婴儿,通常是多大的时候断奶的?"他问道。

这问题问得那么惊人,加布里埃尔还以为是自己的耳朵听错了呢。

"我不知道,我是独生子,"他回答道,"我也没有过奶妈……但是,我会说,应该是在九个月到十二个月之间,差不多都是那样的。"

当拉乌尔被梯里翁家收养的时候,他只有四个月大。

种种的疑问越来越紧地压迫着他,他有些透不过气,他坐了下来。

"你不舒服吗?"加布里埃尔问道。

"没事,没事。"拉乌尔撒谎道,解开了衣领想更畅快地透透气。

这是一个变化无常的人。若是说,面对着加布里埃尔,他总是表现出咄咄逼人、脾气暴躁、弄虚作假,甚至还充满恶意,那还真的是说得太轻了。拉乌尔对他表现出的新态度,加布里埃尔记得是从炸特雷基耶尔河上的桥那一天开始的。这一战役行动,虽不能在军事史上打下什么太深的烙印,但他们是在一起共同完成的。加布里埃尔并不太喜欢强调什么"战斗情谊"的概念,人们在所有的小说中都能找到这个,这是一种陈词滥调,他可不愿意成为它的牺牲品。然而,他还是应该承认,他们之间有一种关系已经建立起来了。

正当他瞧着拉乌尔在那里解开衣领子,伸出一段脖子来使劲地透气时,突然,他的脑海里升腾起了两个图像,兴许是因为他谈到了婴儿什么的,或是因为令人联想到了童年。第一个图像是,拉乌尔·兰德拉德在他们行使抢劫的那个大房子里往卧室中的床上撒尿;第二个图像,则是他留在自己记忆中却并非特别关心过的一个事实:在寻南街监狱中,拉乌尔曾经跟一个看守讨价还价,让他帮他寄一封信给他的姐姐。

"你的姐姐,她叫什么名字来着?"

拉乌尔没有动弹。他应该说什么才好呢?昂丽艾特吗?还是露易丝?回答说"我不知道"是愚蠢的,即便那才是最佳的回答。他只是把手里的那封信递给加布里埃尔。

屋子里太暗,根本没法儿阅读。那边倒是有一道光线,在军官们住的那个房间的门底下。加布里埃尔一瘸一拐地悄悄走过去，一直来到那里，躺倒在地上，把信件伸到照过来的一线细细的灯光下，与其说是读出，还不如说是猜测出了露易丝·贝尔蒙那封信的意思。

"他们是不是就要打起架来了？"一个囚徒突然问道，眼睛一直就瞄着窗户那边。

那边，院子正中央，军士长正神态坚定地回答着上尉的问题。这是目前阶段军中流行的通病，军衔高一些的军官再也不能保证对下级人员的权威。

"我们接到命令要一直开往卢瓦尔河畔圣雷米。"

上尉展开了一张地图，没有人知道他是从哪里搞来的。

"在圣雷米，一份军需供应已经得到了预先的保障。到晚上，物资应该就能准时到位。"

这消息并没有激发起他所预期的那种热情。前两天，就有人宣布会有一批供应物资送到，但是根本就没有送来，若不是有一位手法比别人更神通的军士长创造了奇迹，人们恐怕就会活活饿死在这里，因此，人们也就倾向于不再相信什么好消息，以及上面的种种承诺。

"从圣雷米，"上尉继续道，"囚徒们就将坐上卡车，被运往位于谢尔河流域的波纳林的营地。"

他先是瞧了瞧费尔南，然后又补充说：

"机动卫队队员们，将在圣雷米被人接替。他们的使命到那时就将结束。其他的部门则继续完成剩下的工作，直到赶到波纳林营地，而到了那里后，他们也将被人接替。"

费尔南发出了一记轻松的叹息。对于他，这消息则是再好不过了。圣雷米离这里只有二十公里的路。坐卡车夫，他们用不了两个小时就能到。到那时，他也就算是正式完成了任务，自然会有人来接替他们。然后，他兴许只有十公里的路要走，就能到达卢瓦尔河畔的维尔纳夫，甚至，都不必走那么多的路,既然那个贝罗礼拜堂就位于两者之间。中午时分,他就能到达那里,就能在那里见到爱丽丝了。之后,他就会在他姐姐家里住上一段日子,至于什么时候返回巴黎,那就得看形势的变化再作决定了。

"这就是我们理论上的计划。"上尉最终总结道。

所有人全都怔在了那里。

"而在实践上,我们并没有可以把我们运往圣雷米的汽车,我们得步行前往。"

这消息颇费了好一段时间才进入人们的头脑中。需要在公路上严密地看守、监视、押送差不多一千个囚徒,而且既然这里头有伤员,同时还要照料他们……这真的就是一个疯狂之举。

见上尉在一旁一声不吭,他们顿时明白到,其他的坏消息也正等待着轮番传过来呢。

"此外,某些部队还被分配去了保卫当地。因此,我们投入此次行动的实际人员将会有稍微的减少。"

所有剩下的人都成了此次行动的专门人员,越南兵以及摩洛哥雇佣兵是主力,不少士兵在天刚蒙蒙亮的时候就已经出发了。

"我们有三十四公里的路要走。我们将在八点钟出发。这样,我们会在十八点的时候到达圣雷米,这是绝对完美的。"

他具有那些自信满满的人所具有的天真,他为如此的机遇而赞叹不已,按照他的计算,从眼下的砾石坑营地到目的地圣雷米,不多不少,正好就是一整天的行军。

"我决定把队伍分成八个中队,每一队包括一百二十个囚犯,分别由一个机动卫队的士官来负责,他的手下则配上十五个士兵,听从他的命令。"

十五个士兵来看押一百多个囚犯……费尔南寻找着词语,真不知道该如何说了。

"这是不可能的。"

这句话像是一声叫喊。上尉朝他转过身来。

"您说什么？"

其他的士官全都转身瞧着费尔南，终于，因为有别人跳出来发表了不同看法，他们感到了一阵莫名的小轻松，无论如何，这样的一种情境完全超越了人们的理解能力与执行能力。

"我们永远都不可能在公路上看守住一千个步行的囚犯……"

"然而，这确实就是总参谋部委托给我们的使命。"

"难道就没有卡车，没有火车了？"

上尉没有回答，他小心翼翼地把地图卷了起来。

"执行命令吧！"

"等一下，我的上尉……我那里有两个伤员，一个走路很困难，第二个则完全不能行走。还有……"

"我那里也一样，也有几个伤残人。"有人喃喃道，但嗓音是那么低微，让人根本听不清楚到底是谁在说话。

"那只能说很遗憾了。"

上尉沉默了一会儿，然后一字一顿地宣布道：

"我们接到的命令是，一个人都不能落下。"

这一威胁，说得不能再清楚了。

"这就是说……"费尔南还是开口问了一下，他实在不敢相信对方刚才的话。

郝思勒上尉并没有预料到，自己还会在这一确切的时刻，在这一问题上详细地解释到这一地步，但是，迫于情境之需，他用一种坚定的嗓音宣布道：

"五月十六日，赫林将军[1]，巴黎的军区司令，向国家的最高权力机关申请，要求得到准许，朝可能的逃跑者开枪，并且获得了这一准许。我认定，这一准许也适用于我们。对那些故意逃跑者和拖拖拉拉的掉队者，都将一视同仁。"

---

[1] 皮埃尔·赫林（Pierre Héring, 1874—1963），法国将军，军事家，历史学家。

死一般的沉默，伴随有一张张泥塑般的脸，还有每个人对此情此景而做的种种想象。

"可是有法规在。"于是，费尔南这样说。

他的嗓音很坚定，没有颤抖，郝思勒上尉的心头为之一震。

"什么，法规？"

"法规的第251条规定，'若是未经过医学检查并认可，认定能够忍受旅行之疲劳，则任何囚犯都不得被驱赶上路行走'。"

"请问，您是在哪里找到的这一条法规，嗯？"

"在宪警法规中。"

"啊！这样好了，等到法国军队也将服从宪警法规的那一天，您再来跟我讲这个好了。但眼下，您是在我的命令之下。您的所谓法规，您尽可把它放在我想象中的任何地方。"

争论就此终结。

"执行吧，他妈的臭狗屎！你们准备好今天晚上的那一顿吧，现在，你们把剩下能吃的全都给他们吧，我只想要八点钟的准时出发！"

费尔南集合起了他的小分队。

"我们有一百来个囚徒要押送，需要走上四十多公里的路。但是我们没有汽车。"

"我们就这样走着去……靠两条腿啊？"下士长伯尔尼埃问道，十分愤慨。

"你有什么别的办法吗？"

"就为了这帮子渣滓，我们难道还要冒着被飞机扫射的危险吗？"

在他周围，能明显感觉到一阵阵嘟囔声，众人分明都是在呼应他呢，费尔南一看前景不妙，便赶紧上前，想把他们全都打断：

"是的，这恰恰就是我们要做的事。"

他让寂静的氛围只飘荡了短短几秒钟,然后就用一种希望能够鼓舞士气的口气补充说:

"然后,我们的使命就算完成了。今天晚上,一切都将结束,明天,我们就能回家了。"

费尔南咬住了自己的嘴唇。

"回家……"其实,他是越来越难相信这一点了。

在囚犯中间,反应也并不显得更为热烈。

"圣雷米。"有人说,"少说,也有三十公里的路呢。"

加布里埃尔艰难地站立起来,亮出了自己的大腿。

"它实在是紧得很……"

"让我看一看……"

拉乌尔解开了绷带。在军队中,他见多了各种各样的伤口。

"还不算太糟糕呢……走一下给我看看……"加布里埃尔一瘸一拐地走了几步,但总算是走了下来。

而那个卡古拉党徒的伤口,则完全是另一回事,假如不尽快地委托一个外科医生来给他作一番处理,他马上会患上败血症。

要好好准备一千个囚犯长达十多个小时的行军,可不像打一个响指那样轻而易举。准备工作拖了很长时间。人们把剩余的生活物资都分了分,以免还要背着口袋走,士官们不得不出面干涉了好几次,才总算核实了份额的公平分配,避免了囚徒之间产生新的骚动与冲突。郝思勒上尉在一队队人马之间走过,把手中的那张卷成马鞭子一样的作战地图弄得哗啦哗啦直响。他对事情的态势表现出一种十分满意的样子,并对他的人马下达着最后的一批指令。几个并没有被分配去外地的士兵都把橄榄帽从他们的后脖颈上顶起,在一旁围观着这一悲惨的情景。

囚徒们捡起他们从寻南街监狱以来就一直随身携带,而且变得越来越轻、越来越小的小小背包,排成了两排队,在太阳底下等待着。排在队伍末尾的穿军装的人,似乎相当稀疏。

时间几乎已到了上午十点钟。

上尉坚持要求,"严格落实战时对囚犯行为的禁令",在囚犯面前,武器必须子弹上膛。步枪枪栓的咔啦咔啦声纷纷响起,让人感到一种严肃与威胁。

"企图逃跑的行为将立即遭到镇压!"他高声喊道。

然后,他站到了纵队的前头,命令第一分队立即出发,只听到一声军哨声响起,他迈开坚定的大步,走在了整个队伍的前头。

人们看到,前一百来个囚犯正排着长队,一个接一个地渐渐走远,院子里顿时飞扬起一团团的尘土。

"各个分队会一个接一个地出发,"费尔南对他那个分队的成员解释说,"我们的位置在最末尾。需要绝对避免的,就是把队伍拉得太长,最前面的人离最后面的人距离太远。要紧紧地团聚在一起,这是关键所在。前面的人,不要走得太快,后面的人,则不要拖得太慢。"

从理论上说,这似乎是可行的,但一丝疑虑始终飘荡在人们的心头。尽管,从德国军队展开进攻以来,人们已经接受了很多次命令,却没有人对一道如此愚蠢的命令有过切身的体验。

他们久久地等待着其他分队的人轮流出发远去。

现在,既然费尔南已经花了他的一部分钱,用来为营地提供食物,他的水手包也就有了更多的剩余空间。他便避开众人的目光,给他的那本翻得很旧的《一千零一夜》的封面匆匆地送上一个亲吻,然后就把它塞进了包里。

轮到他吹哨下令出发了。

头顶,高高的天空上,飞过了一个德国空军中队。时间是将近上午十一点钟。

41

露易丝推着小车跑在了田野中，身前的小推车在地表上使劲地颠簸，车里的孩子们也使劲地哇哇大哭，而就在她身后，那边，德国飞机又对着公路扫射起来，一冲一冲地，像是鸟儿啄食一般。露易丝心里想，若是再这样暴露在光天化日之下，她可就成了一个明显的活靶子，于是，她便加速奔跑起来，不料，一个车轮磕碰了一下一个树根，车子立即大晃起来，差点儿失去平衡，幸亏露易丝眼疾手快，及时把住了推车，孩子们的哭叫声越发地响亮了，她无暇顾及，继续奔跑着。很显然，没有一架德国歼击机的飞行员想到过，或甚至动过念头要改变一下航线，来追踪一个推了一辆小车，正奔跑在农田中的逃难者。尽管如此，她还是担心会被枪弹掀翻在地，她气短，胸闷，喉咙仿佛被什么东西卡得死死的，她的两眼死死地看准了前方远处的一排树木，她认定了死理，拼命地奔向那里，她那急促的呼吸开始像吹哨一样发出声响，她的肺像在沸腾。

她逃着命，不顾一切，绝对地不顾一切，一时间里，她觉得自己又成了一个赤身裸体的年轻女子，漫无目的地奔跑在一条林荫大道上……

她终于停下了脚步，气喘吁吁，转过身来。公路已经离得很远很远了，她根本分辨不清发生在那边路上的种种事情的细枝末节，但是，飞机的隆隆声，还有警报器尖厉刺耳的鸣叫声，还是传到了她的耳朵里，就仿佛她自己还处在那些飞机的肚皮底下。她又接着跑了起来，一直来到树林跟前，树林边伸展开一条小路,她选择了朝右一拐,接着跑去。她仿佛觉得,自己的身体已经着了火。她终于放慢了脚步,企图稍稍缓过气来。眼前的景色已经不同于刚才,微微有些冈峦起伏,零零星星地有一些小树丛,还有一家农庄,这是唯一的一家。该怎么办呢?进去吗?一想到儒勒先生和她这几天从农民那里受到的接待,她更愿意继续在路上走下去。再向前走上一公里或者两公里,她兴许会见到一些小树林,说不定,还会有一些大树林呢。

突然,她意识到,自她从公路那边逃走以来,三个小孩子一直就没有停止过哭叫,她的心顿时又揪得紧紧的了。

她停下步子,朝那个临时摇篮俯下身来,第一次,她定睛仔细地瞧了瞧那三个孩子。两个小男孩都穿着一件手工编织的蓝色毛衣。她抓起盖被的一个角,给他们擦了擦流下来的鼻涕。这个动作具有一种镇定的作用。兴许,他们发现了他们的眼前出现了一张新的脸……

"来吧,"她说着,抓住了第一个,把他扶了起来,"看看我们是不是已经会站立了?"

他小腿一蹬,站了起来,一只手还抓住了推车的车轮。第二个男孩也跟着他站了起来。她一边温柔地跟他们说着话,一边远远地监视着她的左侧方向,看着公路那边,现在,德国空军进攻的所有痕迹全都消失了,天空又变得十分安宁和平静,就像一块裹尸布。

她又把那个小婴儿抱在了怀里,眼睛久久地盯住远处的烟雾,那里,肯定是有车辆起火在燃烧。她唱起了一首摇篮曲,小婴儿开始安静下来。

她弯腰下来,仔细察看了一番小推车中的东西,掀起孩子们身子底下的那一大堆毯子被单之后,她发现了那个用细绳捆扎好的装有让娜信件的小盒子,那是刚才在行路途中滑落进去的,她只记得,当飞机扫射的危急关头,她把这东西往眼前一扔,谁承想就扔进了小推车里,这恐怕就算是她唯一脱险的物件了,因为空袭发生的那一刻,她手中握着的东西就只有它。她赶紧把它又塞进毯子被单底下,继续她的翻找,结果发现了几个瓶子、杯子、勺子之类的东西,还有白铁的刀叉,几件乱七八糟的衣服。她找到了食物:

一片面包、一小桶水、两瓶水果泥、几盒子饼干、一大块已有些融化的巧克力、三个蔬菜罐头、一小袋白米、一小包婴儿奶粉。于是，她在路边的草地上坐了下来，把最小的那个婴孩抱住，放在两腿之间，就开始把那片面包撕成小块，递给双胞胎兄弟。那两个孩子一下子就接了过去，腿一软，一屁股坐在地上，开始贪婪地咀嚼起来。那小姑娘身上传出了一股臭味，露易丝找到一块没用过的褓褓布，着手为她换尿布。她还真不知道那褓褓布的三个角应该朝哪个方向折叠，由于一下子找不到婴儿用别针，她便把孩子就那么一包、一裹，然后打上一个结，如此胡乱的处理，恐怕撑不了太长时间。而对那块脏了的尿布，她更愿意顺手扔掉了事，而不是那样脏兮兮地团起来带走，她又该怎么洗它呢？

夜幕降临了。满心疑虑的露易丝又观察了一番右侧不远处那个唯一的农庄，觉得它处在一种孤独之中，它呈现出了马蹄铁形房屋常常令人联想到的那种自我封闭性，那是一种并不太友善的外貌。她把那一对双胞胎兄弟放回到推车中，然后又让小婴儿在里头躺好，就继续上路了。

> 马尔布鲁打仗去啦，
> 米罗东，米罗东，米罗代纳，
> ……

此时此刻，来到她头脑中的就是这首歌谣[1]。一时间里，孩子们就这样被它催眠了。

露易丝独自一人推着小车，走在这条笔直的小路上，朝着遥遥在望的小树林的方向而行，她心里列着清单，盘算着必须做的几件事，给这些孩子换尿布，喂他们吃的，给他们寻找一个睡觉的地方，尤其是，要为他们找到一

---

1 《马尔布鲁打仗去啦》（*Malbrough s'en va-t-en guerre*）是一首在民间很流行的法语歌谣。歌谣的内容大致是：马尔布罗去打仗一直未归，坏消息传来，他已经战死，家人伤心万分，为他送葬，他的灵魂在飞……该歌谣十分有名，且有很多不同的版本。

个接待站,通常,人们发现的孤儿该往哪里送呢?

> 我带来的坏消息,
> 米罗东,米罗东,米罗代纳,
> 我带来的坏消息,
> 让您眼中充满泪。

儒勒先生孤独一人留在公路上的形象突然映入了她的脑海中:"快去吧,露易丝!赶紧逃命!"穿着便鞋的儒勒先生,是不是已经被一架德国飞机杀死在了一条乡间的公路上?

> 看到他灵魂在飞,
> 米罗东,米罗东,米罗代纳,
> 看到他灵魂在飞,
> 穿越了月桂树丛。

一时间里,肚子得到了面包块的填补,双胞胎兄弟便又沉沉入睡,而小女孩却开始哭了起来,露易丝心里被惹得火急火燎的,她受到的交叉打击实在太多,让她几乎有些精神崩溃:这一突如其来的出逃,还有一路上所遇到的种种事件强加给她的这种责任……她颇有些抱怨这一本能的反应。不一会儿,人们就看见她一边慢腾腾地走着,一边用一条胳膊推着小推车,而另一条胳膊,则抱着那个脑袋缩在脖子里的小婴儿。

当她走到小树林那边时,乡间的夜空中已经镶嵌上了一层薄薄的雾霭。这地方原本并非像她以为的那样是一座树林,而是一条路,而且,恰恰就是她两个小时之前离开的那一条路。断断续续的逃难者人流还在继续流动,人们带着行李箱,步履沉重,机械地向前而去。有一些自行车,但再也没有了任何汽车……

露易丝有点儿辨别不清方向了。她把儒勒先生连同他那辆烧得半焦的标致车丢下的那个地方,到底是位于她的右边,还是在她的左边?三个小孩子全都醒来了。当务之急,就是要好好安排他们的吃喝拉撒,要给他们提供浓稠的食物,要为他们换尿布,要给他们水喝……"他还没有断奶呢……"这句话又一次返回到她的脑际。怎么给一个还不怎么会咀嚼的孩子喂食呢?她有没有必需的一切呢?所有这一大堆问题压得露易丝几乎有些迷迷糊糊,心不在焉,于是,她就这样又一次走上了那条路,跟逃难的人群又融汇在了一起,只要她还没有安排好那一切,她就始终拒绝停下脚步,她的歌声变得越来越嘹亮,只希望能平息一下那些震撼着小推车的哭闹声。

  有的人夫妻团聚,
  米罗东,米罗东,米罗代纳,
  有的人夫妻团聚,
  有的人孤苦伶仃。

  沿着公路望去,只见不计其数的小汽车和大卡车都躺在深深的路沟中,就像是墓地中的尸骨残骸。一些车里头的发动机还在冒着烟,车身外壳已然面目全非,车门也都大大地敞开着,让人能瞥见车内一摞摞破了洞的旅行箱,一只只敞了口的硬纸箱,都已经被一双双贪婪的手疯狂地掏腾一空了。露易丝走得相当快,因为旅行者的涌流早已经稀疏下来,但同样还因为,他们当中很多人选择了停下来就地过夜,他们在公路的一侧,就是深沟对面的那一侧,即兴搭起了临时宿营地,很简单地在地上用雨布一铺,毯子一垫,床单一盖,每个人应该都在祈祷老天不要下雨,不要在人祸之上再加天灾。

  引导着露易丝一直向前走的,是一团火光。那是沿着斜坡亮起的一道火光,燃料是枯木,围绕着那堆篝火的,是一家人,他们背对着公路,正在狼吞虎咽地吃饭。

  露易丝把手推车停在了离他们只有几步远的地方。三个小孩子的哭叫声让他们全家人都扭过了脑袋。一刹那间,露易丝分明看清了两个少年郎的麻木不仁,父亲的敌意,还有母亲的忧伤。

露易丝让那两个双胞胎席地而坐,把小婴儿抱在怀里,开始把自己拥有的不算多的食品从车里拿出来,放到地上,全都加起来也不过只有零零碎碎的一点点,不足以构成一顿饭。她又一次把面包片撕成小块,递给两个小男孩。篝火边上的那个女人,拿一个眼角偷偷瞥着她。人们能听到,田野中有几头奶牛在哞哞地叫个不停。露易丝打开了奶粉口袋,里头的奶粉散发出一种淡淡的香草气味,她舀出一点来,装在马口铁皮的小碗中,又倒了一点水进去。一大块稍带有些稠糊的凝块立马就形成了。两个小男孩一边嚼着面包,一边好奇地瞧着她,小婴儿则有些迫不及待了,露易丝想用匙子背把凝块压碎,但是,那凝块就是拒绝化开来。

"如果您不把水给加热了,它就不会化开来。"

那女人已经站到了她的面前。五十来岁的年纪,相当健壮,身穿一件带花枝图案的长裙子,但那裙子看起来很像是一条床罩。

"别管她了,泰莱丝!"那男人说,他还留在篝火前。

但是,那女人大概是早就听惯了他的唠叨,而根本就不愿意听进去。她过来拿起了那只铁皮碗,把里头的所有东西都倒到一口小锅里,原来,这家人装备得比露易丝要强得多了。正当她在那里忙活,在火上加热糊糊羹时,她丈夫在一旁低声跟她聊起天来,他的那些话不时地被打断,只能听出来,他说话的语调有些急促,有些命令式,还有些争论的味道。

在这期间,露易丝把怀里的小孩子放了下来,给了她一个玩具——那是一个木头做的哨子,带有一个小小的把手,小婴儿捏在手中使劲地挥动着——而自己则忙着把那几瓶水果泥掏了出来,但是瓶盖子盖得紧紧的,她的手劲不够,根本就拧不开。于是,她就走向了那个男人,而他则直瞪瞪地瞧着她一路走来,仿佛准备好要跟她打上一架。但她并没有一直走到他跟前,而是停在了两个少年中年长的那一个跟前。

"我没有力气,您能不能……"

他立即捏紧了瓶子,一拧,只听得轻轻的"扑通"一声,瓶盖就打开了,接着,他一手把瓶子递给了露易丝,另一只手则把盖子也递还过去,就像递过去了一份战利品。

"谢谢,"露易丝说,"您可真的是个好心人……"

她本该提议去旅馆过上一夜[1],那他则会感到再幸福不过了。

当母亲的那一位在锅里搅拌着糊糊。

"小心啊,"她说,"很烫的……"

要喂那个小女孩吃东西可真的是费了她老大的劲。孩子一直在不耐烦地哭闹着,不肯乖乖张嘴,一定是期待着有一个奶头,或者一个奶嘴给她,即便张嘴,她也只是把露易丝好不容易喂到她嘴里的那一点点东西给吐出来。经过半个小时坚持不懈的努力,年轻女郎终于累垮了,小女孩也一样。而那两个双胞胎,则坐在两步远的地方,开心地玩着瓶盖子。露易丝想出了一个想法,把那一碗糊糊做了进一步稀释,直到把它变成一种液体状,然后,她再一匙子一匙子地往小女孩的嘴里灌,而那孩子,已经累得不得了,喝着喝着就睡着了,像是被她的无谓努力给催了眠,而她的小肚子里几乎就没喂进去什么。

露易丝还是第一次仔细地打量她。小小的脸上,线条分明,眼睫毛又弯又长,小耳朵曲线玲珑,小嘴唇粉红粉红,这小女孩长得是那么漂亮,看得她心中一阵阵地激动。她不由得很快联想起了让娜写的那封信中所说的:"哦,这婴儿的小脸蛋啊!"她被她们的命运所选定走的这条道路给彻底弄迷糊了。让娜和她,她们俩都被剥夺了一个小婴儿。而现在,露易丝的怀抱里一下子有了三个。

双胞胎是男孩,很爱玩,也很爱笑。露易丝跟他们玩起了藏东西,把匙子、杯子、小碗什么的藏起来又拿出来,再藏起来再拿出来,逗得他们咯咯大笑。那一家的两个少年这一下也把背转向了篝火,不去看他们的父亲,而

---

[1] 这里,大概指的是电影《旅馆一夜》(*Une nuit à l'hôtel*),雷奥·米特勒导演,1932年出品。

是瞧着这位有着一双白白净净的手的漂亮年轻女郎，她那精疲力竭的脸，也被一种不无痛苦的微笑给映照得亮堂堂的。

两个小时之后，一切归于宁静。

孩子们都换过了尿布，小婴儿也醒转过来，露易丝终于往她的嘴里喂下了几匙子已经有些凉了的稀汤糊糊。

她所能找到的，就是在小推车中蜷着腿脚躺下来，把小婴儿抱在她的肚子前，两个小男孩则一边躺一个。

在他们的头顶上，天空透出一种深蓝色，漫天的星斗闪耀着微光。三个小孩子的呼吸是那么平稳，那么清爽，露易丝轻轻抚摩着那小婴儿热乎乎而又毛茸茸的小脑袋。

42

  费尔南也一样,吹了一记哨子,以提醒他手下那个分队的人注意,但是,无论哪一个音乐迷,都会在他吹响的音符中分辨出一种焦虑不安的调子来,与郝思勒上尉那种耀武扬威的、心满意足的调子形成鲜明对照。他们不得不花费了一个多小时的时间,才让七个分别拥有一百多人的分队全都上了路。费尔南早已猜想到,对某些囚犯而言,行军将会十分累人,于是,便允许他们先坐下来,慢慢地等着出发的号令响起。
  他利用了这样的一段等待时间,仔细考虑了一番他的战略战术。他早已猜想到,手脚最敏捷的那些人跟行动最迟缓的那些人之间,必然会造成一种难以控制的差距,他遂决定让自己走在队伍的最前头,而派下士长伯尔尼埃站在队列的正中间,这样,后者咄咄逼人的意愿就不那么有机会得到充分的表现了。
  拉乌尔与加布里埃尔的位置,正好位于伯尔尼埃的边上,他们俩,尽管点名时的排列顺序不在一起,却还是成功地在队伍中换成了肩并肩的位置。如果说,看守人员对此类的小小伎俩完全采取了一种睁一只眼闭一只眼的态度,那么,子弹上膛的武器,机动卫队队员紧绷的脸孔,越南士兵的蠢蠢欲动,这一切则相当明确地显示出,他们的容忍也就局限于此了。
  在这番长久的等待期间,队伍的纪律早已稍稍有些松懈,囚徒们得以轻声轻气地说话。谁知道他们是如何做到这一点的——这是监狱里永恒的谜团——关于战场上的新消息，已经有种种传闻在四下流传了。据说，魏刚将军的意见是想向德国人呼吁停火。流言从队伍的一头很快就传到了另一头。所有人都明白，那消息到底是真是假，都已经不太要紧了，那尤其是因为，一种彻底失败的概念，第一次在人们的口中表达得如此清晰无误，而且，人们还把这话安到了法兰西军队最高指挥官的嘴里，这就意味深长地表明了眼下人们对总参谋部属下的军官群体的相当不信任，因为，到目前为止，那些人还在一味地确信，法国一直是在吊侵略者的胃口。

"什么？"拉乌尔问道。

自从他收到那封署名露易丝·贝尔蒙的谜一般的信以来，他就已经不再是原先的那个人了。他无疑早就厌倦了不停地想它，而是突然变得恼怒。早上，他已经把信纸给撕碎了，并且把它的碎片撒得到处都是，但这样还是不能改变什么，信的内容还在继续困扰着他。

"我们会离开这里的，你走着瞧好了，"加布里埃尔说，"你一定会找到那个人，把一切弄得清清楚楚的。"

他们现在成了囚徒，被指控犯了一桩抢劫罪，而且，兴许还会被定为临阵逃脱之罪，而眼下的情境更有可能让他们在途中就被处死，而不是等到以后才在一个法庭上受到指控……这时表现出的乐观主义明显是十分愚蠢的，加布里埃尔深深地感觉到了这一点。

"我是想说……"

拉乌尔·兰德拉德死死盯着自己的鞋子看。他没有抬起头来，就说：

"她应该有多大年纪了呢……三十岁吧，三十五岁吧……总之不会更大了……在这把年纪时，也应该有孩子了……"

加布里埃尔试图弄明白，他指的到底是谁，但是，他并不想把问题提出来。

"你看，"拉乌尔接着说，眼睛瞧着他，"我在想……假如梯里翁夫人，那个脏女人，真的是我的母亲的话……说到底，她的年纪也差不多嘛，不是吗？"

"那她又为什么要在当时抛弃你,然后在三个月之后又来把你接回去呢?"

"让我百思不得其解的也正是这一点啊。我总觉得她有她的难言之隐,这兴许可以解释她对我的仇恨……"

这个词终于说出了口。

"让我心烦意乱的倒不是那么迫切地想知道,谁才是我真正的母亲,我是想弄明白,那个脏女人到底是什么人。"

拉乌尔一把抓住了加布里埃尔的一条胳膊,捏得是那么紧。

"问题是……我并不认为那个老家伙就是我父亲,你明白吗?兴许,正是因为这样,她才不得不把我重新接回去。因为她是跟另外一个家伙一起生下的我。这样就能解释一切了。老家伙,知道自己戴了绿帽子而怒火万丈,会迫使她把我重新接回,而这样一来,就……"

一切皆有可能,当然啦,但是加布里埃尔并不接受这一假设,看起来,它更像是一次带着怒气反复思考之后的成果,而不是一次健康的深思熟虑之后的结局。

"你们,全都给我乖乖地闭上臭嘴,你们这帮婊子养的家伙!"

伯尔尼埃在队列中走来走去,喝令所有人全都乖乖保持沉默,还频频地拿枪来威胁他们。当然,没有人会认真地认为,他会对在地上坐成一排排的囚徒们使用武器,但是,在脑袋上或者肋骨上来上一枪托,那可就太有可能了……

人们听到军士长吹响了哨子。

出发的时刻终于来到了。

加布里埃尔微微还有些跛脚,但他的伤口没有裂开。多尔热维尔的状态稍稍更令人担忧。在同伴们的搀扶下,这个记者步履笨重地一瘸一拐地前行着,人们实在难以想象,他能就这么一直走上三十公里,最终到达圣雷米。而那个年轻的共产党人,他也在伙伴们的陪同下,远远地走在最后头,加布里埃尔都看不到他的影子了,但是,说实在的,他自己的情况也并不比此人要强多少。

队伍很快就拉得很长,首尾相距有一百五十米,然后,就拉长到了二百米。费尔南每隔一定的时间就会等在公路边上,使劲催促着囚徒们加快步伐,但是,很快地,他就赶紧赶到队伍的前头,让走在前面的人放慢脚步。就这样,他扮演着牧羊犬的角色,出发不到两个小时之后,他就已经累得疲惫不堪了。

下午的太阳毒辣辣地暴晒下来,公路上的氛围实在有些令人压抑。那些同样朝着圣雷米行进的平民逃难者,纷纷停下步来,准备让囚犯们先行,但是,看到他们的队伍拖拉得实在太长,这些逃难者最后也就不再谦让了,而是在他们的边上继续走他们自己的路,这一下,也让看守们的工作变得更加难办了。机动卫队队员连连喊叫着,催促囚徒们快从道路上闪开,造成的效果却正好相反,让原本已有的令人生气的指令变得越发的乱糟糟。人们听到他们的嘴里一声声的辱骂,什么"卖国贼"啦,什么"间谍"啦,什么"第五纵队"啦,什么样的骂名全都有,人们越是不明白他们究竟在骂什么,这几百人也就越显出一副人民公敌的样子。费尔南并不担心有武装力量押解的囚犯队伍会被逃难者所攻击,但是,侵略性的气氛沉重地压在这一本来就有些不太真实的情境之上,还是让他颇有些提心吊胆。他在心里问自己,上级怎么会糊涂到如此地步,竟然下达了一道如此荒唐的命令呢?谁会那么傻,居然让上千名囚犯在一小撮军人的押送下,不幸地走在一条满是逃难人群的公路上?

正下午时分(他们已经步行了整整四个多小时了),费尔南允许囚犯们离开公路到一条小溪边去喝水,不过,他们始终处于看守们枪口的瞄准下。假如你想让他们一直前进,你就不能阻止他们去解个渴,喝个痛快,但是,诸如此类的违反规章的小事情不断地干扰着行军进度,军士长开始觉得有些疲于奔命,有些应付不了局面。

当他转过身时,他始终没能看到队伍的尾巴,到处都是一小拨一小拨的人,两三个一组,四五个一群。在他们之间,会有几个看守或者士兵,但他们也被炎热的天气压垮了，囚犯们现在看起来像是在独自行走……他一下子就明白到，应该已经有逃跑现象发生了。他似乎觉得，某几张脸已经消失了踪影。除非集合起所有的人员，再来上一次点名，延误更长的时间，他已经做不了什么了。

大约十六点钟时，他们离目的地还有六公里多的路程。时不时地，他听到，在那边，远远的前面，想起了一记枪声，然后又是另一记枪声，就像是以前某个星期天曾经跟爱丽丝一起在乡间散步的情境那样，那是禁猎期结束后的常事。

郝思勒上尉，完全就跟费尔南一样，为这拉得越来越长的队伍而万分焦虑，大约十八点，他站到了公路边上，来确认所有的分队是不是都还按照可接受的步履前进着。节奏还在不断地拉慢。他的脸上表达出一种强烈的不满，这一表情明显属于那种恨铁不成钢的情绪，只恨事情实在不遂人的心愿。他那爱记仇的目光落在了囚犯们的身上，甚至更糟糕，还同时落在了士兵与看守们的身上，而他们的身体状态其实也并不比那些囚犯强多少，他们一个个全都可怜巴巴地喘着粗气，而这时候，走在最头里的队伍，早已远得看不见了踪影，兴许，离终点只有几公里的路了。

这时候，有一些军用卡车经过，一时堵塞了公路，费尔南的那个分队很快就被这些军车切成了两截。他们这是要去哪里呢，没有人知道，但是，由于不得不停下来等待，人们就利用这一机会坐下来休息，稍稍恢复一下体力。

加布里埃尔感觉很不舒服。他的那条伤腿突然一打软，身子一歪，就倒下了来，看他的那样子，应该是相当难受，拉乌尔根本就扶不起他。好不容易又把他扶起来，走了几百米之后，兰德拉德便匆匆离开了公路一会儿，从一辆被丢弃的推车上，找来一块破碎的挡板，有一米来长，然后，拿出一件衬衣来卷吧卷吧，尽可能地绑在了挡板的一头，就把它做成了一根拐杖。这样一来，加布里埃尔拄着拐杖，虽不能走得更快些，却也少受了很多苦。

他们开始超越了前面那些分队的一些人，有气喘吁吁的，有一瘸一拐的，有筋疲力尽的，这些被落下的人，看守再厉害地斥责他们都没有用。渐渐地，这些人形成了一个小集体，全都是实在难以支撑到终点的人。这一拨人里头，就有那位记者多尔热维尔，他是由他的同伴们轮流抬着走的，但抬着抬着，他们也都累得精疲力竭，需要时不时地停下来休息，而且休息的次数也越来越多，时间也越来越长，于是，他们也就被彻底拉下在了最后头。人们看到，那一小组照顾他、轮流抬他的人马，已经离大队有一百米之远了。

费尔南来到了郝思勒上尉的面前，一段时间以来，他已经明白，这位军官并不是平白无故地站在公路边上的，他除了监视整个队伍的前行之外，还有别的事要做。他在窥伺着队伍的末尾。

费尔南惊慌起来，一下子掉转身体，开始奔跑起来。

拉乌尔把他伙伴的胳膊拉过来，搁在了自己的肩膀上。

"先别管我了，你到前面去吧。"加布里埃尔说着，大口喘着气。

"没有我，你又能做什么，大傻瓜！"

他们利用了一时间里看守们监视上的松懈，赶紧做了一次短暂的歇脚，终于等来了那位已经有好长一段时间没看到其身影的年轻共产党人，只见他的模样前所未有地显现出如鬼灵一般的虚幻，简直就是被两个状态比他也好不到哪里去的难友架着一路拖过来的。

就在这一刻，所有人都看到了，身材高大的郝思勒上尉冲到他们跟前，比以往任何时候都更威武，身边带着一小队沉着冷静的越南兵，还有那个下士长伯尔尼埃。

"您，"上尉对伯尔尼埃说，"您就留在这里，严厉看住他们！"

下士长立即挺直腰杆，表现出为能够执行这一特殊任务而感到十分自豪，他握紧了枪杆，露出一脸的凶狠样，瞧了一眼加布里埃尔、拉乌尔，以及那个共产党人。

就在这时候,上尉带着那几个越南兵走向了队伍的末尾,那一小群走得很分散的拖拖拉拉的人。远远的,人们能看到郝思勒上尉高大的身影挺立在公路的中央,双手交叉在背后。越南兵小队已经把那一小拨人集中到了路沟前。

人们听到了高声下达的命令。

啪地响了一枪。

然后又是一枪。

接着,第三枪。

拉乌尔转过身去。他看到,军士长正从二三百米远的另一边奔跑着赶来,一边跑,一边挥手做着动作,还高声喊着什么,但谁都听不明白他在说什么。下士长伯尔尼埃面色苍白。

"站起来!"上尉喊道。

人们没有看到他的来到。原来,他的这道命令是冲着加布里埃尔和年轻的共产党人下的。但是,由于那两个人几乎很难自己站立起来,他便又高喊道:

"你们全都挪一下!"

他怒气冲冲,伸出胳膊朝向那些没有伤病的囚徒。

"你们,都给我让开!"

拉乌尔明白到,现在,一切都已落位,要来结束这场悲剧了。

那边,三个囚犯已经被打死,尸体抛在了路沟中。

这里,也轮到两个带伤的囚犯准备脑袋上挨上一枪了。

费尔南还在一直朝这边奔跑,但气喘得越来越厉害了,他一边跑,一边高喊着:"等一下!等一下!"上尉已经在对下士长伯尔尼埃下达命令了:

"听我说,士兵!给我枪毙这两个人,这是命令,立即执行!"

拉乌尔很慢很慢地伸出了一条胳膊,抓住了加布里埃尔那根拐杖的顶端,把它慢慢地拉向他这边,等他确信已经抓牢了那根拐杖后,就把另一只手放在地上,这能帮他稳稳地站立起来。与此同时,越南兵们早已经赶上前来，死死地盯住了伯尔尼埃，只见他的嘴唇在微微颤动。

现在，费尔南的嗓音传到了所有人的耳畔：

"住手！"

但是，他依然还离得很远，而且，他好像肋骨那里很疼痛，龇牙咧嘴地做出一种鬼脸来，只见他一面用手捂住了肋部，一面慢慢地向前而来。

"瞄准！"上尉高声叫道，掏出了他的手枪。

伯尔尼埃举起了步枪，但是他在颤抖，他的目光模糊了……他终于瞄准了加布里埃尔的脑袋，加布里埃尔也在颤抖，他正想说什么话呢，他的两腿已经是一片水湿，他瞧着伯尔尼埃那瞄向了他的黑洞洞的枪口，像是刚刚从一场噩梦中惊醒。

与此同时，拉乌尔牢牢地抓着那块车挡板做成的拐杖，估算着上尉、下士长以及那些越南兵与他之间的距离。

费尔南终于赶到了，早已喘得上气不接下气。

"住手！"他再次喊道。

"开火！"上尉高声叫喊。

但是，下士长伯尔尼埃早已放下了手中的枪，枪口现在正冲着地上，他低下了脑袋，热泪盈眶，此情此景，就好像马上要死去的人不是别人，而是他自己。

这时候，上尉举起了胳膊，瞄准了年轻的共产党人，开了一枪，那小伙子的脑袋猛地向后一晃。上尉的胳膊始终高高举着，他随后就转向了加布里埃尔。

场景凝定不动了，所有人的脸全都抬了起来，一时间里，上尉也愣住了，手枪依然还对着目标。

离这里不到一公里，不偏不倚地就在公路的延长线上，一个德国空军中队的飞机朝着大地俯冲而来。

越南兵赶紧跑去，跳进了路边的深沟中。伯尔尼埃卧倒在地。

说时迟，那时快，拉乌尔猛地一下子跳起来，一拐杖撂过去，就狠狠地打在了郝思勒上尉的小腿上,上尉应声倒下,拉乌尔一步冲到费尔南跟前,费尔南也一样俯卧躺倒在地。这时候,拉乌尔已经双膝跪下,把加布里埃尔拦腰抓住,然后站起来,把他的战友架在肩膀上,开始奔跑起来……

上尉大吃一惊,伯尔尼埃则僵硬得像一颗卵石似的,那些越南兵全都双手抱住了脑袋,待在一旁。

就在德国空军的飞机从头顶上飞过的那一刻,费尔南掏出了他的手枪,瞄准了拉乌尔的脊背,只见他还没有跑出十米之远。

他连开了两枪。

43

奶牛转过了脑袋来,很响亮地叫了一声:"哞……"
"轻一点儿!"

露易丝轻声地叫了出来。伴随着叫喊声,她还用手做了一个动作。少年也做了一个手势,表示他已经明白。露易丝转身朝向另一个少年,用一个动作示意他从右侧包抄上去。

她转过身来。那边,在路沟前,是那个当父亲的,他双臂交叉着,悠闲地瞧着这一场景,带着一种明显的欲望,打算见风使舵地走着瞧。手拿着绳子的,是那个大一点儿的少年。而露易丝心里很明白,假如奶牛决定来一点别的动作的话,那么这根绳子就将会毫无用处。

随着露易丝做出第二个动作,三个人全都慢慢地向前凑近。
"乖乖的,我的美人儿,"露易丝说道,"你可一定得乖乖的。"
奶牛点了点头,但是并没有动弹。

整整一夜,它都在田野中哞哞地叫个不停,那是在公路的另一侧,正是这奶牛的叫声让露易丝产生了一个想法。

"它应该是丢失了自己的小牛崽,"她这样对两个少年郎解释说,"它的奶水胀得它乳房疼,而恰好,这奶水……"

她一直就抱着那个小女婴,女婴从天刚蒙蒙发亮之际醒来后,就始终哭哭啼啼的,没完没了。那两个小男孩也跟斗牛士一样,一左一右,一前一后地呼应起了她的啼哭,仗着他俩的肺活量比她要大得多,准备哭他个天昏地暗的。其实真的没有必要。这不是,她现在都来捉奶牛来了。那奶牛一动也不动,他们慢慢地来到了它的跟前。

"来吧,我的美人儿,"露易丝说,"来吧……"

她朝两个小少年使了个眼色,他们跟她一起来到了奶牛的跟前,被这畜生的高大健壮所惊讶。他们没做别的,只是一个劲儿地用手指头柔和地拍打着它的肚子。

公路边上,当父亲的始终交叉着胳膊站立着,短短一瞬间里,露易丝不由得想起了儒勒先生,他也常常像这个男人一样,摆出这样一副姿势,甚至在面对顾客时也会那样交叉着胳膊。

她把铁锅放在地上,蹲下身子,脸正好冲着奶牛的乳房,这又胖又大,拥有惊人体积的乳房。她伸出手来,一把抓住了一个肿胀得略略有些发烫的乳头,那奶牛神经质地弯曲起了一个后蹄子,让所有人的心中一阵惊跳。露易丝手上加了一点点力气,那么一挤,却什么都没有挤出来。她接着再开始挤,劲儿又使得稍稍大了一些,还是没有任何效果。她一下子就不知道该如何办才好了。奶水明明就在乳房里,可她就是不知道怎么把它给挤出来。

"奶还是不出来吗?"那个年长一点的少年问道。

他也来试了试手气。奶牛又一次甩了甩尾巴,鞭打着空气,突然就打到了他们的脸上,但它的身子既没有朝前拱,也没有向后退,它似乎感觉到,自己这样就可以摆脱一下子了。露易丝继续尝试了一阵,挤呀,压呀,但还是不见任何效果。三个人不禁面面相觑了一会儿,无能为力,有点儿丧气。露易丝不愿意就此自认失败,她心里坚信,应该会有一个解决办法的。

"行了,你们都让开一下吧……"

说话的原来是那个父亲。他迈着不偏不倚的步子,走上前来,手里还做着动作,那意思分明是在告诉他们,他对这几个人的笨拙早就感到有些恼火,对自己被排除在劳役之外也早已有些不耐烦了,而且,他对自己不得不过来插上一手,从事这样一种平淡无奇的任务根本就不屑一顾,他无非就是上来重操一下旧业罢了，要知道，他早年就是农庄中的一个棒小伙呢。

他屈膝跪下，面冲着奶牛的乳房，把铁锅卡在两块泥土的中间，伸出两只手，每一只手各捏住了一个奶头，每挤一下，都有细细的一股乳液滋出来，它滋得是那么有力，甚至都溅到了草地上。然后，人们便听到乳液滋在锅里的当啷当啷响，不一会儿，白花花的液体很快就充满了铁锅。奶牛很慢很慢地摇晃起了脑袋。

"你，"父亲对自己的儿子说，"快去给我找一个更大的家伙来，赶紧的！"

他并没有瞧露易丝一眼，但听到她在一边喃喃低语道：

"谢谢……"

他没有回答，飞溅的牛奶在铁锅里激起了很多泡沫，那当儿子的回来时带来了一个桶，露易丝看到它并不是很干净，但她什么都没有说，无论如何，总算有东西来喂那三个孩子一整天了，兴许还能挺上更长时间呢，假如这奶不会很快变馊的话……

他们吃空了几个瓶子中的水果泥，然后，她往瓶子里灌上奶。婴儿吃了一个饱，打了个奶嗝，然后就睡觉了，一丝苍白的微笑挂在嘴唇上。双胞胎喝奶直喝得嘴唇上面全变成了白色，露易丝赶紧拿过一块说不上干净的抹布来，给他们擦了擦。

"加油。"那个做母亲的说。

"谢谢，"露易丝回答道，"您也加油。"

两个少年郎喉咙紧得发涩，看着露易丝像一道蜃景那样越走越远。

所有人都说必须继续往前走，一直走到卢瓦尔河畔圣雷米。关于这一目的地的传言也是尘嚣甚上，一会儿有消息说，那里去了不少的逃难者，城里头能找到食品，有组织机构在运作，一会儿又有消息说，德国佬已经进了城，烧杀抢掠无恶不作，甚至还当着丈夫的面强奸妇女，然后还把她们的脑袋砍下来。但是，这样的传言跟他们刚从巴黎出发的时候如出一辙，要知道，有些人甚至在三四天之前就已经出发了，有的都已经出发了有五天了，而谣传本身，传着传着就自己疲沓了下来，让人们听得耳朵都起了茧，不再害怕了。

露易丝好几次停下脚步来，试图让小孩子也走上一段路，让他们也练习练习，也让他们稍稍感觉一点疲劳，这样，就能让他们再次入睡，也能让她自己走得更稳当。

她所拥有的不多的食物慢慢地都消耗殆尽了，水也快喝光了，牛奶在上午就已开始变质，无法再喝了，而且，她还需要一些干净的尿布来给孩子们替换，除了这一切，还有她的腿脚问题，她的那两条腿实在是酸疼得要命，她真愿意付出十年生命的代价，来让这一场噩梦彻底消停。为孩子们找到一处庇护所，那才是当务之急，才是萦绕在她脑际的一个顽念。必须把这几个孩子委托给一个能照顾好他们的人。

当她走过路边那块标志有"卢瓦尔河畔圣雷米"字样的告示牌时，小婴儿突然开始了腹泻。

这座城市被逃难者的人流给生生地挤垮了，市政厅被攻占，婚庆专用的大厅接待了拖家带口的人们，而消防队兵营的院子也是一样，同样的情况也发生在三所市立学校中，市政厅的附属建筑中，以及约瑟夫-梅林广场上；圣伊波利特教堂前的广场变得像是一个吉卜赛人的宿营地；而红十字会则在中学的门前搭建起了一个大帐篷，从早到晚地为难民们施舍菜汤，在那里，救援人员一直到前一天还是忙忙碌碌的，但是，眼下，那里已经不再有任何东西可分发了，因为人们苦苦等待的食品迟迟没有到达。无论如何，这是四方聚集的会合点，是人们生活的中心，是谣言流传的十字路口，露易丝急匆匆地赶往那里。

城市让你突然陷入了另外一个年代中，那是一个野蛮的年代，如果把手推车放在随便一个什么地方，你就再也找不回来了，只要把孩子随手放在地上，他会立即消失得无影无踪。"我的小婴儿病了……"她这么说着，一路赶往红十字会。"瞧您说的，所有人全都有一个孩子得病的，您这可不是什么理由啊！"一个女人回答道，而这辆小推车搁在这里还真有点儿碍事啊，"拜托了，您可别压到我的脚啊！"另一个女人则这样嚷嚷道，露易丝只得连连道歉。人们匆匆赶到志愿人员的工作台前，可那里早已经人满为患了，人们问他们，生活用品什么时候才能运来，但是谁都回答不出一个究竟，这真的是一场人山人海的喧嚣，简直没完没了，所有人都满怀着希望赶往这里，然后万般失望地离开，但是，你还是得再回来，再来探听，一切全都短缺，药品、干净的内衣、做汤用的蔬菜，一切一切。

露易丝什么都没有得到，小婴儿又哭又闹，两个小男孩也是又哭又闹，实在叫人绝望，而伴随着这一切的，还有止不住的腹泻，那头母牛的奶，兴许是太浓稠了吧……

该把捡到的孩子交给谁呢？

给市政府吧，有人这样对她说，但是那里没有任何人，无法证实这一点。给红十字会吧，有人冒昧地建议道，但是，她才刚刚从那里转回来，人们对她说，眼下根本没有这一可能，兴许，那里的人会在两天或三天之后接收孩子，但目前，根本没有地方可以提供膳食住宿，甚至连志愿人员都还短缺着呢，婴儿的身上已经散发出可怕的臭味来了，露易丝双手沾满了稀屎，小臂上也全是。

她四处寻找着水源，只见泉水那边排着长队，但排队的人都让她上前来，而且在她经过时还躲闪了开，因为她实在是一副脏兮兮的狼狈样。小婴儿似乎都快不行了。露易丝咬紧了牙关，在那里把孩子洗干净，她恨不得自己有三头六臂，"我都觉得自己的胳膊已经不再是我自己的了，"她这么说着，"你真不知道人们可以把捡来的孩子送到哪里去……"

必须立即照料好这婴儿，迫在眉睫。她的绝望变成了愤怒。

人们看到，她突然把手推车推到了广场上那家咖啡店的橱窗前，把那两个大一点的孩子留在了那里，爱怎么着就怎么着吧，她现在可是全顾不上了。只见她把小婴儿抱在怀中，迈开坚定的步伐，一直走到咖啡店的柜台前，把那一袋米粉放到柜台上，还有三根胡萝卜、一个土豆，那都是她从田里头捡来的。

"我需要为这孩子做菜汤和米糊糊，她病了。"她对店老板说。

咖啡店里有不少人，但是，很难知道，那些消费者都是何许人也，只见他们彼此正在争论着什么，有一些人喝着饮料，另一些人吃着东西，但，所有人都在对城里头流传着的不太多的消息发表着自己的意见。

"挪威人已经投降了……"

"魏刚将军说，形势十分危急……"

"对挪威人来说吗？"

"不，是对我们来说……"

"我可爱的女士啊，我们这里是不做菜汤的。再说，我们也没有食料来做呀。您得去红十字会那里看一看……"

店老板是一个面色红润的男子，长了个酒糟鼻子，头发很稀，满口的黄牙。露易丝抬起胳膊，把正哇哇啼哭的婴儿放到了柜台上。

"假如不喂她东西吃，再过上几个钟头，这孩子就要死了。"

"哎呀呀，可是……这话也不应该冲着我来说啊！"

"我就冲着您说这话了，因为您完全可以救她一命的。我只需要煤气和水，再不需要别的什么了，我这样的要求难道过分吗？"

"可是，可是，这个……"

他说着说着就喘不上气，瞧他这胆量。

"我就把她留在您的柜台上，直到她死去吧。也好让所有人都看到她是怎样死掉的……来吧！"

众人全都不说话了，整个店里头鸦雀无声。

"来吧，你们都过来看看吧，这小婴儿就要死了……"

一阵寂静掠过整个空间，似乎有一种不安的良心像一条蛇那样在这个

387

小家伙的身边滑过，只见她痛苦地扭动着身子，稀屎的臭味充满了整个咖啡馆。

"好了……这可是属于特殊情况啊，嗯！"

一个女人来到了。看不太出来她到底有多大年纪，只能说是三十岁到五十岁之间吧，反正说不清楚。

"来吧，我来帮您看着这小子。"

"这是个小女孩。"露易丝说。

"她叫什么名字？"

出现了一阵空白。

"玛德莱娜。"

女人微微一笑。

"这名字很好听，玛德莱娜……"

露易丝为男孩子们准备着胡萝卜土豆汤的同时，也小心翼翼地为小婴儿热着米糊糊，拿开水把米粉沏开，调匀了，她一边干着这一切，一边在心里问着自己，玛德莱娜这个名字是如何来到她的脑子里，然后又从她的嘴里进出来的，她百思不得其解。

44

在八个透着光留着空隙的木板条箱子中，装了十二只母鸡，同样数量的童子鸡，外加三只火鸡、五只鸭子，以及两只大鹅，叫起来可真是一片咯嗒咯嗒，叽叽喳喳，咕嘟咕嘟。这些小生命全都从木板缝里伸出脑袋来，仿佛迫不及待要让人割下脑袋似的。不过，这些家禽都还算好对付的呢，难伺候的就数那头小牛崽了。它只系了一条绳子在脖子上，绳子另一端拴在了一块车挡板上，在车斗中滑来滑去的。天主之卡车开得倒是并不太快。但每逢一个拐弯处，那小牛还是会站不稳，脚下打滑，身子撞在车沿的挡板上，几乎就要摔出车斗外去了。

"请告诉我，我的神父，"塞茜尔嬷嬷问道，"您打算拿这些畜生做什么用呢？"

"瞧您这问题问的，我亲爱的嬷嬷，当然是吃啦！"

"我想，在星期五，人们应该斋戒吧。"塞茜尔嬷嬷说。

"我的嬷嬷，"戴西雷神父以一种恳求的嗓音回答说，"我们这里五天里头倒是有四天在斋戒呢！仁慈的天主全都知道……"

比利时人菲利普不停地转过身去瞧，以证实那畜生还保持着平衡。修女则还在一个劲儿地坚持问道：

"那么，您打算自己动手来杀它们吗，我的神父？"

戴西雷神父赶紧画了个十字："耶稣，玛利亚，约瑟。"

"当然不会啦！愿天主让我免去一种如此的考验吧！"

说着话，两个人全都转过身来，朝向那头漂亮的小牛崽，只见它耳朵支棱得大大的，目光柔和，鼻孔湿润……

"我得跟您说实话，我的嬷嬷，我们的情况很糟糕，事情很难办。"

"还是得有一个屠夫……"比利时人菲利普脱口说，嗓门特别尖厉，把听的人全都吓了一跳。

"在你们的教徒当中，是不是有一个屠夫呢，我的神父？"塞茜尔嬷嬷问道，"天主应该会派一个来解你们的燃眉之急的，不是的吗？"

他没有回答，只是耸耸肩膀，摊开双手，表示他只能信赖救世主了。

这头小牛崽的来到，让天主之卡车在贝罗礼拜堂赢得了人们的一场隆重欢迎。人们卸下了那些家禽，人们把小牛拴在了墓地边上的草场中，人们烧开了水，准备来烫鸡烫鸭拔毛。

"他是不是真的太能干了？"爱丽丝问塞茜尔嬷嬷。

她们俩全都瞧着戴西雷神父在那里忙活，一边把大鹅往围栏中赶，一边还逗着围在他身边看热闹的孩子们笑。

"是的，太能干了，毋庸置疑。"塞茜尔回答道。

两个女人一起来到耳堂的隐蔽角落，在那里，爱丽丝拉扯起几块床单，充当隔断，她把那几个她认为病得最厉害的人隔离在里头。他们精疲力竭，营养不良，缺少良好的卫生条件，伤口还没有结疤……

在为一个静脉曲张性溃疡病人的灼烂部位换敷料纱布的时候（"病人应该多吃点肉食，蛋白质的提供将有利于治愈……"），修女注意到了爱丽丝手指上戴着的戒指。

"您结婚了？"

"结婚已经二十年了……"

"他是穿军装的吗？"

"已经三十年了。他是机动卫队的。"

爱丽丝赶紧低下了脑袋，因为感受到内心的一阵突然激动。一时间里，两个人不免都有些尴尬。

"我得不到他的任何消息，您明白吗，我的嬷嬷。他留在了巴黎，我也不知道是怎么回事，他应该前来找我的，但是……"

她在她的衣兜里掏了掏，掏出来她的手帕，擦了擦眼睛，显出一副表示抱歉的表情。

"我不知道，他现在的情况如何……"

她强装出一丝微笑来。

"我每天都跟戴西雷神父一起祈祷，希望我的费尔南能早早过来。"

塞茜尔嬷嬷轻轻地拍了拍她的手。

在给病人做了护理照料之后，修女便让爱丽丝陪同她一起去找戴西雷神父。

"您这里有三个病例情况很严重，必须住院治疗。"

说完这话，又转身朝向爱丽丝说：

"这种静脉曲张性溃疡很有可能转变为严重的坏疽。还有，您让我看的那个少年表现出了典型的症状，令我马上联想到一种糖尿病的并发症，但是在这里，我因为缺少条件，无法为你们作出确诊。至于那个中年男子的病，假如你们能向我证实，好几天以来他的大便就已经带血的话，那么，我担心他会有一种肠胃方面的问题，而且，已经到了一种相当严重的程度……"

爱丽丝激动得身子有些颤抖，她感觉自己有罪。戴西雷神父一把把她搂在了怀里。

"我的孩子，这里头根本就没有您的错，在我们这样要什么没有什么的条件下，您已经尽了您的全部力量！我不得不说，这些人眼下都还能活在世界上，就已经是一个奇迹了！我们这里一个人也没死，完全就是靠了您才有的奇迹啊！"

塞茜尔嬷嬷想让自己表现得更讲究实效，便补充说：

"在蒙塔日医院那边，早已经没有床位了。另外，那里也没有别的医院。"

"啊,"戴西雷说,"我们将需要天主来帮助我们!但是,在等待接受他即将来到的援助期间,我们兴许还能够尽我们的绵薄之力做点儿什么,您对此是怎么看的呢?"

他要求比利时人菲利普准备好卡车,在即将要出发的时候,他总是会这样做,他一心想操纵好这辆卡车,就仿佛要把它像套马车那样套好。趁此机会,修女拉起了爱丽丝的胳膊,悄悄地把她拉到一旁僻静的地方。

"您的工作做得实在是太出色了,爱丽丝,棒极了,这可不是一件容易做到的事啊……"

在这个句子中的什么地方,隐藏了一种言下之意,让爱丽丝感觉到有些含含糊糊的味道。因此,她也不急于马上回答。

"但是,您瞧瞧,我们实在无法给出更多的了……"

这是不是意味着,他们要把所有那些人抛弃在目前那种状态之中?是不是意味着要放弃?爱丽丝隐约表示了同意,她认为对话已经结束,便走了一步,但是塞茜尔嬷嬷一把拉住了她。修女紧紧地抓住了她的胳膊,然后,她的手往下滑到了她的手腕处,她的另一只手抬起来,伸向了她的脸,她的大拇指就摁在了她的眼睛底下……

"实际上,这里并不是只有三个病人,而是有四个……而且还很危急。爱丽丝,您是不是有健康方面的问题啊?"

她一边说着这些话,一边把着她的脉搏,还摸着她的喉咙,谈话已经不再是谈话,而是转向了一种临床检查。爱丽丝试图从这一状态下挣脱出来。

"不要乱动。"塞茜尔嬷嬷用一种坚定的嗓音说道。

她没有经过允许,就把一只手摁在了爱丽丝的胸前,靠近心脏的位置上。

"您还没有回答我的问题呢,您的健康状态怎么样?"

"我有过一些担心,但是……"

"心脏病方面的?"

爱丽丝静静地点了点头,表示了肯定。修女冲她微微一笑。

"现在，您最好还是乖乖地休息。由于医院现在没有床位，戴西雷是否能给您找到一个解决办法，我表示怀疑，但是……"

"哦，"爱丽丝打断了她的话，"他会找到办法的，您就放心好了，他一定会找到办法的。"

在她的嗓音中，有着一种坚定的信念，让修女听了为之震撼。

"塞茜尔嬷嬷！"修士已经在那边叫她了，他正站在卡车驾驶舱边的踏脚板上，满脸堆着微笑，车子马上就要开出礼拜堂了。"我们将面临着命运的挑战。我们将会一路祈祷，愿救世主赐给我们他的援助，为了祈求他的援手，我们两个人并不算太多，我相信……"

不到一个小时之后，天主之卡车就驶入了蒙西埃纳的军营，正好赶上法军第29步兵师的好几支部队进入那里宿营，也就是人们曾经见到过的从西普里安·普万雷家农庄附近路过的那些部队。

天主之卡车的突然闯入引起了人们的惊异。已经接到上头撤退命令的士兵们，此时此刻有了一种近乎于降半旗志哀的悲伤心境，因为停火的传闻已经像老鼠那样满处奔走，突然间，看到这样一个巨大的十字架，这样一个痛苦的耶稣，在一片裹着白色烟雾的锦绣饰带之中，随卡车进入军营，还有耶稣脚下的一个身穿黑色长袍的修士，高举起双臂，朝着苍天召唤着救援，看到眼前的这一切，人们还是像没头苍蝇一样，彻底地乱了套。

紧接着是一阵沉默，不少人连连画着十字，伯塞弗伊上校从走出屋子，来到院子里。

年轻的修女从驾驶舱中出来，一下让所有人的喉头发紧，一些人是因为她戴着圆锥形的修女帽，另一些人则是因为，她穿得一身白，就像一个天使那样凌空现身。

戴西雷神父也跟着走向前去。这一对男女如从天降，威风凛凛。

"我的神父，请问您有何贵干？"上校问道，这是一个脸长得四四方方像个盒子一样的男人,一双眼睛闪着明亮的光,一脸的络腮胡子,下巴上的白色胡须很浓很密,上嘴唇上的小胡子则是棕红色的,几乎有些偏向橘红色。

"我的孩子……"

从对方跟他打招呼时表现出来的那种恭恭敬敬,甚至是毕恭毕敬的方式上,戴西雷明白到,这位上校是一个信徒。

"我很愿意相信,是天主把我派给了您……"

他们前往上校的临时办公室交谈去了。

在院子里,士兵们开始一边抽烟,一边瞧着那位修女,只见她乖乖地待在卡车边上等着,而那位比利时人菲利普,则始终留在方向盘前没有下车,仿佛生怕有人会过来偷他的方向盘似的。一个士兵夯着胆子走上前来。塞茜尔嬷嬷立即就成了所有人注意力聚焦的中心,有人提议请她喝一杯咖啡,她终于微微一笑,兴许还是喝水吧,有水吗?她谢绝了。

"但是,假如您能匀给我们几袋咖啡、白糖和面包干,我将很乐意接受……"

与此同时,戴西雷神父和伯塞弗伊上校也透过窗户,瞧着正在院子里的他们此番谈话的对象:那是一辆带有大大的红十字会标志的载重卡车,它是野战医院的有机组成部分……

"这是不可能的,我的神父,您应该很明白的……"

"我的孩子,我能不能问您一个问题呢?"

上校安静地等待着。

"广播电台早在几个小时之前就宣布了消息。巴黎已经被德国军队占领。眼下,第三帝国的旗帜似乎正在埃菲尔铁塔上面高高地飘扬呢。依您看来,还要等多长时间,法国政府就会向敌人投降呢?"

这种表达方式也实在太伤人了。要求实现停火,那就是建议和平。而向敌人投降,那就是接受失败。

"我实在是不理解……"

"我来给您解释,我的孩子。在这里,您有多少个伤员?"

"这个嘛……眼下……"

"一个都没有,您这里一个都没有。而在我的礼拜堂里,明天就将死去十来个人,而后天,还会有另外十来个人要死去。您会怎么对您的上级说,我都无所谓,要紧的是,当您来到救世主的面前时,您该如何对他说。您能不能够毫不在意地对他说,您更愿意服从您的上级,而不是听从您的良心?您还记得这句话吗:以色列的子孙们对永恒的神说:'请为我们指明路途,我们将沿着它前进。请告诉我们哪儿是通道,我们将借它为自己要行的路……'[1]"

这位如今的上校,在前往圣西尔军校[2]大显身手之前,曾经在修道院里修过道。但是,即便他绞尽脑汁地回忆,还是想不起来这一句诗文究竟出自哪一篇《圣经》……

戴西雷神父已经紧接着说了下去:

"假如真的有需要的话,用不了两个钟头,这辆汽车就可以重新回到您这里。那时,有谁会觉得被冒犯?而对我们来说,我的孩子……'人的心在哪里奉献出信仰,神的手就会放到哪里。'[3]"

很明显,上校的回忆走得比他自己认为的还更远,因为,这一行诗文同样并没有让他联想到什么神圣的经文。

戴西雷对他自己的发现并不觉得有什么不满。啊,他真的是太喜爱干这样的活儿啦!即兴创作一些诗文,就如同是在重新撰写《圣经》。

终于,那辆救护用大卡车来了一个回转,跟上了天主之卡车。当它们从上校的跟前驶过的时候,上校画了一个十字。车子带走了一些药品,一些纱布绷带,一些器具,还有一位军医,他将负责在最多四十八小时之后就把所有一切送还回来。

---

1 《圣经》中并没有这句话,显然又是戴西雷这个人物虚构的。
2 圣西尔军校(Saint-Cyr)是法国最著名的军校。
3 同样,这段话也是由这个人物凭空虚构的,《圣经》中并没有。

在卡车驾驶舱里，塞茜尔嬷嬷转身朝向戴西雷。

"您说话真的是太有说服力啦，我的神父……记得您说过，您是属于哪个教派来着？"

"圣依纳爵。"

"圣依纳爵……这倒是很奇怪啊……"

由于戴西雷神父用好奇的眼光打量着她，她就又补充了一句：

"我是想说，听起来好像不是太有名噢。"

在那年轻女子的嗓音中，戴西雷分明听出了一丝丝的坚定口吻，他便答以一个大大的微笑，那是他所能给予的最诱人的笑容了。

但愿人们都别搞错了，戴西雷可不是一个专门诱惑女人的男人。并不是他缺少引诱的机会，他那多种多样的化身常常能为他吸引来女性们的好感。他的身份变化多端，一会儿是律师，一会儿是外科医生，一会儿是飞行员，一会儿又是小学教师，真的是想做什么人就是什么人，而且很讨女人喜爱。然而，有一个规则他从来就没有违背过：在他工作期间，绝对没有女人。之前，有的；之后，很愿意有；但是在其间，绝不会有。戴西雷是一个职业老手。

不，他之所以对塞茜尔嬷嬷笑得那么灿烂，只是为了赢得时间。不是那一种简单地把问题与回答分隔开的短暂的时间，而是人们——无论男人还是女人——都会慷慨给予那些诱惑了我们的人的时间。这类人的魅力一时会暂缓我们的怀疑，使我们把理性的检查推迟到后面，而我们本来是会趁机利用瞬间的愉悦感来怀疑这一理性的。

因为塞茜尔嬷嬷的那些语调分明并不属于嘲笑之类。它们在戴西雷的心底唤醒了一种警觉，他辨别得清清楚楚，绝对没错。现在，已经有人怀疑到他的真实身份了。

实际上，毫无例外地，这一预兆或迟或早都会导致他不得不溜之大吉，他对这样的结局也早就习以为常了，但是，一个问题在深深地困扰着他。为什么这一次会这么早就被人识破真身，他们才刚刚认识不到一天呢。

45

拉乌尔背着他钻进了树林，走上了一百来米，然后才把他放在地上，自己早已是上气不接下气了。

"真他妈的臭狗屎，这些混账王八蛋，到底有没有个完了，嗯？"

他实在有些喘不过气来，瞧了瞧四周，一副连自己都不愿意相信的样子，然后又把加布里埃尔架起来。

"不能在这里拖延下去，来吧，赶紧上路。"

加布里埃尔一直处在一连串的打击所带来的震惊中，上尉的那把手枪一直死死地瞄着他，年轻的共产党人的脑袋上不停地挨着子弹，枪响的声音始终震荡在他的耳畔，他为此而感到恶心，他的腿在战栗，无法承受他全身的重量，他眼看着就要倒下，再也无法动弹了，只能等着被他们找到，被他们杀死。

实际上，德国的空军中队并没有朝地面扫射。兴许，那是一些侦察机，但它们为什么要这样冲着地面上的人群俯冲呢？为了吓唬吓唬逃难的人群吗？这也有可能。关于这场战争，人们真的不知道它到底想要干什么。

他们兴许已经在树林中跑了三百米的路，一条公路远远地出现在了小树丛的后面，隐约能够瞥见。这时候，加布里埃尔突然意识到，那正是他们来的时候走的那条路。

他们原来已经走了一段回头路！

稍稍更远一些的地方，多尔热维尔的尸体就躺在路沟中，应该开始腐烂了，小共产党人的尸体也应该僵硬了，兴许还有别人的尸体。

"来吧，从这里走，我的中士长，你来爬到那上面去。"

这是一辆搬家用的汽车，就停在路边上，篷布上写有一个意大利语的姓名，不久之前，他们曾经路过它，记得当时，上尉举着手枪，带着他的越南兵，突然出现在他们的面前，而军士长则气喘吁吁地要求他们停下。

"他们不太可能回到这里，你明白的。"拉乌尔一边解释说，一边把加布里埃尔推到了车斗上，"他们不会想到这一点的。他们会在前面找我们，在逃跑的线路上，卢瓦尔河的那个方向，绝不会向后回来找的。"

加布里埃尔身子蜷缩成一团，他实在是太想美美地睡上一觉了，拉乌尔则通过篷布的一个小洞，监视着公路。

"睡吧，我的伙计，"他说着，却并没有转过身子来，"这会让你感觉好点儿的。"

一阵倦意顿时袭来，加布里埃尔马上就沉沉入睡了。

他回想到，早上的时候，他曾醒来过，然后，就仿佛那一番打击还没完全过去，加布里埃尔又一次昏昏沉沉地入睡了。

现在，只剩下了他独自一人。

他成功地滚到了一边，并爬向雨布那里。汽车就停在公路的侧边，可以看得见，这条路懒洋洋地蜿蜒伸展在上午的阳光底下，步行者的人流稍稍有些枯竭下来。人流的密度反映了所谓的偶然性法则，它将人群排列成一串又一串。你的眼前本来有好几百人，然后，几个小时内都几乎看不到人，再到后面，人流则再度出现。加布里埃尔明显注意到一些骑自行车的人，车上驮着大包小包，因为汽油的短缺，几乎看不到有机动车在路上行驶。

突然，加布里埃尔身子紧紧地贴在了汽车的底板上。一长列军车纵队经过了这里，是法国军队，他们还有燃料。他们跟逃难者一样，好像也在沿着卢瓦尔河行驶。他们要去哪里呢？这时候，他回想起来了："留在这里别动，"拉乌尔当时对他说过，"我去转上他一圈。"我的老天啊……他们差点儿被人打死在一条公路的边上。在他们逃跑并冒犯了上尉之后，假如再一次被抓住的话，那他们就只有挨枪子的份儿了，而现在，拉乌尔居然还说要出去"转上他一圈"，就仿佛他们是在一座陌生城市的一家旅馆里订了一个房间，而兰德拉德现在只是急于出去观光一下，闲逛一圈。军车的车队震得公路微微颤抖。"假如拉乌尔被人捉住的话，那我又会怎么样呢？"加布里埃尔问着自己，一想到可能会发生这样糟糕的情况，他实在恨不得扇自己几个耳光。兰德拉德已经救了他的命，而他现在则为自己担心起来了……

这一阵踌躇不安，持续的时间并不比军用车队驶过的时间更长，这一条盲目而又勤劳的毛毛虫经过之后，身后留下的是一段可怕的空无，就像是一片荒漠。加布里埃尔瞧了瞧自己的身边。他所待着的那辆卡车不算太大。一个亨利二世时代风格的食品柜被紧紧地绑在挡板旁边，占据了车上最基本的空间，竟然有人会带着这样的家具逃难……车斗的地板上，散乱地堆着几个麻布面的包包，都被划开了口子，还有几个砸碎了的木头箱子，一堆麦秸，看来，这里已经被人抢劫过一番了。

加布里埃尔感觉自己的那条伤腿有些麻木，但是，裹在伤口上的那些布条并没有血迹渗出的痕迹。他开始动手解开绷带，想好好地检查一下伤口。他发现，它有些化脓了。

这让他有些害怕。正在这个时候，加布里埃尔突然听到耳边传来一个嗓音，便赶紧把身子贴在了食品柜上。定睛一看，原来是拉乌尔回来了。

"整整一只兔子啊，真是好运气，嗯！"

他的脑袋从篷布那里探了过来。

"我说，我的中士长，怎么样，你的情况还好吧？"

但他根本没有给对方留出时间回答，这句话刚说完，他就已经转身朝向了公路，重复道：

"该死的臭狗屎！整整一只兔子啊，这可不是闹着玩的！"

这一兔子的形象唤醒了加布里埃尔的饥饿感。他已经有多长时间没有吃东西了？这一下，可有的是机会好好地填饱一下肚子了。但是兔子……

"我们该怎么做，才能把它给煮熟呢？"他问道。

拉乌尔的脸又露了一下，好惬意的一副样子。

"没必要担心这个了，已经不再有什么兔子啦，我的老伙计！它已经把一整只兔子都吃掉了！"

加布里埃尔朝卡车外边俯下身来。

"我给你介绍一下，这是米歇尔。"兰德拉德说。

原来是一条体形巨大的狗，一身灰色的毛，条纹清晰，胸口处有一片白色的斑点，一个黑色的大鼻子，一条粉红色的舌头，耷拉下来足足有三十厘米长……瞧它的个头，估计体重应该有整整七十公斤。

"就这样，我跟米歇尔交上了朋友。我找到了一只兔子，送给它吃了。现在，它和我之间，就算是生死之交了。对不对，米歇尔？"

"但是，那只兔子，"加布里埃尔怯生生地反驳道，"我们本来可以试着煮来吃啊……"

"那是当然，我知道，但只要是做了好事情，总会得到好报的。瞧瞧，证据就在眼前，你猜猜，它为你带回来什么好东西了呢。"

加布里埃尔不得不把脑袋伸出卡车的外，看到了一个很大的木头箱子，箱子底下安装有四个铁轮子，箱子上还有蓝色字母写成的广告语"我的香皂，这是我的沐丝纷香皂"[1]。当他发现，拉乌尔用一根细绳套住了米歇尔的前胸部位时，一切就都变得清清楚楚了。

"假如男爵先生愿意屈尊……"

就这样，加布里埃尔钻进了这只肥皂箱子里待着，米歇尔则乖乖地拉着箱子，跟随在拉乌尔·兰德拉德后面走，而走在前头的拉乌尔则高声地歌唱着：

---

[1] 这里有文字游戏，法语的原文是"Mon savon, c'est Monsavon"。"沐丝纷"（Monsavon）是当时的一个香皂名牌。

"我们将战胜他们！我们将获得胜利，因为我们是最强大的！"[1]

这狗，应该是卡斯罗犬[2]跟其他什么品种进行杂交后产生的某种奇特结果，它具有一种罕见的力量，另外还具有能忍受一切考验的温和性格，它这会儿正轻轻松松地牵拉着这辆小推车呢。当兰德拉德停止唱歌时，一路上陪伴着他们的就只剩下肥皂箱的铁轮子在路面上滚动时发出的尖厉的、令人烦躁的噪声，听得人心里直发颤。

拉乌尔早已利用早上的那次出行，进行了辨向与定位。

"卢瓦尔河畔圣雷米是在那边，大约有十二公里远，"他解释说，"但是，从那边走，我们就有可能被人家认出来。最好的办法，是避开圣雷米，一直走到维尔纳夫。到了那里后，我们也就平安无事了。同时，我们还能找到治疗你的腿所需要的一切。"

拉乌尔的计划，是要向南走。他们是两个逃兵，此外，还犯有所谓抢劫的罪，无疑，他们处在被追查的状态中。另外，他们还是中途偷跑掉的在逃囚犯。因此必须小心翼翼地行动，尽可能地避免走人多车多的大路，避免经过带有关卡的桥梁。向南走一段之后，他们就可以考虑重新向东拐，尝试着穿越卢瓦尔河，从那里再走向维尔纳夫，然后，依据当时的情况，再走着瞧。

从第一次途中休息起，他们俩就明白到，这一看似精明的战略计划很快就露出了好多处破绽来。米歇尔需要喝水，喝很多很多的水，他们还猜想，它必定还需要吃很多很多的食物，要不然的话……拉乌尔当时是在村口一户人家那里找见它的，发现它被拴在那家的院子里。那家主人应该逃难去了，但是很怕这狗也会跟着去找他们，就把它留在了家中……他们刚一停下来，米歇尔就把自己的鼻子靠在了拉乌尔的膝盖上。

"这条大狗真的很漂亮，对不对？"

加布里埃尔一下就回忆起了那只马戏团里的小猴子，兰德拉德曾经十分

---

1 "我们将获得胜利，因为我们是最强大的！"这本来是保尔·雷诺1939年九月十日广播讲话中的一句。保尔·雷诺（Paul Reynaud，1878—1966）是法国政治家，曾任总理。见上文中的相关注解。
2 卡斯罗犬（Cane corso），是一种大型犬种，起源于意大利南部，可用于看门、追踪、执法、人员保护等。

喜爱它，但它最终并没有一个好结果。米歇尔的高大个头，使得拉乌尔无法把它扔到一个路沟里完事，但他们实在想象不出来，如今这次新的历险，到头来究竟会有什么样的结果。

他们的路线图迫使他们不得不东绕绕西绕绕地转来转去，而且走的都是乡间小路，为的是避免碰上逃难者的大队人马，跟他们交缠到一起。而那些逃难者，走的都是直通目的地的大路。由于有所忌讳，他们不仅不得不走更长的路，而且在一路上也更难找到吃的东西……更何况，加布里埃尔腿上的伤还需要得到治疗。

"倒是没什么太大的问题，"拉乌尔说，"但是，必须给伤口排脓……"

显然，他们实在是没有条件来做到这一点。

46

露易丝先去停在外面的小推车上寻找孩子。然后,她就在咖啡店里头把孩子们都给喂了。在她做菜汤并熬米糊糊期间替她看管一下孩子的那个女人,把他们安顿在厅堂的最深处。

"哎,那里头的!"老板已经从柜台那边嚷嚷起来,"别放在台球桌上,您会把一切都弄坏的!"

"别放你的狗屁啦,雷蒙……"那女人回答他说,连看都不带看他一眼。

露易丝一直没有弄明白她到底是谁:他的妻子?他的母亲?一个女顾客?一个女邻居?或者,他的情人?

玻璃杯在柜台上的响声,大咖啡壶的嘘嘘声,瓷器与锌皮板相碰时发出的叮当响……这家店的声音响动与儒勒先生的小放荡者餐馆的声音有点儿像。现在,儒勒先生怎么样了?露易丝不能想象他已经死去。她试图说服自己,相信他依然还活着,而绝大多数时间里,她也确实成功地说服了自己。

这最后时刻的一番努力把她给彻底掏空了。她也一样,很长时间没有吃任何东西了。她感觉自己很脏很脏。

女人把她带到了后厨间,那里有一个水龙头,一个洗涤槽。她从一个壁柜里找出两块粗抹布,指了指一块肥皂,接着又说:

"我去关上门。等您洗好了后,您就敲敲门,我会来给您开门的。"

这样一种清洗，简直就像是妓女们在旅馆房间里应该做的那样，奇怪的是，此时此刻，钻入她头脑中的，也恰恰正是这样的一种想法。她匆匆地洗了洗她的内裤，然后就湿漉漉地又穿上了。

在敲门之前，她踮起了脚尖，打开了壁柜的门，抓起几块抹布，把它们塞在自己的上衣底下，深深地吸了一口气，但是，接着，她又把它们给放了回去。

"您还是把它们都拿着吧，"那女人说，"您以后会需要它们的。"

露易丝不在的时候，那女人已经给孩子们换过了尿布。露易丝明白，自己这一下就该走了。那女人几乎已经做了她所能做的一切。

"谢谢，"露易丝说，"您可知道，我能把这些孩子送到哪里去吗？他们都不是我自己的孩子……"

市政厅吗？是的，她已经去过市政厅了。不，红十字会，那是不可能的。那么，兴许去一下省政府吧。女人现在用一种颤颤巍巍、断断续续的嗓音回答着，就仿佛她害怕露易丝会把这三个孩子留在台球桌上，自己溜之大吉。

就这样，露易丝又来到了大街上。

他们给了她两瓶水，一大瓶的米汤，还有几块抹布。那女人还塞给她小小的一块用报纸包好的肥皂。露易丝感觉自己不那么脏了，孩子们也已经换过了尿布，喂饱了肚子。但是，再过几个钟头，这一切还得重新来上一遍。一种可怖的疲劳感攫住了她。想着想着，她突然发现，她并没有把那个小女孩跟两个双胞胎放在一起，而是一直把她抱在自己的怀里，自己实际上只用一只手在推着小推车，而这样做是很艰难的。

在心里，她盘算着她必须得到的物品清单。

她遇上了一个推着一辆带篷童车的女人。

"对不起，请问一下，您有没有富余的尿布，能不能让给我一块呢？"

那女人没有富余的尿布。

在喷泉水池附近，她又问另一个女人：

"您能不能给我一把洗衣粉呢？"

由于她身上连一分钱都没有，她又问别人：

"您能不能给我两个法郎，那边有人在卖苹果，我想……"

不知不觉地，连自己都没有意识到，露易丝就变成了一个乞丐。

她离开了巴黎，为的是寻找一个叫拉乌尔·兰德拉德的人，她本来可以成为她在巴黎火车北站看到过的那种女人，在人群中穿行，手中捏着一张照片，一个人一个人地问。相反，她伸出手去，向那些逃难的人讨要一大块面包、一杯牛奶、一块白砂糖。

悲惨的生活是一个可靠的教师。用不了几个小时，露易丝就学会了怎么依据对方的身份来出口求援，依据对方是个男人还是个女人，是年轻人还是老年人，来合适地掌握自己的用词用语，来决定是装出窘困羞愧的红脸，还是绝望的紧张表情。

"我的小女孩叫玛德莱娜，那么，您的呢？"

说了这一句之后，她就装作若无其事的样子，问道：

"您是不是有一件长袖子的内衣，可以让给我，给这大孩子穿上，即便是两岁孩子穿的，我想也是可以的……"

下午近傍晚时分，她终于获得了一些东西，得以给三个孩子换了一次尿布（她在喷泉水池那里又重新排了一次队），并且给两个大一点的孩子喂了东西吃。她有了一公斤的土豆，三片尿布，几个婴儿别针，一小团一米多的细绳。一个年轻的父亲，背着他的妻子，给了她一件儿童穿的短袖连衫的兜兜裤，当她给双胞胎中的一个穿上时，她才发现它有点儿太大。她还找到了一块雨布，把它卷了卷，铺在了小推车中，下雨时可以用来挡挡雨。到了傍晚的时候，这辆小推车就变得很重很重，推起来很费劲。从女乞丐到女小偷之间的距离并不太远，她觊觎着别人家有篷的儿童车。她长久地装出一副正在等人的样子，密切监视着一个可能会把婴儿车留在人行道上一段时间的母亲，但是，就在即将把这偷窃的意愿付诸行动之际，她突然改变了主意，大踏步地远去了，她很羞愧，并不是为她的偷窃计划而惭愧，而是为自己的怯弱,"我会是一个很糟糕的母亲。"她暗自思忖道,但她继续用左手推着她的小推车,因为她的右手一直抱着那个小女婴,她不断对她说着话,对她唱着摇篮曲,就这样,她行走在大街上,穿着她那波西米亚女人的奇装异服,她的样子实在像是一个女疯子。

白日将尽,她筋疲力尽。

因为,现在她的那副样子就像是一个要饭的女叫花子(这是儒勒先生爱用的一个词:"叫花子"),露易丝实在是很厌恶这个城市。既然没办法为这些孩子找到一个庇护所,她决定干脆离开它,也许在乡村,她会找到更好的机会呢。她是不是应该到省政府去一趟呢,有人是这样建议她的。或者把孩子们留在一个农庄里呢?但是,想起戴纳迪埃一家人[1]的遭遇,让她不寒而栗,她不由得加紧了步子。

她出了城,走上了一条前往维尔纳夫的大路。

小婴儿的腹泻又复发了,她不得不接连不断地给她换尿布,这事儿不能这样持续下去吧,所有的抹布全都用上了,小女孩的肚子都有些肿了,并且不停地啼哭,她真是为之而痛苦不堪。

就是在这一时刻,天下起了雨来。豆大的雨滴噼里啪啦地就打了下来,而且越来越密,天空是一片乌黑,路上少有的汽车经过时,往路边溅起很高的水花,很快地,她的脚就冻僵了。她赶紧拿出了雨布,试图用细绳和别针系牢,撑在孩子们的头上,但是,风一刮,就把它给挂掉了,她眼睁睁地看着它飞起来,拍打着翅膀,在天上旋转着越飞越高,像是一只随风乱舞的风筝。

她抓来她所拥有的一切用来做尿布的东西,尽可能地给小孩子们挡雨,而这几个孩子,一听到和看到电闪雷鸣,就吓得哇哇直哭。

她想抛弃双胞胎。她要返回,把他们放到一座教堂里。既然她是从一

---

[1] 戴纳迪埃(Thénardier)是法国作家维克多·雨果著名长篇小说《悲惨世界》(1862)中的人物。小说中,贫苦女工芳汀把自己的女儿珂赛特委托给他家抚养,但遭到了他的残酷剥削和压迫,可怜的小珂赛特在他家中成了什么活儿都要做的女仆。他还做过很多的坏事,例如在滑铁卢战场上盗尸,对他人大敲竹杠,等等。

个地方把他们给捡来的,那么,假如她把他们留在一个教堂里,也应该会有别的人来把他们捡走的。她哭着,但雨水把一切全都冲刷掉了,她的眼睛、道路、树木,三米之外,人们就什么都看不清楚了。她继续支撑起织物的篷帐,"不要害怕。"她嚷嚷着,一心想用自己的叫喊声盖过隆隆作响的雷声,"是的,"她心里想着,"一定会有人来照顾他们的,跟我不一样的人。"一记电光闪起,霹雳声在她右边的田野中炸响,又引来了三个孩子的号叫。

露易丝瞧了一眼天空,摊开了双手,这就是终结。

在这场大雷雨的刺激下,她变得极度谵妄,在一团团从头顶上翻滚而过的巨大乌云中,她看出了一张张可怕的面容,而在一道道刺目的闪电中,她则看出来一把把利剑与枪矛。当她发现,在乌云深处一阵阵雷声如食人魔的吼叫传来,她的上方有一个巨大的十字架在公路上竖立起来时,她真的相信雷电刚刚已经滚落到了她的身上。但是,这个十字架其实是真实存在的,它就立在一辆大卡车上。

一个男人跳下车子,直朝她扑过来,他的头发被雨水淋得紧紧贴在脸上,他满脸微笑,活像一个天使,这是一个身穿黑色教士袍的年轻男子。

"我的姐妹,"他叫喊道,似乎想盖过隆隆的雷声,"我相信,天主刚刚给您带来了怜悯……"

47

到了晚上，押送囚犯的长途行军终于在圣雷米北部的空军基地宣告结束。

现在，囚犯们全都零零散散地坐在机场的水泥跑道上，根本不分编队。

"他们全都在这里了吗？"郝思勒上尉问道。

"我实在有些担心……"费尔南回答道。

军官的脸色顿时变得苍白。毫无疑问，囚犯们的数量比早上出发时明显要少得多了。

"吹哨点名！"上尉下令道。

士官们纷纷拿出他们那已经皱皱巴巴、破破烂烂的花名册，开始念起了一个个名字，但是，很多名字念出来后，没有人回应，这时候，士官便会在名册上打上记号，同时大声地喊上一声"缺席"。上尉在一边来回踱步，稍稍有些瘸腿，被拉乌尔·兰德拉德打在小腿肚上的那狠命一击留下了严重的后遗症。费尔南负责把各队汇报上来的人数汇总，他把数字一一地记在自己的单子上，并最终算出了结果。

"报告，一共少了四百三十六个人，我的上尉。"

超过三分之一的囚犯溜之大吉了。现在，在公路上，差不多有近五百个逃脱的囚犯在自由自在地游荡，抢劫者、偷窃者、无政府主义者、逃避兵役者，以及另外的一些破坏分子。从指挥部的视角来看，这支军队为加固所谓的第五纵队刚刚增添了一股数量可观的叛徒与间谍的库存力量。

"我的上尉，很多人不在，是因为死了……"

这一信息似乎让上尉的精神为之一振。在一场战争中，一个士兵的缺席，那就是一次失败；而一个士兵的死亡，则是一种胜利。士官们被要求做仔细汇报。他们便仔细计点了死亡人数。记录了处死的原因。

"一共处死了十三个人，我的上尉，"费尔南宣布道，"六个逃跑者被当场击毙。其余七个人是被……"

怎么说呢？

"怎么回事？"上尉鼓励他说下去。

费尔南不知道该怎么说。

"那是一些……"

"一些掉队的人，军士长，那是一些掉队的人！"

"没错，就是这个，我的上尉，一些掉队的人也同样被击毙了。"

"依据命令！"

"是的，依据命令，绝对没错，我的上尉。"

但这里有准备好的食物供应，这一点人们倒是并没有想到。够差不多一千人吃的。在砾石坑兵营，人们全都饿得饥肠辘辘，可现在，分配起来还绰绰有余呢。

"您倒是说说，军士长……"

费尔南转身过来。上尉把他拉到一旁。

"您得给我写一份关于在二十四公里处发生的事情的报告，明白了吗？"

就这样，人们从此便会把他们曾直接参与的那个"事件"叫作"二十四公里处事件"。

"一旦等我空下来，我就写，我的上尉。"

"先给我做一下口头汇报吧，让我看看您到底都会说些什么。"

"这个嘛，我的上尉……"

"不妨先说说,您先说说!"

"好吧。在二十三公里处击毙了三个掉队的人之后,您又在接下来的那一公里路上结果了一个病人,把一颗子弹打在了他的脑袋中。您甚至还准备以同样的方式来对付另一个腿部疼痛的囚犯……"

"他拖着伤腿掉队了!"

"绝对是这样的,我的上尉!而当一个德国空军中队的飞机从公路上空飞过,造成一次佯攻时,一个囚犯突然出其不意地把您撂倒在地,并趁机带上了一名同谋,迅速地逃跑了。"

上尉的嘴张得大大的,两眼死死地盯住了费尔南,就仿佛是第一次见他的面似的。

"好极了,军士长,好极了!那么您呢,当时,他们逃走的时候,您都做了些什么呢?"

"我开了两枪,我的上尉。不幸的是,我的射击受到了干扰……"

"被什么干扰?"

"被我的担心,我当时不知道是不是应该马上去援助我那位刚刚受了伤的上级,我的上尉。"

"无可挑剔!而您也确实追踪了逃亡者……"

"完全没错,我的上尉,我立即投入对他们的追踪中,这是显而易见的。"

"而后来呢?"

"而后来,我转向了左边去追,我的上尉,而当时,那些逃亡者,他们兴许是转向了右边逃走的。"

"再后来呢?"

"我的职责并不在于跟在两个逃亡者的后面紧追不舍,我的上尉,而是押送一百二十个囚徒一直到卢瓦尔河畔圣雷米!"

"完美无缺……"

他确实很高兴,所有人都履行了自己的职责,所有人都无可指摘。

"当然了，我必须在您离开之前拿到您的报告。"

上尉的这句话又一次提醒了费尔南。

"对了，您不说我还正要问您呢，我的手下人都在问我，他们什么时候才能移交他们的任务呢，我的上尉。"

"等到囚犯们出发前往波纳林的基地时。"

"也就是说……"

"我们现在还不知道呢，军士长。再过一天，兴许两天，我也正等着上级的指令呢。"

这事情简直没完没了了。

眼前，这个飞机场的种种设备还不如砾石坑兵营来得齐全，实在难以接待新来的这一拨六百多人。人们能看到有一些野营的帐篷，但是没有睡觉的床。餐饭在数量上倒是足够了，却没有用来加热的炊具，于是，人们只能吃已经冷下来的菜汤，反正即便是热的，这菜汤也不算什么好东西，好吃不到哪里去。

费尔南召集起了他所负责的那一部分囚徒。出发时候他们一共有一百来人，现在只剩下了六十七人。"少了百分之二十三的人，"[1]他心里说，"反正，这比起平均数来，已经算是好多了。"

他决定，纪律可以稍稍松懈一下，只要做个表面样子就可以了。

"我们不知道还得在这里等上多长时间。"他这样对手下人解释说。

"是因为要等上很久吗？"

伯尔尼埃常常需要别人对他重复好多遍，费尔南对此早已习以为常了。

"没有人知道。但是，假如真的需要持续很长时间的话，我们的这些家伙用不了多久就会烦躁起来的。从现在起，还是多给他们一点儿宽松的氛围

---

[1] 原文如此，但这里的计算实际是错误的。

为好。"

平时，下士长伯尔尼埃是一个风风势势的人，但这一次，跟他的习惯正相反，他一声都没喊。看来他也一样，被"二十四公里处的事件"震撼住了，并且依然还承受着它的沉重负担。

于是，他们就任由囚犯之间互相交谈。一个个小组，一个个团伙就此形成，这样的事情在任何情况下都在所难免，但是从整体来说，囚犯们还是互相友爱的。一些人想到他们丧失了一次好机会，他们本应该尝试着溜之大吉的。另一些人则认为，他们之所以如今还活得好好的，正是因为他们当初没有冒险一试。共产党人一共失去了三位同伴，卡古拉党人则死了两个，无政府主义者也死了两个，等等。所有人现在都清清楚楚地知道，来自看守人员的威胁可不是什么华丽的辞藻，而是血腥的暴力。

飞机场的夜晚，一片静悄悄，只听见德国飞机在高空中飞行的声音。对此，人们都习以为常了。

费尔南反复揣摩着关于他自己的龌龊想法。由于没有任何别的东西可以代替，他就把自己的水手包当枕头垫在了脑袋底下。他就这样枕着大约五十万法郎的一大笔财富睡觉。为了这笔钱，他没有跟爱丽丝一起离开巴黎，现在，这笔钱让他感觉十分厌恶。这是怎样一种浪费啊。为了满足一种幻想，他成了一个小偷，而战争则残酷无情地让这一幻想像肥皂泡一样地破灭了。他或许本应该老老实实地完成好他的任务，那样的做法才更明智……在他给自己开列的罪名单子（小偷、撒谎者、懦夫等等）上，他现在可以再加上一桩新的罪行了——"叛徒"。他曾经在他武器的准星上看到了两个逃跑者的脊背，最终却故意朝天开了一枪。连想都没有想一下。这一本能的反应，他现在可算是弄明白了：当时，他刚刚看到上尉朝一个囚犯的脑袋开了一枪，但他无法想象自己朝一个手无寸铁的人的后背打枪，而这个囚徒恰恰就是那个人，仅仅几个小时之前[1]，他自己还把他未婚妻的一封信偷偷交给了

---

[1] 原文如此，应该是几天之前。

他,当然,这两件事之间没有必然的联系,但这毕竟让他跟他有一种同病相怜的感觉。

　　费尔南愤怒地转过身来。他把一只手伸进了水手包,手碰到了钞票,但它寻找着那本书,他找到了,并把它捏得紧紧的。他万分想念爱丽丝。

48

"暴风雨有没有下到我们这里来呢?"从卡车上跳下来的时候,戴西雷神父很惊讶地问道。

"没有,谢天谢地,天主保佑!"爱丽丝说,她想到了紧急情况下必须做的那一切,假如暴风雨选择了到贝罗礼拜堂来歇脚的话,就必须保护好营地外面的那一切。

"是的,谢天谢地,天主保佑!"戴西雷神父说道。

"您这是怎么啦,我的神父?"

他从头到脚淋了一个落汤鸡。他的教士袍都在往下滴水。

"上天给的一份厚礼,我的孩子。或者不如说,四份厚礼!"

说着,他打开了卡车驾驶舱的门,让一个女人下了车,只见她怀里抱着一个小婴儿,眼睛中露出了惊慌的神色。爱丽丝立刻感受到了一阵激动。人们从来不会把圣母玛利亚的形象想象为一个胖胖的小个子女人,而假如爱丽丝不得不说出她心中想象的圣母形象,那么她恐怕会说:就是这一个。这位面容坚毅,几乎有些严肃的漂亮女子一定受了很大的苦,但那无疑是因为她把这个婴儿紧紧地抱在怀中,因为她把这婴儿紧紧贴在自己的心口,她的身上才散发出某种质朴简单而又粗犷野蛮的东西,某种类似于动物性肉欲的东西。她同样也被暴雨淋得湿漉漉的。爱丽丝赶紧跑去找来了一条毯子,给她披在了肩膀上。

戴西雷神父为了给这位母亲以及她的孩子们留出足够的地方，一路上就待在了被暴风雨肆意扫荡的卡车车斗中。每当露易丝转过身去，透过小小的后车窗瞧着他的时候，她都会看到，他不顾一路的颠簸，直挺挺地站立在车上，大大地伸展开双臂，脸孔朝向那一片漏了底似的天空，面对着耶稣受难十字架高声大喊道："谢谢你，救世主，感谢你的仁慈！"

戴西雷身体状况十分好。

露易丝走了两步，试图展露出一丝笑容来，把小婴儿递给了爱丽丝，接着，他又把两个双胞胎也抱下了驾驶舱，这两个小家伙被吓坏了，来来回回地瞧着四周，眼神中带着一种掺杂了恐惧的渴望。

"我的天啊……"爱丽丝说。

"这恰恰也是我一路上对自己说的。"戴西雷神父回应道。

露易丝看到的情景完全超出了她的理解能力。

她刚刚离开了一个被战争搅和得野蛮不堪的城市，在那里，要想让三个小小年纪的孩子活下来，简直就是一番跟命运的挑战。而现在，她的眼前是一个波希米亚人的营地，它由一块块挂起来的布、一根根拉开来的绳子、一条条充当褥子的装有麦秸的口袋、一个个摞起来的木头箱子组成，这里头充满了勃勃生机；那边有一个烤肉架，转轴上转着几只正在烤制中的家禽；后面，是一个菜园子，上面架设了几根土灰色的引水管道；更远一些的地方，一只小牛崽待在一圈篱笆墙之中，它的目光温柔而又幼稚；再边上，则是一块荒芜的苗圃地，放养着四口猪；而在那一圈的最中心，则停着那辆巨大的带有红十字标志的军用卡车；而在通向车门的金属楼梯的上面，是一个临时搭建的简易的挡雨披檐。到处，都可见到一些东奔西忙的男人，忙忙碌碌的女人，在帐篷之间钻来钻去的孩子，晾晒着的衣物，在墓碑上支撑起来的桌子，还有一些新鲜的鱼，已经被什么人倾倒在了草地上，而几个女人正忙着用刀子剖着鱼肚子，刮着鱼鳞。在右边，是一个四四方方的院落，很像是某一种古代的元老院，在各种各样修补过的带扶手或不带扶手的椅子上，坐了一些上了年纪的人，正在东拉西扯地闲聊，而在那左边，则是一个带围栏的小院，很像是一个养鸡场，但是，里面待着的，是一些小孩子。他们开心地玩耍着，又是跑，又是跳，一边嬉笑着，一边往对方的脸上撩水。不一会儿，有一个身穿黑色罩衫的农妇模样的女人走过来，一抬腿跨过了围栏，带着一种坚定而又温柔的口气说："够啦，够啦，孩子们，现在，也该安静安静啦！"

"我的姐妹，欢迎您来到救世主之家。"

露易丝回转过身来，瞧着这位年轻的神父，他像一个幽灵那样突然就出现在了跟前。定睛看去，只见他三十来岁的样子，双目炯炯有神，眉毛细长细长的，一个似乎很倔强的下巴。他的脸上洋溢着一丝简单、爽直的微笑，那是一种清澈透亮的开心。

"我说，这小婴儿，他到底怎么啦？"

塞茜尔嬷嬷已经触摸了一下她的小肚子，显出一道忧郁的眼神。

"我没能正确地喂她……她现在有些……"

"得给他做一个奶瓶，一切就将走向正轨，这您就放心好了。"

说完，她马上就走远了，去对付别的事情了。

"好的，"戴西雷神父说，"爱丽丝会来照顾您的，等那位天使拿来奶瓶的时候，我们也就将为您找到一个小小的住处了。那些事情，就由我来办好了，您不用担心的，对了，这两个是双胞胎吧，是不是？"

"那不是我自己的孩子……"露易丝开始说，但是，这时候，神父早已经走掉了。

在礼拜堂的另一端，有着一个即兴造就的临时儿童室，那里晾晒着很多的尿布，而在一张床上，放着一整套清洁卫生用品，肥皂、滑石粉、润肤露、清洁剂、奶瓶、橡皮奶头，杂七杂八的，什么牌子的都有，来自什么地方的都有。

露易丝给小婴儿换了尿布。爱丽丝则准备好了一个奶瓶，里面装了煮开过的某种糊糊，她还在自己的手背上试了试温度，没问题，挺好的。露易丝朝爱丽丝瞥去羡慕的一眼，还格外地瞧了一眼她的乳房，真的是所有女人都梦寐以求的那种类型。

露易丝一边这么遐想联翩,一边在那里跟襁褓较着劲。

"您看,假如您把这一侧的边往那里这么一折,不就很顺当了吗?"

"对呀,当然是啦,"她结结巴巴地说,"是疲劳让我的脑子……"

"然后再从下面,这样,再然后,您从这里过去一下……"

小婴儿终于终于被包裹得像模像样了。

"她叫什么名字呢?"爱丽丝问道。

"玛德莱娜。"

"那么,您呢?"

"露易丝。"

接着,就轮到奶瓶的庄严仪式了,孩子立即就贪婪地吞吃起来。

"请从这里走,"爱丽丝说着,把她拉到了稍远处,"这里,我们将待得更自在一些。"

戴西雷神父正手里捏着铁锤,忙着加固关着几头猪的那个围栏呢。夜幕已经降临。两个女人坐到了一条石头长椅上,就在礼拜堂的入口旁边。从那里,她们看得见整个收留中心的宿营地。

"真是让人印象深刻啊……"露易丝说道。

她是发自真心的。

"是啊。"爱丽丝说。

"我说的是神父。"

"我说的也是。"

她们相对一笑。

"他是从哪里来的呢?"

"这个我实在不太清楚,"爱丽丝回答说,皱起了眉头,"他对我说起过的……但这些都不太要紧,关键的是,他现在就在这里!那您呢,您是从哪里来的呢?"

"巴黎。我们是这个星期一从巴黎出发的……"

这时候，小不点儿打了一个嗝儿，开始睡着了。

"是因为德国人吗？"

"不是的……"

露易丝回答得实在太快了。她难道能够解释说，她离开巴黎是为了来寻找一个兄弟，而她只是在几天前才知道自己还有这么一个兄弟活在世界上，她难道还能够说，她自己是不知不觉地投身到了逃难者的溃败之路上，而且一路上还有一个穿着方格莫列顿呢便鞋的餐馆老板陪同着她，而他现在……

"说到底，是的，"她接着说，"还是因为德国人。"

于是，爱丽丝对露易丝解释起了她所知道的营地中的情况，她说了戴西雷神父是如何亲手把它给建造起来的。在她描绘他孜孜不倦地积极活动的话语中，有着一种赞赏，但同时也掺杂有一种搞笑的、甚至是嘲讽的口吻。

"戴西雷神父让您觉得开心吗？"

"我承认，是的。一切取决于您瞧他的方式，一方面，他是个教士；另一方面，他又是一个孩子。我从来就不知道，到底是其中的哪一方面超越了另一方面，这实在是相当惊人啊。"

紧接着，是短短的一阵沉默，爱丽丝寻找着适当的词语，之后，她又接着说：

"您的孩子们……应该有一个父亲吧？"

露易丝脸一红，张开了嘴，不知道该说什么好。爱丽丝连忙把目光移到了别处。

"您的双胞胎在那边（她指着礼拜堂的方向）。白天里，人们会把那些最小的孩子都集中到那里去，专门有三个女人轮流着负责照看他们。"

"假如我能够帮上忙，我也可以去的……"

爱丽丝朝她露出温柔的笑容。

"这事先不忙，您这才刚刚到，还是先好好休息吧。"

49

第一个夜晚,在匆匆分享了从一个果园里偷摘来的水果,并吃了一些生鲜蔬菜之后,他们就睡在了一个谷仓中。大狗米歇尔先是嗅了嗅水果与生菜,然后就跑掉了。

干草的气味很好闻,乡村之夜十分安静,加布里埃尔若不是对自己的伤腿还有些担心,那么他几乎可说是幸福地安睡了一夜。

"依你来看,它是不是还会回来呢?"拉乌尔焦虑不安地问道。

谷仓陷入在了一片黑暗之中。

"它饿了,"加布里埃尔回答道,他选择了实话实说,"它应该会走得相当远,去寻找吃的东西。然后,我也不知道它是不是还会回来……"

两个人时不时地感觉到,有一只老鼠从他们的腿脚之间匆匆地溜过。

"你为什么把那封信给撕了呢?"一段时间的沉默之后,加布里埃尔接着问道。

"我实在不情愿去想它……但是,它一直不停地在我的脑子里折腾……"

"是因为……"

"因为那个臭女人。"

"她对你真的是那么凶狠吗?"

"你根本想象不到的。像我这样的孩子,你肯定不会见过太多,被关在一个没有光亮的地窖中,一待就是那么多个钟头。对此我从来都没有说过什么，而这更是让她怒不可遏。她想要得到的结果，就是让我哭，她想要的就是这个，看到我在那里哭，看到我在那里苦苦求情。但是，她越是想管教我，纠正我，她越是把我关起来，我就越是倔强，越是顽固。我还在十岁的时候，就强壮到了足以能杀死她。但是，我只是满足于在想象中行动，从来没有真的反叛过，她从来没有听到过我抱怨，我也从来没有举起过拳头，打在她的身上，我只是死死地盯着她瞧，一声不吭，而这更让她发疯。"

"你有没有问过你自己，为什么她会那样……"

"我在心里对我自己说，她那是想再生一个孩子，在生了一个女孩之后，她还想再生一个男孩。但是，她已经不会再生孩子了。我看不出还有什么理由能解释这个。于是，她就从国家的孤儿院那里把我给收养了，并且……"

这个解释其实很不合他的想法，反而，他越是这么想，就越是觉得自己很痛苦。然而，他又没有别的想法。

"我没有办法，只有大失所望。"

好可怕的句子。

"他们无法把我给还回去了，因为那样做是行不通的，是法律规定了必须如此，你不是收养了一个孩子吗，但是，假如你发现他是一个废物，那你也得忍受着。"

"收养一个只有四个月大的小婴儿……"

"要给自己一种感觉，觉得这孩子就是自己生的，那就没有比这更好的办法了。"

人们能感觉到，他的这个理论很久以来就已经成熟了，拉乌尔的回答能应对一切。

"在那个家里头，就没有任何人能保护你吗？"

"有昂丽艾特，但她还太年轻。至于那个老家伙，他从来就不待在家里头，他总是在外出诊。要么在他的诊所里。在他诊所的候诊室里，总是有病人等着，甚至要等上很长很长时间，这样，要见他的面，似乎要比登天还难。他认定，我是一个很难养的孩子。他抱怨他的妻子……"

夜已经很深了，米歇尔回到了谷仓。它身上可怕地散发出一股腐尸的气味，但是拉乌尔任由它过来靠着他。

黑夜并没有给加布里埃尔的伤情带来好结果。

到了早上，伤口的化脓比前一天还更厉害了。

拉乌尔作出了果断的决定：

"我的中士长，现在，你必须有一个医生，要有医疗用品，一个排脓的引流管，一些干净的纱布。"

他们实在不知道，这愿望是不是有可能实现。离他们最近的城市就是卢瓦尔河畔圣雷米，那个地方，他们早先一心只想快快地逃离开，而眼下，却不得不直奔它而去。卢瓦尔河应该就在他们左侧的什么地方，但是，要想找到一座桥，就得绕上好几公里的路了……

他们给米歇尔挂上了套，他们一路奔向了卢瓦尔河。

假如他们能找到一个办法渡过河去，那么，他们就得把那条大狗留在河的这一边。这是拉乌尔的决定。要喂养它简直就像玩杂技那么艰难。更何况，这两人一狗的结合也实在太有戏剧性了，免不了会引起人们更大的注意。米歇尔将不能参加这次旅行。

加布里埃尔感觉事情颇有些不妙，因为拉乌尔已经丧失了他的那种勃勃生机，而显示出一张紧张而又焦虑的脸孔。他这么一个有主意的人，现在却既看不出他们该如何渡过卢瓦尔河，也不知道该如何前往圣雷米，他们随时随地会被一个宪警或者一个士兵抓获，他们甚至都不知道，德国军队现在挺进到了什么地方。兴许，他想到，他们也将不得不抛弃米歇尔，就像它的前主人所做的那样，而这样的一番前景，导致了他现在反复不停地琢磨那些隐晦的想法，然而，千思万想，也没有想出什么好办法来。

在上午即将结束之际,他们来到了卢瓦尔河的河岸边。在这个地方,河面并不太宽,但那毕竟是一条气势雄伟的大河,必须穿越一百来米的水面,才能到达彼岸,这还没有考虑到涌流的因素。

"你,"他对米歇尔说,"你来站岗。要是有人来,你就咬他,这将够你吃一个饱了……"

说完,他就消失了。

一个小时就这样过去了,然后,又是一个小时。加布里埃尔绝对不相信拉乌尔是逃跑了。这是一种奇怪的坚信。兴许,它于他是必要的,因为他的腿让他痛苦不已,现在根本不能碰触它一下,"坏疽"一词始终萦绕在他的脑际,要他想象拉乌尔会抛弃他,实在是他力所不能及的。

大约十六点的时候,米歇尔突然站了起来,伸出鼻子嗅着空气,然后就消失了。二十分钟之后,它陪同拉乌尔一起回来了,只听得拉乌尔像一个赶大车的人那样破口大骂。但他的嗓音不是从田野,也不是从左边的道路上过来的,而是来自右边,来自河流。他从河上游相当远的地方偷来了一条钓鱼船,从河岸上拉纤,一直把它拉到了这里,这可是费了他九牛二虎之力。

"我们是要划桨渡过河去吗?"加布里埃尔问道,目瞪口呆。

"当然不是啦,"拉乌尔说,"我这一回倒是有船了,但是,我们没有桨啊。"

他的小腿上满是泥浆,一直到膝盖上全都是泥糊糊的,而且他累得汗流浃背,这是显而可见的,看来,他已经使尽了浑身的解数。可若是没有桨,也实在看不出来那船儿到底有什么用。

"我认为米歇尔最终还是应该参与我们的旅行……"

长长的几分钟之后,那条狗又一次套上了拉绳,但这一次,它不再是拉着"梦撒疯"牌子的肥皂箱跑在公路上,而是拉着船游在水里头。它在水里扑通着,鼻子刚好露出在水面上,使劲地牵拉着那条船,而船里则稳坐着我们的那两位逃亡者,就这样,是大狗把他们送过了卢瓦尔河。

可怜的畜生终于游到了河对岸,已经累得筋疲力尽,一上岸就瘫倒在了草地上，久久不愿意起来。它大口大口地喘着气，舌头伸出来，耷拉得老长，眼睛像是结了霜一般模糊。与此同时，加布里埃尔正踮着一只脚，勉强对付着把那个大肥皂箱从船上弄下来，拉乌尔则拍打着他的肋部，说道：

"啊，这一番河上的营救，可真了不起啊！我可看到过，有人干脆就活活累死了，可他们的任务还远不如我们这一次来得艰巨呢。"

那条大狗的情况似乎很不好。首先是因为长时间以来一直缺少吃的，再加上在水中拖着一条老是被激流冲得偏向的小船时用尽了力气，它现在已经累得脱了相，两条腿松弛无力，嘴里呼出的气息很短促。

最终的结果是，两个人走进了那个叫拉塞尔蓬提耶尔的地方，其中一个挂着一根拐杖，那是用在田里捡到的支葡萄木杆临时做成的，另外那一个则推着一辆推车，车子里躺着一条体形跟小牛一样大的奄奄一息的狗。这地方有四五栋房子，其中只有一栋没有关上窗板，他们摁响了那一家的门铃。

一个老妇人过来开门。她带着一种疑虑的神情，把门打开了一小半，只有几厘米宽的空隙，"请问有什么事情？"

"您好，夫人，我们想找一个医生。"

老妇人脸上的表情似乎在说，她已经有几十年时间没有听到过这个词了。

"这个嘛……就该看一看圣雷米是不是还有医生留下来了。"

其实，就在稍稍不久之前，他们经过了那块路标牌。要去那里，还得走上八公里的路呢。老妇人从头到脚地打量了一番加布里埃尔，她的审查以他腿上的绷带以及胳肢窝底下的拐杖而告结束。最终，她的判断显得很不乐观。

"依我看，你们只有去那里了，圣雷米。"

她正要去关上门，突然一眼看到了被拉乌尔的身子挡住了一小部分的那辆推车，好奇心一下子就被激发了起来。她低下了脑袋，眯缝起了眼睛。

"你们这是还带了一条狗吗？"

拉乌尔赶紧闪开身子。

"它叫米歇尔。它的情况同样也很不乐观……"

转变是立即发生的，她几乎顿时就在门槛边哭成了一个泪人儿。

"我的天啊……"

"我猜它的心跳正在渐渐地停顿下来。"

老妇人立即画起了十字，然后张开嘴，咬住了自己的一只握成了拳头的手。

"圣雷米，那还有好长一段路呢。"拉乌尔说道。

"我是说，你们应该……对了，你们应该去找一下戴西雷神父。"

"他是大夫吗？"

"那是一位圣人。"

"我倒是更愿意去找一个医生。或者，一个兽医也成。"

"戴西雷神父并不行医，但是，他能创造奇迹。"

"奇迹嘛，那倒是很不错的呢……"

"你们可以在贝罗礼拜堂找到他。"

她伸出手臂，指了指那条从她左手边开始伸展开去的小路。

"往那里走，不过一公里就到了。"

50

机场附近的一些居民，基本上都是农民，经常过来闲逛，也就把他们从广播中听到的消息传到了飞机场，而在这里，人们不做别的，只是继续等待着命令的到来。

就这样，人们得知了，在德国人扬言要毁灭巴黎的威逼利诱下，一份关于在巴黎停火的协定已经签订。有人还听说，在巴黎城里所有公共机关的建筑上，法兰西的三色旗已经被纳粹的卍字旗所代替。到了晚上，他们又得知了，由于没有报纸出版，一些汽车在大街小巷中转悠，用高音喇叭为当地居民传播了消息，通知他们说，德国军队已经攻占了法国的首都。

人们又等待了第二个白天，然后，则是第三个白天，终于，令所有人吃惊的是，星期天中午时分，有第29步兵师某部的二十来辆卡车前来扎营。一位上校露了面，下令把所有的囚犯统统带往波纳林。

对于费尔南，对于他手下的人，一切任务就算是结束了，他们终于解脱了。

郝思勒上尉正式确认，费尔南已经被人替换，他的使命已告结束。这之后，费尔南便把他的人马带到一个帐篷的边上，而与此同时，士兵们已经在忙着动手拆帐篷了。费尔南握了握他同事们的手，而他们每个人，现在都有各自的计划。有的人想去火车站，寻找一趟车，返回巴黎，这让其他人情不自禁地哈哈大笑起来，因为，他们一心只想往南方撤退，走得越远越好。没有人说到要再去执行任务，人们不再知道他们的上级部门现在在哪里，他们唯一的头领，就是费尔南，而费尔南则对他们说："来吧，小伙子们，咱们后会有期，祝你们每个人好运。"

他把下士长伯尔尼埃偷偷拉到一旁。

"那道打死一个囚犯的命令……难道不是一个肮脏的勾当吗，嗯？"

伯尔尼埃低下了脑袋。

"真是奇了怪了，"费尔南补充说，"当你被迫服从命令时，有时候，你还真的是一个白痴。而当你必须主动采取一些什么措施时，有时候，你还真是有那么一两下子的……"

伯尔尼埃重新抬起头来，微微一笑，他很满足，轻松了下来。

之后，费尔南轻轻地拍了一下他的肩膀，拿起了自己的军用背囊，就独自上了路。

他感觉自己很脏。这么说可不仅是一种隐喻，他已经有整整两天没有像模像样地洗漱一下了，他身上臭得像一头熊。他走向了卢瓦尔河，他将会找到一个角落好好地洗一下，他已经在他背包的深处找到了一块肥皂。他走上了一条通向河边的小径，然后停下步子，抬眼望去。卢瓦尔河呈现出一片平静，河谷之间，河水蜿蜒曲折地流过，这一切美若仙境，让人看得不由得屏住了呼吸。

他脱下了衬衣、鞋子、袜子，把裤腿一直卷到了膝盖上。

大约十七点钟时，他来到了卢瓦尔河畔圣雷米的城边。

人们应该还记得这座可怜城市的状况吧，它已经完全彻底地被避难者的到来围困得死死的了，行政部门留下来的不多的人员，也都被各种各样的需要给淹没了。专区的区长卢瓦索已在前一天离开了蒙塔日，来这里作一番巡视，其结果让人实在难以忍受。这个精力充沛的人不知疲倦地在一份份清单上打钩打叉，还到难民们成堆聚居的地方，为那些公务员打气鼓劲，他知道，他们中的绝大多数人已经四天没有好好睡觉了。上午，他征用了一个市立汽车库，准备用来安置社会救助服务机构，人们忙着寻找桌椅板凳，人们清空了一个学校，人们在那里找到了一些纸张，但是没有铅笔。

费尔南也曾想过要去听从省政府的安排，但他最终并没有那样做。既然他现在已经离贝罗礼拜堂很近很近，因为他看到一块路标牌上写着，离此地还有三公里，他的忧虑、他的失望就开始消散了，而爱丽丝的形象则重又变得越来越鲜明。他怎么能够从对她健康状况的深深担忧中摆脱出来呢？早在几天之前，他就差点儿跳进了一辆卡车中，急匆匆地出发前去寻找她，而现在，他居然还耽搁在公路上，还抽出时间在河边洗涤，一想到此，他不由得加快了脚步。

在他的背上，在他的那只水手包里，他的那本书正在一大摞面额一百法郎的钞票上头晃荡不已。

51

拉乌尔·兰德拉德对付那个肥皂箱推车实在有些死脑筋，他一直坚持要在车后面费力地推，而不是在前面拉它，这实际上把事情弄得复杂化了。因为，那样一来，小推车就总是会不停地斜向溜出去，偏离原来的轨道，还迫使他的肢体做出各种各样的扭曲动作来，无端地加重了他的疲劳，而自从当时在河岸边一步一步地拉纤牵船以来，他早已经累得够呛了。

"你还是到前面来拉它吧。"加布里埃尔建议他。

但是，拉乌尔拒绝了他的建议，因为，在后面推着车，他就能看到米歇尔，就能监视着它。这并非他还有什么重要的事情要做，而是因为那条狗快要死了，它已经一动也不动了，眼神呆滞，毫无精神，它那庞大的脑袋耷拉在一侧，舌头拖了出来，四肢软绵绵的毫无力气。带铁轮子的推车发出的声响，持续地刺激着人的神经。一路上，拉乌尔还得东绕一下，西绕一下，以避免到处可见的坑坑洼洼，以及裂缝罅隙，费劲的时候，他会做出鬼脸，龇牙咧嘴，面色变得煞白，就像被人涂上了一层米粉。

加布里埃尔也曾想过要接替他一下，但是，他自己拄的拐杖就妨碍了他。

如果说，大狗米歇尔眼下的情况很是不好，那么，加布里埃尔自己的伤口也根本没有得到妥善处理。换了任何一个别人，看到拉乌尔对一条两天之前还不认识的狗，比对一个共同经历过整个战争期间的战友还更上心，恐怕都会有些恼火的，但是，加布里埃尔一点儿都不生气。最近这几天，他看到拉乌尔彻底地变了个样。这一切，还要追溯到那封信的送到，尽管他已经愤怒地摆脱了它，但它早已深深地打击了他。它所提出的种种问题，以及问题所带来的种种答案，早让他那将自己生活建立其上的精神建筑产生了深深的裂缝，加布里埃尔开始稍稍懂得了他，他的情况不太好。

随着他们越来越走近贝罗礼拜堂之际，加布里埃尔也越来越焦虑地问着自己，一个教士又能用来做什么，毕竟他需要的是一个医生，兴许还得是一个外科医生。他想象自己成了一个独腿的人，就像他在儿童时代中看到过的那些经历过伟大战争的老战士那样，靠着在第戎的大街上卖国家乐透彩票为生。

当他俯下身来时，他看到了半死不活的米歇尔的硕大嘴脸，就在拉乌尔那挺得直直的身影的另一边。

正是在这样的一种精神状态中，他们来到了贝罗礼拜堂前，来到了那一道很不起眼的打开了的栅栏门的门前。

他们停住了脚步。看到了这一番灵巧而又混乱的奇特喧闹。

"请问，是在这里吗？"拉乌尔问道，"他们说有人在这里创造出了奇迹？"

他实在有些大惑不解，这里简直就是茨冈人的一个宿营地嘛。

"是的，我的兄弟们，"一个嗓音回答道，"正是这里！"

他们正纳闷呢，不知道这洋溢着青春活力的清脆洪亮的欢呼声来自何处，便抬起头来寻找，结果发现，就在静静地守卫着礼拜堂的门槛的那棵榆树上，出现了一件随风飘舞的长袍，他们一开始还以为是一只乌鸦呢。定睛一看，才看出来，这是一个神父。只见他从一根绳子上出溜下来，下了榆树，两脚着地。他很年轻，笑容满面。

"看起来，我说，"他说着，俯身看了一眼那辆小推车，"这真的是一条好狗啊。"

接着，他瞧了一眼加布里埃尔，又说：

"还有一位士兵，他好像十分需要救世主的帮助。"

谁都没有想到，连加布里埃尔也没有想到：听到这句话，拉乌尔身子一软，一下子就瘫倒在了地上。

他的战友试图扶起他来，但是，他被自己的拐杖碍住了手脚。拉乌尔的脑袋碰撞到了一块石头上，发出了一记沉闷的响声，让人不由得心里一紧。

"救世的天主啊！"戴西雷神父说，"到我这里来，仁慈天主的孩子们！到这天国来！"

爱丽丝和塞茜尔嬷嬷同时来到。

修女在拉乌尔身边跪下来，扶起他的脑袋，证实了一下他的挫伤，然后，把他的脑袋又轻轻地放回到地上。

"快去找一下担架，爱丽丝，请您快点儿……"

爱丽丝赶紧跑向了卡车。塞茜尔给拉乌尔把了把脉，又瞧了瞧正俯身朝着自己的这个年轻人，只见他摇摇晃晃地拄着一根拐杖。

"他累垮了，这小伙子……累垮了。那么您呢，您这是怎么啦？"她问加布里埃尔。

"一颗子弹穿透了我的大腿……"

修女眯缝起了眼睛，接着，就用一连串迅速得惊人的动作，三下五除二地解开了加布里埃尔的绷带。

"这也实在太不好看了，但是……（她轻轻地触摸着伤口的边缘）……我们还来得及。过一会儿，您就将看到医生了。"

加布里埃尔点点头表示明白，接着，他转过身去，瞧了瞧拉乌尔那一动也不动的躯体，然后，又转向了那辆小推车。

"会有人来照料一下他的狗吗？"

"我们这里只有一个大夫，"塞茜尔嬷嬷回答道，"我们没有兽医。"

这句话对加布里埃尔产生了重大效果，这从他的脸上就能看得出来，只见他的面部线条紧缩了起来，他张开了嘴，正在这个时候，戴西雷神父过来插嘴道：

"仁慈的天主爱着他的一切造物。在他眼中，万物皆同，毫无例外。我敢坚信,我们的医生也会做得一样。是不是啊,我的塞茜尔嬷嬷?"

她根本就没有让自己去费劲地作什么回答。这时候,戴西雷神父转而对加布里埃尔说:

"您就抓紧时间好好地休息一下,我会来照料您的狗的。"

说完这句话,他就推起那个肥皂箱推车,朝营地中军用卡车的方向走去。

爱丽丝带着担架回来了,那就是一大块布绑定在了两根充当把手的棍子中,活像一台轿子。塞茜尔嬷嬷观察了一眼爱丽丝,只见她脸色苍白……

"您怎么样呢?"

爱丽丝试图挤出一丝微笑来,"还行……"

"您就留在这里吧,"修女接着说,"我去另外找一个人来。菲利普!"

那个比利时人菲利普,正在附近的天主之卡车上,忙着卸下车上的所有东西。听到有人喊他,他就赶紧大踏步地赶来。几秒钟之后,两个人就把拉乌尔卷吧卷吧抬到了放在地上的担架上,然后,一路小跑地抬向了医务卡车那边。

他们刚刚走远,加布里埃尔就看到爱丽丝张大了嘴,一只手扶住了心口……她突然膝盖一软就跪倒在地。

所有人都倒下了,时代的信号。

他赶紧扔掉手中的拐杖,把她搀扶起来,紧紧地一把抱住她,一瘸一拐地奔向了医务卡车那边,看到这一景象,人们一定会说是一对新婚夫妇正在走向花烛之夜的洞房。

露易丝正远远地见证着这整个场面,但她无法过来插手。一切发生得是如此迅速,她得寸步不离地照看着一些不到十岁的小孩子,她正经历着人们完全可以称之为"双胞胎面对世界的其他人"这一永恒场景的一个新阶段,这可不是人们可以不加监视地任其自流的那类情境。更不用说,那个小女婴还正沉沉地睡在她的怀中,因为她实在找不到任何地方可以把她放下。

她看到那队人马来到了大卡车的跟前，车门打开了，担架进去了，然后，加布里埃尔抱着爱丽丝也跟着进去了。有过那么一刻的混乱，那之后，一只手又把加布里埃尔推了出来，车门咔吧一响又关上了。

现在，跟加布里埃尔一起待在金属台阶前面的，就只有比利时人菲利普，以及那部推车了，那小车，是戴西雷神父带到这里来的，车子里躺着奄奄一息的大狗米歇尔。

露易丝看到一个年轻的男人一瘸一拐地穿越了营地的一大部分，而且怀里还抱着一个昏过去的女子，而那个年轻女子，恰恰就是整整两天以来悉心照顾着她以及她的三个孩子的那一位，此时此刻，露易丝的内心被深深地感动了。

她仔细地观察着他。

他一直就那么瞧着那条狗，随后，突然，仿佛他已经掂量好了他的决定，他焦躁地爬上了金属台阶。他准备用拳头敲打那道车门，不料那门竟然自己打开了。出来的是修女，她手里捏着一根针管，用胳膊肘撞击了一下他，说："别待在这里，碍手碍脚的。"

她匆匆跑下了台阶，俯下身来瞧了瞧那条狗，然后，捏住了它的一把皮，把针尖扎了进去。

"它会好的，"她说，"那些畜生，真的是很强壮。但是，还是请您挪开一下身体！"

这时，她又用肩膀顶了一下加布里埃尔，请他为她让开通向卡车的走道，她进到车里之后，那道车门又一次咔吧一下在她身后关上了。

加布里埃尔俯下身来瞧，那条狗似乎已经死了，他把自己的手放在狗的前胸上。原来它是睡着了。

年轻人又转悠回来，捡起他的拐杖，还有那些被修女扯下来的绷带，然后，他走向稍远处的一条石头长椅，一屁股坐了下来，他几乎就是瘫躺在了那里，而不是端坐着。

"请问，我可以在您这里坐下来吗？"露易丝走过来问道。

他微笑着，稍稍地挪动了一下身子，把他的拐杖靠到了自己的肩膀上。

"这是个男孩，还是个女孩？"他问道。

"一个女孩。叫玛德莱娜。"

露易丝又不知不觉地喃喃补充了一句：

"哦，我的天啊……"

"有什么不对劲的吗？"加布里埃尔打听道。

"没有，没有，一切都很好。"

"玛德莱娜，"她刚刚才回想起来。这个名字不是别的，正是爱德华·佩里顾的姐姐的名字，而爱德华，就是那个脸部被炮弹片毁坏了的年轻战士，伟大战争结束之后，贝尔蒙太太曾接受他作为房客住在她们家的房子里。阿尔贝·马亚尔，那个跟爱德华合伙住的同伴曾经说过，爱德华的姐姐是一个十分可爱的人，尽管他曾有一天去过佩里顾的家中吃过晚餐，而且他回来的时候显得十分沮丧。露易丝本人也曾经瞥见过她一回，这个玛德莱娜，她也不知道这个女子后来成了什么样，但是，爱德华曾经一直一个劲地说到她，就仿佛她是他们那个家中唯一一个真正爱过他的成员。

"她确实很漂亮，这个小玛德莱娜……"

其实，加布里埃尔更多地说到了孩子的母亲，但是，这是他在此类情境中本不应该说到的话题。露易丝并没有弄错，她微笑着接受了赞美，就仿佛这话是直接说给她听的。

加布里埃尔指了指整个的营地，问道：

"这里，到底是个什么地方呢？"

"说到底，我相信没有任何人确切知道这一点。它很像是一个难民营，但是，它又是一个教堂，它隶属于本村的教区，它还是童子军的营地。总之，这是一个宗教机构的……营地。"

"正是因为这样，这里才有修女的吗？"

"不是的，塞茜尔是唯一的一个修女。那是戴西雷神父赢得的某一种赎金。他狠狠地敲诈了专区区长先生一把……"

"那辆医务用卡车也是吗?"

"我猜想,戴西雷神父更多地会把它看作一份战利品。暂时地……"

她瞧了瞧加布里埃尔腿上的伤口。

"是一颗子弹打穿了我的腿。一开始,一切还都没什么,但是,后来伤口就有些感染……"

"我想医生会来给您看的。"

"看来如此。修女已经给我看过了一眼,她说情况并不太严重,我很想自己去找他看一看……总之,我并不会抱怨的。我更担忧的是我的同伴,他在路上就累倒下了……"

"你们来自很远的地方吗?"

"从巴黎来的。然后,是从奥尔良,那您呢?"

"我想,所有人都是来自同样的地方。"

说完这话,他们沉默了好长一阵子,只顾静静地瞧着营地这个蚂蚁窝一般的地方。这两个人都有着一种隐隐约约的共同感觉,那就是,他们已经到达了某个地方,在这个动荡、混乱而又带灵性的地方,有着一种令人欣慰的、令人安心的氛围,那是他们俩很长时间以来各自都不曾熟悉的氛围。她不由得想到了儒勒先生,从她来到这里之后,她就特别想他。他是不是也找到了一个庇护之地?她拒绝去想象他已经死去。

自从她也来坐到他所坐的石头长凳上来,自从他看到她那样俯身安抚着小婴儿,加布里埃尔的脑子里一直就有一个问题在打转转:

"那么,这个小玛德莱娜的爸爸呢……是个士兵吗?"

"没有爸爸。"

说出这句话时,她莞尔一笑,完全不是一个宣告了某种坏消息的女人的那副脸容。加布里埃尔继续若有所思地按摩着自己的腿。

"您本应该去卡车那里,在台阶底下等着轮到您看病。"露易丝说。

加布里埃尔示意他完全明白。

"是的,您说得有道理,但是,在那之前……您知不知道我能够去哪里弄点什么东西吃吗?"

露易丝为这年轻人指了指菜园子边上的烤肉架。

"您就去那边看一看,去问一下布尔尼埃先生。他会嘟嘟囔囔地发牢骚的,他会说还不到时间呢,但是,他会给您一点儿吃的,让您能一直顶到晚餐的时刻。"

加布里埃尔微微一笑,谢过了露易丝,然后就走向了热闹非凡的营地内部。

52

　　加布里埃尔一直担心着那一时刻,到时候,他将不得不爬上四级金属梯级,进入那位军医的野战诊疗所中,让他来检查自己的伤腿。塞茜尔嬷嬷早已露出令人放心的表情来,那是她作为抚慰他人的修女护士的角色所需的。这样的事情总是会遇到的,但是,人们实在很难想象一位修女会直瞪瞪地瞧着一道伤口,并且预测到需要做截肢手术。

　　就好像很害怕不得不直面如此残酷的真相,加布里埃尔感觉他的创伤似乎更为痛苦了。

　　"您在那里到底干了什么事呢?"

　　这就是那位军医一见面时便劈头盖脸朝他甩过来的问题。一时间里,年轻人不由得忘记了他的痛苦,因为,他实在是被惊得瞠目结舌。

　　"这么说来,你们全都是在马延贝格要塞待过的人啰?"

　　这位军医本不是别人,正是那个早先(从此之后,时间就已经加倍计算了)在马其诺防线跟他下过棋的那一位,也就是为他后来在要塞的军需部门找到了一个士官职位的那一位。

　　"当然是的啦,我见过的,那里……对了,还有刚才那个家伙,他叫什么名字来着?"

　　他翻阅着他的卡片文件。

　　"姓兰德拉德,名拉乌尔!他也是的,当初就在马延贝格要塞!真是他妈的,整整一条马其诺防线一下子就被甩到了背后,真是一场灾难啊!"

他一边喋喋不休地说着,一边就把布里埃尔推到一张检查台上,打开了包扎的绷带,开始擦洗起了伤口。

"我发现,您这一次用真枪实弹的射击替代了哮喘,这也太鲁莽武断了吧……"

"一颗德国子弹……"

说完这话,加布里埃尔就咬紧了牙关,寻找着一种过渡:

"没想到您会在这里……"

对于这个医生,你根本不必把一个问题完整地提出来,只说最头里的几个词就足够了。

"您倒是说说看,我的老兄,这是何等混乱啊!短短八个星期的时间里,我就接受了四次新任务的委派。只要瞧一眼我所有那些调动的单子,您就会明白,我们为什么正在输掉这场他妈的战争了。没有人知道应该拿我来做什么用。我这并不是说,我对战争的胜利就绝对不可或缺,而是说,我还能够做一些有用的事,但是,现在,瞧这个样子,我真的是受够了!"

他停下来,做了一个含含糊糊的动作,指了指周围的环境。

"这不是,眼下,我就来到了这里……"

在痛苦的作用下,加布里埃尔的身体绷得紧紧的。

"是不是有些疼?"

"有一点儿……"

军医看来是一副不太相信的样子。他可不是这样看待事情的。

"一个野战医院被调动到了这里吗?"加布里埃尔一边问道,一边紧紧地抓住了床柱子。

当军医想特意强调一下一段话时,他就会停下来,把他手舞足蹈的动作久久地悬置在空中,见此情景,人们会感到某种满足与侥幸,幸亏他不是外科医生。

"戴西雷神父到处忙着为自己进货。他需要一辆医疗卡车,他就去寻找。他就带回来了这一辆,连同我一起。人们都说,对他而言,从来没有什么会像他所决定的那么简单,我可以向你们证实,这是再真实不过的事了!"

军医一边继续着他的工作,一边摇了摇脑袋,那副样子像是在说,多么糟糕的景象啊……

"多么糟糕的景象啊!在这里,您能看到比利时人、卢森堡人、荷兰人……神父说,在法国,外国难民比其他人要更加受苦受难,更加难以应付生活。于是,他就在这里收留了难民,一开始时,是一个人,接着,两个人,然后,三个人,我真不知道,到今天为止这里已经有了多少人,一大批了吧,反正,从昨天起,我就没有停止过工作。看来,他已经去围困了专区政府,迫使那边派人过来做了一番统计。他声称,这些人有权得到这个!在战争期间,这简直就是瞎胡闹!总之,没有人会过来的。于是,他又返回去重新见了专区区长,结果,发生的情况跟平常完全一样。区长说是星期二会来这里。结果呢,他就公开宣布说,他们将会在这里举行一次露天弥撒,真的是滑稽透顶,简直就是一个跳梁小丑,我完全可以这么对您说。"

"那么,您……"加布里埃尔开口说。

"哦,我嘛,"大夫打断了加布里埃尔,他根本就不用听完对方的问题,"伯塞弗伊上校把我借给他们两天,但是,鉴于事态的趋势,我会像您一样,最终……"

"最终……怎么样呢?"

"成为德国佬的俘虏呀,瞧您问的!好啦,行了,您站起来吧,我们看一看……"

说完,他一直走到那张充当了办公桌的桌子前,坐下来,瞧了一眼加布里埃尔。

"您和我,我们一直就是被俘的囚禁者,注定逃不掉。以前是在马延贝格。现在则是在这里。看来,第三次我们将再换个地方,去一个德国人的监狱。我其实还是更喜欢前两个,但是,对此,我又有什么办法呢,根本由不得你来选择。"

加布里埃尔一直坐在检查台上,没有挪窝。

"我的腿怎么样?"

"您说什么,您的腿吗?哦,对了,您的腿……"

他便一头埋入眼前的文件资料中。

"打穿您大腿的根本就不是一颗德国子弹,您把我当作一个傻瓜了吧?"

医生还没有提出任何的诊断意见来,加布里埃尔静静地等待着,但什么都没有来。他便有些忍不住了:

"绝对是这样的,军医,既然您喜欢知道真相,那是一颗你们军队的子弹打穿了我的腿!现在,您就来对我说说,我是应该留着这条他妈的脏腿,还是应该把它丢给猪猡去吃!"

大夫似乎从一场睡梦中醒了转来。他根本没有半点儿恼怒,看来,这是一个很达观的医生。

"第一,一颗法国子弹,您没有告诉我任何什么。第二,很遗憾,猪猡们将不得不去别的地方找它们要吃的东西。第三,我已经给你的伤口处安置了一个引流管,每六个小时,您要过来换一次。假如您严格按照我的医嘱,那么,到下个星期,您就能够迈开大步,一直走到最近的那家妓院了。第四,今天晚上,您能不能过来跟我下一盘棋呢?"

当天晚上,军医连输了两盘棋,但他幸福得如同一个教皇。

等到加布里埃尔前去睡觉时,夜早已经深了。要找到拉乌尔,他得穿越大部分的营地,而最直接的路则要从礼拜堂经过,但到目前为止,他还没有进到礼拜堂去过。在门槛上,他稍稍停顿了一小会儿,然后,进入中殿,走过十字交叉处的耳堂,一直来到祭坛前,从中殿到祭坛,全都被一些褥草、破床、床垫所占据。那里睡着好几十人,是整整的好几家人。加布里埃尔抬起了眼睛向上看。只见屋顶上一处又一处地破了洞，像是美丽的星星进入了室内[1]。这一氛围似乎无法令人联想到人们的躯体胡乱堆积在一起的一种聚集性形象。相反，这里头有着……加布里埃尔搜索枯肠地找着那个词。

"一种和谐……"

他转过身来。

原来，戴西雷神父就在他的旁边，双手交叉在身后，也正凝神瞧着这一大批沉睡中的人。

"我说，"戴西雷神父问道，"您的这条腿，怎么样了呢？"

"它会挺过去的，军医安慰我来着。"

"这是一个苦难的灵魂，但是，他同时也确实是一个好大夫。您可以完全相信他。"

加布里埃尔打听爱丽丝的消息。

"她很好。那样子很有些吓人，但是，情况实际上并不太严重，她需要好好休息。因为救世主依然还需要她！"

加布里埃尔放松了下来，但他同样还在为拉乌尔担心。戴西雷神父应该觉察到了这一点：

"您的同伴也一样，会好转的。他的脑袋上会有一个丑陋的肿块，但是，随着战争的结束，肿块也会消失的，这难道不是救世主的一份礼物吗？"

一下子，加布里埃尔突然就想明白了，无论救世主在还是不在，拉乌尔就如同他本人一样，会从这场战争中挣脱出来。

"星期二，"戴西雷神父接着说，"为了欢迎专区区长先生的到来，我们将会举行一场弥撒。哦，当然啦，没有任何东西是强迫的，别以为你们由此就被捆住了手脚。耶稣对他的门徒说：'你等不要走我的路。走你们自己

---

[1] 作者在此处使用的"美丽的星星"这一词组，也是一出戏剧的名称。《美丽的星星》（Á la belle étoile）是夏尔·盖莱（Charles Guéret）的一出独幕诗体剧，1909年首演。

的路去吧,因为,它会引导你们一直走向我的。'[1]"

戴西雷神父走开了,带着一丝微微的笑容,但他特地捂住了嘴,怕别人看到,他的眼睛里射出一道贪馋的目光,像是一个刚刚贸然说了一句蠢话的孩子。

"祝您睡个好觉,我的孩子。"

在说出祝福的同时,他悄悄地画了一个十字。

确实,加布里埃尔度过了一个宁静的夜。拉乌尔和他都被安置在离猪圈的食槽不远的地方,那里的气味实在不太好闻,而且那些畜生也从来就没有安生过,它们不停地拱啊,刨啊,哼哼唧唧,吱吱呜呜,实在令人烦躁。只不过,这两个男人还是马上就睡着了。在拉乌尔的身边,加布里埃尔一点儿都不惊讶地发现了米歇尔安安静静地躺着的身影。他自己也静静地安抚着那狗的脑袋,它睡得很稳,呼吸极其平静。

晨曦初露之际,他们就醒来了,都是战争期间的习惯。

当加布里埃尔拄着拐杖一直来到院子里时,拉乌尔早已经在那里了,一只手端着他的咖啡碗,另一只手抚摩着坐在他边上的大狗米歇尔的脑袋瓜。

"我看,它现在好多了。"加布里埃尔说。

拉乌尔保持着他面对逆境时的那种目光。

"我不认为我会长时间地留在这里的。"

这话说得似乎很不合时宜。他到底想去哪里呢?巴黎早已经乖乖实行了柏林时间。戴西雷神父在广播中听说,法国政府已经撤离到了波尔多。人们实在看不出,除了最终的投降,到底还有别的什么事情可做,有鉴于此,老老实实地待在这里,跟去别的地方,实在是没有什么太大差别。

加布里埃尔顺着拉乌尔的目光看过去,看到了塞茜尔嬷嬷,她正在礼拜

---

[1] 这段耶稣的话,自然也是小说人物戴西雷神父虚构的。

堂边上跟戴西雷神父说着什么。

"她觉得米歇尔吃得太多。看起来,对人们来说,这已经是显而易见的事实了,她认为,'喂养一条狗可不是一件应该优先考虑的事'。"

他喝完了那碗咖啡。

"我要去稍稍洗漱一下,看看医生能不能给我一点什么,帮我治一下米歇尔,然后我就逃走。"

加布里埃尔正要劝说他几句,但拉乌尔早已走开了。米歇尔迈开沉重而又疲惫的步伐,跟了过去。加布里埃尔决定前去看一下戴西雷神父,来处理好这件事情。在路上,他遇见了露易丝,她刚刚把两个双胞胎送去了托儿点,这会儿正拿着一杯咖啡在那里喝呢。

"您的腿,现在怎么样了呢?"

"它完全可以经受下一次战争的考验了,军医的治疗让我很有信心。"

两个人在一座坟墓上坐了下来。加布里埃尔很是惊讶地说:

"这不会带来什么厄运吧,你敢肯定吗?"

"戴西雷神父发现,这甚至还受到了大大的推崇。他说,这些坟墓都充满了智慧。这应该算得上是坐浴疗法的一种普世性的变种。"

露易丝为这样一种很形象的想法而感觉微微有些脸红。

"我还不知道您的名字呢……"

他朝她伸出手去。

"我,我叫加布里埃尔。"

"我,我叫露易丝。"

他一下子就把她的手给抓住了,这个动作只能是一个偶然举动,露易丝,叫露易丝的人多了去了……但是,拉乌尔收到那封信仅仅只是三四天之前的事啊,它无疑来自这附近的某个地区,既然那是军士长亲手转交给他的……

"是叫露易丝……贝尔蒙吗?"

"正是贝尔蒙。"她回答道,万分惊讶。

加布里埃尔噌的一下站了起来。

不知怎么,露易丝一下子就明白了。

"我要去找一个人……您必须在这里等着我回来……拜托您了……"

一会儿工夫之后,他回来了,带回了他的同伴,他只是对他的同伴简单地说了一句:"露易丝就在这里……"

"露易丝,我给您介绍一下我的战友,他叫拉乌尔·兰德拉德。你们聊聊吧,我就不陪同了……"

说完,他扬长而去。

这也是我们将要做的事。因为,露易丝和拉乌尔需要一种只属于他们俩的私密氛围,而且,我们都已经知道了这个故事。仅仅请你们瞧一瞧这个,就已经是多么的令人激动了。拉乌尔在露易丝的身边坐了下来,两个人还没有开口说一个字呢,他就在自己的衣兜里乱翻了一阵,最后掏出来一张纸,只是小小的一截,那正是他所保留的那封信的唯一部分,她的签名:露易丝。

他们一聊就是整整的一天,只是在露易丝必须去照料小玛德莱娜时,他们才稍稍离开了那地方短短一会儿,但是,随后,他们又回来,一直在那里继续聊着,拉乌尔想知道他母亲的一切,那个疯狂的故事,那段抑郁的经历,引发了他的一种不无痛苦的激动。他发现,他的母亲原来就生活在巴黎,跟他近在咫尺,只需要那个大夫对他说出真相,他原本就能有一个母亲……他终于明白到,让娜从来就不知道她的孩子就生活在讷伊,离她只有三步远,就在她曾经做过女仆的那栋房子里……而正是这一点,才是最可怕的,才是最让他痛苦不堪的:他明白到,那个大夫,那个把孩子丢弃给他自己妻子,丢给狠心后妈的魔爪之下的人,原来竟是他的生身父亲。而且,他从来就没有动过一下小手指头来保护他免遭后妈的折磨。

上午差不多过去了一半的时候,戴西雷神父外出筹粮回来,下了天主之卡车,从他们旁边经过,便停下了步子,仔细瞧了一眼他们,看到他们的手彼此交缠在一起，看到他们的面孔彼此离得很近，看到拉乌尔正动作笨拙地擦着眼泪，他顿时明白到，这两个人之间一定是发生了什么动人心弦的事。

"救世主，"他开始说，"把你们放置在了同一条道路上。无论你们感受到什么样的忧伤，你们都要告诉自己，他做得很对，因为这忧伤让你们变得坚强。"

他在他们的头顶上画了一个十字，然后离去。

中午时分，拉乌尔伸出双手，从露易丝那里接过了那个小小的盒子，盒子里装的正是露易丝在战火中奇迹般地保留下来的让娜的信件。

"读一读它们吧。"她说。

"等一会儿再读吧。"他回答道，他还没有下定决心呢。

然后，终于，他们彼此提出了千百个问题，他们故事的风景开始明朗起来，拉乌尔豁了出去，解开了细绳的结头。

"不，请你留下来。"他说。

他开始读了起来：

"1905年四月五日。"

差不多已经到十九点钟了，夜幕开始降临。戴西雷神父始终坚持，要让晚餐早一点开饭。那都是为了孩子们，他说："他们最好还是跟家人一起吃饭，但是，因为他们得睡得早，所以，我们就得早一点儿吃晚餐。"对于所有来到这里的人，晚餐的这一时候才是最大的惊喜。通常，午餐都不是大家在一起吃的，每个人都按自己的习惯吃自己的，但是，晚餐，那完全是另外一回事。

"这多少就像是我们的弥撒。"戴西雷神父如此解释说。

到了预定的时刻，一家家、一队队的人全都分散坐在了墓碑石上，不多的几张桌子则特地留给了最年幼的孩子，还有最年长的老人。但是，只要戴西雷神父还没有念起他的餐前祝福经来，任何人都不敢动刀叉开始吃。那一时刻，所有人的脸全都转向了他，而叉子和匙子仿佛也都眼睁睁地朝着天。只见他，目光转向天上的云彩，用响亮的嗓音开讲道：

"为我们祝福吧，救世主，祝福这一分享的时刻。请允许我们的身体增加力量，好为您效力。请允许我们的灵魂变得强壮，好迎接您的光临。阿门。"

"阿门！"

所有人都开始静静地吃了起来，然后，一个个嗓音轻轻地嗫嚅，很快地，就变成了食堂中常见的叽叽喳喳，这让戴西雷神父觉得陶醉。他很喜欢这一时刻。他特别希望能结合当天的情景来念讲他的餐前经，甚至于最好能结合眼前的形势。

那天晚上，他说：

"救世主啊，你为我们提供了滋养我们身体的食物，你还滋养了我们的心灵，因为你允许我们遇识他人，这他人是如此亲近，又如此不同，在这他人身上，我们认出了我们自己，你还帮助我们为他打开我们的心，就如同你为我们打开你的心。阿门。"

"阿门！"

人们吃起饭来。

通常，在餐前经的那一刻，爱丽丝总会显现出一张迷迷糊糊的脸，好像她的心被天主的仁爱、被这一刻的美、被戴西雷神父的优雅所充盈。

但是，今天晚上她不是这样。

她的目光被花园入口处隐隐约约的一点给吸引住了。那里，站着一个留了一把大胡子的男人，他身穿肮脏的军装，手中提落着一个水手背包。

"费尔南！"

她立即站了起来，双手按住了自己的嘴唇，说道：

"我的天啊……"

"阿门！"戴西雷神父说。

"阿门！"众人重复道。

445

53

"这可不一样,"费尔南坚持道,"他在那里,你明白吗?他们俩都在那里。"

他说话的声音很轻很轻,宿舍里又是人满为患。

爱丽丝紧紧地搂住他。他伸出一只手去,就如他平时一直做的那样,轻轻地按在她的乳房上,这只坚实的、饱满的、善待人的、娇嫩的、母性的、充满爱意的、光滑如丝的乳房,对爱丽丝的乳房,他从来都没有足够的形容词来形容。这一重新找回的感觉让他激动得热泪盈眶。他连珠炮似的提出了一个又一个的问题。你的心脏现在怎么样?你怎么会在这里?你能不能不要让自己这般疲劳了?你现在到底在做什么呢?难道除了你,他们就没有别的人能够来帮忙工作吗?很遗憾,我不得不这么说,但是,这个神父看起来像是你能想象的任何一种人,可唯独就是不像一个神父!我们还是回维尔纳夫去吧,你将得到好好的休息。不?但是,为什么不呢?等等,等等。

爱丽丝十分了解费尔南,就仿佛他是她用毛线一针一钩地编织出来的。当他像机关枪扫射似的连连发出提问时,那并不等于说他是真心地在问问题,并不是说这些问题很重要,他正期待着答案,而是说,这透露出了他心中的一种困惑,一种忧虑,这个男子是如此焦虑不安。她从容不迫地回答着,用"是",用"不是",反正,答案总归会这样出来的。它首先会先以这样的形式出来。他轻轻地压着她的胸口(无论在哪个季节,他的手都是暖

乎乎的,总是那般的令人心安),并且说:

"这一切的一切,还得从那些扫大街的清洁工开始说起,很显然,我想到了《一千零一夜》,想到了波斯,你明白吗?"

爱丽丝的嘴里发出了一记轻轻的响声。对她来说,要把扫大街的清洁工跟《一千零一夜》联系到一起,那可不是一件显而易见的事。

他细细地解释了一切。

她远没有去指责他,非难他,反而觉得他的这一段历险令人难以想象地充满了传奇色彩。完全配得上《一千零一夜》。费尔南竟然能够胜任这样的历险,而一切,仅仅只是为了让她能实现自己的梦想,一想到此,她就不禁感动得热泪盈眶。费尔南以为她已经绝望,她将要惩罚他,但是,她对他说了种种充满爱意的词语,种种表达渴望的词语,她趴到了他的身上,融化在了他的身上,他们不知道他们是不是闹出了动静,在这里,就像在那些人口众多的贫穷家庭中那样,人们听得到一切,人们什么话都不说。

他们终于久别重逢了。通常情况下,这一时刻,费尔南会开始鼾声隆隆但是,这一次,他始终清醒着。

爱丽丝明白,他并没有讲出一切。

"那些钱,我有一部分带在了身上,在我的背包里,应该还有五十多万法郎。"

直到现在,他一直都在说钱的事,但始终没有明确有多少数目。他提到过"一口袋的钱",她把它理解为一个小手提包的钱。但是,假如,在他唯一的那个水手包里,就有五十万法郎的钞票……

"还有,在巴黎的家中,在地窖里有多少钱?"她问道。

费尔南不知道,他没有数过。

"我想,可能有……八百万……一千万……"

爱丽丝听得目瞪口呆。

"是的,差不多有一千万吧。"

一笔巨款,听得人都傻了眼。一笔天文数字的款额,听得人心惊肉跳。

但这样的一笔巨款……爱丽丝却不禁笑了出来。费尔南赶紧用一只手捂住了她的嘴，可她已经笑得停不下来了，她紧紧咬住了用来充当枕头的东西，"我太敬佩你了。"她说，不是因为那笔钱，而是因为他的疯狂，她又一次趴到他的身上，又一次彻底融化在了他的身上，她已经准备好就那样死于心跳骤停，如果这时候发生这事，那么命运真是选对了最好的时间。

随后，费尔南也并没有开始打呼噜。

就这样，没完没了了。她感觉，在短短的一个星期中，他已经活过了三番人生，他还会向她承认新的什么呢？

"是罪行，爱丽丝，是一些罪行。"

她不由得害怕起来。费尔南是不是杀了什么人？于是，他就开始说起了寻南街的监狱，说起了巴黎公交公司的大客车，一直说到一颗子弹打在一个年轻人的脑袋上，说到一个死板僵化的、只会庆贺自己完成任务的上尉，最后，费尔南还说到了自己，说到他是如何把枪口对准了一些逃跑者，最终却没有勇气朝他们真的开枪。

"而他们竟然跑到了这里，就在这里，简直令人难以相信，"他说道，"我一看到他们，坐在墓地中吃饭，我其实本应该猛扑上去，掐住他们的喉咙，以法律的命令逮捕他们，然而，我却什么都没有做。这只是一些逃跑者，爱丽丝，一些逃兵，一些抢劫者！现在，一切都终结了。战争终结了，我也终结了。"

费尔南并不太忧伤，但是很沮丧。他脑子里想的不是那些逃亡者，反倒是他的软弱，他的懦弱，他的失败，自己的名誉扫地。

他一说到职责的话题，就不像说到金钱时那样了，爱丽丝没有办法让他内心的浪潮平息下来，因为费尔南无法走向理性。他们俩，谁都没有真正睡着觉。每天早上大约五点钟，公鸡就会鸣叫，吵醒所有的人（人们曾经请求戴西雷神父把它给宰了，烤它的肉来吃，但是毫无结果，他总是说："它在召唤着我们去念颂赞经，我的孩子们，耶稣是我们'初升的朝阳'！"），而这一天，公鸡也没有能把他们从蒙眬中唤醒过来，他们俩都还在瞧着天上的星星呢。这时候,爱丽丝朝着费尔南转过身来。

"我的爱,我知道,你总是躲着藏着不愿意去教堂,我不知道这是为什么,而且,这也不关我什么事,但是,我在问我自己,假如你去忏悔,是不是会更有帮助,更明智……"

她是怎么知道这个的呢,费尔南并没有责问自己,爱丽丝知道一切,这是毫不奇怪的。不,让他感觉为难的,是要前去向一个像戴西雷神父那样的教士忏悔,他们已经跟他一起度过了晚上的一段时间,他并不觉得他是个严肃的人。

"不严肃吗?"

"我是想说……"

"这是一个圣人,费尔南!人们并不是每天都有机会去向一个圣人忏悔的,我向你担保……"

于是,到五点半左右,费尔南就等在了戴西雷神父那个单间的门口(他每天早上六点钟之前就会出门),一看到他出来,费尔南就说:

"我的神父,我需要忏悔,很紧急……"

很久很久以来,礼拜堂里就既没有了椅子,也没有了跪凳,更没有了祭台,但是,这里依然还存留有一个忏悔间。在这座教堂中仅剩的一件动产,就是一个罪孽宣泄口。

费尔南讲述了一切,逃跑者的问题尤其让他的内心感到痛苦。

"但是,我的孩子,您的职责到底是什么呢?"

"抓住他们,我的神父!正是为此,我才……天主才把我放置在那里!"

"救世主把您放置在那里,为的是抓住他们,而不是为了杀死他们。假如他希望他们死去的话,那么,请您相信我,这两个人早就已经死掉了。"

费尔南不吭声了,这一番逻辑推理让他无话可说。

"您是凭着良心那样干的,就是说,按照着我们的救世主的意愿,您完全可以心安理得啦。"

"这就全说完了?"费尔南很想这样说。

"但是,还有钱的事情呢,"戴西雷神父问道,"您对我说过,您是把它给随身带着来的,是吗?"

"不是全部,我的神父!仅仅只是其中的一部分……那都是偷来的钱……"

这一次,人们似乎觉得,戴西雷神父将要发怒了:

"根本就不是那样的,我的孩子,正好相反!在错乱中,在惊慌中,政府当局烧毁了相当大一部分群体的财富,而它们,则是所有人的共同财富。而您,您这是拯救下了其中的一部分,这就是事实真相。"

"有鉴于此……现在,这一笔钱,我必须把它给归还了。"

"这得看情况而定。假如您敢肯定,它将有助于人们的行善,那么,您就把它给归还好了。假如,您不那样认为,那么,您就把它给留着吧,自己把它当作财富。"

费尔南从这一番忏悔中挣脱出来时,头昏眼花,脚步踉跄。戴西雷神父是以一个辩护律师的方式听你的告解的,这一点相当奇怪。但是,我们不得不承认这样的一点,即费尔南感觉到浑身轻松。

54

露易丝和拉乌尔的这一番长久对话,对于他们俩,无论是对他还是对她,都产生了一种很好的宽慰的功效。露易丝似乎觉得,自己已经修补好了某种东西,已经重新建立起了某种公正。

"当然啦,对于我的母亲,一切都已经晚了……"

她很想说"让娜",但是,让娜已经重新成了她的母亲。

而拉乌尔,他在短短的几个钟头里,面容就已大大地变了样。加布里埃尔远远地瞧着他们俩,观察着这一变化,它完全是戏剧性的,就跟冉阿让在出席阿拉斯的诉讼案时,满脑袋的头发一夜之间就突然变得全白完全一样。拉乌尔终于成功地为他以往的生活加上了恰当的词语,而这些词语,恰恰是露易丝把它们说出来的。发生在他身上的所有那一切,并不全是他的错。他并不是一个令人失望的孩子,人们因为不能够把背后的一切跟他分离而惩罚他。他明白到,他曾经是一个邪恶女人的牺牲品,而这,对他是一次极大的宽慰。

对他的父亲,他现在是怒火万丈。这个男人抛弃了他两次:首先,把他扔在了育婴堂;而后,又把他扔到了他妻子的手中。

而他强加给露易丝的,更是一种残酷无情。

"哦,不,"露易丝说,"那并不算太残酷。他从来就没有想过要让我受苦。那一切的发生全都由不得他,他对此无能为力。他是很爱我的……他干得出那样的一件事来，一定是绝望至极了。"

拉乌尔点了点头，带着一种前所未有的严肃样。通过跟露易丝的这一番长谈，他感觉自己已经脱离了长久的苦难童年，像是一个大病初愈的人，刚刚进入一种恢复期中。

而在此期间，他们的周围，整个营地则充满了一片骚动。那个为迎接专区区长的到来而举行弥撒的故事，让每个人都激动起来，因为它赶在了很特殊的一天中。头一天，贝当元帅"怀着一颗揪得紧紧的心"，呼吁停止战斗，而德国军队则渡过了卢瓦尔河，过不了多长时间，人们就会看到他们来到这里。总之，这一小群人的反应，就如同前一年里政府高层的那批人的所作所为，他们没有别的可做，只有把接下来的事态进展全都交给天主来安排。尽管如此，人们还是达成了一致意见，一场所谓的露天弥撒，毕竟还是不一样，人们全都这么说，在星期一，这个想法流传了整整一天，人们决定，趁此机会把礼拜堂的整个中殿、耳堂和祭坛全都清理出来，好让第二天的弥撒得以在礼拜堂内进行。

戴西雷神父非常兴奋地看到，信徒们都热情洋溢地准备好了节目。"天主保佑你们！"他对任何愿意听的人都这样说。人们腾出了足够多的位子，能让所有人都可以面对着那张临时加高的充当祭台的桌子，人们还清扫并清洗了那块已有百年历史的透亮老石头。戴西雷神父建议，星期二那天，人们在进入礼拜堂之前，要先来上一番游行。这一倡议，为此情此景增添了一种庄严气氛，得到了人们的热烈响应。由于戴西雷不熟悉任何的宗教歌曲，他便一个劲地激励塞茜尔嬷嬷和爱丽丝，让她们走在队伍的最头里，并领唱歌曲，让众信徒跟随她们一起唱。然后，他还请比利时人菲利普制作了一个十字架，好让他扛着走，他还请爱丽丝用几乎是白颜色的床单，为他缝制了一件教士穿的教袍。

十点左右，当区长按照约定的时间来到时，他在花园里被游行队伍挡住了一小会儿。塞茜尔嬷嬷走在队伍最头里，高唱道："是你，救世主，为我们的生命，送来撕开的面包！是你，救世主，我们的一体，复活的耶稣！"[1]

紧接着，戴西雷神父就出场了，他穿一身白色的教袍，低着脑袋，扛着十字架，吃力地负着重。戴西雷看到，自己俨然一副主教的模样，甚至就是教皇。

在接下来的弥撒过程中，专区区长卢瓦索被安排坐在了第一排，他的左侧是一脸严肃的塞茜尔嬷嬷，他的右侧是爱丽丝，一脸的迷惘，而爱丽丝的边上则是费尔南。

在他们的身后，就是加布里埃尔和露易丝，露易丝的怀里还抱着小婴儿，两个双胞胎男孩则紧紧地偎在她的腿边。而拉乌尔，最终还是没有出发走掉，因为，那已经没有什么用了。没有人觉得他带着米歇尔一起出席弥撒仪式有什么不妥的，那条狗真的是乖乖地坐在他的身边，活像是教区中的一个教民。

"Arse diem ridendo arma culpa bene sensa spina populi hominem futuri dignitate... Amen."[2]

"阿门！"

这里的所有人全都早已熟悉了戴西雷神父那套奇怪的礼拜仪式，哪个动作是要让人们站立起来，哪个动作是要让人们坐下来，他们也都已相当熟悉那些用"原始的拉丁语"念诵的长篇累牍的连祷文，以及他那一系列怪异的肢体动作，它们虽然也能让人隐约地联想到平常在弥撒时习惯看到的那些动作，但是，总处在某种奇异别扭的秩序中。

"Pater pulvis malum audite vinci pector salute christi... Amen."[3]

"阿门！"

塞茜尔嬷嬷很有些生气，好几次转身过来朝向专区区长卢瓦索，但是她

---

[1] 这几句是天主教礼拜仪式中领圣体时唱的歌。
[2] 这是一段乱七八糟的拉丁语，我们姑且也把它乱七八糟地翻译为："由此，好生地嘲笑武器之错，人类未来尊严的脊梁。阿门。"
[3] 同上，这也是一段错漏百出的拉丁语，我们大致翻译出如下的意思："尘世之父，请听我们的苦难，我们衷心地感谢基督……阿门。"

看到，区长已然被这一如此新颖的礼拜仪式所深深地迷惑，似乎觉得这确实就是人们所能为他展现的所有时代中最早的一类宗教祈祷仪式。

戴西雷神父很快地就转到了他的布道中来。这个，以及告解，都是他的最爱，只有在那一时刻，他的才华才会得到最威严的展现。

"我最亲爱的兄弟们，我最亲爱的姐妹们，让我们在此感谢救世主（他高举起双臂朝向天空，直接向着礼拜堂已经有些破损的穹顶投去一道充满了痛苦以及希望的目光），感谢他让我们聚集在一起。是的，救世主，我们在召唤你。是的，救世主（他确实酷爱这一类的句首重复），我们在祈求你。是的，救世主……"

戴西雷已然全身心地进入了一个美丽的长篇系列，但是，所有人的脑袋都转向了礼拜堂的入口，听众们显然分心了。

"是的，救世主，你来到这里，让世人为你……"

一阵机动车的发动机声响传了过来，很多很多的发动机。兴许是卡车，人们还听到了外面响起了人的喊叫声。

"是的，救世主，我们看见了你天堂的光芒……"

戴西雷突然闭嘴不语了。

所有的人现在都眼睁睁地瞧着站在门槛上的三个德国军官，而汽车门关上的咔吧咔吧声，则响起在了墓地中。

没有人知道该做什么好了。

区长卢瓦索发出了一声叹息，正准备站起身来，朝敌人迎面走去，这时候，戴西雷神父的嗓音又响了起来：

"是的，救世主，考验就此来到了！"

人群又一次把身子重新转向了他。德国军人一直纹丝不动，他们直挺挺地站在那里，双手交叉，放在背后。

戴西雷拿起他的那本《圣经》，狂妄地翻阅起来：

"我的姐妹们，我的兄弟们，让我们回顾一下《出埃及记》这一篇。法老来到了（他伸出一条胳膊，朝向礼拜堂的入口），威严而又残忍的法老，邪恶的统治者，撒旦的造物！法老奴役着各族人民，压迫着希伯来人。于是，救世主，你指定了一位拯救者，一个卑微的人，心中带着深深的疑虑，你必须启动埃及的十大瘟疫[1]，才能最终救援他。"

戴西雷神父的一条胳膊朝向天空高高地举起。

"哦，是的。法老前来悔过了！但是，他的心灵依然是凶恶的，他的本质依然是邪恶占了上风！他凶狠地追杀着希伯来人，因为他想要灭绝他们！"

戴西雷的嗓音震响在礼拜堂中，像是一个幻觉满满的传道士的嗓音。

"要成为世界的唯一主人，这就是法老心中的意愿！希伯来人纷纷外出逃亡。人们看到他们在大道上，在小路上，逃避着法老那世界末日般的愤怒，人们发现他们惶惶不可终日，四处藏匿，悲怆地尝试着摆脱法老满怀仇恨的迫害！人们看到他们行走啊，行走啊，一路行走，在这一似乎永无出头之日的逃亡中精疲力竭地倒下！"

他静静地停顿了很长时间，一道目光扫过整个人群。最远处的门口，那些德国兵连眼睫毛都没有眨动一下，目光一直射向神父，那真的是一种冷冰冰的、平静而又坚定的眼神。

"而那一天终于来到，法老已经追到了他们的背后，追得是那么近，他们根本用不着回头看，就能感受到他那杀气腾腾的在场。他们快要完了。所有人都将不得不屈服，或者是死去。绝望的气氛笼罩了一切。他们将就此放弃吗？就此屈从于法老的勃勃野心吗？或者，他们将继续前行，葬身于波涛汹涌的大海？而就是在这一时刻，救世主啊，你的意愿表达了出来。你帮助了希伯来人，因为他们需要你。是的，你分开了海水，你劈开了波浪！全靠了你，希伯来人得以一路向前，最终逃脱！然后，你无情又公正地让海浪复

---

1 所谓的"埃及的十大瘟疫"（les dix plaies d'Égypte），据《旧约·出埃及记》中的记载如下：血水灾（7:14~25）；青蛙灾（8:1~15）；虱子灾（8:16~19）；苍蝇灾（8:20~32）；畜疫灾（9:1~7）；泡疮灾（9:8~12）；冰雹灾（9:13~35）；蝗灾（10:1~20）；黑暗灾（10:21~29）；长子灾（11:1~10，12:29，30）。

归,在法老以及他的军队、他的人马的头顶上合拢[1]。"

戴西雷大大地伸展出两条胳膊,他面带微笑。

"我们今天站在你的面前,救世主。我们准备好了要经受考验,但是,我们知道,你就在那里,我们的牺牲不会是无谓的,而法老,或早或迟,将会在你的意愿面前让步。阿门。"

"阿门!"

戴西雷神父,如同人们所见的那样,对待《圣经》的文本也采取了某种自由的态度,但他的意图是明确的,他传达的信息是明澈的。

戴西雷刚刚介入了政治。

他的讲道结束了,他走向了礼拜堂中央的开间,一直迎着三个德国军官走去,只见他们的身影在门框中清清楚楚地勾勒了出来。

人们看到,他伸出了双手,放缓了脚步。然后,站定在了那个明显是头领的军官面前。

他大大地伸展开了双臂,以强调他以他个人所做出的牺牲。

"嘿咦,希特勒!"那个军官同样也伸出了胳膊,大声喝道。

于是,所有人全都明白了,这三个德国人当中,谁都不会说一句法语。

正是因为这个道理,从下午一开始起,人们就看到,那张曾经充当过祭台的大桌子就在院子里支了起来,每一个在此避难的人都要向德国军官出示自己的身份证件,而那个军官则时不时地转身朝向右面,要区长卢瓦索帮他翻译一下这个人或那个人的话。戴西雷神父则坐在他的左边,为这一怪异的仪式点缀种种的插曲故事,因为,通常,那位区长总是只用两三个词简明扼

---

[1] 摩西带领以色列人逃过红海的故事,见《旧约·出埃及记》第14章。在耶和华的旨意下,"摩西向海伸杖,耶和华便用大东风使海水一夜退去,水便分开,海就成了干地。以色列人下海中走干地,水在他们的左右做了墙垣。"等以色列人逃过海之后,摩西又"向海伸杖,到了天一亮,海水仍旧复原。埃及人避水逃跑的时候,耶和华把他们推翻在海中,水就回流,淹没了车辆和马兵。那些跟着以色列人下海去的法老的全军,连一个也没有剩下。"

要地交代一下,他便不得不为之作各种各样的补充。

人们让那些有小孩子的家庭先过来登记。

露易丝来到了,一左一右拖着两个双胞胎,怀里还抱着那个小玛德莱娜。她指着两个小男孩,解释着一切,那个幼儿园女教师,那个她并不知道其名称具体是什么意思的城市,那个下令撤退的市长,那些并没有过来找自己孩子的家长。她显得十分激动。

专区区长听着德国军官提出的问题。

"这位先生问您,他们是否随身带着身份证件。"

"什么都没有。"露易丝说。

她的嗓音颤巍巍的。军官是一个面容清秀的人,他没有说太多的话,人们很难猜测他的意图。

"那么小婴儿呢?"卢瓦索先生问道。

戴西雷神父哈哈大笑起来。

"哈,哈,哈!哦不,这个孩子是她的!那是她自己的孩子!"

说完,他俯身朝向区长。

"您能不能问一下这位先生,是不是可以为这位女士和她的孩子重新做一份证件?既然她的一切都已经在路上全都丢失了……"

军官同意了,示意下一个家庭上来登记。

露易丝身子一晃,若不是戴西雷神父眼疾手快,一下子站起来把她扶住,她恐怕就会倒下,紧接着,她被搀扶到加布里埃尔身边,由他来照顾她。

排队登记持续了整整一个白天。

所有人都从那张桌子前经过。

费尔南递上了他的证件,军官问了他问题,没有人明白是出于什么理由,他们的对话的每个字都被翻译了出来。

加布里埃尔和拉乌尔毫无困难地说出了,他们之前是在哪个部队中服役的。还有,到底是在什么样的情境下,他们被丢在了公路上,如同那么多的其他士兵那样,当然,实际情况并非他们说的那样真实。他们当场就把自己洗刷得清清白白。

最后，军官合上了登记本，把手伸给了专区区长，两个人彼此交换了几句礼节性的客套话。军官本来还想跟戴西雷神父打个招呼，但是，好几个小时之前，人们就见不到他的踪影了。由于谁都找不到他，德国人也就走掉了，约定第二天见面，再来讨论营地的拆除以及难民的转移问题。

人们找了很久戴西雷神父，但一直没有找到。从此，谁也没有再见到过他。

当天，晚些时候，费尔南发现，他的水手包不见了。

当塞茜尔嬷嬷得知了这一失踪的消息时，她顿时气得火冒三丈，而爱丽丝则在一旁暗自发笑。

"卢瓦索先生早就感觉到问题了！他都对我说了！那是一个大骗子，没别的，就是一个大骗子！"

"当然是的。"爱丽丝说，脸上始终挂着微笑。

"怎么……您也知道吗？"

塞茜尔嬷嬷大惊失色。

"是的，显而易见……"

"而您什么都没有说？"

爱丽丝瞧了一眼营地，所有人都在这里找到了庇护。

"这个嘛，无论他是不是教士，那都不太要紧，"她温柔地说，"他都是救世主派来给我们的。"

尾 声

让我们先从儒勒先生说起吧,他从我们的故事中消失已经有很长时间了。不过,请读者诸君尽管放心好了,他并没有成为造成了他与露易丝之间长久分离的那次德军空袭的牺牲品。他好赖对付着,继续他的南下之行,并最终在卢瓦尔河畔拉沙里泰被停战协调机构所收留。于是,他决定逆向而行,北上返回巴黎。"现在,既然他们已经结束了他们的蠢行,而我就必须让我的餐馆重新开张!"他对愿意听他诉说的人们这样说。要讲述儒勒先生重返巴黎的曲折经历,将会是另外的整整一个故事,人们恐怕也猜想到了,它是断断不会缺少各种美妙无比的插曲的。儒勒先生于1940年七月二十七日到达巴黎,到达之后的第二天就让小放荡者餐馆重新开门营业了。

露易丝嫁给了加布里埃尔,他们是1941年三月十五日在巴黎结的婚。他们没有自己的孩子。加布里埃尔在一家私立学校找到了一个数学教师的职位,十年之后,他成了这所学校的校长。对他而言,小姑娘玛德莱娜成了一种真正激情的倾注对象。而作为他对这个孩子的热情洋溢的爱的原因或是结果,她显示出了数学方面的一种非凡才华,甚至,在很长的一段时间里,她一直是法国最年轻的女数学教授。加布里埃尔曾经是她的教授,后来却成了她的学生,而那时候,她才十六岁。后来,当她离开法国,前往美国的一家实验室工作时,加布里埃尔一下子就衰老了十岁。他继续跟踪关注着她的研究,直到他自己的能力到达了极限。有一天,他对露易丝坦然承认说,他在读玛德莱娜的著作和文章,但是他没能读懂,这就像是在欣赏外语的诗歌,为的只是体味它唯一的音乐美。

人们恐怕也猜想到了,露易丝一直没有再回到丹雷蒙街的那所公立小学去,她把她几乎全部的时间和精力都投入到了抚养小玛德莱娜上面。根据传统,每年孩子生日的那天,都会在小放荡者餐馆里举行庆贺活动。儒勒先生会送上一份例外的饭菜,还有一个生日蛋糕,而他对那个小姑娘说,他会在自己去世的前一天告诉她这个蛋糕的配方以及制作秘诀。就在玛德莱娜八岁生日的那一天,儒勒先生的心脏病突然发作,轰然倒下。在医院的病床前,他拉着流着眼泪的小玛德莱娜的手,解释说,他不会现在就死去的,因为他还没有把制作蛋糕的秘方告诉给她呢。他说得当然很有道理,只不过,他出院回家之后,就像是变了一个人似的。他询问了露易丝,问她愿不愿意接手替他来经营餐馆,她说她愿意,于是,露易丝就接手了餐馆。她证明了自己是一个极其优秀的厨师,就像在儒勒先生当老板的那时候一样,店里头总是顾客盈门。她总是在后厨中忙碌,从来不到餐厅中来,而餐厅中的唯一变动就是,她撤走了梯里翁大夫差不多整整二十年期间一直习惯坐的那张桌子,并且用一台自动电唱机来代替它的位置。

儒勒先生于1959年去世,辞世之际,如同人们所说的那样,身边围绕着一大圈家人好友。

1980年,露易丝在七十岁时,拒绝再下厨房干厨师的烹调活。加布里埃尔则在此前的一年去世,他死后,她就没有多少心思干她的活了。至于她的玛德莱娜,则完全居住在另一个星系中,露易丝决定卖掉她的餐馆。今天,那个地方是一家鞋店。

双胞胎男孩的父母当时真的是绝望至极。他们后来得知,那个幼儿园的女教师着实是被德国兵即将来到的通告吓坏了，并没有耐心地再等上更长一点儿时间，等孩子的家长赶过来，而是匆匆地带上三个孩子就上了路。说实话，她当时肯定认为，那三个小小的孩子当真就砸在了她的手中。就这样，这对双胞胎，跟千千万万个突然被剥夺了跟父母亲联系的孩子一样，与自己的父母天各一方，被匆匆地带上了逃难之路。要知道，那些孩子中的相当一部分，从此再也没有见到过自己的父母，这在今天是根本无法想象的。整整好几个月时间里，人们到处听闻那些当爹的、当妈的绝望呼唤，人们到处看到成百上千张寻人启事，其中有一些还带有照片，这充分透露出由那些生离死别所造成的万般忧虑与悔恨。

这对双胞胎兄弟的运气很好，终于回到了自己父母的身边。

然而，当时，在那个村子里，却没有任何人前来认领被露易丝留在身边的小姑娘。尽管没有丝毫的证据，人们还是猜测，她的母亲当时一定是遭了天大的难，以至于那天早上会把她留在市里的那家幼儿园。

拉乌尔·兰德拉德实在很难从苦难的真相中缓过劲来，露易丝为他揭示的身世真的是让他伤透了心。他坚信，他姐姐昂丽艾特是知晓这一切的，但出于懦弱，对他隐瞒了实情，于是，他和她闹翻了。

因为实在不知道该做什么才好，他选择了军事生涯。"我真的看不出来，我还能干点儿别的什么。"他当时这样对他的妹妹露易丝说。那显然是一个非常适合于他固有趣味的领域，因为他的确喜爱各种各样小小的非法交易，但实际上，那是一个很糟糕的选择，而无论是他，还是她，当时都没有明白这一点。对一个在抵抗某种权威（这权威的具体体现就是热尔曼娜·梯里翁）的基础上建立起自己生活的人来说，从军并非一个好主意。就这样，他在军队中度过了一段相当平庸的生涯。但是，种种事件还是把他带回到了他自身之中。在军队中，他又找到了他跟加布里埃尔之间曾经有过的那种战友情谊。六十年代初期，当他的战友们带他走向秘密军组织OAS[1]时，他特别容易地就投入到了这个事业之中，尤其因为该组织专门与戴高乐将军作对，只因为戴高乐将军自然而然地象征了一个他必然与之作对的严父形象。当露易丝明白到，拉乌尔十分积极地投入这一组织的行动中时，她就使劲地抓住了他的胳膊，对他说："现在，我为你感到幸福，但是，以后我将不会再高兴见你。我总是会问我自己，你手上拿着的是什么东西。"

那时候，他就转向去看望昂丽艾特，而她，也热情地接待了他，就仿佛他是头一天才刚刚离开的她。

说到拉乌尔这一话题，小姑娘玛德莱娜第一次跟她的母亲意见相左。对于她，他始终就是某一个美国叔叔[2]。自从她的幼年时代起，他来看她时没有一次不带着礼物，也没有一次不是不知疲倦地跟她说话，讲故事给她听，她觉得他非常漂亮，而且，他也曾经救过她父亲的命，一个小姑娘又如何能抵挡住……

而种种的事件，依然是它们，总归还是让所有人都达成了一致。

1961年十一月，在秘密军组织（OAS）与争取共同体运动（MPC）[3]之间的一次剧烈暴力冲突中，拉乌尔被杀死（而具有讽刺意义的是，在MPC中，早先的下士长伯尔尼埃是一个十分活跃的积极分子，他是坚定的戴高乐派，恰如他也是嗜酒如命的人，在这两方面，他的行为方式都是那么迟钝，那么固执）。

对于露易丝与玛德莱娜，拉乌尔始终是一片模糊地带，她们俩都很少

1　秘密军组织（Organisation Armée Secrète，简称OAS），是法国在二十世纪六十年代通过武力反对阿尔及利亚独立的带有恐怖主义性质的军事化地下组织。它由一些不甘心失去阿尔及利亚的法国前军官组成，其攻击目标是所有支持阿尔及利亚独立的人，不管是致力于民族解放的阿尔及利亚解放阵线（FLN），还是法国政府本身。它曾多次组织刺杀戴高乐将军。
2　在法语中，"我的美国叔叔"这一表达法通常指的是"一个在远方的富有的亲戚"。其本意为家中某个去了美国并发了大财的人；引申为任何一个能以出人意料的方式帮助人解决经济问题的富人。
3　争取共同体运动（Mouvement pour la communauté，简称MPC）1959年创建于巴黎，它在阿尔及利亚又称争取合作运动（Mouvement pour la Coopération，其简称仍为MPC）。它的目的是支持戴高乐将军的阿尔及利亚政策，团结在欧洲的和在阿尔及利亚的支持阿尔及利亚独立的力量，它与OAS进行了针锋相对的斗争，但它跟OAS一样，采用一些如绑架、暗杀之类的恐怖暴力手段。

会冒险进入其中。时不时地,玛德莱娜会请求她父亲给她讲述一下"攻克特雷基耶尔河上之桥"的故事,对她来说,这仿佛是一段拿破仑战争的精彩故事。

停火协定签订之后几个星期,爱丽丝和费尔南也一样北上返回了巴黎。回到自己家里后,他们发现那个装钞票的行李箱在地窖中完好无损,不过,他们没有去碰过一下那个旅行箱。

费尔南始终不想太过积极地参加维希政府领导下的警察部队实施的行动,他一直操心着办理调动事宜,不久,他终于让自己调到了共和机动卫队总参谋部的一个不太重要的岗位。在差不多整整四年期间,他负责在相关部门中递送分发信件,并且终于在1944年八月十三日等来了他那光荣的时刻。那一天,他成了全国宪警部队总罢工的发起人之一,两天之后,这一罢工得到了全部警察部队的响应。他参加了解放巴黎城的战役,跟法国国内武装部队(FFI)[1]并肩作战,最后,在1944年八月二十二日,战死在巴黎的圣许尔皮斯街拐角(离寻南街的监狱并不太远)的巷战中。

爱丽丝在整整一生期间经历过好多次心脏病发作,但是,这并不能阻止她一直活到八十七岁的高寿。费尔南去世之后的几个月,她清空了他们居住的公寓、地窖,并且搬到了卢瓦尔河畔絮利去居住,在那里,她悉心照顾着她曾如此深爱过的那个男人的姐姐。在那里,她行善积德。把她的全部财产都捐献给了慈善组织与机构,把自己的全部精力也投入到了慈善事业和团结运动中。在絮利地区中,她甚至成了某种卞福汝主教[2]。人们应该把圣塞茜尔

---

1 法国国内武装部队(Forces françaises de l'intérieur,简称FFI),是第二次世界大战时法国国内的抗德民众武装力量。
2 卞福汝主教(monseigneur Bienvenu),是法国作家维克多·雨果著名长篇小说《悲惨世界》(1862)中的人物。原名夏尔-弗朗索瓦-卞福汝·米里哀。他性格善良仁慈,乐于帮助下层劳苦人民,后来被众人称为 "卞福汝主教",又称米里哀主教。小说中,是这位卞福汝主教的善行感化了主人公冉阿让。

孤儿院那辉煌壮丽的建筑的建造（以及此后的维护）全部归功于她，如今，这栋建筑，我想应该属于一个私人银行（人们常常会在那里举行一些讲座、讲习班，诸如此类的活动），但是，很显然，其基本部分全都保留了下来，它们就是那些著名的花园，尤其是那卓越的"圣塞茜尔孤儿院的大果园"，世界各地的人都会来此地参观的。

剩下的就是戴西雷了。我在这里是不会给你们讲述有关他的种种故事的，人们以为自己所知道的有关他的一切事，几乎没有一件是得到了证实或应验的。从他所真正感兴趣的那些少有的大学学习经历中，人们能够明显看出（假如到了小说的最末尾我们还不使用诸如此类的动词[1]，那么，我们还要等到什么时候才来使用呢？），1940到1945年期间的这一阶段，是我们能够找到的关于其人其事的"唯一确定的小岛"[2]（括号内是我们引用他的原话）。从1940年起，戴西雷无可争议地投入了抵抗运动中。这一抵抗运动为这个非凡卓绝的人物提供了一片比战争本身更为丰饶的领域，得以展现他各种各样的身份。戴西雷在这一运动中应该感觉到游刃有余，如鱼得水。人们相信，在不同阶段的众多地点，曾经一而再，再而三地看到过他的身影。而唯一得到了确切证实的事实则是，一个叫吉德里乌斯·阿代姆——这显而易见地就是戴西雷·米戈的化名，完全是用他姓名的字母改变了一下位置后构成的新名称[3]——的人，是那一次菲利普·热尔比埃靠着一根绳子和一个烟雾器，从里昂的射击场成功逃脱的大胆行动（该事件发生于1942年年底

---

1 这个动词是"apparoir"，意思是"成为显然的""成为明显的"，但仅用于不定式和直陈式现在时单数第三人称，这里，文中用的是直陈式现在时单数第三人称：il appert。
2 所谓的"唯一确定的小岛"（le seul îlot de certitude），指的是"一片幻象的汪洋大海之中唯一确定的小岛"。
3 吉德里乌斯·阿代姆在法语中写作"Giedrius Adem"，而戴西雷·米戈则是"Désiré Migault"。

或1943年年初，具体什么时间我已经记不清楚了）的真实原型[1]。人们后来在抵抗运动的一些故事中又发现过他的一些踪迹（或者是人们以为的他的踪迹）。某些历史学家始终坚信，1944年八月二十六日那天，戴西雷随同戴高乐将军以及游行大军一起行走在香榭丽舍大街上[2]（不过那张作为依据的照片已经相当模糊了），这是完全可能的。确实，有一些叫戴西雷·米戈（或者米格，或者米尼翁，等等）的人成了大人物：人们借给了他很多东西。人们好奇地等待着一些大胆勇敢的历史学家的著作，希望对罗兰·巴特会称之为"戴西雷神话"[3]的这一现象能够有一种深入的研究（在出版人那里，人们承诺，会有一些戏剧性的揭示和披露的）。

封维耶尔，2019年九月

---

[1] 菲利普·热尔比埃（Philippe Gerbier）是电影《影子部队》〔法语：*L'armée des ombres*，让·皮埃尔·梅尔维尔（Jean-Pierre Melville）执导的法国悬念电影，1969年出品〕中的主人公。电影中，菲利普·热尔比埃因涉嫌参加抵抗运动而被维希政府的法国警察逮捕，但他在战友的帮助下，成功逃生。
[2] 巴黎于1944年八月二十五日从德军占据下获得解放，次日，戴高乐将军以及巴黎民众从凯旋门一直沿着香榭丽舍大街游行，庆祝胜利。
[3] 罗兰·巴特（Roland Barthes）所谓的神话（mythe），不是希腊神话意义上的"神话"，而是流行于现代社会的"新神话"文化现象。他写的著作《神话：大众文化诠释》（1957）讨论了文化的现代神话问题。

鸣　谢[1]

最终，我必须在此感谢一些人。我是怀着愉悦之情和感恩之心这样做的。

首先，我要感谢Camille Cléret，我总是对她提出种种的要求和问题，而她始终不厌其烦，显出她的清醒、确切、中肯，有求必应。

我的一群朋友很热心地阅读了这部小说的稿子，并给我提出了很有价值的意见。因此，我要感谢他们的耐心，以及他们的关注，首先是Gérald Aubert和Camille Trumer，其次是Jean-Daniel Baltassat、Jean-Paul Vormus、Catherine Bozorgan、Solène Chabanais、Florence Godfernaux，以及Nathalie Collard。我那心心相通的朋友Thierry Depambour把这部小说当成了他的一次认真的审读，他所提出的中肯意见对我十分有用；我要把本小说作品第22章末尾的场景即关于鸽子与小嘴乌鸦的那场戏归功于他。最后，我还要感谢Véronique Ovaldé，她是我的出版人。

我有那么一笔特殊的借鉴之"债"尤其牵挂着我的心，那就是，我必须把插曲故事"监狱之人逃亡记"的缔约之源归于Jacky Tronel，这是一个真实而又惊人的故事。对于这一历史事件，我在处理上当然作了自由的发挥，但是，一支军事监狱囚犯的队伍，在1940年的六月，确实进行过一次令人惊诧

---

[1] 这篇鸣谢中，一些人名故意不译，保留法语原文，以便有兴趣的读者自行查阅。

的行军转移，他们从巴黎出发（更精确地说，是六月十二日从巴黎的寻南街监狱出发，而另一批则是六月十日从巴黎的桑岱监狱出发），前往谢尔省的阿弗尔（Avord）。六月十五日。其中的六名囚徒被处死，因为他们犯了"谋反、企图逃跑或拒绝服从"之罪。次日，又有另外七人被处死。从巴黎出发时在场的总共1865名囚犯中，六月二十一日到达居尔集中营[1]的时候竟然有845人缺席，相当于最初出发人数的45.31%……

Jacky Tronel作为一个小心谨慎的历史研究者，认真地研究了这一事件，读者们可以在他的网站（http://prisons-cherche-midi-mauzac.com/bienvenue-sur-le-blog-de-jacky-tronel）上，找到有关这一令人悲伤之事的种种细节。

其中的很多真实细节，我都借助于两本提供直接证据的书，一本是Maurice Jaquier的《简单的战士》（*Simple militant*，Denoë出版社，1974），另一本是Léon Moussinac的《水母的木筏》（*Le Radeau de la Méduse*，布鲁塞尔的Aden出版社，2009）。

我在亨利·阿穆鲁的那本叫《灾难中的人们》（*Le Peuple du désastre*，拉丰出版社，1976）的书中，找到了焚烧法兰西银行的纸币那件事（他保证说，那一次一共烧掉了三十亿法郎的钞票）的前后过程，他用四行文字简述了这一事件。而法兰西银行的档案室，则保存了关于那件奇事的所有文献资料。

虚构戴西雷·米戈这一人物的想法，得益于莫里斯·卡尔松律师大人[2]在1942年为"奥赛的采石工"做辩护的那篇辩护词，就此，皮埃尔·阿苏里[3]已经特地为我做了强调。

---

1 居尔（Gurs）在下比利牛斯省，那里本来就有一个拘留营，建造于1939年，是专为普通罪犯以及西班牙共和派所保留的囚禁地。1939年的四月到八月期间，有两万五千名西班牙共和派被关押在这里。第二次世界大战正式爆发后，德军还没有到达之前，有大约一万个侨居法国的德国人和奥地利人被关押到这里。囚徒中有法国共产党党员、社会党党员、无政府主义者、工会积极分子、和平主义者，甚至还有一些纳粹的同情者，法国极右派的积极分子。
2 莫里斯·卡尔松（Maurice Garçon，1889—1967），法国律师、随笔作家、歌词作家、小说家、历史学家。他之所以特别出名，是因为在一些著名的案件中为被告作了有效的辩护。其中，1942年的"奥赛的采石工"案件在当时就十分著名。
3 皮埃尔·阿苏里（Pierre Assouline），法国著名书评家、记者、作家。龚古尔文学奖评委我应该把书中露易丝那个学校校长的拉丁语反驳词归功于Jérôme Limorté，我愿对他表示真诚的感谢。

由戴西雷在其广播节目中报道的某些消息颇有些荒诞离奇，不可思议。然而，它们中的相当一部分是绝对真实的，而且，它们也并不因此而不那么带有荒诞意味……

小说中的马延贝格要塞是一个虚构的地方，但它受到了位于摩泽尔省的韦克兰的哈肯贝格要塞的极大启发。我曾经在那里做过一次令人难以忘怀的参观，接待我的是一位叫Bernard Leidwanger的优秀导游，以及一位叫Robert Varoqui的任何问题也难不倒的历史学家。另外，Jacques Lambert以及他的出版社Editions Terres ardennaises同样也为我在这方面提供了一些很珍贵的细节资料。

假如没有作过一些宝贵的相关阅读的话，那么，一部以1940年六月的大逃亡历史为背景的小说就是很难构想的，在这方面，我很幸运地阅读了Léon Werth的《三十三天》（*33 jours*，Viviane Hamy出版社，2015），Éric Alary的《大逃亡记》（*L'Exode*，Perrin出版社，2013），Pierre Miquel的《大逃亡记》（*L'Exode*，Plon出版社，2003），François Fonvieille-Alquier的《奇怪战争中的法国人》（*Les Français dans la drôle de guerre*，Laffont出版社，1970），Éric Roussel的《遇难记》（*Le Naufrage*，Gallimard出版社，2009），还有Jean Vidalenc的《1940年五月和六月的大逃亡》（*L'Exode de mai-juin 1940*，PUF出版社，1957）。

在为我提供了最大帮助的作品中，我要怀着特别感激的心情，提一下以下的书单[1]：Éric Alary、Bénédicte Vergez-Chaignon和Gilles Gauvin的《1939年到1940年间日常生活中的法国人》（*Les Français au quotidien, 1939–1940*，Perrin出版社，2009），Marc Bloch的《奇特的溃败》（*L'Étrange Défaite*，Franc-Tireur出版社，1946），François Cochet的《奇怪战争中的士

---

[1] 很明显，这份书单的排列以作者姓氏的字母顺序为序。

兵》（*Les Soldats de la drôle de guerre*，Hachette出版社的文学丛书，2006），Jean-Louis Crémieux-Brilhac的《1940年的法国人》（*Les Français de l'an 40*，Gallimard出版社，1940），Karl-Heinz Frieser的《闪电战的神话》（*Le Mythe de la guerre éclair*，Belin出版社，2003），Ivan Jablonka的《无父无母，1874年到1939年间公共救济处的孩子的故事》（*Ni père, ni mère, Histoire des enfants de l'Assistance publique 1874–1939*，Seuil出版社，2006），Jacques Lambert的《苦难折磨中的阿登山脉》（*Les Ardennais dans la tourmente*，Terres ardennaises出版社，1994），Jean-Yves Marie和Alain Hohnadel的《马其诺防线中的人与事》（*Hommes et ouvrages de la ligne Maginot*，Histoire et collections丛书，2005），Jean-Yves Mary的《装甲车的通道》（*Le Corridor des Panzers*，Heimdal出版社，2010），Jean-Pierre André-Ruetsch的《东方风暴，法兰西战役中的贝里人步兵》（*Tempête à l'est. L'infanterie berrichonne dans la campagne de France*，Alice Lyner出版社，2011），Michaël Séramour的《洛林与阿尔萨斯地方军事要塞中的部队以及马其诺防线——消失的军营》（*Les Troupes de forteresse en Lorraine et en Alsace et La Ligne Maginot. Ses casernes disparues*，Sutton出版社，2016），Dominique Veillon的《法国1939年—1945年的生活与幸存》（*Vivre et survivre en France, 1939–1945*，Payot出版社，1995），Maurice Vaïsse的《1940年的五月与六月。外国历史学家眼中法国的失败与德国的胜利》（*Mai-juin 1940. Défaite française, victoire allemande sous l'œil des historiens étrangers*，Autrement出版社，2000），Henri de Wailly的《崩溃》（*L'Effondrement*，Perrin出版社，2000），以及Olivier Wieviorka和Jean Lopez的《第二次世界大战的神话》（*Les Mythes de la Seconde Guerre mondiale*，Perrin出版社，2015）。

以上是图书方面。

至于数码信息方面，我在此再一次表示对Gallica（BnF）以及RetroNews的感谢，它们都是法国国家图书馆在报纸杂志方面的卓越的数据库。我们还焦急地等待着，有关战后年代各种信息的数据的数码化工作得以继续下去……

我应该感谢作家让-克利斯朵夫·吕芬为我提供了露易丝这一人物不孕症的原因，感谢我的朋友贝尔纳·吉拉尔大夫为我提供了涉及加布里埃尔这一人物健康状况的种种细节知识，另外，还要感谢在我对阿登地区的战争与和平博物馆的参观中，负责接待我的玛丽-法兰西·德武热与斯特凡娜·安德烈所提供的种种有用的信息。

如同以往那样，在我的工作过程中，会有一些词语，一些句子，一些形象来到我的头脑中，东一点，是某种想法，西一点，是某个表达法，并最终落实在了文本中。它们来自一些前辈作家，请允许我在这里一一感谢他们[1]：路易·阿拉贡、钱拉·奥贝尔（Gérald Aubert）、米歇尔·奥迪亚尔（Michel Audiard）、奥诺雷·德·巴尔扎克、夏洛特·勃朗特、迪诺·布扎蒂（Dino Buzzati）、斯蒂芬·克来恩（Stephen Crane）、查尔斯·狄更斯、德尼·狄德罗、弗朗索娃丝·多尔托（Françoise Dolto）、罗兰·多热莱斯（Roland Dorgelès）、费奥多尔·陀思妥耶夫斯基、阿尔贝·杜彭泰尔（Albert Dupontel）、古斯塔夫·福楼拜、罗曼·加里、基勒拉格（Guilleragues）、约瑟夫·海勒、维克多·雨果、约瑟夫·凯瑟尔（Joseph Kessel）、让-帕特里克·芒谢特（Jean-Patrick Manchette）、卡森·麦卡勒斯、克洛德·姆瓦纳（Claude Moine）、保罗·默里·肯德尔（Paul Murray Kendall）、马塞尔·普鲁斯特、弗朗索瓦·拉伯雷、雷斯蒂夫·德·拉布勒纳塔（Restif de la Bretonne）、乔治·西默农、爱弥尔·左拉。

小说三部曲就此结束，这一文学历险是从2012年开始的，写的是两次世界大战之间年代的故事，而显而易见，假如没有帕斯卡利娜，这个三部曲是永远都不会存在的。

恰如很多的其他事情那样。

---

[1] 这些作家的提及，以姓氏的字母表顺序为序。其中一些人的姓名，我们附上了法语原文。

激发个人成长

多年以来，千千万万有经验的读者，都会定期查看熊猫君家的最新书目，挑选满足自己成长需求的新书。

读客图书以"激发个人成长"为使命，在以下三个方面为您精选优质图书：

1. 精神成长

熊猫君家精彩绝伦的小说文库和人文类图书，帮助你成为永远充满梦想、勇气和爱的人！

2. 知识结构成长

熊猫君家的历史类、社科类图书，帮助你了解从宇宙诞生、文明演变直至今日世界之形成的方方面面。

3. 工作技能成长

熊猫君家的经管类、家教类图书，指引你更好地工作、更有效率地生活，减少人生中的烦恼。

每一本读客图书都轻松好读，精彩绝伦，充满无穷阅读乐趣！

认准读客熊猫

读客所有图书,在书脊、腰封、封底和前后勒口都有"**读客熊猫**"标志。

两步帮你快速找到读客图书

1. 找读客熊猫

2. 找黑白格子

马上扫二维码,关注**"熊猫君"**

和千万读者一起成长吧!

图书在版编目（CIP）数据

悲伤之镜 /（法）皮耶尔·勒迈特著；余中先译
. -- 上海：文汇出版社，2021.3
 ISBN 978-7-5496-3416-3

Ⅰ. ①悲… Ⅱ. ①皮… ②余… Ⅲ. ①长篇小说－法国－现代 Ⅳ. ①I565.45

中国版本图书馆CIP数据核字(2021)第023188号

Miroir de nos peines by Pierre Lemaitre
Copyright © Editions Albin Michel – Paris 2020
Simplified Chinese edition copyright © 2021
by Dook Media Group Limited
All rights reserved.

中文版权 © 2021读客文化股份有限公司
经授权，读客文化股份有限公司拥有本书的中文（简体）版权
著作权合同登记号：09-2021-0065

悲伤之镜

作　　者 /	[法]皮耶尔·勒迈特
译　　者 /	余中先
责任编辑 /	徐曙蕾
特邀编辑 /	孙宁霞　叶　子
封面装帧 /	苏　哲　李子琪
出版发行 /	文汇出版社
	上海市威海路755号
	（邮政编码200041）
经　　销 /	全国新华书店
印刷装订 /	北京中科印刷有限公司
版　　次 /	2021年3月第1版
印　　次 /	2021年3月第1次印刷
开　　本 /	890mm × 1270mm　1/32
字　　数 /	435千字
印　　张 /	15.25

ISBN 978-7-5496-3416-3
定　　价 / 58.00元

侵权必究
装订质量问题，请致电010-87681002（免费更换，邮寄到付）